ラヴクラフト・カントリー

朝鮮戦争から帰還した黒人兵士アティカス・ターナーは、SFやホラーを愛読する変わり者だ。折り合いの悪い父親から、母の祖先について新発見があったという連絡を受けて実家に戻ったところ、父は謎の白人と共に出て行ったと知らされる。アティカスは出版社を営む伯父と霊媒師と賭博師の間に生まれた幼馴染を伴い、父の行方を追って外界から隔絶された町アーダムを目指す。そこで待ち受けていたのは、魔術師タイタス・ブレイスホワイトが創設した秘密結社だった。アメリカ合衆国誕生から朝鮮戦争直後に至るまでの二百年に亘るアメリカの闇の歴史と魔術的闘争を描いた、TVドラマ『ラヴクラフト・カントリー 恐怖の旅路』原作。

登場人物

アティカス・ターナー……………朝鮮戦争から帰還した黒人兵士
モントローズ・ターナー…………アティカスの父
ジョージ・ベリー…………………アティカスの伯父。旅行ガイド社経営者
ヒッポリタ・ベリー………………ジョージの妻。天文愛好家
ホレス・ベリー……………………ジョージの息子。コミックに夢中
レティーシャ・ダンドリッジ……アティカスの幼馴染。霊媒師の娘
マーヴィン・ダンドリッジ………レティーシャの兄
ルビー・ダンドリッジ……………レティーシャの姉
エイダ………………………………ジョージの曾祖母
ルーシー・ベリー…………………エイダの孫。ジョージの母
ジェイコブ・ベリー………………ジョージの実父
ユリシーズ・ターナー……………ルーシーの再婚相手。モントローズの父
サミュエル・ブレイスホワイト……アーダム山荘《ロッジ》の主

ケイレブ・ブレイスホワイト……サミュエルの息子
タイタス・ブレイスホワイト……ブレイスホワイト家の先祖
ハンナ……タイタス所有の奴隷
ウィリアム……アーダム山荘の執事
ディライラ（デル）……アーダムの住人
ハロルド・ベイリー……不動産仲介業者
ランカスター……シカゴ中央警察署署長
ノーブル……刑事。ランカスターの部下
バーク……刑事。ランカスターの部下
ハイラム・ウィンスロップ……ウィンスロップ・ハウスの建築主
アイダ……ウィンスロップ・ハウスの元家政婦
ヘンリー・ナロウ……ハイラム・ウィンスロップの息子
パール……ヘンリーの妻

ラヴクラフト・カントリー

マット・ラフ
茂木　健訳

創元推理文庫

LOVECRAFT COUNTRY

by

Matt Ruff

目次

ラヴクラフト・カントリー　一
魔が棲む家の夢　一七八
アブドラの本　二三九
宇宙を攪乱《かくらん》するヒッポリタ　二八六
ハイド・パークのジキル氏　三四一
ナロウの家　四三三
ホレスと悪魔人形　四八四
カインの刻印　五四四
エピローグ　五八五
解説　古山裕樹　五九七

ラヴクラフト・カントリー

ハロルドとリタに

ラヴクラフト・カントリー

ジム・クロウ・マイル……自動車旅行をする黒人のための距離測定単位で、恐怖や不安、苛立ち、憤怒などが、状況に応じて物理的な距離に加算される。基準が流動するため、正確な移動時間の算出は困難であり、移動に伴う暴力性は旅行者の肉体および精神を絶え間ない危険にさらす。

――『ニグロのための安全旅行ガイド』一九五四年夏版

州警察の警官に停車を命じられたとき、アティカスは故郷へあと少しのところまで来ていた。陸軍から支給された最後の給与で買った中古の四八年型キャデラック・クーペに乗り、フロリダのジャクソンヴィルを発ったのは、二日まえのことだった。一日めはガソリンを補給するとき以外は車を停めず、バスケットに準備しておいたものを飲み食いしながら四百五十マイル（約七百二十四キロメートル）を走破した。あるガソリンスタンドでは、黒人用が壊れていたため白人用トイレの鍵を借りようとしたのだが、店員に拒《こば》まれたためスタンド裏の藪《やぶ》に入ってゆき、立ち小便をする破目になった。

その夜はテネシー州チャタヌーガで泊まった。『ニグロのための安全旅行ガイド』には、ホテル四軒とモーテル一軒が紹介されており、五軒とも市内の同じ地区にあった。アティカスがモーテルを選んだのは、二十四時間営業の食堂を併設していたからだ。宿泊料は『ガイド』に書かれていたとおり三ドルだった。翌朝、彼は食堂でロードマップを丹念に見た。シカゴまではまだ六百マイル（約九百六十六キロメートル）も残っていた。途中ケンタッキー州ルイビルを通るのだが、『ガイド』を調べると、黒人も昼食を摂れるレストランが一軒あった。少し考えたけれど、食事で時間を費やすより、早く南部から脱出したい気持ちのほうが勝《まさ》っていたため、彼は朝食を終えると車からあのバスケットを持ってきて、食堂のコックに頼みサンドイッチとコーク、そして冷たいフライドチキンを入れてもらった。

ケンタッキーとインディアナの州境となるオハイオ川に到達したのは、午後一時ごろだった。州境の橋には、遠い昔に死んだある奴隷所有者の名前が冠されており、アティカスはその橋を渡る途中で車の窓から腕を突き出し、中指を立てることで今も人種差別法《ジム・クロウ》が幅をきかせる南部に別れを告げた。対向車線を走ってきた車の白人運転手が、それを見てなにか叫んだけれど、アティカスは笑いながらアクセルを踏み込み北部へと入っていった。

一時間後、農地の真ん中をつらぬく直線道路でタイヤが一本パンクした。キャデラックをなんとか路肩に寄せて駐め、スペアタイヤに交換しようとしたのだが、スペアのほうも空気が抜けていた。これには腹が立った。出発まえに点検したときは、なんの問題もなかったのである。しかしいくら睨みつけても、スペアタイヤはぺしゃんこのままだった。アティカスは思った。さすが南部のタイヤだ。これはきっと、さっきの中指に対するジム・クロウの意趣《いしゅ》返しだ。

ここまでの十マイルには畑と森しかなかったが、前方二マイルほど先に建物がいくつか見えた。彼は『ニグロのための安全旅行ガイド』を手に取ると、その建物に向かって歩きはじめた。交通量がそこそこある道なので、最初のうち彼はうしろから来る車に合図して乗せてもらおうとしたのだが、どの運転手も彼を完全に無視するかスピードをあげて通過してゆくだけなので、諦めて自分の足でとぼとぼ歩きつづけた。

最初の建物が近づいてきた。『ジャンセン修理工場』と書かれた看板を見て喜んだのもつかの間、ガレージの入り口に、南北戦争時の南軍旗が飾られていることに気づいた。あの旗だけでも、黙って通過する充分な理由になるのだが、彼はとにかくあたってみることにした。

ガレージのなかには白人の男性がふたりいた。モモの産毛《うぶげ》みたいな口髭を生やした小柄な男が、高いスツールに座って雑誌を読んでおり、彼よりずっと大きいもうひとりの男は、いっぱいに開いたピックアップトラックのボンネットの下に頭を突っ込んでいた。アティカスが入ってゆくと、小柄な男は雑誌から顔をあげ、聞こえよがしにしゅーっという下品な音をたてて空気を吸った。

「こんにちは」アティカスが声をかけると、大きいほうの男が反応した。体をまっすぐ起こし、こちらを向いた男の前腕部に、オオカミの頭みたいなタトゥーがあるのをアティカスは見た。

「おじゃましてすみません」アティカスは用件を言った。「タイヤがパンクしたので、新しいやつを買いたいんですが」

大男は彼をじろっと見て、冷たく言い放った。「だめだ」

「お忙しいのはわかります」彼が拒否する理由をなくすため、アティカスはつづけた。「だから、タイヤの交換をお願いしたいわけじゃないんです。一本だけ売ってくだされば、あとはぼくが自分で――」

「だめだ」

「理解に苦しみますね。金を払うと言ってるんですよ？　なにかしてもらう必要はないんです。ただタイヤを一本売って――」

「だめだ」大男は胸の前で腕組みをした。「あと五十回同じことを言ってほしいか？　なら言ってやるぞ」

アティカスは怒りを抑えて質問した。「そのタトゥー、大型猟犬《ウルフハウンド》でしょ？　第二十七歩兵連隊ですよね？」彼は自分の襟に挿してある部隊章《ピンバッジ》を見せた。「ぼくは第二十四歩兵連隊（有色人種のみで編成された部隊）です。二十七連隊とは、朝鮮でずっと一緒に戦ってました」

「俺が行ったのは朝鮮じゃない」大男が答えた。「ガダルカナルとルソンだ。どっちの島にも、ニガーはいなかった」

　こう言うと彼は、再び頭をトラックのボンネットの下に入れてしまった。彼の背中が示していたのは、拒絶と挑発だった。どちらを選ぶか、アティカスは決めねばならなかった。しかし、この数か月間フロリダで仲間たちと味わってきた屈辱の記憶が、危ういところでアティカスを思いとどまらせた。スツールに座った小男は、まだアティカスをじっと見ており、もし彼がなにか言ったりにやにや笑ったりしたら、アティカスはすかさず殴り飛ばしただろう。でも小男は、たとえ大男が自分の救援に駆けつけたとしても、そのまえに前歯を叩き折られると察したらしく、よけいなことは言わず笑いもしなかったため、アティカスも両の拳を脚の脇につけたまま、ガレージから出ていった。

　通りの向かいに、フロントポーチに公衆電話を置いた雑貨店があった。アティカスは『安全旅行ガイド』を開き、ここから約五十マイル（約八十キロメートル）離れたインディアナポリスに、黒人が経営する自動車修理屋が一軒あるのを見つけた。その番号をさっそくダイヤルし、電話に出てくれた修理工に窮状を説明した。修理工は同情してくれて、こちらに来てくれることになったのだが、何時に着くかわからないと言う。「それでかまいません」アティカスは同意した。「ここで待ってます」

　電話を切ると、雑貨店のなかにいた老女がスクリーンドア越しに、うさん臭そうな顔で彼を見ていた。今回も彼は黙って背を向け、店の前から立ち去っていった。

　キャデラックまで歩いて戻った。トランクのなかには、使い物にならなくなったスペアタイヤの横に、読み古したペーパーバックを詰め込んだ段ボール箱が置いてあった。アティカスはその箱から、レイ・ブラッドベリの『火星年代記』を選び出した。運転席に座り、火星へ向かう宇宙船の噴射熱で冬の雪が溶ける第一編〈一九九九年一月／ロケットの夏〉から読みはじめた。彼は、ジェットの炎を噴きながら空高く上昇してゆくそのロケットに自分が乗り、北部からも南部からも永遠に去ってゆくさまを夢想した。

　四時間がたった。『火星年代記』は読み終えてしまった。生ぬるいコークを飲み、サンドイッチをかじったが、そのあいだも通過してゆく車の運転手たちに注意を払っていたせいで、フライドチキンには手を出さずじまいだった。風も吹かない六月の熱気のなか、彼は汗をかいていた。膀胱《ぼうこう》の圧迫感が無視できないほどになったため、車の流れが途切れるのを待ち、道ばたに生えている大きなシカモアの木の陰に走った。

レッカー車がやって来たのは夜七時を過ぎたころだった。運転していたのは肌の色がやや薄いゴマ塩頭の黒人で、アール・メイブリーと自己紹介した。アティカスがミスター・メイブリーと呼びかけると、「いや、アールだ。アールでいい」と言った。彼はレッカー車の後部から、交換用のタイヤを下ろした。「それではこのキャデラックを、また走れるようにしてやろうか」

ふたりで一緒に作業すると、タイヤ交換は十分もかからずに終わってしまった。こんな簡単なことのために午後がすべて無駄になったのかと思うと、アティカスは改めて腹が立ってきた。気を静めようと思って車から数歩離れ、もうすぐ地平線に沈む夕日を眺めているふりをした。

「どこまで行く?」アールに訊かれた。

「シカゴです」

アールが片眉をあげた。「今夜じゅうに?」

「はい……というか、そのつもりでした」

「ならこんなのはどうだ」アールが提案した。「今日の俺の仕事は、これで仕舞いだ。だから俺と一緒にうちに来れば、かみさんがちゃんとした晩飯を用意してくれる。少し寝ていってもいい」

「いや、それはできません」

「いいんだよ。どうせ通り道だろ。それに、インディアナには厭《いや》なやつしかいないと思われるのも、癪《しゃく》だからな」

アールの家は、インディアナ州会議事堂の北西、インディアナ・アベニューの両側に広がる黒人居住区のなかにあった。細長い木造の二階建てで、正面の小さな庭には芝生が張られていた。ふたりが到着したとき、太陽はちょうど沈んだところで、北から吹き寄せてくる黒雲があたりを急速に暗くしていた。母親たちが、路上でまだスティックボール（ゴムボールと箒の柄などの棒きれを使う野球の簡易版）をやっている子供の集団に向かい、雨になるから早く家に入れと怒鳴《どな》っていた。

アールもアティカスを連れて自宅に入った。メイヴィスという名の奥さんがあたたかく彼を迎えてくれ、ここで体を洗えとバスルームに案内してくれた。歓迎されながらも、キッチンテーブルに座ったアティカスは気が重かった。食事中にどんな話をさせられるか、容易に予想できたからだ。朝鮮はどんな様子だったか、ジャクソンヴィルはどうだったか、今日はなにがあったのか、そしてなにより、アティカスの父親はシカゴでなにをしているのか——どれもこれも、あまり話したくないことばかりだった。ところが食前の祈りを捧げたあと、彼はアールの最初の質問に驚倒することになった。『火星年代記』をどう思うかと、いきなり訊かれたのである。「いやね、車のなかに置いてあるのが見えたもので」

ただちにかれらは、アールも好きだというレイ・ブラッドベリ、ロバート・A・ハインライン、アイザック・アシモフについて語り合い、それからアールがあまり好きではないL・ロン・ハバード、そして子供のころは好きだったが今は恥ずかしいと感じているトム・スイフト・シリーズ（一九一〇年から刊行が開始された少年少女向けのSFシリーズ）について意見を交換した。トム・スイフトに関しては、父親が何度も意見してくれたにもかかわらず、シリーズ中のニグロの描かれ方が酷いことに、大人になるまで気づかなかったのが情けないのだとアールは言った。「そうでしたか」アティカスが言った。「うちの親父も、ぼくが読む本に同じ問題を感じてましたよ」

食事中メイヴィスはほとんど口をきかず、夫たちの会話に満足そうに耳を傾けながら、アティカスの皿が空になりかけるたび、さっとお代わりをよそってくれた。デザートを食べ終えるころには、外は真っ暗になっており、キッチンの窓を雨が激しく打っていた。「この雨では」メイヴィスがやっと言葉を発した。「今夜はもう走らないほうがいい」すでに遠慮する気力もないほど疲れていたアティカスは、うながされるまま二階へ上がり、予備の寝室に通された。ドレッサーの上に、軍服を着た若者の写真があった。額縁に黒いリボンが掛けられている。「うちの子よ。名前はデニス」訊くまでもなかった。その後ベッドのシーツを替えながら、彼女が「あの森で死んだの」と言い添えたので、アルデンヌの戦い（一九四四年十二月から翌一月にかけて、アルデンヌ高地で展開されたドイツ軍最後の大作戦。バルジの戦い）で戦死したのだろうとアティカスは思った。

アティカスはベッドに入り、アールが貸してくれた本を読みはじめた。『黒いカーニバル』と題されたブラッドベリの短編集で、好意はありがたいのだが、就寝まえに読む一冊としてはあまり適切ではなかった。吸血鬼一家の再会を描いた一本めを読み終え、頭蓋骨を抜かれた男が登場する奇妙な二本めを読んだところで本を閉じ、背表紙に印刷されたアーカムハウス社のロゴをしばらく眺めたあと、脇に置いた。それから自分のズボンに手を伸ばし、ポケットに入れておいた父親からの手紙を取り出した。その手紙を再読した彼は、便箋のいちばん下あたりに書かれた単語を指さし、「アーカム」とつぶやいた。

雨は午前三時にやんだ。雨音が消えた静寂のなかでアティカスは目を覚まし、自分は今どの国にいるのだろうといぶかった。明かりをつけずに着替え、置き手紙を残してお暇《いとま》しようと考えながら階段をそっと下りたのだが、すでにアールは起きていて、キッチンテーブルに座り煙草を吸っていた。

「もう行くのか?」アールに訊かれた。

「はい。いろいろとありがとうございました。だけど、一刻も早く家に帰りたいもので」

アールはうなずくと、煙草を持っている手を下に向け、もう少し声を抑えるよう手ぶりで示した。

「奥さんにも、ぼくがお礼を言っていたと伝えてください。黙って失礼して、本当に申しわけないと」

アールは同じジェスチャーをくり返した。自分の車に乗り、まだ濡れている暗い夜道を走りはじめると、あのベッドの主《ぬし》だった若者の幽霊になったような気がしてきた。

曙光が射してきたときは、すでにインディアナ州の北部を走っていた。通り過ぎた案内標識が、〈シカゴまで五十二マイル(約八十四キロメートル)〉と告げていた。対向車線の路肩に、州警察のパトカーが停車していた。パトカーに乗っている警官は、ついさっきまで仮眠をとっており、もしアティカスが五分早く通過していたら、彼にまったく気づかなかっただろう。しかし今、警官は淡いピンクの光のなかであくびをし、ちょうど目をこすり終えたところだった。そして黒人の運転するキャデラックを見て、完全に目を覚ました。

アティカスは、Uターンしたパトカーが追いかけてくるのを、バックミラー越しに見た。彼はグローブボックスから、キャデラックの登録証明書と車両売渡証を取り出し、自分の運転免許証と一緒に助手席のシートの上に置いた。全書類をひと目で見られるようにしておけば、あちこち手を伸ばすことで無用な誤解を受けずにすむからだ。バックミラーにパトライトの光が反射し、サイレンも聞こえてきた。アティカスは車を右に寄せて停め、運転席側のウィンドウを開くと、運転教習のレッスン1で習ったとおり、ステアリングホイールの上部を両手で握った。

警官はたっぷり時間をかけてパトカーから降りると、一回大きく背伸びをしてからキャデラックに向かいぶらぶら歩いてきた。

「おまえの車?」警官が訊いた。

「そうです」アティカスは答えた。両手でステアリングを握ったまま、彼は助手席に置かれた書類のほうに頭をくいと曲げた。

「こっちによこせ」

アティカスは書類を警官に渡した。

「アティカス・ターナー」警官は免許証の名前を読みあげた。「なぜ停められたかわかるか?」

「いいえ、わかりません」アティカスはしらばくれた。

「スピード違反ではない」警官はあっさり認めた。「しかしおまえのナンバープレートを見て、道を間違えてるんじゃないかと心配になった。フロリダは逆方向だぞ」

ステアリングを握るアティカスの手に、少し力が入った。「いいえ、ぼくはシカゴに向かってます」

「目的は？」

「家族に会うためです。父親に呼ばれたので」

「でも住んでいるのはフロリダだ」

「ジャクソンヴィルで働いていただけです。除隊してからずっと」

警官は大あくびをしたが、手で口を隠そうともしなかった。「働いていたのか、それともまだ働いているのか？」

「とおっしゃいますと？」

「フロリダに帰るのかってこと」

「いいえ。その予定はありません」

「帰る予定はない。じゃあシカゴに住むのか？」

「しばらくのあいだは、そうなります」

「いつまで？」

「わかりません。父親の用事がいつ終わるか、わからないので」

いた。


「終わったあとはどうする?」

「さあ。まだ決めてません」

「まだ決めてない」警官の顔がゆがんだ。「でもインディアナは、通り過ぎるだけだろ?」

「そうです」(もしあんたがこれ以上邪魔をしなければ)と付け加えたくなったが、やめておいた。

不機嫌な表情のまま、警官は書類を窓越しに突き返した。アティカスは受け取ると、再び助手席に置いた。「それの中身は?」警官は車の床にころがっているバスケットを指さした。

「昨日の昼めしの食い残しです」

「うしろはどうだ? トランクになにか入れてるか?」

「衣類が入ってます」アティカスは答えた。「陸軍の軍服とか。あとは本ですね」

「本? どんな?」

「ほとんどSFです」

「エスエフ? これはおまえの車か?」

「い、いや、ですから、さっき書類を――」

「降りろ」警官はドアから離れ、拳銃のグリップに手をかけた。アティカスはゆっくり車を降りた。まっすぐ立つと、彼のほうが警官より一インチ背が高かった。この失礼な事実に対するお仕置きのつもりか、警官は彼をぐるっと一回転させるとキャデラックの側面に押しつけ、乱暴にボディチェックした。「よし、それじゃあトランクを開けろ」

警官はまずアティカスの衣類をひっかき回したあと、地面に伏せた黒人のボディチェックをするような手つきで、彼のダッフルバッグを叩いた。それから本が入った段ボール箱を持ちあげ、中身をトランクのなかにぶちまけた。アティカスは、ペーパーバックが手荒く扱われるのは当然だと自分に言いきかせることで、平静を保とうとしたのだが、乱暴される友人を見ているようでつらかった。

「これはなんだ?」警官がつかみ上げたのは、段ボール箱のいちばん底に入れておいたギフトラッピングされた本だった。

「それも本です。伯父へのプレゼントなもので」

警官がラッピングを破ると、『火星のプリンセス』のハードカバーが現われた。警官は横目でアティカスを見た。「おまえのおじさんは、王女さまが好きなのか?」彼が段ボール箱のなかにぽいと投げ捨てた本は、開いた状態で落ちたためページが折れてしまい、それを見たアティカスは息が止まりそうになった。

警官はキャデラックの前方に戻った。彼が助手席側のドアを開けたので、アティカスはそのへんにあるはずの『火星年代記』が心配になった。しかし警官が手にしたのは、『ニグロのための安全旅行ガイド』だった。彼はしばらくのあいだ怪訝《けげん》そうな顔でパラパラとめくっていたのだが、やがて目を大きく見開いた。「もしかしてこの本には」警官が言った。「黒人でも利用できる店や宿の住所が書いてあるのか?」アティカスはうなずいた。「驚いたね、どうも……」警官は『ガイド』を横にして背表紙を見た。「あまり厚くないんだな?」この質問に対しては、アティカスは特に返事をしなかった。

「いいだろう」警官が言った。「もう行っていい。ただしこのガイドブックは、俺があずかっておく。心配するな」アティカスがするはずもない抗議を、先に封じておくつもりなのだろう、警官はこう付け加えた。「シカゴに行くんだよな？　ならばここから先、おまえはこの本を必要としない。なぜならここことシカゴのあいだに、おまえが立ち寄りたいと思う店は一軒もないからだ。わかったか？」

アティカスはうなずくしかなかった。

✤✤✤　✤✤✤　✤✤✤

〈ニグロのための安全旅行ガイド社（経営者ジョージ・ベリー）〉があるワシントン・パーク地区は、シカゴ市内のサウスサイドに位置していた。アティカスは、事務所の隣に立つフリーメイスン寺院の前にキャデラックを停め、運転席に座ったまま早朝の街路を往き来する歩行者と車を眺めたのだが、白い顔はひとつもなかった。フロリダのジャクソンヴィルにも、白人をめったに見ない通りがいくつかあったけれど、この近辺はアティカスの故郷──もちろん幼いころは、彼の世界のすべて──であり、母親の声と同じくらい彼を安らいだ気持ちにしてくれた。リラックスしていると、腹の底で凝《こご》っていた忿懣《ふんまん》が少しずつ溶けはじめ、あの州警官が言ったことも、まんざら外れてないような気がしてきた。なるほどここでは、あのガイドはまったく必要ない。

この時間、ガイド社のドアはまだ閉まっていたものの、上階のアパートには明かりが灯っていた。アティカスはブザーを鳴らす代わりに建物の裏へまわり、非常階段を上ってキッチンのドアを叩いた。なかで椅子を引く音が聞こえ、ドアボルトを抜く音がつづいた。わずかに開いたドアから、ジョージ伯父さんの疑り深そうな顔がのぞいた。しかしジョージは、訪問者が誰か気づいたとたん「うわっ！」と小さく叫んでドアをいっぱいに開き、アティカスを引き寄せて力まかせにハグした。

「そんなに驚くことないだろ」アティカスも笑いながら伯父を抱きしめた。

「よく来てくれたな！」ジョージは一歩下がるとアティカスの両肩をつかみ、頭から爪先までじろじろと見た。「いつ帰ってきた？」

「ついさっきだ」

「とにかくなかに入れ」

キッチンに足を踏み入れたアティカスは、遊園地のびっくりハウスに迷い込んだような錯覚に陥った。入隊後ここを訪れるのは二度めであり、前回も同じ違和感を覚えたのだが、これはまだ幼かったころの印象が強烈すぎるため、成長して大人になったあとも自分が大きくなったのではなく、このキッチンのほうが縮んだように感じてしまうからだった。ドアを閉めた伯父に改めてハグされた彼は、伯父も小さくなっていることに気づいた。とはいえ伯父の場合は、単にアティカスのほうが彼と同じ背丈になっただけである。

「ヒッポリタ伯母さんは？」伯母のサイズも測ってみたいと思いながら、アティカスは訊いた。

「今はいない。ワイオミングに行ってる。イエローストーン国立公園の近くに、新しい温泉ホテルがオープンしたものでね。信じられないことに、経営しているのはクエーカー教徒の団体だとさ。〈誰でも歓迎〉を謳《うた》い文句にしているので、本当かどうか彼女が調べに行った」ヒッポリタは『安全旅行ガイド』のため、みずから進んでリゾート地専門の調査員を務めていた。結婚当初は夫と一緒に出かけていたのだが、最近は息子の世話をジョージにまかせ、ひとりで出張するほうが多かった。「あと一週間は帰ってこない。でもホレスは、おまえに会えて大喜びするだろう。まだ寝てるけどな」

「ホレスがまだ寝てる?」アティカスはびっくりした。「夏休みでもないのに?」

「たしかに夏休みはではない。でも今日は土曜だから」アティカスの驚く顔を見て、伯父は大笑いした。「フロリダからの旅がどれほど素敵だったたか、訊く必要はなさそうだな」

「ああ、訊かなくていい」彼は、傷ついた小鳥を運ぶかのように車から大切に持ってきた本を、伯父の前に差し出した。「これ、受け取ってくれ」

「これって……おや、バローズじゃないか!」

「日本で買ったお土産だ」アティカスが説明した。「ぼくの部隊が駐留していたキャンプ岐阜《ギフ》の近くに、本屋が一軒あってね。店主が棚のひとつに英語の本だけを並べていて、その大半がSFだったんだ。てっきり初版だと思ったんだけど、違っていたらしい」

「長い旅をしてきたんだな」ジョージが言った。放り投げられたせいで、ページがいくつか折れていた。アティカスは少しでも折り目を消そうと努力したのだが、無駄だった。

「買ったときは、もっといい状態だったのに……」

「いやいや、これで上等だよ。大事に読めばいいだけさ」ジョージがにやっと笑った。「さっそく特等席に置いてやろう」伯父が向かったのは夫婦の寝室で、そこにはふたりの蔵書のなかでも特に貴重なものだけが集められていた。

　アティカスは、廊下の途中まで伯父についていったあと立ちどまり、このアパートにあるもうひとつの寝室をのぞき込んだ。ベッドの上では、今年十二歳になる従兄弟《いとこ》のホレスが仰向けに寝ていて、口を開き浅い呼吸をくり返していた。少年の枕もとには『宇宙士官候補生トム・コーベット』のコミックスが一冊あり、床にはさらに数冊が落ちていた。ベッドの反対側の壁に向き合うかたちで、小さなイーゼルが立っていた。イーゼルの上の画用紙はコマ割りされており、宇宙探検のシーンが描かれていた。バック・ロジャーズ（一九二八年に『アメイジング・ストーリーズ』誌上でデビューしたSFキャラで、その後コミックスや映画になった）風の絵を背景に躍動しているのは、ケープをまとったニグロたちだ。アティカスは寝室の戸口で首をかしげ、ストーリーが読み取れないかと思いつつ画用紙を見つめた。ジョージが廊下を戻ってきたので、彼は声を潜めて言った。「ホレスのやつ、こんなに上手になったんだ」

「ああ、おかげでコミックスも出してくれと、しつこくせがまれてる。だから言ってやったんだ、もしおまえが自分の金をしっかり貯めたら、少部数で出すことを考えてやってもいいとね。ところで腹減ってないか？」

「まだいいよ。それより、伯父さんに聞いてもらいたいことがあるんだ」

「そうか。じゃあちょっと待っててくれ。今コーヒーをいれてくるから」

キッチンへ戻る伯父を見送り、アティカスは玄関脇の応接間へ入っていった。そこは子供時代の彼にとって、図書室と読書室を兼ねた部屋だった。書棚は伯父用と伯母用にきっちり二分されていた。ヒッポリタ伯母さんの棚は科学書や博物学の本が中心で、ジェイン・オースティンの小説が少しだけ交じっていた。ジョージも文学書は読むのだが、棚のほとんどを占めているのは彼が愛してやまないSFやファンタジー、ミステリ、ホラーといったパルプ・マガジンの諸ジャンルだった。

ほぼ白人の作家で占められたこの種のジャンルに向けられた伯父の情熱を、アティカスも共有しており、それが昔から父親と対立する原因のひとつとなっていた。彼の父モントローズが、兄であるジョージの趣味を腐《くさ》すことはなく、ジョージも弟に対して、自分の意見は胸にしまっておけといつも警告していた。しかしこういう平和な関係を、父と息子が築けるはずもなかった。ひとたびモントローズが、息子の読書傾向に難癖《なんくせ》をつけはじめたら、アティカスも受けて立たざるを得なかった。

口論の種はいくらでもあった。たとえば、エドガー・ライス・バローズの『ターザン』シリーズは非難すべき点だらけであり（ターザンというキャラ設定からして父親は気に入らないのだから、ほかは推《お》して知るべしだ）、同じ作者の『火星シリーズ』では、主人公のジョン・カーターが火星の大元帥となるまえの南北戦争時、北ヴァージニア軍の大尉だったことに父親は嚙みついた。「南軍の将校だと？」父親は仰天した。「そんなやつがヒーローなのか？」いや、作中のジョン・カーターは実質的に元南軍将校だから、別に問題はないのだとアティカスがとりなしても、父親は鼻で笑うだけだった。「元南軍将校？　なんだそりゃ。元ナチみたいなもんか？　奴隷制を守るため戦ったことに違いはないだろうが！　なんでも元をつければいいってもんじゃないぞ！」

モントローズは、こんな本は読むなと息子に禁じることもできただろう。実際アティカスの友だちのなかにも、せっかく集めたコミックスや『アメージング・ストーリーズ』誌を父親に捨てられた子が何人もいた。ところがモントローズは、ごく一部の例外を除き、息子の本を取り上げるようなことはしなかった。彼がくり返しアティカスに要求したのは、ただ無批判に読みふけるのではなく、自分は今なにを読んでいるかよく考えろということであり、実はアティカスも、それが理にかなった態度であることをよく承知していた。とはいうものの、もし父の意見の妥当性を認めるのであれば、アティカスのほうも、この親父は息子をいじめて楽しんでいるだけだと主張する権利が、あるように思えてくるのだった。

いずれにしろ、ジョージ伯父は彼の味方をしてくれなかった。「おまえの父さんが悪いわけじゃない」まだ子供だったアティカスが父親のことで愚痴を言うと、伯父は彼をこう諭《さと》した。「だけど伯父さんだって、ああいう本が大好きじゃないか」アティカスは言った。「ぼくより熱心に読んでるくらいだ」

「たしかにわたしは、ああいう本が好きだ」ジョージはうなずいた。「でもなアティカス、本は人間と同じなんだよ。愛していればそれで完璧になるわけじゃない。えてして人間は、いい点だけを見て欠点には目をつぶろうとする。しかし欠点は、そこに存在しつづけるんだ」

「それでも伯父さんは、父さんみたいに怒ったりしない」

「たしかにわたしは怒らない。本に腹を立てることもないしな。でも、がっかりすることはたまにある」彼は自分の書棚を見やった。「そしてときには、強く胸が痛むことも」

今あのときと同じ書棚の前に立ちながら、大人になったアティカスは、アーカムハウス社のロゴがある一冊に手を伸ばした。H・P・ラヴクラフト著『アウトサイダー』。ラヴクラフトは、アティカス好みの作家ではなかった。彼が書いたのはホラー小説であり、そっちは伯父の領分であって、アティカスはハッピーエンド、または希望をつなげる結末をもった冒険小説のほうが好きだったからだ。ところがある日、ほんの気まぐれから彼はラヴクラフトも読んでみようと思い立ち、『狂気の山脈にて』と題された長編をたまたま抜き出した。

物語に描かれていたのは、科学者たちによる南極への化石採取旅行だった。新たな発掘場所を探しているうち、かれらはエベレストよりも高い山が連なる未知の山脈を発見した。山中に開けた高原には都市があり、それは先カンブリア時代に宇宙から地球へやって来た古のもの《エルダー・シングス》と呼ばれる地球外生命体によって、数百万年まえに建設されたものだった。〈古のもの〉は遠い昔にその都市を放棄しており、しかしかれらの奴隷だったショゴスと呼ばれる不定形の怪物が、廃墟となった都市の地下トンネルを今もうろついていた。

「奴隷がショボスなんだな?」モントローズに訊かれた。アティカスは、いま読んでいる本について父に話してしまうという失敗を、またしても犯していた。

「ショゴスだよ」息子は訂正した。

「そうか。で、ご主人さまの民族がエルダー・クランズメン（クー・クラックス・クランの長老の意）――」

「エルダー・シングズ。〈古のもの〉だ」

「そいつらの肌は白いに違いない。そしてショボスのほうは黒い」

「エルダー・シングズは樽形をしているんだ。しかも翼をもってる」

「だけど肌は白いんだろ？」

「灰色だよ」

「薄い灰色か？」


　このような揚げ足とりをさらにいくつか重ね、ラヴクラフトが意図的に曲解した進化論に対するもう少し真面目な感想を述べたあと、モントローズは急にこの話を終わりにし、ラヴクラフトをめぐる議論も終わったように思われた。なのに数日後、父親は意外なものを持って家に帰ってきた。

　その晩、アティカスの母親は友人と出かけており、家にひとりでいた彼は『クトゥルフの呼び声』を読みながら、キッチンの排水口がたてるゴボゴボという不気味な音を聞くまいと努力していた。だから父親が帰ってきたときは、内心ほっとした。

　モントローズは前置きなしでしゃべりはじめた。「仕事のあと、図書館によってきた」彼はコートを壁のフックに掛けた。「おまえの新しい友だち、ラヴクラフト君についてちょっと調べてみたんだ」

「へえ？」アティカスはわざと気のない返事をした。不機嫌と歓喜が入りまじったような父親の声音から、彼が息子の大好きなものをぶち壊そうとしていることが、ありありとわかったからだ。

「彼は詩も書いていたぞ。もちろんラングストン・ヒューズ（ハーレム・ルネッサンスの旗手とみなされたアフリカ系アメリカ人の詩人。一九〇二～一九六七）にはおよばないが、なかなか面白い詩だ。ほら」

父親から手渡されたのは、ラヴクラフト作品に登場する謎の古文書を安っぽくしたような小冊子だった。大昔の謄写版《とうしゃばん》で印刷された素人による文芸誌で、薄汚れたボール紙の表紙がついていた。標題紙（書誌データを記載し、本文まえに挿入されるページ。日本の書籍の奥付に相当する）はなかったが、表紙の隅に〈1912ロードアイランド州プロヴィデンス〉と入っていた。なぜこんな冊子がシカゴの公立図書館にあるのか、アティカスには見当もつかなかったけれど、これを父親が探し出したことにはさほど驚かなかった。モントローズは、こういうものに鼻が利いたのである。

図書館の貸出カードが、しおり代わりに挟んであった。アティカスがそのページを開くと、ハワード・フィリップス・ラヴクラフトによる八行の滑稽な詩が掲載されていた。『ニガーの創造』と題された詩だった（ラヴクラフトが二十代はじめに書いた、創世記をパロディにしたような差別的作品）。

（そしてときには、強く胸が痛むことも……）

「懐かしい本を見つけたのか？」コーヒーを持って、ジョージが応接間に入ってきた。

「まあね」アティカスは手にしていた『アウトサイダー』を書棚に戻し、ジョージからカップを受け取った。「ありがとう」伯父と一緒に腰をおろすと、疲労感がアティカスを襲った。

「それで」ジョージが言った。「フロリダはどうだった?」

「差別された」と答えたとたん、アティカスはこの言葉が適切でなかったことに気づいた。ここシカゴでも、事情は大きく変わらないからだ。

でもジョージはうなずいてくれた。「やっぱりな。おまえが南部を嫌悪することは、最初からわかっていたよ。とはいえ、こんなに早く帰ってきたのは意外だったがね。少なくとも夏が終わるまでは、フロリダにいるものと思ってた」

「ぼくもそのつもりだった。フロリダの次は、カリフォルニアに行ってみようと考えていたし。なのに、こんな手紙が来てしまった」彼は父から送られた手紙を出した。

封筒の手書き文字を見るだけで、伯父はすぐに誰からの手紙か気づいた。彼はもう一度うなずいた。「なるほどね。だからモントローズは、おまえの連絡先を教えろとわたしに頼んだんだ」

「この手紙の内容については、なにか言ってなかった?」

ジョージが笑った。「言うもんか。おまえに手紙を書くことさえ、あの男は内緒にしてたよ。おまえの住所を知りたいのは、〈万一のときのためだ〉としか言わなかった。実はおまえが兵《へい》役《えき》に就いてからずっと、そんな調子だったんだ。息子を心配しているし、息子についてわたしが知っていることをすべて知りたがっているくせに、そう白状するのを神に禁じられているみたいだった。だからいつだって、なにか関係のない話をしている最中に、さり気なくこう訊いてくる。〈ところで最近、あいつからなにか言ってきたか?〉」

「〈あいつ〉ね」アティカスは顔をしかめた。

「おまえの名を出して、心配していると思われるのが厭だったんだろう。しかし、これでも進歩したんだぞ。おまえが朝鮮に行った最初の年なんか、訊こうともしなかったからな。この家に晩飯を食いに来て、わたしが先にしゃべりだすのを待ってるんだ。もしわたしがおまえの話をしなかったら、話すまで帰ろうとしない。十時、十一時、十二時になっても、じっと座って待ってる。あれにはこっちの気が狂いそうだった」ジョージは首を振った。「それでモントローズの手紙には、なんて書いてあった？」

「母さんのことだ。母さんの一族がどこから来たか、やっとわかったらしい」

「あいつ、まだあの件にこだわっているのか？」

ドーラという名のアティカスの母親は、未婚の女性の一人娘だった。父親が誰かは不明で、その話題に触れるのもタブーだった。ドーラの母は肉親たちから義絶されたため、かれらについて語ることもほとんどなく、おのずとドーラが母方の祖父母について知っているのは、住んでいたのはブルックリンだが、もともとはニューイングランドのどこかの出身だということだけだった。

五世代まえまで遡《さかのぼ》って、自分のルーツを確認することに成功していたモントローズは、ドーラの先祖についても調べあげることを心に誓った。結婚まえの交際の段階では、モントローズはこの誓いをみずからの愛の証《あかし》としていたようだが、アティカスが生まれるころには独りよがりのおせっかいな行動となっており、たくさんあった夫婦喧嘩の火種のひとつと化していた。

アティカスは、子供用ベッドに寝ながら聞いた両親の言い争う声を、今もよく憶えていた。「なぜおまえは知りたいと思わないんだ？」父親が言う。「ご先祖さまを知ることは、自分自身の一部を知ることだ。それを知る機会が奪われているのに、なぜおまえは平気でいられる？」「わたしたちの過去がどこに通じているか、よく知っているからよ」母親が言い返す。「悲しい場所に通じているの。なぜわたしが、これ以上詳しく知らなきゃいけない？　知ればあなたが幸せになれる？」

「誰が幸せになるかという問題じゃない。欠けている部分を補い、人間として完全になれるかどうかという問題だ。おまえはそうなる権利がある。これはおまえの義務だぞ」

「わたしはね、そんなこと求めてないの。だからもう放っておいて」

母が死んだとき、アティカスは十七歳だった。葬儀が行なわれた日に彼が見たのは、母の遺品が入った箱を物色している父の姿だった。モントローズは、たった一枚しか残されていなかったドーラの祖父母の写真を取り出すと、その写真を額縁からはずし、裏になにが書かれているか読もうとした。もちろん、なんらかの手がかりを得るためだ。

アティカスはその写真を父親の手から引ったくった。「放っておいてやれよ！」びっくりしている父親に向かい、彼は怒鳴った。「母さんは放っといてくれと言ったじゃないか！」最初の驚きからすぐに立ちなおり、モントローズは息子とは比較にならないほど激しい怒りを爆発させた。彼はアティカスに強烈な平手打ちを喰わせ、床の上に倒れた息子を見おろしながら吠えた。「二度と俺にそういう指図をするな！　二度とだ！」

「もちろん親父は、まだあの問題にこだわってる」大人になった今のアティカスが、先ほどのジョージ伯父の質問に答えた。「さっき伯父さんは、親父のせいで気が狂いそうになったと言ったよね？　ぼくがまず確かめたいのは、親父が本当に発狂したんじゃないか、ということなんだ」アティカスは父親からの手紙を開くと、ひどい癖字に眉をひそめながら音読していった。

「〈わたしにはわかってる。おまえもドーラと同じく、過去は忘れることができる、許すことができると考えているに違いない。そんなことはないのだ。絶対に。過去は生きつづけている。過去は生き物だ。人は過去を背負いつづける。わたしはおまえの母親の祖先について、新たな発見をした。おまえは、秘められた聖なる遺産を継承していたのだ。それは、隠されつづけてきたおまえの生得権であり……〉」

「遺産？」ジョージが訊いた。「つまり、相続すべき財産があるという意味か？」

「詳しいことは書いてない。でもそれがなんであれ、母さんの一族が住んでいた土地となにか関係があるらしい。親父はぼくに、家に帰ってきて一緒にその土地へ行き、相続権を行使しろと言ってる」

「それじゃあ気が狂ったとは言えないな。夢物語を語っているような気はするが……」

「狂っているのはそこじゃない。場所なんだよ。親父がぼくを連れて行きたがっている土地は、ラヴクラフト・カントリーのど真ん中にあるんだ」

　意味がわからず、ジョージは首を横に振った。

「アーカム」アティカスがつづけた。「この手紙には、母さんの一族はマサチューセッツ州アーカムの出身だと書いてある」アーカムとは、死体蘇生者《そせい》ハーバート・ウェストの故郷にして、狂気の山脈への南極探検行に資金を出したミスカトニック大学の所在地だ。「でもアーカムは創造された町だろ？　つまりぼくが言いたいのは――」

「わかるよ」ジョージがうなずいた。「ラヴクラフトは、たしかセーラムをモデルにしてあの町をつくったはずだから、アーカムなんて町は実在しない。その手紙、ちょっと見せてくれ」

アティカスから渡された手紙を、伯父は目を細めたり首をかしげたりしながら熟読した。「これはkじゃなくてdだな」たっぷり眺めたあと、ジョージが言った。

「なんだって？」

「アーカムはArkhamだが、これはdだからArdham、アーダムだよ」

アティカスは椅子から立ちあがり、伯父の肩越しに手紙を見た。「これがd？」

「ああ」

「嘘だろ。bに見えないことはないけど……」

「いいや、間違いなくdで、アーダムだ」

「やれやれ」アティカスは呆れてため息をついた。「教育の重要性をさんざん息子に説教したんだから、字ぐらいちゃんと書いてほしいね」

「それを言ってもはじまらないさ」ジョージが言った。「だってモントローズは、識字障害者《ディスレクシア》だもの」

これはアティカスも初耳だった。「いつから？」

「ずっと昔から。おかげで学校では、とても苦労していた。原因がないわけじゃない。おまえの祖父《じい》ちゃんのターナーも、同じ問題を抱えていたからな」

「なぜぼくが今まで知らなかったんだろう?」

「なぜモントローズがおまえに教えなかったか、という意味か?」ジョージは笑った。「考えるまでもないだろ」

ジョージは書棚のひとつから道路地図を抜き出し、索引を調べた。そしてマサチューセッツ州のページを開いた。「ほら、ここだ」

同州の北部、ニューハンプシャーとの州境近くにアーダムは位置しており、人口が二百五十名以下であることを意味する白い丸で示されていた。名前もついていないコネチカット川の支流が町の南側を流れており、地図で見るかぎり町へまっすぐ入ってゆく道はないものの、近くで州道が支流と交差していた。

「まあよかったじゃないか」眉根をよせて地図に見入っているアティカスに向かい、ジョージが言った。「おまえの親父さんは、ちっとも狂っていなかった。遠路はるばる帰ってくるまえに、電話で確かめるべきだったな」

「いや、どっちみちぼくも、そろそろ帰りたいと思っていたんだ。親父と話してみるよ。そしてこの生得権とはなんのことか、訊いてみる」

「おや?……」

「どうかした?」

「ここ、デヴォン郡なんだな」ジョージは地図上の一点を指でつついた。「マサチューセッツ州デヴォン郡。どこかで聞いたことがあるぞ。そうか……もしかするとこのアーダムも、結局はラヴクラフト・カントリーの一部かもしれない」

「なんだそれ？」

「下のオフィスに行こう。ちょっとファイルを調べたい」

✣✣✣　✣✣✣　✣✣✣

『ニグロのための安全旅行ガイド』をジョージが刊行しはじめた当初の目的は、彼が経営する旅行代理店の宣伝であり、『ガイド』単体で収益があがるようになった今も、ビジネスの主力と最大の収入源は、すでに支店が三つもある代理店業のほうだった。

ホテルや切符をとりたい人であれば、誰でもジョージの会社を利用することができたけれど、彼が最も得意としているのは、大手代理店から不愉快な思いをさせられることが多い中流階級の黒人顧客のため、特化したサービスを提供することだった。当然ジョージは独自のネットワークや調査員を駆使して、黒人も宿泊可能なホテルのリストだけでなく、黒人の予約を確実に受けてくれそうな航空会社やクルーズ会社に関する情報を、常に更新しつづけていた。海外での休暇を楽しみたい客に対しては、人種差別感情が比較的希薄な国か、もっと重要なことに、アメリカ人旅行者が少ない土地をお勧めした。数千マイル離れた国へ遊びに来たのに、自国で毎日相手にしている差別主義者《レイシスト》たちと遭遇したのでは、たまったものではないからだ。

このような情報がまとめられたファイル類を、ジョージは事務所の裏の倉庫に保管していた。彼は、アティカスを連れて倉庫に入るとまず電気を点け、それからドア脇にあるキャビネットの最上段に手を伸ばした。

「これを見てくれ」

ジョージがアティカスに手渡したのは、上階にあったのと同じ大判の道路地図帳なのだが、こちらには鮮やかな色使いのイラストが無数に描き込まれていた。ホレスが描いたものであることは、ひとめでわかった。そういえば、幼いホレスが最初に行なった芸術上の試みのひとつは、ガソリンスタンドの所在地を示す地図にマンガを描くことであり、こちらの分野に関しても、少年は着実に腕を上げていた。ページを繰っているうち、アティカスは気づいた。そうか、この地図帳は、ビジュアル化された『ニグロのための安全旅行ガイド』なのだ。

シカゴのサウスサイドなど大規模な黒人居住区は、光り輝く要塞として描かれていた。オアシスと塔の絵が表わしているのは、小さな黒人街や飛び地だった。点々と散っているホテルやモーテルは、にっこり笑った亭主がいる昔ながらの宿屋のイラストで統一されており、古い農家やツリーハウス、『指輪物語』のホビット穴は、すべてニグロの旅行者を泊めてくれる民宿だった。

差別が激しい地域には人食い鬼《オーガ》やトロル、吸血鬼、狼男、恐ろしげな猛獣、幽霊、邪悪な魔法使い、そして白い頭巾をかぶった騎士などが描かれていた。オクラホマ州タルサの街には、巨大な白いドラゴンが巻きついて口から炎を吐いていたのだが、炎の先にあったのは、アティカスの父親とジョージ伯父が生まれた地区だった。

アティカスはマサチューセッツ州のページを開いた。デヴォン郡に描かれていたのは、ほかのページでもたくさん見かけた日時計の絵だった。日時計の横には、恐ろしげな顔をした中世の騎士が絞首用のロープを持って立ち、日時計に影を落としていた。

「デヴォン郡を調査したのは、ヴィクター・フランクリンだ」アティカスが道路地図を見ているあいだ、ファイルキャビネットをあさっていたジョージが言った。アティカスが目を向けると、彼は一枚のタイプ打ちされた書類をフォルダから抜き出し、ひらひらと振ってみせた。

「誰だって?」アティカスが訊いた。

「ヴィクターは、ハワード大学（ワシントンDCにある黒人大学の名門）以来のわたしの友人でね。おまえは会ったことないと思うが、三年くらいまえから、グランド・ブールヴァード（シカゴのサウスサイドに属する一地区）支店を任せてる。去年の九月、彼が東海岸に住む親戚を訪問するというので、『ガイド』に掲載する予定の物件がニューイングランドにいくつかあるから、ついでに調査してきてくれと頼んだんだ。

「物件のひとつは、ニューハンプシャー州にあった。レスター・ディーリングという別の同窓生が、ホテルをオープンする予定になっていたんだ。ところが、地元の施工業者たちともめてしまったおかげで、まだ開業していなかった。ヴィクターが到着した日も、レスターは電気配線を終わらせてくれる工事屋を探すため、隣町に行って留守だった。ヴィクターは、開業まえで誰もいないホテルに泊まるわけにもいかず、しかたなく近くのモーテルに行ったんだが

「――」

「空室はないと言われたんだな」

「そのとおり。黒人はお断りってわけだ。そこでヴィクターはマサチューセッツまで戻り、民宿に泊まることにした。

「南に向かって車を走らせた彼は、州境を越えマサチューセッツに入ったあたりで、小便がしたくなった。次のガソリンスタンドでトイレを借りてもよかったんだが、その日は不運つづきだからどうせだめだろうと思い、車を停めて森のなかで用を足すことに決めた。

「しかし車を降りたとたん、彼は急に不安になってきた。というのも、日は沈みかけているし、何十マイルも走っているのにすれ違った車は一台もないし、ボストンを出発して以来、黒人をひとりも見ていなかったからだ。それでも出すものは待ってくれないので、ヴィクターは森のなかへ入っていき、ここまで来れば道路から絶対に見えないだろうという場所で立ちどまった。そして用を足しはじめたんだが、その真っ最中に、森のずっと奥のほうから、バキバキと木の折れる大きな音が聞こえてきたんだ」

「ショゴスでも出たのかな?」アティカスが茶化した。

ジョージもにやりと笑った。「ヴィクターがショゴスを知っていたとは思えないけど、そのときの彼が似たような想像をしたことだけは、間違いないね。彼はわたしにこう言ったよ。〈正体はわからないが、とにかくバカでかかった。確かめに行こうなんて、誰が思うもんか〉。彼は急いでジッパーを上げると、道路まで駆け戻った。ところが道路では、本物のモンスターが彼を待ちかまえていたんだ。

「そう、郡保安官だよ。ヴィクターは、森の奥を移動する化け物にばかり気を取られていたから、パトカーが近づいてくる音にまったく気づかなかった。パトカーは、彼のリンカーンのすぐうしろに停車していた。保安官はライフルを持ち、リンカーンのボンネットに寄りかかっていた。保安官の表情を見ただけで、ヴィクターは回れ右をして逃げ出したくなった。でもそうしなかったのは、背中を見せたら問答無用で撃たれると、直感したからだそうだ。

「そこで彼は両手を高くあげ、自分から保安官に語りかけた。〈こんにちは、保安官。なにかご用ですか?〉そこからはもちろん、お決まりの質問がつづいた。おまえは何者だ、どこから来た、なぜこんなところに車を停めた。ヴィクターはひとつずつていねいに答えていったんだが、保安官は彼の言葉をさえぎると、いきなりこうわめいた。〈するとおまえは、俺の管轄区域内にあるこの森で動物みたいに立ち小便をするため、わざわざシカゴから来たって言うのか?〉この質問に対し、どう答えれば顔面に弾を喰らわずにすむかヴィクターが思案していると、保安官は別の質問をしてきた。〈おまえ、サンダウン・タウン（日没後の黒人の外出を、条例で禁じている町の総称）という言葉を知ってるだろ?〉

「もちろんです、とヴィクターは答えた。〈よし〉。保安官はつづけた。〈おまえが今いるデヴォン郡は、サンダウン・カウンティだ。もし日没後におまえを逮捕したなら、そのへんの木で縛り首にするのが保安官としての俺の義務だ〉。ヴィクターは、恐怖のあまり逆に腹がすわってしまい――こういう感覚、わかるだろ?――静かに空を見あげて太陽を探した。木が多すぎて太陽は見えなかったものの、あたりはまだ充分に明るかったので、彼はつい〈まだ日没じゃないですよ〉と言ってしまった。自分の口から出た言葉とはいえ、あまりに生意気そうに聞こえたので、気が遠くなりかけたそうだ。ところが意外にも、保安官はくすくす笑いながら〈そのとおり、まだ日は落ちてない〉と言ったんだ。〈今日の日没は七時九分だ。だからあと七分ある〉。〈そういうことなら〉とヴィクターは言った。〈もしここで放免してくだされば、六分以内にこのデヴォン郡から出ていきます〉。〈でもこのまま南へ向かうのであれば、時間的に不可能だぞ〉。保安官は親切に教えてくれた。〈もちろんスピード違反をすれば間に合う。しかし、もしおまえが少しでも制限速度を超えたら、俺がただちに停車させて……〉〈じゃあ引き返して北へ戻ります〉。ヴィクターはあわてて言った。〈それならなんとか間に合うでしょう〉。すると保安官は、〈試してみるか?〉と彼を挑発した。

「この保安官、ここまで自分をもてあそんだあげく、結局は撃つんじゃないかとびくびくしながら、ヴィクターはリンカーンに戻っていった。でも運転席のドアを開けようとしたとき、急に別の疑問がわいてきて、彼は道路と保安官を交互に見ながらこう訊いた。〈この道、Uターンできましたっけ?〉保安官がにたっと笑った。〈いいところに気づいたな。いつもならUターンは即逮捕するんだが、もしおまえが見逃してくださいと心から俺に頼むのであれば、今回にかぎり勘弁してやってもいい〉。そこでヴィクターは、見逃してくださいと心からお願いしたんだが、保安官はわざと返事を遅らせ、さんざんヴィクターをじらしたあと、ようやく首を縦に振った。こうしてヴィクターは自分のリンカーンに、保安官はパトカーに乗って同時に発進した。二台はただちにUターンして、北へ向かって走りはじめた。もちろんヴィクターは、制限速度ぎりぎりで走ったんだが、パトカーは最後までリンカーンのケツにぴったりついてきたそうだ。幸いヴィクターは、三十秒ほどの余裕を残してニューハンプシャーの州境を越えられたよ」

この話を聞きながら、アティカスは複雑な思いにとらわれた。いちばん強く感じたのは、恥ずかしさだった。インディアナで彼が出遭った警官は、拳銃を抜きもしなかった。なのに彼は、ヴィクターほど冷静でいられなかったからだ。

「それでその保安官は、やっとヴィクターを自由にしてくれたわけだ？」彼はジョージに訊いた。

「たしかにパトカーは州境の手前で停まった。しかし道路はそこからさらに半マイルも直線がつづいており、ヴィクターがバックミラーを見ると、パトカーから降りた保安官がライフルを構え、彼に狙いをつけていた。ヴィクターは急いで頭を低くした。保安官が撃った弾はリンカーンのリアウィンドウを粉々にし、ステアリングホイールの真上のフロントガラスにクモの巣状のひび割れをつくった。ヴィクターはアクセルを踏みつづけるしかなかった。あの保安官はもう追ってこないと安心できたのは、一度も速度をゆるめずニューハンプシャー州のずっと奥まで入ったあとだ。ところがほっとしたとたん、体がぶるぶると震えはじめ、リンカーンごと用水路に落ちそうになった」

「そのあと、どうやってシカゴまで帰ってきた？」

「カナダ経由だ。ケベックの国境で銃痕について訊かれたけれど、入国は許可されたので、モントリオールで割れたウィンドウを交換した。そしてほうほうの体《てい》でシカゴに帰り、〈マサチューセッツ州デヴォン郡を『ガイド』に含めることは、絶対に勧められない〉とこの報告書に書いた」ジョージはさっきの紙を改めて振ってみせた。

「ごていねいな説明を、どうもありがとう」アティカスは礼を言った。「しかし今の話を、親父に聞かせるわけにはいかないな。ますます行く気になるに決まってるもの」

「同感だ。それにもしわたしがおまえの立場だったら、ショゴスの話もしないだろうよ」

✣✣✣　✣✣✣　✣✣✣

アパートの入り口でアティカスがブザーを押しても、父親からの返答はなかった。もう一度押すと、八十二という高齢にもかかわらず、自分が所有している賃貸物件内であればピンの落ちる音も聞き逃さない大家のミセス・フレイザーが、誰が来たのか確かめるため顔をのぞかせた。彼女もアティカスに気づくと、ジョージ伯父と同じように抱きしめて帰郷を喜んでくれたのだが、ひとしきり騒ぐと真顔になり、モントローズは一週間近くまえに出かけたまま帰っていない、と教えてくれた。「先週の日曜の夕方、白人の男と一緒に出ていってそれっきりさ」

「白人の男？」アティカスが質問した。「警官ってこと？」

「そうは見えなかったね。制服を着ていなかったし、刑事にしては若すぎたもの。おまけに乗ってきた車の派手なことといったら。銀色でウィンドウが真っ黒なんだ。あんな車、わたしは初めて見た」

「その男、名前は言ってなかった？」

「いいえ。モントローズも紹介してくれなかったしね。だけどモントローズは、もうすぐあんたが帰ってくるから、例の場所で待っていると伝言するよう、わたしに頼んでいった」

「ミセス・フレイザー、親父はなんていうか……様子が変じゃなかった？」

「どうだろう。彼はいつだってああいう人だから……まあ機嫌はよくなかったね。でも白人が横にいるのに、あれほど怒ってない彼を見たのも初めてだった」

アティカスは彼女からスペアキーを借り、三階にある父親の部屋に入った。今回もスケール感のひずみを修正するため、しばし玄関でたたずむことになった。もともと広くないアパートなのだが、今は一段と狭苦しく感じられた。依然として居間には、昔アティカスの寝床となっていたソファベッドと、フランケンシュタインの人造人間を思わせる大きな蓄音機が置いてあった。それは、タルサの大火災で焼け残った古い大型蓄音機のキャビネットに、父親がみずからの手で最新型のターンテーブルとラジオ受信機、そしてスピーカーを組み込んだ自作の品だった。壁の棚にびっしり並んだ父のレコードコレクションを、アティカスは大人になった現在の目で改めて見なおした。音楽だけでなく、演説や講演、舞台劇といった人間の語りを収録したレコードが、多く含まれていた。

びっくりしたのはテレビがあったことだ。以前の父親は、ニグロが自分たちの放送局をもつ日のため貯金すると言い張り、テレビを買うことに断固反対していた。きっと『ポピュラー・

メカニクス』（一九〇二年創刊の一般向け科学雑誌）が、テレビの自作キットかなにかを通販したのだろう。

居間を出た彼は、小さなキッチンとバスルームを経て両親の寝室へつづく狭い廊下を歩いた。左右の壁に作られた扉のないクローゼットには、棚が増設されていた。アティカスの名が書かれている棚も、まだ何枚か残っているのだが、それらの上に彼の所有物はひとつもなかった。すべてモントローズが捨てたからだ。それは、陸軍に入ると言いだした息子に対し、入るならおまえの持ち物をぜんぶ捨てると脅しをかけた父が、その言葉を実行に移した結果だった。しかしアティカスは父の行動を先読みし、本当に大事なものはあらかじめジョージ伯父さんに預けていたから、捨てられてもさほど痛痒《つうよう》を感じなかった。脅迫に失敗したモントローズが拳に訴えたときも、アティカスは父に自分を殴らせるのはこれが最後だと心に誓いつつ、甘んじて受けてやった。

ところが、最大の衝突はもっとあと、アティカスが最初の休暇で帰郷した一九五一年の夏に起こった。すでに父と息子の双方が、過去の自分の言動をいくらか反省できる程度の時間が経過していた。面と向かって和解したわけではなく、謝罪の言葉の交換もなかったけれど、ある朝いきなりこのアパートに帰ってきたアティカスを、モントローズは無言でなかに招き入れてくれた。

しかし、ふたりの非公式の停戦は一日とつづかなかった。その夜、『シカゴ・ディフェンダー』紙（一九〇五年に創刊された黒人のための黒人による新聞）の記者がアティカスに電話してきて、黒人兵士の横顔を紹介するシリーズのためインタビューさせてほしいと依頼した。アティカスは喜んだけれど、息子から話を聞いたモントローズは激怒した。

「おまえはバカか？」父親は怒鳴った。「自分をないがしろにしている国のため、命を落としかけただけでも最悪なのに、ほかの仲間たちにも同じ失敗をさせたいのか？」

今回は言葉から行動への移行が非常に早く、アティカスも殴られまいとして自己防衛に努めた。今も奥の寝室の壁には、父親と取っ組み合いながらぶつかったときにできたひび割れが、くっきりと残っていた。いよいよ殴り合いになるかと思われた矢先、先に体を離したのは、意外にも父親のほうだった。アティカスは、二度と戻ってこないと誓いながらこのアパートを出たのだが、自戒の意味を込めて『シカゴ・ディフェンダー』の記者の連絡先が書かれたメモは持っていかず、以来ただの一度も、自分の軍隊生活について公の場で語らなかった。

「親父ときたら、まったく」アティカスは嘆息した。髪を掻きあげてベッドを見ると、横になりたい誘惑に駆られた。しかし、彼は寝る代わりにキッチンへ行き、水を一杯飲むことにした。冷蔵庫のドアに、小さな紙片が一枚貼ってあった。その紙には、例の地名だけが殴り書きされていた。今回はkでなくdに見えたものの、彼の頭に聞こえてくるのは、ラヴクラフトがつくった架空の町の名前のほうだった。

アティカスはジョージ伯父に電話した。

「モントローズのあとを追っていくのか？」伯父に訊かれた。

「ああ。そのほうがいいと思って」

「そうか。じゃ、わたしも一緒に行こう」

「ほんとに？」

「もちろんさ。ウッディに乗っていくぞ」ウッディとは、内装とサイドパネルにカバ材の装飾板がはめ込まれていることから、ジョージが愛車のパッカード・シリーズ22ステーションワゴンに与えた愛称である。「今から雑用をいくつか片づけて、ホレスの世話を誰かに頼むから、二時間ぐらい待ってくれ」

「わかった。でもそのまえに、ひとつだけ教えてほしい。親父と一緒にいた白人の男が何者か、誰に訊けばわかる？」

「ガーヴィーで訊いたらどうだ？　日曜に出発したのであれば、月曜からの休暇を取ってるはずだ。もし取っていなければ、ガーヴィーからわたしに問い合わせがあっただろう」

社名はガーヴィー・ブラザーズなのに、経営しているのはユダヤ人夫婦というその印刷会社は、『ニグロのための安全旅行ガイド』を含むジョージの印刷物を一手に引き受けており、モントローズは同社に機械工として雇われ、印刷機の操作と修理だけでなく、二台ある配送用トラックの整備もときどき任されていた。

アティカスが印刷所まで車を走らせ、週末担当の守衛に話を聞くと、モントローズはたしかに家族の緊急事態を理由に、二週間の夏休みを前倒しで取得していた。だが、白人の男についてはなにも知らないと言う。

ある程度の情報が得られたのは、モントローズが仕事帰りにときどき寄っていた『デンマーク・ヴィージーの店』というバーだった。よほど騒ぎを起こしたいか、賄賂《わいろ》をもらう用事でもないかぎり、こんな店名のバーに白人が来ることはまずないのだが（デンマーク・ヴィージーは、十九世紀初頭にサウスカロライナ州でアメリカ史上最大の奴隷反乱を計画したとして処刑された黒人指導者の名）、店番をしていたチャーリー・ボイドというバーテンダーは、十日ほどまえにひとりの白人男性が入店したときもカウンターに立っていた。

「まだ二十代前半って感じだったな」チャーリーが言った。「髪は茶色で瞳はブルー、身なりはびしっとしてた。警官にはみえなかったけれど、物怖じせず普通の顔で入ってきた。ツリーを見ても全然びびってなかったし」ツリーとは身長二メートルを越すこの店の用心棒で、みごとに真っ黒な肌をしているものだから、ほかの黒人たちでさえ一瞬わが目を疑って二度見するほどだった。

「そいつがうちの親父と話をしたんだ？」

チャーリーはうなずいた。「まっすぐモントローズのところに歩いていった。当然おたくの親父さんは、〈なんだ、おまえは？〉と訊く。ところがそいつは、平然とこう言い返した。〈ミスター・ターナーですね？　先日電話でお話しした者です〉。そして彼に名刺を手渡した」チャーリーが肩をすくめた。「きっと弁護士かなにかだろう。でなけりゃ、ああいう車に乗れるわけがない」

「その白人が乗ってきた車を見たのか？」

「ツリーが見た。シルバーの4ドアセダンで、黒いウィンドウがはまっていたそうだ。ツリーの知らないメーカーだったけれど、たぶん外車だろうと言ってた。それも、かなり高価な」

「その男と親父は、どんな話をしていた？」

「さあね。それはわからない。そいつが名刺を渡したあと、ふたりして奥のブースへ行ってしまったからだよ。話をしはじめて十五分後くらいに、白人が立ちあがって店を出た。親父さんはしばらく座っていたけど、グラスが空になるとさっさと出ていった。それ以来、俺は親父さんをここで見かけていない」

「それっていつのことかな?」

「先々週の水曜の夜だ」

アティカスが受け取ったモントローズからの手紙は、その翌日の消印になっていた。ということは、木曜と日曜の夜のあいだのどこかで、モントローズは息子からの返事を待っていられなくなったわけだ。

なぜだろうと首をひねりながら、アティカスは父のアパートに帰った。ひどく疲れているのを再び自覚した彼は、今回は逆らわず父の寝室でベッドに入り、昼過ぎまでぐっすり寝てしまった。

ジョージからの電話で叩き起こされた。まだ用事が少し残っているけれど、六時までには出発の準備が整うと伯父は言った。電話を切ったあと、アティカスは冷蔵庫を開けてみたのだが、一週間まえの残り物に食欲をそそられるはずもなく、結局あくびをしながら居間へ入っていった。それから窓に近づき、なにげなくカーテンを少し開けた。

このブロックに住む黒人の多くは中流階級で、アメリカン・ドリームの実現者になれる日を夢見ながら、日々奮闘していた。しかし、そこに至る道の険《けわ》しさに苛立つあまり、かれらは懸命に働いて得た金で買える物があれば、とにかくなんでも買いまくった。狭いアパートに不似合いの家具や家電。教会へ着ていくための上等な服。黒人でも入れてくれる劇場やナイトクラブでの贅沢な一夜。そして、南部の田舎道を安全に走ることはできないにせよ、近所の曲がり角に駐めておけば自慢の種になる高級車。

当然、この界隈でキャデラックはさほど珍しくなかったけれど、今アティカスが見ている父のアパートのすぐ先に停まっている車は、別次元の富と地位を象徴していた。艶《つや》やかで車高が低く、どことなく獰猛《どうもう》そうにみえるその車は、ネコ科の猛獣と同じ名前をもつ高級車のようにみえた。シルバーの車体と装飾品が午後の太陽に照らされ、今が夏ではなく冬であるかのように冷たく輝いていた。ウィンドウは色つきというよりほとんど黒一色で、乗っている人間の影さえまったく見えなかった。

この車に注目したのはアティカスだけではなかった。歩道を通りかかった少年の一団があんぐりと口を開け、車の横で立ちどまった。ひとりが前に出て金属製のボディを撫でようとしたのだが、指先がちょっと触れただけで急いで手を引っ込め、小さく悲鳴をあげた。ほかの子供たちがどっと笑った。乱暴な譲り合いがしばらくつづいたあと、意を決した子が車に近づき、掌をボンネットにべったりつけたのだが、たちまち叫びながら飛び下がった。少年たちは狂ったように笑い、走り去っていった。

そのときにはアティカスも行動を起こしていた。彼はシャツを着てズボンと靴をはき、階段を駆け下りた。時間にして二分ほどだったのに、彼が子供たちのいた歩道に立ったときは、すでにシルバーのセダンは影も形もなかった。通りの前後を虚《むな》しく見やったあと、アティカスはあの車が停車していた空間を見つめ、あれは夢だったのかと考えこんだ。

✣✣✣　✣✣✣　✣✣✣

アティカスがジョージのアパートに到着すると、サンドレスを着た小柄で細身の女性が、パッカード・ステーションワゴンの番をしていた。

「レティーシャか?」その女性にアティカスが訊いた。「レティーシャ・ダンドリッジ?」

「アティカス・ターナー」レティーシャは、わざと大げさに落胆してみせた。彼女のほうは、一ブロックも先から彼だとわかっていたのに、ここまで近づいてなお、アティカスは確信をもてずにいたからだ。とはいえ、彼女はすぐに笑みを浮かべて両腕を広げた。

ダンドリッジ家の人たちが住んでいたのは、サウスサイドのなかでもやや貧しい地区だった。アティカスが赤ん坊だったころ、彼のベビーシッターをやってくれたのがレティーシャの姉のルビーであり、兄のマーヴィンはジョージの旅行代理店でアルバイトをしていた。レティーシャ自身はアティカスよりひとつ年下で、昔ジョージが放課後の子供たちを集め、自宅の居間で開いていたサウスサイド未来派SFクラブの唯一の女子会員だった。でも彼女の母親のミセス・ダンドリッジが、そんなバカなことにかまけてないで、兄姉のように自分で食い扶持《ぶち》を稼げとレティーシャに命じたため、以後アティカスも彼女と会う機会がほとんどなくなっていた。

「驚いたな」アティカスが言った。「今までなにをしてたの?」

「あなたと同じようなこと。世界に出て、冒険をしていた」

「へえ」彼は笑った。「でも、戦争に行ってたわけじゃないよな?」

レティーシャは肩をすくめた「聞かせたい話は、いろいろあるわ」

「それで、今は帰ってきてるんだ?」

彼女はうなずいた。「わたしのママが、去年亡くなったことは聞いてる?」

「ああ。ジョージ伯父さんからの手紙で知った。たいへんだったね」

「まあね。でもわたし、ママの葬式に出そこなっちゃって」まるでバスに乗りそこなった話をするかのように、軽い口調だった。「そのことで彼女は、わたしに腹を立ててるみたい。最近、悪いことばかりつづくんだもの」

アティカスは、表情を変えないよう注意した。ミセス・ダンドリッジは美容院で働いていたのだが、本業は占い師で、ペンテコステ派の聖霊体験から得たという能力を使い、客の未来を占ったり死んだ親族の霊を降ろしたりしていた。この種のことに、アティカスはさほど関心がなかったけれど、レティーシャが心から信じているのはよく知っていた。「じゃあ君が帰ってきたのは……お母さんと和解するため?」

「というか、ほかに選択肢がなくなったの。今は、次の仕事が決まるまでという条件つきで、ルビーの家に居候してる。姉はノースサイドでメイドをやれと言うんだけど、それは絶対に厭だし、だから……」

「なるほど。で、今日はなにしにここへ?　ホレスの面倒をみてくれと、ジョージに頼まれたのかな？」

「いいえ、ホレスはルビーがみることになった。わたしは、あなたたちと一緒に行く」

「ぼくたちと？」

「途中までだ」アパートから出てきたジョージが、口をはさんだ。彼は片手に食べ物の入った袋をぶら下げ、もう一方の手に水筒をいくつか持って、バックドアが開かれているパッカードの後部へまわった。「レティーシャは、マーヴィンが住んでるマサチューセッツ州のスプリングフィールドまで、わたしたちと一緒に乗っていく。あそこからアーダムまでは、五十マイル（約八十キロメートル）しか離れていない。だからモントローズを探しに行くまえに、ひと休みできる」

「アーダムへの道順はわかってるのか？」アティカスが訊いた。

「実はそれも、レティーシャの兄の家に寄る理由のひとつなんだ。マーヴィンは今、『スプリングフィールド・アフロ・アメリカン』紙で働いているから、ちょっと手伝ってくれとすでに頼んである。デヴォン郡の地図は彼が用意してくれるし、ほかに役に立ちそうな情報があれば、そっちも教えてもらえるだろう」

　食品と水を積み込んだジョージは、チェックリストを広げ一項目ずつ消していった。マットレス、枕、毛布、スペアタイヤとジャッキ、予備のガソリン、発煙筒、救急箱、懐中電灯、本……「忘れ物はないようだ」ジョージが顔をあげた。「最初はわたしが運転しよう。助手席に座りたい人は？」

　アティカスとレティーシャは、子供のように笑いながら顔を見合わせた。「君に譲るよ」アティカスが言った。「ぼくは運転を交代する時間がくるまで、うしろで足を伸ばしてる」

「ちょっと待って。この車のフロントシート、充分に広いわ。三人並んで座っても、まだ余裕がある」レティーシャは、芝居がかった仕草で自分の腕をアティカスの腕にからめ、片眉をあげた。「わたしはそれで、全然かまわないけど?」

❖❖❖　❖❖❖　❖❖❖

北朝鮮のゲリラは、夜しか出てこなかった。昼間は武器をどこかに隠し、民間人のなかにまぎれていた。アティカスは水田地帯を車で移動しながら、綿の野良着に身を包んだ農民たちを観察し、どの男が夜になったら鍬を銃剣つきのライフルに持ち替えるのかと何度も目を凝《こ》らした。しかし、たとえ農村に潜入した共産主義者を見分ける裏技があったとしても、アティカスには絶対に体得できなかっただろう。

そのような彼の経験に照らせば、白人ははるかにわかりやすかった。たとえば、ふだんは敵意をむきだしにしている最悪のレイシストが、なんらかの理由で嫌悪感を隠そうとしても、彼の偽装の稚拙《ちせつ》さはまさに五歳児なみで、隠したつもりになっているのは自分だけ、周囲には全部ばれているという場合がほとんどだった。

だから彼は、ニューヨーク州シモンズヴィルに入ったときも、これはただではすまないとすぐに直感できたのである。

そこに至るまでの旅は、けっこう快適だった。かれらは不愉快な思いをすることなく、インディアナ、オハイオ、ペンシルヴェニア北部を順調に通過した。ジョージは、途上にあるエッソのガソリンスタンドをすべて把握していたから、給油とトイレ休憩についてはなんの心配もなかった（作中の『ニグロのための安全旅行ガイド』には『The Negro Motorist Green Book』という直接的なモデルが実在し、エッソ社はこの『Green Book』のスポンサーとなって、一九五〇年代から黒人客を拒まない姿勢を明確にしていた）。真夜中近くに二度めの休憩をとったところで、ジョージはアティカスと運転を交代し、ひと眠りするため後部座席に移った。レティーシャも助手席側のドアに枕を当てると体を丸めて横になり、アティカスが居眠りするのを予防するかのように、ときどき足先で彼の腿を蹴った。

ペンシルヴェニア州エリーに到着したのは、夜明けの少しまえだった。三人は『ガイド』が推薦しているエッグ・ベネディクツという名のカフェで温かな朝食を摂り、推薦文に誤りがないことを確認したジョージは、愛用の手帳にチェックを入れた。食後、レティーシャが今度は自分が運転すると言いだした。だが、パッカードの運転席は小柄な彼女には大きすぎ、ペダル類をきちんと踏むには、浅く座らねばならなかった。にもかかわらず、彼女はこの大型ステーションワゴンを巧みに乗りこなした。ただアクセルをやたらに踏むものだから、ジョージは気が気でないらしく、後部座席で半睡しているアティカスの耳にも、そんなに飛ばすな、ハイウエイパトロールに停めさせる理由を与えたいのか、スピードを落とせと彼女をたしなめる伯父の声が、しばしば聞こえてきた。そのたびにレティーシャは、今日は日曜日だから、教会へ行くまえのわたしが不幸な目に遭わないよう、イエス様が守ってくださると言い返した。これにうまい反論ができない伯父の声を聞きながら、アティカスは眠りに落ちた。

彼が目を覚ましたとき、パッカードはニューヨーク州オーバーンのトラック・ストップに停車していた。ジョージは水筒に水を補充しに行き、レティーシャは食べ物が入っている袋からリンゴを取ると、車外に出て足の屈伸運動をはじめた。アティカスも袋のなかから、なにを考えるでもなくバナナをつかみ出した。

彼がパッカードの前に立ち、まだ眠い目をこすっていると、ディーゼル燃料の給油機のほうから変な笑い声が聞こえてきた。トラックドライバーのひとりとスタンドの店員が、アティカスを見ながらおたがいの横腹を肘でつつき、にやにや笑っていた。アティカスは、片手に食べかけのバナナを持っていたことに気づき、そのとたん顔がかっと熱くなった。ああいうバカを無視して、自分のことだけに集中する精神修養法はないものかと願うのは、これで百万回めぐらいになるのだが、逆にあの種の間接的な侮辱のほうが無視しづらいことも、経験上よくわかっていた。そのうちスタンドの店員が、両手で胸を叩きゴリラの鳴き声を真似しはじめたので、アティカスはとうとうバナナを投げ捨て、拳を握りしめた。

しかし彼が足を踏み出そうとしたせつな、給油機の横にあったオイル缶の山が、突然大きな音とともに崩れた。店員はゴリラの真似をただちに中止し、四方八方に転がってゆくオイル缶を拾うため、どたばた走りまわった。そして缶のひとつに足を取られ、派手に尻もちをついた。トラックドライバーが腹を抱えて笑いはじめ、ほかの客たちも一緒になって笑った。だがアティカスはくすりともせず、これであの店員に思い知らせる必要はなくなったと考えながら、腕の力を抜いて踵《きびす》を返した。ちょうどそのとき、レティーシャも車に向かいぶらぶら戻ってきたのだが、彼女が手に持っていたはずのリンゴは、なぜかなくなっていた。

　かれらは再び走りはじめた。今度はアティカスが運転し、レティーシャは後部座席に横たわると、笑いを隠すかのように両手で頰を包んだ。細かな情報が書き込まれた手帳を読み返していたジョージが、昼食はシモンズヴィルで摂ると言った。「リディアズというレストランがあって、なかなか高評価を得てるんだ。どうせ近くを通るんだから、確かめておきたい」

「そんな町、どこにある？」アティカスが質問した。ジョージは彼に地図を見せた。ユーティカの南に広がる酪農地帯の真ん中で、ハエの糞みたいに小さな点を打たれている町がシモンズヴィルだった。たぶんホレスの地図帳では、この一帯にはウシを貪《むさぼ》り喰う悪鬼が何匹も描かれており、不幸な旅行者の骨で歯をせせっているのだろう。「こんな白人しか住んでいないような町に、本気で立ち寄りたいのか？　さっさと通過して、オールバニーに行ったほうがいいんじゃないか？」

「おまえの言いたいことはよくわかる。でもこの調査員によると、オーナーの女性がすごく親切な好人物で、またいつでも来てくれと彼に言ったそうだ」

　シモンズヴィルまでは、東へ向かうハイウェイをさらに一時間半走らねばならず、ずっと四車線だった道路は、二車線の区間のほうが長くなってきた。そんな二車線の区間を走っていると、〈ニューヨーク州横断道路《スルーウェイ》まもなく全通〉と大書された広告掲示板《ビルボード》が道ばたに見えてきた。文字に添えられていたのは、透明なドーム型の運転席をもつエアカーに乗り、目的地へ飛んでゆく白人の家族を描いたマンガだった。「見ろよ、ジョージ」アティカスが言った。「あれが未来なんだとさ」

シモンズヴィルの手前で道は二股に分かれており、分岐点のところに消防団の詰所が立っていた。詰所の前では、金髪で筋骨隆々《きんこつりゅうりゅう》の白人男が上半身裸になり、色あせた木製の椅子に座って煙草を吸いながら、日光浴をしていた。茶色いキャンバス地のズボンに灰色のサスペンダーをつけたその男は、近づいてくるパッカードをじっと見ていたのだが、車がシモンズヴィルへ入る道を選んだことに気づくと、すっと目を細めた。

「赤煉瓦の建物だそうだ」ノートから目を離さずジョージが言った。「町を抜けて少し行くと、左側に見えてくる」だがアティカスは無言だった。さっきの消防団の男の目つきに、いつもの不穏なメッセージを読み取った彼は、あの詰所が視界から消えるまで、サイドミラーをちらちらと気にしつづけた。

道は、点々と立つ家のあいだを抜けながら南に下ったあと、東にカーブして商店が六軒しかない町の中心部に入った。商店はすべて閉まっていて人影もなく、自転車に乗った子供がひとり、飼料倉庫の前でのろのろと8の字を描いていた。飼料倉庫の隣にある空き地は柵で囲まれ、小さな放牧場として使われていた。柵のなかには、大きな栗毛の牝馬《ひんば》が一頭だけぽつんと立ち、しっぽをぶらぶら振って雲のように群がってくるハエを追っていた。

放牧場のさらに先に、白く塗られた煉瓦を積んだだけの無愛想な建物があった。厚板ガラスの嵌め殺し窓には、〈シモンズヴィル簡易食堂《ダイナー》〉とペンキで書いてある。

「あそこに違いない」ジョージが言った。

「赤煉瓦で、リディアズという名じゃなかったのか？」車を静かに停めたアティカスが、エンジンをアイドリングさせたまま訊いた。

「煉瓦の建物はあれだけだ」ジョージはあたりを見まわしたあと、畑や牧草地が広がっているだけの前方を手で示した。「それに町を抜けたところの左側だから、場所もだいたいあってる」

「ちょっと待てジョージ。あれって、絶対にどこか変だぞ」

「本を表紙だけで判断しちゃいけないことは、おまえもよく知ってるだろ」

「だけど本は、料理の提供を拒否したり、人のグラスに唾をたらしたりしない」

これだけ言っても伯父が譲らないので、しかたなくアティカスも、明らかに正論である自分の意見を引っ込め、建物の東側にある砂利敷きの駐車場にパッカードを入れた。ただし、万一のときはすぐに飛び出せるよう車のフロントを道路側に向け、イグニッションキーを挿しっぱなしにしておくことは忘れなかった。

店内は狭く、テーブルが三つとカウンター、そしてカウンターの奥にグリルがあるだけだった。客は、カウンターに座るポークパイハットをかぶった男がひとりだけで、彼は皿についたグレイビーをパンでぬぐっていた。アティカスたちが店に入ってくると、彼はあたりを見まわし、それから消防団の男と同じように目をすっと細めた。これとまったく逆の反応を示したのが、カウンターの向こう側に立っていたまだ十代の少年で、彼はアティカスとジョージ、そしてレティーシャが火星《バルスーム》からテレポートしてきた緑色人であるかのように、目を大きく見開いた。しかし、この驚愕の表情は長くはつづかず、すぐにわざとらしい無関心の仮面に取って代われた。毎度おなじみの、白人の下手な偽装だ。

「こんにちは」害意がないことを強調するかのように、ジョージが愛想よく挨拶した。「たまたまそこを通りかかったので、なにか食べようと思い――」

ポークパイハットの男が片手でカウンターをバンと叩き、その音と振動に、彼の目の前の皿と店員の少年が飛びあがった。男は立ちあがると帽子をかぶりなおし、出口のすぐ前に立っていたレティーシャを踏みつぶさんばかりの勢いで、ずかずかと歩きはじめた。しかし、レティーシャはその場を動かず、男のほうがぎりぎりのところで横に一歩ずれ、彼女の肩にわずかに触れながら店を出ていった。

「適当に座っていいかな?」なにごともなかったかのように、ジョージが少年に訊いた。少年は何度かまばたきをしたあと、唾をごくんと飲んだ。彼の喉仏が上下に動き、ジョージはそれを肯定の意に解釈した。彼はドアにいちばん近いテーブルを選んだ。

「なあジョージ」アティカスは伯父になにか言いかけたのだが、ため息をつくと同じテーブルに腰をおろした。

レティーシャは立ったまま、目に見えないゴミを肩から払い落としていたのだが、「お手洗いに行ってくる」と宣言すると、食堂の裏へ向かった。だがちょうどそのとき、少年もメニューを持ってカウンターから出てきたものだから、彼はレティーシャを避けようとして足をもつれさせ、よろめいた拍子にナプキン・ディスペンサーを一個ひっくり返した。

「で、ここはなにがおいしい?」少年がテーブルに放り投げたメニューを手に取りながら、ジョージが訊いた。「君のお勧めは?」少年はまたしても激しくまばたきし、唾をごくんと飲んだ。この子は体に障害があるのではないかと、アティカスは疑いはじめた。「じゃあこうしよう」ジョージが少年に言った。「とりあえずコーヒーを持ってきてくれ。注文はそのあとだ」

安堵と不安がないまぜになったような顔をして、少年はカウンターの反対側に戻っていった。カップとソーサーを三組並べた彼が、コーヒーポットに手を伸ばそうとしたとき、電話が鳴りはじめた。少年は音のするほうを見て一瞬考えてから、再びポットに手を伸ばした。だが二度めの呼び出し音が鳴りだすと、またもや少年はどちらを優先すべきか迷っておろおろし、その過程で三個のコーヒーカップが床に落ちた。彼は、飛び散った陶器の破片を避けるためさっとうしろに下がり、絶望したように両手を高く上げると、三度めの呼び出し音を鳴らしている電話を取るためカウンターの裏に走っていった。アティカスは少年を目で追った。呼び出し音が消え、「もしもし?」と電話に出る少年の抑えた声が聞こえた。ということは、少なくとも口はきけるわけだ。

アティカスはジョージに視線を戻した。「この店が高い評価を得たって?」

「数か月まえの報告ではそうだった」ジョージは肩をすくめた。「でも明らかに、経営者が代わるかなにかしたらしい」

「やっぱりそう思う?」

「ああ思うよ。しかし、もう座ってしまった」

「だからって、ここで無理して食うことはない。今すぐ車に戻れば、九十分かそこらでオールバニーに着く」

「いいや、わたしたちはここで食事をする。さっさと注文しよう」

「でもジョージ――」

「ここで食うんだ」伯父はかたくなだった。「わたしたちにはそうする権利がある。わたしはアメリカ国民だ。おまえもアメリカ国民だし、しかも退役軍人だ。わたしたちが使う金は、ほかの国民が使う金となんの違いもない」

「それはよくわかる。でもぼくは、支払った額に見合うだけのものを手に入れたいし、もしこの料理の質が、あの店員のサービスと同等であるなら――」

「さっきの帽子の男は、皿まできれいにパンで拭っていたぞ。いずれにせよ、わたしは腹が減ってるんだ。あの臆病な坊やに、チャンスをやろうじゃないか」

ところがその臆病な坊やは、なかなか戻ってこなかった。レティーシャもトイレに行ったきりだし、ますます居心地が悪くなったアティカスは、背もたれに体をあずけ大きく伸びをしてみた。手が背後の壁をこすり、その手を見た彼は、店のなかの煉瓦も外と同じく、白ペンキで塗られていることに気づいた。上を見ると、張られている天井板は無塗装の新品なのに、電柱のように太い二本の梁《はり》には、白ペンキがべったり塗ってあった。彼は床も確認した。真新しいぴかぴかのリノリウムが、ぞんざいに張られている。

「なあジョージ」彼は伯父に話しかけた。

「なんだ？」

「ぼくがまだ小さかったころ、親父を加えた三人でワシントンDCへ旅行したのを憶えてるか?」

「もちろん憶えてるさ。わたしが初めてヒッポリタに会ったのは、あの旅行だったからな。なぜ今ごろそんなことを訊く?」

白く塗られた壁を見ながら、アティカスは遠い昔のその旅で得た豆知識を、伯父に再確認した。「じゃあホワイトハウスがなぜ白いか、その理由も憶えているだろ?」

「一八一二年の米英戦争のとき」ジョージが答えた。「当時の大統領官邸をイギリス軍が焼き討ちし、その後、奴隷たちの手で再建する際に壁を白く塗装したからだ。目的は――」

「――壁に残る焼け焦げの跡を隠すため、だよな」伯父に代わってアティカスが答を言ったまさにそのとき、一台の消防車が簡易食堂の駐車場に入ってきた。運転していたのは灰色のサスペンダーの男で、もうひとりの消防団員とポークパイハットの男がフロントシートに座り、別のふたりの男が消防車の両側のステップに立ち乗りしていた。

いつでも立ちあがれるように、ジョージが椅子をがたっと引いた。「裏口に行くか?」彼はアティカスに訊いた。

「ここで迎え撃ったほうがいい。入ってきたところを、ひとりずつ倒すんだ」アティカスは答えた。

消防車を降りた男たちは、横に散開した。灰色サスペンダーの男は消防斧を両手で握り、男のひとりは野球のバットを持っていた。ところが、いよいよ食堂へ突進するというとき、なにかがかれらの注意を惹いたらしく、全員の目が後方に注がれた。五人の男たちは、しばらくそちらを見ていたのだが、やがてバットを持った男が道路を西に向かって戻ってゆき、アティカスたちの視界から消えた。彼のあとにふたりの男がつづき、ポークパイハットの男まで行ってしまうと、あとに残ったのは消防車の横に立つ灰色サスペンダーだけで、彼は構えていた消防斧を下におろすと、諦めたように肩をすくめた。

なにがあったのか見ようとして、アティカスとジョージが窓に張りついたとき、レティーシャがやっとトイレから戻ってきた。素早く店に入ってきた彼女の額には、玉のような汗が浮き、髪は土ぼこりで汚れていた。「出るわよ」

二度くり返す必要はなかった。三人は正面のドアからそっと抜け出し、パッカードに向かって走ったのだが、走りながら肩越しにうしろを見たジョージとアティカスは、あの牝馬が柵を越え道路へ出ていたことに気づいた。後肢で立ったウマは、自分を囲む男たちをさかんに蹴ろうとしており、バットを持った男は近づきすぎて脇腹をしたたかに蹴られた。

ジョージは、助手席側のドアを開いてパッカードに乗り込むと、そのまま運転席まで尻をずらしてゆき、彼のあとをレティーシャとアティカスがつづいた。三人が脱出したことに遅まきながら灰色サスペンダーが気づき、仲間に向かって叫んだときは、すでにアティカスが助手席のドアを閉めていた。ジョージがパッカードを急発進させ、かれらは砂利を後方に撥ね飛ばしながら駐車場を出た。

広い畑のあいだの道を、かれらは東に向かい猛スピードで走った。ジョージがバックミラーで後方を何度も確認するなか、アティカスは目顔でレティーシャに説明を求めた。

「カウンターにいた坊やが、電話で話しているのを聞いたの」レティーシャは語った。「三人のおっかなそうなニグロに、店を乗っ取られたと言ってた。そのあとすぐ、裏口から外に駆け出してきたから、これは目くらましが必要だと思ってウマを放したわけ」

「もう一度目くらましが要るみたいだぞ」ジョージの言葉を聞いてアティカスがうしろを見ると、消防車が追ってきていた。ジョージはステアリングをしっかりと握り、アクセルを踏み込んだ。「あのなレティーシャ、悪いんだけど、わたしのシートの下をそっと手探りしてくれないか?」彼はレティーシャに頼んだ。

彼女がシートの下からつかみ出したのは、大きさが頼もしい四五口径のコルト・リボルバーだった。

アティカスがうなずいた。「そいつがチェックリストに入っていればいいなと、思っていたんだ」彼は手を出してその拳銃を受け取ろうとした。だがレティーシャは、回転式弾倉《シリンダー》を開いて六つの薬室《チャンバー》がすべて装弾されていることを確認すると、カチャッと音をたててシリンダーを閉じた。

「殺すんじゃないぞ」ジョージが命じた。「追い返すだけでいい」

「がんばってみるよ」レティーシャを諭すような目で見つめ、ようやく拳銃を受け取ったアティカスは、助手席側のウィンドウを下ろした。

そのとき彼の目が、銀色に輝くなにかをとらえた。かれらの右側には、狭い牧草地をはさんで別の道が並行して延びているのだが、今やその道を車体がシルバーで黒いウィンドウをもつセダンが、パッカードと競い合うかのような速さで疾走していた。

「ジョージ」アティカスは伯父に注意をうながした。

「ちゃんと見えてる」ジョージが答えた。ほぼ並行する二本の道は、少し先で合流しているのだが、消防車に追われるかれらがスピードを落とすわけにはいかなかった。結局ジョージにできるのは、床につくほどアクセルを深く踏みつづけ、クラクションを鳴らすことだけだった。

ところがシルバーの車も、同時に速度をあげたのである。

アティカスはコルトの撃鉄を起こし、一発だけ空へ向けて威嚇《いかく》射撃をした。シルバーの車からはなんの反応もなかったが、コルトの発砲音が消えると同時に、もっと軽い銃声が後方から聞こえてきた。アティカスがうしろを見ると、ポークパイハットの男が消防車の窓から身をのり出し、片手で帽子を押さえながらもう一方の手で小型の拳銃を構えていた。

「ちくしょうめ」ジョージが毒づいた。レティーシャは目を閉じ、早口で神に祈った。アティカスはシルバーの車にコルトの銃口を向けた。

最後の瞬間に譲歩したのは、シルバーの車のほうだった。パッカードが轟音をあげて合流点を通過し、その直後にブレーキ音をきしませつつ合流点に突入したシルバーの車は、激しくスリップしながら消防車の進路を完全にふさぐかたちで停止した。消防車を運転していた男が驚いて急ブレーキを踏み、クラクションとサイレンが同時に鳴り響いた。

消防車がわずかに進路を変えた。うしろを見ていたアティカスは、もう間に合わないと思ったのだが、シルバーのセダンと衝突する寸前、消防車は目に見えぬ手で突き飛ばされたかのように大きく傾いた。おかげで、シルバーの車との衝突は十数インチの差でなんとか免れたものの、消防車はコントロールを失ったまま道路から飛び出し、柵を壊しながら畑に突っ込んで横転した。アティカスは、消防団員のひとりが宙に放り出されるのを見たのだが、すぐに消防車全体がもうもうたる土煙に隠れてしまった。

シルバーの車は合流点から動かなかった。この車もすぐに土煙に包まれたのだが、そうなる直前、ヘッドライトが一回だけ点滅したのをアティカスは見逃さなかった。それはまるで、彼に向かってウインクしたかのようだった。

✣ ✣ ✣

　レティーシャの兄マーヴィンは、幼いころ患った小児マヒの後遺症で左腕が不自由なのだが、妹のバッグを運んでやると言ってきかなかった。小さな家のなかには、昼ごろから煮込んでいたシチューと、焼きあがってオーヴンから出したばかりの熱いパンのうまそうな匂いが漂っていた。到着してわずか数分後には、三人ともキッチンでテーブルにつき、食前の祈りを捧げて料理を食べはじめたのだが、そのうまさにたちまち気持ちがたかぶってしまい、マーヴィンに旅はどうだったかと訊かれたときには、三人そろって思わず笑いだした。

　かれらは、シモンズヴィルでの武勇伝をマーヴィンに語り、ジョージとアティカスは、牝馬を道路に放したレティーシャの機転を褒め称えた。「まるで、自前のインディアン斥候隊（つかてアメリカの騎兵隊は、優れた自然観察眼をもつネイティヴ・アメリカンを斥候兵として雇用していた）を雇ってるみたいだった」アティカスが言った。「おまけにこの斥候は、幸運の女神も兼ねてる」

「やめてよ」レティーシャが頬を赤らめた。

しかしシルバーのセダンと、消防車が事故を起こしたことについては、暗黙の了解があるかのように三人とも黙っていた。実のところアティカスは、自分とジョージの旅がまだつづくことを考えると、とうてい浮かれた気分になれなかった。だからマーヴィンがデザート――旅をする気力が失せるほど美味な、自家製のブルーベリーパイとバニラアイスクリーム――を持ってきたとき、彼は思わず壁の時計で時刻を確かめてしまった。すでに午後四時をまわっていた。

アティカスの焦燥を、マーヴィンは鋭く察した。自分のパイとアイスクリームをまだ食べ終えていないのに、彼は席を立つと別の部屋へ行き、一冊のノートを持って戻ってきた。

「頼まれた調べ物をやっておいたよ」彼はジョージに向かって言った。「デヴォン郡の噂は、まえにも聞いたことがあったけれど、ここまで奇妙なところとは思っていなかった」彼はノートに目を落とした。「郡庁所在地のビディフォードは、イングランドにある同名の町にちなんでそう名づけられたんだが、元祖のほうは、イングランド最後の魔女裁判が開かれた町として有名だった。テンペランス・ロイドという名の女性が、悪魔と性交した廉《かど》で一六八二年に有罪になったんだけど、その悪魔は黒人の姿を借りて彼女の前に出現したそうだ。ロイドは、ほかのふたりの女性と一緒に絞首刑に処せられた」

ジョージが目を丸くした。「まさかマサチューセッツ州ビディフォードは、魔女によってつくられた町だと言うんじゃないだろうな?」

「魔女ではなく、魔女を狩った側だな。移民たちがビディフォードに入植したのは一七三一年なんだが、そのなかの数家族がテンペランス・ロイド事件にかかわった検事たちの子孫で、しかもかれらはその事実を誇りにしていた。やがてビディフォードは、十八世紀の基準に照らしても、極端に前時代的という悪評を得ることになった。独立戦争の際はイングランド側についたし、マサチューセッツ州が一七八〇年に奴隷制を廃止したあとも奴隷を所有しつづけたものだから、一七九五年にはビディフォードの町長が逮捕されている。そこで州政府は、数年後、デヴォン郡をウスター郡に編入することを決定した。デヴォン郡のほとんどの町はおとなしく従ったんだが、ビディフォードと隣接する三つの町は断固として編入を拒否し、やがて州議会も匙《さじ》を投げ、好きにさせておくことにした。以来、デヴォン郡として残留した地域は、時間が止まったかのように過去にしがみつき、近親交配をくり返す閉ざされた世界になっている」

「そしてもちろん、ニグロを嫌っているわけだ」アティカスが言った。

「いや、ニグロにかぎらず、外部の人間がとにかく嫌いなんだ」マーヴィンが訂正した。「うちの社の資料室には、デヴォン郡で旅行者が襲われたことを報じる記事が山ほどあった。失踪者に関する報告もすごく多かったな」彼はジョージに視線を移した。「ヴィクターとかいうあなたの友人も、あのハイウェイを走ったんだろ? 夜はもちろん昼間だって、黒人がドライブして安全な道ではない」

「じゃあアーダムは、どんな感じなんだ?」ジョージが質問した。

「もっと謎めいている。町ができたのはビディフォードとほぼ同時期なんだが、入植した人びとを特定できた郷土史の本は一冊もなく、今現在の住民もよくわかっていない。あの町に関する新聞記事さえ、ひとつも見つからなかった。登記事務所に電話して、固定資産台帳を閲覧させてもらおうかとも考えたんだが、週末だから閉まってるし、どっちにしろビディフォードの郡役所は、たいして役に立たないだろうね」

「それはまあいいとして」アティカスが言った。「アーダムまでの道順はわかる?」

「だいたいわかる。悪いんだけど、冷蔵庫の上に丸めた地図が置いてあるから、ちょっと取ってくれないか?」

　かれらはテーブルの上の食器を片づけ、デヴォン郡の地図を開いた。主要な四つの町が、安《サバ》息日の王国林《ト・キングダム・ウッド》と呼ばれる森を四角く囲んでおり、南西の角がビディフォードだった。地図のいちばん上に近いところに、五つめの小さな町があった。そこが、非法人地域(どの市町村にも属さず、収税や行政サービスの提供などを、州や郡が直接行なっている地域)アーダムだった。狭い平地が、北側を名前もない丘陵《きゅうりょう》、南側をコネチカット川の支流にはさまれており、この支流には影の小川《シャドーブルック》という名が記されていた。アーダムから南東に向かって延びた道が、このシャドーブルック川を渡ってサバト・キングダムの森へ入ってゆくのだが、まるで地図製作者のペンがインクを切らしてしまったかのように、森のなかを一マイルもいかないうちにふっと消えていた。道は、そこから南西に七、八マイル(約十一〜十三キロメートル)離れた地点で突然また現われ、トーリッジ・クリークという小さな川を越えてビディフォードにつづいていた。

「ぼくが見つけた地図のなかでは、これがいちばん詳細だった」マーヴィンが言った。「ほかの地図には、サバト・キングダムへ南から入っていくこの道すら書かれていないが、存在していることは間違いない。未舗装だし、曲がりくねっていたり、分岐したり、行き止まりになったりしているけれど、車で走ることは可能だから、時間をかければアーダムにたどり着く。少なくともぼくは、そう聞かされた」

「そう聞かされたって、誰に？」アティカスが訊ねた。

「州の国勢調査局で働いている友人に。デヴォン郡がそこまで悪名高いのであれば、彼も参考になりそうな話を知ってるんじゃないかと思い、今日の昼すぎ、彼の自宅に電話してみたんだ。そしたら案の定、一九五〇年にアーダムを担当した国勢調査員から聞いた話を、教えてくれたというわけ。その調査員、最初はサバト・キングダムの森のなかほどまで行ったんだが、灰色《グリズ》熊《リー》に狙われているような気がして怖くなり、引き返してしまった。そこで一週間後、マウント・ホルヨーク州立公園の管理官に同行してもらい、やっとアーダムに入った」

「その調査員、アーダムはどんな町だと言ってた？」

「まるで中世の農村だというのが、彼の感想だった。なだらかな丘の斜面に大きな荘園領主《マナー》の屋敷《ハウス》が立ち、川に向かって畑と田舎家がつづいているらしい。絵葉書みたいに美しいんだが、住んでる人びとはビディフォードの町民たちよりも冷たかった。マナーハウスを訪ねて扉を叩いても、誰も出てこなかったし、農民のなかには、彼の車に石を投げるやつまでいたそうだ」

「たとえそうであっても」ジョージが言った。「あのモントローズのことだ、わたしたちが着くころには、住民をすっかり手なずけているだろうよ」

「郡の保安官については、なにかわかっている？」アティカスが訊いた。

「ああ、わかってる」マーヴィンはノートのページをめくった。「名前はユースタス・ハント。保安官になってまだ二、三年なんだが、すでにＮＡＡＣＰ（全国黒人地位向上協会）には、彼に対する苦情が山ほど寄せられている。四十五歳で独身、出身はノースカロライナ、保安官になるまえは海兵隊の軍曹で、新兵を訓練する教官だった。除隊後、ビディフォードに引っ越してきた」

「よそ者は嫌われるんじゃなかったのか？」

「ハントは特別なのさ。放蕩息子の帰還ってやつだ。ビディフォードに最初に入植した家族のひとつがハント家なんだが、一八六一年の南北戦争時、一族の者たちの多くが南軍の熱狂的支持者となって南部に赴《おもむ》き、リー将軍の軍隊に入ってしまった。ユースタス・ハントは、ピケットの突撃（南北戦争中最大の激戦となったゲティスバーグの戦いで、南軍が多数の戦死者を出した作戦）で生き残ったハント家の男の、直系の子孫なんだ」

「そしてその事実を、誇りにしているわけか」アティカスが言った。「ほかにアーダムに入る道はないのかな？　たとえばニューハンプシャー側から、この丘陵を越えていく抜け道とか？」

「残念ながら」マーヴィンは首を振った。「ぼくが知るかぎりひとつもない」

「で、これからどうする？」ジョージがアティカスに訊いた。

「ジョージはどうだか知らないが」彼は答えた。「今日のぼくは、もう充分すぎる数のアホ白人と遭遇している。マーヴィンの話を聞くかぎり、明るいうちに行っても日没後に行っても、たいして違いはなさそうだ。どっちにしろ保安官どのは、ぼくたちを見て喜ばないだろう。であるなら、見せないに越したことはない」

「つまり、暗くなってから行くわけだ？」

「ていうか、早朝だな。ここを午前二時に出発すれば、魔女ハンターどもがまだ寝ている三時ごろに、ビディフォードを通過できる。森のなかに入ってしまえば、この道が実際はどうなってるか確かめられるし、そのまま進むか、グリズリーから隠れられる場所を見つけそこで夜明けを待つか、決めることができる。そして朝飯どきに、マナーハウスの扉を叩く」

「そいつはまた」ジョージが笑った。「実に完璧な計画だ」

「わたしも行く」唐突にレティーシャが口をはさんだ。

彼女がずっと黙っていたものだから、男三人は彼女がそこにいることさえ、なかば忘れかけていた。

「なんだって？」アティカスが言った。「それはだめだ」

「だめに決まってるだろ」ジョージも甥に加勢した。

ところがマーヴィンは、声をあげて笑いはじめた。「すごい！　ぼくの妹が、またイエス様からのご託宣を受け取ったらしい」

レティーシャは顔をしかめて兄を見た。「なぜ今、そういう冒瀆《ぼうとく》的なことを言うの？　どうして？　それにあなたたちも——」今度はアティカスとジョージに嚙みついた。「わたしが一緒でラッキーだったと、認めたばかりじゃないの」

「たしかに認めたし、君には感謝している」答えたのはジョージだった。「しかし、だからといって――」

「おまけにジョージ、あなたには、イエス様がわたしを守ってくれていると教えてあげた。今日は単に運がよかっただけだと、本気で考えているわけ？」

「さあ、はじまったぞ」マーヴィンがまぜっ返した。

「わたしにスプリングフィールドまで来る用事があったのは、ただの偶然だと思うの？」

「偶然であろうとなかろうと」アティカスが言った。「君がアーダムへ行く必要は全然ないし、だから連れていくことはできない」

「アティカス――」

「聞いてくれレティーシャ。本当はジョージもぼくも、アーダムなんか行きたくないんだ。差《レ》別主義者《イシスト》しかいない田舎町と呼ぶには……あまりに不気味すぎるからだよ」

「それならなおのこと、神の恩寵《おんちょう》を拒む理由はないでしょうに」

「神の恩寵ときたか」マーヴィンが言った。「だけどそんなもの、ぼくは罰あたりな人間だから、まったく関係ない」マーヴィンはまたしても声をあげて笑い、テーブルの下で彼を蹴ろうとするレティーシャの足から逃れるため、椅子を引いた。

　しかしアティカスとジョージは、とても面白がる気分ではなかった。

その夜、レティーシャに自分の寝室を譲ったマーヴィンは居間のソファで眠り、ジョージとアティカスは地下室に予備のマットレスを二枚敷いて、数時間の仮眠をとった。ジョージはあっという間に寝息をたてはじめたが、アティカスはなかなか眠れず、十二時近くまで本を読んでしまった。

✣✣✣

✣✣✣

✣✣✣

午前二時十五分まえに目覚まし時計が鳴ったとき、マーヴィンはすでにコーヒーをいれ終えていた。ジョージがパッカードに積む物をチェックするあいだ、アティカスはキッチンに座っていた。

「レティーシャならもう起きてるよ」訊いてもいないのに、マーヴィンが教えてくれた。「部屋のなかを、うろうろしている音が聞こえた。でも、君たちを見送りには出てこないだろう」

「久々の兄妹の再会を、ぼくらが台なしにしたのなら謝る」

「いいや。悪いのは、彼女をからかったぼくのほうだ。そもそも彼女がここに来たのは、ぼくに借金を申し込むためだったんだからな」マーヴィンが説明した。「もちろん、はっきりそうだと言ったわけじゃない。でも遅かれ早かれ、自分が兄から金を借りるのは神のご意志だと言いだすに決まっているし、すると次は、ぼくが妹に金を貸すのも神のご意志、となるわけだ。ところが懐疑主義者のぼくは、神のご意志なんか頭からバカにしている。そこでレティーシャは、もし彼女が君たちの手伝いをすれば、その代償として神はぼくを懐柔して金を出させる、と考えたんだろう」彼は首を振った。「こういう考え方を彼女に吹き込んだのは、ぼくらの母親だった。しかしレティーシャは、母よりずっと生真面目で、だからぼくは困ってしまうんだな……」

どう言えばいいのかわからず、アティカスは黙ってコーヒーを飲んだ。

「なんにせよ」マーヴィンが締めくくった。「そのうち彼女も、ものごとを別の角度から考えられるようになるだろう。神のご意志といったって、けっこう融通がききそうだもの」

ジョージがキッチンに入ってきた。「いつでも出発できるぞ」

「コーヒーはどう?」マーヴィンが訊ねた。

「遠慮しとく。ここから先、眠くなる心配はなさそうだし。それに安息日の王国《サバト・キングダム》なんて名前をつけられた森の真ん中で、小便したくなるのはまっぴらだ」

「よくわかった」マーヴィンがうなずいた。「でも無理はするなよ。シカゴに帰るときはまた寄って、無事な顔を見せてくれ」彼はアティカスを見た。「君たちのため、レティーシャとふたりで祈ってるからな」

ジョージが運転した。かれらが走る北へ向かう道は、スプリングフィールドの白人しかいない地区を縦断しており、町境に近い信号でかれらが停止すると、隣にパトカーがすっと停まった。ジョージは正面を見すえて動かず、アティカスも彼に倣《なら》った。信号が青になると、パトカーはかれらを先に行かせ、その後は町境を越えるまでずっと追尾してきた。パッカードが町から離れてゆくのを確認したパトカーは、かれらを止めることなく引き返したのだが、わざわざこんな時間を選んだのに目をつけられたのだから、決して幸先がいいとはいえなかった。

「ビディフォードは、スプリングフィールドよりずっと小さい」ジョージが言った。「夜勤に就いてる警官は、デスクに足をのせて寝ている保安官補だけさ」

「そりゃいいね」ばかばかしいと思いながらも、アティカスは相づちを打った。「そういうことにしておこう」

かれらのほかにハイウェイを走る車は一台もなく、おかげでだいぶ時間を節約できた。ニュー・セーラムへ向かう分岐点を通過したのは、三時十五分まえごろだった。突然ジョージがヘッドライトを消し、車を路肩に停めた。

「なんだよ、いきなり?」アティカスが訊いた。

「神経過敏になってるだけだと思うんだが」伯父は答えた。「まだ誰かにつけられているような気がするんだ」

闇のなかに停車している車内から、ふたりは通過したばかりの交差点をふり返った。電柱に取りつけられた一本の電球で、明るく照らされていた。追ってくる車はなかった。「やっぱり気のせいだ」とジョージは断言したのだが、そう言った本人も納得していないようだった。

数マイル進むと〈ここからデヴォン郡〉と書かれた道標が現われた。さらに数マイル先の交差点で、ビディフォードの中心部をつらぬくキング・ストリートに入った。マーヴィンからもらった地図によると、キング・ストリートを避けながらトーリッジ・クリークを越える橋に行ける道もあるのだが、細い裏道に入って迷ってしまう危険を冒すより、ここは最もわかりやすいルートをとるべきだとふたりは決めていた。

ところが、またしてもかれらは、自分たちの決定が誤っていたのではないかと疑う破目になった。ビディフォードの町民がどれほど現代文明を嫌っていようと、電気だけは嬉々として受け入れたらしい。郡庁舎と裁判所に加え、数棟の建物が投光器で夜闇にくっきりと浮かびあがっており、キング・ストリートは二ブロックにわたって真昼のように明るかった。光り輝く二ブロックの真ん中の交差点には、ビディフォード唯一の信号機が設置されており、アティカスたちが近づいたとたん赤になった。

ハイウェイ同様ほかに車は一台も見えず、かれらは無防備で全身をさらしているような感覚に耐えながら、信号が変わるのを待った。ジョージは指でステアリングをいらいらと叩き、誰もいない歩道をしきりに見た。アティカスは、四つ角に立つ理髪店の二階の暗い窓を眺めたあと、一階の店舗に視線を移し、ガラスドアの内側に一枚のポスターが貼られていることに気づいた。一九四八年の大統領選のときに刷られた、州権民主党への投票を呼びかける色あせたポスターで、同党の大統領候補だったストロム・サーモンドと副大統領候補のフィールディング・ライトの真っ白な顔が、悪魔のような目でアティカスを睨みつけていた（州権民主党は、黒人への公民権付与を主張して二期めに挑むトルーマン大統領に反発し、民主党から右派が分離して結成した反動的な政党）。

信号が青になった。ジョージがアクセルを踏み、発進したパッカードのタイヤがきしる音は、午前三時の静寂のなかではやけに大きく響いた。〈デヴォン郡保安官事務所〉と書かれた看板を、投光器が照らしている煉瓦造りの建物の前をかれらは通過した。その建物が後方に遠ざかるまで、ジョージもアティカスもできるだけ顔が出ないよう、シートに浅く座りつづけた。トーリッジ・クリークの土手に行く手を阻まれ、キング・ストリートは終わっていた。ふたりは右折して、小さな二棟の工場の裏を通るバンク・ストリートという細い道に入った。片方の棟の裏口から、白人の男が煙草を片手にぶらぶらと出てきた。角を曲がってきたパッカードに気づいた彼は、煙草を捨てると道の真ん中で立ちどまり、まぶしさを抑えるため片手を目の上にかざした。「ウェイクリーか？」停止したパッカードに向かい、男が問いかけてきた。「おまえなんだろ？」ジョージとアティカスは、ヘッドライトを浴びているのが自分たちであるかのように、身を固くした。「ウェイクリーだよな？」男が再び訊いた。彼は片手をズボンのポケットに入れながら、パッカードに近づいてきた。「誰だ、おまえ？」彼が運転席のほうにまわり込んだので、ジョージはすかさずアクセルを踏んだ。びっくりした男は「おい！」と声をあげると後方によろけ、クリークの土手に沿って設けられているガードレールにぶつかった。

アティカスたちは、クリークを渡る橋への曲がり角を危うく見逃すところだった。街灯もなければ道標もなかったが、ガードレールの切れ目をアティカスが目ざとく見つけたのだ。「あそこだ」パッカードは急制動でタイヤをきしませながら、木々でおおわれトンネルのようになっている細い橋を渡った。

クリークの対岸の道は、最初の十メートルほどはまだ舗装道路だったものの、その先は舗装が徐々になくなってゆき、やがてマーヴィンの地図でインク切れの道が示唆したような、土に轍《わだち》が刻まれているだけの小道になった。タイヤに撥ねあげられた小石がシャーシにあたり、闇のなかから突如出現する木々の枝が、ルーフとウィンドウをばさばさと打った。アティカスは「まいったな」と言いながらも、ビディフォードを離れたことで安堵していた。

道が左へ鋭くカーブし、ほんの少しのあいだ、キング・ストリートの輝きが木々の隙間からかすかに見えた。その後また右に曲がって上り坂となり、ジョージは荒れる一方の路面に舌打ちした。ところが坂の頂上あたりから、悪路走行試験に合格したかのように道はなめらかになりはじめ、枝がルーフにあたることもなくなった。

「ここまで来たんだから」ジョージが言った。「モントローズには絶対にアーダムにいてもらいたいものだ」

「そうだね」アティカスも同意した。「間違えてミネソタ州アーダムに行ってたら、目もあてられない」

もうひとつ急カーブを曲がり切ると、前方に柵が見えてきた。二本の石柱が鉄格子のゲートを支えており、〈私有地〉と書かれた看板がついていた。ジョージは速度を落とし、ゲートのすぐ手前でパッカードを停めた。ヘッドライトに照らされたゲートは、鎖もなければ錠前もなかった。掛かっているのは、単純なラッチだけだ。

ふたりは車内に座ったまま、グリズリー、あるいはショゴスの気配がないか確かめるため、耳を澄ました。

「今ゲートを開けてくる」ジョージが言った。

「いや、ぼくが行く」アティカスはドアハンドルに手を伸ばすと、苦笑しながらこう言い添えた。「伯父さんがコーヒーを飲まなかったのは、正解だったらしい」

突如、強烈な光と音がふたりに襲いかかった。最後のカーブで木々のあいだに隠れていたパトカーが、かれらにも聞こえなかったほど静かに、後方から忍び寄っていたのだ。いきなり点灯されたハイビームは、ゲート脇の茂みに潜んでいたふたりの男たちへの合図にもなっていた。走ってくるかれらとパトカーによって、パッカードは挟み撃ちにされ、男たちは手にした銃の床尾《しょうび》で左右のサイドウィンドウを叩き割った。破片を避けようとしてアティカスは身をすくめた。ジョージは頭を低くしてシートの下に手を伸ばしかけたのだが、かえって危険だと気づいて思いとどまり、割れたウィンドウの向こうで揺れているショットガンの銃口を見ながら、両手を上げた。

その後は毎度おなじみの展開となった。降りろと命じられ、こづかれ、怒鳴られ、身体検査され、またこづかれたあとパッカードの後部まで歩かされ、両手を頭のうしろにあててリアバンパーに座らされ、両足首を交差させろと命じられた。

パトカーのヘッドライトの光を、日蝕《にっしょく》を起こす妖しい月のようにさえぎりながら、ユースタス・ハント保安官が歩いてきた。ふたりの保安官補が、右と左から人工衛星のように回ってきてハントの両側に立った。三人ともショットガンを持っていたが、ハントの銃だけ二連式で、あまり近づいてこないのは、アティカスたちが命がけのタックルを仕掛けても、届かない程度の距離を保っているからだった。

「俺がなんて言ったか憶えてるか、イーストチャーチ?」左側に立つ保安官補に向かってハントが訊いた。「ときどきはっきり感じるんだ。俺たちの目を盗めると思い込んだよそ者が、こっそり忍び込もうとしているのを」

「憶えてますけど、保安官はこいつらのことを、ジプシーだと言ってましたよ」保安官補が答えた。

「ちょっと詩的に表現してみただけさ」保安官は言い返した。「大筋で合っていればそれでいいんだ」パッカードのナンバープレートを見ながら、彼はうなずいた。「こいつらも、流れ者《トラベラー》であることに違いはない」

「これが盗難車でなければ、そういうことになりますね」右側の保安官補が言った。

「いいところに気がついたな、タルボット。さておまえらは、どう答える？」保安官はジョージとアティカスに質問した。「おまえら、本当にイリノイから来たのか？　それともこの近所の自動車泥棒か？」

「保安官」ジョージは語りはじめようとしたのだが、三丁の銃を見て再び口を閉ざした。

「言えよ」保安官がうながした。「俺たちは早く話が聞きたくて、うずうずしてるんだ」

ジョージはゆっくりと首を振った。「みなさんがここで誰を待ち伏せしていたか、わたしは知りません。でも保安官、あなたは間違った相手を――というか、これは誤解なんです」

ハント保安官はくっくっと笑った。「今のを聞いたか、イーストチャーチ？　こいつ、あわてて言いなおしたよな？　こいつは、俺が間違いを犯したと言うつもりだった。だけど、もしそれを言ってしまったら、一介のニグロが神を信じる善良な白人男に向かって、おまえは間違ってると非難することになるから、よくない結果を招いてしまうと即座に判断した。だからごていねいに、これは誤解だと言い換えたわけだ。まるで俺が、うっかり落とし物をして、それを拾ってやったかのように。イーストチャーチ、この男、俺は気に入ったぞ。こいつは頭がいい」

「それほどでもないと思いますけど」保安官補は同意しなかった。

「神がこいつらに定めた限界の範囲内で、頭がいいという意味だよ」ハントは保安官補にこう言うと、ジョージに向きなおった。「実は俺も頭がいいんだ。だからこれから、おまえがなにを言おうとしているか、すべて予想してやろう。まずおまえは、昨夜のビディフォードでの空き巣狙いだけでなく、先週バックス・ミルで起きた二件の侵入窃盗についても、自分はなにも知らないと言う。そして俺が、金曜日にジョン・ウェイクリーがあそこの森で見たキャンプファイヤーについて、なにか知ってるかと質問すると、〈キャンプファイヤーってなんのことですか？　わたしがボーイスカウトかジプシーに見えますか？〉と逆に訊き返すんだ」ハントは急に不機嫌な顔になった。「しかし、おまえは欲をかきすぎた。おまえの最大の失敗は、バックス・ミルだけでやめておけば逃げおおせたかもしれないのに、デヴォン郡も狙ってしまったことだ。実をいうと、もうひとりいる俺の部下は、どの侵入窃盗も地元の悪ガキの犯行だと確信しており、だから今夜は、単身インストウで張り込みをしているんだ。自分だけこのお楽しみに参加できなかったと知ったら、さぞ悔しがるだろうよ」

「ハント保安官」アティカスが呼びかけた。三本のショットガンがさっと彼の頭に向けられたが、アティカスは深く息を吸うと、落ち着いた声でこうつづけた。「ぼくの伯父のジョージが言ったとおりです。これはなにかの誤解です。ぼくたちは、空き巣狙いなんかではありません。盗品があるかないか、この車のなかを調べてもらえれば――」

「イーストチャーチ」ハントが言った。

「なんでしょう保安官」

「よく聞こえなかったから、ちょっと教えてくれ。今このニガー、こいつらの車を捜索してもいいと、俺に許可してくれたのか?」

「たぶんそうだと思います」

信じられないと言いたげな顔で、ハントが首を振った。「いまいましい野郎だ」

アティカスはひるまずにつづけた。「ぼくたちは空き巣狙いではありません。自動車泥棒でもない。ぼくたちは、招待されてここに来たんです」

「招待された?」ハント保安官は大声で笑った。「俺のこの森に? ふざけるんじゃない」

「ぼくたちの目的地はアーダムです」アティカスが言った。「保安官の森に迷い込んでしまったことは、お詫びします。しかし、ぼくたちはアーダムから招待を受けており、あそこまで行く道が、ほかに見つからなかったんです」

「アーダムだと?」笑いが大きくなった。「おまえ、とんでもない大嘘つきだな。あの町に関しては、変な噂しか聞かないし、もしあの町がおまえらみたいな黒人を歓迎すると思っているなら……その作り話は、そもそもの出発点から間違っている」

「だけど本当なんです。ぼくたちは、アーダムにあるマナーハウスへ来いと言われました。丘の上の大きな屋敷だと聞いてます。その屋敷に、ぼくたちを待つ人がいるんです」

「ほう、そうかい。それなら、おまえたちを待っているという人の名は？」

「モントローズ・ターナー」

ハント保安官が舌打ちをした。「ろくに下調べもしなかったのか。俺の名前は覚えてきたようだが、もう少しちゃんと調べていたら、このへんでターナーといえば、インストウに住むアンドリューとグレースのターナー夫妻しかいないことを、知っていたはずだ」

「モントローズ・ターナーはぼくの父です。父が今、アーダムのマナーハウスに滞在しているんです。そしてぼくたちに、そのマナーハウスまで来るよう言ってきた」

「なのに、おまえらを招待したホストの名は教えてくれなかった」保安官が言った。「おかしいじゃないか。俺の生まれ育った土地では、誰かの家に泊まるのであれば、その家の主《あるじ》の名前くらい知っているのが常識だぞ。たとえ招待したのが、主ではない別人だったとしてもな。どうやらイリノイでは、この常識が通用しないらしい」

「いや、それは――」

「でなければ、おまえらはみんな、こういうバカげた嘘をころっと信じてしまうんだろうよ」

「ぼくと伯父の話を、信じてくれなくてもかまいません」アティカスが言った。「だけど、アーダムには行かせてください」

「そうまでして行きたいのか。朝の三時に、屋敷の扉をノックするためだけに」

「時間は関係ありません。向こうでは、ぼくらを待っているんですから」

「そう断言できるか？」

「できます」本気でそう確信しているかのように、アティカスは力強く答えた。

「そういうことなら」保安官がうなずいた。「おまえらの話がほんとか嘘か、アーダムに行って確かめようじゃないか」

アティカスとジョージが黙っていたのは、これも罠に違いないと予想したからだ。

「だから、アーダムに連れてってやると言ってるんだ」保安官はくり返した。「しかし、車で行くのはたいへんだぞ。ここまでの道も曲がりくねった悪路だが、このゲートから先はもっとひどくなる。ところが運のいいことに、俺は近道を知ってるんだな」ハント保安官は、道路わきの暗闇を顎で示した。「タルボット、懐中電灯を持ってきてくれないか？　これから暗い森のなかを散歩するので、木にぶつかったりしたくない」

「いま取ってきます、保安官」保安官補はパトカーに駆け戻った。

「よし、じゃあおまえらは、ゆっくり立つんだ」保安官はショットガンの銃身をくいっと上に動かした。「両手は頭のうしろから離すなよ」

「しかし保安官」アティカスが言った。

「この森のなかには――」ジョージがあとをつづけようとした。

「さっさと立て」ハント保安官がもう一度命じた。「さもないと、その頭だけアーダムまで吹っ飛ばしてやるぞ」

「タルボット、もっとしっかり照らせ」ハントが、懐中電灯を持っている保安官補に命じた。「若いほうは逃げることしか考えてないし、やつの背中に光があたってないと、大穴を開けるのが難しくなる」

❖
❖
❖

実際、もしアティカスとジョージが逃げようとすれば、ハントたちは容赦なく発砲するだろうし、アティカスは森に入った直後から、ショットガンの一斉射撃をなんとか避けられる遮蔽物はないものかと、目を凝らしていた。しかし、今かれらが歩いている地面は平らで下生えも薄く、さっきは道の両側にあれほど密生していた木々も、身の隠しようがないほど本数が減っていた。それを知っていたから、ハントは森に入ったのだろうし、でなければ森までもが、アティカスたちの敵なのだ。いずれにせよ、もしアティカスがひとりで捕まっていたなら、彼はとっくに逃走を試みていただろう。なぜなら、あと数ヤードも進まないうちにまたひざまずかされ、射殺されることを危惧しはじめていたからだ。彼は、横目遣いでジョージを見て、こう伝えようとした——同時にふた手に分かれて走れば、どちらかひとりは生き残れる。

「やめとけ」ハント保安官が言った。「おまえらの考えてることなんか、とっくにお見通しだ。俺はノースカロライナの海兵隊基地で、クレー射撃をやっていたんだ。だからおまえらが別々の方角に走っても、この二連ショットガンで、確実にふたりとも仕留められる。俺は——」

ハントが黙ってしまったのは、そのとき懐中電灯の光が届く範囲を超えた森のなかから、〝大きな音が聞こえてきたからだ。太い枝が折れた音、あるいは銃声を思わせるバキッという鋭い音に、下草と土を踏みつける重々しい音がつづいた。アティカスとジョージ、そして三人の保安官はぴたりと動きを止めたが、懐中電灯の光は逆に落ち着きなく揺れた。

「光をふらつかせるな、タルボット」ハントが叱った。闇の奥で、大きくて重いなにかが地面の上をずるずると移動していた。枝が一本、また一本と叩き折られ、大木が強引に押し倒されてゆくらしい不吉な音が、しばらくつづいた。

ドン！

ショットガンが火を噴いた轟音は、それまでに聞こえていたすべての音を凌駕《りょうが》した。ジョージがふらついてしゃがみ込んだ。アティカスは小さくうめくと伯父の横に片膝をつき、彼を両腕で抱いて怪我がないか確かめた。ジョージは首を横に振った。撃たれたのではなく、単に腰が抜けたのだ。

アティカスは周囲を見まわした。わずかに左を向いたハントのショットガンが、銃口から硝煙を立ち昇らせながら森の奥を狙っていた。タルボットの懐中電灯も、同じ場所を照らしていた。しかし、イーストチャーチ保安官補のショットガンは、アティカスとジョージに向けられたままだった。

ハントが闇に向かって叫んだ。「ここが俺の森だということを、知っててやっているのか？人間だか動物だか知らないが、今すぐ森から出ていったほうが身のためだぞ！」ただちに彼は二発めをぶっ放し、ジョージは思わずアティカスの腕をつかんだ。

しばらく無音の状態がつづいた。保安官はショットガンの銃身を折り開くと、新たな散弾を二発装塡し、それからじっと耳を澄ませた。森からは、なんの音も聞こえてこなかった。木をへし折っていた生き物は、死んだのでなければ死んだふりをしているのだろう。

「片づいたらしいな」ハントが言った。「じゃあつづけようか？」

アティカスは優しく伯父に言った。「ほらジョージ、立ちあがろう」

「いや、立つな。そのままでいろ。これくらい奥に入れば充分だろう。そろそろ決着をつけさせてもらうぞ。ただし」とハントはつづけた。「おまえらが空き巣について自白すれば、考えなおしてやる」

保安官がそう言い終えると同時に、かれらの背後の道路から、まったく異質な音が聞こえてきた。ガスに点火したときのようなボッという音と、なにかが燃えあがった音。かれらが一斉にうしろを見たとき、その炎は、早くも一台の車を包み込む猛火に成長していた。

「どういうことだ？」タルボットがつぶやいた。

ハント保安官はアティカスを睨みつけた。「おまえ、なにか隠していたな？」

車のクラクションが鳴り響いた。パッカードのクラクションだ、とアティカスは思った。ということは、燃えているのは保安官のパトカーか？

「イーストチャーチ、おまえは俺と一緒に来い」ハントが命じた。「タルボットはここにいろ。もしこいつらがなにかやったら、即座に射殺するんだ」

しかしハントは、命令の最後の部分をみずから実行すべきか迷っているかのように、しばし逡巡した。パッカードのクラクションが再び鳴った。今度こそハントは回れ右をすると、いま通ってきた小道を道路に向かって走りはじめ、数歩遅れてイーストチャーチ保安官補があとを追った。

アティカスと目が合ったジョージは、意味ありげにうなずいた。アティカスは視線を地面の上に移した。太い木の枝が一本、ジョージの膝のすぐ前に落ちていた。

アティカスは再び頭をあげると、目の隅にタルボットの姿が入ってくるまで、ゆっくりうしろを向いていった。保安官補はかれらの約二メートル後方に立ち、片手で懐中電灯を保持しながら、もう一方の手でショットガンを構えていた。しかし、銃身こそアティカスたちに向けられていたが、銃口は中途半端に下がっていた。懐中電灯の光も、タルボットの動揺を反映しているかのように、ふらふらと動いた。遠ざかってゆくハントとイーストチャーチのうしろ姿を照らしたかと思えば、アティカスとジョージに戻り、それから木の倒れる音が聞こえてきた森に向けられた。

アティカスは、伯父の胸を押さえていた手を離すと、地面に落ちている枝をつかんだ。そして枝をしっかり握ったまま、懐中電灯の光が再び遠ざかってゆくのを待った。彼は伯父を押しのけてさっと立ちあがり、渾身の力を込めて枝を水平方向に振りまわした。

ところがアティカスの枝は、空を切った。彼はつんのめり、危うく転びそうになった。なんとか踏みとどまると、足もとに点灯したままの懐中電灯が落ちていた。アティカスは両手で太い枝を握り、いつ撃たれるかびくびくしながら、タルボット保安官補の姿を探した。しかし、どこにも見えなかった。

なにが起きたのかと、アティカスはいぶかった。

またしても森のなかから、音が聞こえてきた。さっきよりずっと近かった。アティカスは思った。これは人間ではない、動物だ。それもべらぼうに大きく、簡単に木を倒したり、無警戒の人間を音もなくさらってしまうほどの怪力をもつ化け物だ。その化け物が今、アティカスだけに自分の存在を知らせるかのように、音をたてながら下草を踏んで移動している。

化け物は遠ざかっていった。彼は腰をかがめて懐中電灯を拾ったのだが、手を滑らせて落としそうになってしまい、やっと森へ向けたときには、すでに化け物は光の届かないところに去っていた。その重い足音は、森のなかを道路のほうへ向かっていった。

「アティカス」ジョージが声をかけてきた。「手を貸してくれ」アティカスは伯父のそばに戻り、彼の腕の下に肩をさし入れた。立ちあがるのを手伝っているとき、燃えるパトカーから届いていた光が一瞬暗くなった。かれらとパトカーのあいだを、なにか大きな影がよぎったらしい。

道路でハントが叫んだ。「イーストチャーチ！　どこに行った？」

長い沈黙。誰かがショットガンを撃った。アティカスとジョージの位置からも、銃口から発せられた閃光が見えた。だがその光は、空に向かっていた。

再びあたりは静まり返った。聞こえてくるのは、炎のはぜる音だけだ。

アティカスとジョージは顔を見合わせた。ジョージがため息をつき、肩をすくめた。アティカスは懐中電灯のスイッチを切り、できるだけ静かに道路へと戻っていった。

道路に出る少し手前で、アティカスの足がなにか固い物を蹴った。ショットガンだった。ハントの二連式ではなく、シングルバレルだ。アティカスは腰を落とし、イーストチャーチの痕跡を示すものがほかにないか探したのだが、なにもなかった。彼は懐中電灯をジョージに渡すと、イーストチャーチのショットガンを拾いあげて道路に出ていった。

今やパトカーは、火と煙を噴きあげているだけの黒い残骸と化していた。ステーションワゴンのリアゲートが開いており、ちらつく火影に照らされ、マットレスに掛けてあった毛布が荷室の片側に寄せられているのが見えた。

パッカードの真うしろで、ハント保安官が後頭部から血を流し、うつ伏せに倒れていた。すぐかたわらに、予備のガソリンを入れた缶が転がっていたのだが、彼を殴ったらしく大きくへこんで血がついていた。

「レティーシャ、いるんだろ?」アティカスが小声で呼ぶと、道路の反対側の暗がりから、ハントのショットガンを持ったレティーシャが歩み出てきた。

「ほかのふたりは?」レティーシャが訊いた。

「グリズリーに喰われた」と答えながらも、アティカスは、なぜ襲われたのが彼とジョージでなかったのかと自問せずにいられなかった。

パトカーが咳き込むような音をたて、またしても炎が高くあがった。「わお」ジョージがひるんだ。熱がすさまじく、なぜパッカードに引火しないのか不思議なくらいだった。「早くここから離れたほうがいい」

ジョージはステーションワゴンの前部へ走っていったが、レティーシャとアティカスは倒れている保安官をあいだにはさみ、たがいの顔を見ていた。レティーシャが得意げに微笑んだ。

「わたしが同行したのは神のご意志だということが、これでよくわかったでしょ?」

森を見やりながら、アティカスは思った。ぼくたちを助けてくれたのは、たぶん神ではない。

ジョージはすでにゲートを開き、運転席のドアの横に立っていた。「早く来い! 行くぞ!」

レティーシャが保安官のショットガンをパッカードの荷室に置いた。まだ半分残っているガソリンの缶はアティカスが拾い、こちらも荷室に戻した。助手席側にまわったレティーシャが、フロントシートに座っているあいだ、彼はイーストチャーチのショットガンを持ったままハントを見おろし、ふたりの保安官補はどうなったのだろうと考えた。

「アティカス!」ジョージが叫んだ。「なにやってんだ!」

「考えてもしかたないか」アティカスは小声でつぶやくと、手にしていた銃を保安官のショットガンの横に置き、ステーションワゴンの荷室に這いあがった。ジョージがエンジンをかけた。テールゲートを閉じようとしたアティカスの目が、別の車をとらえた。パトカーのずっと後方、道路が急カーブする場所にエンジンもヘッドライトも消して隠れていたその車を、アティカスが発見できたのは、炎上するパトカーの火がシルバーの車体に反射したからだった。

いきなりジョージが車を発進させたものだから、アティカスはバランスを失い、テールゲートから転がり落ちそうになった。彼がなんとか体勢を安定させたとき、すでにパッカードは最初のカーブを曲がりはじめており、後方に見えるのは炎の煌《きら》めきだけになっていた。だがその光も、すぐに視界から消えた。

✣✣✣　✣✣✣　✣✣✣

灰色の薄明かりと朝靄《あさもや》のなかで、アティカスは目を開いた。こわばった体を起こすと、尻の下に割れたウィンドウの破片があるのを感じた。運転席ではジョージが頭をのけぞらせ、いびきをかいていた。レティーシャもバックシートで毛布にくるまり、眠っていた。

アティカスは助手席のドアを開け、外に出た。かれらのパッカードは、灌木《かんぼく》の茂みで道路から隔てられた空き地に、高い木々に囲まれながら駐車していた。道路とは反対の方角から、水の流れる音が聞こえていた。周囲を警戒しつつその音をたどっていったアティカスが、草叢《くさむら》をかき分けると、そこは急勾配の土手の上だった。眼下に小川が流れており、岸に近いところは岩だらけで浅いのに、中央付近は急に深くなっているようだった。

小川の対岸には、国勢調査員の話に出てきた畑と野原が、朝靄でなかば隠されながら広がっていた。きっとこの小川が、シャドーブルック川なのだろう。シャドーブルック川は、まるで濠《ほり》のようにアーダムの畑地を囲んでおり、畑は低い石の壁で区切られていた。アティカスが立っている場所から、川を隔てて真正面にある畑は休耕地となっており、ヤギの群れが野草や若木を食べていた。右へやや離れたところに、シャドーブルック川の両岸をつなぐ橋があった。

畑の北側は、ゆるやかに上昇しながら白壁の小屋《しょうおく》が並ぶ一画へとつづき、その左には尖塔がある教会を含む大きめの建造物が集まっていた。斜面をさらに上がったすべてを見おろす高台に、ぼんやり見えている淡い色をした邸宅が、問題のマナーハウスだった。建物の輪郭は濃い靄のなかで不鮮明だったものの、いくつかの窓には間違いなく灯がともっていた。

電気がついている民家も数軒あったが、マナーハウスほど明るくはなかった。そんな家のひとつから、小さなスツールを持ちブリキのバケツを二個ぶら下げた男が出てきて、休耕地をこちらに向かい下ってきた。バケツの音を聞きつけたヤギたちが、彼のそばに走り寄っていった。そのとき、アティカスのすぐ左でも水のはねる音がして、見るとひとりの女性がシャドーブルック川から木桶で水を汲んでいた。手が届きそうなほど近い距離だったが、ヤギ飼いの男と同じく彼女も白人だったので、アティカスは音をたてないよう静かに木立のなかへ戻っていった。

誰かが彼の肩をつかんだ。ジョージだった。アティカスは指を口にあて、小声で言った。「あそこが目的地らしい」彼はジョージにもマナーハウスが見えるよう、視界をさえぎってい た枝や葉をそっと左右に押し開いた。

「そのようだな」ジョージが気のない返事をした。彼は眉根を寄せるとうしろを向き、車に戻りかけたのだが、結局立ちどまってアティカスの顔を見た。「ひとつ質問していいか?」

「ぼくたちはどうやってここまで来たか、だろ?」実はアティカスも、同じ疑問を抱いていたのだ。燃えるパトカーから離れ、真っ暗な森のなかを、夢を見ているかのようにひたすら走りつづけたのは憶えている。しかしそこから、ついさっき灰色の光と朝靄に包まれながら目覚めるまでの記憶が、すっぽり抜け落ちていた。

「まったくわからない」ジョージのしかめ面を見ながら、アティカスは答えた。「同じことを、ぼくも伯父さんに訊こうと思っていたんだ」

❖　❖　❖

三人ともフロントシートに座り、引きつづきジョージが運転した。真ん中はレティーシャで、助手席に座ったアティカスは膝の上で拳銃を握っていた。

アーダムへ入ってゆく橋は、苔《こけ》でおおわれた古い石橋だった。欄干《らんかん》の上に、一定の間隔をおいて先端が直角に曲がった鉄棒が刺さっていた。角灯《ランタン》などを吊るすための棒だろうとアティカスは考えたのだが、欄干の中央にひときわ高い鉄棒が突き出し、川面に向かって大きな落差を提供しているのを見ると、どうしても別の用途を想像してしまうのだった。ジョージも同じことを考えたらしく、その鉄棒からできるだけ離れた側を急ぎ走り抜けようとしたのだが、脇からひとりの白人男性がいきなり飛び出してきたため、あわててブレーキを踏んだ。

手製の不細工な釣り竿を背負い、まだ生きているマスが入ったバケツを持っているその男は、フロントガラス越しに三人をじっと見た。アティカスたちは、彼が罵《ののし》りの言葉を吐いたり、助けを求めて叫んだり、石を拾ったり、あるいはバケツを振りまわしたりするのをじっと待った。ところが彼は、そのいずれも実行せず、代わりに頭《こうべ》をたれると、まっすぐ後退してかれらのため道をあけてくれた。これにはジョージのほうが驚いて、しばらく男を見つめていたのだが、男は下を向いたままパッカードが通過するのを待ちつづけた。

三人は再び走りはじめた。やがて道は二方向に分岐し、西へ向かう道は家々が並ぶ村の中心につづき、もう一方は丘をさらに登っていた。三人は登り坂を進んだ。丘の頂上が近づくにつれ、道はなだらかにカーブしはじめ、やがて砕石が敷き詰められた私有車道《ドライブウェイ》となってマナーハウスの正面に達していた。

マナーハウスは淡灰色の石で造られており、陸屋根をもつ三階建ての本館の両側に、スレート葺きの片流れ屋根がついた二階建ての翼棟《ウイング》が立っていた。翼棟の窓はどれも真っ暗だったが、本館は煌々《こうこう》と輝いており、アティカスは三階の窓辺に人影をちらっと見た。

ジョージは本館の玄関前に車をつけた。本館の正面、ドライブウェイでぐるりと囲まれた芝地のなかに鉄製のベンチが二基並んでおり、その二基のあいだにホレスの地図帳に描かれたアイコンとそっくりの日時計があった。だがかれらの目は、その立派な日時計を素通りした。西側の翼棟の前に、あのシルバーのセダンが駐まっていたからだ、ボンネットはもちろん、曲線を描く黒いフロントガラスも朝露で濡れていた。

「ここはやはりドアを叩いて」アティカスが言った。「朝食のメニューを訊いてみるべきだろう」彼は拳銃をパッカードのグローブボックスにしまい、車から降りた。

マナーハウスの玄関ドアは大きな両開きで、中央の上部に、地平線から半分顔を出している太陽をあしらった銀の装飾が施されていた。ドア本体にも小さな半欠けの太陽が取りつけられており、こちらはドアノッカーとなっていた。アティカスは玄関前の階段を上り、右側のドアノッカーに手を伸ばしたのだが、ノッカーをつかむ寸前、ドアのほうが内側に大きく開いた。

戸口に立っていたのは、執事の服装をした赤毛の男だった。アルビノかと見まがうほど色が白く、その目はアティカスをまっすぐ見つめ、口もとには自然な笑みが浮かんでいた。

「ミスター・ターナーでいらっしゃいますね」男が言った。「アーダム山荘《ロッジ》へようこそ」

✣✣✣　✣✣✣　✣✣✣

「ウィリアムと申します」赤毛の男が自己紹介した。「ミスター・ターナーとご友人の皆さまが快適に過ごせるよう、お世話をしろと命じられました」彼はジョージに向きなおった。「ひょっとして、ミスター・ベリーでいらっしゃいますか？　ミスター・ターナーのお父上の、お兄さまですよね？」

「ええ、いかにもわたしは、モントローズの兄です」ジョージが答えた。

ウィリアムはうなずいた。「ミスター・ターナーのお父上は、あなた様もいらっしゃるかもしれないと、おっしゃっていました。それでこちらの方は、ミス……？」

「ダンドリッジです」レティーシャが言った。

「ぼくたちの古い友人でね」補足したのはアティカスだった。「家族も同然です」

「それでは同様に歓迎させていただきましょう」

「そもそも、ぼくたちは誰に招かれたんですか？」アティカスが訊いた。

「ミスター・サミュエル・ブレイスホワイトです」ウィリアムは、かれらの眼前に立つ本館だけでなく、敷地全体をさし示すかのように両手を大きく広げた。「ここは、ミスター・ブレイスホワイトのロッジなのです」

「サミュエル・ブレイスホワイト」その名前の響きを舌先で確かめるかのように、アティカスがくり返した。「もしかしてあの車も」——彼はシルバーのセダンを指さした——「ミスター・ブレイスホワイトの？」

「あのダイムラーですか？　そうです。特別につくらせたカスタム・モデルです。素晴らしい車でしょう？」

「ええ、たしかに」アティカスは話題を変えた。「こうして歓迎してもらえるのは嬉しいんですが、ぼくは父のことが気になります。まずは、父に会わせてくれませんか？」

「申しわけございません、お父上は今、このロッジにいらっしゃらないのです。ミスター・ブレイスホワイトと一緒に、当家の弁護士と会うため、昨日の午後ボストンに向かわれましたので」

「ボストンへ行った？　でもあなたはさっき、あれはミスター・ブレイスホワイトの車だと」

「当家の主人は、車を何台も所有しているんです」ウィリアムが答えた。「さて、よろしければなかに入って、みなさんのお部屋をご覧にいれたいのですが、いかがでしょう？　お荷物はご心配なく。あとで運ばせますから」

しかしアティカスは、その場から動けなかった。あの森に置き去りにした保安官が追いかけてきたり、でなければ今ごろビディフォードに戻って、自分たちをリンチにかけるため人を集めたりしてないか、心配だったからだ。

「どうかなさいましたか?」こう訊いてからウィリアムは、パッカードのサイドウィンドウが割られていたことにやっと気づいた。「ああ、これは……途中でなにかトラブルがあったんですね?」

ジョージが笑った。「うん、たしかにちょっとあった」

「またビディフォードか」ウィリアムが小さくつぶやいた。「わたしからもお詫び申しあげます……お怪我はございませんでしたか?」

「今のところは」アティカスが答えた。

「もう心配はありませんよ。ここはまったく安全ですから」

闇のなか燃えあがるパトカーを、アティカスは想起した。「そう断言するのは、まだ早すぎるような気がしますけど」

「いえ、わたしが、そう保証するのです。ミスター・ブレイスホワイトのゲストであるみなさんを、わたしたちは確実にお守りします。アーダムにいるかぎり、ビディフォードの人たちを心配する必要はありません。ミスター・ターナー、あなたのお父上も、ミスター・ブレイスホワイトと一緒に旅をしているあいだは、やはり完璧に安全です。おわかりいただけたら、どうぞなかにお入りください」

本館の玄関ホールは、『ニグロのための安全旅行ガイド』に掲載されることはまずなさそうな、地方の高級ホテルを彷彿とさせる豪華さだった。暗い色の羽目板が張られた壁には、みごとな風景画が何枚も掛けられ、絵のなかでは白人たちが狩猟をしたり、馬に乗ったり、雄大な景色に見惚《みと》れたりしていた。

左右の翼棟へ向かって、二本の廊下が反対方向に延びており、玄関ホールのいちばん奥には、広い食堂への入り口となる両開きの扉があった。扉の左側にある小さなキャビネットのなかに、鍵がたくさんぶら下がっていた。ウィリアムはそのキャビネットの前に立つと、自分の顎を軽く叩きながら考え込んだ。

ウィリアムが部屋割りで頭を悩ませているあいだに、アティカスは両開き扉の右側に掛けられた絵を見にいった。錬金術師の研究室に立つ、ローブを着た白人男性の肖像画だった。男は右手で木の杖を握っており、右手の人さし指には半欠けの太陽を彫り込んだシルバーの認印《シグネッ》つき指輪《ト・リング》が光っていた。まっすぐ伸ばされた男の左腕の先には、船がひしめく夜の港を見おろす窓があった。空には星がまたたき、しかし淡紅色の光が水平線を染めはじめていた。

「タイタス・ブレイスホワイト」

額縁の下にある真鍮製の銘板を、アティカスは声に出して読んだ。

「アーダム・ロッジの創設者です」片手に数本の鍵をぶら下げたウィリアムが、アティカスの隣に来て肖像画を見ながら説明した。「ブレイスホワイト家は海運業で巨万の富を築いたのですが、タイタス・ブレイスホワイトは自然哲学——というか科学と迷信の間《あわい》の領域——に並々ならぬ関心をもっていました。ところが彼の高邁《こうまい》な研究に、ボストンの近隣住民が不快感を示したものだから、彼は自身と仲間の科学者たちが人知れず実験を行なえるよう、アーダムに土地を買い求めてこのロッジを建設したのです」

「それにしては、ずいぶん変な場所を選びましたね」アティカスが言った。「だってビディフォードは、魔女と深い因縁をもつ町だったんですから」

ウィリアムが控えめにくすくす笑った。「ミスター・ターナー、タイタス・ブレイスホワイトは、魔女でもなければ魔法使いでもありませんよ」

「魔女でなくとも、縛り首にされる人はいましたよね？」

「はい。しかし、タイタス・ブレイスホワイトとビディフォードの有力者たちのあいだには、密約があったのです。タイタスは、ありあまる富と政治的なコネを使って地元のボスたちに便宜を与えてやり、かれらはその見返りに、彼のプライバシーを守りました。外部の人間をアーダムに近づけなかったのです。ビディフォードに対する偏見や悪評を、タイタスは逆手に取って利用したとも言えるでしょう」

「それはあまり感心しませんね」アティカスは言った。「自分の利益のために偏見を利用する人なんて、ぼくは一度も出遭ったことがない」

「なるほど。もしかするとそれが、彼の失敗の遠因だったのかもしれません」ウィリアムが認めた。「きっとそのせいで、彼は罰せられたのでしょう。というのもここは、一七九五年に大きな火災に見舞われたのです。ロッジは完全に焼け落ち、タイタス・ブレイスホワイトは研究仲間たちとともに、非業の死をとげました。彼の家族も大半が亡くなったのですが、火事が起きた当時、従兄弟がひとりだけマサチューセッツ州のプリマスに住んでいて、現当主のミスター・ブレイスホワイトは、その従兄弟の子孫なのです」

「今のご当主はどんな仕事をしてるんです？　まだ海運業？」

「いろいろと手広くやってらっしゃいます」

「それならなぜ、ぼくとぼくの家族に興味をもったんでしょう？　よかったら聞かせてくれませんか？」

「さあ、それはわたしにはわかりません。たとえ知っていても、お答えできないでしょう。わたしの仕事はこのロッジを管理することであって、ミスター・ブレイスホワイトのビジネスをお手伝いすることではないのですから」

「ほんとですか？」アティカスは肖像画を見あげた。「この一族のビジネスについて、よく知ってるみたいでしたけど」

「歴史だけですよ、ミスター・ターナー。わたしのことは、ツアー・ガイドのような存在だとお考えください。ところで、そろそろお部屋にご案内したいのですが、いかがでしょう？」

二階へ上る階段は、西棟の廊下に入ってすぐのところにあった。踊り場には外光を採り入れる窓があるのだが、玄関ホールと同じく、電気式のシーリングランプや壁付け燭台《スコンス》を模した照明器具が点灯されていた。

「電気はどこから得ているんですか？」アティカスは訊いてみた。

「この裏に大きなガレージがあるのですが、そのまた裏に小屋があり、そこに発電機を据えつけているのです。ミスター・ブレイスホワイトは、一九二〇年代にロッジを再建した際、近代の発明品をどんどん採用しました。ですからいつでもお湯が使えますし、ここにいらっしゃるあいだは、快適な生活をお楽しみいただけますよ」

階段を上りきったところで右折し、本館に戻った。本館の二階には遊戯室、図書室、そして喫煙室があった。ウィリアムは各部屋を三人にざっと見せてゆき、どの部屋も好きなときに使ってかまわないと言ったが、喫煙室だけは例外で、ここは伝統的に男性しか入れなかった。

「偏見の伝統ってわけね」レティーシャがつぶやいた。

「三階にはなにがあるんです?」アティカスが質問した。

「ミスター・ブレイスホワイトのご自宅です。帰ってこられたら、喜んでみなさんにもご覧に入れるでしょう。でも今は」と言いながら、ウィリアムは三人に移動をうながした。「みなさんを東館のお部屋にご案内させてください。西館より静かですし、お泊りになるのはお三方だけなので、ほかのお客さまから迷惑をかけられることもありません」

「ほかにも客が泊まってるんですか?」

「いえ、まだです。でも主人は、結社《ロッジ》のメンバーたちに招集をかけていました。ですから、みなさんまもなく到着しはじめるでしょう」

「客が来るのはわかっていても」アティカスが言った。「なぜ集まるかは知らない、と」

「ご明察です、ミスター・ターナー」

ウィリアムはかれらを従えて東館の廊下を進んでゆき、右から三つめのドアの前で足を止めた。「こちらがミスター・ターナーのお部屋になります」彼はキーを鍵穴に挿し込んだ。「なかにもう一枚ドアがあり、そこから隣室へ行けるコネクティング・ルームになっているので、奥の部屋はミスター・ベリーに使っていただきます」

部屋に入ってまずアティカスの目をとらえたのは、キングサイズの立派なベッドで、その堂堂たるヘッドボードには、屋外でさまざまな遊びに興じる白人たちが浮き彫りにされていた。右の壁にはワードローブがあったが、壁収納ベッドが入っていてもおかしくないほどの幅と高さだった。部屋の左側には暖炉があり、その前に数脚の安楽椅子とミニバー兼用のガラス製キャビネットが置かれ、大きな格子ガラスの窓の下には、ライティングデスクがあった。

「これは居心地がよさそうだ」室内に立ったアティカスがふり返ると、ドアがある壁は書棚になっていた。

ウィリアムがベッドの向こう側にまわり、ワードローブの横にある細いドアを開いた。

「こちらがバスルームです。洗面用具や石鹸類は各種そろっていますが、もしほかに必要な物があったら、遠慮なくおっしゃってください。着替えは持参されてますよね？　でも、もしディナー用のスーツが必要ということであれば、こちらにも何着か用意してあります」彼はワードローブを開いて見せた。「ディナーは、一階の食堂で八時からです」暖炉のほうに移動しながらウィリアムがつづけた。「ランチは一時で、朝食は六時から九時のあいだにお願いいたします。もちろんご希望があれば、いつでもお好きな時間にお好みの料理をお部屋にお届けします」彼は、ライティングデスクに置かれたアンティークの電話機に触れた。「ゼロ番をダイヤルしていただければ、必ずスタッフが出ますので」

「外線をかけたいときは？」

「申しわけありません、これは内線専用の電話機なんです。ミスター・ブレイスホワイトは、このロッジにもなんとか電話を引こうとしたんですが、技術的な問題に加えて行政上の問題があり、結局だめでした。初代のミスター・ブレイスホワイトは、役人たちと良好な関係を築いていたのですが、残念ながら当代とデヴォン郡役所は、同じことができなかったのです」

「それはお気の毒に」アティカスは窓の外を見た。「地元との関係という意味では、アーダムに住んでいるのはどんな人たちなんでしょう？」

「素朴でつましい人たちです」ウィリアムが答えた。

「素朴でつましい？　アーミッシュみたいに？」

「あそこまで厳格ではありませんけどね。しかしアーダム派と呼ばれるかれらの歴史は、実はメノー派（十六世紀に起源をもつプロテスタントの一派。アメリカには十七世紀末から定住をはじめた）よりずっと古いのです」

「みなさん一年を通してここで暮らしているんですか？」

「もちろんです。かれらにとってアーダムは、外界から隔てられた安全地帯ですから。地代の代わりに、かれらは収穫物や労力を提供することで、このロッジを支えてくれています。みなさんがこれから召しあがる食材も、すべて下の村でとれたものですよ」

「言葉を換えると、かれらはミスター・ブレイスホワイトに食料を提供し、その見返りに彼は、アーダムの住民を守っている？」

「まさにそのとおりです」

「電気や水道は？　かれらの家もお湯が出るんですか？」

「さっきも申しあげたとおり、みんな質素ですから、そういうものには関心がないのです」ウィリアムはジョージに視線を移した。「ミスター・ベリー、あなた様のお部屋はあのドアの先です。ご案内させてください」

　隣室へつづくドアの向こうにウィリアムとジョージが消えると、入り口のドア横で書棚を眺めていたレティーシャが口を開いた。「ちょっと見にこない？」

　アティカスは彼女の横に立った。「なにか面白そうなものはあった？」

「とにかく見て」

「ほう」アティカスが感嘆の声をもらした。「Ｅ・Ｒ・バローズだ」書棚の最上段には『ターザン』シリーズが並び、その下にはジョン・カーター本の全巻が、カースン・ネイピアが活躍する金星シリーズや中空《ペルシダー》の地球シリーズとともに収められていた。ほかの棚も彼がよく知っている作家や作品ばかりで、その多くが、こういう環境にまったくそぐわない内容だった。

「あなた好みの本ばかりなんじゃない？」レティーシャが言った。

「たしかに。読んでみたいと思っていた本も、たくさんある……」

「あまり夢中にならないでね」

「もう遅いよ」と答えながら、アティカスは書棚の前にしゃがみ込んだ。最下段はラヴクラフトの世界だった。Ｈ・Ｐ・ラヴクラフトの作品と一緒に並んでいたのは、アルジャナン・ブラックウッド、ロバート・ブロック、オーガスト・ダーレス、ウィリアム・ホープ・ホジスン、フランク・ベルナップ・ロング、クラーク・アシュトン・スミスといった作家たちのホラー小説だった。背表紙を指でたどりながら、アティカスはホジスンの『異次元を覗く家』とラヴクラフトの『眠りの壁の彼方』のあいだから不自然にはみ出している赤い革装の一冊が気になり、抜き出してみた。

表紙には、あの半欠け太陽のロゴが浮出し《エンボス》加工されており、〈元始の曙光／規約と戒律〉という文言が印刷してあった。この表紙をレティーシャに見せていると、こっちに戻ってくるウィリアムたちの足音が聞こえたので、アティカスは急いで本をもとの位置に差し込んで立ちあがった。

「ミス・ダンドリッジ」ウィリアムが言った。「あなた様のお部屋は、廊下の反対側です。どうぞこちらへ」

ふたりは出ていった。

アティカスは伯父の顔を見た。「そっちの部屋にも、いい本棚があったんじゃないか?」

「ああ、立派なものだ」ジョージが言った。「わたしの食事は、ぜひ部屋へ持ってきてもらいたいね。あれだけそろっていれば、退屈することなくひと月は過ごせるだろう」

アティカスはうなずいた。「そうさせるのが狙いかもしれないぞ。だって、ぼくらにこの東棟を独占させるというのは、ちょっと気前がよすぎるもの」

「それもそうだな。そういえばおまえ、わたしたちが上ってきた西館の階段のほかに、どこかで階段を見たか?」

「いいや全然。東館の廊下に、階段はひとつもなかった」

「また火事にならないことを、願うしかないわけだ」ジョージがため息をついた。

部屋の外から、レティーシャの大声が聞こえてきた。アティカスとジョージは廊下に飛び出した。

レティーシャのスイートに駆け込むと、彼女はウィリアムと一緒にバスルームのなかにいた。両手を胸の前で握っており、最初アティカスは、彼女は床に空いた大穴の前に立っていると思ったのだが、よく見るとその穴は、黒大理石でできた埋め込み式のバスタブだった。それも、ここにいる四人全員が、腕を触れることなく入れるくらいの巨大さだ。

「見ろよ、あれ」ジョージがアティカスの背後で囁《ささや》いた。「レティーシャだけ専用プール付きだ」

✣✣✣　✣✣✣　✣✣✣

廊下へ出たアティカスに、ウィリアムが言った。「お荷物はすぐにお部屋まで運ばせます。うちの整備士が、割られたウィンドウをどこまで修理できるかわかりませんが、お車は雨風をしのげる場所に間違いなく駐車しておきます」

「どうもありがとう」アティカスは礼を言った。「ひとつ訊いてもいいですか?」

「どうぞ」

「ミスター・ブレイスホワイトは、いつボストンから父と一緒に帰ってくると言ってました?」

「なんともお答えできません。たぶん今夜だと思いますが、明日になってしまうかもしれない」にっこり笑う。「でもお待ちになっているあいだ、退屈なさることはないでしょう。すでにご覧になった本のコレクションに加えて、地下には音楽室とジムがありますし、ほかにもいくつかゲームなどをご提供できます。もちろん、このロッジの敷地内や下の村のなかも、ご自由に散策していただいてかまいません。もっと足を伸ばされたいのであれば——森のなかとか、丘を越えた反対側とか——迷子にならないよう道案内をおつけしますよ」

「いえ、それはけっこうです。あまり遠くに行きたいとは思いませんので」

「承知しました。もしほかになにもないようでしたら、わたしは——」

「あとひとつだけ」アティカスは言った。

「なんでしょう?」

「父がここに着いたとき、彼はどの部屋をあてがわれたんですか?」

ウィリアムが一瞬ためらった。「あそこです」彼はレティーシャの部屋の右側にあるドアを指さした。

アティカスはドアノブを回してみた。「鍵がかかってる」

「もちろん鍵はかけてあります。もしお望みなら、一階から鍵を持ってきますけれど、部屋のなかは空っぽですよ。お父さまは、持参されたお荷物をぜんぶ持ってボストンへ行かれましたし、そのあとこのお部屋には、清掃が入ってますから」ひと呼吸おいて、彼はつづけた。「鍵を持ってきましょうか?」

「いや、それにはおよびません」アティカスはドアから離れると、ウィリアムに笑みを返した。

「あなたの言葉を信じます」

❖❖❖

アティカスとジョージは、本館正面の芝生に置かれたベンチのひとつに腰かけ、日時計の台座のまわりを闊歩《かっぽ》する一羽のクジャクを眺めていた。

「タイタス・ブレイスホワイトという名前に」長い沈黙のあとで、ジョージが訊いた。「なにか引っかかることでもあるのか？　あの肖像画を見ているときのおまえは、どこか様子が変だったぞ」

「本当に？」アティカスはベンチの背もたれに体をあずけた。「実をいうと、ぼくの曾祖母のそのまた曾祖母を、奴隷として所有していたのがタイタス・ブレイスホワイトという名の男だったんだ」

「おまえのお母さんは、自分の祖父母がどこから来たか、なにも知らないと言ってたんじゃないのか？」

「たしかに母は、詳しいことはなにも知らなかった。しかし、ご先祖さまのひとりがハンナという名で、ボストンの奴隷商人だったタイタス・ブレイスホワイトに買われたことは知っていたんだ。ハンナは、ブレイスホワイトの田舎の屋敷で女中をやっていたんだが、ある晩その屋敷から逃亡した」

「夜のあの森へ逃げ込んだってことか？　ずいぶん勇気のある人だな」

「勇気があるというより、すごく怖かったんだろうね」アティカスはつづけた。「屋敷のなかでなにかたいへんな事件が起こり、命からがら逃げ出したというのが真相だったらしい」

「それが例の火事かな？」ジョージが訊いた。

「おそらく。でも母によると、ハンナはすごく恐ろしいことが起きたから逃げたと言うだけで、実際になにがあったか、決して人に語らなかったそうだ。とにかく、逃亡したハンナは自由黒人として新たな人生をはじめたんだが、いつタイタス・ブレイスホワイトと彼の一族が追ってくるかと、死ぬまでおびえていた」

ジョージは次の質問をするまえに、少し考え込んだ。「逃亡したとき、ハンナに子供はいなかったのかな？」

「その点は、ぼくも一度だけ母に訊ねたことがある。そしたら叱られたよ。おまえは、この話のいちばん大事な点がわかっていないって」

「大事な点とは？」

「過去をほじくり返すな。そしてもしブレイスホワイトという名の人物が現われたら、絶対に信用するな」

「この話、ドーラはモントローズには内緒にしてたんだろ？」

「ああ。母はぼくにも、親父には絶対しゃべらないと約束させた。でも親父は、ついに嗅ぎつけてしまったんだと思う。でなければ、向こうが彼を見つけたんだ」

シャワーを浴びたレティーシャが、シンデレラの舞踏会にも行けそうな紫のガウンを着てロッジから出てきた。

「これは驚いた」ジョージが目を丸くした。

「気に入ってもらえた？」楽しそうに笑いながら、彼女がその場でくるりと回ると、朝靄をつらぬくように射してきた陽光を受けて、スパンコールが煌めいた。

「すごくきれいだよ」アティカスが褒めた。「でもあの小さな旅行鞄に、そんなドレスがよく入ったね」

「入るわけないでしょ。わたしの部屋で見つけたんだもの。似たようなドレスが、ほかにも十着ぐらいあった。あなたたち、まだ自分のワードローブを見てないの？」

「部屋に置かれていたドレスなのに」ジョージが訊いた。「サイズが合ったのか？」

「ええ、あつらえたみたいにぴったり」彼女はもう一度回ってみせた。

アティカスがさっと立ちあがった。「どうやら、村のなかを歩く必要があるらしい」

「おい本気か？　わたしはモントローズが戻ってくるまで、自分たちの部屋から出ないほうがいいような気がするけど」

「逆にぼくは、親父がそう簡単に戻るとは思っていない。むしろこちらから、探しにいくべきだ」

「彼は村にいると言いたいのか？」ジョージが訊いた。

「というか、ブレイスホワイトと一緒にボストンにいるとは、ちょっと思えないんだ」

「もしモントローズをどこかに閉じ込めるなら、やっぱりロッジのなかだろ？」

「その可能性は低くないと思う」アティカスは本館の三階の窓を見あげ、それから伯父に視線を戻した。「だけどぼくの第六感は、違うと言ってる」

「よくわかった」ジョージも立ちあがった。「その第六感につきあってやる。そしてもし彼を見つけたら――」

「すぐにここから出て行き、二度と戻らない」

ジョージがうなずいた。「なんて完璧な計画なんだ」

「計画には違いないけど」レティーシャが言った。「そう簡単にことが進むと、本気で考えてるの？」

✣✣✣

ジョージのパッカードはすでに移動されていたので、かれらは私有車道《ドライブウェイ》に沿って西館の端から建物の裏へまわり、大きなガレージまで歩いた。ガレージは、上下に開く扉がついた車一台分の車庫を連結した細長い木造の建物で、まるで厩舎《きゅうしゃ》を改造したようにみえた。パッカードを探しながら三人がのぞいていった各車庫には、小荷物配送用の小型トラック一台、ウィンドウが真っ黒なロールスロイスのセダン二台、そして真珠色をしたビンテージのロードスター（2シーターのオープンカー）が一台駐められていた。

パッカードは、そのロードスターの隣にあった。アティカスはただちにグローブボックスから拳銃を回収し、まだ弾が装塡されていることを確認した。けれども、彼自身が持ち歩くわけにはいかなかった。大きすぎて、ズボンのポケットに入れると目立ちすぎてしまうのだ。「しかたない、部屋に戻ってジャケットを取ってこよう」

するとレティーシャが片手を差し出した。「わたしが預かってあげる」彼女はアティカスとジョージにうしろを向かせると、いったいどうやったのか、着ているガウンのひだのなかに拳銃をみごとに隠してしまった。それから彼女は、男たちの前でくるりと一回転してみせた。

「この件が一段落したら」アティカスは彼女に言った。「なぜ君がそんなにたくましくなったのか、ぜひ理由を話してもらいたいね」

西館の正面に戻ったかれらは、アーダムの教会へとつづく小道があることに気づいた。その小道を下ってゆくと、こちらに向かってくる村人たちに遭遇した。うちひとりは、今朝アティカスが見たヤギ飼いの男で、彼は処理したばかりの新鮮な肉の塊を肩にかついでいた。彼のほかには、羽根をむしられたニワトリ二羽とタマゴが入ったバスケットを持った女、根菜などの食材が詰まった重そうな袋を背負った男がふたりいた。そんな大荷物を持っていたにもかかわらず、かれらはわざわざ小道から出て立ちどまり、今朝の釣り人がそうしたように頭を深くたれると、アティカスとジョージ、そしてレティーシャが通過するのを待った。アティカスは歩きながら「おはようございます」と挨拶したのだが、アーダムの村民たちは挨拶を返すどころか、目をあげようともしなかった。

教会など公共の建造物は、その小道の終点の周囲にほぼ四角形に配置されていた。教会の向かいにはなにかの作業場があり、男が足踏み式の砥石で草刈り鎌の刃を研いでいた。男は、アティカスたちが教会に近づいてゆくと顔をあげたのだが、ちらっと見ただけですぐに視線を手もとに戻した。だが、彼のかたわらで鎖につながれていた大きなマスティフは、そこまでつつしみ深くなかった。よそ者が近づいてくるのに気づくやいなや、作業場のポーチから飛び降り、もし鎖がなかったらそのまま突進してきただろう。

この大型犬を気にしながら、ジョージが甥に訊いた。「で、最初はどこを調べる?」しかし彼がこの質問を言い終えたときには、すでにレティーシャが教会の扉を開けていた。

「やはりここからだろうな」アティカスが言った。

教会の内部は、単なる大広間も同然だった。入り口部分は吹き抜けになっていて、真上にある尖塔から鐘を鳴らすための引き綱がぶら下がっており、入り口からつづく会衆席に並んでいる木のベンチには、四十人ほどが座れそうだった。両側の壁に切られた大きな縦長の窓から、磨《す》りガラス越しに外光が射し込んでいた。中央通路の天井からは、バラ色のガラス壺を燃料タンクにしたオイルランプが吊り下がっているのだが、そのランプが反射する弱々しい光は、死が近い恒星の煌めきを思わせた。会衆席の前方は一段高い内陣になっているのに、祭壇も説教台もなくて木製の聖書台だけがぽつんと置かれ、その上に大きな本が一冊のっていた。

聖書台の上の壁にはステンドグラスの窓があり、この教会で唯一の装飾らしい装飾となっていた。エデンの園が描かれているそのステンドグラスを、もっとよく見ようとしてアティカスが足を踏み出すと、彼の数歩先にいたレティーシャが小さく声をあげ、片手で口を押さえ笑いはじめた。

ステンドグラスのなかでは、薄紅色の半欠けの太陽——元始の曙光の源——の下でアダムとイブが抱き合っていた。よくある絵柄なのだが、お定まりの要素がいくつか欠けていた。ヘビに化けた悪魔がいなかったし、朝日が鮮やかに木々や草叢を彩っているのに、あの禁断の果実がどこにも見あたらなかった。というのも、それを持っているべきイブの両手が、別の行為でふさがっているからだ。

このアダムとイブには、恥部を隠すべきイチジクの葉が描かれていなかった。ステンドグラスの春画など、見たことがなかったアティカスは、ただ唖然とした。

「ここの住人たちは」ジョージが言った。「バプテストではないようだな」

「そうだね」アティカスが同意した。「たぶん、アダマイト（アダム派。古くからあるキリスト教の一派で、聖なる裸体主義を信条とした）というやつだろう」彼はどんな聖書が置かれているのかと思い、聖書台の前に立ったのだが、確かめることはできなかった。台上の大きな本は、表紙が掛け金で施錠されているだけでなく、鎖で聖書台につながれていたからだ。

三人は教会の外に出た。鎌を研いでいた男は、すでに作業場のなかに入ってなにかをガンガン叩いていたが、マスティフはあいかわらず鎖をぴんと引っぱり、こちらを見ていた。

かれらが次に着目したのは、教会の西隣に立つ石とモルタルの建造物だった。高さ約三メートル、底面の直径約十メートルの円筒形の建物で、頂上へ向かうにつれわずかに細くなっていた。かなり高い位置に、かつては窓をおおっていたと思われる錆びた鉄格子があったものの、窓の開口部はモルタルでふさがれていた。鉄の帯で縁取られたドアは施錠されており、よほど重いらしく、アティカスが拳で叩いても鈍《にぶ》い音しかしなかった。

「どう思う？」ジョージとレティーシャの顔を見ながら、彼は訊いた。「怪しいといえば、かなり怪しいけど」

「なにかお困りですか？」

背後からいきなり話しかけてきたのは、まっすぐな赤毛を長く伸ばした透きとおるように白い肌をした女性で、そのあまりの白さに、アティカスはウィリアムの親族ではないかと疑ってしまった。さらに彼女の顔貌は、ステンドグラスのイブに瓜二つだったが、もちろん彼女は全裸ではなく、長袖のコットンブラウスにデニムパンツ、そしてレザーのブーツというでたちだった。彼女が三人に向かって歩いてくると、腰に下げた大小の鍵がじゃらじゃらと鳴った。

「はじめまして」アティカスは笑顔で挨拶した。「ぼくはアティカスでこちらはジョージ、彼女はレティーシャです。三人とも、あのマナーハウスに泊まっています」

「そうだろうと思った」女性がほほ笑んだ。しかしその笑顔には、わずかに軽侮が感じられた。

「わたしはデル」

「この村では、あなたが保安官の仕事をしているんですか？」こう訊かれて、デルは首をかしげた。アティカスは彼女の腰の鍵を指さしてから、石造りの建物に向かって顎をあげた。「ここは監獄なんでしょう？」

「監獄ですって？」デルは鼻を鳴らした。アティカスの横をすり抜けた彼女は、ベルトに下げていた鍵束をはずし、いちばん大きな鍵を使って重いドアを開錠した。外開きのドアを両手で開いた彼女は、一歩下がってなかに入るよう手ぶりでアティカスをうながした。「段差に気をつけてね」

彼が頭を下げて敷居をまたぐと、とたんに足が二十センチほどがくんと落ち、石敷きの床に着地した。なかは気温も湿度も低く、甘く香ばしい匂いが充満していた。目が慣れてくると、切り落とされた動物の脚がアティカスの鼻先に現われた。シカの脚が一本、頭上の木の梁から鎖で吊るされている。ほかにもたくさんの肉塊が吊り下げられていたが、乾燥肉か燻製《くんせい》肉かわからなかったし、大きく削ぎ取られているものもあれば、まだ手つかずのものもあった。

室内に入ったアティカスは、壁沿いに置かれた蓋つきの大きな箱を調べていったのだが、たいがいの箱は蓋を開けるまえに匂いで中身がわかった。彼の背後から、足踏みをする音が聞こえてきた。ジョージと一緒に入ってきたレティーシャが、地下室がないか床を踏んで確かめていた。だが床は堅牢そのもので、落とし戸の類はまったくなかった。

「これは動物対策」戸口からデルが言った。

「というと？」アティカスは訊き返した。

「人間の食べ物を狙って、村に来る動物がたくさんいるの。アライグマやキツネ、ときどきクマも。本当にお腹がすいているとき、クマは人間の家のなかにも平気で入ってくる。だけどここには、絶対に入れない」

「ぼくらが聞いたところによると、あの森にはグリズリーもいるんですって？」

「グリズリー?」デルがまたしても鼻を鳴らした。「まさか。このへんには普通のクロクマしかいないわ」軽い口調で彼女はつづけた。「だけどクロクマも、すごくたちが悪くてね。本当に悪賢いの。もちろん動物だから、飛び抜けて頭がいいわけじゃない。でも悪さをするくらいの知恵はある。おまけにとてもしつこい。だからイヌを使って追い払うんだけど、なかにはイヌに嚙まれて怪我をしても逃げないやつがいて、そういうやつが結局は、ここで吊るされることになるわけ」デルは大きな肉の塊のひとつを見あげた。

アティカスたちがクマの運命に思いを馳せていると、デルが敷居から一歩下がってドアに手をかけた。一瞬閉じ込められるかと思ったのだが、彼女は早く外に出ろと催促しているだけだった。

「次へ行っていい?」デルはかれらに訊ねた。

✣✣✣　✣✣✣　✣✣✣

デルが三人を連れて、村の西側にあるリンゴの果樹園を下ってゆくと、園内でミツバチの巣箱をいじっていた男がアティカスたちに黙礼した。アーダムにおける自分の役割を、デルは「マナーハウスとの連絡係を兼ねた村の管理人」と説明した。ウィリアムと親戚ではないかというアティカスの問いを、彼女は一笑に付した。「あの人の一族に加われるほど、わたしは身分が高くない」

アティカスは、あの教会にデルがどう関係しているかも知りたかったのだが、彼女とステンドグラスのイブの相似が気になって結局なにも訊けず、むろん彼女のほうも、自分からなにかを語ることはなかった。

かれらは果樹園を抜けて川まで下りてゆき、そこにいた釣り人を驚かせたあと、村をぐるりとまわって肉の保管所が立つ広場まで戻った。アティカスは、家々も個別に調べたかったのだが、監視人付きでは意味がないのでやめておき、村のなかを案内してくれたデルに礼を言ってから、マナーハウスへ帰るため小道を登りはじめた。三人と別れたデルは、あの男がまだやかましくハンマーを振っている作業場に向かっていった。彼女が作業場に入ったのを見届けると、アティカスはただちに進路を百八十度変え、ジョージとレティーシャを連れ村へとつづく道に戻った。

しかし、進めた距離はほんのわずかだった。まず、かれらの進路変更に気づいたマスティフが、猛烈な勢いで吠えはじめた。アティカスはこのイヌを無視し、早足で歩きつづけた。すると道の前方にある家々から、新たに四匹のイヌが飛び出してきた。二匹は中型の雑種で、一匹はラット・テリアだったが、残る一匹はウルフハウンドとグレートデーンをかけ合わせたかのような超大型犬だった。四匹とも襲いかかってくる気配はなかった。ただ道の真ん中に集まり、ハアハアと息をしながら、アティカスたちがそれ以上接近しないよう威嚇していた。

マスティフが吠えるのをやめたので、アティカスは肩越しにふり返った。作業場のポーチから道に戻ったデルが、両腕を胸の前で組み、口もとに冷笑を浮かべながら立っていた。アティカスは彼女の声が聞こえるような気がした。悪賢いけれど、飛び抜けて頭がいいわけではない。

わたしたちはイヌを使って追い払う。

「なるほどね」彼はつぶやいた。「よくわかった」

✣ ✣ ✣

三人は丘を登った。かれらが踵を返したとたん、イヌたちは警戒を解いたのだが、マナーハウスの前から見おろすと、あの超大型犬と雑種の一匹が村へ下りてゆく道をまだうろうろしており、さながらどこかの島の岸辺で獲物を待つサメのようだった。

「さて、これからどうする?」アティカスはふたりに訊いた。

「あの作業場は土台が石だった」レティーシャが言った。「肉の保管所を別にすると、ほかに石の基礎をもつ家はなかったと思う」

「つまりあの作業場には、地下室があると?」

レティーシャはうなずいた。「そしてハンマーでなにかを叩いていれば、もし地下室で誰かが泣きわめいていても、その声を消すことができる」

つづいてアティカスは、伯父に視線を向けた。「もし夜になってもモントローズが帰ってこなかったら」ジョージは肩をすくめた。「夕食のあと、改めて探しにいけばいいさ。肉を何枚か持っていけば、イヌどもはおとなしくなる」

「その手はあるな」パッカードに積んである二丁のショットガンを持っていけば、なんとかなるだろうとアティカスは考えた。と同時に、ピョンヤン郊外のある村を夜間にパトロールした際、彼の部隊がどんな目に遭ったかも思い出してしまった。簡単な捜索活動と聞いていたのに、黒人兵が四人も戦死したのだ。「でもやっぱり、別の方法を選ぶべきだと思う」

「別の方法とは？」

「まだわからない。これから考える」

「ということであれば」ジョージが提案した。「部屋に戻ってルームサービスでなにか頼み、食べながら考えよう」

「そうだね」アティカスが同意した。「読んでおきたい本もあるし」

✥✥✥　✥✥✥　✥✥✥

ブレイスホワイトのほかの招待客が到着しはじめたのは、午後三時をまわったころだった。東館二階の自室で『元始の曙光／規約と戒律』を精読していたアティカスは、集まってきた結社のメンバーたちを窓から観察した。白人男性ばかり十四名で、年齢は五十代からおそらく七十代。全員が高級車を自分で運転するか、運転手つきのリムジンで到着していた。半数はマサチューセッツ州ナンバーで残りは近隣の州だったが、遅れて到着した一台のリムジンだけ、コロンビア特別区（ワシントンDC）のナンバープレートをつけていた。かれらの指には、結社のメンバーであることを示すシルバーの認印つき指輪《シグネット・リング》が必ず光っていた。

『規約と戒律』の本のなかで、結社のメンバーは〈暁を求める者〉とか〈アダムの後裔〉、あるいは〈アンテノート〉と呼ばれていた。この場合のアンテノートとは、〈まえ《アンテ》の世界への旅人〉を意味しているらしい。正統キリスト教で言う〈堕落まえの世界〉と共通しているように思えたが、かれらにとってのエデンの園とそこからの堕落は、アティカスが日曜学校で習ったものとは少し違っていた。『規約と戒律』に〈魔術師〉という言葉は使われていないものの、かれらがそうである、あるいはそうなることを希求しているのは明白だった。アティカスは到着する男たちを眺めながら、誰が魔力の持ち主か見破ろうとしたのだが、外見だけで共産主義者と断定するのが不可能であるように、ひとめで魔法使いとわかる者などいるはずもなかった。

アダムの後裔の最後のひとりが到着してから、まだあまり時間がたっていない午後七時十五分すぎ、アティカスの部屋の内線電話が鳴った。かけてきたのはウィリアムで、アティカスたちが一階の食堂でディナーを摂るかどうか、確かめたいという。

「そのつもりでいるけど、なにか問題でも?」

「いえいえ、なんの問題もありませんよ、ミスター・ターナー」ウィリアムが答えた。「それでは服装だけ整えていただければ、八時にわたしがお迎えにあがります」

アティカスは自分の部屋のワードローブから、素晴らしく仕立てのよい黒のスーツを出した。スーツだけでなく、靴まで彼にぴったりだった。ジョージはタキシードを選び、ノックに応えてドアを開けたレティーシャは、エレガントな白のイブニングドレス姿だった。彼女はさっき、例のシンデレラが着そうな紫のガウンに加え、ワードローブから見つくろった数点の衣類を、こっそりパッカードに移しておくつもりだと言っていた。「もし大急ぎで逃げ出すのであれば、あんないい服を一緒に持っていかない手はないでしょ」

ところが今の彼女の顔つきを見るかぎり、服を持ち出す計画は頓挫《とんざ》したのではないかとアティカスは疑った。

「もしかして、失敗したのか?」彼はレティーシャに訊いた。「裏口から忍び出るところを、ウィリアムに見つかったりして」

「そんなんじゃない。ドレスはうまく車に積めた」レティーシャが答えた。「だけど、ほかにちょっと問題があってね」

彼女が説明をはじめようとした矢先、ウィリアムが廊下のいちばん端に姿を現わした。

「こんばんは、みなさん」ウィリアムが挨拶した。「ミス・ダンドリッジ、とてもお美しいですよ。当ロッジで過ごす時間を、楽しんでいただけてますか?」

「おかげさまで、非常に興味深い一日を過ごせました」答えたのはアティカスだった。「でも、迎えに来てもらう必要はなかったですね。一階のあの食堂へは、自分たちだけで行けますから」

「むろんそれは承知しています。しかし率直に申しあげますと、結社のメンバーのなかには、外部の人間に対しあからさまに失敬な態度を取る者もいるので……みなさんを正式に紹介するまでは、わたしがエスコート役を務めるほうが無難だと愚考したわけです」

「そうでもしないと、ぼくらのことを召使いだと誤解する人が出てくるわけだ」

ウィリアムがにっこり笑った。「テーブルのご用意ができております、ミスター・ターナー」

結社のメンバーたちは、全員が一階の玄関ホールに集まっていた。数名の使用人が飲み物とオードブルのトレイを持ち、サービスに努めていたのだが、高齢のメンバーのなかにはさっさと食堂に通し、テーブルにつかせろと文句を言う者もいた。ワシントンDCから来た足の悪い老人など、少なくとも自分だけは、門番みたいにこんなところに立たされているべきではないと大声で訴えていた（やたらに杖を振りまわすこの老人を、アティカスは勝手にプレストン・ブルックス（十九世紀の上院議員で、奴隷制廃止論者の議員を杖で打擲し重傷を負わせた）と命名した）。

アティカスたちがホールに入ってゆくと、とたんに全員が口を閉ざした。村人たちと違い、かれらは遠慮なくアティカスをじろじろ見た。ほとんどの人は、無礼ではあるにせよ好奇の目を注いでいるだけだったが、プレストンは違っていた。ジョージとレティーシャもいることに気づくと、彼の好奇心はすぐさま混乱と当惑、そして怒りに取って代わられた。「三人いるのか？」杖を振りかざして彼は怒鳴った。「なぜ三人もいるんだ？」

「こちらです、ミスター・ターナー」ウィリアムはプレストンとアティカスのあいだに割って入り、三人をそそくさと食堂のなかに誘導した。レティーシャはプレストンの前を早足で通り過ぎながら、彼に向かって小さく手を振った。

ウィリアムが三人を案内したテーブルの上には、赤と銀の地に半欠けの太陽を染め抜いた旗が飾られていた。食堂の中央に位置しており、ほかのテーブルから距離を取られているということは、そこが上座のように思えたのだが——見世物にされるだけかもしれなかった。待ちかまえていたふたりの使用人が、ジョージとレティーシャのために椅子を引き、アティカスの椅子はウィリアムが手ずから引いてくれた。使用人たちが水とワインを注ぎ、別の使用人集団がキッチンからコースの最初のスープを運んできた。

アダムの後裔たちも食堂に招き入れられた。かれらはひとつのテーブルに二、三人ずつ座らされたが、例外はあのプレストンで、彼だけはテーブルをひとり占めしていた。アティカスたちをやたらに見る者もまだいたが、レティーシャが顔をしかめて睨みつけると下を向き、自分のスープに集中した。

その若者が入ってきたのは、サラダが供されているときだった。ブラウンの髪をした白人男性で、年はまだ二十代前半、ぱりっとしたスーツはアティカスが着ているものに酷似していた。彼は、キッチンの入り口近くに一卓だけ残っていたテーブルへ向かい、まるで人目を避けるかのように静かに歩いていった。結社のメンバーで彼に注意を払う人はほとんどいなかったが、逆に使用人たちは、彼がテーブルにつくと同時に大急ぎで飲み物と料理を並べた。

アティカスたちのテーブルにもメインコースが到着した。「もし腹がへっているなら」彼はジョージとレティーシャに囁いた。「さっさと食べてしまったほうがいい」

「なぜ?」ジョージが訊いた。「デザートのまえに逃げ出すのか?」

「違うよ。これから大演説をして、ここにいる全員の顰蹙《ひんしゅく》を買うつもりなんだが、そのあとどうなるか、ちょっと読めないものでね」

この時点で、メンバーのほとんどはまだサラダを食べ終えていなかった。プレストンを含む一部のメンバーが、メインコースを待つばかりになったのを見はからい、アティカスは立ちあがった。

「すみません！」彼は水が入ったグラスをスプーンで叩きながら、声をはりあげた。「すみません！　少しだけお時間をいただけないでしょうか？」

食堂にいた全員が一斉に彼を見た。メンバーの大半は、これからなにが起きるか興味津々という様子だったが、食事を邪魔されて露骨に不快な顔をする者もいた。プレストンに至っては、早くも杖を取ろうとして手を伸ばしている。

アティカスは演説をはじめた。

「ぼくの名はアティカス・ターナー。みなさんと同じく、ぼくもミスター・ブレイスホワイトのお招きを受けてここにいるのですが、困ったことになぜ招かれたのか、よくわかっていません。それでもぼくがアーダムに来たのは、父を探すためです。なのに父はまだ見つかっておらず、ミスター・ブレイスホワイトがぼくら親子にどんな用事があるのかも、まったく謎のままです」彼はここでいったん言葉を切り、答を教えてくれる人がいないか確かめるため、こちらに向けられている顔をざっと見わたしたのだが、どの顔も無言で彼を睨みつけるだけだった。

「とはいうものの、ミスター・ブレイスホワイトがぼくになにを求めているかについては、ある程度まで見当がつきました」アティカスは演説を再開した。「そこでこれから、みなさんに手伝ってもらって、ぼくの推理が正しいかどうか確かめたいと思います。

「もちろんみなさんが、〈元始の曙光〉という結社のメンバーであることは、よく存じあげています。実は今朝、みなさんの規約集をたまたま発見して、じっくり読ませていただいたのです」アティカスは、ジャケットの内ポケットからあの赤い本を取り出した。「ぼくとしては、これが秘密の漏洩（ろうえい）にあたらないことを、願うしかありません」かれらの顔に浮かんだ驚愕と狼狽を見て、アティカスは急いで言葉を継いだ。「特定の目的で結成されたいわゆる友愛結社が、メンバーに秘密の保持を要求することであれば、ぼくもよく知っています。ぼく自身、そういう経験をしているからです。ぼくの父と、ここにいる伯父のジョージは、ふたりともプリンス・ホール・フリーメイスンのメンバーなんですが、ぼくにもあまり多くを語ってくれません。

「みなさんは、プリンス・ホール・フリーメイスンをご存知でしょうか？　フリーメイスンはよく知っていても、プリンス・ホールは？　ご興味をもたれると思うのでお話ししますと、プリンス・ホール（一七三五？～一八〇七。ボストンの自由黒人の指導者だった）とは、アメリカ独立まえのボストンに住んでいた奴隷制廃止論者の名前で、彼はマサチューセッツ民兵に加わって独立戦争を戦い、地元のフリーメイスンへの入会を希望しました。でも有色人種だったため、拒否されてしまったんですね。そこで彼は、ほかの自由黒人と一緒に自分たちのフリーメイスン支部《ロッジ》を立ち上げたわけです（設立は一七八四年九月二十九日とされている）。

「この規約集を読むと、プリンス・ホールは黒人なので、みなさんの結社にも入れなかったみたいですね。もちろん別に驚くことではありません。でも、少しがっかりしました」ここで彼はプレストンを見た。

「ところが読み進めていくうちに、ぼくは抜け道があることに気づいたのです。肌の色を含め、あらゆる条件に優先される入会資格が、ひとつだけあるじゃないですか。タイタス・ブレイスホワイトの血を継ぐ男子は、自動的に結社の一員として認められる――一員となる資格をもつのではありません。最初からメンバーなんです。当然、入会を申し込む必要すらない。〈血を継ぐ〉という表現は、言うまでもなく曖昧ですし、この規約集も十ぐらいの段落を使って、血を継ぐ男子とはなにか具体的に定義していません。でもぼくが読んだかぎり、もしタイタス・ブレイスホワイトの直系の子孫が実在しているのであれば、その人は文句なしにこれらの定義にあてはまります。

「それだけでは終わりません。ブレイスホワイトの直系の子孫は、極めて特別なメンバーでもあるのです。規約集にはなんて書いてありましたっけ？——そう、アンテノートのなかのアンテノート、アダムの後裔を率いる長《おさ》」ここでアティカスは頭上の旗を見あげた。「アダムの後裔を率いる長。ちょっと比喩的な表現ですが、意味しているのは、ブレイスホワイトの血を継ぐ者はみな、この結社の幹部だということです。かれらにはメンバーを招集し、命令を下す権限がある。そしてその命令には、全メンバーが従わねばならない。

「ここで先ほど申しあげた、ぼくの推理に戻ってくるわけです」アティカスは語りつづけた。「ぼくがここに呼ばれた理由は、ぼくがタイタス・ブレイスホワイトの直系の子孫であり、しかも直系の子孫として、最後のひとりだからではないでしょうか。いえ、百パーセント確信しているわけではありません。これはぼくが考えた仮説です。でも、みなさんは真実をご存知だろうし、ご存知だからこそ、ここにこうして集まっているのではないでしょうか。

「ですから、もしぼくの仮説が正しいのであれば、ぼくは真実を話すようみなさんに命令することができるし、みなさんはその命令に従う義務がある。とはいうものの、ぼくはこの二日ほど長距離を移動して疲れているため、今はもっと手っ取り早く、ミスター・ブレイスホワイトご本人の口から、すべてを聞きたいのです。そこでぼくは、アダムの後裔を率いる長として、みなさんにこう命令します。全員すぐに席を立ち、この食堂から退出してください。グラスや皿はそのままにして、身一つで出ていっていただきたい。玄関ホールも抜けて外に出ましょう。芝生のベンチに座るのはかまいませんが、ぼくかミスター・ブレイスホワイトが許可するまで、屋内に戻ることは禁じます。

「これがぼくの」アティカスが宣した。「みなさんに対する命令です」

食堂内が静まり返った。プレストンは、首を締められているかのように苦しげな表情で、杖を握りしめていた。憤怒を露わにしているのは彼だけではなかった。静寂の時間が長引くにつれ、思惑がはずれたかと心配になりはじめたアティカスは、白人たちの怒りが爆発するのを警戒し、ジョージとレティーシャが全身を緊張させたことに気づいた。

そのとき椅子を引く音が聞こえ、アティカスが音のしたほうを見ると、満面朱を注いだアダムの後裔のひとりが、しぶしぶ立ちあがるところだった。アティカスに向かってぞんざいなお辞儀をした彼は、回れ右をするとドアに向かい歩きはじめた。同じテーブルにいたふたりのメンバーも立ちあがり、さらに隣のテーブルのふたりがつづいた。やがて全員が出ていったのだが、プレストンだけは頭を下げようとしなかった。

メンバーがみな玄関ホールに出たあと、使用人たちもキッチン経由で退出しはじめた。客たちを見送るため残っていたウィリアムも、ドアを閉めて同僚たちのあとを追った。その結果、食堂にいるのはアティカスとジョージ、レティーシャ、そして隅のテーブルにひとりで座っている若い男だけとなったのだが、この若者は食堂にいた白人のなかで、アティカスの演説を面白がっていた唯一の人物でもあった。彼はアティカスが近づいてゆくと、シルバーの指輪を光らせながら拍手を送った。

「君はもう知っていると思うが」若者が言った。「厳密にいえば〈アダムの後裔を率いる長〉とは、存命しているブレイスホワイトの血を継ぐ者のなかで最年長の者と規約書には定められている。実をいうと、これはわたしのことなんだな。わたしは一年と十日だけ、君より年長だからだよ」彼はにやりと笑った。「この事実を、ここにいたバカどもは知らない。あの老いぼれペンダーガストさえ、規約を破るリスクは冒そうとしなかった。もし普通のニグロが彼に対してあんな口をきいたら、彼はそいつの顎を、自分の杖で叩き折っただろうね」

「やってみればよかったのに」アティカスが言った。

若者の笑顔が大きくなった。「わたしはケイレブ。ケイレブ・ブレイスホワイト」彼は自己紹介した。「なあアティカス、ここにきて座ったらどうだい？」ケイレブが軽く顎をあげると、アティカスの目の前にあった椅子が、テーブルの下からすっと滑り出てきた。アティカスはまばたきをしただけで、まったくたじろがなかった。彼は立ったまま、その椅子の背を片手でつかんだ。

「ケイレブ」彼は若者に訊ねた。「サミュエル・ブレイスホワイトというのは、君の父親か？」

「そうだよ」

「しかし、あのダイムラーを運転していたのは君だろ？　そして君が、シカゴまでぼくの父を迎えに来た」

「それもそのとおりだ」ケイレブが認めた。「わたしの父に、もう長旅は無理だからな」

「なぜうちの親父を巻き込んだ？　君の父親が欲しかったのは、理由はなんであれぼくだったはずだ。なぜぼくだけを捕まえに来なかった？」

「規約で定められているからさ」ケイレブは答えた。「君には、みずからの意思で来てもらう必要があった。でもわたしが頼んだところで、君が応じるとは思えなかった。というか、まず確実に拒まれただろう。だが実の父親に呼ばれたとなると、話は違ってくる。だろ？」

「彼はどこにいる？」

「安全な場所にいる。そして君がわたしたちに協力してくれるかぎり、なんの危険もない」

「ぼくは父に会いたい」

「だろうね」ここでケイレブは、アティカスの両脇に立ったジョージとレティーシャを見て口の端をゆがめた。「物騒なことは考えなさんな」ケイレブがこう言うとジョージの喉からうめき声が洩れ、彼は握っていたステーキナイフを放した。ナイフが音をたてて床に落ち、つづいてケイレブは、両手を開き今にも飛びかかりそうだったレティーシャをじっと見つめた。

「父に会わせろ」アティカスがくり返した。「今すぐ」

レティーシャを鋭い目で睨んだまま、ケイレブが言った。「そのまえに、わたしの父に会ってもらう」

キッチンに業務用のエレベーターがあった。蛇腹《じゃばら》式の扉を手で開き、ケイレブが言った。

「乗れるのは一族の者だけだ」

「心配ないよ」アティカスはジョージとレティーシャに請け合った。「ここで待っていてくれ」

「君たちはゆっくり食事をすませればいい。ウィリアム、このふたりの世話を頼む」近くでうろうろしていたウィリアムに、ケイレブが命じた。「あと誰か村に行かせて、デルを呼んできてくれ」

「かしこまりました」

エレベーターはのろのろと上昇していった。そのあいだにケイレブは、上階で守るべきルールをアティカスに伝えた。「わたしの父は、いちじるしく気配りに欠ける男だ。たぶん彼は、君を怒らせるようなことを言うだろう。しかし、父を殴ろうなんて思わないほうがいい。彼は奇妙な免疫をもっているからだ」

「殴られることに？」

「ほかのさまざまなことにも」

「では代わりに、君を殴らせてもらおう」

ケイレブが小さく笑った。「やってみたまえ」

エレベーターが三階に到着すると、そこは小さなダイニングルームだった。テーブルと椅子がひとつずつあり、テーブルの上には食べ残しの皿がのっていた。

エレベーターとは反対側の壁に、絵が一枚掛かっていた。一階にあった肖像画よりも抽象的で、ローブを着て王冠をかぶった男が、ピンクの空を背景にして立っていた。この王様然とした男は、手前に描かれている森から一列になって這い出てくる影に向かって、両手を広げていた。木から近いところにある影は、ただの黒い塊でしかなかったものの、男に近づくにつれて手足や尻尾、頭が生えてゆき、しかし男の足もとに達してもなお、その正体はよくわからなかった。もしかすると、イヌかもしれない。

「父上、連れてまいりました」室内にはドアが二枚あり、その片方の前に立ちながらケイレブ・ブレイスホワイトが声をかけた。奥のほうからバタンという大きな音が聞こえ、なにか落ちて転がる音がつづいた。少し沈黙があり、そのあとやっと足音が近づいてきた。

サミュエル・ブレイスホワイトは、魔法使いでも王様でもなかった。その風体は残業中の銀行員、あるいはトーマス・エジソンのような発明家を思わせた。シャツの襟をくつろげ袖をまくりあげた彼は、ぼろ布で両手を拭きながらダイニングルームに入ってきた。アティカスがいることに気づいても、驚きもしなければ笑顔もみせず、この機会を逃すまいとするかのように、上から下までまじまじと見つめた。

「思っていたより黒いな」穴のあくほど見たあとで、サミュエル・ブレイスホワイトが言った。「本当に彼で間違いないのか?」

ケイレブがうなずいた。「間違いありません」

「わたしが招いた客は、みな追い出されて芝生の上だ」

「はい、それはつまり――」

「事情はウィリアムから内線で聞いている。なぜ彼は、われわれの規約書を持っていた？」

「わかりません。しかし今日の彼には、この家のなかを歩きまわる充分な時間がありました。そのあいだに、偶然どこかで見つけたのでしょう」

「ふむ」父親は眉根を寄せて息子を睨んだ。「では、食堂で彼があんな演説をはじめたとき、なぜおまえは止めようとしなかった？」

「わたしはただ――」

「いや、答えなくていい。理由はよくわかっている」サミュエルはため息をついた。「とにかくこいつが、問題のターナーなんだな？」

「ミスター・ターナーと呼んでいただきたいですね」アティカスが言った。

「おまえ、自分がどれだけわたしを不快にさせたか、わかっているのか？　アダムの後裔たちは、たとえ最高の条件がそろっているときでも、充分に鬱陶《うっとう》しいやつらだ。わたしは、夕食を食いそびれたそんな連中と、このあと顔を合わせねばならない」

「それはお気の毒です」

「気の毒という言葉の本当の意味を、おまえはわかっていないようだな」サミュエルは最後に両手をもうひと拭きすると、ぼろ布をテーブルの上に投げ捨てた。「とにかくミスター・ターナー、おまえはなぜ自分がここにいるか、理由を知りたいのだろう？」

アティカスはうなずいた。「もちろん、ぼくに財産分与をするため、ではないですよね」

「あたりまえだ」サミュエル・ブレイスホワイトが言った。「おまえが、われわれの財産なんだからな」

「なんですって？」

同じ言葉をくり返す代わりに、サミュエルは壁の絵を手で示した。「この絵をどう思う、ミスター・ターナー？」

アティカスは肩をすくめた。「少なくとも、ぼくの趣味ではありません」

「画家の名はジョゼフ・タンホイザー。タイタス・ブレイスホワイトと同時代を生きた男だ。元始の曙光のメンバーではなかったが、思想的に共鳴していた。死んだのは一八〇一年、場所はボストンの癲狂院《てんきょういん》だった。この絵は彼の最後の作品のひとつで、『創世記第二章十九節』と題されている。聖書のこの部分になにが書かれているか、おまえは知っているか？」

アティカスは首を横に振った。

サミュエルが暗誦《あんしょう》した。「〈そして主なる神は、野のすべての獣と空のすべての鳥を土から造りあげ、それらを人間《アダム》の前へと連れてきては、彼がどういう名をつけるかご覧になられた。そしてアダムが与えた名は、それがどんなものであれ、その生き物の名前となった〉。この命名の作業は、タンホイザーの認識では単に名前を選ぶだけのものではなかった。アダムは神による創造の一翼を担っており、アダムがすべての生き物に最終的な形状と、自然界のヒエラルキーにおける最終的な地位を与えたのだ」

「つまり、すべてをあるべき位置に収めたのが、アダムだったと」アティカスが言った。

「まさにそのとおり。この世界がはじまった曙光のなかで、ほんの一瞬だけすべてが正しく配置されたのだ。上は人間の男女からはじまり、下は地べたでうごめく醜い虫けらに至るまで」彼はアティカスをじろりと見た。「当然エントロピーは、この時点から増大しはじめる。秩序ある楽園は失われ、バベルの塔とノアの洪水がいっそうの混沌を呼び、優美だったヒエラルキーは民族や国家に分解されてゆく。もちろんこのようなことが、すべて実際に起こったわけではない。聖書の記述は、凡人にもわかるよう簡略化されているからな。しかし、寓話《ぐうわ》としては非常に有益だ」

「なるほど、エントロピーですか」アティカスが言った。エントロピーと歴史、そして社会の進化または退化――これらは、あの赤い本のなかでくり返し論じられているテーマだった。

「ここであなたたちが登場するわけでしょう？　あなたたちの結社は、すべてをひっくり返し、楽園に回帰する道を探ろうとした。魔術を使うことで」

サミュエルが口を尖らせた。「その言葉は卑俗に過ぎる」彼はアティカスに険しい目を向けた。「愚か者の言辞だ。われわれは魔術師ではない。自然哲学を奉じる科学者だ。自然が重要なのだ」彼はダイニングテーブルを拳で叩き、この言葉を強調した。「自然は揺るぎない。自然界には無数の法則がある。魔術について語りたがる連中は、不可能なことなどないと信じている。しかしそれは違う。魔法の杖をひと振りするだけで、鉛を黄金に変えることはできない。自然がそのように働くことはないからだ」

「ではどう働くんです？」

「自然が普通の人間に働きかけることはない。魔法使いになりたがっている者の願いを、自然が聞き届けることも絶対にない。ところが」彼は再びテーブルに触れると、木目をゆっくりとなぞった。「ときどき小さな裂け目が出現する。その裂け目は、自然の法則の例外などではなく――そんなものは存在しないのだから――非常に特殊な自然現象であり、優れた洞察力をもつ人間だけが発見して利用できる異常な状態だ。とはいえ、たとえそれを発見できたとしても、人間ができることには厳しい上限がある。最も並外れた能力をもつ自然哲学の徒は、ぽつんと現われた小さな驚きに触れるだけで終わるだろう。凡庸な自然哲学者だけが、そんな驚異の現象を実際に操作し、偉大な足跡《そくせき》を残すことができるのだ」

「要するにあなたのような人だけが、ということですか」

アティカスの口ぶりに揶揄《やゆ》を感じたらしく、サミュエル・ブレイスホワイトは目に見えて不機嫌になった。「わたしの潜在力は、未だ開拓され尽くしていない」彼は言った。「だが、すでにわたしは、現存するすべてのアンテノートより強い力をもっている。その点はおまえも、覚えておいたほうがいい」

「では、タイタス・ブレイスホワイトはどうだったんです？」

「彼の力は別格だ。彼はまさに、斯道《しどう》の天才だった」

「ほう。それでその力は、彼になにを与えましたか？」

「最悪の結果を与えた」サミュエルは率直に認めた。「エントロピーに挑むのは極めて危険な行為であり、いかな天才でも不測の事態を避けることはできない。タイタス・ブレイスホワイトは、その点をよくわきまえていた。にもかかわらず、彼はあえて突き進むことを選んだ」

「でもそのおかげで、彼のロッジは焼失してしまった」

「火災は、惨劇の一部に過ぎなかった」サミュエルが首を横に振った。「あの事故の夜なにがあったかは、今日に至るまではっきりしていない。トビアス・フットという名のアーダムの住人だけが、唯一の生存者であると長く信じられており、彼の証言によると、タイタスのロッジは内部で大爆発が起きるまえから、自然界に存在するあらゆる色の炎と、この世のものとは思えない色の炎で輝いていたそうだ。そんな一部始終を目撃したフットは、精神に異常をきたしてしまい、ジョゼフ・タンホイザーと同じ癲狂院に入れられたあと、一年足らずで死んでしまった。ところが彼は、死ぬまえに手記を残しており、その手記をわたしは入手することができた。内容は支離滅裂で、ほとんど意味不明なのだが、もうひとり生存者がいたことをほのめかす記述が、ところどころに確認できた。どうやら、屋敷が輝きはじめる直前、サバト・キングダムの森へ逃げ込んだ〈黒人女〉がいたらしいのだ。

「しかし、こうした事実も長いあいだ発見されることはなかった。というのも、タイタスの結社はあの事故によって、事実上壊滅したからだ。優れた能力をもつ高位のメンバーたちは、ひとり残らず死亡した。あの夜の儀式に参加していなかったメンバーも数人いたが、かれらは無能で傍観者のような存在だったから、事故が起きたことを聞くとただちに逃げ散った。こうして、深遠な知識のほぼすべてが失われ、元始の曙光が推し進めていた偉大な事業は、中止を余儀なくされた。

「ところが二十世紀を迎えたころになって、わたしの父が失われた知識の一部を再発見し、結社の再建にのりだした。以来われわれは、急速に前進しながら目を瞠《みは》るほどの成果を挙げ、そしてようやく、一七九五年に中断された大業を再開できるまでになった。しかし、その間にも世界は動きつづけていた。元始の曙光が最初に設立されたのは、王侯貴族に独占されていた権力を市民が奪いはじめた時代だった。この潮流をタイタス・ブレイスホワイトは恐れており、それが彼を、あの大実験に踏みきらせる動機のひとつとなった。彼がどれほどの恐怖を感じていたかは、わたしにも容易に想像できる。なぜなら、市民の時代がはじまってすでに百八十年が経過しているのに、この百八十年間で起きた変化よりさらに大きな変化を、今後の数十年間でわれわれは経験することになるからだ。それが、われわれが迅速に行動せねばならない理由だ。残された時間は、もう多くない」

「なにやらたいへんなお仕事をなさっているようですが」ここでようやく、アティカスも口をはさめた。「それとぼくがどう関係するのか、まだよくわかりません」

「おまえもアダムの息子だからだ」サミュエルが答えた。「本物の自然哲学者の能力は、血によって継承されていく。そしてタイタス・ブレイスホワイトは、真正のアダムの息子であり、極めて強い力をもつ男だった。おまえにはその力が宿っている。薄まっているはずだし、汚されてもいるだろうが、われわれがやろうとしている大業にとって不足はない。つまり元始の曙光は、おまえを必要としているのだ」

アティカスは、サミュエル・ブレイスホワイトから彼の息子へと視線を移しながら、これが金にあかせて仕組まれた壮大なジョークではないことを、ふたりの表情を観察することで確認しようとした。なにより滑稽だったのは、こんな話を聞かされても、アティカス自身があまり驚いていないことだった。かれらの規約書を読んだおかげで、どうせこんなことだろうと予想していたからだ。とはいうものの、具体的な内容が大真面目に語られると、バカバカしさに拍車がかかった。

「要するにみなさんは」アティカスは言った。「ぼくを魔法の黒人《マジカル・ニグロ》（特にアメリカ映画で、白人の主人公を助けるため奮闘する類型化された黒人のキャラクター）にしたいわけですね？」

サミュエルはくすりともしなかった。「ミスター・ターナーは、自分がどんな立場におかれているか、まだ把握していないようだな」彼は言った。「おまえが当惑しているのは理解できる。しかし問題は、まったく異なる特質をもったふたりの人間が、おまえのなかでひとつになっていることだ。ひとりめのおまえは、タイタス・ブレイスホワイトの化身。今この地上を歩いている人間のなかで、最もあの偉人に近い存在である点に敬意を表すればこそ、わたしはおまえを厚遇してきた。おまえを拘引するのではなく、このロッジに招待してやったし、安全を確保してやるだけでなく、おまえが快適に過ごせるよう準備し、食事を与え、衣装まで与えてやった。

「どれもこれも、おまえがタイタス・ブレイスホワイトの直系の子孫だからだ。しかしその一方で、ふたりめのおまえはただのターナーであり、しかもニグロ。そんな男に、誰が敬意を払うものか。ひとりめのおまえがあるからこそ、わたしはおまえがこの屋敷にいることを——さらにはわたしの前に立つことを——許してやっているのだ。だがわたしの忍耐力にも限度はあるし、すでにおまえは、その限度を超えようとしている」

　この老人を殴ることはできないと、ケイレブは言っていた。本当に殴れないか、試してみるのも面白かろう。アティカスは両手を握り締めたくなった。けれども、なぜ自分はここに来たか思い出し、やめておいた。

「ぼくは父に会いたいだけだ」

「もしその願いをかなえてやったら、わたしの客にこれ以上迷惑をかけないと約束するか？　もっと紳士的にふるまえるか？」

「かれらにはもう干渉しない」アティカスは言った。「もし向こうも、ぼくらに干渉しなければ」

　サミュエルがまたしても口を尖らせた。明らかに苛立っており、この面談を早く終わらせたがっていた。

「あとはまかせる」老人は息子に言った。「彼にこれ以上面倒を起こさせるな」

「わかりました」ケイレブ・ブレイスホワイトが答えた。

「それから、そろそろ総会をはじめるとウィリアムに伝えろ。芝生にいるやつらを、このフロアまで案内させるんだ」

「わかりました」

「それでこの男だが」アティカスをちらっと見て、サミュエルはつづけた。「われわれが彼を必要とするのは、明日の儀式の席だ。そのときまでわたしは彼を見たくないし、彼がバカなことをやっているという報告を、ウィリアムから受けたくない。わかったか？」

「わかりました」ケイレブは三度《みたび》同じ返事をした。それから彼は、心から敬《うやま》っているような顔をして、村人たちがするような深いお辞儀をした。ケイレブの顔に不敵な笑みが浮かんだのは、彼とアティカスを乗せたエレベーターが下降しはじめたときだった。

✣✣✣　✣✣✣　✣✣✣

「これからデルが、君をミスター・ターナーのいるところまで案内する」

アティカスに向かって、ケイレブ・ブレイスホワイトが言った。ふたりは玄関ホールに立っており、かれらのまわりにはジョージとレティーシャ、デルとウィリアムに加え、危険な行動を抑止するためであろう、とりわけ体の大きな男性使用人がふたりいた。元始の曙光のメンバーたちは、すでに三階へと移動していた。食堂の扉が大きく開かれており、使用人たちがテーブルを片づけているのが見えた。

「君たちはここにいたまえ」ケイレブがジョージとレティーシャに命じた。「ウィリアムに部屋まで送らせる。もし君が」彼はレティーシャに笑顔を向けた。「わたしと一緒にデザートを食べたいと言うのなら、話は別だけど」

「ありがと。でもパスさせてもらう」レティーシャはアティカスに向きなおった。「じゃあわたしたち、待ってるから」

アティカスはうなずいた。

「わかっていると思うが、もしこれ以上騒ぎを起こすようなら、ろくなことにならないぞ」ケイレブ・ブレイスホワイトが念を押した。

「それはもう、よくわかっているさ」とアティカスは答え、デルに向かって「では案内してくれ」と言った。

夏の日が沈んだあとの薄闇のなか、ふたりは村に向かい歩いていった。すでに村人たちは、それぞれの家に帰っていた。どの家にもランプと蠟燭の灯が見え、村の東側の橋の上にもたくさんのランプが灯されていた。だが誰もいない村の広場は暗く、作業場のなかだけが明るかった。

「わたしよ」作業場のポーチに上がりながら、デルが言った。戸口で彼女を迎えたのは、鎖をはずされているあのマスティフだった。デルが首を荒っぽくつかんで脇に押しやると、イヌはおとなしく室内に戻ってドアに近い隅でうずくまったのだが、警戒は怠《おこた》らず、低く唸りながらアティカスの動きを目で追った。

作業場の真ん中で、あの男がスツールに腰かけ柱に寄りかかっていた。かたわらの作業台の上には、研ぎ終えたばかりの草刈り鎌が一丁と、泡だらけの液体で満たされた背の高いマグがあった。作業台の天板は格子状に直線が刻まれており、小石がいくつかチェッカーの駒のように並んでいた。

「なにか変わったことはなかった?」とデルに訊かれた彼は、アティカスをじっと見ながら首を横に振った。

作業場のいちばん奥に落とし戸があり、大きなトランクで隠されていた。デルが落とし戸を開くと、闇のなかへと下りてゆく急な階段が見えた。

アティカスは立ったままその闇を見おろした。「君たちは、ぼくの父をこんなところに閉じ込めたのか?」彼はデルと男を交互に睨んだ。

「わたしは命じられたことをやっただけ」悪びれもせずに、デルが答えた。彼女は壁に掛けてあったオイルランプを取ると、火を灯してアティカスに差し出した。「これが要るわよ」

「君は来ないのか?」

「彼、わたしのことが嫌いみたいなの」肩をすくめる。「わたしを見ると、物を投げつけてくる」

「当然だな」

アティカスは階段を下りていった。地下室のなかは、あの肉の保管所のようにひんやりと乾燥していたが、ひどくかび臭かった。ランプの光が、木製の棚にずらりと並んだガラス瓶——すべて保存食のようだった——に反射し、壊れた馬車の車輪とか、柄が折れている木槌といった作業場から出たらしいガラクタを照らした。

「親父?」アティカスが呼びかけると、階段から最も遠い暗がりで物音がした。そちらへ近づいてゆくにつれ、作業場とは無関係のゴミが目につきはじめた。点々と落ちて干からびているのは、オートミールの粒だったし、踏みつぶされたリンゴの芯が転がり、ガラスの破片が散っていた。アティカスは思った。たしかに父親は、物を投げつけている。

さらに何歩か進むと、木で作られた粗末なベッドがランプの光のなかに入ってきた。マットレスの端に、肩に毛布を巻きつけた男が座っていた。床の上でなにかが光った。鎖が一本、壁に埋められた鉄輪から伸びており、ベッドに座った男の左足首につながれていた。

「やっと見つけた」

顔をあげた父親は真っ赤な目をしており、ランプの光をさえぎろうとして古傷だらけの片手を目の前で広げた。アティカスはランプを手もとに引き寄せ、自分の顔を照らした。「ぼくだよ。アティカスだ」

息子を認識したモントローズの目に驚きの色が浮かび、しかしその表情は、あっという間に失望と嫌悪が入りまじった仏頂面に変わった。こういう状況でそんな顔を見せられたアティカスも、怒りが胃液のように逆流してくるのを感じた。

「なんだよ、いったい？」強い口調でアティカスは訊いた。「なぜそんな顔をする？」

「二十二年だ」モントローズ・ターナーが答えた。「おまえは二十二年間、俺に逆らいつづけてきた。ところが、俺のことは放っておかなければいけない今このとき、おまえはのこのこやって来た。どういうつもりなんだ？」

「二十二年だと？　それなら母さんは、一族の過去をほじくらないでくれと、親父に何十年言いつづけた？　なぜ母さんの頼みを無視した？」

毛布をかなぐり捨てて、モントローズが立ちあがった。「おまえはドーラの話をしたいのか？　それならもっと近づけ」

アティカスは首を横に振った。「ここで親子喧嘩をするつもりはないよ」彼は足もとの鎖を見おろし、それから父の顔を見た。「大丈夫なのか？」

「もちろん大丈夫だ！」父親は憤然として言った。「なぜおまえが来たのか、わけを聞かせろ」

「親父が来いと言ったからじゃないか」アティカスは呆れた。「どうしてぼくを待っていなかった？　親父からあの手紙をもらったあと――」

「ああ、そういうことか」モントローズは、その質問を拒むかのように再び片手を突き出すと、顔をそむけた。しばらくして彼は言った。「あれは、あのケイレブという小僧のせいだ。あいつが俺の頭をいじって、あの手紙を書かせた」

「頭をいじった？　催眠術でもかけられたのか？」

「違う！　あれは催眠術なんかじゃない。あれは……口で説明するのは難しい。あの小僧が信用できないことは、ひとめでわかった。俺はバカじゃないからな。しかし真実がわかるまでは、とりあえずやつにつきあって、利用してやろうと考えた。俺はなにがなんでも、真実を知らねばならなかった。俺のためではない。おまえのためだ。ドーラのために……だから、一緒にアーダムに来ないかとやつに誘われたとき、あっさり承知してしまった。そのあげくが」彼は足枷を見て顔をしかめた。「このざまだ」

「ケイレブは親父を乗せて帰ってきた。そして帰ったとたん、親父をここに監禁した。そういうことなのか？」

「違う。俺をここに閉じ込めたのは、サミュエルというやつの父親のほうだ。俺も最初は、あの豪邸の奥に通されたんだが、なかにいられたのは数時間だけだった。やつらの化けの皮が、すぐに剝がれてしまったからだ。あの父親、息子ほど嘘がうまくなかったんだな。そもそも、俺をあの屋敷に入れる気なんか、最初からなかったんだろう。とにかく、あの爺さんの顔を見たとたん、まるで呪文が解けたかのように、俺はやつらの企みがわかってしまった。だからやつらを、罵り倒してやったのさ」モントローズはにやっと笑ったのだが、その笑みはすぐに消えた。「サミュエルは俺を、上にいるあのふたりに引き渡し、ここに閉じ込めた。今日は何曜日だ？」

一瞬考えてアティカスは答えた。「月曜だ。月曜の夜。親父は、シカゴを八日まえに発っている」

「まだ八日めなのか？」

「これでもあの手紙を読んで、すぐに出発したんだぞ」

モントローズは首を振った。「来るとしても、一か月以上先だと思ってた。できれば、来てほしくなかった」うんざりしたような声で、彼はつづけた。「なにしろおまえは、二十二年も俺に逆らってきたんだから」

「親父のほうは、二十二年も同じことを考えつづけていたわけだ」アティカスはランプを床に置くと、階段を静かに上っていった。

落とし戸の脇で、デルが待っていた。なにか言おうとして口を開いた彼女の前額部を、アティカスは木槌で強打した。デルは白眼をむき、石像のようにゆっくり倒れた。アティカスは倒れてゆく彼女の横をすり抜けると、猛然と走ってきたマスティフを待ちかまえ、イヌが彼に飛びかかろうとした瞬間、その脳天に強烈な一撃を喰わせた。

作業場の男があわてて立ちあがり、マグをひっくり返しながら草刈り鎌に手を伸ばした。アティカスは木槌を投げ捨て、壁にかかっていたシャベルをつかんだ。そのシャベルで草刈り鎌の刃をかわし、柄の部分で男の喉を突いた。激しくむせ返る男の前髪をつかみ、頭をテーブルに叩きつけたあと、もがく男を落とし戸の上まで引きずってゆき、階段の下に蹴り落とした。

マスティフはなんとか立ちあがったものの、よろけていた。アティカスはこの大型犬が動かなくなるまで、シャベルで何度も殴った。手をとめた彼は、しばらくのあいだ肩で息をしながら、あたりの気配をうかがった。村で別のイヌが吠えはじめたが、こちらに近づいてくる様子はなく、やがて静かになった。

彼はデルの腰から鍵束をはずし、作業場にあった大型のボルトカッターを手にした。

階段の下で、作業場の男が気絶していた。アティカスは彼をまたいで父親の前に立つと、鍵束とボルトカッターを渡した。それから意識のない男を地下室の隅まで引きずってゆき、大きな瓶が並ぶ棚のひとつに寄りかからせた。作業場に戻った彼は、デルを肩にかついで階段を下り、彼女を男の隣に寝かせた。そのあいだにモントローズは、自分で足枷と鎖を外していた。

彼はランプを持って息子の隣に立ち、自分を監視していたふたりを見おろした。「次のふたりは、俺にやらせろ」

「ふたりと言わず、五十人くらい引き受けてくれ」アティカスが言った。「いや、本当にそうなるかもしれないぞ。もし逃げそこなったら」

「車はあるんだろ?」モントローズが訊いた。

アティカスはうなずいた。「パッカードに乗ってきた」

「パッカード? ジョージも来てるのか?」

「親父の家族は、みんな親父のことを心配しているのさ。覚えておいたほうがいい」

ふたりは作業場にあがると、マスティフを階段から投げ捨てて落とし戸を閉め、その上をもとどおり大型のトランクでふさいだ。ランプを吹き消して正面ドアからポーチに出たかれらは、闇のなかで耳を澄ませた。

「ジョージはどこだ?」モントローズが小声で訊いた。

「車を取りに行ってると思う」

「と思う?」

「しっ」アティカスは父親を黙らせた。「聞こえるか?」

村へつづく道のほうから、車の音がこちらに近づいてきた。アティカスはポーチの手すりから身をのり出し、その車がパッカードかどうか確かめようとしたのだが、そのまえにハイビームの強い光線で目を射られた。

ジョージのパッカードではない。ケイレブのダイムラーだ。アティカスがそれに気づいたとき、シルバーの車体はすでに作業場の前で急停止していた。ところが運転席の窓から顔を出し、アティカスの名を呼んだのは、レティーシャだった。

「おまえ、あの子まで連れてきたのか？」モントローズが驚いた。

「あとで詳しく話すよ」

父子はダイムラーの後部座席に乗り込んだ。アティカスはレティーシャのうしろに、父親は兄のうしろに座った。

「モントローズ！」ふり向きながらジョージが言った。「怪我はなかったか？」

「彼女を連れてきたのは誰だ？」兄の質問にモントローズは答えず、逆に訊き返した。

「こんばんは、ミスター・ターナー」レティーシャが車をＵターンさせながら、ルームミラー越しに愛想よくにっこり笑った。「ふたりはわたしを置いていこうとしたんだけど、イエス様が導いてくださったの」

アティカスが伯父に訊いた。「うまく抜け出せたか？」

「たぶんな」ジョージは甥に拳銃を見せた。「ウィリアムを脅してレティーシャの部屋のバスルームに入れ、ドアの前をあの大きなワードローブでふさいだ。電話線を引き抜いたあと、廊下に出て部屋に鍵をかけた。バスルームのなかには、ウィリアムと一緒にあのでっかい用心棒もひとり入れといたから、今ごろはドアを破っているかもしれない。でもわたしたちが逃げ出したときは、まだ誰も気づいてなかったぞ」

「パッカードはどうした？」

「おいてくるしかなかった」ジョージの声は寂しげだった。「ガレージのまわりがリムジンで埋まっていて、出せないんだ。その点はレティーシャが、服を積みに行ったとき確認してくれた。ところがこのダイムラーだけは、屋敷の前から動いていなかった」

「しかも、キーが挿しっぱなしになってたの」レティーシャが得意げに言い添えた。どうやらこれも、主のお導きだと言いたいらしい。そうであろうとなかろうと、ケイレブのダイムラーで逃げることの利点に、アティカスもすぐに気づいた。村の真ん中を走っていても、不審に思って家から出てくる村人がいないのだ。イヌまでもが、まったく吠えようとしない。

「でも正直なところ」ジョージが言った。「あのステーションワゴンを失うのは痛いな。シカゴに帰ったら、この車を新車のパッカードと交換しなきゃ」

「そんなことできるのか?」モントローズが驚いた。「裏社会に顔がきかないと、難しいんじゃないか?」

「わたしが手伝えると思う」口をはさんだのはレティーシャだった。彼女は右にハンドルを切り、アーダムを出てゆく橋へ向かおうとした。

ところが右折する途中で、突如エンジンが止まった。がくんとエンストしたのではない。なんの前触れもなしに、ふっと停止したのだ。惰性で進む車を橋の手前で停めたレティーシャは、イグニッションキーを一回、二回とひねった。しかし、なにも起きなかった。

「どういうことだ?」モントローズがつぶやいた。橋の左右の欄干に突き立っている鉄棒の先から、ランプが一灯ずつ吊り下げられ、橋上に光を投げかけていた。ランプは左右五組あったのだが、かれらが見ていると、いちばん遠い一組がいきなり消灯した。間をおかずに次の一組が消えたものだから、あたかも前方の森から出現した漆黒の虚無が、こちらに向かい橋を渡ってくるかのようだった。

それがただの錯覚でなかったことを、かれらは三組めのランプが消えたときに確信した。ダイムラーのヘッドライトは消えていなかったので、ハイビームの光が橋の中央まで達していたのだが、その光が唐突に闇のなかへ吸い込まれたのだ。

レティーシャがイグニッションキーから手を放した。闇はそれ以上近づいてこなかったものの、今や橋の中央で、なんらかの実体を獲得しつつあるようにみえた。不気味な影の塊が、かれらの脱出を妨げていた。アティカスはぼんやり考えた。創世記第二章十九節。この影に、アダムは名前をつけ忘れたらしい。

「ふざけやがって！」モントローズが大声で言った。彼は腕を伸ばして助手席のジョージから拳銃を奪い取ると、ドアを乱暴に開いた。

「よせ！」アティカスが父を止めようとしたのは、彼が橋上の黒い影を撃つ気だと思ったからなのだが、意外にも車から飛び出したモントローズは、橋とは逆方向に向かっていった。アティカスはシートに座ったまま首をねじり、バックウィンドウから後方を見た。

ケイレブ・ブレイスホワイトが、マナーハウスからつづく小道を下っていた。急ぐ様子はなく、足取りはむしろ緩慢《かんまん》で、まだだいぶ距離はあるのに、そこだけ光があたっているかのように顔がはっきり見えた。その顔には、微笑が浮かんでいた。

アティカスは罵りの言葉を吐いた。彼もドアを開けて車外に出たのだが、地面に立ったとたん、根が生えたかのように両足が動かなくなった。速乾性のセメントに足を突っ込んでも、こう早くは固まらない。

彼の父親も立ちどまっていた。ダイムラーの後部からせいぜい五歩くらいのところで、やはり動けなくなっていたのだ。モントローズは、強風に逆らうときのように上体を前傾させ、右腕をいっぱいに伸ばしていた。その手には撃鉄を起こしたリボルバーが握られ、人さし指は引き金にかけられていた。にもかかわらず、撃てないのである。

ケイレブ・ブレイスホワイトは、モントローズの拳銃を警戒するそぶりすらみせないまま、直進してきた。アティカスは動いてくれない片足を、両手を使って持ちあげようとした。しかし、足はびくともしなかった。背後ではレティーシャとジョージが、フロントシート側のドアを開けられずウィンドウを乱打していた。

ケイレブはモントローズの正面で立ちどまり、微笑したまま拳銃を見おろした。アティカスは、ケイレブが銃を強引に奪ってくれることを願った。そうすれば父親の指が自動的に引き金を引き、銃弾がケイレブの腹に喰い込むからだ。だがケイレブは、銃をそっとつかむと撃鉄の下に親指を差し込み、撃てないようにしたあと横にひねってモントローズの手からもぎ取った。

今や拳銃はケイレブの手のなかにあった。彼は回転式弾倉《シリンダー》を開いて弾が入っていることを確かめた。それから弾倉を閉じ、改めて撃鉄を起こした。

「やめろ」アティカスは叫んだ。「撃つな！」

ケイレブは彼をちらっと見た。「言ったはずだ」冷たい口調だった。「ろくなことにならないと」

ケイレブは銃口をモントローズの胸に向け、引き金を絞った。

✣✣✣　✣✣✣　✣✣✣

朝がきた。

ベッドで横たわる父親に、夜どおし付き添っていたアティカスは、村から聞こえてきた雄鶏《おんどり》の声でうたた寝から目を覚ました。あわてて父親に顔を近づけた彼は、呼吸しているのを確かめてから毛布を少し下げ、朝の弱々しい光のなかで上下している父親の胸を見つめた。

傷はどこにもなかった。

この事実を、アティカスは未だ受け入れられずにいた。

あの拳銃が発砲されたのを彼は見たし、音も聞いたし、モントローズは彼の目の前で倒れた。ロッジの使用人たちが駆け下りてきた。アティカスはその場から一歩も動けないまま、怒りでわれを忘れ使用人たちを殴ろうと手を振りまわしたのだが、あっという間に取り押さえられた。かれら四人は、ロッジの東館に運ばれ、四人ともこのコネクティング・ルームがある部屋に放り込まれた。ドアが施錠されて体が動くようになると、アティカスは水とタオルを用意してくれとレティーシャたちに大声で頼んだ。ところが、モントローズのシャツをはだけてみると、そこにあったのは彼が予想したような破壊された肉体ではなく、正常にしかみえない皮膚と骨であり、その下で心臓が力強く脈うっていた。

最初はまったく信じられず——父親が至近距離から撃たれたのを、アティカスは間違いなく見たのだ——彼の体を横向きにして背中側も確かめたのだが、やはり傷はどこにもなかった。銃弾の射入口もなければ射出口もなかった。火薬の燃焼ガスによる火傷《やけど》も、シャツの焼け焦げもなかった。わずかについていた血は、よく見ればアティカスの傷ついた拳がなすりつけたものだった。

手荒く扱われているうちに父親の意識が戻り、目を開けた彼は、自分は大丈夫だからいらぬ世話をするなとアティカスを叱ったのだが、彼も息子と同様、こうなったことにショックを受けていた。起きあがろうとしたものの、たちまち鋭い痛みに全身をつらぬかれ、再びベッドに倒れた。気合を入れなおした彼は、今度は両足を床について腰を浮かしたのだが、胸に喰い込んだ幻の銃弾がもたらす激痛で失神してしまった。倒れかけた父親を抱えてベッドに戻しながら、アティカスはいま目撃したふたつの不条理を、受け入れざるを得なかった。銃で撃たれたのに、父親は無傷で生きている。にもかかわらず、動くことはできない。

それが数時間まえのことだった。今、朝の光のなかでアティカスが毛布をかけなおしてやると、父親はわずかに体を動かし、何度かまばたきをして目を覚ました。「やあ親父」アティカスは優しく声をかけながらも、起きようとしたらすぐに押さえられるよう身がまえた。

だがモントローズも懲りていた。彼は横たわったまま、マットレスの上で少しだけ位置を変えた。

「おまえの母親の夢を見ていた」

「へえ？　いい夢だったか？」

「少なくとも、怒ってはいなかった」父親は静かに頭を動かし、部屋のなかを見まわした。

「ジョージとレティーシャは？」

「ジョージの部屋にいる」コネクティング・ルームのドアを指さしながら、アティカスは答えた。

「ふたりとも無事か？」

「レティーシャは彼女を運ぼうとした男に抵抗して、目にあざをつくった。ジョージもちょっと殴られたらしい。だけどそれくらいで、ふたりとも元気だ」

モントローズは窓に視線を移した。「なぜあそこを破って逃げようとしない？」

「親父をおいていけるものか」

「でもレティーシャだけは、逃してやらなきゃいけないぞ」

「もし親父に、ひとりで逃げろと彼女を説得する自信があるなら、いま起こしてくるけど」

「いや」モントローズは首を振った。「もとより俺は、人を説得するのが苦手なんだ」彼は息子を見あげ、眉を曇らせた。「おまえ、ブレイスホワイトがおまえを使ってなにをやろうとしているか、知ってるのか？」

「いや知らない。でも想像はできる」

モントローズはうなずいた。「きっとやつは、ＫＫＫを呼び集めるつもりだ。ショゴスもぞろぞろ出てくるだろう。そしておまえは、そいつらの生贄《いけにえ》にされる」

「そういう冗談を言えるくらいなら、もう安心だ」

「冗談で言ってるわけじゃないぞ。おまえが集めた本を、俺もずいぶん読んだから、こういう話の結末がわかるんだ。魔法使いの大ボスとその子分どもは、みんな喰われてしまう。さもなければ、みんな頭がおかしくなる」

「たしかにそれがお決まりのパターンだ」アティカスは言った。「だけど、ぼくが話をしたときのサミュエル・ブレイスホワイトは、その種の心配をしていなかったと思う。自分がなにをやるか、完璧に理解しているみたいだったし」

「父親のほうはただのバカだよ」モントローズは顔をしかめた。「危険なのはあのせがれだ。もしあのガキを崖から突き落とすチャンスがあったら、躊躇《ちゅうちょ》するんじゃないぞ」

その三十分後、モントローズがまた眠りに落ちるのを待っていたかのように、誰かがドアの鍵を開けた。戸口にひとり立っていたのは、ケイレブ・ブレイスホワイトだった。

「ぼくを迎えに来たのか?」父親を起こさないよう声を抑え、アティカスが訊いた。

「そうじゃない」部屋に入るのを拒むかのように、ケイレブはドアの前から動かなかった。

「式がはじまるまで、あと二、三時間はかかる。父とほかのメンバーたちが、いつはじめるか議論しているからだ」

「はじめる時刻が重要なのか?」

「父はそう考えていないんだが、ペンダーガストをはじめとする一部の連中が、星座の配置にこだわって意見が対立しているんだ。いま朝食を摂りながら、一致点を探っている。議論が殺しあいで終わらなければ、かれらは昼ごろ君を迎えに来るだろう」

「かれらが来る？　君は？」

「わたしは来られない。式が終わるまでこのロッジから離れていろと、父に命じられた」

「それは再び大事故が起きたとき、一族の血を絶やさないためか？　それとも年寄りどもが、君を嫌って邪魔にしているのか？」

「その両方だな」ケイレブが答えた。「だからわたしは、お別れを言いにきた。ついでにお詫びも」彼は眠っているモントローズを見やった。「彼には申しわけないことをしたと思っている」

「ああ、そうだろうよ。昨夜あの銃を撃ったときの君は、本当に厭そうな顔をしていた」

「わたしは、やらねばならないことをやっただけだ。まえにも言ったとおり――」

「それはもうわかった」アティカスは彼の言葉をさえぎった。「この際、罪ほろぼしをしてみないか？　君がここから離れるとき、レティーシャを連れていくんだ。もしできれば、ジョージも一緒に」

「それはできない」

「あのふたりをここに閉じ込めておく理由は、なにもないだろ。親父がこんな状態だから、ぼくはもう騒ぎを起こせないし」

「君が騒ぎを起こすことはないかもしれない。しかしレティーシャは、わたしが彼女だけ連れていこうとすれば必ず暴れる。それにわたしの父の命令は、実に単純だ。ロッジを離れるのはわたしだけ。ほかの者は出ていってはならない」

「であるなら、もう話し合うことはないな」

「そうらしい」ケイレブはうなずいた。「では、わたしはもう行くとしよう」彼はドアノブに手をかけ、だがすぐにこう言い添えた。「朝食は、部屋に持ってこさせる」

「そんな気づかいは無用だ」

「いいや。君はなにか食べておかねばならない。わたしを信じろ」彼はふり返った。「わたしは君に、式に備えて力を蓄えてもらいたいんだ。どれが最後の食事になるかなんて、わかったものではないからな……君だけでなく、わたしたち全員にとって」

✣✣✣　✣✣✣　✣✣✣

かれらが迎えに来たとき、アティカスはすっかり身支度を終えていた。靴を磨き、新しいシャツとズボンに着替えていたのだが、なぜかシャツの袖を、これから力仕事をするかのようにまくりあげていた。

ドアの鍵を開けたのはウィリアムで、彼はあたかも昼食の席へアティカスをエスコートするかのように、ほほ笑んでいた。だが、彼の背後に立つ使用人たちはみな不機嫌そうで、実際そのなかの数名は、昨夜の小競り合いで顔面に傷を負っていた。

アティカスは、ベッドのまわりに立つ父とジョージ、そしてレティーシャを順々に見ていった。「じゃあ行ってくるよ」彼は三人に言った。「ぼくのために祈っていてくれ」

儀式が行なわれるのは、三階の中央にある四角い大きな部屋だった。天窓がひとつあるだけでほかに窓はなく、壁から突き出している六本の壁付け燭台《スコンス》が、電球の光をまばゆく投げかけていた。床についた擦り傷などから、ふだんここには重い機械や器具がたくさん置かれ、なんらかの作業が行なわれているのだろうとアティカスは推測した。むろん今日は、儀式に関係のない物はすべて運び出されている。

部屋の東側の奥に、一枚のドアが台座にはめられ自立していた。ドア枠となっている角材には奇妙な文字が刻まれており、あれが魔法の呪文なのだろうとアティカスは思った。ドア本体は艶やかな黒に塗られ、銀色の蝶番《ちょうつがい》と銀色のノブがついていた。

ドアのまわりの床に、銀を混ぜ込んだ白墨で円が描かれていた。円は西側の弧の一部が途切れており、途切れた両端から伸びた二本の直線が幅三十センチほどの道となって、部屋の西端に描かれたもうひとつの円につながっていた。このふたつめの円のなかには、腰の高さほどしかない銀色の円筒《シリンダー》が置かれ、大きな透明水晶で蓋をされていた。

自立するドアとシリンダーを結ぶ通路のちょうど中間、天窓の直下に三つめの円があった。その円の外周には、ドア枠と同じ奇妙な文字がびっしり書き込まれ、中央には五つの角《つの》をもつ星形が描かれていたのだが、角はどれもぐにゃりと曲がっており、まるで通常の五芒星形《ペンタグラム》が磁気で歪んだかのようにみえた。アティカスが磁気を連想したのは、偶然ではなかった。三つの円の連続は電気回路図によく似ており、そこからアティカスは、この儀式で実際になにが行なわれるか想像できたからだ。

自立しているあのドアが開くと、何処とも知れぬ場所から謎のエネルギーが流れ込んでくる。銀のシリンダーは、そのエネルギーを蓄える一種の蓄電器《コンデンサ》であろう。だがこの回路を完成させるためには、ドアと蓄電器を接続する電気伝導体《コンダクター》が必要となる。エネルギーの強度を調整して目的地まで導き、もしエネルギーが制御不能なほど強大すぎたなら、ヒューズのようにみずからを犠牲にして遮断する伝導体が。

「あんたたちは、ぼくをあそこに立たせたる気だな」

「そのとおり」サミュエル・ブレイスホワイトが答えた。儀式用のローブをまとった彼は、卒業式の式帽をどこかに置き忘れた大学教授のようで、少しも神秘性を感じさせなかった。やはりローブを着たアダムの後裔たちが、銀のシリンダーがある円の後方に集まっていたのだが、そこは部屋の出口にいちばん近い場所でもあった。すでにウィリアムを含む使用人たちは、階下で待つよう命じられ、部屋から追い出されていた。かれらのなかに、一刻も早く安全な場所へ避難する分別をもった者がいるだろうかと、アティカスはいぶかった。

「おまえには、祈禱《きとう》文を読んでもらわねばならない」ブレイスホワイトが言った。特に緊張した面持ちのアンテノートに向かって、彼が指で合図すると、その男は前に進み出てきて古びた巻物を彼に手渡した。ブレイスホワイトはその巻物を広げ、アティカスに見せた。

「読めるわけがない」アティカスは言った。「何語かもわからないのに」

「これはアダムの言語だ。読み方さえ思い出せば、誰にでも読める」

「へえ、そうなんだ……このドアからは、なにが入ってくる？」

「光だ。創世の最初の光」

「創世の最初の光」アティカスはくり返した。「で、その光はぼくになにをしてくれる？」

プレストンが杖で床を叩いた。「時間だぞ！」

「それはすぐにわかる」アティカスの質問に、ブレイスホワイトが答えた。「だから早くそこに立て」

この言い方が気に触ったアティカスは、サミュエル・ブレイスホワイトを殴り倒したくなった。しかし、頭でそう欲しても体が動いてくれないことを、今の彼はよくわかっていた。彼は、父親だけでなくジョージとレティーシャのことも、考えねばならなかった。自分がこの試練に耐えなければ、あの三人に脱出のチャンスはない。

アティカスは天窓の下の円のなかに足を踏み入れた。

「まっすぐドアを見ろ」ブレイスホワイトが命じた。「それから掌を上に向けて、両手を体の前に出すんだ」

アティカスは言われたとおりにした。彼の両掌を、ブレイスホワイトはローブのなかから取り出したナイフでさっと撫でたのだが、よほど切れ味が鋭かったのだろう、アティカスが痛みを感じるより先に血が流れはじめた。

「時間だ！」再びプレストンが怒鳴ると、アンテノートのひとりが角笛を吹き鳴らし、その濁《にご》った音は殷々《いんいん》と響きわたってアティカスの背骨を揺さぶった。彼の両手から滴り落ちた血は、五芒星の曲がりくねった輪郭に沿って水銀の粒のように転がったあと、図形のなかに吸い込まれていった。五芒星が輝きはじめた。どうやらこの星は、天窓から降り注ぐ真昼の陽光も、一緒に吸収しているらしい。

ブレイスホワイトが銀の混ざった白墨を持ち、アティカスが立つ円のすぐ外にしゃがんだ。彼が奇妙な文字のひとつに線を一本書き加えると、アティカスの両足が昨夜と同じようにまったく動かなくなった。ブレイスホワイトに目で合図されたアンテノートが、巻物をアティカスに差し出した。アティカスは受け取ってみたものの、依然としてどこが祈禱文なのかすらわからなかった。

立ちあがったブレイスホワイトは、足早に歩きながら自立しているドアの裏側をぐるっと回り、アティカスを捕らえている円の後方に戻ってきた。またもや角笛が吹き鳴らされ、彼は床に書かれた別の文字に線を一本加えた。突如アティカスの脳中に、謎の文字の意味が洪水のように流れ込んできた。巻物に書かれている言葉を、彼は明瞭に理解した。だが声に出して読もうとすると、まるで目に見えない指で押さえつけられているかのように、舌が動かなくなった。「今だ！」プレストンがわめいた。「やれ！」三度《みたび》角笛が鳴り響き、ブレイスホワイトは白墨で三本めの線を引いた。アティカスの口が開いた。

祈禱文を声に出して読みあげながら、彼は目の隅でブレイスホワイトと彼の助手があわてて後退し、ほかのアンテノートの群れに加わるのを見た。しかし、魔力が込められた言葉を読み進めるにつれ、アティカスの視野は狭まってゆき、見えているのは正面に立つドアと床で輝きつづける図形だけになった。

ドアの周囲のわずかな隙間から、不思議な色の光が射し込みはじめた。初めて見る色だったし、言葉で表現するのも難しかったが、なぜかアティカスは懐かしさを感じた。その理由は、輝きが増せば増すほどはっきりした。ドアノブが左右にがちゃがちゃと動きはじめた。

ひとつの記憶がよみがえり、目の前に浮かんできた。

朝鮮半島に派遣されてまだ日が浅いころ、アティカスは駐屯地内で行なわれる日曜礼拝に参加した。その日、彼の部隊付きの従軍牧師は、数名の黒人兵ともども営倉にぶち込まれていた。黒人兵たちは、かれらが食堂用テントに入るのを拒もうとした白人兵の集団と乱闘事件を起こし、その騒ぎを従軍牧師も煽ったというのが逮捕の理由だった。彼の代理で来た牧師は、第二十四歩兵連隊の黒人兵たちに向かい、ほかの人種に対し寛容になることの重要性を説き聞かせた。神の家に入ると、人間は地上での肉体を捨て去ります。もはや人種の違いは存在せず、男か女かも関係なくなり、魂だけが神のみもとでひとつに結び合わされます。ですからみなさんは、天国で生きるのと同じように地上でも生きられるよう、努力しなければいけないのです。

しかし代理牧師のこの説教は、聞かせる相手を間違ったせいで、白々《しらじら》しいだけのものに終わった。軍隊内の人種分離を撤廃せよという大統領令を無視しているのは、黒人兵ではなかったし、MPがどう主張しようと、テント内で喧嘩をはじめたのは白人兵のほうなのだ。それでもアティカスの戦友のなかには、牧師の言葉を真剣に受けとめる者もいた。「天国では男も女も関係ないって？」彼のうしろで兵隊のひとりがつぶやいた。「でもよ、もし俺が男じゃなくなったら、俺は完全に消えてしまうんじゃないのか?」

この兵隊の質問に対する答と、さっき自分がサミュエル・ブレイスホワイトに発した質問——で、その光はぼくになにをしてくれる?——の答を、アティカスは同時に得た。創世の最初の光をじかに浴びても、経験を積んだ自然哲学者であれば生還できるかもしれないが、アティカスは消滅するだろう。彼をアティカス・ターナーたらしめているすべての要素が剝ぎ取られ、男でも女でもなく、名前すらない存在になってしまうからだ。死と同義のように思えるこの自己喪失には、しかし大きな意味があった。無限の可能性を秘めた元始の状態へ、回帰することになるのだから。

意義ある自己喪失。そのような状態に陥ることを、意外にもアティカスはさほど怖いと感じておらず、逆にある種の人間にとっては、恐れるどころか達成すべき目標であることが理解できた。

ところがアティカスは、その〈ある種の人間〉ではなかった。彼はありのままの自分が好きだった。昔からそうだった。時として彼が変えたいと願ってしまうのは、神がつくり給うたほかの人間どものほうだった。

自己喪失を望んでおらず、死ぬのも厭だった彼は、腕まくりした左の袖口に隠しておいた紙片をつまみ出した。誰が書いたかわからないそのメモは、数時間まえ朝食と一緒に彼の部屋へ届けられていた。

「アティカスへ」メモにはこう書かれていた。「筋書きはくつがえせる。ここに書かれた文字が読めるようになったら、ただちに読め」そこに並んでいたのは、アダムの言語で書かれた三つの単語だった。

今だな。アティカスは思った。

彼が三つの単語を大声で読みあげると、床で輝いていた五芒星がいきなり変形した。ドアのまわりの円がはじけ飛び、円と円をつなぐ通路が溶けてなくなった。と同時に、アティカスを囲んでいた円が閉じられ、ドアがいっぱいに開いた。

アティカスの目を真っ黒な闇のベールがふさぎ、しかしその闇は、彼をその場で焼き尽くすはずだった光をさえぎってくれた。彼はこの闇が味方であることを直感し、安心して身をまかせた。

意識を失うせつな、彼の耳に聞こえてきたのは、アダムの後裔たちの絶叫だった。

✣✣✣　✣✣✣　✣✣✣

闇が晴れたとき、アティカスは床の上に体を丸め横たわっていた。両掌の傷は、うっすらと痕が残っているだけで完全にふさがっており、ほかに怪我もないようだった。

部屋のなかは惨憺《さんたん》たるありさまだった。彼を守ってくれた円の外側の床は、真っ黒に焼け焦げ、壁と天井も同様だった。自立していたドアと蓄電器代わりのシリンダーは、高熱で溶けてしまい、天窓があったところには大きな穴が空いていた。

そしてアダムの後裔たちは、全員がポンペイの遺跡から発掘された遺体のような姿になっていた。恐怖に慄《おのの》く姿勢をそのままに、灰色の塊と化した人間たち。アティカスが立ちあがると、そのかすかな振動が最後の崩壊を招いた。エントロピーに屈したアダムの後裔たちの残骸は、どっと崩れ、あとに残ったのは白い塵《ちり》の山だけだった。

その塵で靴を汚さないよう注意しながら、アティカスは部屋を出ていった。

✣✣✣　✣✣✣　✣✣✣

ジョージとレティーシャ、そして父親が玄関ホールで彼を待っていた。荷物をかたわらに置いた三人は、最低の宿に泊まったことを後悔しつつ、不機嫌にチェックアウトを待つ観光客のようだったが、疲労の色は少しもみせていなかった。

「親父！」アティカスはびっくりして大声をあげた。「大丈夫なのか？」答える代わりに、モントローズはむっつりした顔で肩をすくめた。

「ついさっきウィリアムが電話してきて、いつ帰ってもいいと言ってくれたんだ」ジョージが説明した。「別の使用人が鍵を開けに来たときには、もうモントローズは起きあがって歩きまわっていた」

「あの爺さんたちはどうなったの？」レティーシャが訊いた。「まさかみんな――」

「死んでしまった」アティカスは答えた。「ひとり残らず」彼はモントローズに視線を移した。「せがれのほうのブレイスホワイトが、父親に対しクーデターを起こしたんだ」

「そんなことだろうと思った」モントローズはうなずいた。

「これからどうする？」ジョージが訊ねた。

そのとき本館の正面で車のエンジン音が聞こえ、かれらはドアを開けて外に出た。玄関前に停まっていたのは、ウィリアムがガレージから出してきたジョージのパッカードだった。割れたウィンドウは新品に交換され、車体は新車かと見まがうほどきれいに磨かれていた。

「ミスター・ターナー！」車から降りたウィリアムが明るい声で呼びかけた。「厳しい試練を無事に乗り越えられたようで、本当に嬉しく思います！」

「ああ、ぼくもだ」アティカスが答えた。「それにしても、みごとに修理してくれたね」

「ミスター・ブレイスホワイトの指示に従ったまでです。今朝お発ちになるまえに、ご自分で手配していかれました。お見送りできなくて申しわけないと、ミスター・ターナーにお伝えするよう言いつかっております。加えて主人は、このような結果になったことを心から遺憾に思っており、皆さまに対するお詫びのしるしとして、ささやかなプレゼントをお納めいただきたい、と申しておりました。まずミスター・ターナーと伯父上さまには、書籍が入った箱を数個、もうひとりのミスター・ターナーには」――彼はモントローズに目を向けた――「お亡くなりになった奥さまの家系に関し、主人が収集し得たあらゆる記録の写しをご用意しております。そしてミス・ダンドリッジ、お選びになったドレスはすべてわたしが包装し、箱に入れておきました。また、ミスター・ベリーのステーションワゴンには、通常の修理に加えとても役に立つ特別な処理を施しておいたので、そちらもご了承いただきたいとのことです」

「特別な処理？　どんな？」ジョージが訊いた。

「一種の免責特権のようなものを、車自体に与えたのです。今後、この車が公道で厄介な事態に巻き込まれる機会は、劇的に減るでしょう。特に警察関係者は、この車を視認することすら難しくなるはずです」

「それって要するに、もしジョージが飛ばしすぎても、彼を停めようとするパトカーはないってことか？」モントローズが質問した。「そういうことなのか？」

「おっしゃるとおりです。わたしも詳しいことは知らないのですが、ミスター・ブレイスホワイトは、ご自身が所有するすべての車にも同じ処理をなさっています。急いでいるときは非常に便利ですし、街なかで適当な駐車場所が見つからないときも、たいへん役に立つそうです」

「ハント保安官は？」訊いたのはアティカスだった。「彼にも、このパッカードとぼくらが見えなくなるんだろうか？」

「その点につきましては」ウィリアムが少し考えた。「彼は今、保安官補を二名も補充しなければいけないため、それだけで手一杯だと申しあげておきましょう。数日まえの深夜の出来事を、ハント保安官はきれいに忘れていますし、皆さまのほうから近づかないかぎり、思い出すことはありません。そのためにも、お帰りになるときは道路の分岐点に差しかかるたび、左へ左へとお進みください。三度つづけて左折すれば、ビディフォードの町を通過することなく、サバト・キングダムの森とデヴォン郡から出られます」

「そんなに簡単なのか？」アティカスは軽い驚きを感じた。「それだけでぼくらは、シカゴに帰れるのか？」

「ほかに目的地がないかぎり、そういうことになります」伸びあがってアティカスの背後を見やったウィリアムが、指を鳴らして合図した。使用人たちが四人の荷物を持って、ロッジから出てきた。

「ミスター・ブレイスホワイトはどうなる？」車に荷物が積まれてゆくのを見ながら、ジョージが訊いた。

「とおっしゃいますと？」

「伯父が知りたいのは、ケイレブがこれからどうするのか、ということだ」アティカスが補った。「今後は彼が、このロッジの当主になるんだろうし」

「残念ながら、わたしにはわかりかねます。最初に申しあげたとおり、わたしの仕事はこの家を管理することであって、主人のビジネスには一切かかわっておりませんから」

「でも君は、ぼくがまえに言ったとおり、ブレイスホワイト家のビジネスを熟知しているみたいじゃないか。たとえばぼくの〈試練〉にしたって、もし君があのメモを届けてくれなかったら、ぼくは生きて帰れなかったぞ」

「いえいえ、あれも主人がやったことです。わたしはただ、主人の命令に従っただけです」一瞬考えてから、ウィリアムはつづけた。「とはいえ、父と子、どちらの命令に従うべきか判断できる程度の智慧は、わたしにも備わっていたようです……実のところ、選ぶのはさほど難しくありませんでした」彼はにっこり笑った。「さてそれでは、後片づけと清掃をしなければいけないので、わたしはこれで失礼いたします。どうかお気をつけてお帰りください」ウィリアムは、一礼すると本館のなかへ急ぎ足で戻ってゆき、玄関ドアを閉めた。

四人は唖然としながら、午後の陽光のなかに立ちつくした。

「いつもこうなんだ」モントローズが言った。「さんざんひどい目に遭わせておいて、最後はなにごともなかったかのように放り出す。死なずにすんだだけでも、ありがたく思えってことなんだろうよ」

「それだけでわたしは、充分に満足してるがね」ジョージはこう言うと愛車に近づき、ウッドパネルを撫でた。「しかし、あの免責特権というのは、本当なんだろうか」

「マーヴィンの家へ着くまでに、一度試してみたほうがいいでしょうね」レティーシャが言った。「わたし、喜んで運転させてもらうけど」

ジョージが笑った。「それはだめだな。最初のお楽しみは、車のオーナーのものだ」

ジョージが運転席に座り、その隣にレティーシャとモントローズが座った。アティカスは、パッカードのリアウィンドウから後方を警戒できるよう、荷室に這いあがって四人の荷物とケイレブから贈られた箱のあいだに体を押し込んだ。

走り出したパッカードのなかで、彼は視界から消えてしまうまで丘の上のロッジを見つめつづけた。橋を渡って森に入ったあとは、小さな脇道やカーブの陰にシルバーの車体がないか、目を凝らした。しかし、ケイレブのダイムラーはどこにも見えず、代わりに三つめの分かれ道を左へ入るとき、木々のあいだを移動してゆく巨大な影をちらっと見た。アティカスは思った。見送っているつもりか？　それとも、また会おうと告げに来たのか？

森を出て一マイル走ったところに、〈ここまでデヴォン郡〉と書かれた案内標識があった。レティーシャが「主を讃えよ」と言うと、ジョージも「アーメン」と応じ、モントローズは「これでせいせいした」とつぶやいた。

だが、アティカスは無言のまま車の進行方向に目を転じ、ここから先の世界は、たった今あとにした世界とは違うのだと自分に言いきかせた。

魔が棲む家の夢

本物件の全部または一部を、直接的間接的を問わずニグロまたはニグロの団体の使用、または居住に供することを禁ずる。ただしこの規定は、掃除人または運転手として雇用されたニグロが、その雇用期間中に本物件の地下室または倉庫、または車庫に居住することを妨げるものではない……本物件の全部または一部を、ニグロまたはニグロの団体に販売、提供、譲渡、賃借することを禁ずる。加えて、使用人または掃除人、あるいは運転手として雇用されているニグロ以外のニグロに対し、本物件の全部または一部の専有を許可、または承認することを禁ずる。

——シカゴ計画委員会のネイサン・ウィリアム・マクチェスニーが、シカゴ不動産協会のために起草した『標準不動産契約書・制限条項』より。
一九二七年

レティーシャのもとに、待ちに待った幸運が舞い込んだのは、夏も終わりに近づいたころだった。すでにアーダムでのおぞましい体験は、遠い昔のことのように感じられ、六月から七月、八月と過ぎるにつれ、神が彼女のため特別なご褒美を用意しているという確信は、徐々に薄らいでいった。たぶん生きて帰れたことが、アティカスの父親探しに手を貸したという善行に対し、与えられた報奨のすべてだったのだろう。

だがたとえそうであっても、彼女はそれを受け容れ、感謝した。兄のマーヴィンと違い、彼女は神に貸しをつくったとは考えなかった。神がいつ行動するかは神の御心のままであり、神がこれと決めた人になにかを与えるときは、しばしば代価として忍耐が要求されることを、彼女はよく心得ていた。

けれども、とうとう真の報奨が与えられたとき、その内容は彼女の期待をはるかに超えるものだった。だからレティーシャは、ひとつだけ思い違いをしてしまった。彼女の試練は、まだまったく終わっていなかったのである。

❖ ❖ ❖

問題の小切手の全額を、自分の銀行口座に預金したその足で、レティーシャは〈ニグロのための安全旅行ガイド社〉を訪ねた。オフィスにはジョージしかおらず、彼は秋に刊行する『ガイド』の校正刷りに目を通していた。訪問の用件を、レティーシャは単刀直入に語った。

「不動産を買う?」ジョージが訊いた。「宝くじでも当てたのか?」

「似たようなものね」レティーシャは説明した。「先週、一通の書留郵便が送られてきたの」

実をいうと、書留の宛名は単に「ミス・ダンドリッジ」であり、レティーシャは姉のルビーの家に居候しているのだから、その手紙は姉に宛てられたと考えるべきだった。しかしその朝、ひとりで留守番をしていたレティーシャは、好奇心に抗《あらが》いきれなかった。「書留の送り主は、どこかの弁護士だった。内容は、父のビジネス・パートナーのひとりが昔の借金を返済できることになり、その金を預かっているから、取りに来いというのね」ビジネス・パートナーといっても、レティーシャの父親にとってのそれは、即ギャンブラーを意味していた。ウォーレン・ダンドリッジは、カードで生活の糧《かて》を得る男だったからだ。主にポーカーとジンラミーだったけれど、彼は勝てる見込みがあるなら、どんなゲームでも手を出した。

「あなたがなにを考えているか、想像がつく」レティーシャが言った。

「別になにも考えてないさ。わたしはいつだって、君のお父さんは立派な人だと思っていた」

「それはわたしも同じ。だけど事情を知っている人なら、いろいろ考えて当然よ。父はペテン師ではなかったけれど、ペテン師を相手にしていた。ルビーはあの書留を、燃やそうとしたわ」

「でも君がそうさせなかった」

「だって、確かめる必要があったんだもの」たとえ詐欺であったとしても、なにかしら益があるかもしれないと、レティーシャは思ったのだ。「その弁護士事務所は、ラ・サール・ストリート（シカゴの金融街をつらぬき、両側に高層ビルが立ち並ぶ大通り）の大きなビルのなかにあった。警備員は、わたしをロビーにも入れてくれなかったわ」ところが逆に、荷物用エレベーターを使えと命じられた時点で、彼女はこれは詐欺ではなさそうだと思いはじめた。上品ぶったお膳立てで人を騙すのは詐欺師の常套手段だが、白人のビルに入居している白人弁護士を使うのは手間がかかりすぎるし、この詐欺《ヤマ》はそうする必要があると判断するくらい、父の博打相手が黒人女性の知力を高く評価するとは、とうてい思えなかったからだ。

「その弁護士は、ウォーレンのビジネス・パートナーの名を教えてくれたのか？」ジョージが訊いた。

「いいえ。依頼人の希望で、名前は明かせないんですって」

「ありがちだな」

「でしょ。こう言われたとたん、わたしは彼が手数料を要求してくるだろうと予想した。ところがこの弁護士、現金はおろか書類にサインすることすら求めなかった。わたしの運転免許証を確認しただけで、すぐに小切手を渡してくれたわ」

「小切手の額面は？」

「ここだけの秘密にしてくれる？」

「もちろん」

レティーシャは金額を伝えた。

「ほう」ジョージが目を丸くした「それだけあれば、ちょっとしたアパートが買えるな。もしその金が――」

「本物ならね。その点はすぐに確かめられる。だけど今日わたしがここに来たのは、アパートの部屋よりも大きな物件を買うにはどうすればいいか、相談したかったからなの」

「アパートより大きいというと、一戸建てか？」

少し考えてから、レティーシャは答えた。「というか、普通に暮らせる場所ね。わたしとルビーが、適当な距離を保ちながら生活できる空間。それぞれの個室に加え、マーヴィンがシカゴに来たとき泊まれる部屋があり、それでもまだ余っている部屋があったら、そっちは下宿として――」

ジョージがにっこり笑った。「君は大家さんになりたいんだ?」

「そんな大それたものじゃない。でもそうね、そうなりたいのかも」彼女はこう言うと、値踏みするような目でジョージのオフィスを見まわした。「余った部屋を使って、自分の商売をはじめてもいいし」

「その心意気は頼もしいと思う。しかしいざ購入するとなると、頭金は手持ちの資金でまかなえるとしても、ローンを組ませてくれる銀行がないことは、君もよく知っているはずだ」

レティーシャはうなずいた。黒人の居住区は言うまでもなく、黒人が集住しそうな地区にも銀行は投資するのを渋ったし、黒人が住宅ローンを組むのはまず不可能だった。おのずと家屋の購入にあたっては、ほとんどの黒人が割賦《かっぷ》契約に頼らざるを得なかった。ところが割賦契約の場合、毎回の支払いはローンの返済と大差ないものの、全額を払い終えるまで所有権が売主から移転しないため、たとえ最後の一回でも支払いが滞ったら、それまでに払った額はすべて水の泡となった。逆に最大の利点は、誰でも簡単に契約を結べることである。おのずと不動産業者は、支払不能に陥りそうな客がいると、割賦契約を強く勧めた。ひとつの同じ物件から、頭金だけくり返し得られるからだ。

「もうひとつ」ジョージがつづけた。「どの地区を選ぶかも重要になる。この街の住み分け事情については、今さら語るまでもないだろうし」

「そうね。だけどわたしは、先駆けになってもいいと思ってる」

「まさか君は、白人の居住区に家を買うつもりじゃないだろうな？」

「同じことをやった人が、あなたの知り合いにもいるはずよ。たとえばパウエル夫妻。ニグロがひとりも住んでいなかったイースト・ウッドローンに、あのふたりが家を買ったとき、あなたも手伝ってあげたんでしょう？」

「たしかに手伝ったが」ジョージはしぶしぶ認めた。「その後アルバートとシーアに起きたことは、成功者の物語というより教訓話に近いぞ」

「それでもいいから話して」レティーシャは引きさがらなかった。「いったいなにがあったの？」

「しかたない」ジョージは語りはじめた。「六年まえのことだった。不動産契約書に人種差別的な条項があるのは、違憲であるという判断を最高裁判所が下した。アルバートとシーアは、家を買いたいと長年願いつづけており、貯金も充分にあったから、この最高裁判決を知って今こそ行動するときだと腹を決めた。そこでアルバートはこのオフィスに来て、信頼できる不動産屋を知らないかと、わたしに訊ねた。

「というのも、最高裁判決で実際に使われていた文言は、黒人を排除する制限条項は、法廷においては効力をもたないというものだったからだ。むろん不動産の売主は、この決定を自主的に遵守することもできたけれど、ほとんどの白人はよほどのことがないかぎり、自分の所有物件をニグロに売ることで、友人をまとめて失いたいとは思わなかったんだな。そこでアルバートは、危ない綱渡りにつきあってくれる不動産屋と、替え玉になってくれる白人をひとり必要としたわけだ」

「替え玉というのは、本人の代わりに家を購入する人という意味?」

「それが一般的なやり方だったのさ」ジョージは答えた。「実は、その点でアルバートは運がよかった。というのも彼の妹が、白人と結婚していたからだよ。ユダヤ人なんだが、ドイツ出身なのでルター派のキリスト教徒で通っていた。アルバートはこの義弟に自分たちの金を渡し、契約が成立したらすぐに名義変更をするという約束で、契約書にサインさせた。

「次のハードルは購入した家への引っ越しだった。いくら最高裁が味方だといっても、黒人が引っ越してくると知ったら、近隣住民は邪魔をするかもしれない。アルバートとシーアが危惧したのは、まさにその点だった。そこでふたりは、秘密裡に行動することにした。土曜の夜のミサで聖ユダに加護を願った翌朝、近所の人たちがそれぞれの教会へ出かけた隙を見はからって、一気に引っ越しを終えたんだ。そしてヴァンから最後の荷物が下ろされると、アルバートはすぐさま地元の警察署に電話し、そちらの管轄区域内にニグロの夫婦が引っ越してきたから、保護が必要になるかもしれないと予告した。

「もちろん警察はすぐにやって来た。でもそれは、黒人が引っ越してきた事実を、近所の人たちに知らせるためだった。だから月曜の朝、仕事に行くため家を出たアルバートとシーアは、そのブロックのすべての家に〈ここは白人の町だ、そうでない者は出ていけ〉と書かれた看板がぶら下がっているのを、見ることになった。

「月曜日はこれだけで終わった。しかし火曜の夜、早くもふたりの家の正面の窓に煉瓦が投げられた。アルバートは警察に通報したが、なにもしてくれないことがわかると、ただちにNAACP（全国黒人地位向上協会）と市の地域住民関係委員会に連絡した。わたしも彼のため、何本か電話をかけたよ。やがて警察も、アルバートの家の前にパトカーを常駐させるようになった。だけどこれも、まったく役に立たなかった。たった一年のうちに、彼の家は三十九か所が壊され、二度も放火未遂に遭ったからだ。アルバートの愛犬は毒を盛られて死んだ。彼とシーアは、罵声《ばせい》を浴びることなく自宅のある通りを歩くことさえ、できなくなった」

ジョージの言わんとしていることはよくわかったものの、レティーシャは確かめずにいられなかった。「それでもふたりは、その家に住みつづけることができたのよね？」

「ああ、できたよ」ジョージが答えた。「眠れない夜が一年つづいたせいで、アルバートは髪が真っ白になってしまい、シーアは心臓発作を起こしたけれど、ふたりが自分たちの家を手放すことはなかった」彼は頭を横に振った。「なあレティーシャ、君は本当にやるつもりなのか？」

「あのねジョージ」彼女は答えた。「神さまがこの機会をくださったのは、わたしに最大限活用させるためなの」

「マーヴィンとルビーは承知してるのか？」

あの弁護士は、小切手の受取人はウォーレン・ダンドリッジの娘たちであると、明言していた。当然、マーヴィンと彼の反対意見は問題にされない。しかしルビーは……

「もちろんよ」レティーシャは答えた。「ふたりとも同意してくれた」

ドアの磨《す》りガラスには、〈ハロルド・ベイリー不動産仲介人《リアルティスト》事務所〉と書かれていた。この場合のリアルティストとは、ニグロの不動産業者を意味する。白人の不動産仲介業者《リアルター》と混同してはならない。ニグロは、全米不動産仲介業者協会に加入できないからだ。磨りガラスにはステッカーも二枚貼ってあって、ハロルド・ベイリーがプリンス・ホール・フリーメイスンと、『改良されたエルクス慈善保護会（一八九七年に結成された黒人の地位向上をめざす団体）』のメンバーであることを明示していた。

ベイリーの事務所の電気は消えており、ドアは施錠されていた。ルビーと並んで三階の廊下に立ちながら、レティーシャは苛立ちを顔に出すまいと努力した。

一瞥しただけでこのふたりが実の姉妹だとわかる人は、まずいないだろう。レティーシャは痩せて肌の色が薄く、父親似だった。ルビーは黒く丸っこい体をしており、若いころのママに似ていたものの、性格はママほどきつくなかった。むろんルビーの辛抱強さにも限界はあるし、胸底にはママの激越さが秘められていたから、一朝ことあれば山が海から隆起してくるように、それが表に現われた。今日は、今のところ妹の計画に従っていたけれど、もし今朝のこの打ち合わせが流れたら、態度を豹変させるに違いなかった。

「九時と言ったのは、ミスター・ベイリーのほうだったのに」レティーシャがこぼした。

「わたし今日、十一時半までにクラリスを迎えに行くと、ミセス・パーカーに約束したのよね」ルビーは不満そうだった。「そのあとマンデル兄弟の店の地下に行って、まえに話した次の配膳業《ケータリング》の仕事ではく靴を、探そうと思っているんだけど」

「なぜ今から新しい仕事をはじめるのか、全然わからない。今のわたしたちには、充分なお金が――」

「もちろんあなたには、全然わからないでしょうよ。未知の仕事に取りかかるのであれば、そのまえに安定した仕事を確保すべきだということを、あなたも学ばなきゃ」

「あのねルビー、わたしが安定した仕事を確保するのは、これからなの。そのためにはまず、家を手に入れなきゃいけない。そして足もとを固める」

「そうね、イージー通りで大家さんになるんだものね」姉はため息をついた。「あのお金、やっぱり教会に寄付したほうがいいかもしれない」

「あなたまさか」レティーシャは震えあがった。「教会の友だちにしゃべったんじゃないでしようね？」

「大丈夫よ。心配しなさんな。あなたの秘密を、誰が触れまわるものですか」

「ぜひ黙っていてほしい。パパはわたしたち姉妹に、このお金を残してくれたんだから」

ルビーは鼻で笑った。「まるで、パパの願いをかなえてあげるんだ、みたいな言い方ね」

「ええそうよ！　それにわたしは、あなたの願いもかなえてあげたい」これを聞いて、またしても姉は鼻で笑った。「あなただって、狭いワンルームで死ぬまで暮らしたいとは思ってないでしょ？」

「もちろん。だけど――」

「あなたはずっと働きづめだった。今回みたいな幸運に恵まれたことが、今までに何回あった？」

「一度もない。だからなおのこと、信じられないわけ」

廊下の反対側で、ドアの開く音がした。姉妹がふり返ると、白人男性が出てきてふたりをじっと見た。

「ミス・ダンドリッジですか？」男が訊ねた。

「わたしがミス・ダンドリッジです」と答えたレティーシャは、隣でルビーがむっとしたのを感じ、「彼女もそうですけど」と言い添えた。

「わたしはジョン・アーチボルド。ミスター・ベイリーの友人です。ミス・ダンドリッジが来たら、今日は会えなくなったと伝えるよう、ハロルドに頼まれました」

「なんですって？」

「でもおふたりの用向きは、彼から聞いてます。なので、もしわたしでよければ、喜んでお手伝いしますけど」アーチボルドが廊下を何歩か近づいてきたので、レティーシャは彼の肩越しに開きっぱなしのドアを見やり、ガラスに不動産仲介業者《リアルター》と書かれているのを確かめた。「もちろん」彼女が躊躇《ちゅうちょ》しているのに気づいて、アーチボルドがつづけた。「ハロルドを待つほうがいいとおっしゃるなら……」

ルビーがレティーシャの腕をそっと引っぱった。帰ろうとうながしているのだ。しかし次にルビーが休みをとれるのは、一週間先だ。そんなに待ってはいられない。「あなたとミスター・ベイリーは」レティーシャが質問した。「私的なご友人なんですか？　それとも――」

「共同経営者です」アーチボルドは即答した。「公表はしていませんが」

✥✥✥　　✥✥✥　　✥✥✥

「この近辺は、白人しか住んでませんけど」ルビーが言った。

「ええ、そうですね」アーチボルドがうなずいた。「でもハロルドは、あなたたちが興味をもっているのはこの地区だ、と言ってました」

「白人の居住区だなんて、わたしは聞いてない」ルビーは妹を睨みつけたが、レティーシャは意に介さず、アーチボルドが広げた三穴バインダに閉じられている物件情報をめくっていった。

「なぜ価格が違うのか、よくわかりませんね」レティーシャが言った。「たとえばこのふたつの建物。床面積も敷地面積も、ほとんど同じです。なのにこっちのほうが、はるかに安い」彼女は安いほうの建物を指さした。

「ああ、それは立地条件が違うからです」

「だけど両方とも、同じ通りに面してますよ」

「しかしブロックは別です」アーチボルドが説明した。「こちらの物件があるブロックは、現在もすべての土地と建物が白人の所有です。言うまでもないでしょうが、こういうブロックに住む最初の黒人は、いろいろと面倒なことに巻き込まれやすく――」

「それはお断りだわ」ルビーが言った。「絶対に」

「ですから高いほうの家の売主さんは、わたしとハロルドが懇意《こんい》にしている投資家でもあるので、これを購入する最初の黒人のお客さんにかぎり、特別価格で売ることに同意してくれました。最初の一軒を黒人が買ってくれれば、あとは次々に売れていきますからね。そして一年か二年のうちに、ブロック内の物件を所有する黒人と白人の比率が逆転する。安いほうの建物が立つブロックでは、この現象が起きたんです」

「そして仲介したあなたは、手数料をたっぷり稼げるのは、ハロルドも同じですけどね」アーチボルドが言った。「そして、ある程度の蓄えがある黒人たちは、新しい家を買うことができる」

レティーシャはうなずいた。「それはいいわね」決していいとは思えなかったけれど、これから自分も利用する気でいるかれらの営業戦略を、非難するわけにもいかなかった。実をいえば最大の問題は、彼女の求める条件に合った物件が、たとえ最初の購入者向けの特別価格を提示されても、まだ高すぎることだった。たしかにアーチボルドは、真面目で誠実な業者のようだが、レティーシャが支払不能になるであろう物件の頭金を、平然と受け取ることはまず間違いなかった。

レティーシャはバインダの次のページをめくった。

「あれ？　さすがにこれは間違いでしょう？」彼女は物件リストを指さした。「こんなに安いわけないと思いますけど」

アーチボルドは身をのり出し、彼女の指先を見た。「ああそれですか」彼は苦笑しながら答えた。「ウィンスロップ・ハウスといいましてね」

「まさか幽霊屋敷とか？」レティーシャが訊いた。

✥✥✥　✥✥✥　✥✥✥

「薄汚い建物ね」ルビーが言った。

「わたしたちが住めばきれいになる」レティーシャは言い返した。「赤ちゃんみたいに、ぴかぴかにすればいいのよ」

翌週の日曜の午後、教会帰りで上等な服を着たままの姉妹は、煉瓦造りの外観が公立学校なみの魅力しか発散していない箱型の建物の正面に立っていた。もちろんレティーシャが興味をもっていたのは、その内部だった。建物を見あげると、テントの形に組まれたガラスが天窓を覆っており、物件情報によるとその天窓の下には、二階分の高さをもつ吹き抜けの広間があって、十四の部屋で囲まれているはずだった。なんと十四部屋である。レティーシャたち三人が育ったアパートは二部屋しかなく、トイレは別の階にあってしかも共用だったのに。

ウィンスロップ・ハウスが立つ細長いブロックには、ほかに廃業した酒場が一軒あるだけで、あとはむかし公園だった土地が草ぼうぼうのまま放置されていた。ブロックそのものは、二車線の道路の西側に位置していた。東側には小さな土地つき一戸建てが並んでおり、住民はすべて白人だった。ウィンスロップ・ハウスの真向かいにある家のポーチに座っていた老女は、近づいてくるレティーシャとルビーを不審そうに見ていたのだが、今や正面から睨みつけていた。

「ここからだと、職場まで時間がかかりすぎる」ルビーがこぼした。

「でも帰ってきたら、ゆっくり手足を伸ばしてくつろげるでしょ」

「今の家でも充分くつろいでるけど」

「じゃあもっとのんびりできるわよ」レティーシャはもう一度建物を見あげた。屋上の北東の隅に、なぜか錆だらけのパイプ椅子が置いてあった。「きっといい眺めだろうな。あそこからミシガン湖は見えるのかしら」笑みを浮かべてうしろを向くと、あの白人の老婆の憎々しげな顔が目に飛び込んできた。

「たしかにいい眺めね」ルビーが妹の視線を追って、向かいの家を見た。「ここなら、さぞのんびりできるでしょうよ」

✣✣✣

ほどなくしてミスター・アーチボルドも到着した。彼はこっちを睨んでいる白人の老婆に軽く会釈すると、レティーシャとルビーを急き立て、そそくさと家のなかに入った。

吹き抜けになっている広間の市松模様の床に、陽光が降りそそぎ、光のなかにほこりが漂っていた。玄関を入ってすぐの左右にある部屋は、それぞれ食堂と客間だとアーチボルドは言うのだが、今は家具がひとつもないため、彼の言葉を信じるしかなかった。広間の右側の壁に、二階へと上がってゆく階段があり、吹き抜けを囲む廊下には二階も一階も個室のドアがずらりと並んでいた。

広間の中央には、大理石の縁で丸く囲われた噴水があり、そのなかに一体の彫像が白布を掛けられて立っていた。たしかに、物件明細書には〈噴水〉と書かれていたけれど、レティーシャは屋外にあるものとばかり思っていた。

「この白い布、取っていいですか?」彫像の前に立ったレティーシャが、アーチボルドに訊ねた。

「どうぞ」アーチボルドが答えた。

レティーシャが白布を引きおろすと、裸形の女神の立像が現われた。

「なにこれ」ルビーが呆れた。ブロンズ製の女神は、長い髪を三日月型のティアラでまとめ、両手に大きな松明《たいまつ》を一本ずつ握り、その炎は彼女の肩の高さまで上がっていた。むき出しの乳房のあいだには、大きな鍵が一本ぶら下がっている。足もとに置かれた籠のなかでは、何匹ものヘビがとぐろを巻き、青銅色の尻尾の先が噴水の中心に吸い込まれていた。

「ギリシア神話に出てくる月の女神です」アーチボルドが親切に教えてくれた。「名前はヘカテ」

「だから三日月をつけてるのね」レティーシャは噴水の裏にまわった。像の後頭部からは、さらにふたつの顔が突き出しており、さながら移動遊園地の見世物小屋《フリークショー》から逃げてきたかのようだった。女神のかかとのうしろでは、ヘビのように口をすぼめた数匹のヒキガエルが、見苦しく折り重なっていた。

「この像は撤去してもらわないと」

「ご希望は売主に伝えておきます。でも先日ご説明したとおり、契約条件のひとつに――」

「ええ、それはよくわかってます」売主の承諾なしで物件に「大きな変更」を加えることは、代金の支払いが完了するまで許されていなかった。「だけど、わたしから直接売主さんにお願いすることは、できませんか?」

「いや、それはちょっと」物件情報によると、現在ウィンスロップ・ハウスを所有しているのはペナンブラ不動産という会社なのだが、たぶん経営者はアーチボルドの投資家の友人か、アーチボルド本人ではないかとレティーシャは疑っていた。ペナンブラとの連絡は、すべて彼を通さねばならないからだ。「間違いなく伝えておきますので、ご心配なく」

「お願いしますよ」レティーシャは不満そうに言った。「わたしたちが部屋を貸したいのは、子供のいる家族や信心深い人たちだし、そういう人がこれを気に入るとは、絶対に思えませんからね」こう言いながら彼女が想起していたのは、とにかく屋根の下で暮らすためであれば、異教の女神よりもっとひどいものを耐え忍んでいる、サウスサイドの黒人たちのことだった。むろん、だからといってこの裸像を我慢しなければいけない理由は、なにひとつない。実際レティーシャ自身も、毎日あの三日月形のティアラを見たいとは、少しも思わなかった。

レティーシャの目が、ふたつの開口部をとらえた。片方は二階の廊下の壁にぽっかりと空いており、もうひとつはその真下の一階にあって、両方とも鉄製の蛇腹《じゃばら》式扉を備えていた。

「あれはエレベーター？」

「そうです」アーチボルドが答えた。「この家を建てたハイラム・ウィンスロップが、奥さんのために設置しました。彼の奥さんは、小児マヒだったんです」

「今の聞いた？」レティーシャは姉に問いかけた。「小児マヒですって。マーヴィンと同じね」

「マーヴィンは階段くらい上れるけど」ルビーが言った。

「だけど、誰もが上れるわけではない。部屋を貸すとき、これは利点になるわ」特にお年寄りには、と彼女は思った。高齢者はおとなしくて扱いやすく、きちんと家賃を入れてくれる。

「でもあのエレベーター、修理しないと動きませんよ」アーチボルドは、誰が修理代を出さねばならないか、暗に匂わせていた。

ルビーが鼻を鳴らした。「そんなことだろうと思った。この家、ほかに悪いところはないの？」

「電気配線も点検の必要があるでしょうね。今は電気が止まってますけど、最後の住人はヒューズが頻繁に飛ぶと言ってましたから。あとは――」

「そういうことじゃなくて」ルビーがさえぎった。「この家、本当はどこがおかしいのかってこと」彼女は目を細めてアーチボルドを見すえた。その目つきには、母親ゆずりの迫力がみなぎっていた。「あなたは、こんなに広い家を、こんなに安い値段でニグロに売ろうとしている。

やたらにヒューズが飛ぶだけじゃないでしょ？　ほかになにか、隠していることがあるんじゃない？」

アーチボルドは返事に窮《きゅう》していた。しかしその表情からは、この質問が出るのを待っており、やっと訊かれたことでほっとした様子もみてとれた。それでもまだ、どう答えるべきか迷っているらしい。彼に救いの手を差し伸べたのは、レティーシャだった。

「出るのよね」

「え？」ルビーが訊き返した。

「この家には幽霊が出る。それ以外にどんな理由があると思う？」あえて否定しないことで、アーチボルドは彼女の臆断を認めた。「出るのはどなたの幽霊？　ミセス・ウィンスロップ？車椅子に乗った彼女が、夜な夜な広間を動きまわるとか？」

「実はわたしも、確かなことは知らないんです」アーチボルドが答えた。「わたしはただ――」

「ちょっと待ちなさいよ」ルビーの声が大きくなった。「ほんとなの？」

「わたしは話を聞いただけです」誓いを立てるかのように、彼は片手を上げた。「その種のことを、わたし自身が体験したわけではないし、体験したいとも思いません。だけど実際、今までここに住んだ人たちが報告しているんです。さまざまな――なんていうか――事象を。夜中に大きな音が聞こえるとかね。おかげで最近この家を買おうとしたお客さまは、みなさん自分から手を引いてしまいました」

「それであなたは、この情報をいつまで隠しておくつもりだったの？」ルビーが追い討ちをかけた。

「ミス・ダンドリッジ、それは誤解です。なにかを隠す意図など、わたしには毛頭《もうとう》ありません。わたしは自分のことを、理性的な人間だと思っています。なので自分から、そう簡単に信じるわけには——」

「よくわかりました」レティーシャが言った。「わたしたち、死んだ人間を怖がったりしません」

「レティーシャ、バカなこと言わないで！」

「でもひとつだけお願いがあります。秘密がばれたからには、もう少し価格を下げてくれません？」

「レティーシャ！」

「あのねルビー」姉の語気に負けじと、彼女も大きな声で応じた。「わたしたち、エレベーターを修理しなきゃいけないんだからね！」

✣✣✣　✣✣✣　✣✣✣

引っ越しの当日、レティーシャたちが開いたパーティーに最初に到着したのは、ジョージの奥さんのヒッポリタだった。彼女は、息子のホレスを助手席に座らせたビュイック・ロードマスターのルーフに、引越し祝いのプレゼントとして中古のベッドフレームをくくりつけてきた。

エレベーターはまだ動かないので、彼女たちは四苦八苦しながらそのベッドフレームを階段で運びあげた。レティーシャとホレスが片側を持ち、身長一メートル八十センチを優に超えるヒッポリタがもう片側を持ったベッドフレームは、レティーシャがみずから選んだ彼女の自室に運び込まれた。部屋には、すでにベッドのボトムとマットレス、そしてシーツが用意されていた。組み立てとベッドメイクを終えたレティーシャは、一歩離れて大きく息をついたのだが、それは今夜寝て起きたら、またルビーのアパートに戻っているのではないかと不安になったからだ。だが、この夢にまで見た自分の家には確かな実体があったし、だから彼女はもう一度深呼吸をすると、ヒッポリタを見てにっこり笑った。

「家のなかを案内してあげる。ついてきて」

廊下に出てみると、すでにホレスは階下の広間に戻っており、ヘカテの彫像に掛かっている白布をめくってなかをのぞき込もうとしていた。

「目がつぶれるわよ!」レティーシャが声をかけると、少年は飛びあがるほど驚いた。「二階に戻ってらっしゃい」笑いながらレティーシャは言った。「あなたとママが、きっと気に入る物を見せてあげるから」

レティーシャが母子を連れていったのは、二階の南西端にある部屋だった。作り付けの書架があるので、もとは書斎だったらしいが、すでにレティーシャはこの部屋は貸すと心に決めていた。けれども今は物置き同然で、いささか大きすぎる金持ちの玩具が置かれていた。

その玩具が太陽系儀であると教えてくれたのは、アーチボルドだった。要するに太陽系の模型なのだが、モデル化されているのは実際の太陽系ではなく、ふたつの恒星をもつどこか別の星系だった。二個の太陽を表わす球体は金色と銀色に塗られ、中央の主軸に取りつけられていた。その太陽を、主軸から伸びる十一本の真鍮製のアームの先端についた惑星が公転するのだが、惑星のなかには独自の衛星をもつものもあって、おまけに白濁《はくだく》した水晶から削り出された彗星まで飛んでいた。この大きな模型がセットされている金属製の低いテーブルは、内部の複雑なギヤ構造を見せるため、天板がついていなかった。

「わお」ホレスが嘆声をあげた。ヒッポリタは無言だったものの、とりわけ大きな惑星のひとつに近づくと、息子と同じくらい目を大きく見開いた。その惑星は、ガラス製の本体内部を満たす色の違う液体によって、木星の表面に似た縞模様を再現していたからだ。

「ほらね。絶対に気に入ると思ったんだ」レティーシャが言った。「動かしてみようか。ホレス、そこにしゃがんで、テーブルの下にあるレバーを引いてごらんなさい」少年は嬉々としてレティーシャの言葉に従った。太陽系儀が動きはじめると、主軸のまわりを二個の太陽が踊るように回り、真鍮製の十一本のアームもゆっくりと回転した。剝き出しのギヤ構造はガチャガチャと音をたてたが、惑星の動きは実になめらかで、見る角度によってはアームが消え失せ、球体だけが宙を漂っているように見えた。

レティーシャは横目でヒッポリタを観察していたのだが、このときの彼女の顔ときたら、まるで世界一背の高い子供が、世界最高のクリスマス・プレゼントを見せられたかのようだった。

「もし欲しければ、譲ってあげるけど」

「ママ！」ホレスが言った。「欲しい！」

「でも……」母親は躊躇した。

「わたしはこれを、骨董屋に売ることもできないの」レティーシャが説明した。「これの所有権までは、わたしに移らないからよ。でも契約書には、貸し出すことについてはなにも書かれていない。わたしより、あなたたちがもっていたほうがいいと思う」

「お願い、ママ」

「だけどホレス、こんな物どこに置くの？」

「ぼくの部屋！」息子が元気よく答えた。

「それにはまず、あなたのベッドを外に出さなきゃ。あなたはどこで寝る？」

「床の上で寝る」ホレスは木の床に横たわってみせた。仰向けになった彼の頭上を、惑星が通過していった。

「もしよかったら、こっちも見てくれないかな」レティーシャがふたりをうながした。書架の反対側の壁に、さまざまな星団を撮影した写真が重々しいガラスのフレームに入れられ、飾ってあった。

ヒッポリタがよく見ようとして近づいていった。

「変ね。わたしの知ってる星座がひとつもない」しばらく眺めてから彼女が言った。〈溺れるタコ〉と書かれたラベルが貼ってある螺旋状の銀河の写真を、彼女は不思議そうに熟視した。

「ここに並んでいる写真が、どこで撮られたか知ってる？」と訊かれて、レティーシャは首を横に振った。

立ちあがったホレスが、書架の脇にある細いドアを開いた。「ここはなに？」

「屋上へ上がっていく階段」レティーシャは答えた。「行ったらだめよ」それからヒッポリタのほうを向き、こうつづけた。「わたし本当に、この太陽系儀をあなたたちに持っていって欲しいの。おたくのアパートの屋上に、据えつけてもいいじゃない」

「屋上へ持って上がるだけでも大仕事だわ」ヒッポリタが笑った。

「だけど、どっちみちこの部屋から出すとき分解しなければいけないから、それほどでもないと思う」

「ぼくが分解するよ」ホレスが名乗りをあげた。「組み立てもちゃんとやるから、もらって帰って――」

突然、部屋のドアが大きな音とともにしまった。ホレスはびっくりして飛びあがり、ヒッポリタも肝をつぶした。だがレティーシャは眉ひとつ動かさず、少なくとも外面上は平静さを保っていた。

「古いから、隙間風がひどくて」彼女は釈明した。

❖❖❖　　❖❖❖　　❖❖❖

続々と客が到着した。お祝いに家具を持参した人もいれば、パーティー用に食べ物と酒を持ってきた人もいた。デンマーク・ヴィージーの店に用心棒として雇われているツリー・ホウキンズは、手ぶらだったものの、彼と同じくらいの巨体をもつ黒人の友だちを三人も連れてきた。

かれらが乗ってきた古いキャデラックは、マフラーが壊れていたため、近隣の全住民が四人の到着に気づいただろうし、予定では夜がふけるのを待って四人全員が裏口からそっと帰り、キャデラックだけ警告の意味で家の前に残しておくことになっていた。この家の住人に嫌がらせをする者は、四人の大男がお相手する、というわけだ。

日が落ちるころまでに、家のなかでひしめいている客の数は五十名を超えていた。生身の人間がこれほどウィンスロップ・ハウスに集まったのは、本当に久しぶりのはずであり、もしかすると初めてかもしれなかった。レティーシャは、食堂に用意したビュッフェテーブルを確認するついでに、アティカスの父親と立ち話をした。モントローズが彼女に贈った引越し祝いのプレゼントは、一丁のショットガンと弾薬一箱だった。

「三人家族か」食堂の暖炉の上に飾られた写真を見あげながら、モントローズが言った。その写真には、ハイラム・ウィンスロップと彼の妻、そしてホレスと同じくらいの少年が写っていた。「こんな広い家に、たった三人で住んでいたんだな」

「正確にはふたりね」レティーシャが訂正した。「少し調べてみたの。ミセス・ウィンスロップは、一家がここへ引っ越してくる直前に亡くなっている。だから住んでいたのは、父親と幼い息子だけ。もちろん使用人たちもいたけどね」使用人の部屋があったのは地下で、キッチンと洗濯室の真下に位置していた。

「ハイラム・ウィンスロップは、どんな仕事をしていたんだろう？」

「彼の一族が、東海岸に織物工場をいくつも所有しており、それで財を成したんですって。でもわたしが調べたかぎりでは、ハイラムは稼ぐより使うほうがずっと多かったみたい」

「織物工場か」モントローズは鼻で笑った。「もとはといえば、奴隷労働の産物だ」

「そのとおり。こういうめぐり合わせって、面白いと思わない？」

中央の広間では、ツリーと彼の仲間たちが楽器を持って演奏をはじめていたのだが、やたらとリズムを外すものだから、数人の客がうまくダンスできずに困っていた。バンドがしくじるたび、まわりの客から笑いが起こり、温かい揶揄《やゆ》の声が飛んだ。

デンマーク・ヴィージーの店でバーテンダーをやっているチャーリー・ボイドが、噴水の縁に座っているのを見つけたレティーシャは、彼に近づいていった。ヘカテにかかっていた白布は、今やトーガ（古代ローマの衣類の一種）のように彫像の胴体に巻きつけられ、野牛《バイソン》が描かれたハワード大学の野球チームのペナントが、松明の片方からたれ下がっていた。

「ねえチャーリー、ツリーはどうしちゃったの？　あのバンド、いつもはもっと上手なのに」

チャーリーは肩をすくめた。「あいつら、今日は別のパーティーで演奏したあとこっちに来たらしいよ。でもツリーに言わせると、調子がよくないのはバイブレーションが悪いせいなんだって」

「バイブレーション？」

「床から伝わってくるそうだ」チャーリーは箒《ほうき》で天井をつつく真似をした。「地下の部屋には、まだ誰も住んでないんだろ？」

「もちろん。もしここの地下に住みたいなら、いい二段ベッドがあるわよ」

「ご親切にどうも。だけど俺、今も地下室に住んでるんだ。二階の部屋を貸してくれると言うなら、考えてもいいけど」

「その件については、あとで改めて話をしましょう」レティーシャは約束した。「ところで、どこかでアティカスを見なかった？」

「さっき屋上へ行くとか言ってたよ」

　太陽系儀がある部屋は、電灯のスイッチが壊れていたのだが、廊下から入ってくる光だけでも、屋上へつづくドアが開いていることは確認できた。レティーシャは太陽系儀にぶつからないよう慎重に歩きながら、ガス状の巨星を示す球の内部を満たしている液体のなかで、タコのように多くの足をもつ小さな生物が、泳ぎまわるのを見たような気がした。けれども、急いで目を凝《こ》らすと消えてしまったから、きっと光と影が生む錯覚だったのだろう。

　屋上に出ると、天窓を覆うテント形のガラスを囲うかたちで、煙突が古代の巨石のように配置されていた。アティカスは階段からいちばん遠い端で椅子に座り、彼女に背を向けていた。レティーシャは彼の名を呼ぼうとしたのだが、急に確信がもてなくなって言葉を呑み込んだ。またしても知覚のトリックに翻弄されたらしく、椅子に座っている彼の頭髪が直毛の金髪で、真っ白なうなじの上で切りそろえられているようにみえたからだ。

　ところがふり返った顔は、間違いなくアティカスだった。

「やあ」その顔がにっこり笑った。「今夜の君は、すごく素敵だよ」

　レティーシャはテント形のガラスの横で小さくまわってみせながら、いま着ているドレスをどこで手に入れたか、思い出さずにいられなかった。どうやらそれは、アティカスも同じだったらしい。彼の顔から笑みが消えた。

彼女はアティカスの隣に立った。通りの反対側では、近所の人たちがかれらに負けじとパーティーを開いていた。レティーシャは、白人のパーティーを評して父親が語っていた言葉を思い出した。音楽もひどければ、酔い方もひどい。

「今のところ、みんなお行儀よく飲んでる」訊くまえにアティカスが教えてくれた。「さっき若いやつが何人か芝生に出てきて、ツリーのキャデラックをさんざん睨んでいたんだが、諦めたらしく家のなかに戻っていった。たぶん今夜は、おとなしくしてるだろう。でも明日になったら……」彼は肩をすくめた。

「わたしは心配してない」ほとんど反射的にレティーシャが言った。

「でもルビーは違う」アティカスが応じた。「だからといって、彼女を責めるわけにはいかないけどね」

「ルビーがあなたになにか言ったの？　いつ？　今日この家のなかで？」

「二、三日まえ道でばったり会ったんだ。なあレティーシャ、よけいなお世話かもしれないが――」

「たしかによけいなお世話ね」彼の言葉をさえぎり、レティーシャがつづけた。「もしそこまでわたしたちのことを心配してるなら、なぜルビーとたまたま道で会うまで、わたしたちと話をしなかったの？　シカゴに帰ってきてからもう二か月、いえ三か月たったでしょう？　そのあいだあなたは、わたしたちがどうしているか様子をみるため、電話するなり遊びに来るなりしてくれた？」

「君がそう言いたくなるのは、よくわかるよ」アティカスはうなずいた。「自分でも申しわけないと思っていたからな。でも、あんなことがあった直後だし、ぼくと距離をとっているほうが君たちも安全だろうと考えたんだ。まだすべてが終わったわけではないと、仮定しての話だけどね」

「そんなことだろうと思った。だけどそれならそれで、そういう方法で守ってもらいたいかどうか、確かめるぐらいのことはしてもよかったんじゃない？　そこまでわたしのことを、か弱い女だと思っているの？」

この質問にアティカスは答えなかった。彼は夜空に目を向けると、通過してゆく旅客機の航行灯に興味があるようなふりをした。

しばらくたってから、レティーシャが言った。「あなた今、ジョージの出版社で働いてるんですってね」

「あれを働いてると言うのかな」アティカスが答えた。「たしかにぼくは、ジョージの出版社で雑用めいたことをやってる。『ガイド』のための情報収集とかね。ジョージの代わりに、現地調査に出かけてるよ」

「ヒッポリタみたいに？」

「ヒッポリタ伯母さんは、自分の出張先は自分で決めている。ぼくはリストをもらって動くだけだから、ガソリン代と諸経費はぜんぶジョージもちだ」

「それって、充分ちゃんとした仕事に思えるけど」

「親父に言わせると、失業者の暇つぶしなんだそうだ。小言ばかり言われてるよ。いつまでもぶらぶらしてないで、早く退役軍人向けの教育給付をもらい、大学に行けってね。たしかに正論なんだが……」アティカスは顔をしかめた。「だめなんだよな。まだどこか落ち着かなくて」

「もし雑用みたいな仕事をもっと欲しいのなら」レティーシャが言った。「力になってあげられる。エレベーターを修理したことない？」

「それはぼくより親父向きの仕事だな。彼に頼んだほうがいい」

「いいえ、わたしはあなたに頼んでるの。給料は払えないけど、ジョージの仕事で出張していないときのあなたに、部屋と食事を無料で提供してあげる。もしその気があるなら、お父さんから少し距離をとってみたらどう？」

アティカスはこの申し出を考えてみた。「早い話が、君の便利屋になれってことか？　それも、近所の人たちを遠ざけておくための便利屋に」

「別に難しいことじゃないでしょ」レティーシャが言った。「ときどき軍服を着て外出してくれれば、この家は兵隊を下宿させているのかと、ご近所さんは思ってくれるもの」

「よくわかった」彼はうなずいた。「でもひとつだけ問題がある。ぼくは明日、コロラドに出張するんだ。新しいモーテルチェーンを調べながら、ガソリンスタンドのオーナーたちに『ガイド』を置いてもらえるよう、営業しなければいけない。帰りは金曜日になる。それまで君とルビーは大丈夫かな？」

「あたりまえでしょ。それにわたしたち、ふたりきりじゃないのよ」レティーシャがにやりと笑った。「この家に棲む聖霊が、見守ってくれてるの」

✣✣✣　✣✣✣　✣✣✣

娘たちの新居を、ママが見に来ることになっていた。ところがレティーシャは、この予定をなぜかきれいに忘れてしまい、はっとして月曜の昼近くに目を覚ましたときは、支度をする時間もほとんど残されていなかった。

二階の廊下に走り出た彼女は、パーティーは土曜の夜だったのに、広間の掃除も忘れていたことに気づき愕然とした。白黒のタイルは色とりどりの紙吹雪で埋まり、紙テープがそこらじゅうに引っかかっていた。飛ぶように階段を下りて、一階の食堂に行くと、そこにあったのはさらなる混沌だった。テーブルからあふれた皿やコップが床に散乱し、壁はごしごし洗わなければ落ちないほど汚れている。

おまけにヘカテときたら！　女神はまたしても全裸だったが、なぜか乳房も尻もまえより大きくなって淫猥さを増しており、顔も口角がぐいと上がっているものだから、まるで自分を見たレティーシャの母親の反応を予想し、あらかじめ冷笑しているかのようだった。ぞっとしたレティーシャは、思わず手で口を隠した。このままでは、ママにお仕置きされてしまう！

彼女は大急ぎでキッチンに駆け込み、フロアブラシを見つけて床の上の紙吹雪や食器、そしてヘカテ像を押し出そうとしたのだが、女神の重いブロンズの手に肩をがっちりつかまれ、その場から動けなくなった。玄関の外から、タクシーのドアの開閉する音につづいて、スーツケースに気をつけろと運転手に命じるママの声が聞こえてきた。

一階の廊下の奥が光った。灯台のように明るく白い光を発していたのは、地階から上がってきたエレベーターだった。カゴのなかには宇宙服を着たハイラム・ウィンスロップが立っており、ガラスのヘルメットのなかの眼がレティーシャをじろりと見た。レティーシャがまばたきをすると、ウィンスロップの頭部が渦巻く闇に変わってゆき、その闇のなかを無数の多足生物が泳ぎまわった。

エレベーターが上昇をつづけるなか、ヘカテは凄まじい握力でレティーシャの肩を握りつぶした。ママが玄関ドアを叩きはじめた。「レティーシャ！」彼女は娘の名を呼んだ。「そこにいるのはわかってるんだからね！　レ……」

「……ティーシャ」

レティーシャはベッドの上に跳ね起きた。闇のなかで、ルビーが彼女の肩をつかんでいた。

「ルビー」レティーシャは姉に訊ねた。「なにかあったの？」

「家のなかに、誰かいるの」囁《ささや》き声でルビーが答えた。

最初はなにも聞こえなかったが、すぐにレティーシャの耳にも、一定のリズムを刻むかすかな音が聞こえてきた。「なに、あれ？」答を待たずに姉の手をふり払い、横向きになってベッドから降りると、裸足《はだし》で踏む床の冷たさで完全に目が覚めた。ベッドの下から中折式のショットガンをつかみ出したレティーシャは、銃身を折って薬莢の雷管に親指で触れ、装弾ずみであることを確認したあと銃身をもとに戻し、廊下へ出ていった。

天窓から降ってくる月の光に照らされた広間の床は、塵《ちり》ひとつないほどきれいに掃除されており、ヘカテも変わりなく噴水のなかに立っていた。ところが右に目を転じると、夢のなかと同じようにエレベーターが二階に止まっており、蛇腹扉が開いていた。「あれの動く音で」ルビーが言った。「目が覚めてしまったの」

レティーシャは空っぽのカゴのなかに頭を差し入れ、古びた木と革の匂いを嗅いだ。それからまっすぐ立ち、再び耳を澄ました。あの規則的な音が、さっきより大きく聞こえてきた。**カチ・カチ・カチ・ガチャン。カチ・カチ・カチ・ガチャン**。

太陽系儀の部屋のドアがわずかに開いており、白熱電球の温かい光が細い筋となって廊下に漏れ出ていた。レティーシャは三つ数えて心を落ち着け、主の御名を唱えて部屋に足を踏み入れた。**カチ・カチ・カチ・ガチャン**。ふたつの太陽と十一個の惑星が回転しており、レティーシャもショットガンを左右に振りながら、室内を一周した。しかし彼女が見るかぎり、部屋のなかには誰もいなかった。

「どうなの?」十歩以上離れた廊下から、ルビーが訊いた。

「誰もいない」レティーシャは銃をおろすと、あとずさりして部屋から出た。とたんに彼女の鼻先でドアがばたんと閉まり、ルビーが悲鳴をあげた。つづいてエレベーターの蛇腹扉が大きな音とともに閉じられ、そのあと家じゅうのドアというドアが次々に開閉しはじめた。

「もういや！　こんなの我慢できない！」ルビーの取り乱した声が、レティーシャの恐怖を怒りへと転化させた。

「落ち着きなさい、ルビー」彼女は姉に命じた。「泣くんじゃないの！　ドアが閉まっただけでしょ！」

すると今までで最大の轟音が響き、あたかも家全体が基礎から持ちあげられ、投げ落とされたかのような振動が姉妹を襲った。レティーシャはなんとか踏みこたえてバランスを保ったが、ルビーは壁に叩きつけられた。「レティーシャ！」ルビーが叫んだ。真っ逆さまに落下してゆく恐怖がなければ、彼女は一目散に逃げ出していただろう。「わたし、家に帰りたい！」

「あなたの家はここよ」レティーシャも大きな声を出した。またしてもウィンスロップ・ハウスが大きく揺れ、しかし二度めを予測していたレティーシャは、荒波に翻弄される船の甲板で仁王立ちになる船長のように、まったく動じなかった。実際この家は、彼女の船も同然なのだ。

「わたしたちは出ていかない」レティーシャが言った。「今はここが、わたしたちの家だ」嵐に向かい、彼女はつづけた。「この家は、わたしたちが引き継いだんだ」

✣✣✣　✣✣✣　✣✣✣

でも結局、ルビーは出ていった。

まだ夜は明けたばかりなのに、大急ぎでタクシーにスーツケースを積むルビーの姿を見ながら、まるで昨夜の夢の逆回しみたいだとレティーシャは思った。「どこに行くつもり？」と妹に訊かれ、姉はこう答えた。「この家から離れたところ」

タクシーは走り去り、ふと視線を感じたレティーシャが通りの反対側を見やると、あの白人の老女が向かいのポーチに座っていた。とりすましたその表情を見て、この女も幽霊のことを知っていたのだろうかとレティーシャはいぶかった。ところがその直後、まだ歩道の縁石の上に駐まっているツリー・ホウキンズのキャデラックが、タイヤを四本ともパンクさせられ、ボンネットに「ニガー」と刻まれていたことに気づいた。なるほどそういうことかと、レティーシャは合点した。あの婆さんは、これが原因でルビーは出ていったと思っているのだ。彼女はとことん蔑《さげす》みを込めた目で、通りの反対側を睨んだ。やがて冷笑で膨れていた老女の顔が、パンクしたタイヤみたいにしぼんでゆき、彼女は急に用事を思い出したかのように家のなかに引っ込んでしまった。

「わたしは出ていかないからね」誰もいなくなった道路に向かい、レティーシャはつぶやいた。

ウィンスロップ・ハウスに戻ると、家のなかは静まりかえっていた。昨夜の激しい鳴動は、約十五分つづいたあと唐突に終わり、その後はまるでバッテリーが切れたかのように落ち着いた。再充電には何時間かかるのだろう？　レティーシャは、もの問いたげな目でヘカテを見あげた。毎晩この調子なの？　それとも週に二度くらい？　あなたたちがなにをしたって、わたしは耐えられるけれど、部屋は貸さなきゃいけないし、いかにサウスサイドの住人といえど、夜ごとの大地震は願い下げだろう——実のところかれらは、すぐ横をシカゴ高架鉄道が走るアパートにだって、平気で住んでいられる人たちなのだが。

この件について思い悩むのは朝食のあとにしようと決め、レティーシャはキッチンに入っていったのだが、皿もグラスも鍋も——その大半が、最初からこの家にあるものだった——あれだけ激しく揺れたにもかかわらず、すべて無傷だった。そういえば、太陽系儀の部屋に飾ってある写真フレームも、落ちたものはひとつもなかった。つまりここの幽霊さんは、自分の所有物を傷つけたくないのだ。これはなかなか興味深い。

レティーシャは、ボウルとパンケーキミックスの箱を出した。計量カップを取ろうとしたとき、背後から蝶番《ちょうつがい》のきしむ小さな音が聞こえてきた。キッチンと洗濯室をつなぐ廊下に出ると、地下へ下りてゆく階段のドアが開いていた。彼女は階段下の暗闇を見つめた。慎重に手を伸ばし、階段の照明のスイッチを入れた。だが、なにも起こらなかった。地下の分電盤のなかで、ヒューズが飛んだらしい。あとで交換しなければと思いながら、彼女はドアを閉めてキッチンへ戻った。

改めてパンケーキミックスをつかむと、箱のなかでなにかがごそっと動いたのだが、異状に気づいたときはもう遅すぎた。ボウルの上で傾けた箱から、滝のように流れ落ちてきたのは、ゴキブリとウジムシ、クモ、そして名前も知らない虫の大群だった。計量カップから飛び出した大きなヤスデが彼女の手の甲を走り、レティーシャは悲鳴をあげて飛びすさると、腕を激しく振った。床に落ちたパンケーキミックスの箱が膨らんでゆき、ばりっと破けた。破れ目から赤いイモムシがわらわらと出てくるのを一瞥しただけで、レティーシャはスイングドアを乱暴に開け、広間に逃げた。

二階の廊下の下に立ち、スイングドアと床のあいだの隙間を見つめた。動悸《どうき》が治まると、どこからともなく水音が聞こえてきた。しかしヘカテのまわりの噴水は、からからに乾いていた。彼女は広間の中央に歩み出て、二階を見あげた。

用心しながら階段を上った。レティーシャの部屋の隣にあるバスルームから、湯気が漂い出ていた。なかに入り、湯があふれているバスタブをのぞき込んだ彼女の目に、紫色に膨れあがった死体らしきものが映った。でも改めてよく見ると、それはスパンコトルがついた彼女のガウンだった。

バスタブの前に膝をついて水栓を閉め、熱い湯のなかに両手を入れガウンをすくい上げた。指のあいだから流れ落ちた紫色の湯が、ほかの六着のドレスの染料と混じりあった。六着ともガウンと一緒に沈められ、二度と着られなくなっていた。

ひざまずいたまま、泣きそうになっていた彼女はふと顔をあげ、洗面台の上の鏡を見た。湯気で曇った鏡に、ツリーのキャデラックに書かれていたのと同じ差別語が書かれており、その下にもっと短い別の卑語があった。レティーシャは、平手打ちを喰ったかのように目をしばたいた。頭のなかが真っ白になった。

その空白を、激しい怒りが埋めた。彼女は立ちあがると自分の部屋に駆け込んだ。ショットガンをつかみ、太陽系儀の部屋に向かった。レティーシャが近づいてゆくと、ドアが勢いよく閉ざされ、しかし彼女は足をとめずにドアを狙って発砲し、ドアノブをふっ飛ばしてその周囲に直径六インチ（約十五センチメートル）の穴を開けた。ドアを蹴り開けて室内に入った彼女は、ショットガンの銃口を太陽系儀に向けた。

ところが引き金を絞る直前、目に見えない強い力が銃身を上方に押しあげた。発射された散弾は、天井に無数の穴を開けただけだった。顔の上にぱらぱらと降ってきた漆喰《しっくい》を払い落とし、ショットガンを野球のバットのようにかまえた。ところが幽霊は、ショットガンを彼女の手からもぎ取ると、見えない手で彼女の両肩をつかみ、廊下へと押し出した。ドアノブを失ったドアが、またしても大きな音とともに閉ざされた。

「わたしを締めだそうとしても無駄よ！」レティーシャは怒鳴った。閉まったドアを蹴とばし、穴からなかをのぞき込んだ。「今度この部屋に入るときは、絶対にあなたの玩具をぶっ壊してやる。止められるものなら、止めてみな！」

エレベーターの蛇腹扉がやかましい音とともに開いた。そちらに顔を向けたレティーシャの背筋に、冷たいものが走った。目に見えない手が再び彼女の両肩をつかみ、抵抗しようにも攻撃を加える実体がないものだから、彼女は足をばたつかせながら廊下を引きずられていった。

エレベーターのカゴは二階にはなく、一階にもなかった。幽霊は、ぽっかり口を開けたエレベーター昇降路《シャフト》の縁からレティーシャを突き落とそうとした。彼女は咄嗟に伸ばした片手で蛇腹扉の端をつかみ、必死でしがみついて奈落へ落ちるのをなんとか防いだ。

「なにがしたいの？」大声で訊いた。「わたしの首をへし折って、それからどうするつもり？　死んだわたしの魂が、あなたに取り憑かないと思ってるの？　やってみなさいよ！　わたしを幽霊にしてみればいい！　絶対にただじゃすまさないからね！」

彼女の肩を押す力が弱まった。自分を包んでいた激しい敵意に、迷いが加わったのを彼女は感じた。

「あなたが先に住んでいたことは、よく知ってる」レティーシャは語りかけた。「あなたがここを、自分の家だと思いつづける気持ちも理解できる。だけど、もう独り占めはできない。だってわたしも、この家の住人になったんだもの。生きていようと死んでいようと、たとえ戦いつづけることになったとしても、わたしはここを離れない。すべてはあなたしだいよ」

急に家全体が激しく揺れ、レティーシャの手が蛇腹扉から離れた。彼女は息を呑んで両目を閉じ、魂を主の御手にゆだねた。

ところが幽霊は、彼女をシャフトに突き落とさず、逆方向に放り投げた。廊下の手すりに叩きつけられながら、レティーシャは蛇腹扉が閉じられる耳ざわりな音を聞いた。

✣✣✣　✣✣✣　✣✣✣

水曜日の夕刻。

ステート通りのアパートで小火《ぼや》があった。アパートの住民たちは歩道に集まり、消防士が引きあげるのを待っていた。早く建物のなかに戻って、まだ使える家財道具があれば持ち出し、なければ水浸しになったり焼けたりした自室を、なんとか住める程度まで片づけるためだ。

この賃貸人たちを、レティーシャはほかのことを考えながら、近くのバス停からぼんやり眺めていた。ウィンスロップ・ハウスから逃げ出したルビーの所在は、火曜の朝に判明した。彼女は、それまで住んでいたワンルームのフラットにいたのだが、実はいつでも帰れるよう、賃貸契約を解除していなかった。レティーシャは、新居に戻るよう姉を説得するつもりでいたのだが、彼女が最初から逃げ道を確保していたと知って、ウィンスロップ・ハウスに住むと約束を交わしたわけでもないのに、裏切られたような気持ちになった。

いずれにせよ、ルビーには戻る気など毛頭なかった。「わたしに腹を立ててるの?」ルビーは妹に訊いた。「わたしを幽霊屋敷に引きずり込んでおきながら、わたしが出ていったのはわたしのせいだと言いたいわけ?」

「でも家の真価は、住んでみなければわからないんじゃない?」

「だったらあなたが住みなさいよ。あなたがあの家と、あのお金をもらえばいい。わたしはそれでかまわないわ。両方ともあなたのものにしなさい。あなただって、そうなることを望んでいたんでしょ」

「そんなこと望んでない! ねえルビー、あの家はわたしたちのものよ。あなたとわたしの家なの」

「だから、あなたひとりが住めばいいって言ってるのよ。あんな家で、夜ぐっすり眠れるならね」

だがそれでは、あまりに不公平なのだ。バス停に立ちながら、レティーシャはいらいらと考えた。もちろん彼女は、あの家を自分のものにしたかったたし、実際そのとおりになっていたけれど、これは彼女ひとりだけの問題ではなかった。なぜルビーには、そこがわからないのだろう？
火事で追い出された賃借人のなかに、長身で明るめの肌色をしたニグロの男性がいた。彼は両手でつかんだ野球帽を雑巾のように絞りながら、アパートのかなり上のほうにある煤《すす》で汚れた窓を見あげていた。男の困惑した表情を見て、善きサマリア人の心根《こころね》が頭をもたげたレティーシャは、部屋の提供を申し出てあげたい衝動に駆られた。けれども彼女が行動を起こすより早く、男のかたわらに立っていた小さな女の子が、不審そうな顔で彼女にこう訊いた。「ねえ、どうしてわたしたちを見てるの？」

「セリア！」男がきつい声で叱った。彼はすまなそうな顔でレティーシャをちらっと見た。ちょうどそのときバスが来たので、レティーシャは面詰されたような気分のまま、無言でバスに乗った。

ウィンスロップ・ハウスに至近なバス停に到着したとき、あたりは真っ暗になっていた。最寄りとはいえ、バス停からはまだ一マイル（約一・六キロメートル）も歩かねばならず、その間はほぼ黒人居住区がつづくのだが、レティーシャは万一の場合に備え、スカートのポケットのなかでずっと理容師用剃刀《ストレート・レザー》を握っていた。

家まであと少しというところで、明るい緑色をしたオールズモビルのセダンが、彼女のすぐ横をのろのろと並走しはじめた。その車を所有しているのが、道を隔てた向かいに立つ家のひとつであることを、レティーシャは思い出した。運転していたのは十代後半の金髪の少年で、彼はレティーシャに声をかけてきた。

「おい……おい……おいってば」

レティーシャの母親が産んだ子供のなかに、おいという名の子はいない。彼女は無視して歩きつづけた。

前方の左側に、ウィンスロップ・ハウスと同じブロックに立つ廃業した酒場が見えてきた。ウィンスロップ・ハウスの裏口は、酒場の先にある細い路地の奥に位置していた。かつて使用人が出入りしたこの裏口を、レティーシャは絶対に使わないと心に決めていたが、そんなこと金髪の少年は知る由《よし》もなかった。彼女が路地の入り口に差しかかる寸前、オールズモビルは速度をあげて彼女の前に回り込み、歩道にのりあげて彼女の行く手をふさいだ。

「おい」金髪の少年がくり返した。運転席の窓から突き出されたその顔は、にやにや笑っていた。「こんな時間に、どこ行くんだ？　なんなら送ってやろうか？」

レティーシャは少年の目をまっすぐ見つめた。「邪魔だからこの車をどけて」

少年はわざとらしく驚いてみせた。「ひゃあ。なにを言うかと思ったら」助手席のドアと後部ドアが開き、少年がひとりずつ降りてきた。運転していた金髪も車を降り、三人はレティーシャを囲んだ。全員レティーシャより長身だったが、彼女は背筋を伸ばしてまっすぐ立ち、ポケットのなかでレザーを握りながら考えた。最初に手を出したやつに、一生消えない傷を負わせてやる。

「もっと礼儀を学んだほうがいいぞ」金髪がしゃべっていた。「俺たちは親切に声をかけてやったんだ。だっておまえは、夜道をひとりで歩いていたんだからな。それも、おまえがいるべきではない場所を」

「わたし、ここに住んでるんだけど」

「違うだろ」金髪の少年は、殴りかかろうとするかのように片手を振りあげ、その手をレティーシャの鼻先に突きつけた。「おまえは、ここにいちゃいけない。おまえらは――」

そのとき恐ろしげな唸り声が聞こえてきて、少年は口を閉ざした。手を伸ばしたまま一歩下がった彼が、声のしたほうに体を向けると、細い路地の暗がりから一匹のイヌが静かに姿を現わした。大きなジャーマン・シェパードの雄で、両耳を倒し牙を剝いていた。

「あの子はチャーリー・ボイド・ジュニア」レティーシャがイヌを紹介した。「わたしの家の監視を、手伝ってもらっている。ねえチャーリー、このお兄さん、わたしたちはここに住んじゃいけないって言うの。あなたはどう思う?」

シェパードが吠えながら近づいてくると、金髪の少年は大あわてで後方に跳びのいた。「おい……おい……おい!」声が完全にうわずっていた。レティーシャは、イヌが少年をオールズモビルのドアまで追い詰めるのを待ってから、数を十数えた。それから指をぱちんと鳴らすと、チャーリ・ボイド・ジュニアはただちに吠えるのをやめ、彼女の足もとにぴたりとついた。

シェパードから一瞬たりとも目を離さないまま、金髪の少年は運転席のドアをうしろ手に探った。レティーシャがほかのふたりの少年を見ると、かれらも大急ぎでオールズモビルの反対側に退却した。三人はあたふたと車に乗った。金髪が運転席からレティーシャを睨みつけ、「これで終わったと思うなよ」と脅したとたん、チャーリー・ボイド・ジュニアが運転席のドアに前肢をかけ、窓から頭を突っ込み激しく吠えた。金髪はあわててギアをバックに入れ、アクセルを強く踏んだ。セダンは猛スピードでバックしながら道路を横切り、反対側の歩道に立つ電柱に衝突した。テールライトが割れ、リアフェンダーも大きくへこんだ。金髪は歯ぎしりしながらギアをローに入れなおし、アスファルトにタイヤ痕が残るほどの勢いで急発進させた。「おぼえてろ！」と少年が叫び、ほかのふたりも口々に捨て台詞を残しながら、オールズモビルは夜のなかへと消えていった。

レティーシャはひとり微笑していた。割れたテールライトとリアフェンダーのへこみぐらいでは、ツリーのキャデラックの仕返しとしては不充分だけれど、また機会があるだろう。足もとにいるチャーリー・ボイド・ジュニアに目を向けると、イヌもなにかを期待するかのような顔で彼女を見あげていた。「わかってるって」彼女はイヌに約束した。「あなたのお父さんは、入居者リストのトップに入れとくから」

嬉しそうにひとこえ吠えたチャーリー・ボイド・ジュニアは、玄関ドアまで彼女についていった。しかし、彼女と一緒に家のなかに入ろうとはしなかった。彼女が鍵を回すと耳をぴんと立て、ドアが開かれると同時に尻尾を巻いて逃げだし、家の裏にある車庫のなかに作られた仮設の犬小屋へ駆け戻った。こうしてレティーシャは、またひとりでヘカテと対面することになった。

✣ ✣ ✣

木曜日。

ママの古い友人で、救世軍のリサイクルショップで店長をしているミスター・ウィルキンズが、レティーシャの新居が必要としている家具を確かめるため、来ることになっていた。ウィルキンズは、彼の母親に最初の半年だけ無料で部屋を貸してくれたら、どんな家具でもすぐに届けてやると約束してくれた。家賃なしの期間を三か月まで値切る自信なら、レティーシャにも充分あったけれど、たとえうまく値切れたところで、喜んではいられなかった。厚意を家賃代わりにしてしまった部屋が、まだほかにもあったからだ。

ミスター・ウィルキンズの到着を待ちながら、レティーシャはダイニングテーブルでポーカーの練習をしたのだが、それは彼女の父親が娘に伝授した、いささか風変わりな宗教儀式でもあった。ウォーレン・ダンドリッジに言わせると、ポーカーこそは善きキリスト教徒のゲームだった。確率と運を尊《たっと》び、常に感情を抑制し、手持ちの資金を冷静に運用することで徳を積む人間が成功を手にする一方、誘惑に負けて一か八かの勝負に走り、感情が理性を蹴散らしてしまう者は、悔い改めない罪人と同じ轍《てつ》を踏んでしまうからだ。

とはいえダンドリッジ家が所属していたバプテスト教会は、このような考え方を容認してくれなかったし、ストレート崩れで役ができていないのに、ブラフだけで勝負に出たある牧師の息子からウォーレンが五百ドル勝ってしまったあとは、なおさらだった。おかげでママと出逢ったころのウォーレンは、同じ教派の人とは絶対にプレイしなくなっており、その代わり巡回伝道師のように、酒場の裏部屋や違法な賭場を転々とすることで活計《たっき》を得ていた。常に正々堂堂とプレイした彼は、いかさま師、盗人、そして警官から成る不浄の三位一体と戦いつづけねばならなかった。血だらけ、痣《あざ》だらけで帰宅することもあったけれど、ポケットには必ず札束が入っていた。彼はこのようにして、家族を養ってきたのである。

一九四四年のある日、ウォーレンがプレイしていたデトロイトの地下カジノに警察の強制捜査が入った。カジノには裏口があったのに、なぜか警官が配置されておらず、ウォーレンは混乱に乗じて仲間のひとりと脱出に成功した。かれらは一ブロック走ったところで、たまたま一軒のバーから出てきた非番のパトロール警官と遭遇した。カジノの手入れとは無関係だったその警官は、しかし拳銃を抜いてウォーレン・ダンドリッジの背中に向けて発砲し、彼の命を奪った。

今でもレティーシャは、父がいないことを寂しく思っていたのだが、父に見守られていることを知っていたし、カードを手にすればいつだって地上に呼び戻すことができた。テーブルの上にカードを一枚開くたび、彼女の耳には父の声が聞こえた。父は、現段階で狙うべき役《ハンド》、今後のゲーム展開、賭け金《ポット》がどこまで膨らむか、ほかのプレイヤーに対する位置的優位性などについて助言したあと、最後に必ずこう訊いた。じゃあ善きキリスト教徒は、ここからどうすればいい？　レティーシャは笑ってこの質問に答えながら、父が満足げにうなずくのを感じるのだった。

開いたカードを集めてシャフルしていると、彼女は父ではない何者かの存在を背後に感じた。ふり返りもせず、彼女は語りかけた。

「こんにちは、ミスター・ウィンスロップ。あなたもポーカーをやるの？」

答はなかったものの、うなじに鳥肌がたったので、幽霊がすぐ近くにいるのは間違いなかった。もし生きている人間だったら、息が吹きかかるのを感じただろう。

レティーシャは改めてシャッフルしたあと、場に五枚のカードを広げた（以下、プレイされるのはシックスカード・スタッド・ポーカーの模擬戦）。ダイヤの3、クラブの3、クラブの6、ハートの6、スペードの7。「わたしの手はストレート・ドロー、ベットのリミットは二ドルと四ドルで、アンティは一ドル、ブリングインが二ドル。ポットはあなたの前、あなたのあとにはプレイヤーが四人。つづけますか、おりますか？」

空気中にぴりっと電気が走った。テーブルの上でスペードの7が小さく跳ね、3と6の二ペアから離れた。

「いいの？　フルハウスができるのは、十二回中一回だけよ」レティーシャが言った。「もし次のカードが――」

またスペードの7が跳ねた。

「はいはい。そんなに負けたいのなら……」レティーシャは次のカードを配った。ダイヤの6だった。「ふーん」彼女はダイヤの6のカードをつまみ上げ、裏に印がつけられていないか丹念に調べた。印も傷もなかったが、そんなもの幽霊には必要ないのだろう。「なるほどね……あなたと差しで勝負してもいいと思ったんだけど、透視が効くゲームはだめみたい。チェッカーなんかどう？　息子さんとやったことあるんじゃない？　わたしの父も――」

突如、見えない拳がテーブルを強く叩いた。レティーシャの手からカードが乱暴に弾き飛ばされ、宙に舞った。

「なによ?」彼女は大声で訊いた。「わたし、なにか気にさわるようなことを言った?」

ドサッ!

鳥が飛んできてぶつかったような音が、道路に面した窓から聞こえてきた。ふり向いたレティーシャは、ガラスに泥のような物がべったりとくっつき、窓の下枠にぼたぼた落ちているのを見た。つづいてもっと大きな泥の塊が窓の上部に叩きつけられ、窓全体が震えた。椅子を引いて立ちあがりながら、彼女の耳は同じ泥状の物がほかの窓にもぶつかり、煉瓦の外壁に飛び散る音を聞いた。広間に到達するあいだも衝突音は聞こえつづけ、茶色い塊によるウィンスロップ・ハウスへの攻撃は、ほとんど絶え間なくなっていた。

玄関ドアを開けた彼女に、動物の糞便臭が襲いかかってきた。家の前の路上で、農業用トラックが二台アイドリングしていた。それぞれの開かれた荷台の下に、フードをかぶった男が数人ずつ立ち、まだ新しい牛糞の山に大きなバケツを次々と突っ込んでいた。男のひとりがレティーシャを指さすと、全員が彼女に向かってバケツを振り、しかし彼女がすかさず後退してドアを閉めたので、牛糞の爆弾はドアの上で炸裂した。

チャーリー・ボイド・ジュニアが家の裏から走り出てきたものの、たちまち肥やしの集中砲火を浴びた。うち一発が目に入ったものだから、勇ましいイヌの咆哮は、即座に苦しげな悲鳴に変わった。

攻撃はつづいた。レティーシャは二階に駆けあがった。ショットガンをつかんだとき、道路側の部屋のひとつから窓ガラスの割れる音が聞こえてきた。そこがまだベッドを入れていない部屋であることを、彼女は祈った。二台のトラックがエンジンを吹かしはじめた。「待て!」と叫び、レティーシャは階段を駆け下りた。玄関ドアを開けて外に飛び出すと、戸口に積もった牛糞で足が滑った。

「逃げるな!」走り去ろうとするトラックに向かい、彼女は怒鳴った。「戻ってこい!」道の真ん中に立ち、ショットガンを構えた。

襲撃者たちは彼女が出てきたことに気づき、さっと荷台に伏せたのだが、ひとりだけこちらに背中を向けている男がいた。レティーシャは二連ショットガンの照準を、フードをかぶったその男の肩甲骨のあいだにぴたりと定めた。時間が止まったように感じられたその一瞬、彼女は再び父親の声を聞いた。父の声は、世のなかには人の背中を撃ったら罰せられる人間とそうでない人間がおり、この二種を取り違えてはいけないという原則を、彼女に思い起こさせた。

危険な瞬間は過ぎ去り、レティーシャは発砲することなく銃をおろした。命びろいした男は彼女を見て嘲笑い、遠ざかってゆくトラックの荷台から手を振った。

彼女が家のなかへ戻ると同時に、電話が鳴りはじめた。耳の奥で聞こえている血管の拍動音がうるさかったため、彼女が気づいたときすでに呼び出し音は十二回も鳴っており、こわばった足取りで電話に近づき受話器を取るまで、さらに十二回鳴った。

受話器の向こうから、荒い息づかいが聞こえてきた。「誰?」レティーシャは訊ねた。

男の声が答えた。「今回はこれだけで勘弁してやる。でも次は、家のなかに押し入るからな」

電話が切られた。レティーシャは受話器を戻すと、しばらくのあいだ怒りに駆られて広間をいらいらと歩きまわり、それからようやく食堂に入っていった。

四散したはずのカードが、きれいにまとめられダイニングテーブルの隅に積んであった。テーブルの中央に、レティーシャが初めて見るチェスボードが置かれていた。黒の駒を彼女の側にしてセットされており、すでに白のキング前のポーンが二マス前進していた。

レティーシャはまばたきもせず、そのチェスボードを長いあいだ見つめた。ショットガンを壁に注意深く立てかけたあと、椅子に座って両肘をテーブルにつき、重ねた両手の上に顎をのせた。「わかった」うなずきながら彼女は言った。「お相手しましょう」

それからこう質問した。「なにか賭けなきゃいけない？」

✣✣✣　✣✣✣　✣✣✣

金曜日の日没後。

かれらはキッチンから侵入してきた。暗くなる少しまえから、家のなかは静寂に包まれていたのだが、その静けさを破ったのは、流し台の上にある窓ガラスをバールが割る乾いた音だった。麻袋をフード代わりにかぶった少年が、まだ牛糞の臭いが残る作業手袋をはめた手で窓枠をつかみ、体を入れてきた。片足を窓枠の上に残し、もう一方の足を流し台の縁にのせた彼は、不安定な姿勢のままベルトにはさんでいた短銃身のリボルバーを抜いた。三八口径のその拳銃は、父親のドレッサーから拝借したときは無敵のように思えたのだが、体の前でかまえてみるといかにも小さくて頼りなく、あのジャーマン・シェパードが暗がりから飛び出してくるのを警戒する彼の手は、小刻みに震えた。

しかし、シェパードは現われなかった。麻袋のせいで小さな音が聞こえないのかと思った彼は、袋を脱いで金髪の頭をむき出しにした。窓の外の路地から、かすれた囁き声が聞こえてきた。「なにやってんだ、ダギー！」

「黙ってろ」ダギーと呼ばれた金髪の少年が言い返した。彼は耳を澄ませた。なにも聞こえなかった。流し台からぎくしゃくと床に下りたのだが、リボルバーの引き金に指をかけたままだったので、危うく自分の太ももを撃ち抜くところだった。

裏口のドアは施錠され、鉄の閂《ラッチ》がかかっていた。錆びついて動かないそのラッチを、金髪はリボルバーの台尻で叩いて強引に開けたのだが、大きな音が響いたうえに拳銃のグリップが少し欠けてしまった。ドアを開けた彼が招き入れたふたりの少年は、それぞれガソリンの缶とバールを持っていた。

「あのイヌはどこだ？」ガソリン缶を持ったほうが訊ねた。

「知るもんか」金髪が答えた。「家の裏にいると思ったんだが、いなかった。あの女が一緒に連れてったんじゃないかな」

「それはない」バールを持った少年が断言した。「俺見てたんだ。あの女、一時間まえに別のニガーの男と車で出かけたけど、イヌは乗っていなかった」

「とにかくイヌはいないわけだ」安堵した金髪は、暗さに慣れてきた目でキッチンのなかを見まわした。彼の家のそれよりも、ずっと広かった。「ずいぶん上等だな」キッチンカウンターをなでながら、彼は食堂のドアへ向かった。

「どこ行くんだ、ダギー？」ガソリン缶が訊いた。「早いとこ終わらせようぜ」

「ちょっと家のなかを見たいんだよ」

「ダギー、やめたほうが……」しかし金髪はずかずかと食堂に入ってゆき、しばらくしてガソリン缶も彼のあとを追った。最後にバールを持った少年がつづいたのだが、キッチンを横切りかけた彼は、急に冷たい風が吹きつけてきたのを感じた。

　金髪は食堂を抜け、広間の入り口に立った。いきなり目に入ったヘカテ像にびっくりした彼は、リボルバーをかまえたのだが、すぐに声をあげて笑った。

「なんだあれ？」ガソリン缶が訊いた。彼はフードを脱ぎ、首をかしげながら女神像を見た。

「ヴードゥー教の神さまか？」ふたりは並んで広間を進んでゆき、ヘカテ像の正面で立ちどまった。金髪はにやにや笑ったが、ガソリン缶は顔をしかめた。

「もういいだろ、ダギー。さっさと火をつけてずらかろうぜ」

「まあ待て。ダレンはどこだ？」

「あれ？　どこだろう。さっきまで俺のうしろにいたけどな」

「連れてこい」

　ガソリン缶はむっとしたのだが、ため息をつくと持っていた缶を床に置き、キッチンへ戻っていった。金髪は水がない噴水のなかに足を踏み入れた。にやつきながらヘカテの顔を見あげた彼は、片腕を伸ばして彫像の乳房をつかんだ。「やあベイビー」彼は小声でつぶやいた。

突然風を切る鋭い音が聞こえ、なにかが彼のむこうずねをさっと撫でた。痛みよりも驚きのほうが大きく、彼はぎゃっと叫ぶとそのままあとずさり、噴水の大理石製の縁に足を引っかけてうしろ向きに倒れた。急いで起きあがった彼は、イヌにやられたと思いながら床に落ちた拳銃を拾いあげた。だが、シェパードの姿はどこにもなく、ヘカテだけが台座の上に凝然と立っていた。

「ロニー！」金髪は大声で仲間を呼んだ。「ダレン！　ふたりともどこにいるんだ？」広間の奥で、がらがらと音をたてエレベーターの蛇腹扉が開いた。金髪はよく見ようとして噴水の横に出たのだが、エレベーターのなかは周囲の影よりさらに濃い漆黒の闇だった。「そこにいるのは誰だ？　ダレンか？　ふざけるのもいい加減にしろよ。頭をふっ飛ばすぞ！」

間違いなくなにかがいた。しかしダレンでもロニーでもなく、まして絶対にイヌではなかった。金髪は急に走って逃げ出したくなったのだが、ふと下を見ると、あたかも床にグリースが塗られているかのように、足が勝手にエレベーターに向かって滑りはじめていた。「やめろ。やめてくれ」拳銃を撃とうとした彼の手から、リボルバーがもぎ取られて宙を飛ぶと、鉄のように強い力が彼の両肩をがっちりとつかみ、泣き叫ぶ彼をエレベーター・シャフトの闇のなかへと引きずっていった。

❖❖❖　❖❖❖　❖❖❖

ふたりが笑いながら帰ってきたのは、夜もだいぶ遅くなってからだった。アティカスのコロラド出張は充分な成果を挙げ、満足したジョージが彼の出張手当に色をつけてくれたので、彼はそのボーナスでレティーシャに夕食をご馳走した。食後、ふたりはダンスを楽しんだ。自宅近くの角を曲がったときも、レティーシャは上機嫌だったけれど、ウィンスロップ・ハウスの前に消防車が停まっているのを見たとたん、彼女の酔いはいっぺんに醒めた。アティカスが車を停止させるのを待たず、彼女は助手席から飛び出して玄関に走った。

家のなかはすべての照明が灯され、制服の男たちがうろうろしていた。噴水の内側を調べていた警官がふり返り、彼女に気づいて誰何した。

「誰だ、おまえ?」

「ここに住んでいる者です」レティーシャは答えた。「この騒ぎはなんですか?」

「この家で使われてるのか? 住み込みで?」

「いいえ。わたしが、この家の所有者なんです」

エレベーターの蛇腹扉が一階二階とも全開していて、二階の廊下から、ふたりの消防士がシャフトのなかをのぞき込んでいた。エレベーターのカゴはふたつの階の途中で止まっており、カゴの底部が一階の床のすぐ上にあった。カゴと床の狭い隙間から、まるでギロチンにかけられる死刑囚のように、金髪の頭が突き出していた。ある公営住宅で同種の事故を目撃したことがあるレティーシャは、この金髪の少年は喉をつぶされ、もう死んでいるに違いないと思った。ところがそのとき、消防士のひとりが二階からカゴの上にぴょんと飛び降り、その振動で意識を取り戻した金髪の少年は、狂ったように叫びはじめた。

アティカスが入ってきたのは、少年のわめき声がすすり泣きに変わったころだった。

「なにかあったんですか？」

「子供がひとり、この家を荒らす目的で不法侵入したんだ」警官は床の上のガソリン缶を指さした。「どうやってエレベーターに挟まれたかは不明だが、あの子の泣きわめく声を聞いた近所の人が通報してくれた」

「あいつを逮捕してください」レティーシャが言った。「そして起訴してもらいたい」

「言われなくても逮捕するよ」警官はアティカスに視線を戻した。「本当にここはおまえの家か？」

「いえ、彼女の家です」アティカスは答えた。

「最近引っ越してきたんだな？」警官はガソリンの缶をちらっと見て、ひとりうなずいた。「どうしてこんなに広い家が買えたのか、説明してもらいたいね。もしよければ」

「ちっともよくないので」レティーシャは答えた。「お断りします」

食堂から別の警官がやって来た。「地下室にあとふたりいた」

「地下室に？」最初の警官が訊き返した。「まさかそいつら……」

「いや、生きてる。ひどい姿になってるがね」ふたりめの警官がにやりと笑った。「シーツみたいに真っ白な顔を、虫に刺されまくっているんだ。だけど、なんとか息はしてる」彼は袖からなにかを払い落とすと、親指でレティーシャとアティカスを指した。「こっちのふたりは？手伝いか？」

❖ ❖ ❖

「家賃は毎月一日までにお願いします」レティーシャが言った。「キッチンと洗濯室、一階と二階のバスルームはご自由にお使いください。でも、地下と二階の角にある〈私室〉と書かれた部屋は、立入禁止です」

食堂の入り口に立ち彼女の話にうなずいているのは、新しい賃借人のミスター・フォックスだった。彼の背後から、ソールの硬い靴をはいた子供が、広間のタイルを使って石蹴り遊びをする音が聞こえてきた。「やめなさい、セリア」ミスター・フォックスが叱った。

「いえ、かまいませんよ」レティーシャが言った。「おふたりのお部屋は、ミセス・ウィルキンズの隣です。彼女は耳が遠いので、少しくらいの音は気にしませんし、もともと子供が大好きなんです。ですからお父さんが仕事に行ってるあいだ、娘さんの面倒をみてくれる人が必要なら、彼女は喜んで引き受けると思いますよ」

ミスター・フォックスは再びうなずいた。彼は、テーブルの上に置かれているチェスボードを見やった。「あのゲームはあなたが？」

「ええ」

「黒はあと三手でチェックメイトですよ」

「知ってます」今度はレティーシャがうなずいた。「相手がそれに気づくのを、待ってるところなんです。あなたもやるんですか？」

「ええ、ときどき」ミスター・フォックスは答えた。「ジンラミーもたまにやりますけどね」

レティーシャはほほ笑んだ。ミスター・フォックスは答えた。「それならこの家を選んだのは、大正解ですよ。娘さんと一緒に、部屋を見てきたらいかがです？　二階に上がって右に折れ、廊下を進んでください。グリーンのカーテンが掛かってる部屋です。わたしもすぐに行きますから」

ミスター・フォックスはもう一度うなずき、彼女に背を向けると娘の名を呼んだ。

レティーシャは食堂の窓まで歩くと、外を見た。道路の反対側にある小さな家の前に、引っ越し用のヴァンが停まっており、ほかの二軒の家の庭に〈売家〉の看板が立っていた。レティーシャが「さよなら」と言って手を振ると、彼女のうしろにあるチェスボードの上で白のキングがぐらりと揺れ、倒れた。

✣✣✣　　✣✣✣　　✣✣✣

「ミスター・アーチボルドですね？」

一日の仕事を終え事務所から出てきた不動産仲介業者が見たのは、廊下に立つアティカスだった。

「そうですが」

「アティカス・ターナーと申します」アティカスは自己紹介した。「レティーシャ・ダンドリッジの友人です。彼女にウィンスロップ・ハウスを売ったのは、あなたですよね？」

アーチボルドは事務所のドアを施錠し、鍵をポケットに入れた。「残念ながらあれほどの掘り出し物は、もうありませんよ。とはいえ、もし営業時間中に来ていただければ――」

「いや、家を探してるわけじゃないんです」

「違うんですか？　それなら、わたしにお手伝いできることはないと思いますが」

「ぼくの用件は、ウィンスロップ・ハウスについてです。ちょっと訊きたいことがありまして」

「申しわけないが、もしミス・ダンドリッジがなにか気にしているのであれば、彼女はわたしの電話番号を知っているので、直接連絡してくるでしょう。逆にわたしは、あなたのことをまったく知らない。だからこれで失礼します」

しかしアティカスは道を譲ろうとせず、逆に廊下の真ん中に立ちはだかった。

「あの家の食堂に、写真が一枚飾ってありましてね」アティカスは説明した。「ぼくはその写真がひどく気になったんですが、なぜなのか理由がわかりませんでした。ところが昨日、地下室でほかの写真が入った箱を見つけ、やっとわかったんです。食堂の写真では、ミスター・ウィンスロップの右手が隠されているから、変に感じたんだと」こう言いながらアティカスは、アーチボルドの小さくて真っ白な手を見たのだが、彼の両手には結婚指輪を含め、指輪はひとつもなかった。「箱のなかで見つけた写真のなかには、ウィンスロップの右手がはっきり確認できるものが何枚もありました。どの写真でも、彼は右手に大きな銀の指輪をはめていました。おまけにぼくは、こんな写真まで見つけてしまった」アティカスが取り出したのは、黒光りするロードスターの前に立つふたりの男を写した写真だった。「これがフォードの新車だとしたら、この写真が撮られたのは二十年くらいまえです。そしてウィンスロップの横に立つ人物は、サミュエル・ブレイスホワイトに酷似している。この名前に、聞き覚えはありませんか？」

アーチボルドは写真を見ようともしなかった。「そこをどいてください、ミスター・ターナー」

「ウィンスロップ・ハウスを所有していた月の半影《ペナンブラ》不動産という会社は」アティカスはたたみ掛けた。「ブレイスホワイト家の会社なんですか？　それともオーナーが元始の曙光？　あなたは、どっちのために働いているんです？」

「もう一度だけ言います。そこをどきなさい。さもないと事務所に戻って、警察を呼びますよ」

アティカスは、アーチボルドがすり抜けられる分だけ横に移動した。廊下を早足で進み、エレベーターの前に立ったアーチボルドの背中に向かって、彼は言った。「実は、ミスター・ベイリーにも話を聞いてきたんです」

エレベーターを呼ぶ下向きの矢印ボタンを押そうとしたアーチボルドの指が、ぴたりと止まった。

「たしかに彼は、あなたのことを知っていたし、ときどき取り引きしていることも認めました。

しかし、あなたが彼のことを共同経営者と呼んだと聞かされ、仰天していましたよ。ではなぜ、彼はレティーシャとルビーに会う約束をすっぽかしたのか？　本人がはっきり言ってました。あの日の朝、彼はあなたに電話なんかしていないと。事務所に出勤する途中で警察に停められ、手錠をかけられてパトカーの後部座席に押し込まれたあげく、どこかの酒屋で発生した強盗事件について、二時間も事情聴取されていたからです。その間にあなたは、彼の客であるレティーシャを横取りした。これにはミスター・ベイリーも、まだ納得がいかないようでした」

「それはないでしょう。彼はちゃんと納得したうえで、手数料を受け取ったんですから」アーチボルドが不服そうに言った。

「たしかにミスター・ベイリーは、口止め料なら受け取ったと言ってました。それでも彼は、この件を不動産仲介業者協会に報告しようと考えています。しかし、報告したところで協会は、あなたが彼を騙したことより、そもそもニグロに家を売ったことのほうを、問題にしそうなんですってね」

「それが世間というものです」アーチボルドは下向きのボタンを押した。「いったいあなたは、なにが気に入らないんです？　ハロルドとわたしには金が入ったし、あなたのお友だちは立派な家を手に入れた。みんなハッピーじゃないですか」

「今のところはね」アティカスが言った。「けれども、これだけはケイレブ・ブレイスホワイトに伝えてもらいたい。彼がなにを企んでいるか知らないが、かかわりがあるのはぼくだけであり、レティーシャは無関係だと」

「なんの話をされているのか、さっぱりわかりませんね」

「いいや、よくわかってるはずです。だから、ひとつだけ覚えておいてください。すでにぼくは、あなたの自宅住所を電話帳で調べてあります。正直いって、あの界隈に行ったことはまだ一度もありません。だけど、もしレティーシャになにかあったら、遠慮なく訪問しますからそのつもりで」

エレベーターが到着した。アーチボルドは廊下に立ったまま、なにか言い返そうとして口を開いた。

だがなにも言えないまま、幽霊のように消えていった。

アブドラの本

私が自由民であるという貴殿のご意見につきましては、特に付け加えるべき言葉はありません。たしかに私は、一八六四年に陸軍省ナッシュビル管区の憲兵司令官から、解放証書をいただきました。妻のマンディは、貴殿が私たちに対し、正当かつ誠意ある処遇を行なうと真摯《しんし》に考えている証拠がないまま、貴殿の農園へ戻るのは怖いと申しております。そこで私たちは、貴殿の真意を確かめさせていただくため、私たちが貴殿の農場で働いた期間の賃金を清算してくださるよう、お願いすることに決めました……私が月二十五ドル、マンディが週二ドルとして、ふたりの給与総額は一万千六百八十ドルとなります。この金額に給与未払期間の利息を加え、貴殿が私たちの衣類を購入した費用および私のため医者を呼んでくれた三回分の医療費、そしてマンディの歯を一本抜いた歯科診療費を差し引いた合計が、私たちの受け取るべき公正な額となるでしょう。その全額を、アダムズ・エキスプレス社を使い、オハイオ州デイトンのV・ウィンターズ気付でお送りください。

——元奴隷ジョーダン・アンダースンが、かつての自分の所有者に送った一八六五年八月七日付の手紙より。

感謝祭まえの月曜日、ジョージとモントローズの兄弟は『日月録』と銘打たれた一冊の台帳を貸金庫から取り出すため、銀行へと足を運んだ。『日月録』は、ふたりの曾祖母であるエイダが、自身が奴隷として働いたすべての日々を詳細に記録した台帳だった。やらされた仕事。味わった屈辱。そして未清算のまま残された賃金と賠償金の総額。エイダは一九〇二年に亡くなったが、家族は年に一度集合しては未払金の利息を計算し、『日月録』へ追記していた。

年々歳々、かれらは新たな一行を書き加えたあと、この台帳が残された経緯について語りあい、再確認した。エイダは、一八四〇年にジョージア州の農園で奴隷の子として生まれ、七歳のときから農作業に従事させられた。そして一八六四年十一月二十二日、松明《たいまつ》を掲げた北軍兵士たちが農園の門を破るまで、つらい仕事に耐えつづけた。その後エイダは、進撃するシャーマン将軍のあとを追う数千人の元奴隷の群れに加わったのだが、一八六五年二月に腸チフスで倒れてしまい、ジョージア州サヴァナの郊外にある古い結核療養所を流用した病院に収容された。高熱で朦朧《もうろう》となりながらも、彼女はその療養所が患者を治療する場ではなく、解放されたニグロの総数を減じるための処理場であることに気づいた。彼女は病んだ体のまま、ノア・プライドウェルという名の解放奴隷と一緒に病院からの脱出に成功し、西に進んでいくつもの試練を経ながらオクラホマに到着したあと、彼と結婚して同州に腰を落ち着けた。そして、自分が解放されてちょうど十四年めの一八七八年の感謝祭の日、『日月録』を書きはじめた。

エイダは、字は読めても書くことができなかったので、書記の大半を行なったのは娘のルースだった。しかしエイダは、いわゆる完全記憶能力の持ち主だった。ある特定の一日について問われれば、目覚めてから就寝するまでのあいだに自分がなにをやったか、またはやられたかを、完璧に思い出すことができたのだ。母の日々の労働を、ルースは台帳の行を改めながら逐一記録していった。エイダも必要に応じ、自分が受けた惨《むご》い仕打ちを記号化して、みずからの手で書き加えた。そのなかには鞭《むち》打ちや打擲《ちょうちゃく》に加え、それ以外の辱めを示す記号が含まれていた。

　未払いの賃金の算出には、彼女の所有者だったギルクライスト・バーンズが述べた労働単価が、そのまま使われた。農園で人手が足りているとき、バーンズは奴隷を貸し出すことがよくあり、その際の料金を大っぴらにしゃべったため、彼の奴隷たちはみな、自分の労働にいくらの値がついたか知っていたのだ。子供時代のエイダが一日働いて稼いだ額は、二十セントだった。十六歳になると一日一ドルまで上昇したが、これは男の奴隷と同額だった。バーンズは、こと彼自身のポケットに入る奴隷のレンタル料に関し、みごとに平等主義をつらぬいたのである。

　受けた懲罰に対する賠償金の額を、エイダは聖書を参考にして決めた。たとえば鞭打ちに対しては、一回あたり二十七ドル二十六セントを請求したが、これは『マタイによる福音書』のなかで、イエスが鞭打たれる第二十七章二十六節をあてはめたものだった。〈それ以外の辱め〉に対する賠償金として、最も多く請求されている二十二ドル十五セントも、『申命記』の同じ番号の章と節をそのまま使っていた（この節には「その女の父と母は彼女の処女の証拠を取って……」という記述がある）。

娘のルースは数字の桁をきちんと揃えて記入し、小計を積み重ねた。生活費を控除した未払金の総額は、利息まえで八千八百十七ドル二十九セントとなり、これは当時としてはかなりの大金だった。

しかし、エイダにとっては金額よりも、奴隷だった日々をすべて記録したことのほうが大きな意味をもっていた。最後の一行が記入された台帳を手にしたとき、彼女は自分が悪魔祓いを終えたことに気づいた。奴隷時代の記憶は常に生々しかったものの、今やすべての苦難は台帳のページへと転移された。二重の意味で真に自由となった彼女は、それまで一度も経験したことのない心の平安を得て、残りの人生を生きた。

エイダの台帳はルースに引き継がれ、ルースは未払金の回収にその後の四半世紀を費やしたのだが、不首尾に終わった。ルースが書いた手紙を、全員白人であるバーンズ家の人たちが黙殺したのは、ギルクライストの農園が消滅した時点でかれらの責任も終わったとみなしたからであり、その点は歴代のジョージア州知事十一名と、六名のアメリカ大統領も同じだった。

その後、ルースは長女のルーシーに『日月録』を託し、ルーシーは息子のジョージに手渡した。順番からいくと次はホレスなのだが、モントローズは五歳のときから台帳の副管理人を自任していたので、ジョージの死後は弟である彼が引き継ぐという可能性もあり得た。もうひとり、ジョージとモントローズのあいだにオフィーリアという女子がいるのだが、彼女はずいぶん昔に台帳の継承者となる権利を放棄していた。三人きょうだいのなかでいちばん整った字を書くオフィーリアは、感謝祭の日には必ず来て台帳への転記を担当したものの、管理のほうは兄と弟にまかせきりだった。

このふたりなら、なにがあっても台帳を守り抜いてくれると、信じていたからだ。

❖❖❖　❖❖❖　❖❖❖

ジョージとモントローズは、わざと別々の道を通って正午に銀行の前で落ち合った。この習慣がはじまったのは、一九四六年の感謝祭の前日、貸金庫から『日月録』を出すため一台の車に乗って銀行に向かったふたりが、警官に停められたことがきっかけだった。あれやこれやが重なって、結局かれらは警察分署に連行されてしまい、銀行が感謝祭休みに入る直前、多額の賄賂《わいろ》を渡すことでようやく放免された。

今日もふたりは、それぞれ何事もなく銀行に到着したのだが、行内に入ったとたん様子がおかしいことに気づいた。いくら昼休みの時間帯とはいえ、客の数が異様に多く、出納窓口から伸びた行列がヘビのようにうねりながら、出口までつづいているのだ。しかも例年であれば、支店長のベン・ローゼンフェルドがふたりを出迎えてくれるのに、待っていたのは警備員のワイティ・ダンラップだった。

「やあワイティ、これはなんの騒ぎだ？」と訊ねながらジョージがロビーの奥をのぞくと、支店長室も副支店長室もブラインドが閉まっていた。

「さっき警察が来たんだ」声を落としてワイティが言った。「それも、組織犯罪担当の刑事たちが」

「なんでまた？」今度はモントローズが訊いた。

ワイティは肩をすくめた。「俺は外の警備にまわされたから、詳しいことはわからない。とにかく営業開始は一時間も遅れてしまい、そのあいだに、この銀行では取りつけ騒ぎがはじまったという噂が流れたんだ。おかげで支店長は、噂を打ち消すため、大口の預金者に電話をかけっぱなしさ。そんなわけで、今日は俺が立ち会うことになった。おふたりさんには、お相手できずに申しわけないと詫びるよう、支店長からことづかってる」

貸金庫室は地下にあった。ドアの鍵を開きふたりを金庫室に入れたワイティは、不意に立ちどまると身をかがめ、床に落ちていた葉巻の吸い殻を拾った。彼は眉を曇らせながら、ほかにゴミが落ちていないか確かめるかのように、金庫室内をすみずみまで眺めまわした。

ジョージが個人用貸金庫の鍵を取り出した。

「お願いできるかな、ワイティ？」

「ああ、もちろん」葉巻の吸い殻を指のあいだにはさんでから、ワイティも銀行側の鍵を出した。

壁の金庫からジョージがセイフティボックスを出すあいだ、モントローズは彼が卒中かなにかで倒れてもさっと代われるよう、すぐ近くに立っていた。だから、ボックスが軽すぎることに気づいた兄の表情がいきなり曇ったのを、見逃すはずもなかった。

「どうした？」モントローズが訊いた。ジョージはボックスの蓋を開いた。なかに入っていたのは、ベリー家が一八三三年に受け取った解放証明書と、ホレスの出生証明書を含む最近の重要書類を収めた革製のフォルダだった。しかし、そのフォルダの上に載っているべきあの台帳——エイダの『日月録』——は影も形もなく、代わりに手書きの短いメモが置いてあった。

バーウィック・ストリート七五〇W
魔女の鉄槌まで
早急においでください

「ふざけやがって」モントローズが毒づいた。

メモには署名の代わりに、元始の曙光の標章である半欠けの太陽が描かれていた。

✥✥✥　✥✥✥　✥✥✥

ふたりはジョージのパッカードで一緒に行くことにした。

「銃はあるんだろ」エンジンを始動させたジョージに、モントローズが確かめた。

「わたしのシートの下だ」と答えたジョージは、しかしその銃に向かって伸ばされたモントローズの手を押さえた。「今日はわたしにまかせておけ」

「おまえがケイレブを撃つのか？」

「いや、エイダの台帳を取り戻すだけさ」彼は、アーダムでケイレブ・ブレイスホワイトを撃とうとしたモントローズが、逆にひどい目に遭ったことを指摘してやりたくなったのだが、やめておいた。「なにか手伝いたいのであれば、グローブボックスから市内地図を出し、メモにあった住所がどのへんになるか調べてくれ」

不服そうだったが、モントローズは言われたとおりにした。この短気な弟に、ジョージは常に寛容であろうとした。彼はモントローズを実の弟だと考えていたし、第三者に対しても異父弟と紹介することはまずなかった。ジョージに言わせれば、血縁者といえども、要は気が合うかどうかなのである。とはいえ、時として父親が違うことを実感させられたし、その最たるものが、エイダの台帳をめぐるふたりの感じ方だった。

同じ奴隷の境遇であっても、ベリー家は恵まれていた。かれらを最後に所有していたルシアス・ベリーは、名ばかりのキリスト教徒に交じった聖者とも呼ぶべき清廉な男だった。ルシアスの両親と兄弟たちは、一八三二年のコレラの大流行で全員死んでしまい、一家のタバコ農場とそこで使われていた七人の奴隷は、ルシアスひとりが相続することになった。以前から良心の呵責《かしやく》を感じていたルシアスは、疫病の流行を神の導きであると解釈し、彼の家族が犯した罪の償《つぐな》いに取りかかった。彼は所有する農場などをすべて売り払い、奴隷の一家を荷馬車に乗せると無事に西部へ着くまで同行してやり、そのあとかれらを解放しただけでなく、新たな人生をはじめられるよう金と土地まで与えてやった。そして、人間その気になればここまでやれることを、みずから証明してみせた。

たしかにベリー家は恵まれていたが、悲劇を免れたわけではなかった。解放されたあとも、かれらはくり返し試練に直面した。最初の七人のひとりは、黒人と土地の境界線を接することに反発した白人入植者によって殺され、自由民として誕生した第一世代のうち、息子三人と娘ひとりが南北戦争のさなかに命を落とした。ジョージの実父であるジェイコブ・ベリーは、商人として成功したのだが、その幸運も持病の喘息《ぜんそく》を癒やすことはできず、わずか二十四歳で他界した。通りすがりの馬車が巻きあげた砂埃を、肺に吸い込んだジェイコブが最悪にして最後の発作を起こしたとき、ジョージは三歳でオフィーリアはまだ乳飲み子だった。

夫に先立たれたルーシー・ベリーが再婚したのは、ベリー一家とはまったく異なる出自をもつユリシーズ・ターナーという男だった。ジョージの継父《ままちち》となったユリシーズは、ターナー家がなにも与えられなかったことを、おりにふれて強調した。自由どころか、ターナーという姓すら与えられなかったのである。ユリシーズの祖父は、ノースカロライナ州にあるスウィンスグッド農園で、サイモン・スウィンスグッドとして生を享《う》けた。一八五七年、サイモンは農園を脱走してグレート・ディズマル・スワンプ（ヴァージニア州南東部からノースカロライナ州北東部にかけて広がる広大な沼沢地）に逃げ込み、逃亡奴隷《マルーン》の集団に加わって六年間暮らしたあと、北軍に志願するため街に戻ってきた。スワンプにいるあいだに、彼はナット・ターナーと名のるようになっていたが、これはマルーンのあいだで人気が高い偽名だった。奴隷捕獲者《スレイヴ・キャッチャー》を返り討ちにしたり、白人入植地を襲撃したりして、手柄を立てた者だけに許される名前だったからだ。

少なくともユリシーズの話では、そういうことになっていた。後年ジョージは、義理の曽祖父ナット・ターナーの冒険譚こそが、彼と大衆小説の初邂逅だったと考えるようになった。完全な絵空事ではないけれど、すべて真実というわけでもなく、「実際にあったこと」をふくらませた物語という意味で。しかしモントローズは、実父の話を字義どおりに信じたため、エイダの台帳を守るのはベリーではなくターナーだと彼が思い込むようになったのも、当然の帰結ではあった。

義弟のこの思い込みに、継父も賛同していることをジョージは知っていた。ユリシーズは、ベリー一家が「簡単に」自由を得たことに軽蔑を隠そうとしなかったし、ジョージを明らかに意気地なしとみなしていた。ところがジョージは、彼がターナーの名に恥じない男であることを、みずから立証することになった。その機会が訪れたのは一九二一年五月三十一日、オクラホマ州タルサの白人たちが、同市の黒人に対し宣戦を布告した夜だった。すでに白人放火犯たちの第一陣が、鉄道線路を越えて迫っていたにもかかわらず、ジョージはアーチャー・ストリートに立つ継父の店の金庫から、エイダの台帳を取ってくると言い張り、ユリシーズは妻の反対を押しきってそれを許可した。あの夜は、大火災を含め数多くの悲惨な事件が起きていたので、ジョージは自分の行動を絶対に自慢しなかったし、ましてやモントローズの前で誇らしげに語ったりしなかったのだが、弟が兄を見直したことだけははっきりわかった。

「あったぞ、バーウィック・ストリート」現在のモントローズが兄に地図を見せながら言った。「レイク・ヴューの近くだ」

「了解」ジョージが答えた。「つかまってろ」彼は、シカゴ北部の白人地区へ向かう黒人ドライバーであれば絶対に出さないスピードで、疾走しはじめた。というのも、彼のパッカードにはアーダムでかけられた呪文がまだ効いており、彼の車が近づくと交通巡査もパトロール警官もさっと目をそらすか、まるで車体が透明であるかのように無視したからだ。ジョージは思った。このケイレブ・ブレイスホワイトの魔法は、もしやつの要求に応じるため使うのでなければ、本当にありがたいのだが。

『魔女の鉄槌』の看板に描かれていたのは、清教徒《ピューリタン》ハットをかぶった男たちが、杭に縛りつけた女性を焚刑に処している絵だった。とはいえその看板がなければ、建物自体は容易に見過ごしてしまっただろう。煉瓦造りで、ウィンドウがあったはずのところを、びっしり並んだガラスブロックが埋めていた。鉄製のドアは、煉瓦と同じ色に塗ってあった。禁酒法時代の秘密酒場を彷彿とさせる外観だが、実際そうだったのかもしれない。

ジョージは拳銃を手にして車から降りた。モントローズの武器は、パッカードの後部から取り出したタイヤレバーだ。

ドアには「本日貸し切り」と書かれた手書きのメモが貼ってあったが、施錠はされていなかった。ジョージはモントローズを従えてドアを開け、低い天井が奥までつづく細長いバーの店内に入っていった。

店のなかほどのテーブルに、ケイレブ・ブレイスホワイトが別の白人の男と一緒に座っており、その男はちょうど葉巻に火をつけるところだった。ずんぐりした巨漢で、ミリタリーカットにされた茶色い髪には白髪《しらが》が目立った。ゆがんだ鼻は明らかに何度かへし折られており、赤ら顔が長年の飲酒癖を示していたものの、葉巻の煙を通してジョージとモントローズを見つめる青い目は炯々として鋭く、知性を感じさせた。

白人の男があと二名、バーに寄りかかって立っていた。ふたりとも上着を脱いでホルスターをむき出しにしており、ベストには警察のバッジがついていた。かれらのあいだに挟まれていたのは、頭《こうべ》をたれたニグロの男で、その両手には手錠がかけられていた。彼が自分の甥であることに、ジョージはすぐには気づかなかった。今日は『ニグロのための安全旅行ガイド』の調査で、アイオワに出張しているはずだったからだ。

アティカスが恥ずかしそうに顔をあげた。

「やあ伯父さん」

✣
✣✣

「かれらがジョージ・ベリーとモントローズ・ターナーです」ケイレブ・ブレイスホワイトが、その場にいる人たちを紹介していった。「あのふたりはバーク刑事とノーブル刑事」アティカスを挟んでいる男たちを見ながら、ケイレブが言った。「そしてわたしの隣に座っているのが、市長直属の組織犯罪防止委員会の委員長にしてシカゴ中央警察署署長、ミスター・ランカスターだ。実をいうとミスター・ランカスターは、元始の曙光シカゴ支部の支部長でもあってね。わたしと彼は、アーダムとシカゴ支部の統合について話し合いを進めており、その一環としてあるプロジェクトのため、おたがいが所有している財産を一元管理することで合意したんだ。しかしそのためには、あなたがたの手を借りなければいけない」

ケイレブの話を、ジョージはろくに聞いていなかった。アティカスの顔を見て動顛《どうてん》していたからなのだが、おそらくそれがケイレブの狙いだったろう。とはいえ、混乱しながらもジョージは親指をわずかに曲げ、手のなかの拳銃の撃鉄を起こした。だがそんな小さな動きにも、ふたりの刑事は素早く反応して自分の拳銃をつかみ、ランカスター署長も分厚い右手を上着のなかにさっと入れた。

「みなさん」ブレイスホワイトの静かな呼びかけに、全員が動きを止めた。「そんなに急がなくてもいいでしょう。ランカスター署長、奥の部屋に、ダルモアの四十年ものがありましたよ。わたしがベリーとターナーに事情を説明するので、そのあいだふたりの刑事さんと一緒に、上物のスコッチを楽しんではいかがです？」

「大丈夫なのか？」ランカスターが訊いた。

「ご心配なく」ケイレブはにっこり笑った。「かれらとわたしは、旧知の仲ですから」

ランカスター署長は立ちあがると、警告の意味を込めジョージに人差し指を向けた。それからふたりの刑事たちに目くばせし、バーから出ていった。

「さてそれでは」ケイレブ・ブレイスホワイトが語りはじめた。「基本的なことを確認しておこうか。まず、暴力を振るっても無駄だ。わたしには通用しないからな」彼はジョージをまっすぐ見つめた。「あなたがわたしを撃つことはできない。もちろん殴ることも」彼はモントローズに視線を移した。モントローズは、腰のあたりでタイヤレバーをかまえようとして、腕に力を入れていた。「いずれにしろ、たとえわたしを殴れたとしても、エイダの台帳は取り戻せないよ。そこを理解してもらったうえで、教養ある紳士として話し合いができるかどうか、確かめてみよう」やっとアティカスを見たケイレブが片手をひと振りすると、手錠の鍵が開いた。

「あんたは、なにがやりたいんだ?」ジョージが訊いた。

「取り引きだ」ケイレブ・ブレイスホワイトは即答した。「より正確に言えば、本と本を交換したい。さっきわたしは、ふたつの支部が統合すると言っただろ? 実は、統合の話は以前にもあったんだ。一九三〇年代に、統合の条件について当時のシカゴ支部長と交渉したのが、わたしの父だった」

「そのシカゴ支部長が、ハイラム・ウィンスロップってわけか」アティカスが推量した。

ケイレブはうなずいた。「しかし、交渉は不調に終わった。そして最後は、大きな力をもつふたりの男が衝突した場合の、お決まりの結果に終わってしまった」

「その話とあんたが欲しい本と、どんな関係がある?」ジョージが訊ねた。

「ウィンスロップは探検家だった。彼は非常に興味深い場所へ赴《おもむ》いては、いろいろな物を持ち帰っていた。なかでも特に重要な価値をもっていたのが、アダムの言葉で書かれた一冊の本だ」

「魔術書か?」

「自然哲学の本だ。書名を強引に訳すと、『名付けの本』または『名前の本』になるだろう」

アティカスの片眉があがった。「それって、『ネクロノミコン』（ラヴクラフト作品に頻繁に登場する架空の書物）のことじゃないだろうな?」

ケイレブがにやりと笑った。「『ネクロノミコン』で扱われているのは死んだ名前だ。『名付けの本』はまったく逆でね。テーマは生命、変転、創生だからな」

「それで、その本はどうなったんだ？」再びジョージが質問した。

「ハイラム・ウィンスロップの死後、父は彼が所有していたものを数多く入手することに成功した。しかしそのなかに、問題の本はなかった。父は、ウィンスロップがどこかに隠したと断定した。ところが残念なことに、その時点でシカゴは彼にとって安全な街ではなくなり、おかげで徹底した捜索ができなかった」

「そしてその本のありかを、あんたの新しいお友だちは知っていたわけだ？」

「ランカスター署長によると、『名付けの本』は自然史博物館に収蔵されているそうだ。ハイラム・ウィンスロップは博物館の理事もやっていたので、秘密の部屋をつくってそこに入れたらしい」

「それならあんたがその部屋に行って、取ってくればいい」

ケイレブは自分の肩越しに、バーの奥へつづくドアをちらっと見た。それから、小声でこう言った。「ランカスター署長は、この件についてはあまり語りたがらないんだ。まあ彼がシカゴ支部長になったのは、それほど昔ではないからね。先代の支部長がどうなったか、彼に教えた人もまだいないようだし……いずれにせよ、わたしたちが達した合意は、彼がわたしに秘密の部屋の入り口を教えるので、わたし自身がその部屋に行って本を取ってくるか――」

「――あんたの代わりにその部屋に入る誰かを見つけ、そいつにやらせるか」ジョージが補った。「で、もしわたしたちが拒《こば》んだら？」

「その場合は、悪いニュースをどう家族に伝えればいいか、考えてもらうことになる」ケイレブ・ブレイスホワイトは肩をすくめた。「それも、今週の木曜までに」

❖❖❖　❖❖❖　❖❖❖

もともとその晩は、プリンス・ホール・フリーメイスンの月例会が予定されていた。感謝祭まえなので出席者は少ないだろうが、副支部長のアブドラ・ムハマドは、立場上必ず出席するはずだった。そして、本名をパーシー・ジョーンズというこのアブドラには、自然史博物館で夜警として働く従兄弟《いとこ》がいた。

ジョージとモントローズは、例会がはじまるまえにアブドラと話をするつもりで、予定よりもかなり早く集会所に入った。なのにアブドラが到着したのは、ジョー・バーソロミュー支部長――片目のアイパッチのおかげで、みんなから海賊ジョーと呼ばれている――を途中でひろったため、開会予定時刻の直前になってしまった。

ジョージたち同様、早くから来ていた会員のなかに、モーティマー・デュプリーという歯科医がいた。モントローズに言わせると、モーティマーは、一ドル札の裏に描かれたピラミッドに狂っているだけの男だった。もちろんフリーメイスンに対し、ロマンチックな幻想を抱いている人はたくさんいる。そんな人間が入会し、実は慈善事業も行なう相互扶助の社交クラブだと知ると、その実態に納得できた者は残り、宇宙の秘密が学べないことに失望した者は去ってゆくのが常だった。モーティマーは、いちおう前者に属していたけれど、未だにメイスンの一般会員には知らされていない奥の院が存在しており、いつかは自分もそこに招き入れられるという、虚《むな》しい期待にしがみついていた。そのせいで彼は、自分がどれほど熱心な会員であるか、ことさらに強調しようとした。

シカゴ支部の月例会では、会員がもちまわりで講演を行なうのが通例になっていた。目的は会員の教養を高めるためであり、たとえばジョージは、起業した会社をどうやって大きくすればよいか具体的に語ったし、モントローズは家系調査の方法について説明した。対してモーティマーの講演のテーマは、バルバドスの動く棺桶やナスカの地上絵など、オカルトじみたものばかりだった。今夜ジョージとモントローズが着いたときも、すでにモーティマーはツタンカーメンの墓所の縮尺模型をセットし終えており、模型のなかにはハワード・カーターとカーナヴォン卿（ツタンカーメンの墓の発見者とそのスポンサー）の人形まで立っていた。

ふだんであれば、ジョージも喜んでモーティマーが講演するミイラの呪いの話に耳を傾けただろうが、今夜はもっと大事な用件があったため、彼は例会がはじまるとすぐに緊急動議を提出し、いつもの講演を延期して、ほかの会員たちに協力を要請させてくれと頼んだ。この動議は承認され、彼は事情を説明しはじめたのだが、ほどなくして自分が間違いを犯したことに気づいた。というのも、ケイレブ・ブレイスホワイトに関し、彼は事実だけを簡潔に語ったつもりだったのに、モーティマーがひどく興奮してしまったからだ。モーティマーは、話が『名付けの本』におよぶとアティカスと同じことを考え、しかも思ったことを大声で口にしたものだから、H・P・ラヴクラフト作品に馴染みのない会員たちは首をかしげることになった。

「いったいなんなんだ?」海賊ジョーが訊いた。「その『ネクロノミコン』というのは」

「黒魔術の本だよ」モーティマーが勢い込んで答えた。「アブドゥル・アルハザードという狂えるアラブ人が、書いたとされており——」

「そのアラビア語の名前は変だぞ」アブドラ・ムハマドことパーシー・ジョーンズが指摘した。「アブドゥル・アルではなく、アブダルが正しいはずだ。アブドは〈しもべ〉を意味し、アルは定冠詞だから、アブドゥル・アル・ハザードでは〈ハザードのその・そのしもべ〉になってしまう」

海賊ジョーが眉間に皺《しわ》を寄せた。「じゃあハザードの意味は?」

「バカなことをやりたがる、ロードアイランドの白人野郎ってことだろ」答えたのはモントローズだった。

「だから、『ネクロノミコン』は関係ないんだって」ジョージはいらいらしてきた。「いま問題になっているのは、実在する本なんだからな」

「つまり、本物の魔法の本ってわけか」アブドラが言った。

「まあそんな感じだ」

「そんな感じ? 君は魔法を信じないのか?」

「そういう問題じゃないだろ」

「わたしには問題だね」アブドラは右手を胸にあてた。「わたしはアブド・アラー。神のしもべだ。なあジョージ、支部の兄弟のためなら、わたしはなんだってやるけれど、邪悪な人間をもっと邪悪にする行為には、手を貸したくない。いま話を聞いただけでも、そのケイレブ・ブレイスホワイトという男、充分とんでもない悪党じゃないか」

「そのとおり」ジョージはうなずいた。「だからこそ、やつにその本を渡してはいけないんだ。今のところモントローズとわたし、そしてわたしの甥の三人は、水曜の夜にあの博物館でブレイスホワイトたちと会うことになってる。それから全員で博物館のなかに入り、やつがわたしたちに秘密の部屋がどこにあるか教え、わたしたちはその部屋から『名付けの本』を取ってくるという段取りだ。だけどわたしとしては、やつらに先んじて明日の夜に博物館へ行き、秘密の部屋と『名付けの本』を見つけてしまいたい。そして――」

「そして君たちは」モーティマーが勝手にあとを受けた。「手に入れた本物の『名付けの本』を偽物とすり替えておき、水曜の夜にその偽物を秘密の部屋で発見したあと、ブレイスホワイトが持っている君たちのご先祖の台帳と交換する、というわけだな?」

ジョージは横目で彼を睨んだ。「まあそういうことだ」認めざるを得なかった。

「しかし『名付けの本』の偽物なんか、どこで手に入れる?」海賊ジョーが質問した。

「それはこれから考える」ジョージが答えた。「重要なのは『名付けの本』を隠したハイラム・ウィンスロップという男が、ケイレブ・ブレイスホワイトの父親にだけは、その本を絶対に渡すまいと決心していたことだ。秘密の部屋そのものが、彼の大嘘であっても不思議はないだろ? であるなら、もし渡した本が偽物であると気づかれたところで、その偽物を準備したのがウィンスロップ自身だとケイレブが考えてくれれば、なんの問題もない」

「そうまくいくかな」アブドラが疑問を呈した。「もしもブレイスホワイトに、君の心の内を読まれたらどうする？　いや、たとえやつが引っかかったとしても、君が本物の『名付けの本』を見つけるまで、ご先祖の台帳は返さないと言われたら？」

「そこへたどり着くまでには、まだ橋が六つくらいあるよ。今は目の前に現われた橋を、ひとつずつ渡っていくだけだ」

「誘惑のもとを絶ってしまえば、誘惑に負けることもなくなる——こうしようじゃないか」アブドラが提案した。「従兄弟のブラッドリーには、明日の夜君たちを博物館のなかに入れるよう、わたしから頼んでおく。しかし、わたしも君たちと一緒に行くぞ。そしてもし『名付けの本』が見つかったら、ひとまずわたしが預かる」

「預かってどうするんだ？」

「わたしたちが新しい祈りの部屋《ムサッラー》を開いた、キャルメット・シティにあるあの建物は知ってるな？　あそこの地下には、立派な焼却炉があるんだ。最悪の場合ブレイスホワイトには、アブドゥル・アルハザードが問題の本を持って、コーランを暗記するため祈りの部屋にこもったと言えばいい」

ジョージは納得できなかったものの、アブドラに譲歩する気はなさそうだったし、彼の協力は不可欠だった。「わかった」ジョージはうなずいた。「もし『名付けの本』を見つけられたら、いったん君に預ける。しかしくれぐれも——」

ここでまたモーティマーが口をはさんだ。「すごいことになってきた！」もみ手をしながら彼はつづけた。「で、明日の晩は何時に博物館に集合する？」

❖❖❖　❖❖❖　❖❖❖

「来ないでくれと、言えなかったのか？」アティカスが口をとがらせた。

「彼もメイスンの仲間《ブラザー》であることに、変わりはないからな」ジョージが答えた。

「どんなに頼りなくても、そういうことなんだ」モントローズが言い添えた。時刻は深夜十二時十五分まえ、三人は博物館の東側にある従業員通用門の前に立ち、こちらに近づいてくるモーティマー・デュプリーを見ていた。歩道をまっすぐ歩くのではなく、街路樹の陰にいったん身を隠しては次の街路樹に走るものだから、怪しいことおびただしかった。幸いだったのは、凍《い》てつくような寒さと遅い時間のおかげで、今この界隈には人っ子ひとりいないことだ。

「かっこいいじゃないか」やっと通用門まで来たモーティマーを見て、モントローズが言った。モーティマーは黒いズボンに黒い靴をはき、黒いプルオーバーセーターと黒いウールのキャップ、黒革の手袋といういでたちだった。肩からぶら下げたバッグも黒で、大きく膨らんでかたかた鳴っていた。「その中身は、泥棒の七つ道具か？」

「準備だけはしておかないとな」と答えながらモーティマーは、ジョージが持っている小さなバッグを指さした。「すり替える偽の本が、見つかったんだ？」

「ああ」ジョージはうなずいた。「古い革装のカバラ（ユダヤ教の神秘主義思想）百科事典で、ヘブライ語で書かれている」彼はバッグから本を出してモーティマーに見せた。「サーバー・ラングの店で手に入れた。ウィンスロップが持っていたという本物の魔法の本に、似てないこともないだろう」

「装幀がどれだけ古かろうと、関係ない」すでにモントローズは、何度もこう指摘していた。

「ケイレブは手にしたとたん、偽物と気づくに決まってる」

「当然気づくだろうな」ジョージが同意した。「しかし、わたしたちがすり替えたことに気づかなければ、それでいいんだ」

「その話は何度も聞いた」

「手渡すときにしっかり芝居すれば、なんの問題もないさ」

「やっぱり俺が、本のなかにブービートラップを仕込むべきだったんだ」モントローズが嘆息した。「本を開くと同時に爆発させれば、爆弾にも免疫がないかぎり、やつの顔は吹っ飛ぶんだからな」

十二時少しまえに、アブドラと海賊ジョーが到着した。一行はアブドラに先導されて地下へとつづく階段を下り、従業員専用と書かれたドアの前で止まった。十二時を一分過ぎたところで、そのドアが開き、顔を突き出したアブドラの従兄弟が眉をひそめた。

「どういうことだ、パーシー?」彼はアブドラに訊ねた。「団体で来るなんて、聞いてないぞ」

「やあブラッドリー」アブドラが答えた。「おまえがアパートから追い立てを喰らい、一時間以内に荷物を運び出せと保安官に脅された日のことを、忘れたわけじゃあるまい? あのときは、わたしがおおぜいの仲間を引き連れて押しかけても、文句ひとつ言わなかったじゃないか」

「あのときはあのとき、今は今だ」と言いながらもブラッドリーは一歩下がり、早くなかに入れと手振りで命じた。「二階に上がるまでは、絶対に声を出したり物音をたてたりするなよ」

ブラッドリーに率いられた一行五人は、ロッカールームを抜けて廊下を少し進み、警備員室というプレートが貼られた部屋の、半開きになったドアの前を通過した。室内ではラジオが鳴っており、新聞のページをめくる音につづいて「アイリッシュのバカどもめ」とつぶやく白人の男の声が聞こえてきた。ブラッドリーが人さし指を唇にあてた。

かれらは忍び足で廊下を突き当たりまで歩き、それから階段を上って博物館のミュージアム・ショップに出た。

「俺の上司のミスター・ミラーは」第三者に聞かれる心配がなくなったところで、ブラッドリーが言った。「トイレに行く以外は朝までずっと事務室にいるんだが、ほんの時たま、俺が巡回をサボってないか確かめにくるんだ。うしろからそっと近づき、わっと脅かすのが好きみたいだから、うかうかしてられないぞ」

「心配するな。今夜のわたしたちに忍び寄れる人間なんか、いるわけがない」アブドラが言った。

「へっ」ブラッドリーは鼻で笑った。「ところで、あんたらが探してる秘密の部屋について教えてくれ。この博物館のどのへんにあるかぐらいは、わかってるんだろ?」

アブドラはジョージに顔を向けた。

「今朝、モントローズとふたりで図書館に行き、この博物館の年次報告書を調べたんだ」ジョージが答えた。「ハイラム・ウィンスロップが理事をしていた時期に行なわれた改修工事は、数回あるんだが、怪しいのは一九二五年のやつだった。この年ウィンスロップは、自費で遠征隊を率いてスーダンへ調査旅行に行っており、帰国後、みずから監督して新しい展示ホールを増築している。秘密の部屋をつくったとすれば、たぶんその時だろう。だから見せてもらいたいのは、二階の北西の隅だ」

「つまりこの建物の二階の、北西の奥ってことか」ブラッドリーがうなずいた。「そりゃよかった。ミスター・ミラーがそんな遠くまで歩くことは、まずないからな」

かれらは博物館の中央広間を横切り、二階へ上がっていった。かつてウィンスロップがスーダンで蒐集した品を展示していた部屋には、アマゾンの動物標本が並べられていた。ブラッドリーは、部屋を入ってすぐのところに置かれ、人間の掌とほぼ同じ大きさをもつタランチュラが並んだ展示ケースの前で、いったんかれらと別れた。「俺は一階に戻って巡回をつづけるが、三十分たったら様子を見にくる。くれぐれも大きな音をたてないでくれよ」こう言うとブラッドリーは、全身黒ずくめで事務所荒らしのように見えるモーティマーを、じろりと睨んだ。

「あと、展示品には絶対に触るんじゃないぞ」

「わかってるって」モーティマーが答えた。

ジョージたち六人は手分けして、隠し扉やパネルがないか探しはじめた。展示室内ではなにも発見できなかったけれど、部屋の西端からL字形に曲がって延びてゆく通路が見つかった。

通路の奥は壁でふさがれ、タイル貼りのその壁は、砂漠に立つピンクの石造アーチを描いたモザイク画になっていた。アーチのまわりは青空と砂なのだが、中央には普通のドアと同程度の大きさの長方形があり、なんの特徴もない黒タイルがびっしり貼ってあった。

「あそこに違いない」アティカスが言った。アーチの両側のタイルは図像で飾られ、しかしキーストーン（アーチの頂上にはめるくさび形の石）を形づくるタイルにはひとつずつ文字が書かれていた。その文字に、アティカスは見覚えがあった。「あれって、アダムの言語だぞ」

「それなら、あのどれかを押したらドアが開くかも」モーティマーはこう言うと通路に入ってゆき、背伸びをしてキーストーンのタイルを押していったのだが、動くものはひとつもなかった。

海賊ジョーが、アーチの両側にはまっているタイルのひとつを指さした。そこには、アンク（生命を意味する語が表象化された古代エジプトの十字形）を鍵のように持つ男の絵が描かれていた。「これはどうかな」

しかし、このアンクのタイルも動かなかった。そこでアブドラとジョージが、次々に試行を重ねたのだが、そのうちモントローズが業を煮やした。「やたらに押すんじゃなくて」彼は提案した。「順序だてて考えたらどうだ」

「押すタイルが一枚とは限らないんじゃないか?」海賊ジョーが言った。「二枚同時に押してみたらどうだ? あるいは三枚同時に」

「そんなことをしていたら、夜が明けてしまう」ジョージも苛立ってきた。「しかし、ほかに方法がなければ――」

そのときナイフをぱちんと開く音が聞こえ、みな口を閉ざした。五人のフリーメイスンがふり返ると、アティカスがナイフの刃で自分の親指に傷をつけていた。

「おい、どういうつもりだ？」アブドラが訊いた。

「自然哲学をちょっと応用してみるのさ」アティカスは答えた。「説明すると長くなる」

彼はほかの五人をかき分けて通路の中央に進み、キーストーンを形づくるタイルのすべての文字に、親指から流れ出る血を慎重になすりつけていった。血は、塗られるそばからタイルに吸収されてゆき、血がきれいに消えてしまうと、キーストーンの色が急に明るさを増した。その輝きはアーチを形づくるほかのタイルにも広がってゆき、と同時に中央の長方形にはめられた黒タイルが、一斉に揺らぎはじめた。くすんでいた黒が鮮明となって深みを増し、気がつくと黒いタイルを貼っただけのドア形が、いつの間にか本物の開口部に変じていた。

すべての動きが止まったあと、最初に口を開いたのはアブドラだった。「ここは博物館の北西の端だよな。ということは、あそこには外壁がなきゃいけない。違うか？」

「そのとおりだ」ジョージが答えた。照明が薄暗いため、開口部から先はまったく見えず、しかし暗闇を見つめるだけでも、通路がかなり遠くまで延びていることは感じられた。つまり建物の外壁を大きく越え、なにもないはずの中空へつづいているのだ。

「異次元空間だ！」またしてもモーティマーが興奮して大きな声を出した。「並行宇宙かもしれないけど」

「どっちでもいい」海賊ジョーが言った。「誰が最初に行く？」

✣✣✣

ジョージがまず入っていった。モントローズがつづいた。それからほかの四人が。

狭い開口部を抜けると、幅三メートルほどの平坦な通路がまっすぐ延びており、両側をふさぐ黒い石造りの壁は天井部分でアーチ形になっていた。空気は冷たく乾燥しており、饐《す》えたような臭いがした。

　ジョージとモントローズは、懐中電灯を一本ずつ持っていた。モーティマーが持参した三本のなかの二本だった。しかし、通路は懐中電灯の光が届かないところまでつづいていた。

「誰かひとり残って、俺たちがどこに行ったか、ブラッドリーに教えてやったほうがいいんじゃないか？」海賊ジョーが言った。アティカスが横目でモーティマーを見ると、彼は胸の前でバッグを抱きしめた。「冗談じゃない！　ぼくは残らないぞ！」

「みんな一緒に行けばいいだろ」苛立たしげにモントローズが言った。結局かれらは、全員そろって歩き出した。ジョージとモントローズ、そしてアブドラが先に立ってアティカスと海賊ジョーがつづき、モーティマーはあれほどむきになったにもかかわらず、おどおどしながら最後尾についた。

　通路は、分岐することもなくまっすぐ延びているだけなので、かれらはすぐに退屈しはじめた。

「誰か歩数を数えてるか？」アブドラが訊いた。

「もし俺たちが異次元にいるのでなければ、今ごろはもう線路を越えているだろうよ」返事をしたのはモントローズだった。

「そういえば、駅を出てすぐ道を渡ったところに、終夜営業のコーヒーショップがあったな」

唐突に海賊ジョーが言った。「〈マキシの停車場《デポー》〉という店でね。ドーナッツが美味いんだ」

「そんな話を聞くと、ドーナッツが食いたくなるよ」アティカスはモーティマーをふり返った。

「なあ、壁をぶち壊せるハンマーを持ってきてないか？」

「え？」びっくりしたモーティマーが、間の抜けた声をあげた。「いや、そんな物は――」

「なにか見えるぞ」ジョージのひとことで全員が口をつぐみ、前方を注視した。なるほど闇のなかに、光る物があった。ジョージが慎重に歩を進めると、交差する懐中電灯の光のなかにその物体がはっきり見えてきた。収納箱《チェスト》だった。腰高の黒っぽい台の上に、チェストが一個だけ載っている。

通路を出て広い空間に入ったらしく、空気が急に変わって足音が大きく響いた。

「どうやらここが、秘密の部屋らしいな」前に出ながら、モントローズが言った。「モーティマー、泥棒の七つ道具を用意しとけよ」

「待て」ジョージがさっと片腕を伸ばして弟を止め、懐中電灯で足もとを照らした。二メートルも離れていないところで、黒い石の床がぷっつり途切れていた。

彼は改めて懐中電灯をチェストに向け、目を凝《こ》らした。よく見ると台など存在しておらず、チェストは闇のなかでぽっかりと宙に浮かんでいた。

チェストの近くでなにかが揺れた。それに気づいたジョージは、懐中電灯を右上に振った。

「ああ、これはひどい」

生きていたときは白人だったのに、その男の皮膚は干からびて灰色になっていた。骨と皮だけの上半身にスーツが引っかかっており、袖から突き出た両手の指は鉤状に曲がって先端が黒ずみ、爪は割れていた。ありがたいことに両眼は閉じていたが、しなびて後退した唇が歯をむき出しにしているうえ、口を大きく開けているせいで、蒼白い舌の先がはっきり見えた。

懐中電灯を持つジョージの手がわずかに震えると、照らしている光も一緒に揺れて舌先が動いたようにみえたので、この元始の曙光の前シカゴ支部長はなにか言おうとしている、あるいは叫ぼうとしているかのようだった。

✣✣✣　✣✣✣　✣✣✣

「おい、この部屋、真ん丸だぞ」部屋の床が途切れている縁に立ち、曲面を描きつつ上昇している滑らかな石の壁を懐中電灯で照らしながらアブドラが言った。「直径は五十メートルくらいありそうだ」チェストは球形の部屋の中央、床面と同じ高さのところに浮かんでいた。そこを赤道とすると、死せる前支部長が漂っているのはさしずめ北半球の無風帯といったところで、ゆるやかな海流に巻き込まれた漂流物のようにゆっくり回転していた。

「あの死体は、どうやってあそこに浮かんでるんだ?」モントローズがいぶかしんだ。「それにあれも」彼は、死体と違って空間の一点に小揺るぎもせず止まっているチェストに向かい、顎をしゃくった。

ジョージが床の縁まで進んでゆき、探るように片腕を伸ばした。「わたしのベルトをつかんでくれ」

「なんだって？」モントローズが訊き返した。

「アティカスと一緒に、わたしのベルトをつかめと言ったんだ」

モントローズとアティカスはジョージの背後にまわると、片手で彼のベルトをつかみ、もう一方の手でズボンの布地をつかんだ。

「よし、それでいい。離すなよ」こう言うとジョージは、体を前方に傾けはじめた。

ところが、彼の体の重心が床面から離れようとしたせつな、突然ジョージは地球の重力から解放された。両足が宙に浮き、前傾した勢いにのって虚空を前方に向かって滑りはじめたものだから、ジョージは両手を振りまわし、モントローズとアティカスは彼を離すまいとして懸命に踏んばった。

「どうなってんだ、これは」モントローズが言った。

「伯父さん、大丈夫か？」アティカスが訊いた。

「ああ、なんでもない」無理に笑顔をつくりながら、ジョージが言った。「さっき食った晩飯を吐くかもしれないけど、意外に楽しいぞ。だけど、手は離さないでくれよな」

そのとき突然、猛烈な風がジョージめがけて吹きつけてきた。彼の全身は、ベルトをつかんでいるふたりもろとも、横風をくらったパレードの風船みたいに激しく右に振られた。風上にいたモントローズは、ジョージの体が半回転した勢いで床の縁まで引きずられた。しかし、バランスを失って縁から踏み出したモントローズも、兄と同じようにふわりと空中に浮かんでしまったため、アティカスひとりが父と伯父を支えるかたちになった。

海賊ジョーがあわてて駆けより、モントローズの片足をつかんだ。もう一方の足をつかんだのはアブドラだった。再び突風が襲ってきたが、海賊ジョーとアブドラ、アティカスの三人はなんとか踏みこたえ、モントローズとジョージを懸命に引き寄せた。ふたりが床の上に戻ったとたん、重力も回復し、五人はどっと倒れて折り重なった。かれらのうしろでモーティマーが立ちすくみ、「なんだこれは、なんだこれは」とくり返していた。

アティカスの上にのっていたジョージがごろりと床の上に転がり、心臓の鼓動が落ち着くのを待った。ようやく立ちあがった彼は、ほかの四人が起きあがるのに手を貸した。それから自分の懐中電灯を拾い、球形をした部屋の北半球で、あいかわらず揺れている前支部長の死体を照らした。

「きっとあの男も、同じ目に遭ったんだ」ジョージが言った。「支えてくれる人がいないまま、上体を前に出しすぎたところであの風を喰らい、あそこで漂うことになったんだろう」

「で、そのあとどうなった?」袖からほこりを払いながら、アティカスが訊いた。「飢え死にしたのか?」

「でなければ低体温症ってやつだ。壁に何度もぶつかっているうち、頭を打った可能性も考えられる」

「なのに今は、静かに漂っている」モントローズが言った。「あの突風は、床の縁に近いこのあたりでしか吹かないのかな？」

「かもしれない」ここでジョージは、弟がなにをやろうとしているか気づいた。「モーティマー」彼は歯科医に訊ねた。「そのバッグのなかに、ロープは入ってるか？」

「もちろん。たっぷり入れてきた」

「わたしを固定するためのハーネスを作ったあと、まだ三十メートル余るぐらいの長さが欲しい」

「だめだ」モントローズが言った。「おまえにはできない」

「できるさ」

モントローズは首を横に振った。「体がでかすぎるんだよ。むろんその点は、俺も同じだがね。さっきより強い風が吹いても、支えている俺たちを引きずらない程度に、小柄な人間でなきゃいけない」彼は身長百六十五センチのモーティマーに目をとめた。「そしてそいつを、吹きあがってくる風の向こう側に投げ込む」

✣✣✣　✣✣✣　✣✣✣

「一、二の三でいくぞ」ジョージが言った。彼とモントローズは、床の突端から数歩後退した。ふたりのあいだには、ロープで上体を固定されたモーティマーが、中世の城門をぶち破る丸太よろしく吊り下げられていた。かれらのうしろに控える海賊ジョーとアブドラも、それぞれロープを握っており、ロープの一本はモーティマーの胸を支える即席のハーネスに、もう一本は予備として彼の右足首に縛りつけられていた。アティカスは父親の右側に立ち、かれらが持参したなかで最も強力な光を放つ懐中電灯を保持していた。

「オーケイ」と言って、モーティマーが頭に巻いたヘッドランプのスイッチを入れた。「はじめてくれ」彼は両眼を閉じた。「あとは祈るだけだ」

「心配するな、モーティマー」モントローズが慰めた。「これが終われば、イルミナティ（一七七六年にドイツで結成され、キリスト教に代わる宗教思想を標榜したためわずか十年ほどで禁圧された秘密結社）がおまえをスカウトにくるから」

「いくぞ」ジョージが全員に向かって声をかけた。「一……二……三！」

頭から空中に投げ出されながら、モーティマーはかっと両眼を見開いた。無重力への移行は一瞬で終わったものの、彼の脳は、崖から飛んだ人間は落下するしかないという概念に囚われていた。「ああああああ」

モーティマーの悲鳴を、激しい風の音がかき消した。だがすでにそのとき、彼の全身は床の突端を離れ球形の空間を飛んでいたため、突風は彼の後方を吹き抜けた。わずかに上昇した彼は、よくできた翼のように両腕を広げると、ほぼ惰性だけでチェストに近づいていった。彼の飛行速度に合わせ、アブドラと海賊ジョーがからまないように注意しながら、ロープをたぐり出した。

「よし」ジョージが言った。「そろそろブレーキをかけてくれ」

この段階でモーティマーは、みずから指示が出せる程度まで冷静さを取り戻していた。「もうちょっとだ……ゆっくり……ゆっくり……」ロープの張り具合を微調整しながら、アブドラと海賊ジョーはモーティマーをチェストの手前六十センチほどの位置で停止させた。床の突端から見たモーティマーは、部屋の中央のやや左上方に浮かんでいた。

「大丈夫か、モーティマー？」ジョージが訊ねた。

「危うくパンツを濡らすところだったよ。でもおかげで、スーパーマンの気持ちが理解できた」

「じゃあ眼からX線を出して、そのチェストをよく見てくれ」モントローズが言った。「なにが見える？」

「外側はかなり派手に飾られてる」モーティマーは答えていった。「星や月の図柄が多い。あの変な文字もたくさんあるぞ」ここで彼は黙り込んだ。「まさかぼくが、あれの上に血をたらさなきゃいけないのか？」

「それはまだいいよ」ジョージが答えた。「開けられそうか？」

「鍵や錠前は見えない。側面に筋が一本入っているから、たぶんあそこから上が蓋なんだろう。もう少し近づけたら、指をかけて……おっと、なんだありゃ」突然モーティマーが横方向に体を曲げた。「鎖がついてるぞ！　すごく太いやつが、チェストの裏から伸びて向こう側の壁につながってる。あれは鉄製だな。ぴんと張っているから、まるで鎖の先にチェストがぶら下がってるみたいだ……もちろん、水平方向にぶら下がることが可能なら、の話だけど」

ジョージがモントローズに質問した。「この丸い空間のなかに、磁界が発生しているんじゃないか？　磁力でチェストがこちら側に引っぱられているから、鎖でつなぎ留めているのでは？」

「かもしれない」モントローズは答えた。「とはいえ、もしそうだとしたら、この部屋にあるすべてが影響を受けているはずだ……おいモーティマー！」彼は空中を漂っている歯科医に訊ねた。「おまえのベルトのバックルが、磁石で引っぱられているような感じはないか？　おまえの銀歯でもいいけど」

「いや、それはない」と答えながらも、モーティマーはただちに訊き返した。「なぜそんなことを訊く？」

「鎖について知りたいんだ」ジョージは彼の質問を無視した。「切ろうと思えば切れそうか？」

「大型のガスバーナーがなきゃ無理だね。それとぼくの銀歯と、どんな関係がある？」

「銀歯のことはひとまず忘れろ。鎖がどんなふうにチェストにつながれているか、そこから見てくれないか？　なんとか外せないかな？」

「ちょっと待ってくれ」彼は改めて体勢を変えるとロープを軽く振り、その反動を利用して仰向けになりながら前進していった。片手の指先がチェストに触れ、表面を飾る線細工の一部にかろうじて引っかかった。それだけでも手がかりとしては充分だった。数秒後、モーティマーはチェストをしっかりつかむと、自分の全身を引き寄せた。

モーティマーの体がぶつかって、鎖につながれたままチェストがぐらぐらと揺れた。とたんに鎖が出てきている奥の壁面から、ゲートやドアが開かれるときの金属音が響き、なにかが斜面を滑ってくるような音がつづいた。すでにチェストにまたがっていたモーティマーは、その音が聞こえてくるほうに顔を向けた。「へえ」彼は感心したような声を出した。

斜面を滑る音が不意に途絶えた。代わって聞こえてきたのは、小さなモーターが回転する穏やかな音だった。

「これはこれは」

「どうしたモーティマー？」ジョージが訊いた。「なにが起きた？」

「なんだか知らないけど」モーティマーは答えた。「ちっこい潜水艦みたいな物が出てきたぞ」

奥の暗がりから姿を現わしたその物体に、アティカスが懐中電灯の光をあてた。長さは六十センチほどで黒い魚雷のような形をしており、スクリューに相当する大きなプロペラと短い翼をもち、ゆっくりした速度で飛んでいた。先端部分からは、ダイヤモンドみたいなカットを施された二個のガラス玉がトンボの眼のように突き出し、光を受けてきらきらと輝いていた。ミニ魚雷は、丸い部屋のなかを反時計回りに飛行した。床の突端に近づくと、魚雷の内部で動いている歯車の音がアティカスたちにも聞こえた。

「そろそろモーティマーを、こっちに戻したほうがいいと思う」目の前を通過してゆく魚雷を見ながら、アティカスが言った。

「そうだな」ジョージも同意した。「おいモーティマー。今からおまえを引き戻すぞ」

「どうして？」不服そうな声だった。「あんな物が危険だと思うのか？」

「いいからそのチェストを放せ」今度はモントローズが命じた。

しかし、モーティマーは手を放すどころかチェストにしっかり抱きつくと、首をまわしてミニ魚雷の動きを追いはじめた。魚雷は部屋を一周し、チェストの裏側に戻ったのだが、そのとたんプロペラの回転音が急に大きくなった。アティカスが改めて懐中電灯で照らすと、本体の飛行速度も上がっていた。チェストの左側を通過した魚雷の先端がぱかっと開き、見るからによく切れそうな回転刃がむき出しになった。回転刃はただちに高速で回りはじめ、歯医者のドリルを思わせる甲高い金属音を発した。

「おい！」しつこい野良犬を叱りつけるかのように、モーティマーが魚雷に向かって怒鳴った。「バカなことはやめろ！」

魚雷はハーネスのロープに向かって突進してきた。ロープは、回転する刃によってやすやすと切断された。切れたロープの終端がほつれて宙に漂うなか、魚雷はチェストから離れると新たな周回を開始した。

今やモーティマーにとって、右足首につながれたロープだけが唯一の命綱であり、ジョージはそのロープをつかんでぐいと引いた。「モーティマー」彼は歯科医に呼びかけた。「おまえがそうしていると、引き戻せないんだよ」しかしモーティマーは、目を丸くして魚雷を見つめるだけで、チェストから離れようとしなかった。

ジョージはロープを床に置き、ジャケットの内ポケットから拳銃を出した。「アティカス、あの魚雷をしっかり照らしててくれ」

「わかった」

チェストの裏を通って魚雷が再び姿を現わした。ジョージは慎重に狙いをつけ、引き金を絞った。耳をつんざく発射音が響き、だが銃弾は標的を外れて奥の壁にあたった。彼はすぐに銃を構えなおし、二発めを撃ったのだが、これも外れてしまった。

「なにやってんだ」モントローズが言った。「ちょっと俺に――」拳銃を奪おうとして手を伸ばしたモントローズとジョージのあいだに、アブドラが割って入り、歯科医の足首につながれたロープを両手でつかみ上げた。魚雷が迫るなか、彼はロープをいったん緩めたあと強く上下に振り、大きく波打たせた。魚雷は進路を修正しようとしたのだが間に合わず、ロープに浅い切れ目を入れただけで通過していった。

「撃て！」モーティマーが叫んだ。「撃ち落とせ！」

ジョージはさらに一発を撃ったのだが、またしても命中しなかった。

「ちくしょう！」モントローズが毒づいた。

「ブラザー・デュプリー」突然海賊ジョーが、威厳のある声で宣した。「メイスンの仲間《ブラザー》として誓おう。われわれは君を、絶対に死なせはしない。だがそのためには、今すぐそのチェストから離れてもらう必要がある」

モーティマーは、がくがく震えながらチェスト上に座りこむと、そのまま動かなくなった。

「どうしても離れないのなら、君をプリンス・ホール・フリーメイスンから追放するしかない」

これを聞くやいなや、歯科医は小さな悲鳴をあげて宙に身を躍らせた。モントローズとアブドラが急いでロープを引きはじめたものの、ぴんと伸びきったロープは、魚雷が刻み目を入れた個所からぶつぶつと切れはじめた。

「もっと優しく引かないと」ジョージが注意した。

一方やみくもに飛び出してしまったモーティマーは、斜め上に向かって漂いながら、前支部長の死体にぐんぐん近づいていった。「あっち行け！」いくら彼が怒鳴ったところで、相手が動くはずもなく、彼と死体は空中衝突したはずみで両手足をからめてしまった。再びロープがぶつぶつという不吉な音をたてた。部屋を一周した魚雷が戻ってきて、からみ合ったモーティマーと死体めがけて急激に速度をあげた。

迫ってくる魚雷にモーティマーが気づいた。彼は全身を横にひねり、前支部長の体で回転刃を防ごうとした。魚雷の先端が死体の背中に喰い込んだ。脊柱《せきちゅう》を両断し、肺と心臓の残骸を跳ね散らした回転刃は、胸骨を貫通したものの途中で引っかかってしまい、空転するモーターが抗議の叫びをあげた。

「だからあっち行けってば！」モーティマーは死体の両肩をつかみ、思いきり突き飛ばした。

ロープをそっと引きつづけていたアブドラとモントローズの両手が、やっと切れかけた部分を越えた。ふたりは大急ぎで残りのロープをたぐり寄せ、わめいているモーティマーをつかまえて床の上に引きずりおろした。

のろのろと周回を終えた魚雷が、死体を前面に押し立てながらモントローズたちに向かってきた。前支部長はだらしなく口を開き、今から誰かを抱擁するかのように両腕を広げていた。再度拳銃を構えたジョージが、死体の胸の真ん中を狙って三発撃ち、そのうちの一発がやっと魚雷に命中した。小さな爆発音につづいて、内部でモーターや歯車の壊れてゆく音が聞こえ、プロペラの回転が遂に止まった。だが死体は、惰性でゆっくりと前進をつづけた。

死体が床の突端に近づいたところで、あの突風が吹きあがり、前支部長は闇の奥へと飛び去っていった。その背中からは、壊れた魚雷がグロテスクな発条《ぜんまい》のネジのように突き出していた。

✣✣✣ ✣✣✣ ✣✣✣

「そもそもの前提が、間違っていたんじゃないかと思うんだ」しばし沈黙したあと、モントローズが言った。

「もし正しい前提を知っているのなら」ジョージが応じた。「喜んで聞かせてもらうぞ」

「考えるべきなのは、どうやってあのチェストに近づくかではなく、ウィンスロップはどうやってあれに触れたか、じゃないかな。ここは彼の秘密の貴重品庫だ。仲間たちと一緒に来るわけがない。じゃあ彼はひとりでここに来て、それからなにをした？」

ジョージは肩をすくめた。「やつらは魔術師だ。だからチェストまで飛んだんだろう」

「たしかにウィンスロップも、魔術は使えたかもしれない。しかし――」モントローズは首を横に振った。「飛ぶことはできなかった。もしやつらが魔術で自由に飛べるのなら、突風を使った罠の意味がない」

「なるほど」ジョージがうなずいた。「おまえの結論は？」

「この部屋自体が、ひとつの機械なんだと思う。ここから鎖が見えないのには、ちゃんとした理由があるんだ。もし鎖の存在に気づかなければ、チェストはあの無重力空間に浮かんでいると勝手に思い込み、ふらふらと回収しに行ってしまうだろ。その結果がどうなるかは、さっき見たとおりだ。モーティマー」モントローズは床の隅に座り込み、両手で頭を抱えている歯科医に向きなおった。「あの鎖は、どこにつながっていた?」

「え?」モーティマーが顔をあげた。「さっき言ったろ、あっちの壁につながっているって」

「だからボルト留めされていたのか? それとも壁のなかに消えていたのか?」

モーティマーは考え込んだ。「さあ、どうだったろう。つながり方まで、ちゃんと見たわけじゃないんだ。でもあの魚雷みたいな物が、壁の穴から出てきたのは間違いない。だから鎖も、別の穴から出ていたんじゃないかな」

「やっぱりあの鎖は鉄筋と同じで柔軟性がなく、前後にまっすぐ動くんだ。賭けてもいい」ジョージを見ながら、モントローズが断言した。

「そしてチェストを、こっちまで押してくるわけか」ジョージが言った。「それなら鎖を動かすためには、なにをすればいい?」

「それが問題だな。呪文かなにかだったら、もうお手上げだ」

「呪文以外で考えられるものは?」今まで見落としていたスイッチがないかと思いながら、ジョージは床の両側の壁と天井に視線を走らせた。

「いや、すぐ見つかるところにはないと思う」モントローズが首を振った。「俺だったら、この床下に隠すだろうな。それも、手を伸ばせば届くけれど、上半身を大きくのり出さずにすむところに」

ジョージは床の突端に膝をつき、前傾しすぎないよう注意しながら片手を伸ばすと、切断面に沿って床の下を探りはじめた。その隣にモントローズもしゃがみ、兄弟は中央から左右に向かい床下を調べていった。

左の壁まで三分の一ほど探ったところで、ジョージの指先が浅いくぼみにはまり、その奥にあるボタンに触れた。

「たぶんこれだぞ」

ジョージがそのボタンを押すと、突如目に見えない力を得たかのように、チェストがかれらに向かってまっすぐ動きはじめた。歯車が回る規則正しい音は、壁の奥に隠された装置から、鎖が着実に押し出されている証拠なのだろう。接近してきたチェストは、本体が床の突端に半分ほどのったところで停止した。チェストの蓋が、モーターの駆動音とともに開いた。

派手派手しく飾られた外装とは対照的に、チェストの内側は工場のような灰色に塗られていた。蓋の内側に仕込まれた小さな蛍光灯が、ちらつきながら点灯し、チェストのなかに冷たい光を投げかけた。

分厚いレザー・クッションの上に『名付けの本』が置かれ、二本のバックル付きストラップで固定されていた。その大きさと厚さは、一冊ものの百科事典、あるいは邪教の教典を思わせた。装幀には、毛穴がやけに目立つ大型動物のなめし皮が使われており、表紙に書かれたアダムの文字が創痕のように見えるのは、たぶんその動物の体に字を彫り込んだあと傷が癒えるの待ち、改めて皮を剝いだからだろう。

「どう思う?」ストラップとクッションを見おろし、ジョージが訊いた。「このなかにも、罠が仕掛けてあるかな?」

「わからない。でも可能性はある」モントローズは肩をすくめた。「かといって、今やめるわけにはいかないだろ?」

兄弟は同時にチェストのなかに手を突っ込み、ストラップをはずした。ジョージが本の左側を、モントローズが右側をつかみ、同時に持ちあげた。ブービー・トラップはなかったものの、『名付けの本』は予想以上に重く、チェストから出したとたん急に重力がかかったため、兄弟はあわてて指先に力を入れなおした。

「大丈夫だ」モントローズが言った。「俺が持つ」

「いいや」ジョージが言い返した。「わたしに持たせろ」

「おふたりさん、わたしとの約束を、忘れないでくれよな」アブドラが横から口をはさんだ。

✣✣✣　✣✣✣　✣✣✣

かれらが博物館内に戻ったとき、時刻はすでに午前一時をまわっていた。長い通路を最後に出たのはジョージで、うしろをふり返った彼は、あの球形の部屋へつづくドアが音もなく消えてゆくのを見た。

「ブラッドリー?」展示ホールに入っていったアブドラが、小声で呼びかけた。彼は『名付けの本』を、まるで不浄の物を運んでいるかのように体から離して持っており、そろそろ両腕が震えはじめていた。「ブラッドリー、そこにいるのか?」

応答はなかった。かれらが展示ホールを横切りはじめると、前方の闇のなかで突然マッチが擦られ、炎がくっきりと浮かびあがった。と同時に右側からは、拳銃の撃鉄を起こす音が聞こえ、銃を構えたバーク刑事とノーブル刑事が展示ケースの陰から姿を現わした。

「ほらね」ケイレブ・ブレイスホワイトの声だった。「わたしが言ったとおり、かれらは立派に回収したでしょう?」

「そうだな」ランカスター署長が答えた。「そしてわたしが言ったとおり、われわれを出し抜こうとした」彼は葉巻に火をつけ、マッチを投げ捨てた。「よーし、それじゃあ終わりにしようか。おまえたちは、この博物館に不法侵入した」ランカスターが言った。「刑事犯として逮捕することもできるし、面倒な事務処理を省略するため、今この場でわたしの部下に射殺させることも可能だ。そしておまえ――」彼はアブドラを指さした。「サウス・ウォバシュ五七一三番地、アパートメント2Cのアブドラ・ムハマドことパーシヴァル・エイヴリー・ジョーンズ。おまえは、もしおまえが帰らなかったら奥さんのラシダと息子のオマールがどうなるか、よく考えたほうがいいな。従兄弟のブラッドリーのことも知りたいか? 今のところやつは、ここをクビになって失業している。だけどももしおまえが、そのバカでっかい本をこっちに渡してくれたら、やつがジョリエット刑務所で洗濯物をたたむ仕事に就けるよう、わたしが手配してやってもいい」

すでにアブドラは、『名付けの本』を胸にしっかり抱き寄せていたのだが、その両腕は震えつづけていた。

「家族は大事だろ?」ランカスターが訊いた。「どうする?」

アブドラは深くうなだれた。「すまない、ジョージ」その声には、慚愧《ざんき》がにじんでいた。一歩前に出ようとする彼を、ジョージの腕がさえぎった。

「これは取り引きだったはずだ」ジョージはケイレブに言った。

「そうだよ」ケイレブがあっさり同意した。「だからここに、交換する物を用意してきた」彼は、足もとに置いたバッグをつま先でつついた。「もちろん、それが本物の『名付けの本』だとしての話だがね」にっこり笑う。「古本のカバラになんか、興味はないからな」

そこまで読まれていたのかと、ジョージは落胆した。ほかに手がないか考えてみたけれど、今できることはひとつしかなかった。とにかく朝まで生き延び、次の機会があることを祈れ。

彼は引っ込めた手で、アブドラに行けと合図した。ケイレブ・ブレイスホワイトは大型本を受け取り、中身を確認した。

「どうだ?」ランカスター署長が訊ねた。

「間違いないですね」うなずきながらケイレブが答えた。

「じゃあ用は終わりだ」ランカスターが無言で刑事たちに目を向けると、ふたりは緊張を解いて拳銃をホルスターに収めた。「今この博物館は閉まっている。勝手に非常口を見つけて、さっさと出ていけ」ジョージたちにこう命じたランカスターは、葉巻をくわえて踵《きびす》を返し、ふたりの刑事をうしろに従え歩き去った。

「全部あなたたちのものだ」バッグをもう一度軽く蹴って、ケイレブがジョージに言った。「些少だが、手を煩わせた見返りも加えておいた。ではまた会おう」これだけ言うと、ケイレブ・ブレイスホワイトも展示ホールから出ていった。

「なにが〈また会おう〉だ」モントローズが吐き捨てるように言った。

ジョージはバッグの前まで歩いてゆき、しゃがみこんだ。バッグを開くと、清潔な白布にくるまれたエイダの台帳がいちばん上に置かれていた。台帳が無事であることを確認した彼は、つづいて「些少な見返り」がなにか調べはじめた。

驚きのあまり、彼の口が大きく開かれた。

上からのぞき込んだモントローズも、それがなにかひと目で理解した。「あのクソガキ……」

「なにが入ってるんだ？」アティカスが訊いた。

「金だよ」帯封つきの百ドル紙幣の束を、うさんくさげに見おろしながらジョージが答えた。

「おそらくバーンズ家の借金だろう。やつが清算したらしい」

「それって、エイダお祖母ちゃんへの未払金ってことか？　八千八百ドルの全額が、そこにあるのか？」

「いいや」ジョージは首を横に振った。「八千八百ドルの元金に加えて、九十年分の利息だ」

バッグから札束をつかみ出して数えながら、彼は片手に持った台帳の重さと自身の体重が、あたかもまた無重力圏に入ったかのように軽くなってゆくのを感じた。「全部で三十万」数え終えてジョージが言った。「三十万ドルある」
「あのクソガキ」モントローズがくり返した。

宇宙を攪乱《かくらん》するヒッポリタ

問題はそこよ。そのテレポート装置、電源につながってない！

――オリシア・ブルー

木星が昇った。ヒッポリタは雪でおおわれた牧草地にうずくまり、蟹座と双子座のあいだにある彗星を探すことで、寒さをしのいでいた。火星が、西の地平線近くで水瓶座に入ったこともわかっていたけれど、森深いなだらかな丘で背後をさえぎられているため、彼女からは見えなかった。それはそれで、かえってありがたかった。今の自分の姿を、火星人たちにのぞき見されたくない。

車に戻り、ヒーターをオンにして『オリシア・ブルーの宇宙大冒険』第十一巻をぱらぱらと眺めた。このシリーズをホレスが描くことにしたのは、女性が主人公のSFコミックがあってもいいのではないかと、ヒッポリタが提案したからだ。オリシア・ブルーは、ハワード宇宙工学専門学校を二〇〇一年に卒業した太陽系屈指の機械技師で、頼りになる愛機ビュイック・スペースワゴンを駆って星から星へと飛びまわっていた。故障した望遠鏡や、動作不良のコンピュータを修理するため呼ばれたはずなのに、彼女はいつだってもっと厄介な問題に巻き込まれた。水星では炎の一族と影の一族が不穏な動きをみせていたし、土星に行けば多くの衛星で政治的陰謀が渦巻き、火星の大運河ではネス湖の恐竜の親類にあたる怪物が大暴れしていた。

最新の第十一巻では、クリスマス休暇を地球で過ごすオリシア・ブルーが途中でケレス（火星と木星のあいだ、小惑星帯にある準惑星）に立ち寄り、マーシャル・フィールド百貨店で息子へのクリスマスプレゼントを購入することになっていた。しかし、土星の第六惑星タイタンを支配するロボット君主のメガジュールは、第七巻でオリシアにやっつけられたことをまだ恨みに思っており、ケレスに手下どもを派遣して彼女を待ち伏せした。小惑星帯を舞台にした派手な追跡シーンがあるものの、物語の焦点は「彼女は逃げきれるか？」ではなく、「デパートが閉まるまえに玩具売り場にたどり着けるか？」のほうだった（オリシアは優れた空間認識能力をもつ超一流の宇宙パイロットだが、対するメガジュールのロボットたちは右と左の区別もつかない）。ホレスは、オリシアの買い物リストのアップだけで一ページを使っており、それを見てヒッポリタはしばらく笑いがとまらなかった。未来がどうなっているにせよ、十二歳の男児の好みは不変であるらしい。二十一世紀になってもまだマッチボックスのミニカーが売られているなんて、いったい誰に想像できる？

それはさておき、今年のホレスはまあいい子だったし、まだ何日か余裕があるので、ここは希望に応えてやろう。

だけどそのまえに、自分へのプレゼントを片づけなければ。ヒッポリタは息子のコミックを下に置くと、助手席のシートから別の本を手に取った。『北米大陸天文台一覧』と題されたその本を、彼女は前回ウィンスロップ・ハウスを訪問したとき手に入れた。ひとりで太陽系儀の部屋に入り、惑星を回転させるスイッチに指を触れたせつな、太陽系儀の基礎部分に隠されていた抽き出しがいきなり開き、そのなかに入っていたのだ。『一覧』のなかで紹介されている天文台のほとんどを、ヒッポリタはよく知っていた。ところが最後のページにひとつだけ、手書きで追加されている天文台があった。

ハイラム・ウィンスロップ天文台
ウィスコンシン州ウォーロック・ヒル

名称と住所の下には、三ケタの数字が横八個、縦八列の計六十四個も整然と並んでいた。ページのいちばん下に「T・ハイラム」とあるのも、なにかの名前だろうか？ この『天文台一覧』に加えて、隠し抽き出しには鍵が二本収められていた。一本は普通の家の鍵だったが、もう一本は長さ約十五センチの棒状で先端がループになっており、偶然の一致とはいえ、オリシア・ブルーがスペースワゴンを始動するのに使うイグニッション・キーとよく似ていた。

ヒッポリタは本と二本の鍵をレティーシャに見せ、この三つを借りてもいいかと訊ねた。
「ウィスコンシンに行くつもり？」レティーシャが問い返した。
「来週ミネアポリスまで出張するの。帰りにちょっと寄り道できるでしょ」

レティーシャは軽く首をかしげ、思案しているようだった。床下から、ノックの音が一回だけ聞こえた。

「いいわ。持っていって」レティーシャが言った。「だけど、くれぐれも気をつけてね。完成したときはミスター・ウィンスロップの天文台だったかもしれないけど、今は誰が運営しているか、わかったものじゃないんだから」

「大丈夫。充分に気をつける」ヒッポリタは約束した。

✣ ✣ ✣

ヒッポリタを天文学に導いてくれたのは、彼女の父親だった。ところが父親のほうは、そうするつもりなど全然なかったのである。一九二八年十二月、彼はヒッポリタの兄アポロの成績が芳《かんば》しくないので、科学への興味をもたせるためだと理屈をつけ天体望遠鏡を買ってきたのだが、実をいうとその望遠鏡は、父親自身へのクリスマスプレゼントだった。そしてアポロは、高く打ちあがった野球のボールを捕るとき以外、空にまったく興味を示さなかった。

ここで九歳のヒッポリタが兄に代わる。彼女は望遠鏡を抱えた父と一緒に、一家が暮らすハーレムのアパートの屋根に上がったし、父が星を見るため田舎へ行くときも同行した。遠出は月に一度ぐらいで、父は友人から車を借りると、別の友人がニューヨーク州北部の田園地帯に所有する小さな農場まで、八十キロほどをドライブした。農場主のミスター・ヒルは、白人かと見まがうほど皮膚の色が薄いニグロだった。日が暮れてから農場に到着した父娘を、ミスター・ヒルと奥さんのグレッチェンが歓迎し、四人はしばらくのあいだパイをつまみながら談笑するのだが、いつもヒル夫妻は先に寝てしまい、その後ヒッポリタと父親は、望遠鏡をかついで広い野原に入っていった。

都会の眩《まばゆ》さから遠く離れたこの野で、ヒッポリタは生まれて初めて本物の夜空を目にした。父親が望遠鏡の焦点を合わせるあいだ、幼い娘は天体観測早見表を懸命に読み、その夜狙うと決めた天体がどの方角にあるか父に細かく伝えた。

太陽系の惑星のなかで、父親のお気に入りは火星だった。彼はヒッポリタに、パーシヴァル・ローウェルの事績を語った。ボストン出身の白人であるローウェルは、火星の表面に見えている筋は運河であると確信した。同僚の天文学者たちは懐疑的だったが、この説は少なからぬ数のSF作家に影響を与え、ヒッポリタの父親はそんな作家たちから影響を受けた。

残念ながら、ふたりが使っている口径二インチの小さな望遠鏡では非力すぎて、火星の運河を観察することはできなかった。そこで父親は、愛用の望遠鏡に映るのっぺりした赤い星に目を凝《こ》らし、意志の力だけで運河の筋を見ようとした（実のところローウェルがやったことも、これと大差なかっただろう）。そのあいだも彼は、あっちから彼を観察しているかもしれない火星人たちに、思いをめぐらせていた。

しかし、ヒッポリタが火星の運河よりも魅力を感じたのは、ローウェルがこだわったもうひとつの天文学上の謎だった。天王星と海王星の公転軌道には、説明がつかない矛盾があり、ここから天文学者たちは、海王星よりも遠い「太陽系外縁天体」が存在するに違いないと予想した。この星をローウェルは惑星Xと呼び、死の直前まで探索をつづけたのだが、遂に発見できなかった。

ヒッポリタは決心した。それならわたしが、惑星Xを見つけてやる。父親は娘の好きなようにさせた。彼女は、大海原のあちこちに撒《ま》き餌《え》を投げる漁師のように、夜空の適当な場所を選んでは次々に望遠鏡を向けていったが、もちろんそれは不毛な行為でしかなかった。やがて彼女は図書館へ行き、新惑星の発見には特別な道具が必要なことを学んだ。惑星Xを探すのであれば、単に大きいだけでなく写真も撮影できる天体望遠鏡が必須だし、撮影時刻が違う同じエリアの写真を素早く比較して、異同を見つけやすくする点滅比較計《ブリンクコンパレータ》と呼ばれる装置も準備しなければいけない。すべてを買い揃えるお金もなければ、自作する技術もなかったヒッポリタが望みをかけられるのは、彼女自身がプロの天文学者になることであり、それなら不可能ではないゴールのように思えた。少なくとも、ニューヨーク・ヤンキース初の黒人ピッチャーになるという兄の夢に比べたら、よほど実現性が高かっただろう。

翌一九二九年の十月、ウォール街で株価が大暴落した。十二月になると、父親の友人が失職して車を売ったため、月に一度の小旅行も終わりとなった。ヒッポリタは、屋根の上での天体観測をつづけたけれど、ひとりで望遠鏡をのぞくことのほうが多かった。収入の減った父親が、生活を維持するため夜間も働きはじめたからだ。

年が明けて一九三〇年三月十四日、新聞の朝刊に、アリゾナにあるローウェル天文台に勤務するクライド・トンボーという若き天文学者が、惑星Xを発見したというニュースが報じられた。ヒッポリタは興奮と落胆を同時に感じたのだが、その記事をじっくり読んだあとは、落胆だけが残った。

父親はなんとか娘を慰めようとして、こう言った。「その記事によると、見つかった星にはまだ名前がついてないじゃないか。これは絶対に名前を公募するぞ」

父親のこの発言を聞いて、コンロの前に立ち朝食のオートミールをつくっていたヒッポリタの母親が顔をあげた。もとより楽観的な空想を好まなかった彼女は、大恐慌がはじまって以来、子供たちをより現実的な人間に育てようと躍起になっていた。「バーナード、やめて」彼女は夫をたしなめた。

父親は彼女を無視した。「だからおまえも」彼はヒッポリタに向かってつづけた。「手紙を書いて天文台に送ればいい」

惑星Xの発見に熱中したすべての天文愛好家と同じく、ヒッポリタもこの惑星にふさわしい名前をあれこれ考えていた。従来の慣習に従えば、名前はよく知られた神話から採るべきだったし、惑星Xの場合は暗さと寒さ、そして太陽系の果てを表わしている必要があった。さんざん迷ったあげく、彼女は候補をふたつに絞りこんだ。冥界の神であるプルートと、彼の妻で冥界の女王、ペルセポネである。ヒッポリタとしては、ペルセポネにしたかった。というのも、女性名の惑星が金星《ヴィーナス》だけというのは、いかにも不公平に感じられたからだ。だがその点を別にすると、ペルセポネはあまり適切ではなかった。大地の女神として生まれたペルセポネは、プルートによって黄泉《よみ》の国へさらわれるまで温かな光のなかで暮らしており、さらわれたあとも、一年のうち数か月しか暗い地下世界で過ごさなかったからだ。対してプルートは、惑星Xと同じく、昔からずっと闇のなかにいた。

プルートだ。惑星Xの名前は、やっぱり冥王星《プルート》だ。

ローウェル天文台に宛てて、一刻も早く手紙を書きたかったヒッポリタは、学校を休ませてくれと訴えたのだが、母親が許すはずもなかった。そこで彼女は、なぜ惑星Xの名前はプルートであるべきか説明する三百語の手紙を、授業中に書きあげた。それから学校の事務室へ行って封筒を一枚もらい、封筒の表にアリゾナ州フラッグスタッフ、ローウェル天文台気付、ミスター・クライド・トンボーと書いた。

放課後、下校する彼女を父親が校門で待っていた。仕事はいいのかとヒッポリタが訊くまえに、父親は「手紙は書いたか?」と逆に質問してきた。彼女はうなずき、封筒を父に見せた。

「お母さんには内緒にしておこう。いいね?」娘はもう一度うなずき、ふたりは一緒に郵便局まで歩いた。

さらに二か月が過ぎ、父親は新しい仕事を見つけたのだが、職場がハドソン川を越えたニュージャージー州ホーボーケンだったので帰宅するのは週末だけ、ときには二週間つづけて帰らないこともあった。母親がハーレムの自宅を離れることはなかったけれど、彼女も朝早くアパートを出て、夜遅く帰ってくる仕事に就いた。おのずと、ヒッポリタの朝食を準備して学校へ送り出すのは、兄のアポロの役目となった。

すでに朝刊は買わなくなっていたので、惑星Xの名称が正式決定したという新聞記事をヒッポリタが初めて目にしたのは、図書館にいるときだった。発表された惑星名を見た瞬間、彼女は思わず歓喜の叫びをあげ、ふたりの館員に注意された。しかし、その喜びもつかの間だった。新聞が名付け親として紹介していたのは、ハーレムに住むヒッポリタ・グリーンではなく、イングランドのオックスフォードで暮らすヴァニーシア・バーニーという少女だったからだ。

ヒッポリタは当惑した。ローウェル天文台に手紙を書いた人がたくさんいることは知っていたし、プルートという名には論理的な必然性があるのだから、ほかに思いついた人がいたとしても不思議はない。しかし、イングランドとはどういうことだ？　なぜ大西洋の向こう側で投函された手紙が、ニューヨーク市内で出した手紙よりも早くアリゾナに到着したのか？

だが記事を読み進めるうち、彼女にもわかってきた。ヴァニーシア・バーニーは、そのへんにいる普通の女の子ではなかったのだ。ヴァニーシアの大伯父ヘンリー・マダンは、オックスフォード大学の教授で、火星のふたつの衛星を命名した人物であり、祖父のファルコナー・マダンは、同大学のボドリアン図書館の館長だった。このファルコナーが、孫娘ヴァニーシアの案をローウェル天文台へ電報で送るよう、手配したという。

電報ですって？　ということは、ヒッポリタの努力は最初から無駄だったのだ。大急ぎで投函した彼女の手紙がまだハーレムの郵便局を出ないうちに、ヴァニーシアの電報――それも彼女自身が書いたのではない電報――は海を越え、誰よりも早くアリゾナに着いていたのだから。

幸いその記事には、ひとつだけ希望をつなげそうな情報が含まれていた。天文学者たちの試算によると、冥王星《プルート》の存在が確認されてなお、天王星と海王星の公転軌道がもつ不規則性を充分に説明することはできないという。ということはつまり、まだ発見されておらず名前もない太陽系外縁天体が、もうひとつあるかもしれないわけだ。

その日ヒッポリタは、夜遅く母親が仕事から帰ってくるまで、なんとか平静を保ちつづけた。惑星Xの話なんか、母親はとっくに忘れていたけれど、ヒッポリタのほうは、手紙を送るという思いつきが母に一笑されたことをよく憶えていた。いま急にそれを思い出し、母親になんて言われるか想像すると——「あなたまさか、なにか期待してたんじゃないでしょうね?」——涙腺がとうとう決壊した。ヒッポリタは、大声で泣きはじめた。

アパートのドアを開け玄関に入ったばかりで、まだ娘と言葉を交わしていなかった母親は、びっくりして部屋に駆け込んだ。「どうしたの?」母親が訊いた。「なにがあったのよ?」しばらくのあいだ、ヒッポリタは泣きじゃくるばかりで返事ができず、母はそんな娘を抱きしめ髪を撫でた。ようやくヒッポリタが、しゃくりあげる合間に言葉をつなぎはじめた。「わたし、絶対に見つけるから。次のやつを、絶対に」

「わかった」なにもわからないまま母親が答えた。「あなたは次のやつを見つける。大丈夫、きっと見つかるわ」

✥　✥　✥

ウォーロック・ヒルは、ウィスコンシン州ラクロス市とマディソン市のあいだにあるアメスボロという村を抜け、森と農地が広がる起伏に富んだ一帯に位置していた。ヒッポリタがアメスボロを通過したのは夜十時ごろだったが、すでにほとんどの村人は就寝していた。まだ明かりが灯っている建物はたったひとつだけで、ドアの上の看板を見ると、白人しか入れないフリーメイスンの寺院だった。

ウォーロック・ヒルへつづく脇道は、地図上で私道とされており、実際にその道はチェーンでふさがれていた。チェーンの向こう側は、路上に雪が積もったままだったけれど、人ひとりが歩ける幅だけ雪かきされていた。

ヒッポリタは、私道の手前に駐車しているシボレーのトラックの隣に、愛車のビュイック・ロードマスターを駐めた。『天文台一覧』と二本の鍵を持ったあと、グローブボックスから懐中電灯と三八口径の拳銃を出したのだが、この拳銃は女ひとりで遠出するのだから絶対に持っていけと、ジョージに押しつけられたものだった。オリシア・ブルーは、車の番をさせるつもりで助手席のシートの上に残した。

車を降り、顔をあげて月のない夜の静けさを味わった。懐中電灯は点けずに目が慣れるのを待ったあと、チェーンをまたぎ越え、天の川から降ってくるわずかな星明かりを頼りに私道を歩きはじめた。

道が大きくカーブした先に、ランプの光を雪の上に落としている掘っ立て小屋があった。ブーツが雪や砂利を踏む音は、近くを流れる小川のせせらぎが消してくれたので、彼女は小屋のなかがのぞき込める窓まで歩いていった。

白人の男がふたり、達磨ストーブの真ん前に椅子を並べて座っており、かれらの背後にあるテーブルには、灯油ランプと空になったジンのボトルが置いてあった。ふたりとも、明らかに天文学者ではなかった。きっと、農閑期に夜番として雇われた農民だろう。気の毒な男たちは、ぐっすり眠っていた。ひとりは頭を大きくのけぞらせており、ヒッポリタから見えるのは無精髭が伸びた顎だけだった。もうひとりは目を閉じて顎を胸につけているのだが、あまりに深く前傾しているため、今にも頭からストーブに突っ込んでしまいそうだった。

ポケットのなかで二本の鍵をいじりながら、ヒッポリタは決めた。かれらを起こすのはやめておこう。天文台をちょっと見せてもらったら、村の人たちが寝ているあいだにここを離れ、誰にも気づかれることなく街へ戻ろう。

気おくれして引き返したくなるまえに、彼女は再び歩きはじめた。

✣✣✣　✣✣✣　✣✣✣

夜の天文台をヒッポリタが飛び込みで訪問したのは、一九三八年のスワースモア大学が最初だった。

もちろん彼女が、スワースモアの学生だったわけではない。もし大学に行く金があったとしても、天文学を専攻するのは現実的な選択ではなかっただろう。大学に行かないまま天文学者になることを、夢見ていた時期もあった。クライド・トンボーはまさにそれを実現しており、彼がローウェル天文台に就職できたのは、アマチュアでありながら火星と木星の観測において優れた成果を挙げたからだった。そんな将来の夢を、ヒッポリタはヘイデン・プラネタリウム

（セントラルパークの近くにある公設のプラネタリウム）のガイドに打ち明けたのだが、彼はたったひとことですべてを踏みにじった。「だけど君は、黒人の女の子じゃないか」

九歳のヒッポリタであれば、こんな暴言は歯牙《しが》にもかけなかっただろう。しかし思春期に入った彼女は、心身ともに大きく変わっていた。成長があまりに急激だったため、ほとんど一夜にして平凡な黒人の女の子から、身長一メートル八十センチを越える大女になってしまったのである。それにつれて反骨精神も薄れてゆき、自身に押しつけられた限界を、抗《あらが》いもせず受忍するようになった。ヒッポリタの家を訪れる親戚たちは、すっかり内気になった彼女を見当はずれの理由を述べたてて心配し、祖母とおばに至っては、男が原因ではないかと勘ぐった。なるほどティーンエイジャーの少女なのだから、異性関係の悩みがあっても――あるいはバカなことをしでかしても――不思議はなかったろうが、ヒッポリタのまわりにいる男子はみな彼女の大きさに圧倒され、からかうか無視するかのどちらかだった。

とはいえ、急に図体が大きくなったおかげで得たものもあったし、そのひとつが裁縫技術だった。もし別の宇宙に生まれていたら、ヒッポリタの手先の器用さは、望遠鏡のレンズ磨きに生かされたかもしれない。だがこの宇宙では、自分に合う服の縫製に向けられた。彼女は高校を卒業すると、母親の言いつけに従ってワシントンDCへ行き、ジャスパーおじさんの洋服店で働きはじめた。

フォードのオープンカーを所有していたジャスパーは、ヒッポリタにも自動車運転を習わせ、自分の代わりに配達や注文取りをやらせるつもりでいた。最初のうち、彼女はいつもと変わらず命じられたことをやるだけだったが、ひとたび路上に出ると運転の楽しさに目覚め、情熱を注ぐようになった。あっという間に免許を取得した彼女は、ひとりで立派に運転できることを実証したあと、この車を休みの日に貸してくれないかとおじに頼みこみ、ガソリン代は彼女が自分で負担するという条件で、おじから許可をもらった。結局ヒッポリタは、ガソリン代にかなりの額をつぎ込むことになった。

ある年の二月の週末、ヒッポリタは両親に会うためニューヨークまでドライブした。父親はまだホーボーケンにいて、アーノルド・シルバースタインという人物の運転手として働いていた。ミスター・シルバースタインの娘のマーナは、スワースモア大学の学生なのだが、後期がはじまってペンシルヴェニアのキャンパスに戻るとき、本が入った箱をひとつ実家に置き忘れていた。ミスター・シルバースタインは、運転手であるヒッポリタの父に届けさせようと考えたのだが、ヒッポリタがすぐにワシントンへ帰ると知り、それならついでに届けてくれないかと彼女に頼んだ。

ヒッポリタは、あたりが真っ暗になったころスワースモアに到着した。本の入った箱をマーナが暮らす学生寮の寮母に預け、車に戻ろうと歩き出した彼女の目が、大学に付属するスプロール天文台のドームをとらえた。彼女はただちに進路を変えた。最初は天文台に近づき、その外観だけ見るつもりだったが、通用口が開いていて守衛もいないことに気づくと、ついそのまなかに入ってしまった。階段を二階まで上り、廊下を進んでゆくと「天体観測室」と書かれたドアがあった。室内から、回転するドームがきしむ音とモーターの音が聞こえてきた。

ノックする勇気を奮い起こしているとき、突然ドアが開いた。べっ甲縁の眼鏡をかけたひょろ長い白人の青年が、そこに立つヒッポリタを見て驚愕した。「君がデルバート・ショーネシー？」青年はいきなり質問した。

「なんですって？」

「デルバート・ショーネシーだよ」彼はくり返した。「新しく入るぼくらの実習仲間だ。君は彼じゃないの？」ヒッポリタが目を丸くしていると、青年の顔から軽薄な笑みが消え、頬が赤らんだ。

「ごめん。ちょっとからかっただけさ。ぼくはトム。トム・アップルトン」

「ヒッポリタ・グリーンです」

「こんばんは、ヒッポリタ。ここには望遠鏡をのぞきにきたのかな？」

「はい」まだからかう気なのかと警戒しながら、彼女は答えた。「もし規則違反にならなければ、ぜひ……」

「たぶんなるだろう」トム・アップルトンが言った。「もちろん、君が誰にも言わないなら、ぼくも内緒にしておくけどね。なんにせよ、君はいい日を選んだよ」秘密を打ち明けるかのように、彼は小声でつづけた。「ぼくたちは今、冥王星を見ていたんだ」

一瞬にしてヒッポリタは、九歳の子供に戻った。「プルートを？　ほんとに？」

「いや、見ようとしている、と言うべきだな。なかなか見つけられないんだ。だからてっきり、デルバートが来てくれたと思って」

「蟹座ですよね」ヒッポリタが言った。「冥王星は、蟹座にある」

「そのはずなんだ」アップルトンは同意すると、にっこり笑って一歩下がった。「どうぞお入りください」彼は室内にいるふたりの若者に向かって、肩越しに怒鳴った。「アーサー！　ユージーン！　いいニュースだぞ！　騎兵隊がきてくれた！」

　冥王星を探しながら、夜空をふるいに掛けていったあの夜のことを、ヒッポリタは絶対に忘れないだろう。冥王星の探索が手間のかかる作業になるのは、なまじ以前も探した経験があるために、よくわかっていた。望遠鏡に入った目標となるエリアのなかの淡い輝点が、惑星ではなく太陽光を反射しているだけの凍《い》てついた星屑ばかりであることを、知っていたからだ。点滅比較計を何度も見比べ、新しい仲間たちとさんざん議論したあと——「これかな？」「違う、これだ」——遂にヒッポリタも望遠鏡を通し、自信をもってこう挨拶することができた。「はじめまして惑星X。やっと会えたわね」

　夢のような出来事だったし、もしヒッポリタの人生がコミックブックであったなら、あの夜が運命の分かれ道になったであろう。しかし、現実はもちろん違っていた。一か月後、なんとか時間をやりくりしてスワースモアに戻ってみると、天文台の入り口は施錠されていて、トム・アップルトンを探そうとした彼女（前回は照れくさくて連絡先を訊けなかったのだ）は警備員につかまり、不法侵入で警察を呼ぶぞと脅された。

　それだけのことだった。ヒッポリタは、ジャスパーおじさんの服屋でさらに数年働いた。その後ジョージに出逢い、ホレスが生まれ、今の人生がはじまった。星は見つづけていたものの、たいていは車のフロントガラス越しだったから、冥王星との再会が叶うはずもなかった。

するとニ年まえ、『ニグロのための安全旅行ガイド』の取材でカリフォルニアに出張した彼女は、パロマー天文台のすぐ近くをたまたま通ることになった。あるモーテルを一夜の宿に決めて入ってゆくと、チェックイン・カウンターにいた男は、泊められる部屋がないと言って彼女の宿泊を拒否した。〈空室あり〉の電飾看板を、消し忘れていたという。道の反対側にあったモーテルのフロント係も、似たような弁解をした。車中泊するか、このまま一気にサンディエゴまで走るか思案していると、パロマー天文台と書かれた道路標識が目に飛び込んできた。長く忘れていたトム・アップルトンの名を思い出した彼女は、パロマー山を天文台まで登ってゆき、なにか手伝えることはないか天文学者たちに訊いてみたくなったのだが――自分でも驚いたことに、このバカな考えを実行に移してしまった。

山の中腹にさしかかったところで、彼女は立ち往生しているヤーヴァント・アザリアンという宇宙物理学者に出会った。聞けば、車のキャブレターが故障したという。天文台まで送るという申し出を受けてくれたアザリアンは、ヒッポリタの天文学の知識が本物か確かめるため、木星の衛星十一個の名を発見された順に挙げられるか、と彼女に訊いた。それはひっかけ問題ですかと、ヒッポリタは反問した。木星の衛星に関しては、つい数か月まえウィルソン山天文台が第十二番めを発見しており、その星にはまだ名前がついていなかったからだ。彼女の答はアザリアンを満足させた。彼はヒッポリタを、世界最大の望遠鏡が設置されたドームのなかまで案内し、その夜かれらが狙っていたM81銀河をのぞかせてくれた。

以来ヒッポリタは、出張の途中で天文台の近くを通るたび、ためらわず訪問することがひとつの趣味となった。常に歓迎されたわけではないけれど——ウィルソン山天文台の守衛なんか、彼女を二度も追っ払った——警察に通報されたことはなかったし、話ができた天文学者のなかに、彼女を黒人女《ネグレス》と呼んだ人はひとりもいなかった。

にもかかわらず、ローウェル天文台はまだ訪問していなかった。自分では特別な機会がくるのを待っているつもりだったが、実をいえば、押しかける勇気が湧いてこなかったのだ。やがてヒッポリタは、新たな希望を抱きはじめた。こうして天文台を訪ね歩くのは、気まぐれな寄り道などではなく、別のなにかへ向かうための一過程なのだろう。どこにたどり着くのかは、定かではないけれど……とにかく、どこかへ向かっていることだけは間違いない。

暗夜に浮かぶ星屑のように、いびつな軌道をたどってきたヒッポリタは、障害にぶつかるたび進路を修正され、彼女が追い求めているなにかと遭遇できる場所に、少しずつ近づいていた。彼女が願うのは、そんな場所があったらすぐに察知して飛び込んでゆく勇気を、常にもちつづけていることだった。

✣✣✣　✣✣✣　✣✣✣

小川に架けられた細い橋を渡ると、道はウォーロック・ヒルを登りはじめた。ヒッポリタはここで懐中電灯を点けた。木々が星明かりを隠しているうえ、階段の代わりに埋められた自然石が不揃いで、滑りやすかったからだ。六十四個まで石を数えたところが丘の頂上で、丸い平坦な空き地の真ん中に天文台のドームがあった。

コンクリート製のドームだった。ドームの外壁を懐中電灯で照らしていったヒッポリタの眉間に、縦皺《たてじわ》が刻まれた。ドームを回転させる機構だけでなく、望遠鏡を露出させるための開口部もまったく見えなかったからだ。

ただし入り口だけは、人が歩ける幅だけ雪をのけて道がつくられていたため、すぐにわかった。その道は、ドームのまわりを時計回りに回っており、たどってゆくとコンクリートにはまっているドアの前に出た。

ドアは、持参した一本めの鍵で開いた。懐中電灯を屋内に向けると、コンクリートの短い階段があり、階段の上から両側に手すりのついた金属製の通路がまっすぐ延びていた。ドア脇の壁に照明のスイッチがあったので、オンにした。

ドームの底部には黒く光る水が溜まっており、金属製の通路はそのプールの上に渡されていた。黒いプールを囲むかたちで照明が配置され、その光に照らされたドームの内壁は、外壁と同じく非情なまでにつるつるだった。通路の中央部分はデッキになっており、操作盤らしきものが置いてあった。通路は、デッキを越えてドームの直径の四分の三ほどのところまで延びたあと、長方形をしたドア枠らしきフレームにつながっていた。フレームの表面は、下に溜まっている黒い液体でコーティングされたかのように、黒光りしていた。

ヒッポリタは慎重に通路を進んでいった。黒い液体の正体は見当もつかなかったけれど——鼻が凍えていて、薬品臭もケミカル臭もまったく感じられなかったのだ——落ちたら危険なことだけは間違いなさそうだった。

操作盤の前に立った。盤面には、三ケタの数字を表示している小さな窓が横に八個、縦に八列の計六十四個並んでいた。すべての窓が001にセットされていたが、この数字は、各窓の隣にある回転式のカウンターで一個ずつ変更できそうだった。六十四個の窓とカウンターのさらに右側には、小さな丸い穴と大きなボタンがひとつあった。

ためしにこの大きなボタンを押してみた。操作盤が乾いたクリック音を発しただけで、なにも起こらなかった。そこで棒状の大きな鍵を出し、丸穴にあててみると、ぴったりはまった。ヒッポリタは鍵を根もとまで押し込んだ。

たくさんのライトが一斉に点滅した。操作盤の下で鳴りはじめた機械音が、ぐんぐん音量を増して重低音を響かせ、眼下の黒いプールにさざ波がたった。やがて音は小さくなってゆき、かろうじて聞き取れるレベルに落ち着いた。ライトがもう一度点滅して完全に消えると、突然ドーム全体も消えてしまい、ヒッポリタは吹きさらしの丘の上にひとりで立っていた。

いや違う。ドームはまだちゃんとある。現在の外の様子が、そのままドームの内壁に投影されており、彼女はそれを見ているのだ。空には木星があったし、彼女がたどってきた雪のなかの小道も、はっきり映っていた。

ヒッポリタは視線を操作盤に戻した。窓と回転式カウンターが赤く光り、数字を照らしていた。ヒッポリタは、いちばん右下の窓とカウンターに着目した。指を伸ばし、001の1に対応する金属製のカウンターを下に動かすと、窓の数字が2に変わった。彼女は顔をあげた。丘の上の景色はそのままだった。ならばもう一度、大きなボタンを押してみよう。

黒いプールのさらに下から、ズンという音とともに振動が伝わってきた。ドームのなかが真っ暗になり、しばらくのあいだ操作盤の赤い光のほかなにも見えなくなった。やがて新たな映像が投影されたのだが、今回は星が散りばめられた宇宙空間だった。ウォーロック・ヒルの風景は、まったく残っていない。

首を伸ばし、馴染みの星座を探したのだが、ひとつも見つからなかった。特に目立つ星がふたつあったけれど、たがいに近接して光っているから目についただけで、彼女のまったく知らない星だった。片方は青色、もう一方はオレンジ色に光る二個の星は、あたかも色の違うふたつの瞳が数度ずれて並んでいるかのようだった。色違いの双子星！

投影された映像のいちばん下近くに、三つめの目立つ星があった。不規則な形をした小惑星が、とてもゆっくり回転しているのだが、ふたつの恒星から光を受けているおかげで、わずかに動くたび新たな相を見せた。ヒッポリタは思わず手を打ち、笑ってしまった。もし彼女の父親が、こんな星空を観察していたら。

計算してみようと思い、ふたたび操作盤に目を落とした。六十四個あるカウンターのすべてが、０００から９９９にセットできるのであれば、三ケタの数字の組み合わせは全部で十の百九十二乗となるはずだ。この天文学的数字を言い表わす「……リオン」で終わる単位名はなかったかと考えた彼女は、「スリリオン」という語を思いつき、ひとりまた声をあげて笑った。一スリリオン個の宇宙のパノラマ。当然、似たような宇宙が無数にあるのだろう。

再び右下隅のカウンターに触れ、2を3に変えてみた。あとはなにを考えるでもなく、ただガチャガチャと数字を変えていった。

適当なところで止め、ボタンを押した。

ズン！

ヒッポリタは、青く染まった雲海の上におり、山のように巨大な藍色の積乱雲が周囲に伸び上がっていた。上空は霞《かす》んでいたが、見知らぬ太陽とこの惑星をぐるりと囲む太い環が見えた。美しかった。だが同時に、恐ろしくもあった。なにしろ雲海の下では、測りしれない深さをもつ大海原が壮大な稲光に照らされながら荒れ狂っており、通路の先に視線を向けると、正面のドア枠がその海に飛び込む――または落ちてゆく――ための入り口のように見えたからだ。

急にぞっとして眩暈《めまい》を感じた彼女は、操作盤に手を伸ばして番号をひとつだけ変え、再度大きなボタンを叩いた。

ズン！

強烈な光。黒い岩だらけの焼け焦げた大地が、彼女の正面に広がる地平線上の巨大な太陽に照らされ、赤く染まっていた。片手で目をかばったヒッポリタは、徐々に指を開いてこの映像マジックが生んだ風景を熟視した。太陽の端っこが、通路の先に立つドア枠にかかっており、映像の不連続性を際だたせていた。というのも、ドア枠のなかに入っている太陽と風景が、ほかに比べるとなぜか近いように感じられたからだ。

ヒッポリタの体がぶるっと震えた。ドーム内の冬の空気は、彼女を囲む灼熱地獄のような景色と矛盾していた。外には雪が積もっているのだから、雪玉を一個あのドア枠のなかに投げ込んだらどうなるか、考えてみた。ドームの内壁に当たって飛び散り、せっかくの幻影を台なしにするだろうか？　それとも異次元の星の高熱に焼かれ、蒸発して湯気になってしまうのか？

実験としては面白そうだった。実行する気になりかけた彼女は、しかし別のことに思い至った。ドアとは、雪玉を投げるために存在するものではない。反対側へ通り抜けるためのものだ。そしてドアを通った先にあるのは、人間が窒息したり、焼けて炭になることのない世界なのだろう。

当然、選べる宇宙は一スリリオン個もあるのだから、どこが安全かいちいち確かめていたら寿命が尽きてしまう。ヒッポリタはここにとどまり、無限に近い数の世界をひとつずつ試してみたかったのだが、あまり時間もなかったので、とりあえず『北米大陸天文台一覧』の最後のページを開き、そこに書かれている数字の組み合わせを試すことにした。

いちばん上にあった数字を選び、カウンターをセットした。最後にもう一度だけ、赤い太陽に焼かれた星の風景を眺めた（この世界に振られた番号をメモしていなかったため、もう二度と見られないことに気づいたからだ）。それから大きなボタンを押した。

ズン！

一瞬ドーム内が真っ暗になり、それからみごとな渦巻銀河が現われた。彼女の目の前で夜空にぶら下がっているその銀河は、白い砂浜に波が打ち寄せている暗い海に反射し、不定形な月のように揺れながら輝いていた。

ヒッポリタは通路の端まで歩き、ドア枠のなかを見つめた。それから手すりにつかまって身をのり出し、枠のうしろを見た。ただの幻影ではなかった。ドア枠の周囲を見るかぎりでは、数メートル先にあるドームの内壁に投影されたパノラマが連続的に展開されているのだが、ドアを通して見ると砂浜はすぐそこにあって、たった一歩足を踏み出すだけで投影された映像ではなく、三次元の本物の空間に入っていけそうなのだ。

すぐそこにありながら、本当ははるか遠い砂浜。浜に砕ける夜の磯波が、ヒッポリタが立っている位置からもよく見えるのだが、潮騒は聞こえなかった。そして彼女が吸っている空気は、吐くたびに白くなる冬のウィスコンシンの冷気だった。しかしあの浜辺の空気は――彼女はなぜか確信していた――もっと暖かいに決まっている。

ヒッポリタは腕を伸ばした。片手がドア枠を通過すると、とたんに掌がひりひりと不快に痛みはじめた。もっと深くまで腕を差し入れると、痛みと抵抗がさらに強くなったので、彼女は新たな確信を得ながら腕を引っ込めた。このドアは、中途半端を許さないのだ。指や足先を、少しだけあちら側に出すことはできない。入るんだったら、思いきって一気に通り抜けろ。

そう考えながらも、通路の真下にある黒いプールを、彼女は見ずにいられなかった。ドア枠を通り抜けたとたん、この黒い泥水のなかにどぼんと落ち、ついでに足を折ってしまうのではないだろうか。そもそも幻影とは、そういうものである。しかし――

「君が誰にも言わないのなら、ぼくも内緒にしておくけど」トム・アップルトンの懐かしい言葉をつぶやき、彼女はドア枠のなかへと足を踏み入れた。

✣✣✣　✣✣✣　✣✣✣

ヒッポリタが予想したとおり、浜辺の空気は暖かった。汀《みぎわ》を越えて吹いてくる潮風は、晩春か初秋を思わせた。今はショルダー・シーズン（繁忙期と閑散期のあいだを指す旅行業界の用語）なのだ、と彼女は思った。観光客向けバンガローの賃貸物件が残っていたら、安く借りられるだろう。息を深く吸ってみると、海風の匂いは彼女の生まれ育った大西洋岸とは違っていたものの、酸素を充分に含んでいるらしく、少なくとも失神したり眩暈を感じたりすることはなかった。

砂はやけに弾力があった。ヒッポリタは下を見ながら、試しに両足で軽く跳ねてみた。砂ではなかった。彼女の体のほうが、軽くなっていたのだ。火星やガニメデにいるときのオリシア・ブルーみたいに、ぴょんぴょん高く跳べるわけではないけれど、くるぶしの腱《けん》にかかる負荷がわずかに減っていることは実感できた。ここの重力は、地球に比べて少しだけ弱い。

ヒッポリタは、ほほ笑みながら爪先立ちになって両腕を開き、その場で優雅に百八十度回ってみた。回転を終えた彼女の正面には、たったいま通ってきた現実世界への出口となる高さ二メートル、幅九十センチのドア枠があり、そこを通してウォーロック・ヒルに立つ天文台の寒寒とした内部が見えた。でもこうして正面から見ると、こっち側のドア枠は金属ではなく細い光の筋でできており、砂に淡い光を落としていた。

うしろはどうなっているのかと思い、ドア枠のまわりを歩いてみた。なんとも気に入らなかった。どの角度から見ても光の枠はちゃんと存在しているのに、真裏に立ったときだけ素通しの鉄枠に変わってしまい、枠の内と外で同じ浜辺の景色が連続しているのだ。そこでもう一度、正面に向かって歩いてゆくと、どこからともなく冬のウィスコンシンが、まるで回り舞台のように枠のなかに戻ってきた。「ま、いいか」彼女は独りごちた。

次に浜の周囲を見まわした。浜の奥には高い崖がそそり立ち、崖の上が林になっていることは、星の光を受けた樹葉が銀色に輝いていることからも推定できた。崖は、彼女の左に向かって眼路のかぎりつづいており、その下の砂浜も、崖に沿って途切れることなく平坦に延びているのだが、かなり離れた場所に真っ黒な大岩がひとつだけ落ちていた。右に目を転じると、二百メートルも離れていないところで岩だらけの細い台地が、崖から半島のように突き出しており、砂浜をまっすぐ断ち切って波打ち際で終わっていた。半島の側面には、ジグザグの形状でひとめでそれとわかる灰色の階段が取りつけられ、半島の上には二棟《ふたむね》の建造物があった。ひとつは半島が崖と接する根もとの部分に立っており、陸屋根をもつ平屋だった。もうひとつは、海を見おろす半島の突端に立つドーム形の建物で、細部は見えないが天文台に特有な開口部のシルエットを、ヒッポリタが見誤るはずもなかった。

ちょっとだけ見学させてもらおう、と彼女は思った。外はもちろん、できればなかも。とはいえ、もしもそのあいだに誰か来て、あの機械のスイッチを切ってしまったらどうなる？　ドア枠の向こう側にあるウィスコンシンを見やりながら、ヒッポリタは考えた。

そのときは目を覚ますだけだと、自分に言いきかせた。なぜならこれは、すべて夢だからだ。

夢に決まっている。

頬をなでる暖かい海風が、いいや絶対に夢ではないと訴えていた。

しかし、ヒッポリタは無視した。

✣✣✣

半島の岩壁にボルトで固定された階段は、上から下まで全体が鉄製の檻ですっぽりおおわれており、上り口にはゲートがあった。ゲートに鍵はついていなかったものの、閂《ラッチ》の作りが非常に複雑で、開けるには人間の手があと一、二本欲しくなるほどだった。このラッチは、どんな侵入者を防ぐ目的で設置されたのかと考えているうち、彼女が思い出したのは、『オリシア・ブルー』第五巻に登場するエウロパの海に棲むイカ人間だった。もしここでの敵がイカ人間であれば、やつらは銃を怖がるから、なんの問題もないのだが。

ゲートを開けると、岩壁のずっと上のほうでブザーが鳴った。ヒッポリタは急いで檻のなかに入ってゲートを閉め、耳を澄ませた。しかし、聞こえるのは波の音だけだった。

重力は地球より弱いはずなのに、彼女が上ってゆく階段は、はらはらするほど不安定に揺れた。最後の数段を駆けあがり、いちばん上の踊り場で呼吸を整えた。ここまで来ると、ドームがよく見えた。間違いなく天文台だった。それなら向こうの平屋は、惑星を渡り歩く宇宙物理学者のためのゲストハウスかなにかだろう。どちらの建物にも、人の気配はまったく感じられなかった。

この踊り場から台地の上へ出るためには、あとふたつのゲートを通らねばならなかった。ふたつのゲートは、約三メートルの長さがある檻の入口と出口に設置されており、ヒッポリタはこの檻を見て、『オリシア・ブルー』第四巻で海王星の海賊たちがオリシアを捕らえるため準備したエアロックの罠を思い出した。かといって今さら引き返すわけにもいかず、彼女は早口で祈りの言葉を唱えると、檻のなかへ足を踏み入れた。

ふたつめのゲートはなかなか開かなかった。身をかがめてラッチを調べているうち、頭上からパチパチという音が降ってきて、なにかが髪の毛に触れた。顔をあげた彼女は、檻の天井から吊り下がった何本ものコイルが、青い火花を散らしていたことに気づいた。

危ないと思ったときは、すでに頭のなかが、文字どおり無数の星で埋まりはじめていた。

✣✣✣　✣✣✣　✣✣✣

意識を取り戻したとき、ヒッポリタはランプが灯った小さな部屋のなかにいて、折りたたみ式のベッドに横たわっていた。彼女は反射的に、ウィスコンシンの丘に立つあの夜番たちの小屋に、戻ってきたのだと思った。でもよく見れば、天井も四方の壁も金属製で、椅子に座り深い皺が刻まれた顔でヒッポリタを見ているのは、灰色の髪をしたニグロの老女だった。老女は、三ケタの数字のページが開かれた『天文台一覧』を膝の上にのせ、片手にヒッポリタの三八口径を持っていた。

銃から目を離さないようにしながら、ヒッポリタはベッドの上で上体を起こした。頭がふらついたけれど、痛みは全然なく、倒れたときにできるはずの瘤《こぶ》や擦り傷もないようだった。体を半回転させ、ベッドから両足を下ろした。

老女が口を開いた。「わたしがいいと言うまえに立ちあがったら、あなたの脳みそをうしろの壁にぶちまけるわよ」語調は穏やかで威圧感はまったくなく、あたかも大宇宙の理《ことわり》――少なくとも今いるこの宇宙の――を説いて聞かせるかのようだった。

「わかった」とヒッポリタは答え、両手を膝の上で重ねた。

「あなたは何者？」

「名前はヒッポリタ・ベリー」

「彼のところで働いてるんでしょ？」

「彼とは？」

「ウィンスロップよ。ハイラム・ウィンスロップ」

「いいえ。わたしは――」

「嘘をつくな！」老女は開きっぱなしになっていた『天文台一覧』をつかむと、そのページがなにかの証明書であるかのように、ぐいと前に突き出した。「これは彼の筆跡でしょうに！」

「誰の筆跡かなんて、わたしにはわからない。その本をウィンスロップ・ハウスで見つけたのは確かだけど、それ以上のことは――」

「ほらやっぱり、彼の家にいたんじゃないの。あなたは彼の使用人だ！」

「違う。使用人なんかじゃない」ヒッポリタは釈明した。「いくらあの家がウィンスロップ・

ハウスと呼ばれていても、ハイラム・ウィンスロップはもう死んでる。今あの家に住んでいるのは、レティーシャ・ダンドリッジというわたしの友人。あそこは今、彼女の家になってるの」

「あなた、そのレティーシャとかいう白人女と友だちなの？」

「レティーシャは白人じゃないわ」

「黒人の女がウィンスロップの家の持ち主ってこと？　じゃあその女が、あなたをここに来させたのね？」

「いいえ、人に言われて来たわけじゃない。わたしはただ、ウィンスロップ天文台を自分の目で見たかっただけ」

「なぜ？　そんなことをして、なんの得がある？」老女は『一覧』を膝の上に戻すと、拳銃の銃口をヒッポリタに向けた。「やっぱりあなたは、嘘をついてるんだ！」

「待って」ヒッポリタが早口で言った。「いま説明するから、わたしの話を聞いて。もうずっと昔、わたしがまだ幼かったある晩、父が天体望遠鏡を買ってきて……」

✣✣✣　　✣✣✣　　✣✣✣

「なるほどね」語り終えたヒッポリタに、老女が言った。「そんなややこしい話をでっち上げられる人は、まずいないでしょうよ。でもひとつだけ、あなたは勘違いをしている。あなたがここに来たのは、やっぱりハイラム・ウィンスロップに導かれたからだ」

「だからさっきも言ったでしょ、彼はもう――」

「それはよくわかってる。わたしはね、彼の霊魂の話をしてるの」ヒッポリタが怪訝《けげん》な顔をしたのだろう、老女は急に眉をひそめた。「なにその顔？　自分は幽霊を信じるほどバカじゃないと思ってるの？　ここでは宇宙から宇宙へ、ひょいと飛び移ることだって可能なのに？　そうだ、いいことを教えてあげる。あなたはね、また一番になり損なったの。この星に名前をつけたいんじゃない？　でもだめ。ウィンスロップが、とっくの昔に命名しているからよ」

子供じみた失望を感じながら、開きっぱなしの『一覧』に視線を送ったヒッポリタは、突然ひらめいた。「T・ハイラム」そうだったのか。「テラ・ハイラムが、この星の名前？」

老女がうなずいた。「もう立ちあがっていいわ。ところでわたしは、アイダっていうの」

✣✣✣　✣✣✣　✣✣✣

「お腹すいてない？」アイダがヒッポリタに訊いた。

「まだ大丈夫」

「わたしはすいた」

狭い小部屋を出たふたりは、ダイニングテーブルと椅子が置かれた部屋に移動した。片方の壁沿いにシンクとカウンターがあり、大きな窓から天文台と半島の先端、そしてその下の浜辺が見わたせる広い部屋だった。どうやらこの家は、すべての部屋が同じ灰色の金属で作られているようだった。実際、ヒッポリタが座った椅子のうしろの壁には、大きな金属板をジグソーパズルのように組み合わせたつなぎ目が、はっきり見えていた。

「それは、この家が組み立て式だからよ」アイダが教えてくれた。「いわば、持ち運びできる探検家向けのプレハブ小屋。取扱説明書もちゃんとある。これだけの部品を、どんな箱にどうやって詰め込んでいたのか、ぜひ見てみたいものね」

アイダは、シンクの横のカウンターに置かれた小型のオーブンみたいな器具に手を伸ばした。器具の前面には、下に引いて開ける扉と八ケタの数字が表示できる操作盤、緑色のライト、そしてボタンがあった。そのボタンをアイダが押すと、扉がロックされたような機械音が鳴り、緑のライトが赤に変わった。器具本体から、低いうなりが聞こえてきた。うなりは三十秒くらいで消え、ライトが赤から黄色になって扉のロックが解除された。扉を開けたアイダが取り出したのは、例の灰色の金属で作られ、アルミ箔《はく》で蓋をされた浅い鍋だった。彼女がその鍋をテーブルまで運んでアルミ箔をはがすと、湯気があがった。ヒッポリタは身をのり出した。鍋のなかには、甘い香りがする白いふわふわのケーキが、びっしり入っていた。「それってスポンジケーキ?」

「いいえ。これはマナ（聖書の出エジプト記で、飢えたイスラエルの民に神が恵んだとされる食物）」腰をおろしながらアイダが答えた。「取扱説明書にはそう書いてあった。一日に必要な栄養が、全部含まれているんですって。実際わたしは、これだけで生きてる」彼女は手を伸ばしてケーキの端をむしり取ると、口のなかに放り込んだ。

ヒッポリタは、鍋をおおっていたアルミ箔をつまみ上げた。箔の表面に、八ケタの数字——

00000001――が刻印されていた。

「入力する番号を変えると、違った食べ物が出てくる」アイダが言った。「だけど、説明書には1番がマナと書いてあるだけで、メニューが載ってないから、なにが出てくるかわからないの。おまけにこの機械を使えるのは、四時間に一度だけと決まっているので――」彼女は黄色いライトを指さした。「もし不味《まず》いものを出してしまうと、次の四時間を待つか、我慢して食べるしかないのね。でもメアリーは、徹夜で食べ物ルーレットをやるのが大好きだったから、わたしも彼女がいつホットチョコレートを出してくれるか、ずっと楽しみにしていた」

この食品製造機を見ながら、ヒッポリタが質問した。「どんな仕組みになってるか、知ってる？」

「大きな筒型のタンクが、家事室に据えられていて、そこからパイプが何本も出たり入ったりしてる」アイダが答えた。「説明書には、そのタンクが〈基本原料容器〉だから、なにがあっても絶対に開けてはいけないと書いてあった。だからわたしは、この場合の〈基本原料〉とは神さまがアダムを作るのに使い、あとから生命を吹き込んだ泥のようなものだと考えている」

彼女は、マナをもうひとつかみむしり取った。「泥にしては、けっこう美味しいけどね」

「メアリーというのは？」ヒッポリタが訊いた。

「ウィンスロップ・ハウスで一緒に働いていた同僚。仲間は全部で六人いた。ミスター・ウィンスロップの運転手だったジェイムズ・ストーム、料理人のゴードン・リー、雑役夫のスレイド爺さん、そして家政婦をしていたのが、わたしとメアリーとパールの三人」ここでアイダは、

小さくため息をついた。「このパールが、ミスター・ウィンスロップの息子と駆け落ちしたの。ふたりがいい仲になっているのを、ミスター・ウィンスロップも知っていたんだけど、好きにさせていた。でも、ふたりが出奔して夫婦同然に暮らすとなると、話はまったく別。彼はわたしたちを集め、息子とパールがどこに行ったか教えろと命じた。パールを罰するつもりはないと言ってたけど、嘘に決まっていたから、誰も口を割らなかった。すると彼は、彼が支部長を務めているクラブの男を何人か連れてきて、わたしたちを車に押し込むと、街からどんどん離れていったの。

「どこかの森に連れ込まれ、リンチされるに違いないと思ったわ。わたしの兄のロイも、ケンタッキーで同じ目に遭って死んだしね。ところがミスター・ウィンスロップは、まったく別のことを考えていた。彼は、ウィスコンシンのあの丘の上でわたしたちを車から降ろすと、コンクリート造りの核シェルターみたいなところに連れてゆき、この世界に通じるドアを開いた。ドアを抜けたわたしたちは、この岩山を登らされた。そして最後に連れていかれたのが、あそこだった」アイダは窓の外の天文台を指さした。「彼はわたしたちに望遠鏡をのぞかせ、夜空の果てをかすめている光の筋を指さしながら、こう言った。〈あれが天の川だ。おまえらが愛する人を残してきた地球は、あそこをさらに越えたずっと向こうだ。あまりに遠いので、ここから歩いて帰ろうとしても、たいして進まないうちにすべての星が燃え尽きるだろう。神でさえ、おまえらが地球へ帰り着くまえに、年老いて死んでしまうのだ〉

「それを聞いて、わたしたちはすっかり怖気《おじけ》づいてしまった。スレイド爺さんなんか、パールたちについて爺さんが知っているわずかなことを、早く教えなければと焦りはじめた。けれどもミスター・ウィンスロップは、自分が話しているあいだにわたしたちが逃げ出さないよう、なにかの魔法をかけていた。だからスレイド爺さんは、しゃべりたくても声が出せなかった。わたしたち全員が、ミスター・ウィンスロップが許すまで言葉を発せなくなっていた。〈おまえらが協力する気になったのはわかっている〉ミスター・ウィンスロップが言った。〈しかし、わざと嘘を教えるやつもいるに違いない。すでにわたしは、おまえらのせいでかなりの時間を無駄にした。だからおまえらが正直に話す気になるまで、ここで二、三日苦しんでもらうぞ〉

「時間を無駄にしたくない男が、なぜそんな手間のかかることをやるのか、わたしには理解できなかった。だってわたしたちを拷問したほうが、ずっと手っ取り早いんだもの。きっと、惑星もほかの贅沢品と一緒で、誰かに見せびらかさないと所有している意味がないんでしょうね。

「とにかく彼は、わたしたちをここに置き去りにした。ところが二、三日で終わるはずだったのに、そのあいだにシカゴでなにかあったらしく、彼がわたしたちを尋問しに戻ってくることは遂になかった。結局、誰も来なかったわ」

「それっていつの話？」ヒッポリタが訊いた。

「一九三五年」アイダは即答した。「ミスター・ウィンスロップがわたしたちをここに連れてきたのは、七月十八日だった。彼が何日に死んだか、あなた知らない？」

ヒッポリタは首を横に振った。「かなり昔だとは聞いてる。でも日付までは知らないし、どう死んだのかもわからない」

「彼の死に方については、わたしにも想像できるの。もしわたしが思っているとおりなら、彼はサミュエル・ブレイスホワイトに殺されたのよ」アイダはこう言うと、ヒッポリタの反応を待ったのだが、ヒッポリタはそもそもブレイスホワイトの名を知らなかった。「どんな商売をしていたのかは、よく知らないけど」しばらくたってから、アイダがつづけた。「ブレイスホワイトとミスター・ウィンスロップは、仕事上のパートナーだった。だけどあの年の夏、ふたりは仲違《なかたが》いした。そのごたごたにまぎれて、彼の息子はパールと駆け落ちしたんだと思う。今でもよく憶えてる。パールたちがいなくなる一週間まえ、ミスター・ウィンスロップは電話で誰かに向かい、サミュエル・ブレイスホワイトを島流しにしてやると言っていた。間違いなく彼は、島流しという言葉を使っていたわ。あとになって気づいたんだけど、彼はブレイスホワイトを罠にかけ、ここに連れてくるつもりだったのね。わたしたちを置き去りにしたのも、たぶんそれが本当の理由」彼女はゆがんだ笑みを浮かべた。「流罪にされた白人のご主人さまに仕える、奴隷たちというわけ。もしそれが彼の計画だったのなら、彼はブレイスホワイトに先手を打たれたんでしょうね。そう考えると、パールもうまく先手を打ったことになる」テーブルに視線を落としたアイダの顔から笑みが消え、悲しげな表情だけが残った。「彼女が幸せに暮らしていることを、わたしは祈ってるの。心から」こう言うとアイダは顔をあげ、肩をすくめてみせた。「ところで今年は何年？　一九五四年？」

ヒッポリタはうなずいた。

「十一月？」

「いいえ十二月。今日は二十一日」

「十二月二十一日!」大きな声だった。「計算をやり直さなきゃいけない。日付だけは、みんなで注意深く数えていたのに。でもこの世界では、時間の進み方が地球よりちょっと遅くてね。正午から翌日の正午まで、二十五時間近くかかってしまうの。計算は得意なんだけど、この半端な数字が難しくて……」首を振りながら嘆息したアイダが、なにか思いついたらしくにっこり笑った。今回は、掛け値なしに嬉しそうな笑いだった。「十二月二十一日ってことは、もうすぐクリスマスじゃないの。メアリーはどんなに喜んだだろう」


ヒッポリタは黙っていたのだが、アイダは彼女の顔に浮かんだ疑問符を見逃さなかった。

「いいのよ。訊きたいことがあるなら、なんでも訊いて」

そこでヒッポリタは、遠慮なく質問した。「メアリーになにがあったの? ほかのみんなは?」

❖❖❖　❖❖❖　❖❖❖

台地が半島となって崖から突き出している付け根の部分には、高さ四メートル近い頑丈そうなフェンスが、半島の幅いっぱいに二重に張られていた。この障壁は単なるブービー・トラップではなく、一撃で命を奪う仕掛けが施されているのだろうとヒッポリタは推測した。フェンスには門がついているのだが、その門を入ってすぐのところにある操作ボックスの赤いランプは、まるで侵入者を喰い殺す悪鬼の目玉のようだった。

このフェンスからアイダの家までは空地になっており、十字架が四本立っていた。椰子《やし》の葉や茅《かや》のように丈夫な植物の繊維で、木の枝を束ねただけの十字架だった。うち三本は、この台地を覆う薄い砂の層に直接突き立っていたが、四本めの前にはちょうど柩《ひつぎ》がひとつ隠れるくらいの面積に、大量の小石がケルンのように積んであった。

「これがメアリー」小石の山を見ながらアイダが言った。「ゴードンは水葬にしてあげたけど、ジェイムズの遺体には触ることもできなかった。最初に逝《い》ったのがジェイムズだったからよ。「ミスター・ウィンスロップはわたしたちに、浜はすごく危険だぞと釘を刺していったんだけど、それをジェイムズはただの脅しだと思ってしまった。あの砂浜には、あっち側に戻れる出口があると彼は言い張った。だから早くもここへ来て二日めに、彼はその出口を探すため浜に下りてゆき、そしてスキュラに捕まった」

「スキュラですって?」ヒッポリタが訊き返した(スキュラはギリシア神話に登場する海の怪物で、近づく船乗りを喰っていたが、最後は岩礁に変えられた)。

「次がゴードンだった」彼女の問いを無視して、アイダはつづけた。「三十四日めだった。ジェイムズを亡くしたショックが薄れると、今度はゴードンがいらいらしはじめた。そして、あそこを探検すると言いだしたの」アイダは断崖に沿って延びる叢林を指さした。「彼は毎朝、一時間から三時間もあの森を歩きまわった。はじめのうちは、森で見つけた物を持って帰っていた。石や木の枝が多かったけど、一度だけ奇妙な花を摘んできたことがある。だけど、スレイド爺さんがやめさせたの。どれほど危険な物が落ちているかもわからないのに、むやみに拾ってくるなというのが爺さんの言い分だった。だけど、ゴードンは聞く耳をもたなかった。

「そしてある日、ゴードンは森から帰ってこなかった。午後も遅くなっており、わたしはみんなで探しに行こうと提案した。なのにスレイド爺さんは行くのを拒《こば》んだ。メアリーも行きたくなかったんだけど、それ以上にスレイド爺さんとふたりきりになるのが厭《いや》だったので、わたしについてきた。わたしたちはゴードンの足跡を追いながら、あの森のなかを三キロぐらい進んで、森が海へと落ちてゆく断崖までたどり着いた。

「その断崖で、わたしたちは仰向けに倒れているゴードンを見つけた。彼のすぐ横には――なんて言うか――鳥の巣みたいな物があった。死んでいるのはひとめでわかった。でも彼を殺した小さな化け物は、まだ生きているらしく、彼の頭を帽子のようにすっぽり包んでいた。

「彼の遺体をそのまま放置したくなかったし、かといってメアリーとふたりで運んだとしても、スレイド爺さんが家に入れてくれないのはわかっていた。だからわたしたちは、ゴードンのため祈りを捧げてから、わたしが両手首、彼女が両足首を持って崖から海に落としてあげた。

「家に戻り、スレイド爺さんにゴードンが死んだことを伝えた。爺さんは半狂乱になって、わしがこんなところに閉じ込められる謂《いわ》れはない、もうたくさんだと叫びはじめた。〈これからは、この家を一歩も出てはいかんぞ〉爺さんは言った。〈そしてミスター・ウィンスロップが来るのを、おとなしく待つんだ。彼が来たら、彼の息子さんとあのバカ娘がどこに行ったか、教えてさしあげろ。もし教えないと言うなら、わしも彼と一緒におまえたちをぶちのめしてや

る〉

「こう脅されても、わたしは全然怖くなかった。爺さんは小男だったから、たとえメアリーと一対一の喧嘩をしても、彼に勝ち目はなかったでしょうね。とはいえ、油断はできなかった。わたしたちは三人とも、ミスター・ウィンスロップはもう戻ってこないだろうと思いはじめていたし、もし絶望したスレイド爺さんが自棄《やけ》を起こしたら、寝ているあいだに殺されるかもしれなかった。だからわたしとメアリーは、夜は交代で眠ることにして、その状態が八十七日間つづいた。

「八十八日めは、嵐の一日となった。もちろんそれまでも、小雨やにわか雨の日はあったけれど、あの日はまったく違っていて、黒雲から大粒の雨が降り雷が轟いた。いくら取扱説明書に、この家は金属製だが雷には強いと書いてあっても、わたしたちは三人ともずっとびくびくしていた。

「あの晩の夕食を、メアリーは食べ物ルーレットで決めることにした。そしてスレイド爺さんに、番号を選ばせた。たぶん彼女は、なにか美味しいものが出てくれれば、それを爺さんは神のお恵みと考え、少しは機嫌がよくなるだろうと考えたんでしょうね。

「けれども、期待どおりにはならなかった」思い出すだけでアイダは身震いした。「メアリーが不味いものを出したことなら、それまでにも何回かあった。だけど生きてうごめいてる物が出てきたのは、あのときが初めてだった」彼女はきつく手を握りしめた。「鍋のなかに、大きなウジ虫がうようよしていた。太くて、白くて、毛が生えていた。ひとめ見ただけで食欲が失せたわ。いつもならなんだって食べてしまうメアリーも、あれだけはだめだった。

「なのにスレイド爺さんは、急に大声で笑いはじめた。きっと、地獄が本当にあることを知った人は、ああいう笑い方をするんだと思う――わたしの兄も、殺された夜、あんなふうに笑っていたもの。とにかく爺さんはウジ虫を一匹つまむと、口を大きく開けてかぶりついた。ぐちゃぐちゃ嚙むあいだも、ずっと笑っていたわ……

「それから爺さんは、勢いよく立ちあがって椅子をうしろに蹴り倒し、ウジ虫が入った鍋をつかんで投げようとした。でも、わたしとメアリーのどっちに投げつけるか決めかねたらしく、鍋はふたりのあいだを飛んでいって床に落ち、たくさんのウジ虫が床の上に散らばった。これにはわたしが頭にきた。だって掃除するのは、わたしたちなんだもの。爺さんをねじ伏せてやるつもりで、わたしも立ちあがった。なのに彼はわたしたちに背を向けると、窓に走り寄った。

「稲妻が光った。スレイド爺さんがまたバカ笑いした。〈主よ感謝します〉爺さんが怒鳴った。〈今の光で、あの浜が見えました。ありがとうございます！〉わたしとメアリーも窓の前に走ったんだけど、雨風がすごくて五十センチ先も見えなかった。〈まあ黙って見てろ〉と爺さんが言ったそばから、また稲光が光ったけれど、やっぱりなにも見えなかった。彼はこの段階で、すでに正気を失っていたのね。〈わしは家に帰るぞ〉爺さんが言った。〈おまえたちはここで死ねばいい。でもわしは帰る〉

「彼はこう言うと、嵐のなかへ飛び出していった。わたしたちは、わざと止めなかった。薄情な話なんだけど、あのときのわたしは、これで厄介払いができたとしか思えなかったのね。再び稲光が走り、浜に向かって階段を下りていく爺さんが一瞬だけ見えた。そして彼は、そのまま消えてしまった。

「メアリーがあとかたづけを手伝ってくれて、わたしたちはベッドに入った。わたしは爺さんが帰って来るのを警戒して、一晩じゅうまんじりともしなかった。でも朝になると、彼の姿はもうどこにもなかった。

「残ったのはふたりだけ。われながらよく頑張ったと思う」アイダは身をかがめ、石のひとつに触れた。「メアリーとはまえから仲良しだった。それに、殺されないよう注意していれば、ここでの生活はそんなに悪くなかった。よくメアリーをからかったわ。彼女、サヴァンナ（ジョージア州南東部にある大西洋に面した港町）の出身でね、いつも海の近くの家に住みたいと言ってたの。〈望みどおりになったじゃない〉とわたしが言うと、彼女は本気で怒った。〈わたしの故郷とはぜんぜん違う。たしかに砂浜はすぐそこにあるけれど、絶対に泳ぎにいけないんだもの〉」アイダは笑いながら墓の上の石をそっと叩いた。「だけどメアリーは、胸に持病を抱えていた。ここで変なものばかり食べたのも、彼女の心臓にはよくなかったのかもしれない。それに彼女は、主に見《み》棄《す》てられたんじゃないかと、いつもくよくよ心配していた。

「ところが神さまは、ちゃんと彼女を見守っていたのね。メアリーの目が閉じられたままになったのは、四千九百三十二日めの朝だった」アイダはヒッポリタを見あげた。「それが一九四九年のこと。六月二十六日と言いたいところだけど、たぶん違ってるでしょう」

「いずれにしろ五年まえね」ヒッポリタが言った。「その後あなたは、ずっとひとりなの？」

「メアリーが残されるよりよかったと思う」アイダは頭を振った。「ひとりでいるのが、わたしはさほど苦にならないもの。いつでも好きなときにメアリーと話ができるし、兄やイエス様とだって話せる。それにミスター・ウィンスロップの天文台に行けば、やることはたくさんあるし」彼女はにやりと笑った。「こればかりは、彼も予想していなかったでしょうね。というのも、あの天文台には詳しい説明書と観察記録用のノートがあったので、何年もいじっているうち、わたしも使い方を覚えてしまったの」

彼女は悪だくみに誘うかのような目で、ヒッポリタの表情をうかがった。「あなた、わたしの望遠鏡を見てみたい？」

✣✣✣

天空から大きな銀河が沈みはじめており、数本ある腕のうちいちばん下のものが、まるで船の櫂みたいに水平線に突き刺さっていた。

「あの銀河が〈溺れるタコ〉」半島の突端へ向かい並んで歩きながら、アイダが指さした。「ミスター・ウィンスロップが、観測日記のなかでそう命名していた。彼によると、あの銀河は青方偏移している、つまりこっちに近づいているんですって。だけどそんなこと、メアリーには言わなかった。だって、怖がらせるだけなんだもの」

「この恒星系については、どう説明していた？」ヒッポリタが質問した。「恒星はひとつ？　それともふたつ？　この惑星に月はあるの？　ほかに惑星はいくつある？」

「太陽はひとつだけ。でも地球の太陽より明るい。月も小さいのがひとつあるけど、かなり遠いわ。惑星については、ウィンスロップは四つ確認していた。今は六つに増えてる」

「それって、あなたがふたつ見つけたってこと？」

「ウィンスロップは、五つめを追いかけてる途中だったの」アイダが答えた。「わたしは彼のノートを参考にしただけ。でも彼に対する嫌がらせのつもりで、アイダと命名してやったわ。六つめの星――パールって名前――は、わたしが独力で発見した。今あそこにいる」彼女はうしろを向くと、崖の上の空を指さした。「パールも月をもっているけど、小さいから望遠鏡を通さないと見えない。今夜は見えそうね」

　ふたりは天文台に到着した。ドームのドアに手をかけたアイダが急にふり向き、砂浜を見おろして小さく悪態をついた。

「どうしたの？」と訊いたそばから、ヒッポリタもその異変に気づいた。ぼんやりと明るんでいるドア枠の横で、別のなにかが光を放っていた。ふたりの白人男が、ウィスコンシンの冬に備えた服装で立っており、その片方がぶら下げている灯油ランプの光だった。ランプを持った男は天文台を見あげていたが、目の前にあるランプの光がまぶしいはずだから、見えたとしても半島の影だけだろうとヒッポリタは思った。もうひとりの男はライフルを持っており、まるで撃ち落とそうとしているかのように、ウィンスロップの〈溺れるタコ〉を見ていた。

　アイダが咎《とが》めるような目で、ヒッポリタを睨んだ。

「わたしが連れてきたんじゃない」ヒッポリタはあわてて釈明した。

「静かにして。動いちゃだめよ」アイダが命じた。

「やつらが階段を上ってきたらどうするの?」ヒッポリタは囁《ささや》いた。「早く家に戻ったほうが――」

「階段まで行けやしないわ。スキュラに食べられてしまうもの」

スキュラ。それがあの大岩を意味していることに、ヒッポリタはようやく気づいた。大岩は、彼女がアイダの家で話をしているうちに砂浜を移動し、今では光るドアからわずか五、六メートルのところにあった。上から見おろすと、岩というより昔の大砲の弾みたいだ。

ライフルを持った男が岩に気づいた。岩に向かって歩いていった彼は、ライフルを片手にぶら下げ、自分の背丈ほどもある岩の黒い表面をノックするかのように、もう一方の手で拳をつくった。ところが、岩まであと腕一本分ぐらいの距離まで彼が近づいたところで、岩はまるでオレンジの皮をむくように内側からばっくりと開き、黒い外殻の内部でうごめく白い肉状の塊があらわになった。その塊は、十本を超える蒼白い触手となって岩から飛び出し、男の両手足、胴体、首、頭にからみつき、一気に引き寄せると彼が悲鳴をあげるまえに呑み込んでしまった。彼の相棒は、異様な気配を感じてふり返ったのだが、すでにそのとき、岩はもとどおり閉じられていた。

残された男はランプを高く掲げ、仲間の名を呼んだ。仲間が黙ってウィスコンシンに帰ったのかと思った彼は、ドア枠の前にまわってなかをのぞき込んだ。危ないと叫びそうになったヒッポリタの腕を、アイダは強くつかみ、小声で「静かにして」と命じた。男は再び灯油ランプを顔の前にぶら下げると、岩のほうに向かって戻りはじめた。

スキュラと呼ばれた岩の動きは、さっきほど敏速ではなかった。おかげでランプの男は、背を向けて逃げ出すことができた。しかし、太いロープのような触手は砂浜を這うようにして彼のあとを追ってゆき、足首に巻きついて彼を顔面から砂の上に倒した。

スキュラに呑み込まれながら、男は必死に泣き叫んだ。哀れな声が崖にこだました。岩がぴしゃりと閉じられ、男の声が途絶えると同時に、カビを生やした石のような球体が吐き出されて波打ち際を転がっていった。すでに灯油ランプは、鞭《むち》のようにしなった触手で叩き割られており、飛び散った灯油がしばらくのあいだ燃えていた。

灯油が燃え尽きると、砂浜の静寂と闇を破るのは波の音と星の輝き、そして地球へ通ずるドア枠が放つ柔らかな光だけとなった。

「あなたには、さっさと帰ってもらいたい」アイダが言った。

✣✣✣　✣✣✣　✣✣✣

家に戻ると、アイダは残っていたマナだけでなく、鍋やアルミ箔もまとめてカウンターの下にある〈再利用資源〉と書かれた細長いスロットに落としていった。

「あのふたりを追って、必ず誰かやって来る」アイダが言った。「そいつらが入ってくるまえに、あなたは向こう側に帰ってドアを閉めなければいけない。あの大きな鍵も、もちろん捨ててもらう」アイダはヒッポリタが持ってきた『天文台一覧』の本まで——T・ハイラムの天界番号表ともども——リサイクルのスロットに放り込んだ。

「あの浜に戻るのは、絶対にいや」こう言いきったとたん、ヒッポリタは自分の言葉に愕然とした。本当に地球へ帰れなかったらどうしよう。彼女はホレスのことを考え、目をしばたたいた。

「今夜のスキュラはもう夕食を終えてる。もしジェイムズを食べたときと同じであれば、今ごろは奥に引っ込んで、気分が悪そうにじっとしているはず。人間は消化が悪いらしいの」アイダはシンクで洗った手を、壁に埋め込まれたドライヤーで乾かしはじめた。「わたしも浜まで下りて、あなたがドアをちゃんと通ったか見届けてあげる」

「わたしと一緒に帰らないの？」

ドライヤーは停止したのに、アイダは壁に向かったままこう反問した。「あなた、子供はいる？」

「息子がいる」

「その子を愛してる？」

「もちろん」

「それならわかってもらえると思う。わたしだってもう一度パールに会い、彼女がどうなっているか確かめたい。だからもし、ハイラム・ウィンスロップが完全に死んでいるのであれば、あなたと一緒に帰ったでしょうね。逆に、もし彼の亡霊が息子とパールを探しつづけているのなら、離れているに越したことはない」

「だけどウィンスロップは、あなたがここにいることを知ってる」

「彼が知ってるのは、わたしをどこに置き去りにしたかよ」アイダがやっとこちらを向いた。

「あなたが黙っていれば、わたしがまだここで生きてることを、彼が知るすべはない。それを確かめるため、人をよこすかもしれないけれど、この十九年間で彼に送り込まれた人間があなただけということは、これからもわたしは、自分に残された時間を静かに生きられると思う。ここはもう、わたしの惑星になってるしね。というか、わたしだけの星に戻る」アイダは、ヒッポリタを見ながら顔をゆがめた。「あなたさえ地球に帰ってくれれば」

✥ ✥ ✥

家の奥に引っ込んだアイダは、数分後、ヒッポリタのコートとすり切れたキャンバス地のショルダーバッグを持って戻ってきた。「拳銃はもらっておく」アイダが言った。「次のお客さんが来たときのために」ヒッポリタが抗議することはなかったものの、先に立って歩けと命じられたときは、背後から撃たれるような気がしてぞっとした。

ふたりは階段を下りた。アイダの予想どおり、すでにスキュラはドア枠から遠く離れていて、なんとか識別できるくらいの黒い影となっていた。それでもヒッポリタは不安が拭えず、地雷原に足を踏み入れるような気持ちで砂浜に立った。

彼女たちは、スキュラに食べられることもなくドアまで到達した。アイダがショルダーバッグのなかから、ヒッポリタに贈る別れの品を取り出した。灰色の金属で作られた一辺十センチほどの四角い箱で、蝶番《ちょうつがい》のついた蓋は丈夫な草の葉で縛られていた。「これは、あなたに沈黙を守ってもらうための贈り物」アイダが言った。

改めてぞっとしながら、ヒッポリタは考えた。クリスマスが近いことも知らなかった人が、すぐに贈れるプレゼントをあらかじめ用意していたのだろうか？　もしそうなら、なんのために？

「こんなこと、しなくていいのに」ヒッポリタは断ろうとした。「わたし、誰にも言わないもの」

「とにかく持っていきなさい」アイダは彼女の手をつかむと、強引に箱を持たせた。小さいのに重く、なにが入っているにせよびっしり詰まっているようだった。手のなかで大きく揺れても、まったくカタカタいわない。「今はまだ開けないで。ここへの通り道をふさぎ、鍵を処分し、充分遠くまで離れたあと……理由はすぐにわかる」

「ねえアイダ」ヒッポリタは改めて懇願した。「あなたがここにいる必要は、もうないんでしょう？　あなたも向こう側へ――」

「だめ！」再びバッグに手を入れたアイダが取り出したのは、ヒッポリタの三八口径だった。「戻るのはあなただけ。そしてこのドアが閉まったら、あなたもわたしが見た夢のなかの人間になる」彼女は拳銃を横に振った。「ほら、さっさと行って」

それでもまだヒッポリタは説得を試みようとしたのだが、ちょうどそのとき遠くでうずくまっているスキュラから、ゲーゲーとなにかを吐き出すような大音声が聞こえてきた。びっくりしたヒッポリタは砂の上で半回転すると、半ば飛び込むようにドア枠を通り抜けた。

突然冬の冷気が襲いかかってきた。急に強くなった重力のせいで足がもつれ、もし鉄製の手すりがなかったら、そのまま倒れていただろう。

体勢を立てなおしてふり向くと、数メートル——実際は数兆キロメートル以上——離れた砂浜でひとりの老女がこちらを見ていた。アイダは手を振っていた。別れを告げているのではなく、早くやれと急かしているのだ。

ヒッポリタはよろめきながら操作盤にたどり着いた。しかし、鍵をつかんだところで躊躇《ちゅうちょ》した。宇宙の彼方にいるアイダにも自分の意思が伝わるよう、できるだけ口を大きく動かしながら彼女は言った。「アイダ、本当にいいの? 本当に帰って来る気は——」

アイダが拳銃を構えた。音は伝わらないはずなのに、ヒッポリタの耳は撃鉄が起こされる音を確かに聞いた。

彼女は操作盤から大きな鍵を引き抜いた。たちまちドーム内が真っ暗になり、わずかに聞こえていた低いうなり音も消えた。照明が再び点くと、なにかがカチカチと鳴りはじめた。操作盤に並んだカウンターが一斉に動いており、ウィンドウに表示されている番号が、次々と001に戻っていた。

ヒッポリタは、片手に持った鍵ともう一方の手に持った金属製の小箱を見つめ、両方とも下の黒いプールに捨てなければいけないのだと自分に言いきかせた。だが結局、鍵をポケットに入れると小箱は胸に抱き、家に帰るため歩きはじめた。

ヒッポリタが遠く離れていたあいだに、ウォーロック・ヒルの上空は雲でふさがれていた。ドームから出ると星明かりもない真っ暗闇で、彼女は懐中電灯だけを頼りに丘を下っていった。小川に架けられた細い橋を渡り、誰もいない番小屋を通り過ぎたところで、懐中電灯の電池が切れた。降りはじめた雪が目に入らないよう頭を下げながら、なにも見えないまま小道をたどりつづけた。

✥✥✥　　✥✥✥　　✥✥✥

予想よりずっと早く、彼女は私道の終端にたどり着いた。もし闇のなかをそのまま進んでいたら、張られているチェーンに足を引っかけただろう。ところが突如、あたりがぱっと明るくなった。顔をあげると、ヘッドライトの光が目に入ってきた。私道の入り口に駐まっていたシボレーのトラックのうしろに、二台めのトラックが停車しており、白人の男が三人いた。そのなかのひとりで、夜番に雇われたらしい農夫が、ヒッポリタのロードマスターの運転席側のドアを開き、グローブボックスを物色していた。その様子を見ながら所在なげに立っていたほかのふたりは、どちらも銀髪で黒のロングコートを着ており、見るからにお金持ちという感じだった。

ロングコートのひとりがヒッポリタに気づいた。彼は「動くな！」と叫び、拳銃を振りかざした。もうひとりのロングコートも銃を抜き、農夫は車から頭を出してこちらを見た。

「撃たないで！」電池が切れた懐中電灯とアイダから贈られた箱を地面に落とし、ヒッポリタは両手を上げた。

「おまえは何者だ?」ひとりめのロングコートが訊いた。「ここでなにをしている?」

「撃たないで!」ヒッポリタはくり返した。それから両手を上げたまま、チェーンをまたぎ越えた。

ロングコート一号は、彼女の襟首をつかんでロードマスターのボディの上に押さえつけ、頬に銃口をあてた。「なぜここにいる?」

「家に帰ろうとしただけなんです!」ヒッポリタは訴えた。「信じてください。曲がるところを間違えてしまい、だからハイウェイに戻る道を探していたんです!」

この弁明を、彼は信じていないようだった。そのくせ、ここへ来る理由をほかに思いつかないものだから、明らかに困惑していた。かれらがどんな不法侵入者を想定していたにせよ、ヒッポリタはその想定から大きく外れていた。

農夫がチェーンをまたぎ越え、さっきヒッポリタが落とした四角い小箱を拾いあげた。彼は箱を耳もとで振ったあと、ポケットナイフで蓋を縛っている草の葉を切った。

「やめたほうがいい」ヒッポリタは止めようとした。

「黙ってろ」彼女に銃を突きつけているロングコートが命じた。

農夫は蓋を開け、目をすがめてなかに入っている黒い球体を見つめた。ヒッポリタの頭のなかに、〈沈黙を守ってもらうための贈り物〉と言ったアイダの声が聞こえてきた。ああアイダ、あんな物がなくても、わたしは誰にも言わないのに。ヒッポリタはちゃんと理解していた。アイダがあの箱を彼女に持たせたのは、パールを守ろうとする親心からではない。長年パールを心配しつづけたせいで、狂気に駆られていたからだ。

そんなこと知る由《よし》もない農夫は、黒い球に顔を近づけ匂いを嗅いだ。「なんだそれ？」ロングコート二号が訊いた。農夫は肩をすくめると、ナイフの先端を黒い球に突き刺した。

たちまち黒い球が箱から飛び出し、空中で無数の小さな触手を内側からぱっと広げると、仰天している農夫の青い目に襲いかかった。農夫は足を滑らせて仰向けに倒れ、彼を貪《むさぼ》り食うため顔面にべったり張りついた怪物を、引き剝がそうとしてもがいた。

「なんてことだ」ヒッポリタを押さえていたロングコートが、襲われている農夫の救援に向かおうとして彼女の襟首から手を放し、銃口も彼女の顔から遠ざかった。ヒッポリタは愛車のボディを両手でぐいと押し、彼の顎に後頭部の頭突きを喰らわせた。ロングコートは彼女から離れてよろめくと、もうひとりのロングコートに衝突し、かれらはもつれ合いながら倒れた。地面に転がったふたりは、口を大きく開いたまま顔をあげ、宇宙の驚異と直面したかのようにまばたきもせず農夫を見た。

そのあいだにも農夫は窒息してゆき、痙攣《けいれん》しながら両手足を狂ったように雪に打ちつけた。

ヒッポリタがロードマスターに飛び乗って急発進したときも、彼の痙攣は、徐々に小さくなりながらつづいていた。

✣ ✣ ✣

「ねえホレス」三日後、ヒッポリタは息子に問いかけた。「あなたがわたしにくれた『オリシア・ブルー』、どこかで見なかった？」

クリスマスツリーの下でプレゼントに囲まれ、ご満悦だったホレスが顔をあげた。「どの『オリシア・ブルー』？」

「いちばん新しいやつ。第十一巻」

「見てない。あれって、お母さんが出張に持ってってたんじゃなかった？」

「そうなんだけど、わたしが帰ってきてから、あなたが回収したのかと思って」

ホレスは首を横に振った。「あの本がどうかしたの？」

「いえね、どこかで失くしたんじゃないかと、心配してるの」ヒッポリタは答えた。

「でも最後まで読んだんでしょ？」ホレスは、プレゼントの山をざっと見わたした。マッチボックス・ミニカー、画材が入った大きな木箱、リモコンで動くロバート・ザ・ロボット（一九五〇年代前半に発売された米国産のプラスチック製玩具）。「違うの？」

「もちろん読んだわ。すごく面白かった」無理に笑顔をつくりながら、ヒッポリタは考えた——車の登録証明書はちゃんとグローブボックスのなかにあったし、ほかになくなった物はないのだから、きっと思い過ごしなのだろう。「ただ、もしなくしたのなら、あなたに申しわけなくてね」

「気にしなくていいよ」ホレスはマッチボックスのロンドン・バスをつかむと、あたかも二階建ての宇宙船であるかのようにブンと振った。「もう一度読みたければ、また描いてあげる」

「ありがと。でもひとつだけ教えて。あの第十一巻、あなたはどの名前で描いたの?」ドクター・スース(アメリカの絵本作家/漫画家)の本名がセオドア・ガイゼルだと知って以来、ホレスはペンネームをいろいろと試していた。ジョージは、ベリーも立派な苗字なのだから、本名でいいじゃないかと言って厭な顔をしたが、ヒッポリタは自分の作品を好きな名前で発表するのも作者の権利だと考え、ホレスの味方をした。当然である。

「H・Gだよ」ホレスが答えた。これはホレス・グリーンの略であり、母の旧姓と『宇宙戦争』の作者に敬意を表したものだった。『オリシア・ブルー』のほかのすべての巻と同じようにね」

「そうなんだ」本名ではなかったことに、ヒッポリタは静かに安堵の息をついた。

「そうよね……だけど、間違いなくH・G?」

「うん。間違いないと思う」ホレスは不審そうな顔で母を見た。「それがなにか大事なことなの?」

「いいえ、全然」安心させるかのように微笑むヒッポリタを、ホレスはじっと見ていたのだが、そこにジョージがキッチンから、湯気を立ち昇らせているマグを三つ持って戻ってきた。

「さてさて」ジョージが言った。「ホットチョコレートを欲しい人はいるかな?」

ハイド・パークのジキル氏

私はこの新しい生命を呼吸するとすぐに、自分がこれまでより邪悪に、それも十倍くらい邪悪になっており、私自身が本来もっていた悪に、奴隷として売られたことを知った。そしてそう考えることが、葡萄酒のように私の心を元気づけ喜ばせた。

——ロバート・ルイス・スティーヴンソン
『ジーキル博士とハイド氏の怪事件』（青空文庫版、佐々木直次郎訳を一部変更）

一月一日の朝、目を覚ましたルビーは、自分が白人の女になっていることに気づいた。去年のクリスマス以来、彼女は不運に見舞われていたし、悪いことはもう少しつづくだろうと、覚悟だけはしていた。しかし、これはまったくの予想外だった。とはいえ、文句を言うわけにはいかなかった。こうなることを求めたのは、彼女自身なのだから。

災厄はクリスマスイブにはじまった。デマルスキー・ケータリング社で働いていたルビーは、レイヴンズウッドに立つお屋敷のパーティーに派遣され、飲み物の給仕を担当した。その夜の現場責任者はキャサリン・デマルスキーで、デマルスキー五人兄妹の末子であるこの女を、ルビーは兄妹のなかでいちばん嫌っていた。やたらに威張り散らし、従業員を罵《ののし》ることはあっても、優しい言葉など絶対にかけないからだ。なお悪いことに、ルビーが見たところキャサリンはひどい怠け者で、忙しいときにかぎって姿をくらました。

あの晩も、例によって責任者のキャサリンが雲隠れしたものだから、屋敷の主人は直接ルビーをつかまえ、特別な仕事を頼まねばならなかった。ゲストのひとりが悪酔いし、二階のバスルームで吐いてしまったので、掃除してもらえないだろうか。嘔吐物の処理などルビーの職務に含まれていないのだが、客の依頼を断るわけにもいかないので、彼女はしかたなくボロ布とバケツを持って二階に上がった。

バスルームを探していたルビーは、二階の廊下でキャサリンと鉢合わせした。キャサリンは腰を抜かさんばかりに驚いた。「なんでおまえがここにいるのよ?」きつい調子で彼女が訊いた。ルビーはバケツを見せ、頼まれた仕事の内容を説明した。「じゃあさっさとすませなさい。終わったらすぐ下に戻って」ルビーはむっとしたのだが顔には出さず、言われたとおりにした。

翌朝はクリスマス礼拝に参加したあと、教会の友人たちと外で食事をした。午後からケータリングの仕事が入っていたので、支度をするためいったんアパートに戻ると、警官たちが彼女を待っていた。昨夜のパーティーのあいだに、あの屋敷の主寝室から真珠のイヤリングが盗まれたのだが、警察はルビーが犯人だという情報を「ある確かな筋」から得たという。

警察はルビーに手錠をかけると、廊下で待たせたまま彼女の部屋をさんざん掻きまわした。それから彼女は署に連行され、モレッティ刑事の尋問を受けた。モレッティはクリスマスに働くのが厭《いや》でたまらず、その忿懣《ふんまん》を遠慮なくルビーにぶつけた。逆にルビーは、自分の感情を極力抑え、筋の通った短い回答をくり返した。でも一度だけ嘘をついた。もしおまえが犯人でないなら、ほかにやりそうなやつは誰かと訊かれ、さあわかりません、と答えたのである。

午後六時を過ぎたころ、モレッティ刑事はルビーを留置場にぶち込むと、自分のやったことをよく反省しろと言い残し、帰っていった。二時間後、憐れみ深い警官が彼女をトイレに行かせてくれ、一本だけ電話をかけてもよいと言った。しかし無実ではあるにせよ、今の自分の境遇が彼女は恥ずかしかったし、どこに電話しても無駄なことがよくわかっていた。警察に勾留されていることを、彼女は誰にも知られたくなかった。

こうしてルビーは、クリスマスの夜を留置場で過ごした。その後モレッティ刑事は、二度と姿を現わさなかった。朝になって別の刑事が鉄格子の前に立ち、そろそろ自供する気になったかと訊いた。わたしは無実だとルビーはくり返した。刑事は肩をすくめ、彼女を檻から出すと今日のところは帰っていいと言った。「しかし、絶対に行方をくらますんじゃないぞ」

ルビーは部屋の片付けをするためアパートに帰った。しばらくのあいだは、モレッティ刑事が踏み込んできて警察署に連行され、また尋問されるのではないかと気が気ではなかったけれど、部屋が元どおりになるころには、自分が受けた仕打ちに改めて腹が立ってきた。

翌朝、デマルスキー・ケータリング社を訪れた彼女が事務所の前に立っていると、キャサリンの兄レオが車でやって来た。ルビーに気づいたレオは、不快そうに顔をゆがめた。

「おいルビー、ここでなにをやってる?」レオが訊いた。「自分がクビになったのは、知ってるんだろ?」

「給料を受け取りに来たのよ」ルビーは答えた。

「それは無理だ。給料の支払い小切手にサインするのはうちの親父だが、おまえの小切手にはサインしないぞ。なにしろ、クリスマスの朝に警察が自宅に来て、取り調べを受けたんだからな」

「あらそう。警官はうちにも来たわ」

「あたりまえだ。親父は警官に、おまえをぶん殴って白状させるから一緒に行かせろ、と申し出た。もし親父が警察署に行ってたら……」

「わたしが黙っていてあげたことに、深く感謝したでしょうね。キャサリンがなにをやったか、わたしはひとことも言わなかったもの」

「俺の妹がどうしたって？」

「知ってるくせに」

「知るもんか」レオは首を横に振った。「そんなバカげた話」

「わたしはイヤリングを盗ってない」ルビーはつづけた。「なのにわたしが犯人だと言ったのは、キャサリンなんでしょ？　そして彼女がそう証言したとき、あなたも一緒にいた。そのときのキャサリンがどんな様子だったか、思い出してごらんなさい」

レオが沈黙した。思いあたることがあったのに、彼は認めようとしなかった。「やっぱりキャシーはいい子だ」

「キャサリンがどんな子かなんて、わたしの知ったことじゃない。わたしは自分の給料をもらいたいだけ。職を失ったうえ給料を奪われるなんて、最悪だもの」

レオはクラッチバックから札入れを出すと、紙幣を何枚か抜いてルビーに突きつけた。「ほら、とっとけ」

ルビーは札の枚数を数えた。「まだ二十ドルたりないけど」

「ごちゃごちゃ言わないで、ありがたく受け取ればいいんだ」

「ありがたく受け取る？」

「それ以上おまえにやれる金はない、ということさ。わかったか？」

「レオ、そんなの絶対に間違ってる」

「間違っていようといまいと、これがあたりまえなんだよ。さあ、わかったら親父が来ておまえをぶちのめすまえに、さっさとそこをどけ」

✥✥✥　✥✥✥　✥✥✥

これがあたりまえなんだよ、ルビー。この世は不公平なのさ。そこを理解しなくちゃいけない。こんなことを言われるのは、もうたくさんだった。たしかにこの世は、不公平かもしれない。だけど、たまにでいいから理解を示してくれる人が現われたら、それだけでもありがたいのだ。

とはいえ、自分を憐れんでいても家賃は払えない。未払い分の給料を受け取りに行ったその足で、ルビーは職探しをはじめた。ケンウッド地区ではハウスクリーニング業者が求人広告を出していたし、ダウンタウンのホテルも、数軒がメイドと厨房スタッフを探していた。だが、どこに行っても照会状を要求されたし、あるホテルのマネージャーなど、最近盗難が増えているから、ルビーの名前を警察の犯罪記録と照合するとまで言った。

日暮れ後は、電話を使ってベビーシッターの仕事を探したのだが、こちらもまったくだめだった。例年、クリスマスは出かけることが多いベリー家まで、今年は家にいた。「予定といったら、君の妹の家で開かれるパーティーに行くぐらいだな」ジョージが言った。「だけどヒッポリタは、それにも行きたくないと言ってる」

「彼女、病気なの？」ルビーは気遣った。

「いやいや、病気ではないんだが、ちょっと元気がなくてね。もちろん、レティーシャと喧嘩したわけではない。だよな？」

「ええ。そんな話、わたしはまったく聞いてない。わたしとレティーシャは、最近あまり話をしてないけどね」

翌日も、求人広告にあたって歩くだけの長くむなしい一日を過ごしたのだが、帰宅すると、ウィンスロップ・ハウスで大晦日《おおみそか》に催されるパーティーへの招待状がドアに挟まっていた。〈ルビーへ〉レティーシャの筆跡だった。〈大晦日もあなたは仕事だろうけど、朝までやってるから、よかったら立ち寄って。チャーリー・ボイドの従兄弟《いとこ》（すごいハンサム）も来るし、あなたは来るのかと、チャーリーが気にしてる。追伸、ミスター・ウィンスロップと交渉して、あなたがいるあいだは家を揺らしたりしないと、約束してもらった〉

ルビーは立ったまま首を横に振った。今のレティーシャは、彼女たち姉妹を追い出そうとした幽霊と、交渉までしている。指一本動かすことなく入ってきた大金で豪邸を買い、そこにひとりで住んでいる。

それがあたりまえなのだと、言っていいのだろうか。

大晦日を迎えても依然として失業中だったルビーは、夕食後よそゆきのドレスに着替え、レティーシャのパーティーへ出かけることにした。妹の家の近くまでタクシーで行き、同じブロックに立つ廃業した酒場の前で降ろしてもらった。パーティーへまっすぐ行く代わりに、寒さに震えながら煙草に火をつけ、その場に立ったまま妹の新居で過ごした最後の夜を思い返した。

今夜のウィンスロップ・ハウスは、明かりが煌々《こうこう》と灯り、道の反対側に立つ家々が暗いものだから、いっそう目立っていた。売家という看板が芝生に残っている家は一軒だけで、ほかの家の新しいオーナーたちは、みなレティーシャのパーティーに招かれているようだった。ルビーも凍え死ぬまえに妹の家に行くべきなのだが、あえてそうせず、さびれた酒場の前で煙草を吸いつづけた。

もう一本吸おうと思い、ハンドバッグに手を入れた彼女の背後で酒場のドアが開き、真っ暗な店内から白人の男性が出てきた。ルビーはさっと横にのいたが、男は少しも驚いた様子をみせなかった。ドアに鍵をかけた彼はふり返ってルビーと向き合い、帽子のつばに軽く触れながらにっこり笑った。まだ若く、ルビーが見たところ高級な服をスマートに着こなしていた。しかも、なかなかいい男だ。

「こんばんは」男がルビーに挨拶した。彼は、ダンスバンドの演奏が漏れ聞こえてくるウィンスロップ・ハウスのほうを見やった。「あなたもパーティーに?」

「ええ、招待されてます」ルビーは答えた。「でも行くかどうか、まだ迷ってます。あなたは?」

「残念ながら招待はされていません。ちょっとこの店に、立ち寄っただけですから」

ルビーは酒場に視線を向けた。「あなたのお店なんですか?」

「今はそうです。ここはもともと、わたしの父が所有してましてね。父は今年の夏に亡くなりました。もっと早く見に来たかったんですが、今日になってしまった」

やはり魅力的な人だ、とルビーは思った。こんな男性に会うのは久しぶりだった。「これからどちらへ?」彼女は訊いてみた。

男は首を横に振った。「なんの予定もありません」

「じゃあ一緒にパーティーに行きませんか?」

「いいですね」彼はまた笑った。「あなたが行きたいのなら、ご一緒しますが」

「そう」ルビーは少しためらった。「問題はそこなんです」

「では、わたしが提案してもいいでしょうか? アップタウンに、ウィダーシンズ（反時計回りの意）というわたしの知ってるクラブがあるんです。あそこなら一緒に行けますよ」

ルビーは考えた。シカゴのノースサイドに、会ったばかりの白人男性と一緒に行くなんて、バカげているにもほどがある。しかし、ほかの選択肢がウィンスロップ・ハウスだけとなると……「そのウィダーシンズというクラブ、幽霊は出ませんよね？」

男は楽しそうに笑った。「出るとしても、アルコールの精霊《スピリッツ》ぐらいでしょう。約束します」

「わかりました」ルビーはうなずいた。「わたし、ルビーです。ルビー・ダンドリッジ」

「ケイレブ・ブレイスホワイトと申します」と自己紹介しながら、彼は腕を差し出した。「どうぞよろしく、ルビー」

✣✣✣　✣✣✣　✣✣✣

「シェルパですって？」

「そうです」ルビーがうなずいた。「エベレストみたいな高い山で、働いている人たち」

「シェルパがなにかは、わたしも知ってます」ブレイスホワイトが笑った。「ただ、シェルパになりたいと言う人に、今まで会ったことがなかったものでね」

「夢の仕事はなにかと訊かれたから、答えただけです。ほら、去年あの紳士がエベレストに初めて登ったとき（登山家エドモンド・ヒラリーがシェルパのテンジン・ノルゲイとともに初登頂に成功したのは、一九五三年五月二十九日）、新聞に彼の荷物を運ぶシェルパたちの写真も一緒に載ったでしょう？　かれらの背景に、あのすごい山々が写っていたから、毎日ああいう景色を眺めながら働くのも、悪くないなと思ったんです」ルビーは肩をすくめた。「バカみたいですよね。でもわたしは――」

「いいえ、バカみたいだとは思いません。ただ足には、ちょっと負担がかかるでしょうね」

「足に負担がかからない仕事なんて、わたしはやったことありません。だけどあの景色が見られるなら、苦にならないと思います」

　ふたりはダンスを一段落させて、バルコニーの小さなテーブルに座り休憩していた。階下のフロアでは、数組のカップルが『キャビン・イン・ザ・スカイ』（一九四三年に公開された同名のミュージカル映画の主題歌で、この作品は出演者全員が黒人だった）のメロディに合わせゆったりと動いており、バンドスタンドのうしろに掛けられた大時計は、一九五四年の最後の数分を刻んでいた。ルビーが持っているカクテルはすでに三杯めで、彼女はすっかり明るい気分になっていた。彼女は、ケイレブ・ブレイスホワイトが大いに気に入った。もし状況が異なっていたら、自分の話はほとんどしないくせに、ルビーのことばかり訊きたがる彼のような男は信用しなかっただろうが、今夜の彼女は関心をもってもらえるのが楽しかった。もし彼に下心があったとしても、それがなにかは容易に想像がつくし、さほど気にならなかった。

「あなたはどうなんです？」今度はルビーが質問した。「あなたにも夢の仕事があるんですか？」

「そういう仕事を、今やっているところです」

ルビーは、ブレイスホワイトが詳しく説明してくれるのを待った。しかしそれ以上なにも言わないので、冗談めかしながらこう訊ねた。「もしかすると、人に言えない仕事？」

「というか、家族のなかでの立場が変わったんです。自分の運命を、自分で決められるようになった。今までのわたしの人生は、そうではなかったものでね」

「それって、お父さまとなにか関係があるんですか？」

「父と関係のないことなんて、なにひとつありませんよ」うなずきながらブレイスホワイトが言った。「父はとても強い人だったから、たとえ自分が間違っているときでさえ、反論されるのを嫌いました。もちろん息子であるわたしは、無条件で彼に従うことを要求された。わたしにも自分なりの考えはあったんですが、実際はなにもできませんでした。父はわたしなんかより、はるかに強い力をもっていたからです」ブレイスホワイトは苦い顔で肩をすくめると、これまで何度かやってきたように、ルビーの個人的な話題に戻った。「あなたは、お父さんとうまくいってたんですか?」

「ええ。でも父は、あまり家にいなかったんです」ルビーは答えた。「だからわたしは、いつも母と一緒だった。母は去年肺気腫で亡くなりました」

「お気の毒に」

ルビーは、手にした自分のグラスを見おろした。「母がいないのを、寂しく思うこともあります。だけど、厳しいときはすごく厳しい人でした。特に、人からなにかを得ようとしているときは」

「お母さんは、どんなお仕事をなさってたんです?」

「いわゆる口寄せです」こう断定されたママが、どんなに厭な顔をするか想像し、ルビーはにんまりした。「霊媒師ってわかります? 母は〈ふたりのエル〉という美容院で働きながら、霊媒師をやっていたんです。ふたりのエルの片方は、エロイーズという名のわたしの母。もう片方は母の親友のエラ・プライスで、エラが開店資金を出したから、ひとりめのエルということになってました。美容院なんですが、パッケージで心霊相談もやってましてね」ルビーは説明していった。「もともとは古い写真館だったんです。女性のお客さんたちは、美容院で髪やネイルをやってもらったあと、以前は暗室だった部屋に移動し、そこで母にいろいろと質問する。相談時間の長さは、美容院のほうで使った金額に応じて決められていました」

「ビジネスとして、非常にいいアイデアだと思います」

「ですよね。しばらくのあいだ、店は繁盛していました。でも母が病気になって、わたしに引き継がせようとしたんですが、わたしは絶対に厭だと拒《こば》んだんです。この件については、母が死ぬまで口論することになりました」

「なぜ拒んだんですか？　幽霊が怖かったから？」

「客に嘘をつきたくなかったからです。母は確かにパワーをもっていました。彼女は人の心が読めたけれど、それだって実は霊能力を使ったわけではなく、ギャンブラーだった父がポーカーテーブルでやるのと同じ要領で、読んでいただけなんです。だいたい〈ふたりのエル〉では、心を読む必要すらありませんでした。客の女性を美容院の椅子に座らせれば、あとは髪をやっているあいだに彼女が語ってくれることを、ただ聞いていればいいだけ。そして彼女が椅子から立つころには、どんな心配ごとがあって天国にいる誰と話をしたがっているか、すべてわかっている。あとはほとんど手品と同じですよ」

ここまで言ってしまうと、ママも怒っただろうとルビーは思った。実際ルビーの母親は、何度もむきになってこう主張した。自分は人びとをごまかしているのではない。救っているのだ。

これは神聖にして純粋な仕事なのだ。

しかしルビーは、母親がトリックを使う現場を一度ならず目撃していた。〈ふたりのエル〉を開店するまえ、母親は自宅で降霊会を主催していた。依頼人の大半は近所の人たちで、ときどき、雇い人から彼女の評判を聞いた白人の客もやって来た。そんな白人客の前で、母親はショーを演じた。声を変えて泣いてみせたり、膝やくるぶしの骨を鳴らしてラップ現象を捏造《ねつぞう》したりした。両方の袖のなかに物差しを隠し、両手はテーブルの上に出したまま、その物差しでテーブルを跳ねあげることもあった。そして客が帰ってから、白人はなんでも簡単に信じてくれると笑った。母親に言わせると、ニグロには魔術的な能力があると思い込んでいる白人の迷信こそが、この世でいちばんバカげた迷信だった。聖書に書かれている以上、魔術は本当にあるけれど、その力もほかのあらゆる力と同じく、現世においては支配者の手に握られていると母親は確信していた。であるなら、真の魔術師は白人に決まっているし、それも先祖がカツラに粉を振っていたような、上流階級の末裔に違いない。

立派なご意見ではあるが、ルビーは問わずにいられなかった。母親の黒人のお客さんたちも、同じくらい騙されやすいのではないか？　もしかすると母親は、助けてやるべき友人とカモにするよそ者とのあいだに一線を引いていたのかもしれないが、ルビーにはその線がどこにあるかわからなかったし、どれだけ母親に怒られようと、学ぶ気になれなかった。死期が近づくにつれ母親はますます怒りっぽくなり、この神聖な使命が継承できるチャンスを拒むなんて、おまえは恩知らずのバカ娘だとルビーを罵った。そんなに恩知らずでバカだったら、おまえはなにも成し遂げずに人生を終えてしまうよ。上等じゃないの、とルビーは言い返した。少なくともわたしは、天国でイエス様と会うとき、なぜ自分は主の御名をかたって人を欺《あざむ》いたか、弁解しないですむ。

バンドが別の曲を演奏しはじめたおかげで、ルビーは自分が黙り込んだまま、テーブルをじっと見ていたことに気づいた。「ごめんなさい」彼女が詫びるとブレイスホワイトは首を振り、「謝る必要はありませんよ」と言った。今回もルビーは、彼の次の言葉を待った。彼女の気持ちはよくわかると、はっきり言ってほしかったのだが、無言で彼女を見ているその心配そうな眼差しは、少しは理解してくれたことを示しているように思えた。

ルビーは三杯めのカクテルを飲みほし、立ちあがった。「お願いできます?」彼女は右手を差し出した。「新しい年を、踊りながら迎えたいんです」

✣ ✣ ✣

朝の二時、ブレイスホワイトの車へ戻ってゆくふたりは人気《ひとけ》の絶えた街角で立ちどまり、キスを交わしたあと再び歩きはじめた。いい気持ちで酔っていたルビーは、笑いながらブレイスホワイトにもたれかかった。

明かりの消えた商店が並ぶ通りに、街灯が一本だけあり、ブレイスホワイトのシルバーのダイムラーはその下に駐まっていた。車の両側でふたりの白人男が腰を曲げ、ウィンドウから車内をのぞき込んでいた。ブレイスホワイトとルビーに気づくと、かれらは上体をまっすぐ起こしたのだが、縁石側にいた男の手に拳銃があるのを見てルビーの全身がこわばった。

銃を持った男が、ダイムラーに向かって顎をしゃくった。

「これ、旦那の車?」

「そうだよ」ケイレブ・ブレイスホワイトが答えた。「わたしのだ」

ルビーは彼の腕を強くつかみ、ヒーローの真似はするなと無言でたしなめたのだが、ブレイスホワイトは彼女の腕を振りほどくとゆっくり前進しはじめた。その顔には、残忍な暴力こそが彼の娯楽の源泉であるかのような、冷たい微笑が浮かんでいた。ルビーは走って逃げたくなったのだが、そう思ったとたん、もっと利己的な考えが頭に浮かんできた。もしブレイスホワイトが撃たれたら、あの男たちは彼の所持品を奪うことで忙しくなるから、彼女を追ってこないかもしれない。しかしそんなことを考えながらも、彼女の片手はハンドバッグのなかに入ってゆき、いつも護身用に持ち歩いているナイフがどこにあるか、探しはじめていた。

銃を持った男は、近づいてくるブレイスホワイトに拳銃を向けた。「この車のキーと財布を出せ」男が脅した。「二度しか言わないぞ」

「そのとおりだ」ブレイスホワイトが応じた。「君は一度しか言えない」

突然、銃を持った男の顔が驚愕でゆがみ、ルビーは寒さのせいで拳銃が弾詰まりを起こしたのかと思った。

「なにをもたもたしてるんだ?」道路側にいた男が言った。「さっさと撃っちまえ!」それでも銃を持った男が発砲しないものだから、苛立った彼は自分でブレイスホワイトからキーを奪うため、歩道に向かい歩き出そうとした。ところが、ブレイスホワイトが片手を突き出して掌を開くと、彼は目に見えない巨大な鉄球がぶつかったかのようにうしろへ吹っ飛び、道路の反対側まで飛ばされて歩道の上にぐしゃっと落ちた。

残った男は両手で拳銃を構えていた。「勘弁してくれ！」まるでブレイスホワイトのほうが銃を持っているかのように、彼は懇願した。ブレイスホワイトは彼の手から慎重に銃を奪い取り、重さを測るかのように片手にぶら下げた。ブレイスホワイトが頭を小さく振ると、銃を持っていた男はうしろによろめいた。「行け」ブレイスホワイトが命じた。

男は背中を見せて逃げ出した。片手に拳銃を下げたまま、ブレイスホワイトはもう一方の手を握り、その手をボールを投げるかのように振った。すでに半ブロック先を走っていた男が、つんのめって顔面から歩道に倒れ、そのまま凍った歩道を滑った。彼は懸命に起きあがると、大声で叫びながら夜の闇のなかへと走り去っていった。

ひとりめの男が吹っ飛ばされるのを見てから、ルビーは息をするのも忘れていたのだが、ここでようやく緊張が解けた。ブレイスホワイトは彼女に向きなおった。「もう大丈夫ですよ」彼は拳銃を側溝に投げ捨てた。「終わりました」笑みを浮かべて近づいてくるブレイスホワイトを見て、ルビーはあとずさりしながら思わずハンドバックからナイフを出したのだが、ここで刃物を振りまわしても、銃を持った路上強盗に立ち向かう以上に、虚《むな》しい行為のように思えた。

✤✤✤　　✤✤✤　　✤✤✤

「なにがどうなったの？」車のなかで、ルビーは訊かずにいられなかった。

「別にどうってことはありません」ケイレブ・ブレイスホワイトが答えた。「あのふたりは、わたしたちを見くびりすぎたんです。だから、自然にああなってしまった」

「わたしたち？　わたしはなにもしてないけど」

「あなたは、ずっと冷静でいたじゃないですか。逃げ出したいのを我慢したし、実際もし逃げていたら、あの男はわたしが止めるまえにあなたを撃ったはずです」

この見えすいたお世辞に、ルビーはげんなりしたのだが、恐怖を感じるよりはましだった。

「あなた、本当は何者なんですか？」

「もう察しはついてるでしょう？　とはいえ、わたしとあなたでは、呼び方が違うかもしれない」

車はレイク・ショア・ドライブを走っていた。ダウンタウンの灯をウィンドウ越しに眺めながら、ルビーが言った。「わたし、もう家に帰りたい」

「そのまえに、ひとつだけ質問させてください。あなたは、これまでの自分の人生に満足していますか？」

ルビーはさっと彼に顔を向けた。「なんですって？」

「今夜のわたしは、あなたに興味があるふりをしたのではない。あなたという人が、好きになったのです。あなたとわたしは、いくつかの点でとてもよく似ている」

「ええ、そのとおりね」ルビーは笑おうとした。「ほんと、うりふたつだわ」

「誰かがいるせいで、自分のやりたいことを常に二の次にしなければいけない気持ちが、わたしにはとてもよくわかる」ブレイスホワイトが言った。「信じてください。わたしもそうだからです」

「だからなんだって言うの？　それがわたしと、どう関係するの？」

「さっきあなたは、わたしの夢の仕事はなにかと訊いた。だからわたしは、今やっているこの仕事だと答えた。実際そのとおりだからです。ところが今現在、その仕事は手伝ってくれる人を切実に必要としている。特別な人からの、特別な助力を」

「それって、わたしを雇いたいということ？」

「あなたは仕事を探していた。違いますか？」

ルビーは疑わしげな目で彼を見た。「どんな仕事か、聞かせてくれます？」

「たいへん興味深い仕事です」ブレイスホワイトが言った。「ヒマラヤの景色はお約束できませんが、足に負担はあまりかからないでしょう」

ルビーはたちまち不機嫌な顔になった。「それって、答になってない」

「これは失礼。ごまかすつもりはなかったんです。でも本当に特殊な仕事だし、秘密を守る必要もあるので、詳細を説明するまえに報酬としてなにを提供できるか、ご覧に入れたいと思いましてね」

「その報酬とは？」

「自分の運命を、みずからの手で選択する自由です」

「自由？」ルビーは鼻で笑った。「給料の代わりが自由ってこと？」

「現金もお支払いしますが、まあそういうことです」

「どんな自由？」

「言葉で説明しても信じてもらえないでしょう。だから実際に体験していただきたい。そのためにはわたしを信じ、ちょっと勇気を出してもらう必要がありますが、結果には必ず喜んでいただけるはずです。もちろん、もし気に入らなかったり、自分には向かないと思ったら、あとからいつでもキャンセルできます」

ふたりはミシガン湖の湖畔を離れ、ハイド・パーク地区を走っていた。細い道に入ったブレイスホワイトは、連棟式共同住宅《タウンハウス》で囲まれた中庭へと車を乗り入れた。

「ここは？」

「父が所有していた物件のひとつです」と答え、ブレイスホワイトは車をタウンハウスの一軒の前に停めたのだが、エンジンはかけたままだった。「あなたに見せたいものは、このなかにあります。もちろん」彼はシフトレバーをつかむと、こう言い添えた。「このままご自宅にお送りしてもいい」

自分の家に帰る。正気の人間ならそうするだろう。もっと賢明なのは、今すぐこの車から飛び出し、あの路上強盗のように叫びながら、夜の闇のなかへ逃げ込むことかもしれない。しかし彼女は、こう考えずにいられなかった。逃げたところで、どんないいことがある？

「もし厭だったら、いつでも辞められるのね？」ルビーは確認した。

「はい。いつ辞めてもかまいません」ブレイスホワイトが約束した。

「わたしはなにをすればいいの？」

「ただイエスと言ってください」

「わかった」ルビーはうなずいた。「案内して」

✣✣✣　✣✣✣　✣✣✣

やけにつるつるしたシーツの上で、ルビーはひどい頭痛を感じながら目を覚ました。昼近い太陽の光がベッド脇を這いのぼり、彼女の両眼に刺さっていた。ルビーは瞼《まぶた》を強く閉じ、再び無意識の世界へ戻ろうとしたのだが、彼女を包む太陽の熱い光線は、猛烈な二日酔いで過敏となった顔と首の皮膚を、じりじりと焼いた。

うめきながら仰向けになり、ベッドの上に起きあがろうとした。しかし、生あたたかいシーツが体の下で滑るものだから、うまく力が入らなかった。最初はじれったいだけだったが、少し体が起きたとたん、恐ろしい考えで頭のなかがいっぱいになった。なんとか開いた両目を、ぎらつく陽光がたちまち閉ざしたのだが、閉じられる寸前、シーツが動脈血の赤に染まっているのを見てしまったからだ。

どういうことよ、これは。ルビーはうろたえてベッドから転がり落ち、床の上でうつ伏せになると、体にまとわりついてきた血まみれのシーツから逃れようとして足をばたつかせた。両腕をついて頭をあげ、胸のなかで心臓が激しく鼓動しているのを感じた。そして、これはわたしの血ではない、そうであってほしいと願った。だけど、もしわたしの血でないとしたら、いったい誰の？　わたしは、誰かを殺してしまったのだろうか？

前夜なにがあったか思い出そうとすると、鮮明に蘇ってきたのは、テーブルの向かい側に座ったケイレブ・ブレイスホワイトが、赤い液体が入ったガラス瓶を彼女の前に置いている場面だけだった。その赤い液体が、これから就く仕事の一部であり、一夜明けた今のこの状態をもたらしたことは理解できるものの、それ以上詳しいことはまったく思い出せず、いま頭のなかで響いているのは、初対面の男がつくったカクテルは絶対に飲むなと警告する、母親の声だけだった。

目を固く閉じたまま立ちあがり、手探りしながら何歩か前進した。開いているドアがあったので入ってゆくと、その先は陽が届かないひんやりした空間で、足の下のタイルが冷たかった。洗面台にぶつかったので蛇口を開き、冷たい水を顔と胸にかけた。おかげで頭はすっきりしたのだが、赤い血を見たときのパニックも戻ってきてしまった。洗面台の上で深くうつむき、「あれはなんでもない、なんでもないんだ」と自分にいい聞かせた。それから目を開いて頭をあげると、彼女自身の顔面からわずか数センチ先の薄暗い空間に、ひどく取り乱した白人女の顔が浮かんでいた。

ルビーは悲鳴をあげた。

その後の数秒間は、意識が飛んでいたらしい。気がついたときはもとの寝室に戻り、ベッド脇に倒れていた。しかし、ルビーの狂気はまだつづいていた。バスルームから出るとき、彼女はドアにぶつかってしまい、ドアは壁に跳ね返って閉じたのだが、ドアのこちら側には大きな鏡が取りつけられていて、その鏡に映っていたのも、硬い床の上に寝そべるあの白人女だったからだ。

ルビーが悲鳴をあげると、鏡のなかの女も大きく口を開いた。ルビーが両手で口をふさげば、相手もまったく同じことをした。この白人女は、ルビーだった。

血なんかどこにもなかった。赤かったのは、柔らかく波うつ自分の長い髪と、肩から上腕部にかけては無数にあるけれど、白い胸とへこんだ腹部ではまばらになる雀斑《そばかす》だった。股間にも赤い茂みがあった。だらしなく倒れたこの姿勢で見ると、鏡に映ったその茂みは、まるで赤い柔毛をはやした奇妙な小動物が、彼女の脚を這いあがってそこに居すわったかのようにみえた。下を向き、それが間違いなく自分の脚であることを確かめたルビーは、またしても小さく叫んだ。床に尻をつけたまま大急ぎであとずさったのは、そうすれば二本の脚を脱ぎ捨てられるような気がしたからだ。

それからうしろの壁にあった暖房用放熱器《ラジエーター》に、頭をごつんと打ちつけた。痛みに顔をしかめながらも、片手でこめかみを押さえ、もう一方の手で頰を何度も叩いた。「目を覚ませ、目を

覚ませ、目を覚ませ！」でも無駄だった。改めて鏡を見ると、頬が真っ赤になっただけで白人のままだった。

選べる道がふたつしかないことに、ルビーは気づいた。絶望して発狂するか、この事態に敢然と立ち向かうか。エロイーズ・ダンドリッジの娘として、彼女は後者を選んだ。

目が離せなくなっていた鏡から、強引に顔をそむけた。寝室に這いもどってベッドの上に手をのせると、指先が触れたのは赤く艶《つや》やかなサテンのシーツだった。サテンのシーツで寝るなんて、今まで経験したことがなかったけれど、サテンの寝具を使っている女性の家であれば、一度だけ清掃したことがあった。部屋のなかを調べてみた。バスルームのドアの右側にドレッサーがあり、その上に一足の赤い靴と下着一式が置かれていた。部屋のいちばん奥にもドアがあって、グリーンのドレスが掛かっていた。

腰をかがめて窓の外を見た。この部屋は二階にあり、二、三階建てのタウンハウスに囲まれた中庭を見おろしていた。窓の真下に、黒っぽいウィンドウがついたシルバーのセダンが駐まっていた。その車を見て、昨夜の記憶がまた蘇ってきたものだから、彼女は一刻も早く逃げ出したい衝動に駆られた。

立ちあがってドレッサーに向かった。焦っていたので、ストッキングとレースつきの薄っぺらなガーターベルトは省略し、パンティだけはくことにしたのだが、はくあいだも自分の脚から目をそらしつづけた。ブラジャーをつけるのに手間どったのは、この白人女の胸がルビーより小さく、形も違っていたからだ。しかしドレスは、問題なく着られた。

最後に赤い靴を手に取った。ベッドシーツのように光っていたが、ヒールは低くてはきやすそうだった。自分の足に合うことを確かめ、でもよけいな足音はたてたくなかったから、両手にぶら下げることにした。

奥のドアを開けるとそこは暗い廊下で、すぐ左側に階段があった。少しのあいだ耳をそばだて、それから階段を下りはじめたのだが、他人の体はバランスが取りにくく、手すりにつかまらねばならなかった。無事に一階まで下りると、正面に郵便受け付きのドアがあった。ドアの手前にコート掛けがあり、ルビー・ダンドリッジのコートが掛かっていた。床の上に置いてあるハンドバッグも、ルビーのものだった。

コートを着てハンドバッグを拾おうと身をかがめたとき、地下から階段を上ってくる足音が聞こえた。ルビーはうしろをふり向いた。いま下りてきた階段の横にある廊下の突き当たりに、日が射し込んでいるキッチンがあり、そのキッチンに彼女は見覚えがあった。ケイレブ・ブレイスホワイトが彼女に赤い液体を飲ませたのは、あの木のテーブルではなかったか？

確かめている時間はなかった。足音は階段を上りきったらしく、彼女からは見えないどこかでドアが開いた。ルビーはハンドバックを腋の下にはさみ、正面のドアから静かに外へ出て、音をたてないよう注意しながらドアを閉めた。玄関前のコンクリートの冷たさに飛びあがった彼女は、あわてて靴をはくと中庭に沿った道を駆け抜け、低い鉄製のゲートを開いて公道に出た。ふり返って見あげたブレイスホワイトのタウンハウスは、ざらついた灰色の壁に蔦がびっしりと絡みつき、さながら大都会の一画に無理やり押し込まれた魔法使いの居城のようだった。

同じブロックのすぐ先で一台のタクシーが停まり、客を降ろしていた。「タクシー!」とルビーは叫んだのだが、すでにそのとき運転手は彼女に気づいており、後部ドアを開けたまま笑みを浮かべていた。「乗りますか、お客さん?」

後部座席に乗り込むとき頭をぶつけてしまったのは、扁平《へんぺい》な靴をはいていてなお、今までの自分より背が高くなっていたからだ。後部ドアを閉めた運転手は、いらいらするほどゆっくり運転席に戻っていった。彼がハンドルを握ったところで、ルビーは追われていないことを確かめるためうしろを見た。

「どちらまで?」運転手が訊いた。ルビーはすかさず自宅の住所を言った。なのにタクシーは発車せず、前を向いて座りなおしたルビーは、運転手がシートに肘をかけ、困ったような顔でこちらを見ていたことに気づいた。「ほんとにそこでいいんですか?」

「もちろんよ。わたしの家は——」と言いかけて、彼女は口を閉ざした。

「お客さん?」

「ダウンタウンに行ってください」ルビーは行き先を変えた。「ダウンタウンまでお願いします」

「特に目的地があるなら、言ってくれれば——」

「とにかく走って」

✣✣✣　✣✣✣　✣✣✣

二十分後、ルビーはステート・ストリートにあるマーシャル・フィールド百貨店の外に立ち、手持ちの現金を確認していた。タクシー代を払ったあとも、財布のなかには、倹約すれば数日は暮らせるくらいの額が残っていた。これに非常用の隠し金――コートの裏地に縫い込んである――を加えれば、一週間はなんとかなるだろう。なにしろルビーの身分証明書が使えない以上、銀行で金をおろすのも難しいはずなのだ。

デパートのウィンドウに映る自分の姿を、改めて注視した。さっきは動揺していたのでよくわからなかったが、なかなか容姿端麗で、しっかりした顔つきは、責任ある立場にいる有能な女性であることを示唆していた。これなら銀行に行っても、気の弱そうな窓口係を選べば、身分証を出さずにすむかもしれない。とはいえ、今度は名前が不似合いに思えてきた。赤毛はいいとして、この白い顔をルビーと呼ぶのは、不自然ではないだろうか。

ではどんな名前がふさわしい？　彼女の視線が、ウィンドウ内のディスプレイに移った。冬服を着せられた数体のマネキンが、板に描かれた山脈の前に立っていた。山脈はロッキーなのだろうが、ルビーの目にはヒマラヤに見えたし、彼女は新たな職務を得てエベレストの頂上に立つ自分の姿を想像した。つまりシェルパではなく、シェルパに命令を下すボスとして。そういえば初登頂を成し遂げたあの白人男、彼はなんていう名前だったっけ？

「ヒラリーだ」その名前が呪文であるかのように、彼女は声に出してくり返した。「ヒラリー」ウィンドウに映る自分の影に、彼女は問いかけた。あなたはどう思う？　あなたはヒラリーかしら？　彼女の影はにっこり笑うと、うなずいて同意した。

ウィンドウを見つめたまま、人通りの激しい歩道の真ん中に立っている彼女を、歩行者たちは器用によけてくれた。するとひとりの女が、新しい名を思いついたばかりの彼女にどんとぶつかり、乱暴に押しのけるとひとことの詫びもなくそのまま通り過ぎた。「失礼な人ね」と言おうとして口を開きかけたルビーは、その女がキャサリン・デマルスキーであることに気づき、愕然とした。

わが目を疑った。でも本当にキャサリンだった。すでに十歩ほど先を進んでいたキャサリンが、母親と一緒だった幼いニグロの女の子にぶつかった。女の子はばったり倒れ、大人たちに踏まれそうになって泣き声をあげた。「ちょっとあんた！」母親が怒鳴った。だがキャサリンは歩をゆるめず、自分の肩越しに怒鳴り返した。「悪いのはそのクソガキでしょ！」

母親は仰天して言葉を失い、まわりにいたほかの通行人も顔をしかめた。でもみんな押し黙ったままで、キャサリンは無力な人間を蹴散らす怪物のように前進をつづけた。

しかしヒラリーは、無力ではなかった。

すでにキャサリンは、マーシャル・フィールドの店内に入っていった。あとを追ったルビーの目に、化粧品売り場のカウンターに立つ販売員の女性と鼻を突き合わせ、なにかわめいているキャサリンの姿が飛び込んできた。ルビーはぶらぶらと近くのカウンターへ行き、シルクのスカーフを品定めするふりをしながら、彼女たちの会話を盗み聞きした。

ふたりは、ローマンという名の男性をめぐって言い争っていた。ローマンはキャサリンの婚約者、あるいは彼女が勝手にそう思い込んでいる人のようだった。キャサリンは、販売員の女性――彼女は〈このクソ女〉と呼んでいたが、本当の名はエフィだった――がローマンと一緒にいる現場を見たらしく、彼はわたしのものだとまくし立てていた。エフィは、自分とローマンはなんの関係もないと否定しつつ、よせばいいのに、彼のほうはキャサリンと婚約しているなんてこれっぽっちも思っていない、と暴露してしまった。

キャサリンの吐き散らす罵言《ばげん》が音量と汚さを増してゆき、とうとう売場主任がやって来て「お客さま、いったいどうなさったのですか?」と訊いた。ルビーは、そこから五メートル離れた売場でシルクのスカーフを一枚選んだ。ディスプレイ・ラックの横にあった鏡を見ると、ヒラリーがうなずき、それにしましょうと賛成してくれた。

キャサリンは売場主任を無視し、エフィに捨てぜりふを残してカウンターを離れた。ルビーはさりげなく彼女の進路をふさぎ、わざとぶつかりながらキャサリンのコートのポケットにスカーフを滑り込ませ、値札が表に出るようスカーフの端をちょっと引っぱった。それから一歩下がって肩をすくめ、キャサリンに怒鳴られて気分を害したような顔をしたのだが、実のところ彼女の罵声など、ほとんど聞こえていなかった。というのも、キャサリンがあの真珠のイヤリングをつけていたことに、気づいてしまったからだ。

デパートを出て歩道に立ったルビーは、ホットドッグの屋台から昼食を買っている警官を見つけ、近づいていった。

「すみません、おまわりさん」と語りかけたヒラリーの声は、凜《りん》として明瞭だった。「わたし、ここの一階の責任者なんですけど、あの女性のお客さまが、装飾品売場でたった今スカーフを万引したんです」

　警官が彼女に向けた冷ややかな目は、だからどうした？　と言っているかのようだったし、実際ルビーは、もし相手が黒人の女だったら、彼がはっきりそう言うことを確信していた。しかし、ヒラリーは唇を引き結んで眉をあげると、彼の目をまっすぐ見つめ返し、警官なら警官の仕事をしろと無言で迫った。

　警官はため息をついた。彼は、買ったばかりのホッドッグを屋台の親爺に返した。「これ、ちょっとあずかっててくれ」それからズボンをぐいと引っぱりあげ、「あの女ですか？」とルビーに訊いた。「茶色のコートを着た黒髪の？」

「そうです」ヒラリーが答えた。「彼女、宝石売場をうろうろしていました。今つけているイヤリングをどこで手に入れたか、訊いてみる必要があると思います」

　警官は素直にうなずくと、面倒くさそうに走りはじめた。彼は、そのブロックが終わるあたりでやっとキャサリンに追いついた。彼に肘をつかまれたキャサリンは、腕を乱暴に引いてその手をふり払ったのだが、相手が警官だったことに気づき、むき出しだった怒りをわずかに引っ込めた。警官は、少し走ったことで息を切らしながら、彼女のポケットからはみ出ているスカーフを指さした。キャサリンはスカーフをつかみ出すと、不思議そうな顔で見ていたのだが、すぐにすごい目つきで警官を睨んだ。まるで、わたしのポケットにこれを入れた犯人はおまえだろうと、彼を非難しているかのようだった。睨まれた警官がなにか言うと、キャサリンの手がさっとイヤリングに触れ、と同時に彼女は急にどぎまぎしはじめた。しかし、すぐに怒りが二倍になって戻ってきたらしく、彼女は激しく首を横に振った。

確信を深めた警官は、ゆっくりうなずいた。彼は再びキャサリンの腕をつかもうとした。キャサリンはまたしてもその手を払いのけると、両方の掌で彼の胸を強く突いた。警官の顔がたちまち真っ赤になり、彼もキャサリンの胸を片手で突き返したのだが、力が充分にのっていたものだからキャサリンは足を滑らせ、歩道に倒れた。さっと立ちあがった彼女は、両腕を振りまわしながら警官につかみかかった。ちょうどそのとき、たまたま角を曲がってきた二名の警官がこの騒ぎを見て目を丸くし、わずか五秒後には、キャサリンの喧嘩の相手はひとりから三人に増えていた。

キャサリンにお返しができたことを、さっきまで喜んでいたルビーだったが、いきなりはじまった乱闘騒ぎを見て気分が悪くなってきた。三人の警官は、キャサリンを地面に押さえつけようとしていた。キャサリンの手が最初の警官の首を引っかき、出血した警官は体を離すと彼女の顔面にパンチを入れ、それを見てホットドッグ屋の親爺が「ひっ」と声をあげた。キャサリンが警官たちに組み伏せられると、ルビーはいよいよ吐きそうになった。彼女は嘔吐する代わりに、警官たちに背を向け反対方向に走り出した。

「わたしのせいじゃない」興奮と恐怖を交互に感じながら、彼女はつぶやいた。「ああなったのは、キャサリンが悪いからだ……」そのブロックのいちばん端まで走った彼女は、角を曲がろうとして別の警察官と正面衝突した。

「痛い！」と大声をあげてよろめきながら、ルビーは自分も殴り倒されることを覚悟した。しかし、彼女がぶつかった警官はバラ色の頬をした若者で、大晦日のパーティーから戻る途中のような匂いがしており、とても機嫌がよかった。「気をつけてくださいよ、お嬢さん！」彼は笑いながら言った。彼がさっとルビーの腕をつかんだのは、彼女が倒れないよう気遣ったからであり、逮捕するためではなかった。しかしルビーが笑顔を返さないでいると、彼も真面目な顔になった。「なにかあったんですか？　誰かに迷惑をかけられたとか？」彼は充血した目で、ルビーの背後を見やった。「あいつらですか？」

彼の「あいつら」という言い方が、ルビーの耳にとまった。彼女がふり向くと、高校生ぐらいのニグロの少年が四人、こちら側の歩道で信号待ちをしながらふざけ合っていた。「あいつらですね？」警官は重ねて訊いた。「卑猥なことを言われたんですか？　それともなにかされた？」またしても吐き気を覚えながら、ルビーは考えた。今ならこの警官になんでも言えるし、彼はわたしの言うことをすべて信じるだろう。その気になれば、わたしはあの少年たちを殺すこともできるのだ。わたしは、ヒラリーは……

若い警官は彼女の沈黙を肯定と判断した。「ご心配なく」彼は言った。「きっちり対処しますから」

だがルビーはその場から動かず、ヒラリーの白い手を彼の手首にのせた。「違うんです」彼女は言った。「あの子たちは、なにもしてません」警官はいぶかしげな目で彼女を見た。「ほんとです」ヒラリーの声がつづけた。「かれらはなにもしませんでした。誰も悪いことはしていない」信号が変わり、少年たちは道路を横断しはじめた。警官はそれが基本動作であるかのように、かれらを追跡しようとした。

ヒラリーがもう一度彼の手首に触れ、こう言った。「もしよければ、お昼をご一緒しませんか?」

✥
✥
✥

「ローマンですって?」マイクと名のった若い警官が訊き返した。「なんだかすごいクソ野郎みたいな名前ですね。おっと、汚い言葉を使ってすみません」

「いえ、ローマンはいい人です」ルビーが言った。「わたしは、そう思ってます」

「もし彼があなたのような方に隠れて浮気しているのなら、彼は大バカですよ」

たぶんルビーは、頭がおかしくなったのだろう。この若者と昼食をともにする気など、本当は全然なかったのに、レイク・ストリート高架鉄道の下にあるこの簡易食堂を見たとたん、胃の不快感がきれいに消えて自分がどれほど空腹だったか気づき、逃げる口実を考える代わりに、店に入って彼とおしゃべりすることに決めたのだから。

ルビーは彼に、自分は休暇でシカゴに来た旅行者で、名前はヒラリー・エヴェレストであると自己紹介した。この名を聞いても警官のマイクは眉ひとつ動かさず、ルビーはこの若者にはどんなことでも言えるし、なにを言っても信じてもらえると改めて確信した。自分の話を額面どおり信じてくれる警察官に、初めて会ったことで舞いあがったルビーは、シカゴでの休日をどう過ごしているか次々にでっち上げながら、脇役たちを適当に配していった。アホな甥っ子のレオ。わがままな従姉妹《いとこ》のキャサリン。そして、シカゴの自宅に泊めてくれている伯母のエフィ。ボーイフレンドはいるのかというお定まりの質問をされたとき、とっさに捏造したのが地元でつきあっているローマンで、彼が彼女の留守中にほかの女とデートしたのを、今朝初めて知ったという設定にした。この話を聞かされたマイクが、彼女のため憤慨することまで完璧に予想できたルビーは、奇妙な興奮を覚えていた。きっと、降霊術をやっていたときのママも、こんな気持ちになっていたのだろう。悪いことではあるが、ヒラリーの声がつく嘘を聞き、ボックス席の窓ガラスに映るヒラリーの姿を見ていると、それほど悪くないような気がしてきたし、少なくともルビーの罪ではないように思えた。

「それで君は、今夜帰るんだよね。なんて町だっけ？」マイクに訊かれた。

「スプリングフィールドよ。マサチューセッツ州のスプリングフィールド」ルビーは答えた。「月曜から仕事に戻らなきゃいけないの」

「もう少し長くいられればよかったのに」

「そうね、でもまた来るわ」彼女がこう言うと、マイクの表情がぱっと明るくなった。

「そうなんだ？　いつごろ？」

「たぶんこの夏」ルビーの即興はつづく。「シカゴ大学の講義を受けに来ることは、もうエフィ伯母さんに話してあるし」

「講義って、科目は？」

「ジャーナリズム」

「新聞記者になりたいの？」ここでマイクは、初めて疑うような口調で訊き返してきたが、彼の疑念はルビーの言葉ではなく、科目の選択に向けられていた。

「兄のマーヴィンが新聞記者なの」言いわけのようになってしまった。「兄にできるんだから、わたしにもできると思う」

「いや、そういう意味じゃなくて」彼は片手を上げた。「もしそれが君のやりたいことで、そのためにまたシカゴへ来るのであれば……ぜひぼくに電話してほしいんだ。この街の本当の姿を見せてあげる」

「そうね、たぶん電話する」ルビーは曖昧に答えた。

マイクが自分のコーヒーを飲みほした。「さてと、もう戻らなきゃ……君はまだいられるんだろ。座ってデザートを頼みなよ。ここはぼくが払っとくから」彼は自分の電話番号をナプキンにさっと書き、そのナプキンをルビーに渡した。「じゃあマサチューセッツまで、気をつけて帰ってね。そしてそのローマンという男に、マイクがおまえはバカだと言っていた、と伝えてほしい」

ルビーは店から出てゆくマイクを見送り、窓の前を通り過ぎる彼に手を振ったあと、同じ窓ガラスに映るヒラリーの顔に視線を移した。悪い女ね、とルビーは彼女をなじったのだが、ヒラリーは平然と微笑みつづけており、ルビーも自分が笑っているのを感じた。そして考えた。ねえヒラリー、復讐はできたし、お昼はただで食べられたし、頼めばエスコートしてくれる警官もつかまえた……次はなにが来るのかしら？

「デザートはいかがですか?」来たのはウェイトレスだった。

✣✣✣　　✣✣✣　　✣✣✣

昼食後は、別に行くところもなかったので散歩したのだが、謎の帰巣本能らしきものが作動し、彼女の足を北へ向かわせた。シカゴ川を渡るあいだは、ストッキングなしの素足を寒風が攻め立てたけれど、厚切りチョコレートケーキを食べて守りを固めていたヒラリーは、寒さなど感じないようだった。

歩を進めながら、マイクに聞かせてやった話を反芻《はんすう》するうち、ああいう嘘を語ることがどれほど楽しかったか思い出し、改めて驚きを覚えた。なにしろみずからの想像力の限りを尽くして、他人の人生をでっち上げたのである。ただひとつ悔やまれるのは、実兄の名前をもちだしたことだった。ヒラリーの話にマーヴィンを引きずり込むのは、やはり筋が違いすぎる。次はエフィ伯母さんまでにしておこう。

それからジャーナリズム講座のことを考えた。あれは適切だったろうか? 通り過ぎてゆくショーウィンドウに映ったヒラリーと、たまたま目が合ったので、マイクに訊かれた質問をそのままぶつけてみた。あなた、新聞記者になりたいの? ヒラリーは肩をすくめると、すぐさまルビーに問い返した。そう言うあなたは?

二キロ近く歩いたところで、ようやく寒さがつらくなってきた。暖が取れそうな営業中の店を探した彼女は、ウェルズ・ストリートにあった小さな骨董店に入り、店主らしき男に「ちょっと見るだけなんだけど」と断りを入れた。もしルビーが「ちょっと見るだけ」と言っても、ろくな反応は返ってこなかっただろうが、ヒラリーが言うと店主の男はどうぞどうぞと彼女を招き入れ、歓迎してくれた。

店を出て再び歩きはじめた彼女は、行き交う人びとの態度も同じように好意的だったことに気づいた。白人たち――特に男性――の多くは、すれ違いながらヒラリーにほほ笑みかけ、しかしもっと特筆すべきは、彼女を無視する人びとだった。相手がルビーのときは、横目でちらっと見たり、疎《うと》ましそうに見ないふりをするだけなのだが、ヒラリーの場合は、単に目をとめず素通りしてくれるのだ。おかげでヒラリーは、個別の店だけでなくこの世界全体を、自由に見て歩くことができた。

このままヒラリーでいると、ほかにどんないいことがあるのだろう？

リンカーン・パークのはずれで、ドナの店という白人専用ヘアサロンの前を通りかかった。店員は金髪の若い女性がひとりだけで、自分のネイルを磨いていた彼女は、入ってきたヒラリーを見てにっこり笑った。

「いらっしゃいませ。わたしエイミーといいます。今日はどうなさいますか？」

「ちょっと見るだけ」と言いそうになったルビーを押さえ込み、「まだはっきり決めていないんだけど……」と答えた。

エイミーは、プロの目でヒラリーの髪をまじまじと見た。「少しパーマをかけましょうか？柔らかくカールさせるとか？」

た。

「いえ、カールはいらない」即座にルビーが答えた。急いで店を出るべきなのは、よくわかっていたけれど、好奇心には勝てなかった。「カットだけ、というのはお願いできる？」

「もちろんです」エイミーがうなずいた。「どんな感じにしますか？」彼女が手振りで示したのは、雑誌から切り取られ、鏡の上の壁にずらりと貼られたヘアスタイルのサンプル写真だった。

ルビーの目をとらえたのは、高名な女性飛行士のくしゃくしゃのボブカットだった。その飛行士は、コックピットが開かれた小さな飛行機の前に立ち、後方には山々の影が写っていた。

「あんなのいいわね」

「アメリア・イアハート（リンドバーグにつづき、女性として初めて航空機による大西洋単独横断飛行に成功したアメリカ人。一九三七年、南太平洋上を飛行中に消息を絶った）ですね？」エイミーが確認した。「できますよ。もしお客さんのボーイフレンドが、気になさらないなら。というのも――」彼女はすぐに説明してくれた。「あそこまで短いのを、嫌う殿方もいらっしゃるもので」

「たぶん大丈夫だと思う」

エイミーに髪を切ってもらいながら、ルビーはさっきとは違う身の上話を、即興で彼女に聞かせた。今回ヒラリーはシカゴの出身で、生まれも育ちもハイド・パークだった。母親が経営する美容院で働いていたのだが、母は去年亡くなり、だから長年の夢だった外国での冒険旅行に行く資金とするため、自身が相続した分の店の権利を売った（「パリに行ったんですか？」エイミーに訊かれた。「いいえ、ネパール」と答えたのは、一度は声に出してみたい国名だったからだ。でもエイミーは、「それってパリの近くですか？」と訊き返した）。シカゴに帰ってきたのは、旅をするうちお金が心細くなったからで、今は姉の家に居候しながら、貯金が底をつくまえに新しい仕事を見つけようとしている。

「もしご興味がおありなら、この店も美容師を募集してますよ」

「親切にどうもありがとう」鏡のなかでヒラリーが礼を言った。「だけど、なにか別のことをやろうと思ってね」

「たとえば？」

「それがなかなか決められなくて」鏡に映ったヒラリーの目を、ルビーはじっと見つめた。

「だって、状況がすっかり変わったんだもの」

「もし飛行機で旅をするのがお好きなら、わたしの従姉妹のホリーと同じ仕事に就くのもいいでしょうね。彼女、スチュワーデスなんです。アメリカじゅうを飛びまわってますよ。国際線に移りたいんだけど、航空会社の上役が、もっと美人でなければダメだと言うんですって。だけどお客さんなら、国際線もぜんぜん大丈夫だと思うし――お金をもらいながら、ネパールへ行けるかも」

鏡のなかのヒラリーが、大きく眉をあげた。「そういう仕事、どこで見つければいいの？」訊いたのはルビーだった。

「ホリーがどうやったかは知らないけど、ライトブリッジ職業紹介所に行けば、なにかわかるんじゃないかな。ほら、あそこの角に大きな看板を出してる、あの会社ですよ」

驚いたことに、ルビーは一時間後にはこのヘアサロンを出て、再び路上を歩いていた。シャンプー、カット、ドライヤー、それにマニキュアのすべてが、たったそれだけの時間ですんだのである。白人の女性客が美容院ですぐにやってもらえることなら、ルビーも知っていたけれど、実際に経験してみると一年分の時間を得したような気がした。しかもアメリア・イアハートのカットは、ヒラリーによく似合っているのだ。

いっそう軽やかになった足取りで、彼女は大通りを西へ向かい歩いた。最初の交差点で上を見ると、小さなオフィスビルの屋上にエイミーが教えてくれた看板が出ていた。

〈ジョアンナ・ライトブリッジ職業紹介所／明日のあなたはどんな人？〉

看板には、ヘアスタイルではなく各種職業のサンプルとして、数人の白人女性が描かれていた。スチュワーデスは左からふたりめなのだが、翼がデザインされたバッジを制服につけているため、マティーニの提供を任務とする変な空軍部隊の将校のようにみえた。彼女の隣にいる速記用ノートを持った女は、新聞記者と思いたいところだが、実際は高層ビルの上階に自分のオフィスをかまえ、訪問客を通したり追い返したりする権限をもつ、大企業の社長秘書なのだろう。看板に描かれたそんな女性たちを見ているうち、ルビーはまたしても不思議な興奮を覚えたのだが、その興奮は特定の職業ではなく、看板が示している可能性と選択の幅広さに向けられていた。

〈明日のあなたはどんな人？〉

ビルのロビーに掲げられた案内板を見ると、ライトブリッジ職業紹介所は六階に入っていた。
「だけど今日は、休みだと思いますよ」警備員が教えてくれた。
「ちょっとだけ見に行くのもまずいかしら？」ルビーは訊いてみた。
「じゃあ、わたしのお客さんってことにしましょう」警備員は笑いながら来訪者名簿を差し出し、ルビーはそこに大きな字で「ヒラリー・イアハート」と記入した。

六階まで上昇するあいだに、きれいに磨かれたエレベーターの鏡に映る自分の姿をチェックした。どこかでストッキングを買うべきだったが、ドレスの丈が充分に長いから、素足なのを気づかれる心配はあるまい。問題はコートだった。ルビー・ダンドリッジのコートは——美容院でエイミーがやんわりと指摘したように——ヒラリーにまったく合っていなかったのだ（エイミーには「母のを着てきちゃったの」と言いわけした）。ルビーはコートを脱ぐと片腕にかけ、ドレスの皺《しわ》をていねいに伸ばした。これで大丈夫だろう。

エレベーターのドアが開くと目の前はガラスの壁で、その向こうに誰もいない受付があった。照明は落とされており、両開きのガラスドアに〈本日休業〉の札が下がっていた。

ルビーはそのガラスドアに近づき、受付デスクの後方に掛けられているポートレートに注目した。ブラウスとジャケットを着た白人女性が、いかにもその道のプロらしい顔つきで腕組みをしており、短くカットされたブラウンの髪はヒラリーの髪形とよく似ていた。この人がミス・ライトブリッジに違いない。少し横にずれて、受付デスクの左側から延びている廊下をのぞき込むと、奥にあるオフィスのひとつに電気が点いていた。ショートヘアの女性の影が動いたのを、ルビーは見逃さなかった。

すでにルビーは、ヒラリーが行使できる特権に慣れていたので、その影を見てにんまりした。職業紹介所の所長さんに、アポなしで面会を求める女の訪問者。そうなってどこが悪い？　素足を見せなければいいだけの話だ。

ガラスドアの横にあったブザーを押そうとして、人さし指の先端に、血が丸く盛りあがっていることに気づいた。マニキュアをやってもらったとき、エイミーが傷つけたのだろうか。顔をしかめて手を開いてみると、出血していたのは人さし指だけではなかった。すべての指の爪の下から、赤い液体がにじみ出ている。

ルビーは、今朝目覚めたときと同じパニックに再び襲われた。心臓の鼓動がおかしくなったのだが、異状をきたしていたのは心臓ではなく、彼女の胸の骨だった。あたかも、両側から胸郭を押さえていた金具がはずれたかのように、胸がぐんぐん膨らんでいるのだ。「ああ、そういうことか」思わず声が出てしまった。

背後でエレベーターのドアが閉まろうとしていた。大急ぎで乗り込んで内壁に手をつくと、よく磨かれた金属の表面にべったりと血がなすりつけられた。

ドアが再び閉まるころには、昔のルビーへと戻ってゆく過程が、急速に進行していた。おなかの厚みが増すにつれ、ブラがきつくなった。コートとハンドバッグを床に落とし、両手でドレスの背中を懸命にまさぐった。むくんだ両足が赤い靴のなかで痛んだ。エレベーター内の鏡を見ると、ヒラリーの美しい髪がこわばって縮れてゆき、肌の白さもみるみるうちに失われていた。

ブラのストラップを力まかせに引っ張り、ホックを壊してはずした。ふうと息をついて前かがみになった彼女は、血だらけの手をドレスでぬぐいながら、両手と前腕に残っていた最後の白い肌が消えてゆくのを見た。

下降をつづけていたエレベーターが、がくんと揺れて停止した。ルビーは急いでコート――再び彼女のコートになった――を着ると、ただちにボタンをぜんぶ掛けて血だらけのドレスを隠した。エレベーターのドアが開いた。髪の毛を両手で押さえ落ち着かせようとしたが、ほとんど無駄であることに気づき、ふらふらとロビーに歩み出た。

「おいおまえ、どこから入った?」警備員に訊かれた。

「いま出ていくところ」笑顔で答えたつもりだったが、実際はしかめ面だった。小さすぎる靴が痛くてたまらず、足を引きずりながらビルから出た。警備員はまだなにか言っていたけれど、ルビーは無視し、タクシーが捕まるまでこの痛みに耐えられることを願いながら、ひたすら歩きつづけた。

❖ ❖ ❖

それから三日がたち、ルビーは、ハイド・パークにあるブレイスホワイトのタウンハウスに戻ってきた。

ぎりぎりまで迷っていたのは、再びここに来るのが狂気の沙汰であることを、自分でもよくわかっていたからだ。唯一の健全な対処法は、すべては夢のなかの出来事だと割り切り、きれいに忘れてしまうことだった。もちろん、自宅に帰り着いたあとの最初の二十四時間は、なにもなかったことにしようと固く心に決めていた。だが二日めになり、足の腫れが引いて普通に歩けるようになると、職探しをつづける意欲が薄れている自分に気づいた。少なくともルビー・ダンドリッジとして仕事を探す気は、もはやまったくなかった。

かくて三日めの朝となり、早起きした彼女は、暖かな服に身を包んだ。あのタウンハウスがどこにあったか、うろうろ探すことになると思っていたのに、タクシーに乗って「行き先は？」と訊かれたとたん、住所がすんなりと口をついて出た。

改めて眺めると、この建物はやはり城などではなく、古くなって修繕を必要としている普通の大きな家だった。それでもなお、妖気のようなものが漂っていることに違いはなく、ルビーはゲートの外の歩道に長い時間立ちつくした。引き返すなら今よ。彼女は自分に語りかけた。もしこのなかに入ってしまったら、二度めは逃げ出せないかもしれない。

だけどよく考えてみれば、彼女は一度めも逃げきれず、こうして戻ってきたではないか。

ハンドバッグを握りしめたルビーは、ゲートを開けて敷地内に入った。中庭を半分ほど回ったところで、正面にあるタウンハウスのドアが開き、ケイレブ・ブレイスホワイトが笑いながら顔を出した。

「こんにちは、ルビー」ブレイスホワイトが言った。

✥✥✥　　✥✥✥　　✥✥✥

「あの霊薬を飲んだのは憶えている？」ブレイスホワイトが質問した。

ふたりは、玄関脇の小さな客間で向かい合って座っていた。ルビーは護身用のナイフを出しており、玄関ドアを開けっ放しにするようブレイスホワイトに頼んだので、街路のざわめきを背中で聞きながら、椅子の下に吹き込んでくる外気の冷たさを、くるぶしのあたりで感じていた。

「なにかの液体を渡されたのは憶えてる」ルビーは答えた。「飲んだかどうかは、憶えてない」

この答を予期していたかのように、ブレイスホワイトがうなずいた。「残念ながら、あれはわたしの失敗だった。変身があなたにショックを与えることは、よくわかっていたのだから、あの晩のあなたがアルコールも摂取していたことを、もっと考慮すべきだったろう」

ルビーの目つきが鋭くなった。「わたしのお酒に、なにか入れたの？」

「いいや、なにも。あなたはほろ酔いだったけれど、それ以外は――」

「ほろ酔いどころか、すごく酔ってた」ルビーが言い返した。

「しかし心を決めたときのあなたは、まだ正常な判断力をもっていたよ。ただ、酒に酔った状態で変身したため大きなショックを受けてしまい、パニック発作を起こしたんだ。無理もないと思うね。自分の体がどんどん変わっていけば、誰だってびっくりしてしまう」

「びっくりなんてものじゃなかった」ルビーはエレベーターのなかの自分を思い出した。

「結局あなたは、ショックのあまり気を失ってしまった。一時的なものかと思ったんだが、意識が戻りそうにないのでわたしが二階まで運び、ベッドに寝かせた。最初は、数時間で元気になるだろうと思ったんだけどね」

素肌に触れたサテンの滑らかさの記憶が、蘇ってきた。「あなたがわたしの服を脱がせたの?」

「服のほうが自然に脱げていったんだ。ドレスは、あなた自身がパニック発作のあいだに引き裂いたし」

「だからあとの作業を、あなたが引き継いだというわけ? そしてわたしを裸にした?」

「それは違う。わたしはあなたをベッドに寝かせただけだ。それから、あなたが覚醒するのを待った。でも結局、あなたは一晩じゅう眠りつづけ……翌朝はほかにやることがあったので、しばらく地下室にこもっていたんだが、様子を見に戻ったら、すでにあなたは消えていた。しかし、あえて追いかけなかった。あれ以上あなたを動顚《どうてん》させたくなかったし、自分から戻ってくることが予想できたからだよ。あのあと、霊薬の調合を少し変えたので、次回あなたが飲むときは、もっと穏やかに変身できるはずだ」

「もう一度あれを飲むなんて、誰が言った?」

「あなたがここに戻ってきたのは、そのためじゃないのかな?」彼は黙ってルビーを見つめた。

「だけど変身の話をつづけるまえに、ひとつ告白しておこう。あの晩、わたしとあなたがああいうかたちで出会ったのは、偶然ではなかった」

「どういうこと?」ルビーは眉根を寄せた。

「わたしには、非常に強い直感力があってね」ブレイスホワイトが説明した。「チャンスを嗅ぎつける能力、と呼んだほうがいいかもしれない。なにをすれば自分の求めるものが得られるか、すぐにわかるんだ。そういう力を、わたしは身につける必要があった。でなければ、父が生きているあいだは、なにかに満足する機会すら得られなかっただろう」

「要するにあなたの直感力が、あの晩あの閉店した酒場に行けばわたしに会えると、教えてくれたわけ?」

「まあそういうことかな」言いにくそうに彼はつづけた。「しかし、単にそれだけではなかった。実は、今わたしがシカゴでやっている仕事の内容について、まだあなたに話していないことがあってね。なぜ黙っていたかというと、話せばあなたは、きっと困惑するからだ。そろそろ打ち明けてもいいんだが、そのためには、まず理解してもらう必要が——」

「とっくに理解してるわよ」ルビーが口をはさんだ。「あなたは大嘘つきで、大晦日のあの出会いは、最初から仕組まれたものだった。それだけの話でしょ」まるで些細なことであるかのように、彼女は肩をすくめたのだが、実は裏切られたような気持ちになっており、まんまと誘いにのった自分に腹を立てていた。「女をたらしこむのが、本当にお上手だわ。それだけは認めてあげる」

「違う！」ブレイスホワイトはむきになって否定した。「そんな狙いはまったくなかった。たしかにあの夜のわたしには、達成すべき目標があった。だけどひとりの男として、楽しんでいたのも事実なんだ。あなたと一緒にいるのは、最高に楽しかった。会話も、ダンスも、そしてキスも」彼はにやりと笑った。

「へえ、そうなんだ。だけど、すべて忘れていいわよ」ルビーは手にしたナイフを左右に振った。

「よくわかった」ブレイスホワイトは降参のしるしに両手を上げたが、顔は笑ったままだった。

「あの二人組の強盗はどうなの？」ルビーが訊いた。「まさかあいつらも——」

「あれは偶然だよ。それも、ラッキーな偶然」

「ラッキーな偶然？」

「あの夜のなりゆきに、わたしが満足していなかったわけではない」彼はまたしても微笑した。「でもどこかの時点で、頼むべきことをあなたに頼まねばならなかったし、あのままもっと親しくなっていたら……すごく厄介な事態を招いていただろうね。あのふたりの出現は、流れを変えるのにちょうどよかったんだ」

「だけどわたしたち、殺されていたかもしれない。そうなったら、流れもなにもなかったんじゃない？」

「やつらがわたしに危害を加えることなど、絶対に不可能だった。そしてあなたも、特に危険な目に遭ったわけではない」

ルビーは首を横に振った。「あなたって、ほんと底知れない人だわ」

「わたしは、自分がなにを求めているか、どうやればそれを手に入れられるか、正確に知っているだけだよ。もちろん、あなたが憤慨する気持ちはよくわかる。でもルビー、自分に正直になってもらいたい。わたしの思っていたとおりだった。やはりあなたは、もう一度変身することを求めている」

「たとえそうであっても」ルビーが答えた。「頭がおかしくなったわけじゃないからね」

彼女は諦めたかのようにまた首を振ると、こうつづけた。「わたしはどんな仕事をすればいいのか、詳しく教えて」

✣✣✣　✣✣✣　✣✣✣

かなり冷え込んできたため、ブレイスホワイトは、ルビーの許可を得たうえで玄関ドアを閉めた。それからふたりは、昨夜と同じキッチンに移動した。彼はティーケトルを火にかけ、陽のあたるテーブルにルビーと向き合って座った。

ケイレブ・ブレイスホワイトの説明は、一七九五年に起きたある出来事からはじまった。ケイレブの父方の先祖の従兄弟に、タイタス・ブレイスホワイトという名の人物がおり、その年タイタスは、彼の秘密結社に属する男たちを率いてマサチューセッツ州に入った。かれらは、天地創造のパワーを統御する方法を探求していたのだが、どこかでしくじったらしく――「アブラカダブラと唱えなければいけないときに、開けゴマと言ってしまったんだろうな」――創造ではなく世界最終戦争《アルマゲドン》のパワーを現出させてしまった。

ここでケイレブの話は、彼の祖父アディスンがタイタスの秘密結社を再建し、父サミュエルがその組織を発展させながら、タイタスの邸宅跡に新たなマナーハウスを建造した約百年後に飛んだ。アディスンとサミュエルは、祖先の事績を調べているうち、タイタス・ブレイスホワイトが屋敷もろとも消滅したその夜、タイタスの子を宿していたハンナという女の奴隷が、惨劇に巻き込まれることなく逃亡した事実を突きとめた。ふたりはその後のハンナの調査に長い年月を費やしたのだが、最終的にハンナの足跡を追うことに成功した。タイタス・ブレイスホワイト直系の子孫の最後のひとりを特定したのは、ケイレブと彼の直感力だった。

ここからケイレブは、アティカスをマサチューセッツまでおびき出すため、父サミュエルがどんな計略を立てたか説明しはじめたのだが、それを聞きながらルビーは、去年の六月にジョージ・ベリーからかかってきた電話を思い出した。あのときジョージは、彼とアティカスが家族の問題で東部に行っているあいだ、ホレスの面倒をみてくれないかとルビーとレティーシャに頼んだ。なのにレティーシャは、かれらの自動車旅行についていってしまった。

「ジョージとアティカスが、あなたのお父さんの屋敷に到着したとき」ルビーが訊ねた。「かれらのほかに、誰か――」

「かれらは、ふたりだけで来るはずだった」彼女の質問をケイレブがさえぎった。「ところが、あなたの妹さんが勝手に同行していた」まるで感心しているかのような口調で、彼はこう言い添えた。「レティーシャは、本当に厄介な人だ」

あの妹の本当の厄介さを、他人は半分もわかっていない。そう思ったルビーは、しかしすぐに、この男は例外かもしれないと思いなおした。

ブレイスホワイト邸での一件は、ケイレブが父親を裏切り、アティカスたちの命を救ったところで終わった。その後、父の遺産相続などに少し時間をとられたあと、ケイレブはシカゴにやって来て、シカゴ支部に所属する白人男性たちと接触した。これにも過去のいきさつがあったのだが、ハイラム・ウィンスロップの名前が出たとたん、ルビーはすかさず質問した。「それって、ウィンスロップ・ハウスのウィンスロップ？」

「そのとおり。あなたの次の質問に、先まわりして答えておくと、わたしがあの家をレティーシャに買わせた。あの金を彼女に渡した弁護士も、不動産業者も、すべてわたしに雇われた人間だ。もともとペナンブラ不動産は、父が設立した会社だったしね。あの家の本当のオーナーも、実はわたしなんだ」

彼がまだ語り終えないうちから、ルビーは首を振っていた。「そんなことだろうと思ってたんだ。あそこまでうまい話が、現実にあるわけないもの」彼女はケイレブを睨みつけた。「だけどなぜ？　なぜレティーシャだったの？」

「それもわたしの直感だ」ケイレブは静かに答えた。「最初は、わたし自身があの家に住むことを検討した。あそこには、価値ある秘密が隠されているに違いないからだ。でもそれを見つけ出すためには、ウィンスロップの幽霊と対峙しなければならない。意思と意思の戦いは、むしろ望むところなんだが、今回はわたし以上に適任の人がいることを、ふと思い出してね」

「それがレティーシャ？　でもなぜ彼女が――」

「あなたの妹さんは、タフで頑固だからだ。もしも、あの家に住みつづけるという強い動機があったなら、彼女はウィンスロップの幽霊を、必ずや手なずけるに違いないとわたしは読んだ。そしてその読みは、みごとに的中した」

「そうね、それは認めてあげる。だけど、完全にうまくいったとは言えない。あなたがあの家を譲ったことなんか、レティーシャは全然知らないんでしょう？」

「知らないし、だからあなたも、彼女に教えないでもらいたい。知れば彼女は、あの家で幸せに暮らせなくなる」

「それって、彼女の幸せを願ってるみたいに聞こえるけど」

「実際に願ってるんだよ」ケイレブは答えた。「レティーシャみたいな人が、わたしは好きだからね」

「だけどレティーシャのほうは、あなたを嫌ってるんでしょ？　ということは、たとえ彼女がウィンスロップ・ハウスに住みつづけても、あなたが自分の欲しい物を手に入れる可能性は、まったくないわけだ。なにか見つけましたかと、彼女に訊くわけにはいかないんだもの」

「そのとおりだ」ケイレブはうなずいた。「しかし、あなたなら訊ける」

「それがわたしの仕事の内容？　わたしに妹をスパイしろっていうの？」

「そうじゃない。仕事のごく小さな一部として――」微妙な言い方だった。「少しの時間を、妹さんと一緒に過ごしてもらいたいだけさ。根掘り葉掘り質問するのではなく、近況を訊ねたりするなかで、彼女のほうから語るようにしむけてほしい。あの家に下宿しはじめたアティカスからも話を聞き、できればほかの貸借人にも接触するんだ。あなたが自分で嗅ぎまわるのもいいだろう」

「わたしひとりで？　あの家のなかを？　冗談じゃない」

「わかった。であるなら、貸借人たちの話は必ず聞くようにしてもらいたい。変なものを見た人がいないか――本とか地図、鍵、奇妙な器具、あるいは隠し部屋を。あと、おかしな質問をする人間が訪ねてこなかったか、家のなかをのぞき込む怪しいやつがいなかったかも、確かめておく必要がある」

「怪しいやつって、たとえばどんな？」

「白人の男だ」ケイレブは速答した。「特に警察関係者」

ルビーは冷ややかな目で彼を見た。「あなた、わたしの妹を、いったいなにに巻き込んだの？」

「それも話せば長くなる。おいおい説明するけど、そのまえに、明日の晩、あなたに出席してもらいたい会合があってね。その席で、あなたの疑問の多くは氷解するはずだから――仕事の内容のつづきは、会合のあと話そう」

「夜の会合？　パーティーってこと？」

「あなたは飲み物を配られるほうなので、そのへんはご心配なく。それどころか、あなたはとても大切なゲストなんだ」

「そう言われても」ルビーは困ったような顔をした。「パーティーに着ていけるドレスは、こないだ破けてしまったし」

ここでケイレブは、小さなガラス瓶をテーブルの上に置いた。瓶のなかの赤い液体が、太陽の光を浴びて輝いている。

「あなたにぴったりの新しいドレスを、すでに用意してあるよ」

✥✥✥　✥✥✥　✥✥✥

「いわば実用的な占いね」その老女は、かなりの高齢だった。「ジプシーの戯言《たわごと》とは違い、数学の理論に基づいた易断なの。一九二九年十月以来、わたしたちはずっとこの研究に力を注いでいる。試行錯誤はあったけれど、着実に前進してるわ。今は個人的に、死体の復元にも興味をもっている」杖を頼りに立っていた老女は、その杖を握る自分のねじ曲がった指に目を落とした。「もっと早く学びはじめるべきだったんだけど、人間はつい、時間ならたっぷりあると思ってしまうから……ところで、あなたのご専門はなに？　得意にしている分野は？」

「死者との対話です」ヒラリーが答えた。

「方法は？　霊界通信？　バートンの自動書記？　まさかウィジャボード（日本のコックリさんによく似た交霊用のボード）じゃないでしょうね？」

「いいえ、ただ話をするだけです。そういう能力が、生まれつきあったんですね。母も同じことをやっていたし」

老女は、不快感を覚えたかのように少し体を引くと、口をとがらせた。そして意地悪そうな笑みを浮かべながら、くすくす笑った。「そういう能力が、生まれつきあった？　ここでその言葉は、なるべく使わないほうがいいわよ　下手をすると、かれらに魔女呼ばわりされ、焼き殺されてしまう」

「頭の固い臆病者なんか、少しも怖くないですよ」ヒラリーの言葉を聞いて、老女はまたしても小さく笑った。

「でしょうね」老女が言った。「それはひとめでわかる……ところであなた、ナンタケット（マサチューセッツ州の南東に位置する古い歴史をもつ島）だったかしら？」

ヒラリーはうなずいた。「わたしたち、小さな支部なんです。最近、さらに小さくなってしまいました。去年の春、支部長がアーダムに逃げてしまったものでね。だから今も、組織を立てなおしている途中です」

「アーダムか」老女は眉をひそめた。「うちもアーダムに、メンバーのひとりをもっていかれた。だけど彼は、不幸な最期を遂げたと聞いてるわ。それも、彼を引き抜いたサミュエル・ブレイスホワイトと一緒に」再びくすくす笑う。「ねえ、一緒にシャンパンを飲まない？　ウェイターはどこ？」

飲み物のトレイを持つウェイターがどこにいるか確かめるため、老女がよたよたと体の向きを変えてくれたので、ルビーもやっとこの宴会場内を見まわし、ケイレブ・ブレイスホワイトを探すことができた。

少しまえまで、ルビーはこのカントリー・クラブの駐車場でケイレブの車の助手席に座り、黒っぽいウィンドウを通してクラブに到着するゲストたちを見ていた。ケイレブはかれらを、それぞれが代表を務める支部の所在地名で呼んだ。ボルティモア、アトランタ、ニューオーリンズ、ラスベガス、ロサンゼルス——ほかにも二十名以上いた。今ルビーの目の前にいるこの老女は、ニューヨークだ。

次々とリムジンが到着する合間に、ケイレブはルビーがどんな人物に扮するのか説明した。

「自分から話しかける必要はない。会場内にいる若くて美しい女性は、あなただけだ。みんなあなたと話をしたがるだろう。どんどん相手をしてくれ。笑みを絶やさず、いかにも興味をもっているかのように、かれらの話に耳を傾ければいいんだ。そしてかれらが明かしてくれる秘密を、しっかり覚えておく」

会場にはふたり別々に到着する計画だったので、ケイレブはいったん会場を離れると、ルビーが乗るリムジンを待機させている八キロほど離れたガレージまで、彼女を送っていった。

「大丈夫だよ」ケイレブが請け合った。「難しいことはなにもない。ただ人の輪のなかに入って、かれらを観察してもらいたい」

それでもルビーは不安だったし、自分を乗せたリムジンが会場に着くころには、最後までやりおおせるか本気で心配になっていた。すがるような気持ちで、彼女はルームミラーのなかにヒラリーの目を探した。彼女を見返したヒラリーは、すでに心の準備が整っているらしく、いつものように軽く眉をあげてみせた。ルビーは彼女にすべてをまかせた。リムジンから降りたヒラリーは、自信満々の顔をして縁石に立った。そして、自分がオーナーであるかのような堂堂たる足取りでクラブに入ってゆくと、受付にいた黒服の男に招待状をちらっと見せた。ロビーの鏡に映る自分の姿を確かめるため、ルビーはちょっと立ちどまった。今回は、白人への変身にあまり違和感を覚えなかったし、痛みも全然なかった。赤い髪はもとの長さに戻っていたけれど、もう一度カットするのはやめておいた。ブラッシングしただけの髪は冬の風でほどよく乱れ、その野性味は今夜のドレスと好対照をなしていた。黒のイブニングガウンをまとった、赤毛の女性ハンター。

それからまっすぐ宴会場に向かった。ヒラリーが入ってゆくと潮が引くようにざわめきが消え、いくつもの頭が彼女のほうに向けられた。最初は誰にしようかと考えながら、彼女は場内を見まわし、すぐ近くのテーブルからいやらしい目つきで彼女を見ていた三人の老人――それぞれサンフランシスコ、セントルイス、デモイン代表――に狙いを絞った。

かれらのテーブルに近づいてゆき、自己紹介した。ヒラリーがナンタケットから来たと知るや、サンフランシスコが軽口を叩いた。「あんたが登場する戯れ歌《リメリック》を知ってるよ」ただちにセントルイスが訂正した。「違う、あれに出てくるのは彼女の兄貴だ（アメリカには「昔ナンタケットから男がひとりやって来た」ではじまるリメリックが数多く存在する）」そのあいだデモインは唇をなめながら、彼女の胸の谷間の雀斑を数えていた。

ふたりのボケ老人とエロじじい一匹。ルビーは即座に切って捨てたが、ヒラリーは少しも気にしていないようだった。

腰をおろしたヒラリーは、この三人をどうあしらうべきか考えた。陽気にふざけているものの、サンフランシスコは体調が悪そうだった。腹に手をあてては顔をしかめ、ロサンゼルスが座っているテーブルに、しきりに視線を投げている。デモインは、人目ばかり気にして落ち着きがなく、自分より格下の支部が来たことを喜んでいた。内心では見下しているくせに、彼はヒラリーにいいところをみせようと躍起になった。そして、自分の支部の図書室の素晴らしさと、最近入手した『幻想大全』という本の稀覯《きこう》性をさかんに自慢した。「七つの注釈書まですべてそろった、ジーグラー版の写本でね。これがどれだけ珍しいか、ご存じかな?」ヒラリーは知らなかったが、セントルイスがその『大全』を喉から手の出るほど欲しがっており、デモインをおだてて譲らせようとしていることは、すぐにわかった。

しばらく相手をしたあと、ヒラリーは礼を言って席を立ち、ひとりしゃべりつづけるデモインを無視して別のテーブルに移動した。ヒラリーが会場内を動くにつれ、ルビーも徐々にリラックスしてきた。ここでも人びとが、彼女を外見どおり受け入れていたからだ。この会合の参加者たちを、特に異質とは思わなかったけれど、ルビーが知る尊大な金持ち白人との最大の違いは、かれら全員が彼女と話をしたがっている点にあった——それも、彼女の降霊術について。かれらにとっては、魔法の話題さえさほど特殊なことではなく、金融や政治とまったく同列の、世界をねじ曲げるため自分たちが行使できる力のひとつに過ぎなかった。

こういう連中がルビーは嫌いだったし、かれらに嘘をついても後悔の念はまったく湧いてこなかった。愚物と変人ばかりだったが、なかには本当に最低なやつもいた。

洗脳に関するデンバーのご高説に魅了されているふりをしながら、ヒラリーはすぐうしろのテーブルにいるロサンゼルスとラスベガスの会話に耳をそばだてた。ついさっき、サンフランシスコに無視されたというラスベガスが、当惑しながらロサンゼルスに言った。「なぜ彼は、あんなに苦しそうなのかね」するとロサンゼルスは笑いながら、「わたしは知ってるよ」と応じた。「要するに、金で話をつけて女と一発やるか、それともその女が薦める店で遊ぶだけにするか決めるまえに、両方やってしまうのはバカだということさ」

次にヒラリーがついたテーブルには、南部人だけが集まっていた。ダラスは、がらがら声で下品なジョークを連発する中年カウガールだったが、リッチモンドとアトランタ、そしてニューオーリンズの三人は、魅力的な態度とただの粗暴さの違いを、ちゃんとわきまえている紳士だった。今夜ヒラリーが出会ったなかで、最も感じのよい人たちだったけれど、それも男三人がいきなり「ニグロ」「ニグラども」を嘲《あざけ》りはじめるまでだった。むろんダラスも加わったが、彼女は普通に「ニグロ」と発音した。

それは、ルビーがこれまで何千回も聞かされてきた、あるいは盗み聞きしてきた会話となんら変わるものではなかった。にもかかわらず、黒人である自分に向かって言われるのと、彼女も白人であると信じて疑わない白人たちから、かれらの意見に同意することを期待され話しかけられるのとでは、雲泥《うんでい》の差があった。おのずとヒラリーも、彼女の正体を疑われたり、ルビーが受忍しがたい嘘をついたりせず相づちを打ちつづけるのには、相当な努力を要求された。この話題に関しては、沈黙するのはかえって危険なのだ。

それでなくともこの会場には、コー・ダリーン（アイダホ州北西部にあるリゾート地）のような危ない男がいるのだ。金髪で痩せこけ、眼に狂気の色を浮かべた彼は、すべての人間を呪っているような顔をしており、この場でいきなり立ちあがって参加者たちに向かいライフルを乱射しはじめても、まったく不思議がないような雰囲気を漂わせていた。当然話しかける者などおらず、彼は広い宴会場の片隅をひとりで占有していたし、ヒラリーもほかの参加者に倣《なら》って無視していた。なのに南部人たちのテーブルから離脱するとき、彼女はたまたま彼のほうに視線を向けてしまい、彼の両眼から放たれる憎しみが、ダグラスの唇が吐き出す汚い悪罵と同質であることを知ってぞっとした。

どいつもこいつも最低だった。かれらのなかで一時間近くを過ごし、いいかげんうんざりしたルビーは、この状態から早く解放してもらいたくて会場内にケイレブ・ブレイスホワイトの姿を探した。しかし、どういう派手な登場のしかたを彼が考えているにせよ、まだ予定の時刻になっていなかった。代わりに彼女が見つけたのは、今夜のケイレブのパートナーであるシカゴ代表で、彼はウィスコンシン州エイムズベリーとなにやら熱心に話し込んでいた。顔をそむけると、デモインがこっちに向かってくるのが見えたので、彼女は急いで近くにいたニューヨークに声をかけた。

そのときのニューヨークは、場内をまわっていたウェイターを、ちょうどひとり捕まえたところだった。ウェイターは真っ黒い肌をした二十代の黒人で、長身の彼が持つトレイからシャンパンのグラスを取ったニューヨークは、彼の全身をなめるように見たあと「おにいさん、本当にいい体してるね」と言った。ウェイターは、ルビーと同じくおのれの感情を殺しながら、自分が締めているボウタイを褒められたかのように上品な笑顔をニューヨークに返すと、ヒラリーに向きなおって「お客さまはどうなさいますか?」と訊ねた。

「いえ、わたしはけっこう」

「あなた、飲んでなかったの?」歩き去るウェイターを見送りながらニューヨークが訊いた。

「ちょっと医者にとめられてまして」

「それはお気の毒」老女はほんの数口で自分のシャンパンを飲みほした。「ねえ、あっちに行かない? シカゴ支部がどんなお宝をもってるか、行列ができるまえに見てやろうじゃないの」

宴会場の奥の壁に、白いひげを生やし西部開拓者風の格好をした老人が、川の岸辺で馬に乗っている絵が飾られていた。後景に描かれた丘の上では、星条旗がはためいていた。あれがモーガン・グラストンベリーだろうと、ルビーは推量した。ケイレブによれば、元始の曙光シカゴ支部を一八四七年に設立したのがグラストンベリーだった。彼は、まだ少年だったころタイタス・ブレイスホワイトの結社に入っていたのだが、経験不足、または才能不足を理由に大惨事となった最後の儀式に参加させてもらえず、幸運にも生き延びていた。

そのグラストンベリーの肖像画の下に、展示ケースがひとつ置かれ、そのまわりに黒服を着た警備の男が六人も立っていた。ケースのなかに収まっていたのは、いかにも古そうな大判の本で、開かれているページには奇妙な書体の文字がびっしり書いてあった。これが『名付けの本』だと、ニューヨークはヒラリーに教えてくれたのだが、その本を見る老女の目は、あのウエイターを見たときよりずっと物欲しげだった。『名付けの本』という書名から、救われた人びとの名を神が記録したとされる書物を連想したルビーは、ヒラリーの目を通してじっくり見たのだが、これが神の手になる本とはとうてい思えなかった。

「ちょっといいかしら」警備の責任者にニューヨークが話しかけた。「ミスター……」

「バークです」

「ミスター・バーク、これって、ウィンスロップが持ってたやつ？」

「そうです」バークの口角がわずかにあがったのは、彼女の次の質問とそれに対する自分の答が、容易に予想できたからだ。

「補遺その二のなかに、どうしても見たいページがあってね。もしできれば――」

「申しわけありません」ちっともそう思っていないのが明らかな調子で、バークが答えた。

「このケースは、開けられないことになってます」

「わたしに触らせたくないのはよくわかる。だけど、わたしの代わりにあなたが触るのであれば――」

「もし奥さまのためにケースを開けたら、ほかのすべての人に対しても同じことをしなければいけない。やっぱりそれはだめでしょう」

ニューヨークは口をとがらせた。「この会合の招待状を読んで、わたしが理解したかぎりでは――」

「あなたがどう理解しようと、わたしの知ったことではありません」バークが楽しそうにさえぎった。「このケースは誰にも開けさせるなというのが、わたしの受けた命令です」

「若造のくせに、なによ、その口のききかたは」

もしニューヨークが手にした杖でバークを殴りはじめたら、巻き添えを喰うと思ったヒラリーは、ふたりから一歩離れた。そのとたん背後に人の気配を感じ、彼女はふり向いた。

そこに立っていたのはシカゴだった。顔を見ただけでは、引退したあと酒びたりになったボクサーみたいなのだが、そんな面《つら》の皮の下には鋭い知性が隠されており、今はその知性が前面に現われていた。

「あなたがナンタケットの代表者ですね」彼は握手の手を差し出した。

「ローズ・エンデコットです」ヒラリーが答えた。彼の力強い握手は、その気になれば彼女の手など簡単に握りつぶせるぞと脅していた。

「ジョン・ランカスターです。来ていただけて、たいへん嬉しく思います。だけど、ちょっとびっくりしましたよ。というのは、ブレイスホワイトからあなたも招待したと聞かされたとき、どうせ来やしないと思ったからです。ふたつの支部のあいだになにがあったか考えれば、まあ当然ですよね」

「そうですね。でもうちの支部がもめていた相手は、先代のブレイスホワイトですから」

「すべて水に流した、ということですか?」ヒラリーをじっと見る彼の顔は、ボクサーではなく警官のそれだった。

「ランカスター！」かれらのあいだに、ニューヨークが強引に割って入った。「ランカスター、あの若造にひとこと――」

「ごめんよ、マデリーン」ランカスターが詫びた。「そろそろショーをはじめなければいけないんだ。あとでゆっくり話そう」彼はヒラリーに最後の一瞥を投げると、杖を持ったニューヨークが絶対に追いつけない速さで、さっさと歩きはじめた。

ランカスターが向かったのは、真上にシャンデリアがある宴会場の中央に開けられた空間だった。

「ご来場のみなさん！」大きな声だった。「ご来場のみなさん、ちょっと聞いてください！」場内が静かになった。「ここからは、警備担当者を別にして、招待客でない人には席を外してもらいます」ニグロのウェイターたちが出口に向かいはじめると（内心喜んでいるだろうとルビーは思った）、そばを通るかれらのトレイから、数名の招待客があわてて酒のグラスを奪い取った。スタッフが退出し、ドアが閉まったのを確かめたランカスターは、部下に合図してシャンデリアを除く場内の全照明を落とさせた。

「シカゴにようこそ。わざわざご足労いただき、ありがとうございました。このなかには、物理的な距離だけでなく、おたがいに対する信頼という意味でも、長い旅をしてきた方がいらっしゃると思います。この会合を、平等な立場で一堂に会する好機と理解し、無理を押して参加してくださったみなさんには、改めて謝意を表したいと思います」ランカスターは、お行儀がよい子供たちの集団を褒めるときのような押しつけがましい笑顔で、人びとを見た。「わたしは、演説が得意ではありません」彼はつづけた。「わたしの前任者のビル・ワーウィックは、非常に立派な演説ができる人でした。逆にわたしは、話すより先に行動してしまう男です。それでも耳はちゃんとあるし、謙虚に人の話を聞く良識も、充分にもちあわせています。

「去年の夏の終わりごろでした。アーダムの新しい支部長がわたしに電話してきて、ひとつ提案があると言いました。わたしは眉に唾をつけました。シカゴとアーダムの過去のいきさつをご存じの方なら、わたしが警戒した気持ちをおわかりになるでしょう。ましてや、電話してきたのはサミュエル・ブレイスホワイトの長男坊で、彼はわたしと直接会い、さしで話がしたいと言うのです。もちろんわたしは、すぐに電話を叩き切ることもできました。さもなければ彼をシカゴに招き寄せ、積年の恨みを晴らすという手もあったでしょう。しかしわたしは、彼の話を聞いてやることに決め……その話に、納得させられたのです。

「そうは言っても、彼はまだ非常に若い」ランカスターはつづけた。「だからみなさんのなかには、彼の話を無条件で聞くことに、抵抗を感じる方がいらっしゃるかもしれません。なにしろわたしたちは、名前からして元始の曙光ですからね。ここにいる大半の人が、なにか話を聞かせたかったら、もっと人生経験を積んだ人間を連れてこいとおっしゃるでしょう」こう言いながら彼は、白髪《しらが》まじりの自分の頭に手をやった。「そこでみなさんにお願いしたいのです。これから新しいアーダム支部長がする話は、そのままわたしの意見であると思いながら、聞いていただけないでしょうか。実際彼は、そのとおりのことを言うわけですからね。そしてわたしたちの提案に、真摯《しんし》に耳を傾けてくだされば、必ずやみなさんも納得されるはずです。

「それではご紹介しましょう。ミスター・ケイレブ・ブレイスホワイトです」ランカスターは、そこにケイレブがいることを前提として、シャンデリアの光からわずかに外れた場所にあるテーブルに向かって片手をあげた。しかし、彼の手がさし示す先にあったのは、誰も座っていない椅子だけだった。ランカスターの頭が左右に動き、ケイレブを探した。その姿はぶざまで、滑稽だった。「ミスター・ブレイスホワイト?」ランカスターがくり返した。忍び笑いを漏らす人が増えてゆくなか、ひときわ大きな声で笑っているのがダラスであることに、ルビーは気づいた。ランカスターは部下のひとりに近づいてゆくと、「あのガキ、どこに消えやがった?」と小声で訊ねた。

するると突然、ブレイスホワイトがどこからともなく現われ、ついさっきまでランカスターがいた場所に立った。ルビーはなかなか面白いトリックだと思ったし、まわりの人たちも同じことを感じているようだった。この芸を見逃したのはランカスターだけで、彼はケイレブが穏やかな第一声を発するまでの数秒間、ひきつづき自分の部下を睨みつけていた。

「ありがとうございました、ランカスター支部長」急にこう聞かされびっくりしたランカスターは、憤然とふり返ったのだが、ケイレブはすました顔で彼に向かい、うやうやしく一礼した。ランカスターはなんとか平静を装ってうなずき返すと、ケイレブが座っているはずだった椅子まで後退し、その椅子に腰かけた。

顔をあげたケイレブは、集まっている招待客たちをざっと見わたした。するとまるでケイレブに媚びへつらうかのように、シャンデリアが急に輝きを増し、彼をいっそう魅力的に見せただけでなく、精力に満ちた若者としての存在感を際だたせた。ランカスターは彼をまだ若いと評したし、実際そのとおりなのだが、この光のなかで見ると彼の若さは、なんの問題にもならなかった。

「この会合にご参加いただき、ありがとうございます」ケイレブ・ブレイスホワイトが全員に礼を言った。「まず最初に、誤解をいくつか正しておきたい思います。みなさんご存じのとおり、わたしの父は去年の六月に亡くなりました。どんなふうに死んだかという噂も、みなさんお聞きになっているでしょう。父は、タイタス・ブレイスホワイトが一七九五年に初めて試みた儀式を、完遂させようとしました。ところが、父の儀式も失敗に終わり――家は焼け落ちなかったし、使用人たちも無事でしたから、前回ほど派手な失敗ではありませんでしたが――父はアーダム支部のメンバーを道連れにして死にました。生き残ったメンバーは、たったひとりだけ」ケイレブは自分の胸に手をあてた。

ロサンゼルスがまぜっ返した。「それって支部が全滅したのと同じだろ」

この憎まれ口を、ケイレブは優雅に受けとめた。「そう思われる方も、当然いらっしゃるでしょうね。しかしもう一度言いますが、わたしは今日、誤解を正すためここにいるのです。これ以上不確かな噂を、広めるためではなく。

「さっきも申しあげたとおり、みなさんはわたしの父の死に関する噂を、すでに聞いてらっしゃいます。でもその噂は、真実ではありません。父が試みた儀式は、失敗しなかったのです。

「いいえ、失敗する可能性はありました。父でさえ、成功の確率を五分五分と読んでいましたからね。わたし自身はもっと悲観的でした。わたしの計算では、八十パーセント近い確率で失敗し、大惨事に終わるはずだったからです。

「八十パーセントですよ、みなさん」ケイレブが強調した。「五回やれば四回は失敗するのです。長いあいだ、わたしはこの確率に賭けるつもりでいたのですが、最終的に、これではまだ不充分だと判断しました。わたしは、もっと確実に結果を出す必要があった。そしてかれら全員に、死んでもらいたかった」

この言葉がなにを意味するか、即座に理解した人びとのあいだに静かな動揺が走った。ランカスターも顔をしかめたので、シカゴ支部長でさえ今の発言は寝耳に水だったことを、ルビーは確信した。

「お察しのとおりです」ケイレブ・ブレイスホワイトはつづけた。「わたしが、父の儀式を妨害しました。そして、アーダム支部の全員を抹殺した。理由がおわかりになりますか？　かれらの愚かさに、つくづく嫌気が差したからです。

「とはいうものの、わたしが父を尊敬していたことは、ご理解いただきたいと思います。わたしは父に、心からの敬意を感じていました――ただし、ある一点を除いて。父は非常に高い知性と、芸術作品を見極める達人の鑑識眼をもつ人でした。でありながら、まったく別のところに欠点があったのです。それは、タイタス・ブレイスホワイトを滅ぼした欠点とまったく同種のものであり、ここにいるみなさんのなかにも、この欠点に苦しめられている方が少なくないでしょう。父は、現代を生きる科学者の頭脳をもっていました。ところが父の心は、太古の昔のままだったのです。それは錬金術師の心であり、魔法使いの心でした」

聴衆がどよめいた。教会通いの経験が長いルビーにはすぐにわかった。今かれらが示した反応は、教会で瀆神《とくしん》の言葉が吐かれたときと同じだ。人びとが暴徒化するのを止めようとするかのように、ランカスターが立ちあがった。しかしケイレブは、やっと前口上を終えたところだった。

「『アダムの末裔たちによる元始の曙光騎士団』」嘲るような口調で彼はつづけた。「これが、科学を信奉する集団の名称でしょうか？　わたしには、できの悪い冗談にしか聞こえません」ここでケイレブは声をはりあげた。「みなさんは錬金術師なのです！　よく知った人しかいない小集団のなかであがきながら、たがいに嫉妬し、秘密を隠しあう錬金術師たち！　徒党を組んでいないときのみなさんは、わかりきったことを再確認したり、今では一般常識になってしまった古代の奥義を再発見したりすることで、時間を無駄にしている。では、もしもなにか新しいことを知ったときは、どうするのでしょう？　みなさんは誰にも教えず、このなかに死蔵してしまう」と言いながら彼は、自分の額を指で叩いた。「さもなければ、一冊の書物として書き残し、その本を隠す。だけど、もしみなさんが苛酷な運命に見舞われた場合、その発見はどうなるでしょうね？　儀式が失敗に終わり、隠していた本が失われ、それを書いた人間が死んでしまったら？　みなさんの発見は露と消え、次の世代が同じことをくり返さねばならない。

「わたしも、自分の番がくるのを待つべきだったのでしょう。遅かれ早かれ、父は百五十年以上まえタイタス・ブレイスホワイトがやったように、あの屋敷を炎上させるはずだったのですから。あるいは、仲間のひとりに背中を刺されたり、呪殺されたり、別の次元に流されたりして消えてくれるかもしれない。しかしわたしは、待つ時間を惜しみました。結果がわかっている実験をなぜ何度もくり返すのか、理解できませんでした。世界を変えたいと言うくせに、自分たちは少しも変わろうとしない結社に属していることが、厭でたまらなくなりました。あのバカげた状態に、とうとう我慢できなくなったのです。

「そこでわたしは、父の尻を叩き、彼の旅を終わらせてやることにしました。そうすればわたし自身が、新しい道を切り拓けるようになるからです。今の時代にふさわしい、合理的で新しい道を。

「わたしがこんな話をしているのは、みなさんのなかにも新しい道を求めている方が、いらっしゃるに違いないと信じているからです。そしてわたしと一緒に、錬金術師ではなく科学者として、ともに行動してくださる方が」

ケイレブが口をつぐんだあとの沈黙には、今の話に共感した気配が漂っていたし、少なくとも関心の高さがうかがわれた。

リッチモンドが質問した。「それで君は、なにをしようと考えているんだ？　各支部の統合か？」

「そうです」微笑しながらケイレブがうなずいた。「統合、もしくは同盟と言ってもいい」

「そんなこと、とっくに試されてるじゃないか」ラスベガスが言った。

「はい。しかし、ごく小規模なものでした。勢力拡大を狙った二、三の支部が、合併について話し合っただけですからね。でも話し合うだけで、そこから先に進めなかった。どちらかが欲を出したり、相手が騙しているのではないかと疑ったりしたからです。そして結局、すべて物別れに終わっています」

「今回はどこが違うっていうんだ？」ボルティモアが訊いた。「君は、すべての支部をひとつにまとめられると思っているのか？　そんなことが簡単に実現できると、本気で考えているのか？」

「いいえ、決して簡単ではないでしょう」ケイレブ・ブレイスホワイトは認めた。「しかし、やってみる価値は充分にあります。強大なひとつの本部がアメリカ全土を統括し、自然哲学者の名に値するすべての賢人が、そこに参加することを切望する……みなさんの支部には、ひきつづき各地区を管轄していただきますが、紛争解決の権限をもつ理事会が定める総則には、従わなければいけない。研究成果の隠蔽や重複はなくなり、科学者を自認するわたしたちは、科学者らしく情報を共有するのです。おのずと人員やリスクも、共有することになるでしょう。したがって、特に急を要する研究プロジェクトがあれば――」彼はここで、老齢で肉体の衰えが目立つ数人に視線を投げた。「支援を要請することも可能になります。わたしたちは、手にした成果をどのように発展させるか、ともに決定していけるのです。そしてもし可能となった暁には、この世界をどう変えるべきか討議する」

「そんな夢みたいな組織を、誰が運営するんだ？」ロサンゼルスが訊いた。「理事会をつくるのなら、理事長《チェアマン》が必要になるだろ？」

「さもなきゃチェアウーマンが」口をはさんだのはダラスだった。

「それも考えてあります。わたしは――」

「あんたがやるつもりなんだよな」ケイレブの言葉をロサンゼルスがさえぎった。「なあブレイスホワイト、あんたの父上に関する噂は、ひとつだけじゃないんだ。わたしが聞いたのは、彼は死ぬまえに、タイタス・ブレイスホワイトの直系の子孫がまだ生きているのを、発見したという噂だ」うなずく人も数人いたが、ルビーが見たところ、初耳という人のほうが多いようだった。「今わかったよ」ロサンゼルスはつづけた。「あんたのような青二才を、わたしたちがリーダーとして絶対に受け入れないことは、あんたもよく知っている。だからあんたとランカスターは、長く存在すら知られていなかったあんたの遠い親戚を、リーダーにかつぎ出す計画を練ったんだ」ケイレブは無反応だったものの、ランカスターは不自然なくらい大きな声で笑った。「おいおい、わたしはなにか変なことを言ったか?」

「いいえ、ちっとも変ではないですよ」答えたのはケイレブだった。「それどころか、リーダーが必要だというあなたのご意見は、まさにおっしゃるとおりです。誰がリーダーになるべきか、まったく考えていないと嘘を申しあげて、あなたを侮辱する気は毛頭《もうとう》ありません。そしていい、もし、タイタス・ブレイスホワイトの直系の子孫が本当に生きており、彼をリーダーに据えることでみなさんの多くがわたしの意見に賛成するのであれば、わたしもそうしたい誘惑に駆られるでしょう。しかし、誰がリーダーに適任かという判断基準は、突き詰めれば主観に左右されてしまうのです。ある人が畏怖《いふ》している血統も、別の人にとっては迷信でしかなく、だから諍いがはじまってしまう。

「でも幸いなことに、自然哲学者であるわたしたちは、もっと客観的な基準に立脚することができます。その基準とは、各自が築きあげた業績です。わたしたちはみな、宇宙を学んでいます。そして宇宙には、ねじ曲げたり壊したり、たやすく入れ替えたりできない法則が存在している。この法則をどれだけ理解したかがパワーとなるし、そのパワーは客観的な目で測ることができるのです。

「そこでひとつ提案があります」ケイレブの声が大きくなった。「ここシカゴは、過去二回、科学の進歩を人びとに知らしめる万国博覧会の開催地となってきました。ならばわたしたちも、この地で博覧会を開こうではありませんか。今から半年後、聖ヨハネの日（六月二十四日）に、再びここに集合しましょう。その際は、みなさん方の支部が築きあげた最も素晴らしい業績の一例を、ぜひご持参いただきたい。そうすればわたしたち全員が、各支部の実力を確認することができます。あとは、そのなかでどれがいちばん優れているかを、全員で決めればいい。つまり、誰がリーダーとなるにふさわしいかを」

ニューオーリンズが笑った。「要するに、モーセとファラオの魔術師たちがやった魔法合戦（旧約聖書『出エジプト記』の逸話）みたいなことを、やれってことか？　ほかのヘビを全部呑み込んだモーセのヘビが優勝ってわけだ？　そういうことだろ？」

「そこまであからさまな対決にならないことを、願っていますけどね」ケイレブは答えた。

「とはいえ、それもいいんじゃないですか？　もしあなたのヘビが、いちばん強いのであれば」

「きっと血の雨が降るぞ」コー・ダリーンがだしぬけに言った。ほとんど嬉しそうなその声に驚き、全員が一斉に彼を見た。「でもヘビじゃないな。どちらかといえば野犬だ。誰がいちばん優れているか話し合うまえに、おたがいをずたずたに引き裂いてしまうんだから」

「かもしれません」ケイレブがうなずいた。「失敗する危険があることは、わたしも認めます。しかし、ひとつに統合された本部として達成できることはなにか、長期的な視点で考えた場合、やってみる価値は充分にあるでしょう」

「ないよ、そんなもん」ロサンゼルスが言った。

「そう思われるのなら、ご参加いただかなくてけっこうです。逆に参加を希望される支部には、特典をひとつご用意しました。すでにみなさんは、あそこに展示されている『名付けの本』をご覧になったと思います。『名付けの本』には別の版もいくつか存在していますが、あのウィンスロップ版は特別で、今までに発見されたなかで最古であるだけでなく、ほかの版にはない内容が含まれているのです。

「二十年近く所在不明だったあの本は、つい最近になって再発見されました。もちろん所有権はシカゴ支部に帰属しますが、ランカスター支部長は寛大にもわたしに借覧を許可してくださり、わたしは個人的にかなりの額を支出して複製本をつくりました。各支部に一冊ずつ配布できる数を、すでに発注してあります。聖ヨハネの日までにはできあがっているでしょう」

「つまり博覧会の参加賞ってこと?」こう質問したニューヨークの声は、興奮でわずかに震えていた。

「いえ、そこまで簡単には差しあげられません」ニューヨークに向かい、ケイレブが答えた。「単に参加する以上のことを、やっていただかないと」

「なんだと？」デモインが声をあげた。「まだほかにやることがあるのか？」

「努力をしていただきたい」会場にいる全員を見ながら、ケイレブ・ブレイスホワイトが言った。そのときまたしても、彼を照らすシャンデリアの光が急に明るさを増した。「わたしたちは、リーダーを選出することも、新たな総則を決めることもできないかもしれません。しかし真の合意がなければ統合は成功しないし、無理に成功を求めても意味はないでしょう。しかし誠意ある努力をお願いするのは、決して過剰な要求ではないと思います。ですから、あの本の複製をご希望の方は、代価として誠意ある努力を心がけていただきたい」

「それじゃあ、いったい誰がリーダーを――」と言いかけたロサンゼルスを無視して、ケイレブがつづけた。

「しかし、そのような努力すら惜しむ人がいたらどうでしょう？　そんな人が悪意を抱いて出席したら？　そして本当に、血の雨が降ってしまったら？　当然みなさんは、なにも得られません。『名付けの本』を手にする資格もない。なぜならみなさんは、錬金術師の集団に過ぎないことを、みずから証明することになるからです。

「以上がこちらからの提案です」ケイレブの演説が終わりに近づいた。「ご清聴を感謝いたします。とはいえ、ウェイターたちを呼び戻すまえに、あとひとつだけ考えていただきたいことがあります。

「わたしの父は、ことあるごとに〈歴史は立ちどまらない〉と言っていました。実際タイタス・ブレイスホワイトの時代以降、世界は大きく変わったし、今後もっと大きな変化があるでしょう。みなさんは、そのような変化のなかでなにを手に入れたいか、決めなければいけません。自分の未来は自分で選びますか？　それとも誰かが選んでくれた未来で、満足しますか？　もし自分で選びたいのなら、そのためにどんなリスクを負う覚悟がありますか？　みなさんは誰に、あるいはどんな人間になりたいのですか？

「みなさんに考えていただきたい課題は、これだけです。しかし、結論を先送りにしないでください。なぜなら歴史は立ちどまってくれないし、わたしたちに許された時間は、あまり多くないのですから」

✣✣✣　✣✣✣　✣✣✣

ルビーは、またしてもサテンのシーツの上に寝ていたのだが、今回はベッドが以前のものよりずっと大きかった。ベッドの足側の先には化粧台があり、その前でスツールに腰かけ髭を剃っているのは、上半身裸のケイレブ・ブレイスホワイトだった。

こうなってしまったことを、ルビーはヒラリーのせいにした。あのカントリー・クラブからの帰路、助手席に座ったルビーは対向車のライトが次々と照らしだすケイレブの横顔に陶然と見とれ、彼の両腕と肩が、街なかを縫うように走る車のステアリングを操る動きに魅了された。ケイレブの演説中、聴衆は彼の怪しい魅力で幻惑されていたが、あれと同じものに彼女も影響されているのは明らかだった。しかし、たとえ人為的に誘導されたとわかっていても、感覚の高まりに変わりはなく、抗《あらが》うことができたにもかかわらず、彼女はあえて身をまかせることにした。そしてハイド・パークのタウンハウスに到着したとき、自分にこう言いきかせた。魔術なんかで誘惑されるほど、ルビーは愚かではないけれど、もしヒラリーが陥落したのであれば、それはそれで別の話だ。

いま白々とした朝の光のなかで見ると、ケイレブの裸の背中には爪で引っ掻かれた傷が赤く残っていた。しかしそれは、行為の最中に霊薬の効き目が切れたことが原因だった。ルビーは指の爪の下に血が浮かんできたのを感じたのだが、やめるにやめられない状態だったので、全身がもとに戻ってゆくあいだ、そのままぶるぶると震え泣き声をあげながらケイレブにしがみついていた。

化粧台の鏡に映るケイレブの体に、ルビーは別の赤いしるしが刻まれているのを見た。『名付けの本』に書かれていたのと同じあの奇妙な文字が、彼の胸の上で円形に並べられ、そのまま刺青《いれずみ》されていた。これはわたしのカインの刻印だと、ケイレブはルビーに説明した。これがわたしを守ってくれている、と。

〈これがわたしを守ってくれている〉。どうやら彼も、聖書を知らないわけではないらしい（創世記のなかで、神はアベルを殺したカインが追放の地で地元民に殺されないよう、カインに守りの刻印を与えた）。ルビーは、昔ちょっとだけ交際したダニー・ヤングという白人の少年を思い出した。ある日ダニーは、神がカインに与えた刻印とは黒い肌を意味しており、だからカインの末裔であるニグロには、奴隷の身分やリンチ、人種差別《ジム・クロウ》法といった悪いことばかり降りかかるのだと言った。ルビーは言い返した。ねえダニー、もしまともなキリスト教徒になりたいのであれば、あなたも早く字の読み方を覚えたほうがいいわよ。カインのしるしはね、一種の護符なの。もし肌の色を意味しているのなら、神は彼を黒人ではなく、白人にしたに決まってる。

ケイレブ・ブレイスホワイトが彼女を鏡越しに見た。

「もしかして、今になって二の足を踏んでいるのかな?」

二の足どころか、七回も八回も考えなおしていた。

「仕事の内容は、会合のあと教えるんじゃなかったの?」ルビーが指摘した。まるで、ここからは真面目な話だと宣言するような口ぶりだった。

「なるほど、お遊びの時間は終わりか」ケイレブは、剃刀《かみそり》を化粧台に置くとタオルで顔をぬぐい、ふり返ってにっこり笑った。「あなたの職業意識の高さには感服するよ、ミス・ダンドリッジ」

「別に感服しなくていい。要点だけ聞かせて」

「わかった。わたしがなにをやろうとしているかは、理解してもらえたと思う」

「魔術師どものアル・カポネになるんでしょ」

「マフィアの喩《たと》えを使うなら、むしろフランク・コステロ（一八九一～一九七三。ニューヨークの大ボスのひとりとして君臨したあと、暴力よりも財力と政治力にものをいわせ「暗黒街の首相」と呼ばれた）だろうな」ケイレブが答えた。

「コステロだろうとアボットだろうと、わたしはどっちでもいい」ルビーは冷たく応じた。

「だけどあなたのお友だちのランカスターは、自分が大ボスになって当然と考えている。あなたも彼に、その後押しをしてやると約束したんじゃないの？」

「〈約束〉という言葉は重すぎるな。ランカスターは、彼が代表になるものと勝手に思い込んでおり、わたしはそれに異を唱えないよう、努力しているだけだ」

「それならもっと努力したほうがいいわね。昨夜のあの演説を聞いたら、あなたが王様になろうとしていることは、どんなバカでもすぐにわかる。そしてランカスターは、バカではない」

「たしかに」ケイレブはうなずいた。「しかし彼は、わたしなどいつでも叩きつぶせると考えており、だから利用するだけわたしを利用するつもりだ。そして部下に、わたしの行動を見張らせている。もちろんわたしには、やつらが見えているし、必要とあらばやつらの目を盗むのは造作もない。とはいえ、やりすぎてしまったら、ランカスターをよけい警戒させることになる。そこでこれからの数か月、わたしのため用事を代行してくれる人がいると、非常に助かるわけだ」

「その代行者が白人にも黒人にもなれたら、なお都合がいいわけね」ルビーが言った。「必要に応じて」

「そう、必要に応じて。あなたなら、それくらい簡単にできるんじゃないかな？」

「代行する用事の中身によるわ。だけど、もし引き受けるとして、具体的になにをすればいいの？」

「ランカスターはわたしに関し、多くのことを知りすぎている。でもこの家の存在は、まだ知らない。万が一この家について彼が調べたとしても、彼にわかるのは、フランシーヌ・チェイスという名の女性がこの家の所有者であることだけ。ミズ・チェイスは人嫌いで、近所の人たちも彼女の姿を見たことは一度もないんだが、そんな彼女が最近になって、住み込みのメイドを募集する広告を出した」

「なるほど」ルビーがあとをつづけた。「そこでわたしが、ここに引っ越してくるわけだ。でもそのあとは？　あなたからの指示を、ただ待っていればいいの？」

「わたしがこの家に来たり電話したりする日時を、事前に知らせるので、その時間ここにいてくれればいい。一回の用事は二、三時間で片づくだろう。それ以外の時間は、好きに使ってくれてかまわない。それも、お好きなほうの人物として。ただし、この家に出入りする際に守ってもらいたいルールが、ひとつだけある。ルビーとしてのあなたは、正面玄関を堂々と使ってよろしい。しかし――」

「ヒラリーとしては？」

「ヒラリーとしては、まず屋根に登ってもらう。そのあと、向こう側の角に空き家となっているタウンハウスが一軒あるので、そこまで屋根づたいに歩いて家のなかに入る。ヒラリーが出入りするのは、そちらのタウンハウスからだ」

「そんなことを、いつまでつづければいいの？　あなたがあいつらのボスになるまで？」

ケイレブはうなずいた。「半年から一年というところだろうな。聖ヨハネの日になにが起き、その後どうなるかにもよるけどね」

「で、そのあとは？」

「あなたがわたしとの関係をつづけると決断しないかぎり、お別れということになるだろう。そしてあなたは、退職金代わりにこれを受け取る」ケイレブは化粧台の抽き出しを開くと、このタウンハウスの譲渡証書の控えを取り出して彼女に渡した。「ウィンスロップ・ハウスほど豪壮ではないけれど、少なくとも幽霊は出ないよ。あの霊薬も、ある程度の量を差しあげる。こんなところでどうだろう？」

譲渡証書を見つめながら、言い知れぬ怖さを感じたルビーは、その恐怖を顔に出すまいとした。彼女は思った。もしもほかの誰かが、こういう取り引きをもちかけられたと相談してきたら、わたしが言うことは決まっているのに。

「あとひとつだけ教えて。昨夜の演説であなたは、この世界を変えることについて語っていた。もし望みどおりの地位につけたとして、あなたは実際になにをするつもり？」

「あなたが心配することはない。あなたとほかのみなさんは、しっかり守られるだろう」

「ほかのみなさん？」

「あなたが大切にしている人たちのこと。あなたのご家族と、友人たち。かれらの安全は、わたしが保証する」ケイレブ・ブレイスホワイトは、最後にこう訊ねた。「それでルビー、あなたの返事は？」

✣
✣
✣

「ジキル博士とハイド氏、悪者はどっちだったたっけ?」ルビーが質問した。

日曜の午後だった。ルビーは教会でのミサに出席したあと、自分からレティーシャにねだり、ウィンスロップ・ハウスでアティカスをまじえ昼食を摂っていた。レティーシャは姉の来訪をとても喜び、おかげでルビーは、うしろめたさを覚えることになった。

「ジキルの分身がハイドで」アティカスが答えた。「紳士であるジキルには絶対できないことを、ハイドがやりまくったんだ」

「それはそうなんですが、どっちも悪いやつですよ」横から口を出したのは、貸借人のひとりのミスター・フォックスで、彼はダイニングテーブルの反対側に座り、まだ幼い娘とチェスをやっていた。「なにしろ、同一人物ですからね」

「だけどかれらは……」遠い昔に学校で読まされたあの本のあらすじを、ルビーは思い出そうとした。「最後は戦うことになったんじゃない? ハイド氏が誰かを殺すのよね? そしてジキル博士は、ハイド氏を消そうとした」

「それはハイドが勝手に動きはじめたからだよ」アティカスが説明した。「ハイドは確かにジキルなんだが、ジキルの善の部分と自制心を、完全に欠いていた。だからハイドは、カルー卿をステッキで殴り殺せたわけ。カルー卿が殺されたあと、ジキルは真人間となるため、ハイドに変身する薬の服用をやめるんだが、すでに手遅れだった。薬を飲まなくても、ハイドが表に出るようになっていたんだ」

「しかし、ほとんどの読者が見落としているのは」またもやフォックスが割り込んできた。

「ジキルとハイドの関係を語る部分が、すべてジキルの視点で書かれている、という点なんです。だからジキルの言うことを、うのみにするわけにはいかない」こう語るあいだ、フォックスはチェス盤から目を離していたのだが、その隙に彼の娘は、自分のクイーンをちゃっかり別のマス目に移動させた。

「要するにあなたは」ルビーはフォックスに訊いた。「ジキル博士はハイド氏の本当の姿について、嘘をついてると言いたいの？」

「わたしが言いたいのは、責任逃れをするとき、人間はいくらでも創造的になれるということです。殺人を告白したジキルは、ほかにも身に覚えがない罪をいろいろ打ち明けていますが、どれも実行犯は自分ではないと、まわりくどい弁明をしている。そして深く後悔していると言いながら、最後まで自分の犯した罪の責任を問われまいとして、逃げまわりつづける」フォックスは肩をすくめた。「たしかにハイドは、本当に邪悪な人間だったかもしれません。しかしジキルのほうは、なにがなんでもそう信じたかったんです。たとえハイドが、彼自身のもうひとつの顔だったとしても」フォックスはチェス盤に向きなおると、娘が動かしたクイーンをつまみ上げ、おおげさな動作でもとのマス目に戻した。

「それにしてもルビー、なぜあなた、ハイド氏について知りたくなったの？」レティーシャが質問した。

「特に理由はないんだけどね」ルビーは答えた。

二日後の火曜日、ルビーはハイド・パークのタウンハウスにひとりで座り、ケイレブからの連絡を待っていた。

✣✣✣　✣✣✣　✣✣✣

この仕事を引き受けたあと、ルビーはすでに四回、ケイレブの用事で外出していた。うち二回はルビーのままで、実在しないミズ・チェイスのための買い物を装い、カーソンズ・デパートの二階に上がって窓の前に立った。その窓からはランカスターお気に入りのレストランがよく見え、ケイレブは彼女に、昼食を終えたランカスターが誰と一緒に出てくるか確かめろと命じた（最初のときランカスターはひとりだったが、二度めは、あの会合の席でも彼にべったりだったウィスコンシン州エイムズベリーの代表が一緒だった）。

三回めの用事は、ヒラリーに変身してダウンタウンの大きな立体駐車場へ行き、午後二時十五分に指定された階でケイレブのダイムラーをひろったあと、そのままオーク・パークにある高級外車専門の自動車整備工場まで運転するという仕事だった。工場側は事前に連絡を受けていたので、ルビーはウィンドウを下げる必要すらなかった。オイル交換やタイヤ点検を終えた整備士たちが、さらに手間と時間をかけあちこち調整してゆくあいだも、彼女はダイムラーの車内に黙然と座りつづけた。整備が終わったあとは再びダウンタウンに戻り、そこで終わりだった。市街地とオーク・パークを往復するあいだに、覆面パトカーに追尾されてしまい、このまま一緒に立体駐車場までついてくる気かと心配になったけれど、これは杞憂《きゆう》に終わった。

昨日までの時点で、この仕事のいちばん困ったところは、指示される内容でもなければ待ち時間の長さでもなく、自分の予定がまったく立てられない点にあった。なるほど、空いた時間は好きに使っていいというケイレブの言葉に嘘はなかったけれど、いつ用事が入るかわからなければ、たとえ白人女性になったとしても、やれることはおのずと限られてしまう。フルタイムの仕事はもちろん、ちょっとした副業にも就けないことはすぐにわかった。だからルビーは、この仕事はせいぜい数か月、長くて一年しかつづかないと考えることで、自分を慰めた。少なくとも、悪いことをしているわけではない。

そうこうするうち、昨日四回めとなる用事が入った。ルビーは再びヒラリーになったのだが、今回はヒラリーにさらなる変装が要求された。彼女は髪をピンでまとめ上げてスカーフで隠し、サングラスをかけ、くすんだ褐色のドレスの上にルビーのコートを着た。

その格好で正午にシカゴ中央警察署へゆき、受付にいた巡査部長に空き巣を担当している部署はどこかと訊ねた。階段で三階に上がった彼女は、教えられた右ではなく左に曲がり、特捜部組織犯罪課と書かれたドアの前に立った。昼休みで誰もいないのは、ケイレブから聞いたとおりだったけれど、あまり時間がないことに変わりはなかった。組織犯罪課のなかに入り、〈署長ジョン・ランカスター〉というプレートがあるオフィスを見つけた彼女は、ケイレブに渡された呪具をコートのポケットのなかで握りしめた。

それは五十セント硬貨ぐらいの大きさをもつ、きれいに磨かれた円盤状の骨だった。片面には、まるで双眼鏡のように大きくて丸い目をもつフクロウが彫られていた。裏面には例の奇妙な文字が並び、赤く汚れていたのだが、これはインクの赤に違いないと彼女は考えることにした。

この円盤について、ケイレブはなんの説明もしてくれず、ただランカスターのデスクの近くに隠せとだけ指示した。鍵のかかっていない抽き出しを見つけたルビーは、ハンギングフォルダーがずらっと架かかっているラックの裏に、この呪具を落とした。

組織犯罪課を出て階段まで戻った彼女は、男がふたり階段を上ってくるのを見た。ひとりはあの会合で警備をしていた横柄な男、バークだった。しかし、ヒラリーの変装に自信があったルビーは少しも動ぜず、バークも隣にいる男との話に夢中で、彼女を一度も見ないまますれ違っていった。ところが踊り場についたとたん、ルビーはバークが黙り込んだことに気づき、同時に彼の視線を背中に強く感じた。ふり向きたい衝動と戦いながら階段を一階まで下り、ロビーを横切ったのだが、そのあいだも彼女を追ってくる足音は聞こえつづけたので、いつ背後から肩をつかまれるか、気が気ではなかった。

一度もうしろを見ないまま通りに出てタクシーをつかまえ、警察署から数ブロック離れたところでようやくふり返ったのだが、うまく逃げおおせたのを確認すると同時に体が震えはじめ、危うく卒倒しそうになった。

ケイレブ・ブレイスホワイトは、その日の夜ルビーが暮らすタウンハウスにひとりで来て、今日は上出来だったと彼女をねぎらった。そしてヒラリーを夕食に連れ出し、帰宅後はルビーの霊薬を補充するため、地下室から新たなガラス瓶を七本も持ってきた。そのあと、キッチンの灯りがひときわ強く輝くなか、今夜は彼もここに泊まっていいかとルビーに訊ねた。

どうもありがとう、でもひとりのほうがよく眠れるので、と彼女は断った。追い立てるようにケイレブを玄関まで連れていき、落胆するその顔を見てわずかに溜飲《りゅういん》を下げた。しかし彼が帰ったあとになって、もしかするとあの男は、彼を拒むことでルビーが満足を得られるよう、わざとあんなことを言ったのかもしれないと思いはじめた。目的は、主導権を握っているのは自分だと、彼女に思わせるため。考えずにいられなかった。こんな神経戦を半年から一年もつづけていたら、いったいどうなってしまうのだろう？　もちろんそのあいだに、警察に逮捕されなければの話だが。

朝になると、いくらか気持ちが楽になっていた。彼女は、もし今日新しい用事が入らなければ、ヒラリーになってライトブリッジ職業紹介所に行き、どんな仕事があるかだけでも調べてみようと心に決めた。そして出かけられる時間がくるまで、日当たりがいいキッチンのテーブルに座り、アティカスが貸してくれた本を読むことにした。

ヘンリー・ジキルの手は（よく指摘されるように）形といい大きさといい、医師という職業にふさわしいものだった。がっしりして大きく、色白で均整がとれていた。なのに今、ロンドンの中心部を照らす黄色い旭光のなかで、シーツに半分くるまったわたしがまざまざと見ている手は痩せて節くれだち、浅黒い不健康そうな肌に黒い毛が密生していた。そしてこれこそが、エドワード・ハイドの手だった。

浅黒い不健康そうな肌。ルビーは自分の手の甲を熟視した。黒く健康そうで、嬉しいことに産毛《うぶげ》も生えていなかった。

ティーケトルが鳴りはじめた。立ちあがって火を止めたルビーは、ティーバッグの箱を出すため食料庫に入っていった。食料庫から出てドアを閉めると、キッチンの反対側にある地下室へつづくドアがばたんと開いた。

地下室にはまだ一度も下りたことがなかった。入室を禁じられたわけではなく――彼女はケイレブから、ここはもう自分の家だと思っていいと言われていた――まえに一度だけ入ってみる気になったとき、鍵がかかっていたからだ。

ルビーはティーバッグをレンジの横に置き、地下室のドアに向かった。ドアを入ってすぐの壁に、電気のスイッチがふたつあったので両方ともオンにした。頭の真上で電球が黄色く光り、階段の下をまわり込んだ奥のほうから、ぎらつく白い光が射し込んでいた。

地下室のなかはとても寒かったうえに、機械音が低くうなっているものだから、単に冷えているのではなく、まるで冷蔵倉庫のなかにいるみたいだった。階段の下に立って白い光に照らされた部屋の奥に目を向けたルビーは、コンクリート打ちっぱなしの床の上を、うっすらと霧が流れていることに気づいた。その霧を目で追ってゆくと、発生源は部屋の中央に置かれた長方形の大きな台座で、灰色のその台座を、霜まみれになった金属製のパイプが囲んでいた。台座に載っていたのはガラス製の柩《ひつぎ》だった。そのなかに、女性がひとり横たわっていた。流れるように長い赤毛の髪をもつ白人だった。仰向けになった彼女の頭の下には、赤いサテンの枕があり、赤いサテンのシーツが体にかけられていた。

ルビーは、まだ階段の手すりを握っていた。熱い湯が入ったあのティーケトルのことを考えると、いま目にしていることは見なかったことにして、さっさとキッチンに戻りたくなった。

しかし、できなかった。

彼女は寒い地下室のなかを歩きはじめた。そして柩のかたわらに立ち、雀斑のある蒼白い顔を見おろした。よく知っているのに違和感を覚えるのは、鏡に映った顔しか見たことがなかったからだ。

女性の目は閉じられ、唇はわずかに開いていた。息をしていないようにみえたけれど、もし生きているのなら、あまりに呼吸が浅いため、胸がほとんど動いていないのだろう。

左腕はサテンのシーツの下に隠れていたが、右腕は掌を上にして外に出ていた。右の前腕部に巻かれた銀色の腕帯《カフ》から、細いガラス製のチューブが伸びており、鮮紅色の液体で満たされていた。チューブはぐるっと円を描きながら、柩の横から突き出た蛇口のような物の後部に接続されていた。

いや、蛇口というより、バーテンダーが樽から酒を出すときに使う注ぎ口に近い。

またしてもルビーは、発狂するか冷静に対処するかの二者択一を迫られた。しかし今回は、かなり前者に傾きかけていた。

一歩下がり、この柩がどうやれば開くのか確かめようとした。蓋はついていなかった。上面も側面もガラスの一枚板で、灰色の金属フレームでがっちりと接合されていた。それなら、開くときは全体を持ちあげるのだろうか。ルビーはレバーやスイッチがないかと思い、台座の上部を調べはじめた。

「凍傷になりたくなかったら、素手で触るのはやめたほうがいいな」

ふり向くと、まだコートを着たままのケイレブ・ブレイスホワイトが階段の下に立っていた。まるで走ってきたかのように、顔が赤くなっている。微笑を浮かべているのだが、それはまるで、ルビーが小さないたずらをしている現場に出くわし、呆れているかのような笑みだった。

「なによこれは」ルビーが訊いた。「この人は誰？」

「彼女の名はディライラ。むかし父のところで働いていた人だ」

「あなたのお父さんが、彼女をここに入れたの？」

「いや、わたしだ。デルは父が死ぬまえの晩に、頭部を強く殴られてしまってね。そして昏睡状態に陥った。わたしは医師の治療を受けさせたんだが、数か月が過ぎても意識は戻らず、彼女は徐々に衰弱していった。あのままだったら、長くはもたなかっただろう。だからわたしは、彼女になにをしてあげられるか考えたんだ」

ルビーは思った。今さら驚いたふりをしてもはじまらない。なにか裏がありそうなのは、最初からわかっていたではないか。やっぱりこんなことだったんだ。

「あなたは彼女の血を使って、あの薬をつくっていたのね？　わたしはそれを飲んで――」

「血液は成分のひとつに過ぎない」ケイレブが言った。「気持ち悪く感じるかもしれないけど、あの霊薬は、最終的に蒸留されている。だから血ではなく、エキスだけが残っているわけだな。ディライラのエキスだけが。しかも、これで彼女が傷つくようなことはまったくない。むしろ逆だよ。今のところ、彼女に意識はまったくない。いわば死んでいるも同然の状態だ。しかし、あなたが彼女の姿を借りて動きまわるとどうなるか？　彼女も夢を見るのさ。あなたの行動、あなたの冒険、そのすべてを彼女も夢に見る。だからルビー、今の彼女にとって、あなたが人生のすべてなんだ」

信じる気にもなれず、ルビーは首を横に振った。「要するにあなたは、彼女のためを思って、こうしていると言いたいわけ？」

「完全な無に比べたら、夢のなかで生きるほうがましだからね。わたしもそっちを望むだろう」

「それは嘘だわ。もし本当に彼女を助けたいなら、なぜあなたの力で彼女を治してあげないの？」

「肉体の癒やしには、まったく別種のパワーが必要なんだ。その奥義は非常に複雑で、わたしはまだ充分に学びきれていない。その点、霊薬はリスクが少なくてすむ。ディライラを昏睡から呼び醒ますには、復活の儀式を行なわねばならないんだが、もし失敗したら彼女は死ぬし、もっとひどいことが起きるかもしれない。将来わたしがさらに研鑽《けんさん》を積めば、実行できる日がくると思うけど、今はこれが彼女にとって最良の方法だ」

「彼女にとってではなく、あなたにとって、じゃないの？」

わたしたちにとって、と言い換えてもいいだろうね。しかしルビー――」

「いいえ聞きたくない。これも仕事の条件に含まれていたなんて、わたしはちっとも知らなかったし――近づかないで！」彼が一歩足を踏み出したので、ルビーは叫んだ。

しかしケイレブは、ルビーに近づいていかなかった。彼は広い地下室の片側の端まで歩くと、表面にステンレスが張られた冷凍キャビネットの前に立ち、ルビーのほうをふり返った。

「もっと早く説明しなかったのは、申しわけなく思っている。でも話せばあなたが怒るのはわかっていたし、それは避けたかった。かといって、ほかにどうすればいいか思いつかず……なんならもう終わりにして、出ていってもかまわないよ。わたしは止めたりしない。しかし出ていくまえに、なにを残していくことになるか、よく考えてほしい」

彼はキャビネットの扉を開くと、ルビーにも内部がよく見えるよう脇に退いた。棚が十数段あり、液体をいっぱいに入れた小さなガラス瓶が、数百本並んでいた。

「この霊薬を、わたしはあなたのために調製した」ケイレブが言った。「わたしには使い途のない薬だし、あなた以外に使ってくれる人を見つけるのは、まず無理だろう。いずれにしろわたしは、ディライラの面倒をみつづけるよ。たとえ目をさますことがなくても、彼女はここで生きていく。しかし、ディライラにできるのはそれだけだ。死なずに、ただ生きつづけるだけ」彼は棚のひとつに手を伸ばし、ガラス瓶を一本取るとキャビネットの扉を締めた。「そしてこの薬は、すべて無駄になってしまう」

ルビーは改めて首を横に振ったが、今回はなにも言わず、ケイレブが近づいてきても逃げようとしなかった。

「だからルビー、もう一度よく考えてもらいたい。そうだ、散歩に行ったらどうだろう。一日ゆっくり休んでみるんだ」彼は優しくルビーの手を取ると、掌に霊薬が入った小瓶を置き、彼女の指がその小瓶を握るまでじっと待った。「あなたが拒みたい気持ちはよくわかる。でも、拒む理由がどれだけあるか、よく考えてほしい。二度とないこのチャンスを拒むのは、それが正しい選択だと思うから？　それとも、拒んだほうが安全だから？　あるいは、欲しい物を手に入れられないことのほうが、今までは普通だったから？　たとえそうだとしても……今後もそのままでいいんだろうか？」

「あなたは悪魔だ」

「わたしは、自分がなにを求めているか、そしてそれをどうやれば手に入れられるか、よく知っているだけだよ」ケイレブが言った。「しかし、重要なのはわたしが何者かではなく、あなたがなにになりたいかだ。それをあなたは、決めなければいけない。だから時間をかけて、自分に問いかけてほしい。自分は、どんな人間になりたいのか、と」

ナロウの家

朝、外の様子をうかがっていると、四百から五百人ぐらいの暴徒が丘を越えて来て、黒人をひとり撃つのが見えた……八時ごろになると、かれらは住宅街まで入り込み、黒人の家を荒らしはじめた。こっちに近づいてくるのが見えたので、わたしは屋根裏にあがった。かれらは近所の家に何軒か火をつけたあと、わたしのうちにも入ってきて、家具を積み上げてガス栓を開き、マッチで火をつけた。かれらが出ていったのを確かめたわたしは、急いで屋根裏から下りてガスを止め、なんとか火を消して屋根裏に戻った。一時間ぐらいたったとき、わたしの家が燃えていないのを見たかれらは戻ってきて、改めて火をつけた。わたしはまた下におりていき、もう一度火を消してまた屋根裏にあがった。だけど、そのときはもう煙がひどくなっていたから、外に出ることにして大通りを鋳物工場のほうに向かい歩きはじめたのだが、そこで四人の男に捕まってしまった。「おいニガー、どこに行ってたんだ?」と訊かれたので、いま仕事から帰って来たところだと答えた。するとかれらは、「そうか、じゃあ俺たちが殺してやろう」と言った。

——一九二一年のタルサ暴動を生き残ったG・D・バトラーの証言。一九二一年六月十一日付の『シカゴ・ディフェンダー』紙より夜が明けてまだ十五分しかたっていない一月末の日曜日、息子のキャデラックの横に立ったモントローズは、暖をとるつもりで煙草を吸いながら、異様な格好をした侵略者が朝日に照らされ、道の反対側の暗がりから立ちあがってくるのを見ていた。

その侵略者は身の丈一・五メートルで鮮やかな赤をしており、表面に並ぶ文字が〈瓶入りコカ・コーラを飲め〉と命じていた。その下に荒っぽく手書きされているのは、〈白人専用〉というおなじみの決まり文句だ。

モントローズは、イリノイ州南部に位置するこの郡の白人住民の多くが、彼を単なる黒人の旅行者ではなく、本物の侵略者と認識することをよく知っていた。この問題について議論できる相手が、いま近くにいないことを彼は残念に思った。特に、あのコカ・コーラの自動販売機を敷地内に立てている〈ジョン・パーチのセルフ・ガソリンスタンド〉の店主とは、ぜひとも忌憚《きたん》のない意見を交わしてみたかった。しかし、店の電気はすべて消えており、ひとつしかない給油機にも、日曜は休業という看板がかかっている。

黒人の少年がふたり、道路をこっちに歩いてきた。どちらも十歳くらいで、ひとりは黄色、もうひとりはオレンジ色の派手な冬物のコートを着ていた。モントローズは黄色いほうの少年とうなずき合ったあと、待ち伏せする南軍兵を見るかのような懸念のこもった視線を、改めてコカ・コーラの自販機に投げた。

そんな彼の目を気にすることもなく、少年たちはまっすぐ自販機に近づいてゆくと、ポケットから五セント硬貨を出した。

モントローズは吸いかけの煙草を投げ捨てた。

「おい！」大きな声だった。「なにやってんだ、おまえら？　それに金を入れたらダメだろうが！」彼が大股に道路を横切ってくるので、少年たちは驚いてまわりをきょろきょろ見まわした。「自分がなにをやってるか、わかってるのか？」

オレンジ色の少年は、特に頭がいいわけではないらしく、この質問を字義どおりに受け取った。「わかってるさ。コーラを買ってる」

「大丈夫だよ、小父《おじ》さん」オレンジ色よりはましだが、飛び抜けて賢くもない黄色が答えた。「ぼくたちパーチさんから、許可をもらってるんだ」

「許可をもらってる？」モントローズが訊き返した。「なぜ許可をもらわなきゃいけない？」

「だってここは、パーチさんの店だろ」モントローズの愚かさを嘲《あざけ》るような口調で、オレンジ色が答えた。彼は自販機に硬貨を入れようとしたのだが、モントローズは彼の手首をつかむと乱暴に引き戻し、抗議するため口を開きかけた少年の顔を手の甲ではたいた。オレンジ色は悲鳴をあげてよろめき、しゃがみこんだ。

「どんな気分だ？」頭上からのしかかるようにモントローズが訊ねた。「横《よこ》っ面《つら》をはたかれて、おまえは嬉しいか？」

「小父さん、お願いだから――」黄色が言いかけた。

「黙ってないと、おまえも同じ目に遭わすぞ」モントローズは黄色を一喝し、しゃがんでいる少年を睨みつけた。「俺は質問したんだ。答えてもらおう」

オレンジ色は、おびえながらも怒りのこもった目で睨み返した。「嬉しくないです」彼はぼそっと言った。

「なんだって？　よく聞こえなかったな」

「顔をはたかれるのは、嬉しくないです」

「ほんとかどうか、怪しいもんだ。もうひとつ訊こうか。もし俺が、道のあっち側に店を開いたらどうする？　おまえは俺の店に来て、コーラを買いたいと思うか？」

「思いません！」

「よし、やっとまともな返事ができたな」モントローズはうなずき、コーラの自販機を指さした。「これも同じなんだよ。これも、おまえの横っ面をひっぱたくんだ。おまえがここに五セント玉を入れると、ジョン・パーチとかいう白人に〈ありがとうございます旦那さま、もう一本いただいてもよろしいですか？〉とお願いするのと同じことになってしまう。自尊心のある人間は、そんなこと絶対にしちゃいけない。わかったか？」

「わかりました」答えたのは黄色いコートだった。

「おまえは黙ってろ。俺はこの子の答が聞きたいんだ」オレンジ色は歯を食いしばりながら、拒《こば》んだらどうなるかじっくり考えた。そしてようやく、返事をしぼり出した。「よくわかりました」

「よし、それでいい。ふたりとも行っていいぞ。もしまたここで、同じことをやっているおまえらを見つけたら、今度は本気でぶちのめすからな」

　少年たちは歩きはじめた。黄色いコートは急ぎ足だったが、オレンジ色はあえて急いでいないふりをしていた。「いいことを教えてやろう」ふたりの背中に向かってモントローズが言った。「次はペプシを買え」

「ペプシは嫌いなんだよ」オレンジ色が言い返した。「アホのクソじじいめ！」彼は一散に駆け出し、黄色があわててあとを追った。モントローズはふたりを見送った。俺はアホじゃない、と彼は思った。でもクソじじいのほうは……いや、まだ四十一だ。とはいえニグロの年齢として、四十一歳はもう老人だろう。それも、かなりよぼよぼの。

　道の向こう側、雪がうっすら積もった土手の裏から、トイレットペーパーを一個持ってアティカスが戻ってきた。

「言われなくてもわかってる」自分も車に戻りながら、モントローズが息子に言った。

「別になにも言ってないけど」息子が答えた。

「そうか。じゃあ助手席に座れ。ここからは俺が運転する」

✥✥✥　✥✥✥　✥✥✥

　仕事帰りにデンマーク・ヴィージーの店に立ち寄ったモントローズが、ブース席のひとつに座るケイレブ・ブレイスホワイトを見たのは、この二日まえのことだった。自然史博物館の一件以降、ブレイスホワイトは一度もモントローズの前に姿を現わしていなかったが、近いうち絶対にまた来るとモントローズは予想していた。

「今度はなんだ?」彼はぶっきらぼうに訊ねた。

「こんばんは、ミスター・ターナー」ケイレブ・ブレイスホワイトが挨拶した。「どうぞお座りください。飲み物はなんになさいますか?」

「自分の酒ぐらい自分で買う」モントローズは彼と同じブースに腰をおろした。「それより用件を言え」

「実は、あなたの力を借りたいプロジェクトが、もうひとつあってね」

「へえ? それで今回は、なにを使って俺を脅すつもりだ?」

「別になにも。すでにわたしたちは、脅迫など必要としない関係になってるからな」

「それはつまり、俺があんたのニガーになったってことか?」

ケイレブはむっとして訊き返した。「その言葉を、わたしの口から聞いたことが一度でもあるか?」

「俺の足首に鎖をつなぎ、あの地下牢に閉じ込めたのは、奴隷扱いしたってことだろ」

「あれは父がやったことだ」

「じゃあ俺を撃ったときはどうだ? あれもあんたの親父の仕業か?」

「あれがもし父だったら、あなたは射殺されていただろうよ」ケイレブの声が小さくなった。

「父は、あなたの息子まで殺していたかもしれない。ふたりとも生きて帰れたのだから、その点はわたしに感謝してもらいたいね。ましてわたしの父が、あなたたち親子に迷惑をかけることは、もう二度とないわけだし」

「たしかにそうだが、あの話にはパート2があったじゃないか。しかも、まだつづくらしい」

「エイダの台帳を無断で借りたことは、お詫びする」ケイレブは素直に謝罪した。「しかしあのときは、ランカスター署長と刑事たちが、わたしに一目おくよう仕向ける必要があったものでね」

「やれやれ。俺と息子は、おまえの奴隷ではないけれど、あの連中にはそう思わせたかったということか」

「もしほかに方法があったら、あんなことはやらなかっただろう。だけど怪我をした人はいなかったし、あなたたちも非常にいい取り引きができたのだから、そこは評価してもらいたいね。たとえバーンズ家の末裔たちが、エイダの請求を受け入れたとしても、金額についてはとことんケチをつけただろう。なのにわたしは、そちらの言い値でぽんと支払った」

「いいや認めないね」首を横に振りながら、モントローズがきっぱり言った。「あれで恩を売る気ならお門違いだ。九十年まえに支払われるべきだった負債を、清算しただけの話なんだからな」

「しかしあれは、わたしの負債ではなかった」

「もちろん違うさ。あんたの負債は、未払いのままだもの。俺が忘れるわけないだろ」

「それってハンナのことか？　彼女の給与も、あなたは取り戻したいのか？」

「この場合、俺が個人的になにを求めているかは、まったく関係ない」

「そう訊いたのは、支払うことが可能だからだ」ケイレブはつづけた。「もちろん百五十年分の利息計算が含まれるので、返済資金の準備には少し時間がかかるだろう。でもその金で、あなたを手荒くあつかった埋め合わせができるのなら――」

「わかってないなあ」モントローズが嘆息した。「よそからかき集めた金で、人の気持ちを買うことはできない。借金を返すから代わりになにかやれというのは、むしがよすぎるんだよ」

「では、掛け値なしの好意について話そう。ミスター・ターナー、あなたにも欲しいものがあるはずだ。なんなりと言ってみたまえ」

モントローズが苛立たしげに応じた。「いいやミスター・ブレイスホワイト、まずはあんたがなにを求めているか、言ってくれ。こうして俺と話をしているのは、そのためなんだろうし、どうせあんたは、それを言うまで帰らないんだろ。だったら全部吐き出しちまえよ。それを聞けば俺も、地獄に堕ちろとあんたに言ってやれる」

「よくわかった」ケイレブ・ブレイスホワイトはうなずいた。「わたしがあなたに頼みたいのは、ハイラム・ウィンスロップの息子、ヘンリーを探してもらうことだ。ヘンリーは、彼の父親をわたしの父が殺す少しまえに、家出した。当時の年齢は十六歳。ウィンスロップ家のメイドのひとりと、駆け落ちしたそうだ。そしてその際、ハイラムの蔵書をごっそり盗んでいった」

「また本か。どうせ今度も魔法の本なんだろ?」

ケイレブが再びうなずいた。「わたしの父は、ヘンリーが『名付けの本』も持ち出したと思っていたので、むきになって彼の行方を追った。ところがヘンリーは、びっくりするほど巧みに足取りを消してしまった。なぜそれが驚きかというと、わたしの父が知るかぎり、ヘンリーは元始の曙光の秘術をまったく学んでいなかったはずなんだ。それどころか、自然哲学そのものを明らかに忌み嫌っていた。だから本を持ち出したのも、自分で勉強するためではなく、父親に使わせないためだったんだろう。しかし、どの本も価値が非常に高いため、ヘンリーはそのうち売り飛ばすに違いないと、わたしの父は予想したわけだ。

「その種の稀覯《きこう》本の市場は限られているので、父は常に目を光らせていた。そして、思ったより時間はかかったものの、やっと数年まえ、ハイラム・ウィンスロップが所蔵していた『未踏の地の大地図帳』という一冊が、マンハッタンでオークションにかけられることを嗅ぎつけた。父は、担当する競売人に接触してその本がどこから流れてきたか追っていき、やがて、一九四四年にフィラデルフィアで同書を売ったヘンリー・ナロウと名のる人物にたどり着いた。ナロウの人物像は、ヘンリー・ウィンスロップのそれと一致していた。年齢がぴったりなだけでなく、一緒に逃げたメイドとおぼしいニグロの女性と、同棲までしていたんだ。にもかかわらず、父の部下たちが捜索を開始したとき、彼は再び行方をくらませていた」

「それであんたは、俺になにをやらせたいんだ?」モントローズが訊いた。「フィラデルフィアに行って、ニグロの特殊能力でそいつの居所を探らせたいのか?」

苦笑しながらケイレブは答えた。「いいや。フィラデルフィアには、すでにバーク刑事とノーブル刑事が向かうことになってる。明日の午後、飛行機でね。かれらが新しい手がかりを求めてうろうろしているあいだ、ミスター・ターナー、あなたにはイリノイ州エイキンに行ってもらいたい。

「もうお察しのとおり、わたしも自分で探偵を雇い、ヘンリーの行方を探していた。そしてその探偵が、つい最近、ヘンリー・ナロウという人物が一九四五年の夏に、エイキンで家を購入したことを突きとめたんだ。購入は現金、しかもその金額は、ナロウが『大地図帳』を売った額より少し少ないだけだった」

「ナロウの家までわかっているなら、俺の出番はないんじゃないか？」当然の質問だった。

「その探偵を行かせればいいだけだろ？」

「行かせたさ」ケイレブが答えた。「だけど消えてしまったんだ。ナロウから本を買い取るために渡した現金、五万ドルと一緒に」

「そして今度は、俺を信用してもう五万ドル預けるわけか？」

「あなたは持ち逃げするような人じゃないと、信じているからな。それにそんな金を、あなたが欲しがるはずもない」

「それでもまだ理解できないね」モントローズがたたみ掛けた。「あんたが直接、ナロウに会いに行くという手もあるだろうに」

「そのとおり。しかしナロウは、わたしと交渉するのを拒むだろう。特に彼の父親が、どんな死に方をしたか知っているのなら」

「俺だって本当なら、あんたと交渉なんかしたくないさ。だけどこの際しかたない。ところで、ヘンリー・ナロウも変な力の持ち主なのか？」

「いや、それはない。そうそう、さっきあなたは〈ニグロの特殊能力〉と言ったよな？　今回はそれが役に立つかもしれないよ。ナロウは黒人女性とずっと一緒に暮らしてきたし、あなたがわたしたちの結社に属していないことは、ひとめ見ればわかるもの。相手があなたであれば、わたしが送り込む白人の男たちよりも、ずっとまともに話をしてくれるんじゃないかな」

「たしかにそのとおりだ」モントローズも同意した。「しかし、それが本当の理由なんだろうか……」突然ひらめいた。「そうか、あんたは警戒しているんだ。ハイラムの息子は、魔法を学んでいなかったそうだが、それは十六のときの話だからな。今はいくつになってる？」

「三十五」

「ということは、彼はすでに二十年も、親父の魔法の本を持ち歩いているわけだ。そのなかで、あんたがいちばん欲しいと思っているのは？」

「彼が持ち出した本は、すべて手に入れたいさ」ケイレブは答えた。「でも特にと言われれば、彼の父親が自身の研究を記録した手書きのノートだろうな」

「研究記録のノートか。なんにせよ、ナロウが長い年月のあいだに親父のノートや本をよく読んで、魔法を独習していても不思議はないだろ？」

「それほど簡単に身につくものじゃないよ」

「ああ、そうだろうよ。しかし二十年だぞ。あんたが雇った探偵は、金を持ち逃げしたのではないかもしれない。きっとヘンリー・ナロウが、魔法でヒキガエルに変えてしまったんだ」

「それは面白い」ケイレブが言った。「その魔法であれば、わたしもぜひ覚えたいね」

「ふん、そうかい」

「このへんであなたは、地獄に堕ちろと言って、話を終わらせるんじゃないのか？」

「いいや、まだだ」モントローズはつづけた。「そのナロウという男が、あんたをそこまで警戒させているのであれば、彼に会ってみたくなったよ。だけど、もし彼がそのノートを俺に売ってくれたとして、俺がそれを焚き火に投げ込まないよう保証する手だてを、あんたはなにか考えてるのか？」

「まったくなにも。なぜならわたしにとって、それは最悪の結果ではないからだ。誤解しないでもらいたいのは、たしかにわたしはそのノートを欲しいと思っているけれど、もっと大事なのは、それがほかの人間の手に渡らないことなのさ」

「ほかの人間というのは、たとえばランカスター？」

「特にあの男には。ミスター・ターナー、先ほどわたしは、あなたの欲しいものはなにかと質問したよな？　実をいうと、その答をわたしは知っているんだ。あなたがなにより欲しているのは、わたしがシカゴから出ていき、あなたとあなたの家族の前から消えることだ。違うか？」

「よくわかってるじゃないか」

「重要なのは、もしも今、わたしがシカゴを離れたら、あなたたちはランカスター署長と結社のなすがままになるという点だ。かれらにとって、あなたたちは虫けらも同然なんだからな。

ただしアテイカスだけは、タイタス・ブレイスホワイトの直系の子孫ということで、一定の価値をもっている。それが人間としての価値ではなく、生ける呪物としての価値であることは、もうわかっているはずだ。すでにかれらも、アティカスの存在を知っているから、このまま放置することはないだろう。絶対に」

「ああ、まったくだ。全部あんたのおかげだよ」

「感謝するならわたしの父にしたまえ。もはや遅きに失しているがね。わたしが言いたいのは、すべてがわたしの計画どおりに進んだなら、遠からずわたしが、あの結社の総帥になるということ。ひとつの支部だけではなく、この国にあるすべての支部が、わたしの支配下に入るだろう。ランカスター署長にはご退場願い、その後は何人《なんぴと》たりとも、あなたたち家族に手出しはさせない。これは約束する」

「ほう」モントローズは自分の耳を疑った。「ウィンスロップのノートをあんたが手に入れたら、その日が来るのも早まるのか?」

「遅くはならないだろうね」

「逆に俺がノートを渡さなかったら、俺は自分の息子の喉を、掻き切ることになってしまうわけだ」

「それはないけど」ケイレブが言った。「アティカスのためにならないことは、間違いないだろう」

「そしてもし、俺がノートを焼いてしまってもあんたは王様になれるし、そのときは俺たちに対する借りが、まったくなくなるってことか」

「そのとおりだと思う」

「ほらな」モントローズが苦々しげに言った。「脅迫めいた話になることは、最初からわかっていたんだ」

✣✣✣　✣✣✣　✣✣✣

イリノイ州エイキンは、ケアロとメトロポリスの中間に位置するオハイオ川沿いの小さな町だった。太陽が家々の屋根を照らしはじめていたが、アティカスたちが車でゆっくり流してゆく商店や役所がある町の中心部は、この時間もまだゴーストタウンのように静かだった。町役場前の赤信号で停止したアティカスは、マサチューセッツ州ビディフォードで午前三時に信号待ちしたことを、思い出さずにいられなかった。しかしモントローズのほうは、あの少年たちに八つ当たりした興奮が未だ冷めやらず、誰もいない歩道を睨みつけながら、彼に因縁をつけたがる無謀な人——白人でも黒人でも——が現われるのを待ちかまえていた。

信号が青になった。かれらは右折してエルム・ストリートを西へ走りながら、二一三番地を探した。

見逃すほうが難しかっただろう。めざす家自体はとても平凡なのだが、ひとつ手前の家がガレージの屋根に大きな看板を立てており、そこに隣のエルム・ストリート二一三番地を指し示すネオン管の矢印を取りつけ、点滅させていたからだ。おまけに看板には、〈ニガーの弁護人の家はこちら〉と大書されていた。父と息子は啞然としながらその看板を見あげた。モントローズは思った。こういう町なのは知っていたが、まさかここまでとは……

突然、エルム・ストリート二一三番地に立つ家の玄関ドアが開き、小柄だがたくましい白人の男性がひとり、暖炉用の火かき棒を振りまわしながら飛び出してきた。家の前の歩道を走ってきた彼は、しかしキャデラックの数メートル手前で立ちどまると、恥ずかしそうに火かき棒をおろした。

アティカスが運転席側のウィンドウを下ろした。

「ミスター・ヘンリー・ナロウ？」

「いや、デイヴィッド・ランズダウンだ」男が答えた。

「弁護士なんですか？」アティカスは隣の家の看板に視線を向けた。「もしかして、NAACP（全国黒人地位向上協会）の関係者？」

ランズダウンはうなずいた。「二年まえ、この郡の学校教育に人種的平等を求める訴訟で、主任弁護人を務めた。だからお隣のクラークは、彼の家に間違って石を投げられないよう、あの看板を立てたんだ。こんなもの振りかざして、申しわけなかった」彼は火かき棒を両手で持ちなおした。「しかし、見覚えのない車がわが家の前に停まると、たいてい騒ぎが起きるものでね」

「詫びる必要は全然ありませんよ」運転席側にわざわざ身をのり出してきて、モントローズが言った。

「よかったら、なかでコーヒーでも飲んでいかないか？」

「ご馳走になります」答えたのはモントローズだった。「喜んで」

✣✣✣　✣✣✣　✣✣✣

ふたりは、デイヴィッド・ランズダウンの居間でコーヒーカップを手にした。ランズダウンはクリームと砂糖を勧めながら、今日は妻のジュディがマウント・ヴァーノンの教会に行って留守なのだと説明した。マウント・ヴァーノンまでは、エイキンから北に車で一時間半もかかる。

「実はあの訴訟のあと、わたしたちは地元の教会の牧師から、日曜にここに来るのはやめてくれと頼まれてね。牧師は、わたしを狙った銃弾が自分にあたり、天に召されるのが怖かったんだな。ジュディは新しい教会を見つけ、去年から通うようになったけれど、わたしのほうは、教会に行く習慣をなくしてしまったらしい」

「引っ越すことは考えなかったんですか？」アティカスが訊いた。

「窓を割られるたび考えるよ。でもわたしは頑固なんだ。ジュディがここにいれば、どれほどわたしが頑固かすぐに教えてくれるだろう」ランズダウンは暖炉脇の椅子に座り、火かき棒を本来のスタンドに戻した。「それでヘンリー・ナロウなんだが……あなたたちは、彼の古い友人かなにかなのか？」

「違います」モントローズが答えた。「彼に会ったことは一度もありません。俺とせがれは、彼が持っている本を売ってもらうため、ここまでやって来ました」

「であるなら、ちょっと時間をかけすぎたな。彼の友だちかとわたしが訊いたのは、ヘンリー・ナロウがすでに死んでいるからだ――それも、だいぶまえに。ナロウと彼の家族は、戦争が終わった直後、一九四五年に殺されてしまった」

「殺された?」アティカスが訊き返した。「この家で?」

「いいや。ナロウの一家は、この家にはまったく住んでいない。あなたたちが探していたエルム・ストリート二一三番地は、町の反対側、共同墓地の近くにある。ここはウエストエルム・ストリート二一三番地だ。このふたつを間違える人はすごく多いよ。わたしがヘンリー・ナロウと知り合ったのも、それがきっかけだった。ナロウは、不動産業者の売家リストでメッツガー未亡人の家に目をつけ、エイキンまで見に来たんだが、結局うちの玄関に立つことになった。

「女性と小さな男の子が一緒だった。彼は、その子をヘンリー・ジュニアと紹介してくれたんだが、女性のほう――パールという名前だった――は男の子の乳母としか言わなかった。彼女がニグロだったからだよ。肌の色はかなり薄かったけどね。子供のほうはもっと薄くて、父親の横にいれば白人で通用しただろう。しかし顔のあちこちが両親に似ていたから、戸籍上はさておき、三人並ぶと家族であることは一目瞭然だった。

「もちろんわたしは、かれらとはなんの関係もなかったんだが」ランズダウンはつづけた。

「とてもいい人たちのようだったから、奥さんと子供の安全が気になりはじめた。そこでジュディがヘンリー・ジュニアにクッキーを食べさせているあいだ、わたしはナロウを部屋の外に連れ出し、こう教えてやった。イリノイ州に異人種間の結婚を禁じる法律はないが、もし人種の混じった家族がいてその事実が知られてしまったら、エイキンは住みやすい町ではなくなるぞ。でも君には、住みたいところに住む権利があるし、ここに居を構えると決心しているのであれば、わたしが別の家を紹介してあげてもいい――あのときはちょうど、今クラークが住んでいる隣の家が売りに出るところだったから、ナロウに売ってやってくれと当時の隣人に頼むことも、可能だろうと考えたんだ。

「それくらいメッツガー未亡人の家の周囲は、問題がありすぎたんだな。わたしはナロウに向かって、エルム・ストリートは不親切を通り越して危険なことを力説した。町長と警察署長の自宅があったし、かれらの気質は前世紀の民主党員のままだったからだ。つまり夜になると、白いとんがり頭巾をかぶって集まるような連中、という意味でね」

「ナロウはなんて答えました?」興味津々でモントローズが訊ねた。

「ご親切にありがとうと、礼を言われた」ランズダウンは答えた。「わたしの忠告に従う気がないのは、明らかだった。自分たち家族はひっそりと暮らすのが好きだから、近所の人たちと親しくなれなくても気にしない、と言うんだな。だからわたしは重ねて忠告してやったよ。〈ミスター・ナロウ、どうやらわたしの言葉が足りなかったらしい。もしやつらがあなたの家族を邪魔に感じたら、のけ者にするだけではすまないだろう〉。それでもナロウは、そういう人たちとは今までも出遭ってきたし、実のところ自分はそんな人びとのなかで育ったから、問題ないと言って譲らなかった。奇妙な質問をされたのはそのあとだ。わたしが危険だと言ってる連中のなかに、自然哲学を学んでいそうな男はいないか、と訊くんだな。そんな人いるわけない、とわたしは答えた。なにしろ、哲学どころかなにも学んでいないことが、かれらのいちばん困ったところなんだから。〈それなら大丈夫です〉とナロウは笑った。〈わたしの家族はかれらの邪魔をしないし、かれらもわたしたちには近づけません〉

「議論しても無駄なことは、はっきりしていた。それに、無理に説得する必要もないと思ったんだ。というのは、メッツガー未亡人の代理人が誰であれ、ナロウたち三人を見れば即座にわたしと同じ結論に達するだろうし、そうなったら、かれらに家を売るはずがないからな。ところが、これは大間違いだった。ナロウが大金をもっていたなんて、彼が運転してきたボロ車を見たら想像できるわけがない。あとになって聞いたんだが、彼はあの家を現金で購入し、仲介した不動産屋のフランク・バーリントンには、法外な手数料を払っていた。そしてメッツガーの相続人は、ブルーミントンに住んでいたから、近所の人たちがナロウ一家をどんな目で見ようと、知ったことではなかったんだ。

「三人があの家に引っ越してきたのは、七月だったと思う。火事が起きたのは八月だ。新聞にも出たんだが、日本が降伏したのと同じ週だったから、完全に埋もれていたよ。その小さな記事によると、ナロウが暖炉の火を始末せず寝てしまったため、石炭がはぜてラグに燃え移ったのが原因だったらしい。三人は二階の寝室から逃げられず、煙を吸って死んだことになっていた。しかし、なぜ暑い夏の夜にナロウが暖炉に火を入れたのか、説明はまったくなかった。

「わたしの友人で、検視官事務所の事務員をやってるルイス・ピーターズから話が聞けたのは、火災事故の一週間後だった。わたしは彼に、新聞に報じられている以外の事実があるんじゃないかと訊いてみた。彼が口を濁《にご》すので強く迫ると、やっと話してくれたよ。火事の翌朝、ルイスはたまたま書類を引き取る用事があって死体保管所へ行き、ヘンリー・ナロウの遺体を見ていたんだな。ナロウの全身は煙で黒く煤《すす》けていたけれど、こめかみに銃創らしき穴が確認できたそうだ。

「わたしは彼に言ってやった。もしそれが本当なら、君は警察に通報しなきゃいけない。ところがルイスは、〈通報する相手がいないだろ〉と言うんだ。〈それに通報したところで、証拠はもうない。三人の死体は、とっくに処分されているからな〉」

「やっぱり町長と署長がやったんでしょうか？」モントローズが訊いた。

「わたしはそう判断した」ランズダウンの答は明快だった。「むろん立証はできなかったがね。とはいえ、もしかれらの仕業だとしたら、かれらには正義の裁きが下されることになった。

「ナロウの家は内部が燃えただけだったし、彼の近親者も結局見つからなかったので、町長はあの手この手を使い、家の所有権を町に移転した。そのうえで競売にかけたんだが、ろくに告知しなかったため、応札者はひとりしかいなかった。それが警察署長の娘婿で、彼はナロウの家を格安で手に入れることができた。

「町長と署長、そして署長の娘婿はケアロのレストランに行き、祝杯をあげた。三人はさんざん飲み食いしたあと、朝の一時にエイキンに帰ってきた。運転していたのは娘婿だった。彼は、スピードを出しすぎたままエルム・ストリートに入ってきて、ナロウの家の正面に立つ大きな木に激突した。車は炎に包まれ、三人とも焼け死んでしまった。

「かれらの葬儀が終わったあとになって、あの事故の原因は飲酒運転ではないという噂が囁《ささや》かれはじめた。娘婿は、いきなり道に飛び出してきた小さな子供とニグロの女を避けようとして、ハンドルを切りそこねたというんだ。事故の目撃者はいなかったから、なぜそんな噂が立ったのか、わたしには見当もつかなかった。だけどすぐに、自分もその黒人女性と子供を見たという人が、何人も出てきた」

「その話、あなたは信じてるんですか?」訊いたのはアティカスだった。

ランズダウンは首を振った。「たぶん、うしろめたさがそう錯覚させたんだろう。とはいえこの噂は、望ましい結果も残すことになった。エルム・ストリートの一部の住人が、この噂に恐れをなして引っ越していったんだが、そのなかには特にたちの悪い連中が、何人か含まれていたんだ。まあ困ったやつらは、まだたくさんいるけどね。でも今の町長は共和党だから、今後は少し期待がもてるだろう」

「ナロウの家はどうなったんです?」モントローズが質問した。「まだ立ってるんですか?」

「ああ。だけどすっかり廃墟になってる。火事のあと、一度も修繕されていないからな。幽霊が出ようと出まいと、少しでも価値のありそうな物は、とっくにすべて持ち去られているはずだ」

「たとえそうであっても、ここまで来たからには、ひとめ見ていきたいですね」

「わかった。そういうことなら、どう行けばいいか地図を持ってきて説明してあげよう。一緒に行ってもいいんだが、今はわたし抜きのほうが、あの界隈では歓迎されやすいと思うよ」


した顔で読んだ。

「ヒル・ストリート」交差している道路の名前が書かれた案内標識を、モントローズが憮然と

「さっきのところを右だったんじゃないか？」助手席のアティカスが訊いた。

「地図の読み方ぐらい、俺だって知ってる」

「親父が地図を読めないなんて、ひとことも言ってないだろ。でもミスター・ランズダウンは、ロウカストの交差点を右と言ってたような気がする」

「おまえの耳にはそう聞こえたのか？」かれらが停車している曲がり角に立つ家を、モントローズはじろりと見た。「いずれにしろ、エルム・ストリートのすぐ近くまで来ているのは、間違いない」

雪が積もったその家の庭に立っていたのは、顔を黒く塗られたローン・ジョッキー（もとは馬をつなぐ棒杭として使われていた庭に立てる人形。黒人を戯画化した差別的な物が多い）だった。

アティカスも同じ物を見た。「じゃあなおのこと、帰ったほうがいい」

「バカいえ。ここまで来たんだから、必ず見つけてやる」モントローズは、このブロックを一周するつもりで右折し、ヒル・ストリートに入った。だが、道はゆるやかな上り坂になったあと、エイキン共同墓地の入り口で終わっていた。

モントローズはギヤをバックに入れ、アクセルを踏んだのだが、エンジンはぶるっと振動したあと停止した。罵《のの》りの言葉を小さくつぶやき、彼はイグニッションに手を伸ばした。

「ちょっと待て」アティカスが父を制した。墓地のなかで、韓国系らしき男が墓に供えられた花を回収しては手押し車に投げ入れ、ついでに小さな箒《ほうき》を使い、墓石に積もった雪を払い落としていた。「あの人に、エルム・ストリートにはどう行けばいいか訊いてくる」

「その必要はない。おとなしく座ってろ」モントローズはもう一度イグニッションを回した。だがキャデラックのエンジンは、またしても始動しなかった。アティカスはドアを開けて車から降りた。「よせ、アティカス」

「すぐ戻ってくるよ」父親の声を背中に聞きながら、アティカスは小走りで共同墓地の門を抜けていった。

モントローズは再度イグニッションを回した。やはりエンジンはかからなかった。彼はシートに背中をもたせかけ、大きな声で悪態をついたあと、シガーライターをぐっと押し込んだ。煙草を出そうとしてシャツのポケットに指を入れたとき、キャデラックが大きく揺れた。リアバンパーの上で人が跳ねたように感じたので、急いでうしろを見たのだが、誰もいなかった。くすくす笑う声だけが、どこからか聞こえてくる。

モントローズは車を降りた。「そこにいるのは誰だ？」と訊いたとたん、雪玉がひとつ飛んできてキャデラックの屋根に落ちた。車の助手席から五メートルほど離れたところに、七、八歳の子供が立っていた。黒人だが肌の色は薄く、大きな茶色の眼と黒い巻毛が印象的な男の子だった。

「こらっ！」モントローズは車の反対側に回ろうとしたのだが、その子がデニムのジャンパーしか着ていないことに気づくと急に怒りが萎《な》え、逆に心配になってきた。冬のコートはもちろん、ジャンパーの下にシャツも着ていないのだ。おまけに靴も靴下もはいておらず、素足ではないか。「なあ坊や」さっきよりずっと優しい声で、モントローズは問いかけた。「こんなところでなにをしてる？　お母さんはどこに行った？」

男の子は楽しそうに笑うと、雪のなかを裸足《はだし》で駆けだした。モントローズもあとを追った。ふたりは墓地の石塀に沿って走ったのだが、モントローズは塀ぎわに積もった雪に何度も足をとられ、なのに少年は飛ぶように軽く走りながら、ときどき立ちどまってうしろを見た。そして石塀のいちばん端までくると、笑いながら枝のあいだに雪が残る藪《やぶ》のなかへ消えていった。つづいてモントローズもその藪に駆け込んだのだが、たちまち急斜面を転がり落ちることになった。斜面の底まで落ちて上体を起こしたとき、彼は半分だけ雪に埋もれていた。

文字どおり半分だけだった。彼の左腕は肘まで雪に埋もれているのに、右手は青々とした草の上にあったからだ。それも、夏草の上に。

顔をあげると真昼の太陽が明るく輝いており、草叢《くさむら》の先に大きな黄色い家の裏口が見えた。その裏口のポーチに、チェックのエプロンをつけた黒人女性が立ち、駆けよってくる少年を迎えていた。

立ちあがったモントローズは、冬と夏をまたぐかたちになった。体の向きを九十度変え、両足を夏草の上にのせた。左の靴とズボンについた雪が、たちまち溶けてなくなった。

「奥さん」

彼は、少年と手をつなぎ家のなかへ入ろうとしている黒人女性に呼びかけた。しかし彼女は答えず、少年もふり返らなかった。

うしろを見ると、片腕を伸ばせば届くところに、冬がそのまま残っていた。モントローズは黄色い家に向かって歩きはじめた。半分ほど来たところでまたふり返ったのだが、雪はきれいに消え失せ、共同墓地へと登ってゆく斜面は低木と花で覆われていた。

彼は黄色い家の裏口につづくポーチの階段を上った。ドアは閉ざされていなかった。敷居の手前に立った彼の目を奪ったのは、右側のドア枠にずらりと彫られたアダムの文字だった。さらに右へ視線を移すと、窓の下枠にもまったく同じアルファベットが刻まれていた。

「こんにちは」わずかに開いていたドアを、モントローズはノックした。応える者もいないのに、ドアはひとりでに大きく開き、なかに入ってみるとそこはキッチンだった。さっきの女性が流し台に立ち、鍋を洗っていたのだが、彼をわざと無視しているのがはっきりわかった。逆に男の子のほうは、サンドイッチとミルクが入ったコップを持ってテーブルに座り、秘密のジョークをモントローズと共有しているかのように、彼を見ながらにこにこ笑っていた。

「こんにちは、奥さん」モントローズは改めて挨拶した。でも返事がないので、こう訊きなおした。「ミセス・ナロウですよね?」

やっと彼女がこちらを向き、モントローズの目を見た。しかし、彼女が呼びかけた相手はモントローズではなかった。「ヘンリー」大きな声だった。「お客さんみたいよ」

少年のうしろの開けっぱなしになっていたドアから、白人の男が入ってきた。訪問者など滅多にいないらしく、好奇の目をモントローズに向けていた。「なにかご用でしょうか?」彼はモントローズに訊ねた。

ウィンスロップ・ハウスで見た家族写真を思い出し、モントローズはこの男がハイラム・ウィンスロップの息子に違いないと確信した。そして、三十五歳にしては若く見えると思った。だがよく考えてみれば、ヘンリーは二十代で死んでいるのだ。

さてどちらの名前で呼ぶべきか? モントローズは正攻法でいくことにした。「はじめまして、ミスター・ウィンスロップ」

すでに洗い物に戻っていた妻が、びくっとして頭をあげた。少年の顔から笑みが消え、ヘンリーの表情も急に険《けわ》しくなった。

「用件を言ってください」

モントローズは、冬の冷気が背中に戻ってきて氷の触手を襟首から突っ込み、彼をその場で凍りつかせるような気がした。

「俺の息子のことで、あなたに相談したいことがあるんです」寒気を感じながらも、モントローズの声は落ち着いていた。「モントローズ・ターナーと申します。ブレイスホワイトという男に頼まれ、あなたのお父さんが所有している物をいくつか譲ってもらうため、ここまで来ました。しかし、俺の本当の目的は違います。アティカスという名の、俺の息子のためなんです。

ブレイスホワイトは、俺の息子を使ってあることを企んでいるんですが、俺にはどうすればやつを止められるか、まったくわかりません。でも、あなたはその方法を知っているかもしれない。そこで、あなたの助言を求めに来ました。取り引きをする用意はあります。もちろん、俺にできる範囲で、ということになりますが」

寒さがしりぞき、夏が戻ってきた。母親と男の子は、無言でモントローズを見つづけていた。父親がうなずいた。「わかりました、ミスター・ターナー。どうぞこちらへ。居間でお話をうかがいましょう」

✥✥✥　✥✥✥　✥✥✥

かれらは、庭が見える窓際のテーブルを挟んで腰をおろした。ウィンスロップがティーをいれるため席を外したので、モントローズは庭の芝生を眺めた。芝生が尽きる道路ぎわに、太いオークの木が立っており、ブランコ代わりのタイヤがぶら下がっていた。警察署長の娘婿が運転する車は、あの木に突っ込んだのだろう。でもそれにしては、衝突や火災の痕跡がまったくなかった。

もしかすると、問題の事故はまだ起きていないのかもしれない。マントルピースの上に掛かっているカレンダーは、一九四五年八月のものだったし、通りに駐車している数台の車のなかに、戦後に製造されたものはひとつもなかった。こう考えながらも、モントローズの頭のなかでは、彼の常識的な部分が警報を発しつづけていた。これは絶対によくない。ここはおまえのいる場所ではない。過ぎ去った夏の日を、死んだ男と一緒に過ごしてはいけない。今すぐ立ちあがって、来た道をまっすぐ戻れ。そしてなにがあろうと、この家で出される食べ物や飲み物には、絶対に口をつけるな。

しかし、なんの収穫もなしに帰る気など彼にはまったくなかったし、ウィンスロップの好意を拒むのも失礼なので、目の前に置かれたティーだけでなく一緒に供されたショートブレッド・クッキーまで、彼はあえて口に入れてみた。ティーもクッキーも、薄味どころかまったく味がなかった。にもかかわらず、ひとたび飲み込んでしまうと酒に酔ったような効果をもたらし、理性が鈍麻して死者と語り合うのもごく自然なことのように思えてきた。

「ヘンリー・ウィンスロップと呼ばれるのも」死者が口を開いた。「ずいぶん久しぶりです。ブレイスホワイトに頼まれたと言いましたよね？　サミュエル・ブレイスホワイトですか？」

「いいえ、息子のケイレブのほうです。サミュエル・ブレイスホワイトは死にました」

「本当に？　それは知らなかった」彼は窓の外を見やった。「ここにいると、外のニュースがあまり入ってこないもので」

「そうなんですか」モントローズはマントルピースの上のカレンダーに視線を走らせた。「わかるような気がします。とにかく、俺の息子のアティカスは……」

「あなたの息子さんを、ブレイスホワイトは利用するつもりだとおっしゃいましたが、どう利用するんでしょう？」

「正確にはわかりません。サミュエル・ブレイスホワイトは、アティカスをある儀式の生贄《いけにえ》に使おうとしました。せがれのケイレブの意図はまだはっきりしないんですが……当面は魔法使い仲間に見せびらかすため、トロフィーかなにかのように連れまわすみたいです。しかし最終的には、やつもなにかの儀式をやるに違いないと俺はにらんでいます。だからそのまえに、消えてもらいたい」

「それはつまり、ケイレブ・ブレイスホワイトを殺したいということですか?」

「できればそうしたいですね。ところがあの男、なにかの魔術で守られているんです。おかげで俺は、やつに指一本触れることもできない。ケイレブは、自分には免疫があるとうそぶいています」

ヘンリー・ウィンスロップがうなずいた。「ぼくの父も同じでした。あれにはいらいらさせられた」

「あの力を奪う方法はあるんでしょうか?」

「たくさんあります。しかし、どれがどれに効くのか、ぼくにもわからなくて」

「知ってる人はいませんかね?」

「生きている人間のなかには、ひとりも」

「あなたのお父さんのノートは?」モントローズは重ねて訊いた。「ケイレブが欲しがっているのは、そのノートなんです。そしてやつは、なにがなんでも、それをほかの人間に渡したくない。もしかするとお父さんのノートには、やつの免疫を無効にする方法が書かれているんじゃないでしょうか?」

「その可能性はありますね」

「譲っていただくわけにはいきませんか?」

ヘンリーは中途半端に肩をすくめた。「お譲りしてもいいですよ。ぼくが持っていたところで、なんの役にも立ちませんから。ただし」彼は付け加えた。「それなりの見返りをいただくことになる」

「金ならあります」すかさずモントローズが言った。「車のなかに、現金がたっぷり――」

「いや、金ではありません。いくら金があっても、ここでは使い途がない」

「じゃあなんです?」

「感動です」ヘンリーが答えた。

「感動?」

ヘンリーはまたしても窓の外を見やった。「この家に欠けているのは、ニュースだけではありません。すべてが失われているんです。いくら太陽が明るく輝いても、ぼくたちが本物の暖かさを感じることはない」彼はモントローズに向きなおった。「冬の寒さも同じです。そしてなにを飲み食いしようと――」彼はティーとショートブレッドを手で示した。「まったく満足できない。砂糖は甘くないし、塩も塩の味がしないからです。同じことが、感情についても言えましてね。もちろん笑うまねぐらいはできますよ。だけどそれは、失われた本物の笑いの残滓にすぎないのです。もう一度、本物の喜怒哀楽を味わえるのであれば……たとえ短いあいだでも、心が揺さぶられる感動を得られるのであれば……ノートをお譲りする交換条件としては、充分でしょう」

いかにも物欲しげなヘンリーの表情が、モントローズの内なる声を再び呼び覚ました。今すぐ戻れと、その声は命じていた。この男は人間じゃない。飢えた食人鬼だ。急いでここから逃げ出せ。

「まだよくわかりませんね」モントローズは逃げなかった。「なにをすれば俺は、あなたを感動させられるんでしょう?」

「話を聞かせてください」ヘンリー・ウィンスロップが答えた。そして獲物の匂いを嗅ぎつけた動物のように、顎をぐっと上げた。「あなたのお父さまの話を」

「だめです」モントローズは拒んだ。「それはできない」

だが死せる男は、彼の拒絶を無視した。

「ロウランドでしたっけ?」ヘンリーが質問した。「あなたのお父さまの名前は、ディック・ロウランドではなかったですか?」

モントローズは頭を強く振った。彼の内なる声は、逃げろと叫びつづけていた。「俺の親父の名は、ユリシーズでした」

「では、ディック・ロウランドとは何者ですか?」ヘンリーがさらに訊いた。

モントローズは立ちあがろうとしたのだが、両脚に力が入らず、椅子から離れることができなかった。

「ロウランドはなにをやる人でした?　教えてください」

もはや答えるしかなかった。「靴磨きです」モントローズは言った。「街の靴磨き屋に、雇われていました」

「あなたのお父さまと一緒に、働いていたんでしょうか？」

「いえ、俺の親父は自分で店を経営していたから、ロウランドとは言葉を交わしたこともなかったはずです」

「にもかかわらず、両者にはつながりがあった。どんなつながりですか？　なにがあったんでしょう？」

「ロウランドが濡れ衣を着せられた、というだけのことです」もう一度椅子から立とうとして失敗したあと、モントローズは答えた。

「どんな濡れ衣を？」

「よくある話ですよ」と答えたモントローズの胸の奥から、突如激しい怒りが込みあげてきて、そのとたん彼は、たがが外れたかのように語りはじめた。「発端は、一九二一年の戦没将兵追悼記念日《メモリアル・デイ》（アメリカの祝日で、五月の最終月曜日と定められている）でした。ディック・ロウランドは黒人用トイレを使うため、タルサのダウンタウンにあるドレクセル・ビルの三階に上がりました。用を足した彼は、エレベーターに乗ろうとしてつまずき、エレベーター操作員をやっていたサラ・ペイジという名の白人女性にぶつかりました。するとペイジは、この黒人が自分を襲ったと騒ぎはじめたんです」

「実際に襲ったんですか？」ヘンリーが質問した。

モントローズはむっとした顔で彼を見た。「メインストリートに面した公共の建物のなかで、白昼堂々と白人の女を襲う黒人男がいると思いますか？　自殺するようなものでしょう？　しかし、そんな言いわけは通用しなかった。サラ・ペイジは悲鳴をあげて逃げていき、その瞬間からディックは暴行犯にされてしまったんです。

「警察が彼を逮捕したのは翌日の早朝でした。その日の午後には『タルサ・トリビューン』紙が彼の〈暴行事件〉を記事にし、被害者の女性は服を破られたと報じました。あとになってかれらは、この部分は虚報だったと認めたんですが、新聞を読んだ人たちは犯人をリンチにかけろと騒ぎはじめました。

「ディック・ロウランドが勾留されていたのは、郡庁舎内の留置場でした。日が暮れるころには、かなりの数の白人が郡庁舎の前に集まっていました。そしてリンチの噂が、黒人が多く住むグリーンウッド地区に伝わると、一部の男たちが銃を持ち、ロウランドを守るため郡庁舎に向かっていったんです。うちの親父も、そのなかのひとりでした。実際になにが起きたのか、親父の口から聞くことはできなかったんですが、噂によると、郡庁舎前に集まっていた白人のひとりが、あるニグロから拳銃を奪おうとしたらしい。そしてそれをきっかけに、衝突がはじまりました。

「ニグロ側は二十対一くらいで劣勢だったため、最初の銃撃戦を生き延びた人たちは、グリーンウッドまで退却しました。白人の暴徒はかれらを追ったんですが、途中さらに多くの銃と弾薬を手に入れるため、何度も足を止めました。金物屋や質屋に押し入っては、釘で固定されていない物を根こそぎ強奪したんです。

「親父が家に帰ってきたのは、夜の十一時ごろでした。腕に切り傷があり、袖が血で濡れていたけれど、本人は気づいてなかったと思います。親父はおふくろに、なくしてはいけない大事な物があったら、今すぐ車に積みはじめろと命じました。というのも、その時点でグリーンウッドの男たちは、鉄道の線路沿いに防衛線を築いているところだったんですが、白人の暴徒どもがそこを突破した場合に備え、すぐ逃げられるようにしておく必要があったからです。そして親父は、仲間たちを手伝うため、すぐにまた出かけようとしました。

「おふくろは親父に行くなと頼みましたが、親父が応じるはずもありませんでした。〈あいつら、白人の店も平気で襲っているんだぞ。もしここになだれ込んできたら、なにをすると思う?〉

「俺は親父に、俺もみんなを護る手伝いがしたい、と訴えました。まだ七歳なのに、気分だけはいっぱしの大人だったんでしょう。もちろん親父は〈だめだ〉と言ったし、ふだんであれば、それでおしまいのはずでした。でもあのときの俺は興奮していて、しつこくせがんでしまったんです。そして俺は、親父からこいつをもらうことになった」モントローズは軽く頭を傾け、左の目尻の古傷を指さした。

「親父の指輪がつけた傷です。親父は手が早いことで有名だったし、実際ちょっと乱暴な男だったんですが、加減というものを知っていました。俺もときどきぶたれたけれど、怪我をさせられたことはなかったし、あの晩も親父にそのつもりは全然なかったでしょう。けれども、自分の頬を血が流れていることに気づいた俺は、同時に、親父がどれほどおびえているか察してしまったんです。そして俺たちが、どれほど危険な状況におかれているかを。

「そのときです」モントローズはつづけた。「兄のジョージが親父の前にしゃしゃり出てきて、今から自分が親父の店に行き、祖母の台帳を取ってくると言いだしたのは」

「お祖母さんの台帳？」ヘンリーが訊いた。

「奴隷時代の未払いの給金を、詳細に記録した日記兼帳簿です。親父はそれを、店の金庫に保管していたんですね。親父はジョージに、いざとなったら自分が取ってくるから大丈夫だと言ったんですが、ジョージはあの台帳はぼくが責任をもって預かったものだからと言いはり、一歩も引きませんでした。俺は、ジョージも絶対にぶん殴られると思ったんですが、意外にも親父は首を縦に振ったんです。あれは本当に信じられなかった。おふくろがあわててジョージを止めようとしましたが、〈おまえは黙ってろ〉と親父に一喝されて終わりでした。

「こうして親父とジョージは一緒に飛び出していき、おふくろも仕事に取りかかりました。俺と姉のオフィーリアは、おふくろに言われるまま家のなかを駆けずりまわり、大事な品をせっせと集めました。俺は結婚記念の食器セットを渡されました。むちゃくちゃ腹が立ちましたね。兄のジョージは戦場へ行ったのに、俺は結婚記念の皿を梱包しているんですから。

「遠くから発砲音が聞こえてきたのは、車に荷物を積みはじめたときでした。おふくろはひどく動揺し、俺も胸がどきどきしたけれど、もちろんおふくろとは理由が違っていました。車がほぼいっぱいになったので、おふくろと姉は積み忘れた物がないか確かめるため、家のなかに戻っていきました。俺は家の外にひとりで立ち、銃声を聞いていました。そしてとうとう、我慢できなくなったんです。親父の道具箱は、さっき俺が自分で車に積み込んでいたから、俺は道具箱を開けると古い金づちをつかみ、衝突が起きている現場に向かって走りだしました。

「親父の店があるアーチャー・ストリートに着いたときは、本当にあの通りかと目を疑いました。グリーンウッドの防衛隊が街灯をすべて壊し、鉄道線路を見おろす建物の上に狙撃手を配置していたからです。闇のなかの狙撃手の姿は、白人たちには見えなかったはずですが、数人の暴徒が油で湿した布とライターを持ち、グリーンウッド地区への侵入に成功していたんですね。線路のすぐ手前にあった掘っ立て小屋の多くは、すでに燃えており、もっと大きな建物からも炎があがっていました。

「金づちを持った俺は、炎と煙と闇が渦を巻き、銃弾が両方向に飛び交うアーチャー・ストリートの真ん中で立ちすくみました。男たちが俺に向かい、早く逃げろと叫んでいましたが、俺はぼうっとしながら、親父を探して通りをふらふらと歩きはじめました。

「白人の男たちを乗せた車が、線路を越えて入ってきて、一斉に狙い撃ちされるのが見えました。ヘッドライトとフロントガラスが一瞬で砕け散り、運転手はギヤをバックに入れると、大あわてで後退していきました。俺は嬉しくて飛び跳ねながら、こっちの勝ちだ、とわめきました。すると親父が急に姿を現わし、俺を捕まえたんです。今回は殴られませんでした。代わりに親父は俺を抱きあげると、強く揺さぶりました」モントローズは両手を頭より高くあげ、激しく前後に振った。「こんなふうに」

彼は語りつづけた。「爆弾が破裂したような、大きな音が聞こえました。親父は揺さぶるのをやめ、俺を胸の前で抱きしめると、そのまま走りはじめました。ところがおかしなことに、炎と煙が遠ざかるにつれ、そんなふうに親父に運ばれていることが、なんだか気持ちよくなってきて……今でも夢に見ることがありますよ。しかし、その夢のなかはいつも普通の春の夜で、もちろん銃声なんか聞こえず、親父はまるで映画館か野球場から帰るときみたいに、俺を抱っこして家に向かっているんです。実際、そんなことがあったのかもしれません。

「とにかく、家まであと半分くらいというところで、一台の車がうしろから猛スピードで近づいてきました。前抱きにされていた俺は、その車のウィンドウがすべて割られ、ボディも弾を喰らって穴だらけになっていることに気づいたから、親父に教えようとして口を開いたんですが、すでに遅すぎました。白人の男がひとり、うしろのウィンドウから身をのり出し、拳銃を構えて二発撃ったんです。車は俺たちを追い越したあと、闇のなかへ消えていきました。あの車がどうなったのか俺は知らないし、あの男が誰なのかも今となってはわかりません。

「弾は二発ともはずれたと、俺は信じて疑いませんでした。少なくとも俺にはあたっていなかったし、親父の走る速さも変わっていなかったからです。ところが親父は、そこから一ブロック走ったところで不意に立ちどまりました。彼は俺をそっと地面に下ろすと、呼吸を整えるかのように俺の肩に手を置きました。そして、仰向けに倒れたんです。

「俺たちは誰かの家の前の芝生にいました。その家の人たちが、俺のわめき声を聞いてポーチの電気をつけてくれました。おかげではっきり見えましたよ。親父は脇腹を撃たれ、口から血を流していたんです。親父の顔に浮かんでいたのは恐怖でした。それも、宇宙のように黒々とした恐怖。俺は幼すぎて、その恐怖が理解できませんでした。親父は自分が死ぬことを怖がっているんだと、あのときは思ったんですが、大間違いでしたね。彼がなにを感じていたか理解できたのは、自分の息子――父親の言うことを聞かない息子――をもったあとのことです。

「親父が恐れていたのは、自分の死ではありませんでした。あの恐怖は、俺のためだったんです。親父は俺を守りたかった。だから俺を銃撃戦から遠ざけ、俺の命を救ってくれた。しかし、暴動の夜はまだ終わっておらず、俺が朝まで無事でいられるか、自分の目で見届けられないことを親父は悟ってしまった。それが、親父の恐怖の源だったんです。最悪の恐怖は、世界じゅうの人間が自分の子供を殺そうとしているのに、その子を助けてやれないことなんですね。こんなに怖いことはない。まさに最悪です」

急に涙で目が霞《かす》んだモントローズは、夢から覚めたかのようにはっとして顔をあげた。キッチンの入り口に、あの黒人女性と少年が立っており、母は息子を両腕でしっかり抱いていた。彼女の悲しげな顔を見て、こんなひどい話を聞かせて悪かったと、モントローズは謝ろうとした。しかし彼女の夫はまだ満腹しておらず、モントローズの話を、最後のひと口まで味わい尽くそうとした。

「そしてお父さまは、亡くなったんですね？」ヘンリー・ウィンスロップが念を押した。

「そうです」モントローズはうなずいた。「死にました」

❖
❖
❖

窓の外はあいかわらず夏景色だったが、空は茜色《あかね》に染まりはじめており、草の影も長くなっていた。モントローズは、暴動で炎上するタルサの夜に心を残していたため、こんなに早く夕暮れが迫ったことを、さほど奇異に感じなかった。

ヘンリー・ウィンスロップが言った。「そういう父親が、ぼくも欲しかった」

「そういう父親が、俺にはもういないんです」モントローズが言い返した。「そこがいちばん癪《しゃく》でね」彼は両の掌で目をぬぐった。「そっちの話も聞かせてください。ハイラム・ウィンスロップは、どんな父親でしたか?」

「好奇心の塊でした」ヘンリーは速答した。「父を言い表す言葉は、ほかにもいろいろありますが、これが原点でしょうね。父はあらゆる事物に関し、あらゆることを知りたがりました。当然、求める知識の量は膨大になりすぎて、ひとりの人間が一生のうちに学びきれるものではなくなってしまう。だから必要とされる時間を得るため、父は不死の身体をもち、限りなく全知全能に近い人間になってやろうと決めたのです。

「普通の人が見たら、笑止千万だったでしょう。そして父と同じ結社に集った男たちは、われわれは合理主義者であると自負していました。科学者であり、自然哲学者であると。だから超常現象について語ることは、愚かな俗人の証《あかし》とみなされました。かれらは神になることを欲しながら、神という概念そのものは、低俗な迷信として斥《しりぞ》けたのです。

「しかしぼくの父親は、かれらのなかではちょっと異端でした。それなりの結果が得られるのであれば、超常現象を排除しなかったのです。この姿勢が、父をぼくの母親になる女性と結びつけました。ぼくの母は、魔女だったんですね」ヘンリーはここでいったん言葉を切った。「母は、ごく自然にそう名のっていました。母は神を信じ、奇跡を信じ、魔法を信じる人でした。そして父に、彼が求めていることは少なくとも理論的に実現可能であると、示したのです。だけど結局、彼女はその代償を支払う破目になってしまいました。最初はみずからの健康で、そして最後は、みずからの命で」

「そういえば、ハイラム・ウィンスロップの奥さんは小児マヒだったという話を、聞いたことがありますね」モントローズが口をはさんだ。

「たしかに、そういうことになっています」ヘンリーはうなずいた。「しかし、母を車椅子に閉じ込めたのは病気ではなく、単純な解釈の誤りだったのです。宇宙規模の読み間違い、と言ったほうがいいかもしれない。ミスター・ターナーは、アダムの言語をご存じですか?」

「少しだけ」用心しながらモントローズは答えた。

「マタイによる福音書に、こんな一節があります。神にパンを求めれば、石を与えられることはない。これは新約聖書の神が、人間を尊重する父親のような存在であることを示しています。ところがアダムの言語でなにかを乞い願うと、語りかける相手は大自然となり、大自然は人間の事情など歯牙《しが》にもかけず、求められたものしか与えてくれません。もし欲しているものの名前を言い間違える、字を書き間違える、違う音節を強調するといった誤りを犯したら、求めたものとは違うなにかを得ることになってしまうのです」

「それであなたのお母さんは、なにを求めたんですか？」

「ある種のドアです」ヘンリーが答えた。「宇宙を理解しようとした父の前に立ちはだかった壁のひとつが、宇宙は手の届かないところにある、という事実でした。そこで父は母の手を借りながら、遠く離れた宇宙の各点をつないでいく方法を模索しはじめました。最終的にふたりは、その方法を発見することに成功したんですが、ある実験を行なうなかで、母は足が不自由になってしまったのです。母は、異なる世界を渡り歩ける足を与えてくれと、大自然に願いました。なのに与えられたのは、石と化した両足でした。

「この事故のあと、父はより慎重になりました。父は科学技術を深く信頼しており、すでに多くの機械を自身の研究に導入していたんですが、それまで以上に機械類を頻繁に使いはじめました。父が求めたのは、不慮の事故が起きた際、自身に影響がおよばないようにすることでした。つまり機械を、自分の身代わりにしたんですね。そして、機械でもリスクを吸収しきれないような事態が生じた場合に備え、彼は若くて意欲に燃えた青年たちを、弟子として取りはじめたのです。

「事故後も、母は父の研究を手伝っていたんですが、ふたりの関係は微妙に変化していました。最初のうち母は、自分が傷ついたのは運が悪かったからだと考えていました。しかし、父が自分に危険がおよばないよう、弟子たちを盾に利用しているのを見て、疑問をもちはじめたのです」

「その弟子たちのなかに――」モントローズが質問した。「息子であるあなたも含まれていたんですか？」

「いいえ。それは母が頑《がん》として拒んでくれました。母は、自分の研究に息子を巻き込まないと父に約束させ、父のほうも、母がまだ充分に助手として働けたため、その約束を守りました。ぼくとしては、父の手伝いがしたかったんですけどね。男の子はみんな、父親の仕事を手伝いたがるものでしょう？　しかし母は、ぼくにも父を手伝わないと約束させました。そしてぼくが少しでも自然哲学に興味をもつと、石になった両足をぼくに見せたんです」

「お母さんは、なぜ亡くなったんでしょう？」

「自分を修理しようとして、失敗したからです」ヘンリーの声が小さくなった。「ぼくが十五のとき、母は父と別れる決心をしました。しかし彼から自由になるためには、まず車椅子から自由になる必要があったんですね。母が再生の儀式を行なったとき、ぼくは寄宿学校に入っていました。母は大自然に足を返してくれと願い、その願いはかなえられました。正確な死因をぼくは知らないんですが、彼女の心臓や神経が、再生の過程に耐えられなかったらしい。父によると、母は苦しまずに逝《い》ったそうです。

「母の柩《ひつぎ》が開かれることは、結局一度もありませんでした。葬儀のあと、ぼくは父に連れられ新しい家に帰っていきました。父は、新たな気持ちで研究に取り組むつもりだったのです。父はぼくに、研究の助手になることを求めました。しかしもう手遅れでした。彼が宇宙にまつわる太古の謎を探求しているあいだ、ぼくは学校で現代哲学を学んでいたからです。父は激怒しました。社会主義者にするため学費を出したのではない、とまで言われましたよ。ぼくがそうなった責任を、父は母に負わせました。ぼくの学校を選んだのは母だったし、母が息子をわざと堕落させた、と考えたのです。そしてこの点に関し、彼の読みは外れていませんでした。

「父が知らなかったのは、母が死ぬまえに一通の手紙をぼくに送っていたことです。再生の儀式をやれば自分が死ぬことを、母は予感していました。だからぼくが父のせいで命を落とさないよう、万全を期したかったのでしょう。母の手紙には、父から逃げる方法が詳細に記されていました。必要とされる金をどこで入手すればいいか。新しい身分証をどう偽造すればいいか。そして家を出るにあたって、母に代わって父の心をどう傷つければいいか。

「でもぼくが実際に家を出られたのは、その一年後でした。準備の時間が必要だったし、怖かったからです。父は常にぼくを監視していました。ぼくは寄宿学校に戻ることを禁じられました。代わりに彼が雇った家庭教師は、やたら厳しいだけの無愛想な老人で……ぼくは何か月ものあいだ、新しい家から一歩も外に出られませんでした。そしてその間に、パールと出逢ったのです。ぼくは部屋で勉強しているはずの時間を、パールと一緒に屋根の上で過ごすようになりました」

「その段階で、考えがおよばなかったんですか?」モントローズは訊かずにいられなかった。「あなたの家族の問題に、メイドを引きずり込むのはかわいそうだと?」

「ぼくもパールも若かったし、愛し合っていましたからね」ヘンリーが弁明した。「それにあのときは、彼女を父のもとに残すほうが、ずっと不幸なことのように思えたのです。パールはぼくと同じくらい、あの家から出ることを切望していました。彼女は、外の世界が見たかったんです」ヘンリーがにっこり笑い、モントローズは出かかっていた非難の言葉を呑み込んだ。そのときキッチンで、鍋を叩く小さな音がしたのだが、ふたりがその音に気づくことはなかった。

「ぼくたちは、父がシカゴから離れる夜を待ちました」ヘンリーはつづけた。「夕食後、ふたり一緒に家を抜け出し、ディアボーン駅でロサンゼルス行きの切符を買いました。その際、切符売り場の駅員の記憶に残るよう、わざと目立つ行動をしています。しかし、ロサンゼルス行きの汽車には乗りませんでした。代わりに、母の古い車が保管されているガレージに向かいました。十年以上も運転されていない車でしたが、母は保管料を払いつづけていたのです。キーはグローブボックスのなかにありました。

「ぼくたちは東に向かいました。最初の一年はニューヨーク・シティで過ごしました。ふたりが結婚し、ぼくがヘンリー・ナロウになったのも、ニューヨークでのことです。フィラデルフィアに移ったのは、ヘンリー・ジュニアが生まれるちょっとまえでした。ぼくは本屋に就職しました。パールも乳母として働きながら、週末には日曜学校で教えていました。あの街で、ぼくたちは幸せに暮らしていたんです」

「なのにどうして」モントローズが訊いた。「イリノイに戻ってきたんですか?」

「パールが、彼女の母親のことを心配しはじめたからです。フィラデルフィアでのぼくは、土曜日になると前週の日曜に発売された『シカゴ・トリビューン』紙を買い、ぼくの父のニュースがないか探しました。でもすでにそのころ、彼の死亡記事はとっくに掲載ずみだったんですね。父が死んだのをぼくが知ったのは、さらに数年後のことでした。パールに父が死んだことを話すと、彼女は自分の母親を探すためイリノイに帰りたいと言いだしました。ぼくは反対しました。父の場合、肉体の死とともに魂まで消えるとは思えなかったし、完全に消滅していたとしても、ぼくが持ち出した父の本を欲しがっている仲間や敵が、たくさんいたからです。

「それでもパールは、母親に会いたがっていました。そしてぼくに内緒で、母の消息を知らないかと親戚たちに問い合わせたのです。でも知ってる人はおらず、彼女は心配をつのらせました。結局ぼくも妥協し、中西部のどこか静かなところへ引っ越すことにしました。探したのは、父の仲間たちに見つかる危険が少ない田舎だけど、ときどきぼくが彼女の母親を探しに行ける程度に、シカゴから離れていない町です。最初はもっと北のほうに家を借りる予定でした。ところがフィラデルフィアを離れたあと、しばらく滞在したケンタッキー州パデューカで、いま住んでいるこの家が売りに出ていることを知ったのです。パデューカに立ち寄ったのは、パールの従兄弟《いとこ》に会うためでした。パールは親戚との再会を喜んでいたし、この家があるエイキンは、オハイオ川を越えてすぐのところに位置していました。しかもあのとき、ぼくたちは現金をたっぷりもっていた。じゃあいっそのこと、買ってしまおうとなったわけです」

「買ってしまおう？」モントローズが眉をひそめた。「ミスター・ランズダウンの忠告に、耳を貸さなかったんですか？　いったいなにを考えていたんです？」

「自分たちは守られている、と信じていたんです」ヘンリーの答は明快だった。「母は最後の手紙で、ぼくにふたつの呪文を教えてくれました。ひとつは、移動中に追跡者から逃れるための呪文。もうひとつは、これから住む家にかけることで、ぼくに危害を加えようとする者を撃退する呪文。ぼくが知っている呪文はこのふたつだけでした。にもかかわらず、その内容を充分に理解していなかった。しかも母は、パールが一緒にいることを知りませんでした。母はぼくがひとりで逃げると思い込み、それならぼくを危険にさらすのは、父と彼の同類だけだろうと考えたのです」

「つまり魔術師だけ、ということですね」モントローズが言った。「もしかして、あなたがこの家に張った結界は、魔術師にしか効かないものだったんですか?」

「だと思います」ヘンリーはうなずいた。「実は、今もよくわかっていないんです。いずれにせよぼくは、もっと根本的な理解を欠いていました。そして、足を失ったときの母と同じ失敗をしてしまった。つまり、自分が要求することの本質を把握しないまま、安易になにかを求めてしまった、という意味で。

「結局ぼくの父親は、ぼくの庇護者でもあったのです。もちろん、ミスター・ターナーのお父さまのように、息子を愛していたから守ったのではありません。父のもっていた特殊な能力が、たまたまぼくを守ってくれただけの話です。いずれにしろ、父と同じ屋根の下で暮らしているかぎり、ぼくが恐れねばならない相手は父だけでした。そして、父から解放されたいと願うことは、世界に出てみずからを危険にさらすことと同義でした。なのにぼくは、そこをわかっていなかった。父から自由になれば、なんでも好きなことができると思っていたし……ぼくも免疫をもっているような気になっていたんです」

「男の子はみんなそうですよ」モントローズは顔をしかめた。「しかし、彼女を連れて世界に飛び出した時点で、免疫がないことに気づかなかったんですか?」

ヘンリーは首を横に振った。「フィラデルフィアでは、一度も危ない目に遭わなかったものでね。もちろん、たまに不愉快な思いをすることはあったけれど――そのへんはパールのほうが、ぼくよりも強く感じていたでしょう。だけど、ぼくらに暴力を振るう人は、ひとりもいなかった。母の呪文が効いているからだと、ぼくは信じていました。だからこの町でも効かないはずがないと、安心していたんです」

「なんてバカだったんだと、自分で思いませんか?」

「たしかにぼくは大バカでした」ヘンリー・ウィンスロップは認めた。「そして、まさにそこが問題だったのです。母から教わった呪文は、自然哲学者や魔法使いからはぼくを守ってくれました。しかし、ぼく自身の愚かさやバカな白人どもからは、守ってくれなかったんです」

「おい、ヘンリー・ナロウ!」

その大声は、すっかり暗くなった外から聞こえてきた。運命の夜が、この家を包んでいた。モントローズが窓からのぞき見ると、三台の車が芝生のすぐ向こうに停まっており、ヘッドライトに照らされて十数人の男が動きまわっていた。バカな白人の寄せ集めだが、全員が武器を持っていた。「ナロウ!」リーダーらしき男が叫んだ。「二匹のニガーを連れて、今すぐ家から出てこい!」通りの反対側では、女性や子供を含むおおぜいの見物人が、夏の闇のなかに集まっていた。

芝生に立っていた男のひとりが、手にしたジッポー・ライターの火を、ガソリンが入ったコカ・コーラの瓶に突っ込んであるボロ布に移した。その瓶が回転しながら窓に向かって飛んでくるのを、モントローズは呆然と見ていたのだが、窓ガラスが割れる直前になってようやく両脚に力が戻り、床を蹴った彼は椅子ごとうしろに滑ってガラスの破片と燃えるコーラ瓶を避けた。部屋のなかを転がっていった瓶は暖炉にぶつかって割れ、飛び散ったガソリンが暖炉の前のラグを一気に燃えあがらせた。

ヘンリー・ウィンスロップは立ちあがりもせず、テーブル越しにモントローズを見つめていた。その目には、おのれの愚かさを憐れむかのような悲しい色が浮かんでいた。「ぼくは知らなかったんです」彼はつぶやいた。「本当に知らなかった」

闇のなかで拳銃の発砲音が響き、ヘンリーの頭がびくっと震えた。彼の体は椅子に沈み込み、そのまま動かなくなった。モントローズは急いで立ちあがると椅子を蹴り倒し、窓の横の壁に背中をつけた。

あっという間に燃え広がった火がキッチンにつづくドアをふさいでおり、ラグから噴きあがる煙が天井で渦を巻いていた。モントローズは口と鼻をハンカチで押さえた。炎を跳び越えようと身がまえたとき、彼は暖炉の前にパールと男の子が立っているのを見た。両目を閉じ、まるで死体のように両手を胸の上で重ねていた。

外にいる男たちがさらに何発か撃った。モントローズは反射的に身を伏せた。顔をあげるとパールと男の子はどこかに消えており、ふたりに代わって燃えさかる炎のなかに立っていたのは、真っ黒な肌をした大柄な黒人男性だった。激しい怒りで満たされたその男の目が、自分とそっくりであることにモントローズは気づいた。

「親父か？」ハンカチを口から離し、モントローズは問いかけた。「親父なのか？」

ユリシーズ・ターナーは唇を何度か開閉させたのだが、彼が息子に伝えようとした言葉は、部屋が燃えてゆく音でかき消された。モントローズはなんとか聞き取ろうと体を前傾させたのだが、あまりの熱さに後退を余儀なくされ、なにも聞こえないまま立ちつくすしかなかった。そのあいだも煙は室内に充満してゆき、愚かな男たちが撃つ銃の発砲音だけが何度も響いた。

✣ ✣ ✣

「親父？」

アティカスは、雪の上に残った父親の足跡を追って廃屋となったナロウ家の裏口にたどり着き、ところどころ踏み板が外れているポーチの階段を慎重に上った。裏口のドアは、二枚の板を打ちつけてふさいであったが、ドア本体が破られていたため、ちょっと身をかがめて板の下をくぐれば屋内に入ることができた。

「親父、どこにいるんだ？」荒れ果てたキッチンに立ち、アティカスが訊いた。

「ここだ」

アティカスが居間に入ると、暖炉前の床が抜け落ちており、暖炉の上の天井もなくなっていた。窓をふさいでいる板の隙間から入ってくる光のなか、アティカスは部屋の反対側の隅に父親がいて、後ろ脚を一本欠いた椅子に浅く腰かけているのを見た。背中を丸めたモントローズの両腕はだらんと下にたれており、片手は四角い包みのような物を握っていた。

「なあ親父、そこまで行くにはどうすればいい?」答はなかった。そこでアティカスはいったんキッチンに戻り、廊下をぐるっとまわって反対側のドアから居間に入った。父親の横に立った彼は、モントローズが持っていたのはノートの束であることに気づいた。数冊のノートが、太い紐でまとめられている。ノートはどれも灰にまみれていたが、紐は新品のようにきれいだった。

「なんだよ、そのノートは?」アティカスが訊いた。「まさか、ハイラム・ウィンスロップの――」

モントローズはだしぬけに立ちあがり、椅子がうしろにひっくり返った。「なんでもない」彼は憤然とした調子でこう言うと、息子の顔を睨みつけた。「俺たちはなにも見つけなかった。ヘンリー・ナロウの一家はとっくに死んでいたし、かれらの家は完全に焼け落ち、なにも残っていなかった。俺たちがブレイスホワイトに言ってやるのはこれだけだ。そして俺たち自身も、この言葉を本気で信じなければいけない。そうすればやつに頭のなかをのぞかれても、真実を隠しとおせる。わかったか? ちゃんと聞こえたな?」

「ああ、よくわかった」

「よし」モントローズは、あたかも黒人の悲憤をすべて背負っているかのように、大きくため息をついた。「じゃあ急いで帰ろう」彼は言った。「ここは死者の家であって、俺たちがいる場所ではない」彼はノートの束を胸に抱きしめた。「今のところは」

ホレスと悪魔人形

その死体は、ウェストが何度も観察したとおり、みごとな神経系を有していた。
――H・P・ラヴクラフト『死体蘇生者ハーバート・ウェスト』

「電話交換手の女が、なにかに取り憑かれたような声を出したのは、そのときだった」ネヴィルが語っていた。「ほら、『ミステリアス・トラベラー』（一九四三年末から五二年秋まで放送されたラジオドラマ番組）で、考古学者のガールフレンドが悪魔に取り憑かれ、急に変な声になるところがあったろ？ あんな感じだったんだけど、あの交換手が使った言葉は、ラジオでは放送できなかったろうな」

その晩ネヴィルの一家は、ネルソンという名の彼の祖父が五十五歳になったので、通話料金が夜間割引になるのを待ってミシシッピ州ビロクシに住むネルソンに長距離電話をかけ、お誕生日おめでとうと祝ってやるつもりでいた。ところが、夕食の席でネヴィルの妹のオクタヴィアがコップを落とし、割れたガラスで足を深く切ってしまった。両親がオクタヴィアを病院の救急外来に連れて行ったので、ネヴィルはもうひとりの妹の面倒をみながら、留守番をすることになった。ネヴィルは、自分ひとりだけで祖父に電話してみようと思い立った。そうすれば、彼の一家がお祖父《じい》ちゃんの誕生日を忘れたわけではないことを、本人に伝えられるからだ。バカな思いつきであることは、自分でもよくわかっていた。いくら割引の時間帯とはいえ、一晩に二回も長距離電話をかけることになったら、父親は怒るに決まっている。でもネヴィルは十三歳になったばかりで、大人のやることに挑戦したくてうずうずしていたし、おまけに長距離電話をかけたことがまだ一度もなかった。

彼は受話器を取り、ビロクシの電話交換手につないでもらった。ぼくはネヴィル・ポーターといいます。指名通話でミスター・ポーターをお願いします。交換手は白人の女性で、けっこう年寄りの声をしていたのだが、どうやら耳も遠いらしく、ネヴィルにこう訊き返した。指名通話の相手の名前を、もう一度言ってくれません？　ミスター・ポーターです。ネヴィルはくり返した。だから、ファースト・ネームはなんですか？　交換手がしつこく訊いた。ネヴィルは説明してやった。大丈夫だよ。個人の家だから、ミスター・ポーターはひとりしかいない。

悪魔が交換手に取り憑いたのは、そのときだった。

よく聞きなさいよ、クソ生意気な黒い坊や。と悪魔が言った。わたしがニガーを〈ミスター〉つきで呼び出してやると思ったら、大間違いだからね。つなぐ先の相手の名前は、なんていうんだ？　ネヴィルは狼狽しながら答えた。ネ、ネルソンです。悪魔は彼の言い方をそのまま真似てくり返し、ネルソン・ポーターにつないでくれたのだが、そのまえに、彼女に失礼な口をきいてごめんなさいとネヴィルに謝らせた。すでにネヴィルは、祖父と話をする気が失せていた。それどころか、誰とも話したくなかった。

「なぜ君は電話を切らなかったんだ？」カーティスが訊いた。「いや、交換手と話をしているときに、という意味だよ。君のお祖父さんとじゃなくて」

「切れるもんか」ネヴィルは答えた。「切ったらもっと失礼になってしまう」

「はあ？　失礼なのはその交換手のほうだろ。それに切ったところで、千マイルも離れたところにいるんだから、なにかされる心配はない」

「でも彼女は、俺の祖父ちゃんから千マイル離れているわけじゃない。もし彼女が本気で腹を立てて、仲間の交換手に言い触らしたらどうなると思う？　たぶん祖父ちゃんは、二度と電話をつないでもらえないだろうよ」

カーティスが憤慨して大きな声を出した。「そんなこと、できるわけがない！」

「アホか、おまえは。相手はミシシッピだぞ」ネヴィルは言い返した。「その気になったら、なんだってできる」

かれらと並んで歩いていたホレスが、ネヴィルに同意してうなずいた。「まえにうちの親父から、南部にあるナントカって町の話を、聞いたことがあるんだ。ある年、その町のニグロが、自分たちも選挙で投票できるようにするための運動をはじめた。そしたらハイウェイパトロールが、黒人地区から裁判所へ通じるすべての道路を、通行禁止にしたそうだ。それに比べたら、誰かの電話を止めるなんてわけないだろうね」

「もしぼくが電話を止められたら、裁判に訴えてやる」カーティスの父親は、傷害事件を主に扱う弁護士だった。

「訴える？」ネヴィルが訊き返した。「おまえ、本気で言ってるのか？　呆れたね。なんて世間知らずなんだ」

「誰だって訴えることはできるだろ！」カーティスは言いはった。

「ミシシッピではできないんだよ。黒人のための法律なんか、あの州にはひとつもないからな。訴えるなんて、冗談じゃない」派手に顔をしかめながら、ネヴィルは首を横に振った。「リンチされて電柱に吊るされ、それで終わりさ」

「そんな楽しそうに言わなくてもいいじゃないか」

「楽しんでるわけじゃない。俺は事実を語ってるだけだ。おまえも、もっと世間を勉強しな」

前方に、かれらの目的地であるコミックス専門店、ホワイトシティ・コミックスの大きな黄色いテント看板が見えてきた。まだ首を振っていたネヴィルは、学校帰りに同じ店に入ろうとしている別のふたりのクラスメートを見つけると、「訴えてやる！」と言いながら、かれらに向かって走りだした。

ホレスはカーティスと並んで歩きつづけた。「ネヴィルの言ったことに、いちいち腹を立てないほうがいいよ」彼はカーティスを慰めた。「ぼくは親父から、しょっちゅうああいう話を聞かされてるし、そのどれもが真実であることをよく知ってる。だけどなかには、ものすごくひどいのがあって、そういう話はさすがに信じたくないね。ジョー・バーソロミューは知ってる？」

「海賊ジョーのこと？　もちろん知ってるさ」カーティスはうなずいた。

「でも彼が片目になったのは、小さいころの交通事故が原因だってことは知らないだろ？　ジヨーのお母さんも同じ事故で死んだんだけど、うちの親父が言ってたよ。もしジョーの一家が住んでいたアラバマ州の町に、黒人も治療してくれる病院があったなら、ミセス・バーソロミューは死なずにすんだだろうって。かれらは、百キロ以上離れた別の病院から救急車を呼ばねばならず、そのせいでジョーのお母さんは、手遅れになってしまったんだ」

「それって本当か？」カーティスが訊いた。「南部では、なにもかも人種で分けられていることはぼくも知ってるけど、死にかけてる人まで差別されるのか？」

「ぼくも親父に同じことを訊いた。とにかく白人の病院に電話し、例外にしてくれと頼むことはできたんじゃないかってね。海賊ジョーのお母さんは学校の先生だったし、もしかしたらと思ったんだが……人種差別法《ジム・クロウ》はそういうもんじゃないと、叱られてしまった」

「そうなんだ」カーティスはコートの上から、盲腸の手術跡をなでた。「君自身は行ったことある？」

「南部に？　あるわけないだろ」

「ちょっと面白いよな。君のお父さん、旅行代理店を経営してるのに」

「親父がやっているのは、安全に旅行してもらうための代理店と出版社だ」ホレスは訂正した。「実はぼくも、行こうとしたことはあったんだ。二年くらいまえ、親父が仕事でアトランタへ出張する機会があって、そのとき連れってくれと頼んだんだけど、おふくろが許してくれなかった」

「きっとおふくろさんは、君が交通事故に遭うことを心配したんだろうな。そうでなければ、持病の喘息《ぜんそく》が悪くなることを」

「そのうち行ってやるさ」ホレスが言った。「ニューヨークでコミックス作家になるまえに、自分の目で南部を見ておきたいからな。なんなら、君も一緒に連れてってやるよ」

「ジム・クロウとご対面するために？　ごめんだね。なにも知らずにこの街で生きていくほうが、ずっと幸せだ」

「おい！　おい、坊やたち！」

そのかすれた声は、いま通りすぎたばかりの板で正面をふさがれた商店から、聞こえてきた。開け放たれた入り口のドアの前に、白人の男がにたにた笑いながら立っていた。スーツは皺《しわ》くちゃで、伸びかけの髭が顔をうっすらと覆っており、まるで狼男に変身するまえのビジネスマンみたいだった。「坊やたち、ちょっとした小遣い稼ぎをやってみたくないか？」男が言った。「どっちかひとりここに来れば、その子に一ドルやるぞ」

「そこに行くだけで一ドルくれるの？」カーティスが質問した。

「いや、ここに立って、俺に頭を撫でさせろ」

「なんだって？」驚きでホレスの声が裏返った。

「ただ頭を撫でるだけだよ」男は右手をあげて小刻みに振った。軽く握られたその手のなかで、サイコロがカラカラと鳴った。「運をつけたいんだ」

ふたりの友人を見捨てたわけではなかったネヴィルが、大急ぎで駆け戻ってきた。「バカか、おまえら」ホレスとカーティスの腕を引っぱりながら、ネヴィルが小声で言った。「あんなやつに声をかけられて、立ちどまるんじゃない」

✣
✣
✣

「おまえ、本当に店に入らないのか?」ネヴィルがホレスに訊いた。

「入れないんだ」ホレスは答えた。「親父と約束しちゃったからな」

ホレスがホワイトシティ・コミックスの店内をのぞくと、ミスター・ディアンジェロが店番に戻っているのが見えた。一週間まえレジナルド・オックスボウと一緒に来たとき、ミスター・ディアンジェロは病気で欠勤しており、代わりに来た店員は、ホレスたちが店にいるあいだじゅうかれらを睨んでいた。そして選んだ本を持ってふたりがレジに立つと、その店員は万引きしていないか確かめるため、かれらにコートを脱げと命じた。

その晩はモントローズ叔父さんが夕飯を食べに来たので、ホレスはいつもの本屋でなにがあったか、ついしゃべってしまった。モントローズはいきり立った。「そんな扱いをされて、今後もその男からマンガを買うのか?」

「買うと思うよ」と答えたあと、ホレスは問題の店員は経営者ではないので、正確にはその男から買うわけではないことを説明しようとした。しかし、叔父さんにそんな理屈は通用せず、彼はホレスの父親を睨むと「おまえ、この子になにを教えてるんだ?」と迫った。

結局ホレスは、父親のジョージが暇をみてホワイトシティ・コミックスに足を運び、従業員の態度に関しミスター・ディアンジェロに苦情を述べるまで、あの本屋には入らないと父親と叔父さんに約束した。もしそう約束しなければ、もっと悪い結果を招く危険があることを、よく知っていたからだ。モントローズ叔父さんのことだから、あの店に対する不買運動を、問答無用ではじめるかもしれない。

「もし店に入れたら」カーティスがホレスに訊いた。「今日はなにを買うか決めていたの？」

ホレスは肩をすくめた。「『スーパーボーイ』の新刊があったら、買おうと思ってた」

「ぼくもだ」うなずきながらカーティスはつづけた。「ほかには？」

「あとは今週どんな新刊が入ったか、確かめてからだな」

「じゃあガラス越しに俺たちを見てればいい。なにか面白そうなのがあったら、持ちあげて表紙を見せてやるよ」

ネヴィルとカーティスは店内に入ってゆき、ホレスはウィンドウの前に立って寒さをしのぐため足踏みをはじめた。誰かが背後から近づいてくる気配を感じたのは、そのときだった。さっきのサイコロの男だと直感したホレスは、手で頭を隠しながらふり向いたのだが、そこにいたのは髭をきれいに剃ったふたりの白人男だった。左側の男がコートの前をわずかに開き、ベストに付けた警察バッジを見せた。

「ホレス・ベリーだね？」男が確認した。「わたしはノーブル刑事で、ここにいるのはバーク刑事だ。君にいくつか、訊きたいことがある」

✣✣✣　　　✣✣✣　　　✣✣✣

ふたりの刑事は、通りの少し先にある簡易食堂にホレスを連れていった。かれらは近づいてきたウェイトレスを警察バッジで追い払うと、U字形のブースのいちばん奥にホレスを座らせ、彼をはさんで左側にノーブル、右側にバークが座った。少しでもホレスが動けば、どちらかの刑事に体がぶつかるほど近接していたが、話している相手の目をちゃんと見ようと思ったら、ひっきりなしに頭を左右に振る必要があるくらいの距離は保っていた。ただでさえ居心地が悪いのに、さらにホレスを厭《いや》な気分にさせたのは、ブースの正面にあるカウンターに葉巻を持って座る男の客だった。背中を向けたその男の頭上に、煙の雲が浮かぶのを見たホレスは、たちまち肺が締めつけられるのを感じた。こうなると、喘息の発作が起きるのを防ぐためには、ゆっくり静かに呼吸しなければいけない。しかしこの状況では、難しそうだった。

「さてホレス」ノーブル刑事が語りはじめた。「われわれが君をここに連れてきたのは――」

「――ある事件の捜査に、協力してもらう必要があるからだ」バーク刑事がつづけた。

「まずはこれを見てもらいたい」ノーブル刑事がテーブルの上に置いたのは、『オリシア・ブルーの宇宙大冒険』だった。「これがなにか知ってるか?」

その手描きのコミックスを、ホレスは手に取った。去年のクリスマスにつくった第十一巻だった。皺だらけでところどころ破け、表紙はインクが滲《にじ》んでいる。裏表紙には、泥だらけのタイヤ痕がついていた。

「このマンガは、ある事件の現場で発見された」ノーブルが言った。

「事件! ぼくの母は無事なんですか?」

「おまえのお母さん？」バークが眉をあげた。「われわれが知るかぎり、おまえのお母さんは元気なはずだぞ」

「真っ先に母親の心配をした理由は？」訊いたのはノーブルだった。

「特にありません」ホレスは顔を伏せ、裏表紙についたタイヤ痕を見ているふりをした。

ノーブル刑事は、片手の人差し指と中指をホレスの顎の下に入れ、彼を上向かせた。「ホレス、よく聞くんだ」彼は声を落とした。「われわれに嘘をつこうなんて、思わないほうがいい」

「そのとおり」バークがうなずいた。「嘘をついたら、ろくなことにならない」

「君にちょっとした秘密を教えてやろう」ノーブルがつづけた。「警官――特に頭のいい警官――がなにか質問するとき、彼はその答をあらかじめ知っていることが多い。なのにあえて質問するのは、訊かれている人間がわれわれに協力する気になっているか――」

「――それとも騙すつもりか、確かめるためだ」バークがあとを受けた。

「なあホレス、君はわれわれを騙すつもりじゃないよな？」

「もちろんです！」ホレスはあわてて答えた。「だけど……なにがどうなってるのか、さっぱりわからなくて」

「おまえがわかる必要はない」バーク刑事がきっぱり言った。「おまえはわれわれの質問に答えればいいんだ」

「それはそうなんだが」ノーブル刑事の声が急に優しげになった。「話の出発点ぐらいは、教えてやってもいいかもしれない」彼は相棒の顔を見た。「どう思う？」

バークは肩をすくめた。「まあ、少しだけなら」

「では少しだけ教えることにしよう」ノーブルはホレスに向きなおった。「問題は、人間のつながりなんだ」彼は語りはじめた。「この数か月間、バーク刑事とわたしは、ある監視任務についていた。これがどういう意味かわかるか？」

「誰かを見張ってたということ？」

「そのとおり。ケイレブ・ブレイスホワイトという男を見張っていたんだ。この名前に、聞き覚えはないかな？」

ふたりの刑事のひときわ鋭い視線を感じながら、ホレスは首を横に振った。

「そうか」ノーブルはつづけた。「われわれはブレイスホワイトだけでなく、彼とかかわりのある人たちも監視してきた。そのなかには、君の従兄弟《いとこ》のアティカス、叔父のモントローズ、そして君の父親が含まれていた」

「ぼくの父も？　なぜ父が――」

「完璧を期す必要があるからだ」ホレスをさえぎり、ノーブルが説明した。「われわれは、たとえケイレブ・ブレイスホワイトと一緒にいる現場を目撃されたことがなくとも、接触した可能性がありそうな人たち全員を、監視対象に加えねばならなかった。君のお母さんも、当然そのなかに含まれる。これが話の出発点となる状況だ」

「そして」バーク刑事があとを受けた。「ある事件が発生した」

「発砲事件なんだが」ノーブル刑事が補った。「これが非常に複雑でね」

「複雑で、しかも奇妙な事件だった」再びバーク。「三人の男が死亡してふたりが行方不明になったんだが、ほかに少なくともひとり、現場から逃走した人物がいたことがわかっている。そしてこれが――」バークはホレスの手描きのコミックスを指で叩いた。「三人の死体のすぐそばに、落ちていたんだ」

「この事件は、ウィスコンシン州で発生している」ノーブルが引き取った。「当然われわれの管轄外なんだが、この事件を担当した警察署の幹部が、うちのボスの友人でね。これまでも捜査情報を交換していたから、かれらにとって謎の遺留品だったこの手描きのマンガが、こちらに回ってきたというわけだ」

「通常であれば、われわれもこのマンガがなにを意味するか、さっぱりわからなかっただろう」再びバーク。「ところがここで、興味深いつながりが見えてきた」

「オリシア・ブルーというのは、名前としてかなり珍しいよな」ノーブルが言った。「普通オリシアといえば、ギリシア神話に出てくる女性戦士団《アマゾン》の女王だが、一般に広く知られているわけじゃない。いま普通の人でも知っているアマゾンといえば、マンガの『ワンダーウーマン』ぐらいだろう。おのずといちばん有名なアマゾンの女王も、ワンダーウーマンの母親ということになる。あの母親、なんて名前だったっけ?」

「ヒッポリタ女王」バーク刑事が答えた。

「そうそう、ヒッポリタ女王だった。ギリシア神話のオリシア女王と、マンガのヒッポリタ女王」

「オリシア・ブルーとヒッポリタ・ベリー。偶然にしても面白い類似だ」

「なお面白いことに」ノーブルがつづける。「君もよく知っているとおり、君のお母さんは結婚まえ、ヒッポリタ・グリーンという名前だった」

「ブルーとグリーン」バークがにやりと笑った。「どっちも色つきの女じゃないか」

「さらにわれわれは、君のお母さんがしばしば出張に行くことを知っている。そして、あの事件がウィスコンシンで発生した十二月二十一日の夜も、彼女は出張で街を離れていた。お母さんがマンガ好きであることは、確認できなかったけれど、君の担任のフリーマン先生から聞いたところによると——」

「フリーマン先生にも会ったんですか?」

「さっきも言ったと思うが、われわれの捜査は徹底してるのさ。フリーマン先生によると、君はその年で、もう立派なマンガ家なんだってな。だからわれわれは、君に話を聞きに来たというわけだ」ここでノーブル刑事は、ふうと息をついた。「さてホレス、こうして事情を説明してやったんだから、今度は君がわれわれの質問に答えなければいけない。このマンガを描いたのは君だ。そうだな?」

否定する理由はなにもなかった。「そのとおりです」

「君はこれを、出張へ行くまえのお母さんに渡したのか?」

ホレスはうなずいた。

「そのときのお母さんの目的地は?」

「ミネアポリス」

「ということは、途中でウィスコンシンを通過したわけだ」

「たぶん」

「で、なにがあった？」

「知りません」突然バーク刑事が、ずいと顔を近づけてきた。「ほんとに知らないんです！」

「しかし、なにか知っているはずだ」バークが言った。

「母は……母はこの本を、なくしたと言ってました」

「いつそう言った？」

「家に帰ってきたあとです。クリスマスの日でした。母がぼくに、あの本を車から持ち出したかと訊くので、ぼくが持ち出してないと答えると、じゃあなくしたんだろうと言ったんです。なにかを心配しているみたいでした」最後のひとことを口にしたとたん、ホレスは後悔した。

「だけど母は、なにも……」

「なにも？」

「なにも悪いことはしてません！」

「彼女自身はやってないかもしれない」ノーブル刑事が言った。「しかし、もしケイレブ・ブレイスホワイトが、彼女になにかやるよう頼んでいたら――」

「だからぼくは、ブレイスホワイトなんて知らないんです！　ぼくは――」

「落ち着け、ホレス。われわれは君の言うことを信じてあげたい。しかし君を信じてしまうと、ちょっと面倒なことになるんだ。バーク刑事とわたしは、疑問への回答を必要としている。だから、君のお母さんに直接疑問をぶつけてもいいんだが、もし彼女がブレイスホワイトのために動いているとしたら、彼女はわれわれと話をしたがらないだろうし——」

「そうなると彼女は」バークが補った。「厭な思いをしなければいけない」

「われわれは、やるべきことをやるだけだからな」ノーブルがつづけた。「とはいえ、君がわれわれの代わりに、お母さんに質問することは可能だと思う。かなり慎重にやってもらう必要があるけどね。まずお母さんに、なくしたマンガは見つかったかと訊き、そのあと、ミネアポリス出張の途中でなにがあったか、話してくれと頼め」

「うまくその答を引き出せたら」とバーク。「次はブレイスホワイトとは何者かと訊くんだ。この名前をおまえが知ったのは、彼について父親が話しているのを、小耳にはさんだからだと説明すればいい。そしてブレイスホワイトの名に彼女がどう反応するか、よく観察しろ」

「そしたらわれわれが、また君に会いに来るので」ノーブルが受けた。「お母さんがなんて言ったか、詳しく教えてくれればいい。どうだろう、ホレス？　君ならこれくらい、簡単にできるよな？」

ホレスは、そんなことできないと言いたかった。もちろん彼は、母親の信頼を裏切りたくなかったけれど、ふたりの刑事があらかじめすべての段取りを決めたうえで、こんな芝居を打っていることも察知していた。もしかれらの計画に、ホレスの母親を締めあげることが最初から含まれているのであれば、ホレスが同意しようとしまいと、結果は同じはずだった。それならきっぱりと拒否して、ホレス自身も痛い目に遭えば、ベリー一家の名誉は守られるだろう。だが、ホレスはそこまで勇敢になれなかったし、拒否することを考えただけで、肺に喘息の予兆が満ちてくるのだった。

「できると思います」ホレスの声は、ひどくかすれていた。「いま言われたことを、母に訊いてみます」

ノーブル刑事が悲しそうな顔をした。「なあホレス、あまりがっかりさせないでくれよ」

「嘘をついたらだめだと、さっき言ったはずだぞ」険《けわ》しい声でバークが言った。

「嘘なんかついてません!」ホレスも大きな声を出した。「お母さんにちゃんと訊きます。ぼくは――」しかしここで、彼はひどく咳き込みはじめた。背中を向けていた葉巻の客が立ちあがり、カウンターを離れてホレスたちのブースに近づいてきたのだが、彼が濃密な葉巻の煙も一緒に運んできたからだ。

「どうなった?」葉巻の男が訊いた。

「すみません、ランカスター署長」ノーブルが謝った。「ホレスは、こちらのゲームに参加する気がないみたいです」

「参加するふりができると、思ってるんですね」バークがつづけた。「われわれに嘘をついてこの場を逃れ、大急ぎで家に帰って両親に言いつける気です」

「そうか、それじゃあしかたない」ランカスター署長が言った。「別のやり方でいこう」彼が葉巻を強く吸うと葉巻の先端が赤く輝き、ホレスは左眼がぴくぴく動くのを感じた。「こいつを立たせろ」署長が命じた。

ふたりの刑事はホレスの両腕をつかむと、シートからひょいと持ちあげてテーブルの上で宙吊りにした。ホレスは足をばたばたさせて叫ぼうとしたが、肺が充分な空気を吸い込んでくれず、しかもブースの前の床に下ろされたとき、叫んでも無駄だったことに気づいた。さっきのウェイトレスを含め、店にいた全員が消えていたからだ。今ホレスと一緒に店内に残っているのは、ふたりの刑事と警察署長、そして燃える葉巻の先端だけだった。

ホレスは眩暈《めまい》がするほど頭を激しく振ることで、葉巻の先端で眼が突かれるのを避けようとしたのだが、ランカスターの狙いはホレスの眼をつぶすことではなかった。彼は右手で葉巻を持つと、左手にたっぷりと唾をたらした。それから葉巻を口にくわえ、両手を重ねてもみ合わせた。彼の掌のあいだから湯気がしゅっと噴きあがり、それを見たホレスは思わず抵抗をやめた。

「こいつの頭が動かないよう、しっかり押さえてろ」署長は部下に命じた。ホレスは再びもがきはじめたが、すでにバーク刑事が後頭部をがっちりつかんでいた。熱い唾で濡れたランカスターの両手が伸びてきて、ホレスが生まれながらに授かったすべての幸運をぬぐい去ろうとするかのように、彼の頭をマッサージしはじめた。

❖ ❖ ❖

その夜ホレスは、〈ニガー・ヘッド〉の夢を見た。

昔からよく見る夢だった。まだ七歳くらいのとき、ホレスはモントローズ叔父さんと一緒にインディアナ州のゲーリーまでドライブした。ゲーリーには、中古の産業機器を専門に扱う商社の大きな倉庫があり、モントローズは上司の指示で、ある印刷機の品定めをすることになっていた。

叔父さんが仕事をしているあいだ、ホレスはスペアパーツ売り場をぶらぶらした。大型の部品は棚や床の上にそのまま置いてあったが、小さな部品は、品目ごとに別々の木箱にまとめられていた。木箱もすべて中古品で、もともと入っていた農産物のラベルが貼られたままの箱もあった。そんな木箱を見て歩きながら、ホレスはロボットのための『金属食品店《メタルグロサー》』を想像してみた。その店で売っているレタスは、折り重ねられた扇風機の羽根だし、モモやサクランボは丸型の真空管だ。

下のほうに設けられた棚の奥をのぞき込むと、『ジョージア・ニガー・ヘッド』というラベルが貼られている木箱があった。品名の横に描かれていたのは、雀斑《そばかす》だらけで前歯が突き出たニグロの男の子のイラストだった。誰かが冗談のつもりでやったのだろう、少年の胴体の部分は剝がされており、大きく笑う黒い頭と、その上の大きな麦わら帽子だけが残っていた。

同じ棚をあさっていた白人の男性が、その木箱を見つめているホレスに気づいた。「そいつには、もともとスイカが入ってたんだ」男が教えてくれた。「ちょうど坊やの頭くらいの大きさの、小ぶりのスイカでね。皮が黒くて、茎に産毛《うぶげ》がもしゃもしゃ生えてるから、ニガー・ヘッドというわけ。でも種まで食べられるよ」

あの日、シカゴに帰る車中で寝てしまったホレスは、自分がスーパーマーケットの野菜売り場にいる夢を見た。彼の目の前にはディスプレイ・スタンドがあるのだが、そこにはニグロの少年の頭だけがピラミッド状に積み上げられていた。

頭そのものはあまり怖くなかった。斬られたばかりの生首ではなく、単に胴体を欠いた頭でしかなかったからだ。どの頭もちゃんと生きていて、痛みはぜんぜん感じていないらしく、退屈したような顔をしているか、さもなければ寝ていた。むしろ驚いたのは、店にいる客の誰ひとりとして、このディスプレイに注目しないことだった。客たちはカートを押しながら、一瞥もせずに頭のピラミッドの前を通過し、見たとしても積まれているのが普通のスイカであるかのように、まったく関心を示さなかった。ホレスは、これはスイカじゃなくて男の子の頭なんだと、声を大にして教えてやりたかった。でもそんなことをして睨まれたら、ひどい目に遭うかもしれないし、彼はそれが怖かった。

その後、なにか心配ごとがあるときなどに、彼はこの夢をくり返し見るようになった。最近はホレスの頭までもが、首のピラミッドに含まれるようになっていた。

今夜もホレスは同じ夢を見ており、だけど彼の頭は、ちゃんと肩の上にのっていた。彼の代わりにピラミッドのなかにいるのは、ネヴィルとカーティス、そしてオックスボウ牧師の息子レジーの三人で、かれらの頭はホレスをじっと見ていた。

スーパーマーケットはすでに閉店しているようだった。しかし照明が落とされ、客がひとりもいない閉店後のスーパーにいた経験など、ホレスには一度もないはずだった。心細くなった彼は、店内を見まわした。いちばん奥の闇のなかで、なにかがごそごそと動いていた。それがなんであれ、絶対に近づいてはいけないことをホレスは直感した。こんなところは、一刻も早く出たほうがいい。

けれどもスーパーの駐車場側に目を向けると、出入口のドアがどこにもなく、不透明の白いウィンドウが並んでいるだけだった。外の光に照らされ、ふたりの男のシルエットがウィンドウに映っていた。バーク刑事とノーブル刑事が、駐車場で張っているのだ。もしウィンドウを割って逃げようとしても、すぐに捕まってしまうだろう。

ならば充分に助走をつけて突破しろと、ホレスは自分にいい聞かせた。体当たりしてウィンドウをぶち破り、そのまま走りつづければいい。彼がそんなことをするなんて、刑事たちも予想していないだろう。いよいよ助走をはじめようとしたホレスは、ふと気になってピラミッドを見た。ネヴィルとカーティス、そしてレジーの頭が、懇願するような表情で彼を見ていた。三つの頭は、自分たちも連れていってくれと訴えていた。こんなところに、置いていかないでくれ。

店の奥でうごめいていた物が、がさがさと音をたてながら陳列棚のあいだの通路を走り、ホレスがいる野菜売り場に向かってきた。ホレスは、三つの頭を運ぶための道具がどこかにないか、あわてて探した。モモが山と積まれたカウンターの下に小さな棚があり、その上に籐製のバスケットがひとつ転がっていた。しかし、ホレスがつかもうとして手を伸ばしたとたん、バスケットは彼の手が届かない棚の奥にすっと引っ込んだ。身をかがめた彼はカウンターに頬を押しつけ、できるだけ腕を伸ばして棚の奥を手探りした。

突然店内が真っ暗になった。彼の頭上をなにかの影がよぎった。と同時にモモがひとつ落ちてきて彼の肩にあたり、びしゃっとつぶれた。つぶれたモモは腐《くさ》っており、飛び散った汁のあまりの気持ち悪さにホレスは悲鳴をあげ、次々に崩れ落ちてくるモモを避けようとして後方に跳びのいた。闇から出てきた謎の怪物が、飛びかかってくるかもしれないと思った彼は、両手で頭を抱えた。そのとき、腐ったモモとは比べものにならないほど重いものが、彼の両肩にのった。背後から伸びてきた大きな手が、彼の肩をつかんだのだ。つづいてその手は、彼の頭を両側からがっちり挟み、強くひねった。ホレスの頭は、熟した果実がもぎ取られるように背骨から引っこ抜かれ、彼は自分の叫び声で目を覚ました。

✣✣✣

ホレスが朝食のテーブルについたとき、両親は口論の真っ最中だった。母親は明日の土曜日、自分の母に会うためニューヨークまで車で行くことを、急遽《きゆうきよ》決めていた。しかし父親は、グランド・ブールヴァード支店を任せているヴィクター・フランクリンが、彼の姉妹の結婚式に出席するため欠勤するので、その留守を妻に頼むつもりでいた。

いつものホレスであれば、黙って聞いていただろう。だが、もし母がひとりでシカゴを離れるのであれば——本人はすっかりそのつもりでいた——警察に監視されていることを、なんとしても教えてあげたかった。

実は昨日も教えようとしたのだ。刑事たちから自由になったあと、ホレスは走って家に帰ってきた。あの警察署長の唾が自動車のバッテリー液であったかのように、頭がひりひりと熱かったので、彼は自宅アパートに戻るやいなや洗面台の下に頭を突っ込み、蛇口から直接冷たい水をかぶった。焼けつくような熱は引いたものの、ひどい痒《かゆ》みが残ってしまい、こちらはいくらお湯と石鹸で流しても治まらなかった。

頭の痒さは喉や肺と連動していた。昨夜ホレスは、警察に尋問されたことを何度も両親に話そうとしたのだが、そのたびに頭の痒みがひどくなった。そしてなにか言葉を発したとたん、激しく咳き込んだ。無理にしゃべろうとすると、咳はますますひどくなり、最後は毛玉を吐くネコのように苦しむ破目になった。

一晩寝ればよくなることを願いつつ、彼は眠りに就いた。ところが夜のあいだに、痒みはひとつ上の段階に進んだらしく、警察の話をしようと考えるだけで喉がむずむずした。

「なぜわたしが事務所に詰めなきゃいけないのよ」母親が抗議していた。「アティカスに頼めないの？」

「アティカスがシアトルから帰ってくるのは、明日の朝だ」父親が答えた。「帰ったらすぐ、寝てしまうだろう」

ゴホン。

「じゃあクインシーは？」

「クインシーにはダグラス・パーク支店を頼まなきゃいけない。だから君のニューヨーク行きは、できればヴィクターが戻ってくる火曜に延期してもらえないか？」

「週明けは天気がくずれるというし、吹雪《ふぶ》いてしまったらどこにも行けなくなる」

ゲホゲホ。ホレスは水が入ったコップに手を伸ばした。

「ねえジョージ」母親が言った。「わたし、そろそろ旅に出たいの。最近ちょっと調子が悪かったし、だから閉じこもりがちだったことは、あなたもよく知ってるでしょ」

「たしかに最近の君は、なにか抱えているみたいだったな」父親が同意した。「ひょっとして、わたしに黙っていることが――」

ホレスの咳が爆発し、スクランブルエッグの上にぶちまけられたミルクが、周囲のテーブルまで濡らした。

「まあたいへん」母親が言った。

「ホレス、大丈夫か？」心配そうに父親が訊いた。

大丈夫ではなかった。しかし、そう答えるのも控えたほうがいいことを、ホレスは学びはじめていた。

✣ ✣ ✣

ホレスは、放課後にローロ・ダンヴァーズが経営する小さな食料品店で、配達のアルバイトをしている生徒のひとりだった。彼が手伝いに入るのは週に三回か四回で、一件配達するごとにローロから五セント、お客さんから少額のチップをもらっていた。いつもなら一番に店に駆けつけ、その日の午後の最初の配達をやらせてもらうのだが、今日は授業中に取りかかった作業を終わらせたかったので、ほかの子たちに先に行ってもらった。

彼の両親は、おたがいに妥協することで今朝の問題を解決した。母親は、今日と明日グランド・ブールヴァード支店で働いたあと、明日の夜ニューヨークへ発つことになり、父親は、週明けの月曜日だけ事務所の番ができる人を探すことに決まった。

一方、どうやれば声を出さず母親に警告できるか考えたホレスは、マンガのなかにメッセージを隠すことを思いついた。要点をメモにして渡すほうが手っ取り早いだろうが、ホレスは自分が最も得意とする方法を選んだのだ。

物語を考えている時間はなかったので、一枚物のイラストとして描いていった。画面の中央に宇宙飛行中のオリシア・ブルーがいて、なにか考えているのだが、彼女の頭の横に浮かべた吹き出しのなかに、ホレスはまだ一文字も書いていなかった。彼女のすぐうしろ、バックミラーを見ればすぐ気がつく位置に、彼女を尾行しているふたりの凶暴そうな賞金稼ぎがいた。ホレスは、賞金稼ぎたちの顔を特に念入りに描いた。

イラストは完成した。しかしふたりの賞金稼ぎのセリフと、オリシアがなにを考えているかは、まだ決まっていなかった。ホレスはローロの店の狭い倉庫のなかで、スケッチブックを膝の上に広げながら、吹き出しに入れる文言を考えたのだが、実はこれがいつも最大の難関だった。頭の痒みはつづいており、そのせいでなかなか集中できなかった。激しく頭をかいて痒みを一瞬だけ散らすと、賞金稼ぎのノーブルに言わせるセリフを思いついたので、鉛筆の先を紙の上につけた。

……ホレス。

ローロに呼ばれたのかと思い、顔をあげた。しかし、ローロはレジ横に立って電話で話をしており、店内にはほかに誰もいなかった。ホレスは視線をスケッチブックに戻した。

だがすぐにまた上を向いた。今度は声ではなく、気配を感じたからだ。誰かにじっと見られているような、厭な感じ。

ホレスの正面の壁には、作り付けの高い棚があり、ボロ布やブラシ類などの掃除用具に加え、ローロがキャッシュレジスターを磨くのに使うオールド・カロライナ印の金属研磨剤が置いてあった。この研磨剤の缶には、執事の格好をしたニグロの男性の顔が描かれており、アント・ジェマイマやアンクル・ベン（前者はパンケーキミックスやシロップ、後者は乾燥加工したライスのブランドで、どちらもパッケージにステレオタイプ化された黒人のイラストを使用していた）ほど有名ではないこの黒人男性を、ホレスは勝手に従兄弟《カズン》のオーティスと呼んでいた。でも、今日のカズン・オーティスはどこか変で、少なくともホレスは、オーティスの卑屈な笑顔の裏に、これから磨く食器の持ち主一家を皆殺しにしかねないほどの邪気を感じた。彼は、『オリシア・ブルー』第九巻に登場させたイアーゴというベルボーイ型殺人アンドロイドの顔として、自分でスケッチしたオーティスの顔を流用したことがあり、だからこのような微妙な違いも、たちどころにわかってしまうのだ。

今日のオーティスの眼には、かすかな生気が宿っており、いつもは手にしたぴかぴかのティーポットに向けられている視線が、少し外側にはずれていた。おかげでホレスは、彼の薄笑いに込められた悪意の重さを、まっすぐ受けとめることになった。

そんなことあるわけない、と彼は思った。だがいったんそう感じてしまうと、もうだめだった。カズン・オーティスは、ホレスをじっと睨んでいた。

ホレスは椅子ごと百八十度向きを変え、棚に背中を向けた。スケッチブックを改めて膝の上に置き、セリフに集中しようとした。

やっといい考えが浮かんだので、さあ書きはじめようとしたそのとき、棚の上でなにかをこするような音がした。塵《ちり》がぱらぱらと降ってきて、スケッチブックの上に落ちた。その塵を見つめながらホレスが想像したのは、自分の髪のなかを這いまわるダニの姿だった。すると再び、さっきよりも大きな音でなにかがこすれた。片手で眼をかばいながら上を向くと、パイプ洗浄液の瓶が落ちてきて彼の胸にあたった。

あわてて立ちあがり、スケッチブックと鉛筆を床に落としながら、反対側の壁に背中をぴたりとつけた。目の前の棚の上には、さっきとまったく同じ場所にオーティスの缶があったけれど……オーティスの笑いが、こころなしか大きくなっていた。まるで、〈どうしたんだ、坊や?〉と訊いているかのようだった。

✣✣✣　　✣✣✣　　✣✣✣

「ホレス！」ローロが呼んでいた。「配達を頼む！」

寒い戸外に出たとたん、頭の痒みが針でちくちく刺すような冷たい刺激に変わり、不快な想像が波となって押し寄せてきた。沈みかけた冬の夕陽で薄紅色に染まった通りを、配達用の籠を抱えて歩いてゆくと、目に入るすべてが彼の不安を反映して異様に感じられた。たとえば、公園のシーソーの長く伸びた影さえもが、ひょろりと痩せた首のない巨人に見えてしまうのだ。

ローロに指示された配達先は全部で四つあり、最後のひとつがミセス・ヴァンデンヘックの家だった。彼女は九十歳になるオランダ人で、ワシントン・パーク地区の住民の大部分がまだ白人だったころから、同じ家に住みつづけていた。彼女がひとりで暮らしているその家を、今では煉瓦造りの安アパートが取り囲んでいた。

ミセス・ヴァンデンヘック宅への配達は、常に強い忍耐力を要求された。彼女はほとんどの時間を二階で過ごしているらしく、ブザーを押すと二階の窓のどれかが開き、彼女が頭を突き出して無言のまま疑り深そうな顔で訪問者を見おろした。その姿はあたかも、ひどい近視の城の番人が、城を囲む濠《ほり》の上に橋をおろすべきか否か、迷っているかのようだった。やっと階段を下りてきた彼女は、正面ドアの錠前や閂《かんぬき》を六個ぐらい外したり抜いたりするのだが、ドアを開けたときの彼女が代金を持っていることは絶対になく、どんなに天気が悪くても、配達した少年を玄関にすら入れなかった。彼女は食料品を受け取ると、配達人を戸外に待たせたまま家のなかに戻り、現金の隠し場所に向かっていった（ホレスが想像するその隠し場所は、地下三階か四階にあり、オランダ語を話す小人たちに守られた穴蔵のような金庫だった）。そして外に立つ少年が、みずからの若き日々が失われてゆくのを実感しはじめたころ、ようやく玄関に戻ってくるのだが、今度はドアチェーンをしっかり掛けた上でドアを開き、配達された品物の代金に加え、十セント硬貨をひとつ配達人に渡すのだった。

しかし今日のホレスは、まもなく日が落ちて暗くなるのを意識するあまり、いつもの不文律を破って、配達した品物を家のなかまで運ばせてくれないかと、ミセス・ヴァンデンヘックに頼んでしまった。彼女は、喉をかき切ってやるから家のなかに入れろと脅されたかのような目で、ホレスを見た。それから、いつもどおり買った食料品を受け取ると、そのまま家のなかに入っていった。ドアを閉めた彼女の足音が遠ざかり、ホレスは配達用の籠を地面に下ろした。頭をかきながら、おそるおそる道路のほうに向きなおった彼の目に、またしても新たな不安の種が飛び込んできた。それは、ミセス・ヴァンデンヘックの庭を飾る、クリスマス・ディスプレイだった。

毎年十一月の末に出現し、春になるまで放置されるそのディスプレイの中心にあるのは、冬の風雪に長年さらされて傷んでいたものの、キリストが生まれた厩の場面の模型というごく平凡なものだった。その模型の前に、膝ぐらいの高さがある木像が立っており、こちらはシンタクラースと呼ばれるオランダ版サンタクロースの像だった。ローマ法王みたいな帽子をかぶり、白馬にまたがったシンタクラースとキリスト降誕場面のあいだには、さらにもう一体人形が置かれていた。黒人のローン・ジョッキーに、ルネサンス時代の服を着せたようなその人形は、ブラック・ピート（オランダ語ではズワルト・ピート）という名で、シンタクラースの代理として悪い子を発見し、懲らしめる役を担っていた。

このブラック・ピートについてホレスに教えてくれたのは、ミセス・ヴァンデンヘックではなく、第二次世界大戦で軍役に就き、戦後ヨーロッパを旅行したローロ・ダンヴァーズだった。一九四五年十二月のある朝、アムステルダムにいた彼が目を覚ますと、通りという通りが顔を黒く塗った男たちで埋まっていた。「それがブラック・ピートで、全員がアメリカ軍のジープに乗せてもらっていた」ローロが言った。「俺はてっきり、ミンストレルの芸人軍団が侵攻してきたのかと思ったよ」

ミセス・ヴァンデンヘックのブラック・ピートは、ミンストレル・ショーの黒いメイクをした白人ではなく、本物のニグロに近かった。そしてホレスも今気づいたのだが、目のあたりと口もとがカズン・オーティスによく似ていた。両者の相似をどうしても無視できなくなったホレスは、少しだけ横に動き、ブラック・ピートの顔が、シンタクラースの白馬の陰に隠れて見えなくなる位置まで移動した。

一分が過ぎた。ホレスは、ミセス・ヴァンデンヘックが早く戻ってくることを願いつつ足踏みをし、両手に息を吐きかけては痒い頭をかいた。

そしてまたしても、誰かに見られているのを感じた。クリスマス・ディスプレイに目をやると、ブラック・ピートが白馬の陰から顔を出していた。ホレスは、知らないうちに自分のほうが動いたのだと思い込もうとしたが、問題はブラック・ピートが単に彼の視界に戻ってきただけでなく、顔の向きまで変えていたことだった。さっきまで通りに向けられていたその顔は、今やにたにた笑いながら、ホレスをまっすぐ見すえていた。

いきなりクラクションの音が響き渡り、ホレスはそちらに目を向けた。ほんの一、二秒だったが、視線をディスプレイに戻したとき、ブラック・ピートの顔は再び白馬の陰に隠れていた。

頭皮を針で刺すような痛みが、首のうしろに下りてきた。通りに背を向けるため回れ右をすると、背後から小さな足のような物がホレスに足払いを喰わせた。彼は悲鳴をあげ、ミセス・ヴァンデンヘックの玄関前に仰向けに倒れた。ちょうどそのとき、玄関のドアが開いてミセス・ヴァンデンヘックが現われ、倒れているホレスを不快そうに目を細めて見おろした。彼女の片手には、食料品の代金とチップの十セント硬貨があった。あのチップはもらえないかもしれないと、ホレスは思った。

ブラック・ピートのほうは、シンタクラースのすぐ後方という本来の位置に戻っており、その顔は、ホレスだけに見えるかすかな作り笑いを別にすると、無邪気そのものだった。

✣✣✣ ✣✣✣ ✣✣✣

カーティスとネヴィルが、レジーの父親の教会に問題の悪魔人形を持ってきたのは、その翌日の土曜日だった。住民の人種構成が変わる以前、マウント・シオン教会はユダヤ教のシナゴーグで、さらにそのまえは、非常に厳格な白人プロテスタントの一派が集会所として使っていた。建物は尖塔を欠いていたものの、屋根裏部屋があり、祭壇の裏の狭い階段を使って出入りすることができた。天井が低すぎて物置にしか使えないため、ずっと放置されていたこの屋根裏部屋を、レジー・オックスボウは父親に頼み込み、自分と仲間たちの遊び場に転用していた。

そこはレジーの領地なのだが、その領地を維持するため、彼はある条件を守らねばならなかった。ジューンという名前があるのに、みんなからバグと呼ばれている幼い妹の面倒をみることが、義務づけられていたのである。バグと彼女のお友だちには、屋根裏部屋に上がる階段脇のごく狭いエリアが与えられたけれど、残りはすべてレジーのものだった。

その屋根裏部屋で、かれらはさまざまなゲームをして遊んだ。レジーのお母さんは、教会の地下でチャリティ・ショップを運営しており、その店に玩具が寄付されると、いちばん先に吟味するのは当然のようにレジーとバグだった。おのずとレジーは、かなりの数の中古ボードゲームをコレクションすることになった。たとえばモノポリーは何セットもあったし、レジーと彼の友人たちは、そのパーツを再利用して独自のゲームをいくつか考案した。

この二週間ほど、かれらは〈クリークスシュピール〉の略で、これはドイツ語で〈戦争ゲーム〉を意味する。クリーグとは〈クリークスシュピール〉の説明書を、サーバー・ラング古書店の外国語書籍の箱のなかから発掘してきたのは、ホレスだった。ドイツ語で書かれていたのだが、ホレスは添えられた挿絵などから、このゲームの目的はサイコロと小さなブリキの兵隊を使い、ナポレオン戦争の各戦闘場面を再現することだと推測した。

ホレスは、先の戦争で学んだドイツ語をまだ少し覚えていたローロに、遊び方とルールの翻訳を手伝ってもらった。そして翻訳した結果をレジーに説明したのだが、最初のうち彼の反応は冷淡で、理由を訊くと、大昔の戦争になんか興味はないと正直に答えた。それなら基本的なルールはそのままにして、主役だけ替えたらどうかと提案し、レジーを変心させたのはカーテイスだった。かくて十九世紀ヨーロッパの軍艦と軍馬は、火星《バルスーム》の宇宙船と火星馬になり、ヨーロッパ列強は火星に住む各種族となって、かれらの〈クリーグ〉は完成した。最初のバトルは、ジョン・カーター率いる赤色人が、攻め寄せてくる緑色人、黄色人、黒色人の連合軍から、大ヘリウムと小ヘリウムの双子都市を防衛するというものだった。一方的な戦いではあったが、みんな夢中になったし、特にレジーは大喜びした。彼の緑色人軍団が先鋒となって、ネヴィルの赤色人軍を撃破したからだ。

そして今日、レジーとホレスが屋根裏部屋に上がってみると、ネヴィルとカーティスが先に来ており、新しい設定に最後の仕上げを施していた。少年たちは、大小の段ボール箱を使って火星の地形や都市を表現していたのだが、今それぞれの箱の上や周囲には、プラスチックの兵隊、玩具の乗り物、チェスやチェッカー、モノポリーやパーチージ（インドの双六のアメリカ版）の駒などが全火星連合軍として整然と配置されていた。いつもは、敵対する複数の軍勢に分かれているのに、今日はひとつの強大な敵に立ち向かうため、一致団結しているのだ。その敵とは、ホレスが初めて見る不気味な黒い人形だった。

「なんだ、あの人形?」レジーがつぶやいた。

彼のすぐうしろで、一人遊びゲームをやっていたバグが顔をあげ、まじめくさった声で教えてくれた。「あれは悪魔なのだ」

たしかに人形が入っていた箱を見ると、〈自由にポーズがつけられるアフリカのピグミー悪魔人形〉と書いてあった（その箱の上にガニ股で立つ人形は、まるで台座に据えられた巨大な彫像のようだった)。部族の呪術師をかたどったピグミー悪魔人形は、五十センチに満たない全長の少なくとも三分の一を、大きな頭部が占めていた。短い紐状に編み込まれた髪の一本一本に、小さな骨がぶら下がっており、同じ形のもっと大きな骨が、鼻を横につらぬいていた。眉毛はもじゃもじゃで両眼は奥に引っこみ、ぶあつい唇を少しだけ開いて、歯のあいだから赤く尖った舌を突き出していた。裸の胸と両腕には、呪術的な儀式に由来するらしい傷が無数にあった。髑髏《どくろ》のミニチュアが一個、首にかけた紐の先にぶら下がっており、人形が持つ魔法の杖の先端も同じような髑髏で飾られていた。腰蓑《こしみの》をつけているのだが、懐中時計のように吊り下がっているのは、よく見ると小さな干し首だった。

あまりに醜怪すぎて、かえって滑稽な感じもするけれど、暗い場所ではけっこう怖いかもしれない。実際ホレスがまず想像したのは、真夜中にこの人形が自分のベッドの下に隠れていたり、クローゼットから顔を出したりしている光景だった。そんな状況で出くわしたら、とても滑稽とは言えないだろう。

「すごいだろ?」ネヴィルが言った。「うちの近所にあるリサイクルショップのゴミ箱から、俺が見つけてきたんだ。だから一セントもかかってないよ」

「なぜこんなものを持ってきた?」レジーがネヴィルに訊いた。「ここが神の家だってことを、忘れたのか?」

ネヴィルはぐるりと目を回してみせた。「教会があるのは一階だ。二階は関係ない」

「それに——」カーティスが口を出した。「この人形は悪魔じゃないよ。本当はロボットだからな」

「なに？」

「そのとおり」ネヴィルが説明した。「ラス・サヴァスが、緑色人を欺《あざむ》くために造ったロボットなんだ」ラス・サヴァスとは、赤色火星人のマッド・サイエンティストである。「巨大な火星の部族神に見えるよう造ったんだが、機械であることをタルス・タルカスに見破られ、ジョン・カーターがほかの全種族を呼び集めて、戦いを挑むことになった」

「バトルポイントは三百五十」カーティスがつづける。「だから倒すのはすごく難しい。おまけに装備している武器も特殊で――」

「眼から発射する分解光線とか――」今度はネヴィル。「死の踏みつけ《デス・ストンプ》とか」

「なんの話をしてるのか、さっぱりわからない」不機嫌な声でレジーが言った。

「だから新しいバトルだよ。ぼくとネヴィルで考えたんだ」カーティスが言った。

「だめだめ。今日新しいバトルをやるなんて聞いてないし、ましてこんな悪魔人形、誰が使うもんか。今日はヘリウム包囲戦をやるんだ」

「あれはもうやったろ。もう何万回もやってる」

「何回でもやるさ。だって面白いんだもの」

「おまえは面白いかもしれないが」ネヴィルが口をとがらせた。「俺はもう飽きた」

「なあレジー」カーティスが取りなそうとした。「新しいやつも試さなきゃ。絶対に楽しいから」

「いいや、だめだ」レジーはこう言うと戦場にずかずかと入ってゆき、火星連合軍の歩兵部隊をみずからのデス・ストンプで踏み散らした。「ヘリウム包囲戦の配置に戻す。その悪魔人形は、どっかにやってくれ」

「なにすんだ、この野郎」ネヴィルがレジーに突っかかり、ふたりは仲裁に入ろうとしたカーティスをおしのけ、大声をあげながら胸をぶつけ合った。いつもならホレスも、カーティスと一緒にあいだに入るのだが、今回はまったく動けなかった。悪魔人形を見つめたまま、固まっていたからだ。

レジーに向かってゆくネヴィルの片足が、悪魔人形の箱を引っかけたため、人形は大きく揺れた。箱から落ちなかったのは、しかし偶然ではなかった。腰蓑から伸びた足と膝を巧みに曲げ、自分でうまくバランスを取ったからだ。そのあと人形は、大きな頭をぐるりと回して怒鳴《どな》りあうふたりの少年のほうに向け、ネヴィルの背中を睨みつけると、彼を罰するかのように手にした杖を振りあげた。

「おいみんな」ホレスは三人に教えようとした。「悪魔人形が動いてるぞ」しかし彼の口から出てきたのは言葉ではなく、苦しげな喘鳴《ぜいめい》だけだった。ところが人形には彼の言葉が聞こえたらしく、大きな頭をさっと彼に向けた。ホレスは自分を睨んでいる人形の眼のまわりが、これから分解光線を発射するかのように光り輝くのを見た。その直後、彼の頭が今までにないほど熱くなり、肺も焼けるように痛みはじめた。

息を吸おうとしてホレスが苦しんでいることに、最初に気づいたのはカーティスだった。

「ホレス、どうしたんだ?」そう訊かれてもホレスは、すぐ頭の上にある屋根の梁《はり》を片手でつかみ、もう一方の手で人形を指さしながら〈見ろ、見ろ、あの人形を見ろ〉と考えるのが精一杯だった。もちろん、人形に目を向ける者はいなかった。バグだけは例外だったらしく、ホレスは意識が遠のく直前に、彼女の小さな悲鳴を聞いたような気がした。

悪魔人形が魔法の杖を振りおろし、目をぎらりと光らせた。たちまちホレスの目が裏返って、彼は火星の軍団の上に倒れた。

✣✣✣　✣✣✣　✣✣✣

意識を取り戻したとき、ホレスは病院のベッドに横たわっていた。窓の外は暗くなっていたが、病室のなかの灯りは、枕もとの小さな読書灯だけだった。最初はほの暗い天井しか見えなかったので、子供の頭が積まれたスーパーマーケットに戻ってきたのかと思い、ぞっとした。彼は喘《あえ》ぎながら上体を起こした。

「まだ寝ていろ」父親の声が聞こえた。ベッド脇の椅子に座っていたジョージが身をのり出し、ホレスの肩をつかんだ。「気分はどうだ?」

「すごく変」肺はまだ苦しかったが、本当に不快なのは頭であるかのように、彼は片手で自分の頭頂部を押さえた。「なにがあったの?」

「おまえが息をつまらせ、呼吸できなくなったんだ」ジョージが答えた。「オックスボウ牧師は、救急車を待ってる余裕はないと判断した。そしておまえを自分の車に乗せ、大急ぎでこの救急病院まで運んでくれたというわけ」

ホレスはうなずいた。記憶が断片的に蘇ってきた。意識朦朧《もうろう》となりながら、寒いなか運ばれたこと。心配そうな顔が、いくつも彼をのぞき込んだこと。腕に注射され、顔に酸素マスクをつけられたこと。そして最後に、あの悪魔人形を思い出した。

「ホレス？」息子の表情がこわばったのを見て、父親が驚いた。「ホレス、大丈夫か？」彼はナースコールのボタンを押そうとした。

「ぼくは大丈夫！」ホレスはあわてて言った。「ごめんなさい……でも……大丈夫だから」

「本当か？」

ホレスはうなずいた。「お母さんはどこ？」

「今ニューヨークに向かっている途中だ」

「もう行っちゃったの？」またしても息苦しくなりそうだった。「出発するのは、今日の夜だと思ってたのに」

「そのはずだった。だけど今朝、本当にグランド・ブールヴァード支店を開ける必要があるかどうか、ふたりでよく話し合った結果……オックスボウ牧師からの電話がある一時間くらいまえに、出発してしまった」

「ぼくが描いたいちばん新しいマンガ、持っていったかな？」

「どうだろう。彼女の荷物の中身を、いちいち見てるわけじゃないから」

「ぼく家に帰る。お母さんが電話してきたとき、家にいたほうがいいもの」

「待て待て」ジョージは改めてホレスの肩を押さえた。「先生は、念のため一晩だけ入院しろと言ってる」

「だけど、もしお母さんのほうに急ぎの用があったら……」

「今夜は電話してこない。お母さんのことは、おまえもよく知ってるだろ。電話がなければ、心配する必要もないんだ。明日になったら、必ず連絡が入るだろうし、そのころはおまえも家に戻っていられる」

誰かが病室の外の廊下を走っていった。ホレスは廊下に顔を向けた。「今夜はお父さんも、病院にいてくれるの?」

「あたりまえだろ。おまえ、本当に大丈夫なのか?」

「もう元気になった」廊下のほうを見つめたまま、ホレスは答えた。「ちょっと疲れているだけ」

✣✣✣　✣✣✣　✣✣✣

翌日は日曜日だったが、ホレスは午前中に自宅に戻ることができた。カーティスとネヴィルが、教会から帰るその足でお見舞いに来てくれた。ふたりは、オックスボウ夫妻からのお見舞い状と、ミセス・オックスボウお手製のジンジャー・クッキーを持参していた。

「レジーも一緒に来るはずだったんだけど」カーティスが言った。「外出禁止を喰らったものでね」

「なんでまた？」ホレスは訊ねた。

「バグを引っぱたいて、階段から蹴り落としたんだ」ネヴィルが答えた。「ちょっとアザができたくらいで、バグが怪我をしたわけじゃない。でも牧師さまは、たいへんお怒りになった」

「なぜレジーは、そんなことをしたんだろう？」

「お兄ちゃんの屋根裏部屋を、バグがめちゃめちゃにしたからさ」カーティスが説明した。「ぼくとネヴィルも見せてもらったけど、あれじゃあレジーが怒るのも無理ないな。まるで気が違ったみたいに、ゲーム類をすべて床に投げ捨て、蹴散らしたり踏みつぶしたりしてるんだもの。窓ガラスも一枚割れてた」

「バグは、そんなことする子じゃないだろうに」ホレスは眉をひそめた。

「そうなんだ。バグも、わたしがやったんじゃないと言ってる。もちろん、彼女の友だちにやれるはずはない。だけど、ほかに誰がいる？」

「ただ、バグひとりであれを全部やるのも、難しいと思うよ」ネヴィルが口をはさんだ。

「というと？」

「あの悪魔人形だよ」カーティスがつづける。「あの人形まで消えてしまったんだ。レジーは、バグが盗んだと言ってる」

「それは絶対に違う」ネヴィルが否定した。「レジーは昨日、あの人形とのバトルを嫌がった。だから俺たちが帰ったあと、人形をどこかに捨てたんだ。そしたらバグがあんなことをしたので、人形がなくなったのも妹のせいにしたのさ」

ふたりは一時間ほどしゃべって帰っていった。日曜の残りの時間を、ホレスは本を読んで過ごしたのだが、ときどき立ちあがっては居間の窓から下の通りをうかがった。

母親がニューヨークから電話してきたときは、もう夜になっていた。なにごともなく、無事に着いたという。母親は、ホレスのメッセージが隠されたマンガを間違いなく荷物に入れていたが、まだ読んでいなかった。帰り道で必ず読むと、彼女は息子に約束した。ホレスが倒れたとき、そばにいられなかったことを悔いており、当初の予定より早く帰ると決めていた。ホレスは複雑な気持ちになった。母親に早く帰ってきてほしいと思う一方で、ニューヨークにいるほうが安全なら、そのままいつづけてほしかった。「もう大丈夫なんだ」彼は母親に言った。「だからぼくのことは、心配しなくていいよ」

電話を切ったときはまだ八時まえだったのに、早くベッドに入れと父親に命じられた。ホレスは言われたとおり横になったが、眠らなかった。暗闇のなかで目を開けて待ちつづけていると、父親が自室へ引っこむ音が聞こえた。おもむろに起きあがった彼は、足音を忍ばせてキッチンのドアと玄関ドアが施錠されていることを確認し、それから居間の窓の前に立って通りを見おろした。彼は長い時間、そのままでいた。

やがてベッドに戻って眠ったのだが、自分が眠っていない夢を見た。夢のなかで、彼は一晩中ドアの鍵と窓の外の確認をくり返した。おかげで朝を迎えたときには、へとへとにくたびれていた。父親は、朝食を摂る息子がやけに疲れていることに気づき、今日は学校を休んだほうがいいと言った。でもホレスは、家にひとりでいるより、学校で友だちと一緒のほうが気がまぎれるので、やっぱり学校に行きたいと答えた。

「そうか。でも無理はするなよ」ジョージが言った。「ローロの店の配達は、今日は休ませてもらえ。まっすぐ家に帰ってくるんだ」

登校したホレスは、悪魔人形についてレジーに訊こうとした。しかしネヴィルとカーティスが、先にその話でレジーを怒らせていたらしく、彼はホレスの質問に答えようともしなかった。

「あれはバグがどこかに隠したんだ」レジーの機嫌は最悪だった。「わかったらあっちに行ってくれ！」

その晩は、父親がフリーメイスンの会合へ行く予定になっていた。「欠席したかったんだが」彼はホレスに言った。「モントローズ叔父さんが、わたしに大事な話があると言うんだ。会合のあとも、彼につきあうことになるだろう。だからわたしが帰ってくるまで、ルビーに来てもらうことにした。いやとは言わせないぞ。もうベビーシッターを必要としない年齢であることは、わたしもよくわかっている。だけど今夜は、ひとりにするわけにはいかない」

むろんホレスに、拒《こば》む理由などなかった。

ルビーは七時きっかりにやって来た。彼女が来てくれたことを、ホレスが嬉しく思ったのは、単にひとりでいるのが怖かったからではない。昔からルビーが、大好きだったからだ。コミック作家になりたいという彼の夢を笑い飛ばしたり、必ずなれると無責任に請け合ったりせず真剣に聞いてくれる大人は、両親を別にすると数えるほどしかおらず、ルビーはそのなかのひとりだった。マンガで食べていくのは難しいだろうし——とルビーは言った——失敗するかもしれないけれど、あなたがそれを一生の仕事にしたいのであれば、誰がなんて言おうと挑戦するべきだ。

ふたりはキッチンに座って、ホットチョコレートを飲みながらスクラブルをやって遊んだ。いつもなら最高に楽しい時間なのだが、ホレスは集中できなかった。二度も立ちあがって玄関のドアを確かめ、そのあと居間の窓から外を見た。三度めにながながと席を外したとき、ルビーがキッチンから、大きな声で大丈夫かと訊いてきた。

キッチンに戻ったホレスは、その後の十分間をなんとか椅子に座りつづけた。にもかかわらず、非常階段でなにか音がしたような気がして、立ちあがってしまった。彼はキッチンのドアを開き、頭を突き出した。非常階段にはなにもなかった。階段下の路地も――少なくともホレスから見えるかぎり――異状なしだった。

テーブルに戻ってきた彼に、ルビーが訊いた。「ホレス、あなたいったいどうしたの？」

ホレスはルビーの顔を見た。今のところ胸苦しさは感じていなかったが、うかつなことを言ったとたん喘息の発作がはじまり、また呼吸できなくなるのは間違いなさそうだった。

「もしかして、わたしになにか言いたいことがあるんじゃない？」

ホレスはゆっくりと息を吸い、吐いた。

そして無言で頭を振った。

うつむくと、スクラブルの専用ホルダーに入れた七個の文字タイルが、目の前にあった。

OELCZPI

この七文字を、彼は並べ替えてみた。

POLICEZ

もう一度ゆっくり呼吸した。顔をあげ、ルビーがまだ自分をじっと見ていることに気づいた彼は、あれこれ考えるまえに急いでこう訊ねた。「ねえルビー、ぼくの秘密を聞いてくれる？」秘密という言葉を口にした瞬間、肺がきゅっと締めつけられたけれど、質問はすでに発せられていた。

「もちろんよ」ルビーはうなずいた。「どんな秘密でも聞いてあげる。だから話して」

しかし、つづく三十秒間ほど、ホレスは空気を吸うことに全神経を集中しなければいけなかった。おかげで胸の圧迫感は薄まったものの、再び呼吸困難に陥ったら、前回よりひどくなるのは確実だった。

彼は沈黙を守った。そしてなにか言う代わりに、スクラブルのホルダーに並べたPOLICEZの文字タイルからZだけを外し、ホルダーごと反対向きにしてルビーの前に出した。

「これが、あなたの秘密に関係あるの？」

ホレスは慎重に呼吸したあと、うなずいた。

ルビーが声を潜めて訊いた。「もしかして、誰かに盗み聞きされるのが心配？」

ホレスは首を横に振った。

「でも、声に出しては言えないんだ？」

ホレスはうなずいた。

「わかった」ルビーは自分のホルダーにあった手持ちの文字タイル七個と、まだ袋に入っていた残りのタイルをすべてボードの上に出した。そして全部まとめて、両手でホレスの側に押しやった。「そういうことなら、これを使って教えて」

✣✣✣

思ったより時間はかからなかった。ホレスは文字タイルでDETECTIVES《刑事たち》、ASKED ME《訊かれた》と綴ってから、MAMS XMAS TRIP《母のクリスマスの旅行》、WISCONSIN《ウィスコンシン》、とつづけた。そしてほかに数語を連ねたあと、BRAITHWHITEと綴ったのだが、そこからルビーとのやり取りは、スクラブルではなく『二十の質問』（質問を二十し終えるまでに、答を当てるゲーム。同じ趣向の番組がラジオとテレビで人気を博した）の様相を帯びた。もとより鋭敏なルビーは、ホレスからなにをどう聞き出せばよいか、即座に理解した。彼女の質問にホレスが何度もうなずいたり、ときどき首を横に振ったり、文字タイルを使って単語をいくつか綴ったりするうち、彼の秘密のほとんどは明らかにされ、喘息の発作が起きる兆候も治まって、いくらか楽に話ができるようになった。ホレスは細部のいくつかを、声に出して説明した。

とはいえ、すべてを明かしたわけではなかった。ランカスター署長が彼の頭に唾を擦り込み、その行為が自分にどんな影響を与えたかについては語ったものの、カズン・オーティスやブラック・ピート、とりわけあの悪魔人形に関しては、あまりに突飛すぎると考えて話すのを控えた。そして詳しい説明をする代わりに、頻繁に起きる喘息発作以外の異変として、「絶え間ない不安」と「悪夢」だけ挙げておいた。

「信じてくれる?」

「もちろん信じるわ」ルビーはうなずいた。「ぼくは、どうしたらいいんだろう?」彼はルビーに訊いた。

ホレスは安堵のため息をついた。「お母さんを助けてあげたいのに、なにがどうなってるのか、さっぱりわからない」

「あなたは、ただじっとしてればいい」ルビーが言った。「あなたを助けてくれそうな人が、わたしの知り合いにひとりだけいるの」

「ほんと? 誰?」

ルビーは首を振った。「それを教えるのは、もうひとりのわたしと相談してからね。ところで、ヒッポリタはいつニューヨークから帰ってくる?」

「最後に電話で話をしたときは、まだ決めてないと言ってた。たぶん明日の夜だと思う」

「わかった。それならお母さんのことは、心配しなくていい。あなたはよけいなことをせず、おとなしくしてなさい。もうすぐお父さんが帰ってくるし、そしたらわたしは、すぐその知り合い——というか友人——に連絡を取る。彼とは今夜じゅうに会えると思うけれど、もしだめでも、明日になれば確実に話ができるわ」

「その人が、どうすればいいか知ってるの?」

「知ってるはずよ。だから明日は、普通に学校に行きなさい。だけどくれぐれも注意してね。そして授業が終わったら——」

「アルバイトがあるんだ。今日は休んだから、明日は必ず行くとローロに約束してしまった」

「わかった。じゃあこうしましょう」ルビーが説明した。「わたしがローロの店に行くから、あなたはわたしが来るのを待っていればいい。でも待つあいだ、店の前の道路から目を離さないでね。そしてもし、あの刑事たちやランカスター署長が近づいてきたら、すぐ反対方向に走って逃げるの。とにかく逃げるのが最優先で、なにか問題が起きたとしても、あとでわたしたちが解決してあげる。わかった？」

「わかった」うなずいたホレスの目に、涙が浮かんできた。「ありがとう、ルビー。本当に怖かったし、なにもわからず途方に暮れていたから――」

❖❖❖　❖❖❖　❖❖❖

その音を、今回はふたりともはっきり聞いた。非常階段に一回だけ響いた、重々しい足音。ルビーは人さし指を唇にあてると、ホレスの背後の壁にある電気のスイッチを指さした。ホレスは立ちあがって電気を消した。ルビーは忍び足で流し台の前まで歩き、上体を傾けて窓についた防犯格子の隙間から外を見た。

「なんの音だった？」小声で訊いたホレスに、ルビーは身振りで静かにしろと命じた。彼女は水切りラックにあった包丁を握ると、廊下に隠れるよう無言でホレスに指示し、キッチンのドアに向かった。そして一気にドアを開け、非常階段に躍り出た。ホレスは思わず両手で自分の顔をおおった。しかしルビーは、すぐに戻ってきて頭を振った。「誰もいない」彼女が言った。「今のところは」

次の日、午後六時半になってもルビーはローロの店に現われなかった。

ホレスが最後の配達を終えてから、すでに二十分がたっていた。帰っていいとローロに言われても、店のなかでぐずぐずしていたのは、倉庫にいるとカズン・オーティスと睨みあうことになるからなのだが、代わりに店の前の歩道から目が離せなくなっていた。最後の配達の帰り道、彼は半ブロックほどうしろに駐まっていた車の下に、小さな黒い影――ネコか大型のネズミくらいの影――がさっと滑り込むのを見た。いま窓の外に顔を向けながら、彼は自分の目が、道路の反対側に立つ壊れた街灯の下の暗闇ばかり見てしまうことに気づいた。

「いつまでそうしているつもりだ?」ゼイン・グレイ(アメリカの大衆小説家。一八七二〜一九三九)の小説を読んでいたローロが顔をあげ、ホレスに訊いた。

「ごめんなさい」ホレスは謝った。「電話、使ってもいいですか?」

「市内ならいいよ」

ホレスはルビーから教わった番号をダイヤルしたが、呼び出し音が鳴りつづけるだけだった。ためしに自宅に電話したものの、やはり出る人はいなかった。念のため父親の旅行代理店にかけると、閉店後の留守番サービスにつながった。「いえ、特に伝言はないんです」電話に出てくれた担当の女性に、彼は詫びた。

電話機から離れ、唇を嚙んでその場に立ちつくした。父親は、今日は仕事のあと用事で出かけるから遅くなる、と言っていた。今夜もルビーが一緒にいてくれると信じていたホレスは、父親の不在をさほど気にしていなかったのだが、今は想像が悪いほうに傾きはじめており、誰もいない自宅へつづく暗い階段を、ひとり上ってゆく自分の姿を思い描いてしまった。

いきなり電話が鳴ったので、ホレスは飛びあがった。彼の顔を見ながら、ローロが受話器を取った。「はい、ダンヴァース食料品店です」相手の声をしばらく聞いたあと、彼は配達伝票の束を手もとに引き寄せた。「ええ、お届けできますよ」伝票に住所を書いてゆく。「戸建てですか、アパートですか？……はい……ご注文はそれだけで？……いえ、全然かまいません。あと、ご注文いただいた方のお名前は……もしもし？　もしもし？」怪訝《けげん》な顔をしたものの、ローロはすぐに肩をすくめて電話を切った。

彼はいま記入したばかりの伝票をはぎ取り、うしろの棚からチェスターフィールドを一カートン出した。そしてそのカートンを、伝票と一緒にカウンターの上に置いた。「これをサウス・パーク・ウェイまで頼む」彼はホレスに言った。「届けたらそのまま家に帰れ。煙草の代金は明日でいいから」

煙草が入ったカートンを、ホレスはじっと見つめた。歩道の暗い街灯が、気になってしかたなかった。「なぜなんだろう」つい口に出してしまった。

「なにがなぜなんだ？」ローロに訊かれた。

ホレスは片手で頭をかいた。「いえ、なんでもないんです」彼は言った。

✣✣✣　　✣✣✣　　✣✣✣

十五分後、ホレスは一本の街灯の下で立ちどまり、配達伝票に書かれた住所を再確認した。

二車線の道路を挟んだ向こう側には、ワシントン・パーク地区という名前の由来となった、面積一・五平方キロメールの公園が広がっていた。さっきまで、木々のあいだにかすかな光が見えていたのだが、彼がいるあたりは真っ暗に近く、まるで闇に沈む巨大な湖のほとりに立っているみたいだった。

ホレスが不安を感じていたのは、しかしこの公園の暗さではなかった。配達伝票をコートのポケットに戻し、今きた道をふり返った彼は、縁石に沿って駐車している数台の車の下を凝視した。

ここまで十回以上くり返してきた行動なのだが、今回も怪しいものは見えなかった。

ホレスは、道路に沿って並ぶ間口の狭いタウンハウスを一軒ずつ確かめながら、南に向かって歩きつづけた。そして列の最後の一軒に、探していた住所の地番を見つけた。その地番は、家の入り口をふさいでいるベニヤ板の上に、スプレーで書かれていた。同じベニヤ板には〈解体予定〉という告知文も貼られていて、それを見ながらホレスは思った。どうやらローロは、住所を聞き間違えたらしい。でも彼の頭の痒みは、そうではないと訴えていた。

写真機のフラッシュを焚いたときのような音とともに、さっきホレスが伝票を確かめた街灯の電球が破裂した。その音を聞いてふり返った彼の目は、自動的に街灯の下の縁石に向けられた。なにもなかった。だが、顔をあげて頭をかいたとたん急に目がくらみ、眩暈が治まったところで再び割れた街灯に視線を向けると、闇のなかで赤い独眼が光っていた。

違う。あれは眼ではない。葉巻だ。街灯の下にランカスター署長が立っており、煙に包まれたその獰悪《どうあく》な顔を、葉巻の先端の真っ赤な熾火が照らしているのだ。なのに署長の姿は、なぜか現実感を欠いており、蠟細工めいた無表情は、人間というよりマネキンに近かった。しかし、だからといってあの男の恐ろしさが、薄められるわけではなかった。

逆方向に走れ。ホレスの耳に、ルビーの声が聞こえてきた。彼が回れ右をすると、南の曲り角に立っている街灯がふっと消えた。ところが街灯は消えたにもかかわらず、まるで別の照明が点灯したかのように、新たな人影がふわっと浮かびあがった。ノーブル刑事だ。

……ホレス。

ホレスは右を見た。解体予定のタウンハウスのドアへとつづく短い階段の上、手が届きそうなほど近い位置に、今度はバーク刑事が立っていた。ランカスターと同じで、硬直した姿勢は案山子のようだったが、バークの眼は死んでおらず、カズン・オーティスそっくりの笑顔をみせていた。白人男があの顔で笑うと、不気味さが倍加される。

ホレスが逃げてゆける方角は、ひとつしか残されていなかった。バーク刑事から目を離せないまま、公園に逃げ込もうとして道路に飛び出したホレスを、突然自動車のヘッドライトの光が照らした。クラクションを鳴らしながら走ってきた車を、ホレスは体を半回転させてなんとか避けたのだが、学用品を入れたショルダーバッグがぐるっと後方にふり回された。宙に浮いたそのバッグを、減速せずに突っ込んできた車が引っかけ、バッグは再度ふり回されてホレスの顔面を直撃した。彼はよろめきながらも道路を渡りきり、公園のなかに駆け込んだ。

木立のなかをしばらく走り、うしろをふり返った。警察署長とふたりの刑事の姿は、すでに夜陰に呑み込まれており、暗い路上を動く影もまったくなかった。しかし、なにかがいるのは間違いなく、カサカサという音が闇の奥から聞こえてきた。しかも、だんだん近づいてくる。

ホレスは再び正面に向きなおると、木々が茂る公園の奥に立つ一本の街灯の光をめざして走りはじめた。その街灯にたどり着いたときは、すっかり息が切れて全身が熱かった。ショルダーバッグを下ろし、街灯柱に背中をもたせかけた。街灯は雪を積もらせた子供用の遊具の上に、冷え冷えとした白い光を投げかけていた。ホレスはコートのジッパーを開き、深呼吸してみた。自分の苦しげな呼吸音を別にすると、聞こえてくる音はなかった。

そのとき、シーソーが耳ざわりな音をたてて動きはじめた。目に見えない重量物が片側の板を押し下げ、跳ねあげられた反対側の板に積もっていた雪が滑り落ちた。ホレスが街灯柱から離れると、風も吹いていないのに今度はブランコが揺れはじめた。

次はメリーゴーランド（遊園地にある回転木馬ではなく、子供が手で回して遊ぶ単純な構造の遊具）だった。重々しい音とともに最初はゆっくり回りはじめ、徐々に速度をあげて雪と氷を遠心力で飛ばした。ホレスは、回転する金属製のつかまり棒を、じっと見つめてしまった。

メリーゴーランドの底板の上に、なにかが音をたてて落ちてきた。よく見ると、あの悪魔人形が底板に立ち、小さな手でつかまり棒を握って、メリーゴーランドと一緒にぐるぐる回っていた。悪魔人形がぴょんと飛び降りた。驚いたホレスは後ずさりし、地面に置いたショルダーバッグにつまずいた。

雪の上に背中から倒れたホレスの視線が、こちらに真っすぐ走ってくる悪魔人形の目の高さと一致した。彼はあわててうしろを向いて立ちあがると、ショルダーバッグを蹴とばして走り出した。

児童遊園の縁に沿って細い道が延びており、その奥に、コンクリートブロックを積んだだけの〈便所〉と書かれた小屋があった。ホレスは鍵がかかっていないことを願いつつ、その便所をめざして一散に駆けた。幸い施錠されていなかったものの、なかに入ってみると、単に鍵が壊れているだけだった。ドアを閉めて背中で押さえつけながら、なにか武器になる物はないか、あるいは別の出口はないか探した。

どちらも見あたらなかった。狭いブロック小屋に窓はなく、洗面台と男性用小便器、そして個室がひとつあるだけだった。洗面台の上に鏡のフレームだけが残っており、その上に取り付けられた黄色い電球が、便所内の唯一の灯りだった。ホレスが見つめると、電球の光がちらついた。

背中で押さえているドアに、なにかが勢いよくぶつかってきた。彼は足を踏んばった。打撃は何度もくり返され、そのたびにドアがドア枠のなかで跳ねあがり、ホレスは開かないよう必死に押さえつづけた。

ドアへの攻撃がおさまった。次に聞こえてきたのは、ドアを引っかく音だった。小さい音なのだが、黒板に爪を立てたときのようにホレスは怖気立《おぞけだ》ち、頭のてっぺんが痒くなった。彼は目を閉じて歯を食いしばった。そして祈った。入ってきませんように！

引っかき音が止まった。ホレスは目を開けた。

大便器が置かれている個室に、誰かが入っていた。木製の仕切り戸の下から、男物の靴とすりきれたズボンの裾が見えている。

「なあ坊や」かすれた声が囁《ささや》きかけてきた。「一ドル欲しくないか?」

まさかそんな、とホレスは思った。しかし、個室の仕切り戸がきしみながら開くと、そこに立っていたのはあのサイコロの男だった。あの日うっすらと伸びていた髭は、垢と泥にまみれた顎髭となっており、髪や服も汚れていて、下水道から這い出てきたかのように悪臭を放っていた。皮膚は赤くひび割れ、たくさんの瘡蓋《かさぶた》で覆われている。

「頭を撫でさせろ」サイコロ男が、病んだ腕を伸ばしてきた。「運をつけたいんだ」

ホレスは尻ごみした。「おまえは幻影だ」喘ぎながらこう言っても、サイコロ男がふらふらと近づいてくるものだから、ホレスはパニックを起こしてしまい、内開きなのを忘れて便所のドアを懸命に押した。足音がすぐうしろに迫り、かさつく指先が頭皮に触れたのを感じた彼は、なんとかドアを手前に引いて開き、そのまま外へ飛び出した。

しかし、ドアを出たところで足がもつれ、うつぶせに倒れた。氷が張った地面で顎を打ってしまい、目のなかに火花が散った。汗で濡れたシャツの下の凍った土が、ほてった体から急速に熱を奪っていった。けれどもホレスを震えあがらせたのは、地面の冷たさではなかった。目を開けてみると、文字どおり目と鼻の先に、あの悪魔人形が立っていたのだ。

街灯の白い光に照らされた肌は青黒く、腕と胸の傷が深い影となって際だち、紐状の髪にぶら下がる骨がぎらぎら光っていた。両眼は暗赤色に燃えており、ホレスの目を見すえると、催眠術をかけようとする呪術師のように、体を揺すって踊りはじめた。

ホレスは自分にいい聞かせた。早く立ちあがれ。これはただの汚い人形だ。これに比べたらおまえは巨人なんだ。だからさっさと立て！　そしてこんなもの、踏みつぶしてしまえ！……だが体はまったく動いてくれず、彼はこのまま悪魔人形に心臓を止められてしまうのか、それとも凍死するまでここで釘づけにされるのかと疑いはじめた。

人形が魔法の杖を振りあげ、杖の先端を槍の穂先のようにホレスの顔面にまっすぐ向けた。ホレスの片目が、ちくちく痛みはじめた。彼は、ジム・クロウの土地で交通事故に遭い、片目を失って壊れた車のなかにいる幼い海賊ジョーを想像した。彼の横では母親が死にかけており、なのにあの土地では、助けに来てくれる人――少なくとも手遅れになるまえに到着できる人――はいなかった。この地面よりも寒々とした絶望が、ホレスにのしかかってきた。すると逆に、差別に対する怒りの炎が激しく噴きあがって恐怖を跳ねのけ、おかげで彼を押さえつけていた魔法の力が弱まった。彼は、自分の右手のすぐ下に、割れた煉瓦の破片が落ちていたことに気づいた。

ホレスの目を突くような動作をくり返す悪魔人形が、踊りながら近づいてきた。ホレスは腕を大きく振り、右手に握った煉瓦で人形を一撃した。人形は後方に吹っ飛び、魔法は完全に解かれた。ホレスはすぐに立ちあがると、次の一撃を喰わせるため煉瓦をつかみなおした。だが、悪魔人形は早くも体勢を立てなおしており、彼を睨みあげてシューッという声を発した。とたんにホレスの憤怒は燃え尽きて灰となり、勇気は煙のように散ってしまった。

ホレスは再び走りはじめ、さっき来た小道を戻っていった。彼のすぐうしろを、悪魔人形が追っていた。肺はすでに悲鳴をあげており、もうすぐたいへんなことになると訴えていたが、ここで止まるわけにはいかなかった。

小道が大きくカーブし、正面に数本の街灯が見えてきた。ぐるっと回って、サウス・パーク・ウェイに戻ったのだ。ホレスは自宅のことを考えた。今ごろは父親だけでなく、母親も帰宅して彼を待っているだろうし、そう思うと少しだけ希望が湧いてきた。

そのとき、小道に新たな白人の警官が現われた。署長でも刑事でもない普通の制服警官で、落ちくぼんだ小さな目が、彼に向かって走ってくるホレスをじっと見ていた。「おい小僧」警官が言った。「そんなに急いで、どこに行くんだ?」

こいつも幻影に違いないと思い、ホレスは走りつづけた。ところが警官はさっと片足を出し、ホレスは転んで仰向けにひっくり返った。

「なぜ急ぐのかと、俺は訊いたんだぞ」警官は、息を切らしながら小道に横たわるホレスを見おろした。「どこから走ってきた? なにかやったのか?」

ホレスは倒れたまま横向きになった。あの悪魔人形が、小道のカーブしているところで、街灯の丸い光のなかに立っていた。ホレスは人形を指さそうとしたのだが、警官は彼の両腕を乱暴につかむと高々と持ちあげ、近くの木の幹に彼の背中をどんと押しつけた。「おまえ、なにをやって逃げてきた?」強い語調で警官が訊いた。ホレスは、満足に息を吐くこともできずに片手を力なくあげ、あれを見てくださいと頭のなかで訴えた。だが警官は同じ質問をくり返し、くり返すたび怒気を強めていった。

悪魔人形が首を片側にくいっと曲げると、警官も同じ方向に首を曲げた。人形が右手をおろしてゆき、腰嚢に吊り下げた干し首をつかむと、警官も右手をベルトまでおろし、腰につけたホルスターのスナップを外した。そしてホレスが全神経を集中して見つめるなか、リボルバーを抜いて撃鉄を起こした。

「もう一度だけ訊いてやる」警官が言った。「おまえは、なにをやった?」

ホレスは口を開いたが、言葉はまったく出てこなかった。

リボルバーの銃口が、彼の目に映る世界のすべてとなった。

突然、その世界が急速に遠ざかっていった。目に見えないケーブルを背中につけられ、凄まじい力で引っ張られたかのように、制服警官が猛スピードで後方へ飛んでゆき、小道の反対側の木々のあいだに落下したのだ。ホレスの両足が地面についた。まだまともに呼吸できない彼の目のなかに、夜よりも暗い闇が湧き起こり、自分は本当に撃たれたのだろうかと彼はいぶかった。

温かな手がホレスの胸に触れ、そのとたん締めつけられていた肺がもとに戻った。彼は急いで顎をあげると、何度もせわしなく空気を吸った。すぐ横で、スーツを着た若い白人男性が片膝をついていた。

「あわてなくていい」その男性が言った。「落ち着きたまえ。怖い思いをさせてすまなかった。でもこうしないと、あれをおびき出せなかったんだ」男は、ホレスの胸にあてていた手を少しだけ下におろし、彼がコートのポケットに入れておいたチェスターフィールドのカートンを軽く叩いた。「この煙草は、あとで受け取る」

まだ新鮮な空気を吸いつづけているホレスを木の根元に残し、男が立ちあがった。そして、いつのまにか四メートルほどの距離にまで近づいていた悪魔人形を、まっすぐ見すえた。人形は両腕を高くあげ、魔法の杖をふり回し威嚇《いかく》したのだが、男はおびえるどころか面白がっているようにみえた。彼が腰をかがめ、人形の髪をつまんで持ちあげると、宙吊りにされた人形は両足をばたばたさせた。

「実によくできてる」ケイレブ・ブレイスホワイトが言った。彼は悪魔人形の胴体をつかみ、頭をむしり取った。

✥ ✥ ✥

動くなと命じられたホレスの頭を、またしても白人の男がマッサージしていた。しかしホレスは、前回に比べはるかに安心できる場所にいた。なにしろここは自宅のキッチンで、テーブルの隣の椅子には父親が座り、流し台の前では母親が腕組みをして立っているのだ。

ホレスの頭の検査を終えたケイレブ・ブレイスホワイトが、椅子に座った。「やはり特殊な刻印を打たれている。それも、非常に高度で複雑な刻印を」

ホレスの母親は、刻印の完成度などに興味はなかった。「要するに誰かが、わたしの息子に魔法をかけたってこと？」

ケイレブはうなずいた。「魔術の体系のなかには、無生物に生命を与えることにより、人形や彫像はもちろん、時には死体さえ動かしてしまうものがあるんだ。わたしの専門ではないけれど、ハイラム・ウィンスロップがこの分野を深く研究していたことは、よく知られている。どうやら、ランカスターも同じだったらしい。だが正直なところ、あの男がここまでやれるとは思っていなかった」

「まだ理解できない」ホレスの父親が言った。「その魔術と刻印に、どんな関係がある？」

「刻印は一種の引き金として作用するんだ」ケイレブが説明した。「呪う相手の弱みにつけ込む呪術、と言い換えてもいい。刻印が、対象となった相手の心理や感情を読み取り、通常はその人が最も恐れている物を選んで命を与え、動かしていく」

「そしてその動きはじめた物が、呪いをかけられた人を殺す？」ホレスが訊いた。

「基本的にはそういうことだ」ケイレブはうなずいた。「ランカスターが唾液を使ったのは、君にとってラッキーだった。通常、血で刻まれた刻印ははるかに強力で、完全に消すのは不可能に近いからね」彼は持参していたバッグから、銀製のフラスコを取り出した。キャップをはずし、なかの液体をハンカチに染み込ませると、酢に似た強い臭いがキッチンを満たした。

「ちょっとしみるよ」ブレイスホワイトはホレスのほうに上体を傾け、彼の頭をハンカチで拭っていった。実際ひどくしみたのだが、同時に、ホレスの気分はどんどんよくなっていった。

この数日間で初めて、彼は楽に呼吸していた。

「しかしなぜだ？」ジョージが首をひねった。「なぜランカスターはホレスを狙った？」

「そうすることで、わたしに警告したんだと思う」ケイレブが答えた。「ランカスターは、わたしが彼を裏切ると考えている。それはそれで、正解なんだがね。しかし、あの男が今回の行動を起こすきっかけとなった事件に、わたしはまったく関与していない」彼はホレスの母親をちらっと見た。「去年の冬至の夜、あなたの奥さんは、元始の曙光ウィスコンシン支部が管理する施設に、無断で侵入した。それをランカスターは、わたしの指示による行動と誤解したんだ」

ジョージは妻に顔を向けた。「どういうことだ、ヒッポリタ？　彼はなんの話をしている？　君はなにをやった？」

「そんな目で見ないで、ジョージ・ベリー」ヒッポリタは言い返した。「あなたこそ、ミスター・ブレイスホワイトを以前から知っていたのに、わたしにはなにも教えてくれなかったじゃないの」

ジョージはなにか言いかけて口を開き、すぐに閉じた。「この話はあとでゆっくりしよう」

「そうね」ヒッポリタは同意した。「それがいい」

「重要なのは」ケイレブが話をもとに戻した。「わたしが行動を起こしたと、ランカスターが早合点したことだ。おふたりの息子さんは、彼のスパイになることを拒み、だから彼は息子さんを殺すことにした。もちろんそれには、わたしと共謀したことで、あなたの奥さんを罰する意味もあったんだが、彼の最大の狙いは、わたしの計略などお見通しなのを、わたしに知らせることだった。それがはっきりしただけでも、わたしはよかったと思う」

「どうして?」ジョージが訊いた。

「もしランカスターが本気で身の危険を感じたなら、あなたの息子さんではなく、わたしを殺そうとしただろう。彼がこんなまわりくどい手を使ったのは、まだわたしを支配できると思っている証拠だ」ケイレブがにっこり笑った。「彼はわたしに対して、ハイラム・ウィンスロップがわたしの父に対して犯したのと同じ過ちを、犯してしまった。要するに、わたしの力を見くびりすぎたんだ」

「で、これからどうする? 君はランカスターを殺すのか?」

「彼を始末するのは、わたしではない」ケイレブは答えた。「わたしたちだ」

カインの刻印

今、お前は呪われる者となった。お前が流した弟の血を、口を開けて飲み込んだ土よりもなお、呪われる。土を耕しても、土はもはやお前のために作物を産み出すことはない。お前は地上をさまよい、さすらう者となる。

――『創世記』第四章 十一～十二（新共同訳）

降りしきる粉雪で身を隠すようにしながら、かれらは夕闇のなかプリンス・ホール・フリーメイスンの集会所に集まってきた。最初に到着したのは、ジョージとヒッポリタ、そしてホレスのベリー一家だった。両親の表情は険《けわ》しかったが、ホレスは秘密の集会所に入れる興奮を抑えきれなかった。彼は、室内に立つ二本のソロモン円柱、聖書とコーランが横並びで置かれている祭壇、そして隅のテーブルの上で埃をかぶっているツタンカーメンの墓所の縮尺模型を、驚嘆の眼差しで眺めた。彼は墓の模型を指さし、「あれはなにかのゲームなの？」と訊いた。だが父親は答えようとせず、母親は「静かにしてなさい」と彼を叱った。

つづいて海賊ジョーとアブドラ・ムハマドが到着し、やや遅れてモーティマー・デュプリーが入ってきた。アティカス、モントローズ、レティーシャの三人が一緒に到着したのは、その数分後だった。最後に現われたのはクインシー・ブラウンという男で、この集会所の門衛を務める彼は、一本の剣を手にすると部屋の外に立った。剣は儀式用なのだが、ウェイン州立大学でフェンシング部のキャプテンだったクインシーにはそれで充分であり——加えて今夜は、念のためポケットに拳銃を忍ばせていた。

クインシーを除く全員が、二本のソロモンの円柱の前に向かい合って座った。さながら、どんな結果になるか予想もつかない儀式に臨む、魔法使いたちのようだった。

最初にモントローズが口を開いた。彼は去年の六月、ケイレブ・ブレイスホワイトが巧みに接触してきて、彼をマサチューセッツ州のアーダムへ誘い出したあと、地下室で鎖につなぐまでを語った。アティカスがあとを受け、モントローズを探してアーダムに赴《おもむ》いた彼とジョージ、そしてレティーシャの三人が、どんな経験をすることになったか説明した。

アティカスの話が、サミュエル・ブレイスホワイトと元始の曙光アーダム支部の面々が灰になったところで一段落すると、つづきをレティーシャが引き受け、彼女がどうやって幽霊屋敷の家主となったかを、誇らしげに語った。けれどもアティカスが横から口を出し、ウィンスロップ・ハウスの真の所有者の名を明かすと、彼女はがぜん不機嫌になった。実はレティーシャ自身、その名を知ってからまだ二十四時間もたっておらず、それまで黙っていたアティカスに腹を立てていたのだ。

隠しごとをされて立腹したのは、レティーシャだけではなかった。『名付けの本』を回収するため、フリーメイスンの男たちが自然史博物館へ行った顚末をジョージから初めて聞かされ、ヒッポリタは憤然とした。しかしその後すぐに、彼女自身も、夫以外まだ誰にも話していないウィスコンシンでの体験を語ることで、なぜ今まで黙っていたのかと冷たい視線を浴びることになった。「夜の夜中に、ひとりでそんなところに行ったのか?」とモントローズは呆れ、ホレスは仰天して「ほんとに別の惑星だったの?」と訊いたのだが、ジョージは賢明にもまったく助け舟を出さず、ヒッポリタに自分で答えさせていった。

他言しないというアイダとの約束を破るのは、非常に心苦しかったけれど、重要と思われることは包み隠さず共有するというこの集会の趣旨に従い、ヒッポリタはすべてを語った。最終的に、彼女の話を聞き終えた人たちの最大の関心は、宇宙の彼方でひとり生きつづける老女ではなく、五人の白人男が死んだという事実に集中した。

「まいったな」モーティマー・デュプリーが言った。

「そうなんだ」ここまで妻の話を黙って聞いていたジョージが、やっと口を開いた。「ランカスターが疑心暗鬼になってしまったのは、この五人の死に、ケイレブ・ブレイスホワイトが一枚かんでいると考えたからなんだ」

「しかしランカスターの疑念は、必ずしも根拠がなかったわけではない」モントローズが言った。「実はケイレブの野郎、こっちが思ってた以上に陰謀家でね……」彼はなかばケイレブに脅され、ヘンリー・ナロウの家を訪ねていった一件について話した。パールとヘンリー・ジュニアの非業の死を、ヒッポリタは深く悼《いた》んだ。「なんて哀れな」彼女はつぶやいた。「アイダがかわいそう」

次はホレスの番だった。彼はどのように魔法をかけられ、あとをつけ回され、殺されそうになったかを語ったのだが、話しているうち、そんな経験に恐怖よりも興奮を覚えたような口調になってしまった。しかし、大人たちの表情は沈鬱《ちんうつ》だった。

ランカスターが息子につけた刻印を、ケイレブがどのように消したか、そして最後にケイレブがなんと言ったかを、ジョージが説明した。「これが現在の状況だ。ケイレブ・ブレイスホワイトは戦争をはじめる気だし、わたしたちに協力を求めている」

「求めているわけじゃない」モントローズが兄の言葉を訂正した。「協力して当然と決めつけているんだ。なにしろ俺たちのことを、自分の手下だと思ってるんだからな」

「そのとおり」アティカスが補う。「それに彼がランカスターを倒しても、そこで終わりにはならない。たしかに彼は、この件が終わったらぼくたちから離れると口では言ってる。けれども本当のところは……」

「警察署長とどう戦うのか、具体的な計画を君たちはブレイスホワイトから聞いてるのか？」アブドラが訊ねた。

「いいや、まだだ」答えたのはジョージだった。「しかし彼の指示を伝える使者が、ここへ来ることになっている」彼は腕時計に目を落とした。「もうそろそろ着くころだと思うんだが」

誰かが扉を叩いたのは、その直後だった。ジョージが扉をわずかに開くと、クインシーが頭だけ室内に突っ込み、小声でなにか言った。ジョージは「誰だって？」と訊き返したあと、一歩うしろに下がり、ケイレブ・ブレイスホワイトの使者を招き入れるため、扉をいっぱいに開いた。

「ルビー？」レティーシャが驚きの声をあげた。

✣✣✣　✣✣✣　✣✣✣

かくてかれらは、新たな打ち明け話を聞くことになった。ルビーは前職をどのようにクビになったか、そして大晦日《おおみそか》の夜、どのような偶然が重なってケイレブ・ブレイスホワイトと出遭うことになったかを語った。

「それでそのまま、彼と一緒にナイトクラブに行ったわけ？」レティーシャが訊いた。「それがわたしのパーティーに来なかった理由？」

ルビーは妹をじろっと見た。「いつだったかあなた、神さまがあなたに与えたいと思ったから、自分はあの家を買うことができた、と言ったでしょ。あれと同じよ」

ルビーが語る大晦日の話のつづきには、大幅な省略と修正が施されていた。ダンスはしたし、酒も飲んだけれどキスはせず、その夜のクライマックスはルビーに対する仕事の依頼であって、変身の霊薬についてはおくびにも出さなかった。

「ケイレブは、自分は政府関係の仕事をしており、シカゴには特別の任務で派遣されていると自己紹介した。そして、市内に確保した彼の家で働いてくれる家政婦——それも、口が堅くて彼の名前を漏らす心配がない家政婦——を探していた」ルビーは肩をすくめた。「わたしはその家政婦の仕事を、すごくいい給料でオファーされたわけ」

それからルビーは、どんな仕事をしたか説明したのだが、ヒラリーの存在を隠しとおした点を別にすれば、ほぼ真実に近かった。ケイレブに頼まれてやった使い走りについても、いくつか話したものの、内容に関しては、ルビーもどれだけ重要なのか知らない「国益にかかわる」ものだと言ってごまかした。「彼が見張っていろと命じた男たちは、みんなギャングみたいだったから、わたしは彼がFBIの仕事をしているに違いないと思った」なにか怪しいと感じはじめたのは、彼がレティーシャについてしつこく質問したときだ。そして二日まえ、ケイレブが出かけているあいだに、彼女はたまたま地下室の鍵が開いていることに気づいてしまい……

ケイレブ・ブレイスホワイトの秘密の作業場を説明するにあたり、ルビーは、政府の仕事ではなく悪魔崇拝の儀式に使えそうな器具が並んでいたことは語ったが、あのガラスの枢《ひつぎ》にはひとことも触れなかった。「ファイルもいくつか置いてあった」彼女はつづけた。「表紙にアティカスの名が書いてあるファイルとか、ウィンスロップ・ハウス関連の書類を集めたファイルとかね。そのファイルを開いているとき、突然ケイレブが帰ってきて、わたしは見つかってしまった。殺されるかと思ったけれど、彼はまったく怒らなかった。それどころか、これから取りかかる仕事には、わたしの協力が不可欠だから、真実を知っておいたほうがいいだろうと言ってわたしを座らせると……彼が本当はなにをやるつもりか、詳しく教えてくれた。ホレスのマンガに出てくるような、とほうもない話だったのに、わたしはその話を信じるしかなかった」

ここでルビーは、まわりにいる人たちの顔を見た。「みんなも信じてくれそうね」

「ということは、君は彼の計画を聞いたんだな?」ジョージが言った。「あの男、わたしたちになにをやらせるつもりだ？」

ルビーはうなずいた。「ちょうど今ごろ、ケイレブはランカスター署長に電話をかけ、ふたりのあいだに存在する懸案を解決するため、明日の夜、直接会って話をしようと持ちかけている。彼が提案する会見場所は、ランカスターの一派がフォレスト・グレン（シカゴの北西端に位置する一地区）に所有している大きなカントリークラブ。ケイレブは、アティカスにも一緒に行ってもらいたいんですって」

「なんのために？」アティカスが訊いた。

「決まってるだろ」モントローズが口をはさんだ。「仲なおりのしるしとして、ランカスターに贈呈する手土産だよ」

ルビーが再びうなずいた。「そんなところね」彼女はアティカスに目を向けた。「もちろん実際にあなたを差し出すわけじゃない。狙いは単に、ランカスターの警戒を緩めさせること……そしてここから、あなたたちの出番となる」ルビーは持っていたハンドバッグを開け、祭壇を指さした。「あそこをちょっと借りてもいい？」

ジョージとアブドラが聖書とコーランを脇にのけた。ルビーは祭壇の上に、周辺地域を含め、会見場所となるクラブハウスの詳細が描かれている地図を広げた。その後の十分間、彼女はケイレブ・ブレイスホワイトの作戦を説明した。

「けっこう複雑だな」海賊ジョーが言った。

「しかもどこか一か所しくじったら、すべてだめになる」モーティマーがうなった。

「どっちに転んでも、わたしたちは使い捨てだよ」指摘したのはアブドラだった。「この作戦が成功して得をするのは、ブレイスホワイトだけだ」

「なんにせよ、彼は成功すると思う」ルビーが言った。「わたしはモントローズほど、ケイレブのことをよく知ってるわけじゃないけれど、彼が欲しいものを必ず手に入れる人間であることは、すでに何度か実感している。そして彼が欲しがるものは、どれもひどくおぞましい。たしかに彼は、白人にしては好感のもてる人物よ。でもその本性は――」

「ものすごく邪悪だ」モントローズがつづけた。

「そういうこと」ルビーは地図の上に手を置いた。「だからアブドラが言ったとおり、この作戦を成功させるだけでは意味がないの。わたしたちは、あの男も同時に排除しなければいけない」

「ここにいる全員が、そう思っているだろうよ」ジョージが言った。「しかし、どうやれば排除できるかがわからない。問題は、彼がもっている免疫ってやつだ。あれを消せないかぎり……」

「その免疫の消し方は、わたしにも全然わからない。とはいえ、彼の免疫がなにに由来するかは、知ることができた」ルビーはこう言うと、ケイレブの胸にある刻印について説明した。

レティーシャがいぶかしげに目を細めた。「胸に彫られた刺青《いれずみ》？　そんなもの、どうやって見たの？」

「わたし、家政婦として雇われてるのね。あなたのような家主ではなく」ルビーが答えた。

「家政婦が部屋に入ってきたからといって、彼があわててシャツを着ると思う？　髭を剃っている彼の胸に、その刺青があるのをたまたま見てしまったから、本人が説明してくれたの。この刺青が、自分を守ってくれているカインの刻印なのだと。そのときは冗談だと思ったんだけど、彼が魔術を使えると知ったあとは——」

「その刺青は何色だった？」唐突に訊いたのはアティカスだった。「赤くなかったか？　血みたいに」

「ええ。真っ赤だった」

アティカスはジョージに向きなおった。「ケイレブはホレスになんて言ったっけ？　血で刻まれた刻印は、はるかに強力で……」

「……完全に消すのは不可能に近い」

「不可能に近いってことは」ヒッポリタが言った。「不可能じゃないのね」

「理屈はそうだが、消し方がわからないんだよ」ジョージが嘆息した。

「そのとおり」モントローズも兄に同意し、考え込んだ。「しかし、訊けば教えてくれそうな人が、ひとりだけいるぞ」

✣✣✣　✣✣✣　✣✣✣

雪はまだ降りつづいていた。アティカスとレティーシャ、そしてモントローズを乗せた車が到着したとき、ウィンスロップ・ハウスの前の道路は静まり返っていた。

ところが一歩家のなかに入ると、にぎやかな音があふれていた。吹き抜けの広間ではミスター・フォックスが受話器を握り、すぐそばで娘のセリアが縄跳びをする音と接続不良の雑音に負けないよう、大声で話していた。ダイニングルームでは、チャーリー・ボイドと友人たちが騒々しくカードゲームに興じていた。広間を囲む廊下を見ると、ミセス・ウィルキンズが立っていた。耳が遠い彼女は、人びとの声ではなく亡き夫の夢を見て目を覚ましたようで、自分がどこにいるかわかっていなかった。

「ミセス・ウィルキンズ、どうしました？」レティーシャが駆けよった。「大丈夫ですか？」

「あらジェフリー」彼女のうつろな目は、レティーシャではなくモントローズに向けられていた。「ジェフリー、あなた帰ってたの？」

「ミセス・ウィルキンズ、この人はミスター・ターナーでしょ」レティーシャが優しく言った。

「彼女、このところ夜になるとこんな調子でね。ちょっと待ってて」アティカスとモントローズにこう言うと、レティーシャは階段に向かって歩きはじめた。

アティカスは父の顔を見た。「で、どこでやる？　やっぱり地下室かな？」

「それを決めるのは俺じゃない」へカテ像を見あげながら、モントローズが答えた。彼は持参した革製の手提げ鞄を、あたかもへカテ像に捧げるかのように顔の前に掲げた。「ミスター・ウィンスロップ、聞こえますか？　あなたが大事にしていた物を、預かってきました」彼が鞄を開くと、焼け跡に残っていた灰が吹きあがった。「息子さんに関する残念なニュースも、お伝えしなければいけないんですが……」彼がつかみ出したノートの束と一緒に、さらに多くの灰が宙に舞った。

アティカスは、幻惑されたかのように灰の動きを目で追っていたのだが、光のなかで渦を巻いていた灰は徐々に回転速度を落としてゆき、やがて完全に停止した。広間の反対側に目をやると、縄跳びをしていたセリアも床から跳びあがったまま固まっており、少女の両足の下を縄が通過しかけていた。その奥では、彼女の父親が片耳に受話器を押しつけ、もう一方の耳を手でふさごうとしていた。ダイニングのチャーリー・ボイドは、口を大きく開けて声もなく笑っており、その手はちょうど、エースのペアをテーブルの上に出したところだった。レティーシャは階段を上りかけていたが、ミセス・ウィルキンズはあいかわらず廊下でぼんやり立っていた。

「親父？」突如訪れた静寂のなかに響いた自分の声を、アティカスはひどく不気味に感じた。「親父は――」

「ああ、俺は平気だ」凍りついた人間たちを見ながら、モントローズが答えた。「とにかくこれで、盗み聞きされる心配はなくなったらしい」

地下にあったエレベーターのカゴが、急に上昇しはじめた。エレベーターは一階で停止し、大きな音をたてて蛇腹《じゃばら》扉が開いた。アティカスはヘカテ像が立つ噴水をぐるっと回り、誰も乗っていないエレベーターに近づいていった。カゴのなかでは、彼が自分で配線をやり直した天井の電球が明るく輝き、だがもっと近づくと、カゴとシャフトの隙間から、地獄の炎のような赤みを帯びた別の光がちらちらと見えた。地下室にそんな照明器具を設置した覚えなど、彼にはまったくなかった。「なあ、これって……」

「心配するな」息子の横をすり抜けてエレベーターに乗りながら、モントローズが言った。「俺はこういうのに慣れてるんだ。出されたものを飲み食いしなければ、大丈夫さ」

✥✥✥　✥✥✥　✥✥✥

翌晩は快晴だったが、かなり冷え込んでいた。ケイレブ・ブレイスホワイトは、予定の時刻にウィンスロップ・ハウスの前でアティカスをひろい、ふたりはシカゴ市内を北西に向けて走った。移動中、かれらはほとんど口をきかなかった。ケイレブは正面の道路を見つめながら、すでにランカスターを打ち負かしたかのように満足げな笑みを浮かべていた。対してアティカスは、尾行してくる車がないか確認するふりをしながら、暗い表情でダイムラーの後部座席をしばしばのぞき込んだ。

月が沈みかけたころ、ふたりは〈会員限定〉の看板がやけに目立つグラストンベリー・カントリークラブの正面ゲートに到着した。石造りの詰所にいた守衛が、かれらのダイムラーを見てどこかに電話したのだが、その後しばらくなんの動きもなかった。待たされているあいだも、ケイレブの機嫌が損なわれることはなく、ステアリングを小刻みに叩く指だけが、彼のいらだちを示していた。またしてもアティカスは、後部座席を確かめてしまった。

守衛がやっと出てきて、ゲートを開けた。ケイレブのダイムラーが前進をはじめたとたん、バーク刑事とノーブル刑事が現われて進路をふさいだ。悪ガキのような笑みを浮かべ、ケイレブがアクセルをぐっと踏み込んだものだから、ふたりの刑事は突っ込んできた車を大あわてで避けた。ノーブルは横に跳んでみごとに着地したが、バークは氷で滑って転びそうになった。

白人の警官を怒らせて厭《いや》な思いをするのが誰か、よく知っているアティカスは、非難するような目でケイレブを見た。でもすぐに気づいた。「そうか、あのふたり、免疫がないんだ」

「免疫の奥義を知っている支部は、幹部にしかその恩恵を与えない」ケイレブが言った。「下っ端は放っておかれる」それから彼は、こう言い添えた。「君も自分には免疫がないことを、忘れないほうがいいぞ」

「騒ぎを起こすことが、今夜のぼくの役目じゃないだろ」アティカスは念のため再確認した。

ノーブル刑事が運転席側に立ち、険しい顔でウィンドウを叩いた。

「こんばんは、刑事さん」ケイレブはウィンドウを下ろした。「なにをすればいいでしょう?」

「車から降りろ」ノーブルが命じた。彼は上体をかがめ、助手席のアティカスを見た。「おまえもだ」

ふたりは車外に出た。助手席側で待ちかまえていたバークが、アティカスを乱暴にボディチェックした。ノーブルも同じことをケイレブにやりたかったのだが、ケイレブがもつ免疫のせいで、手を触れることすらできなかった。「おい、身体検査をやらせろ」ケイレブは無言で両手をあげ、ノーブルにボディチェックを許した。

バークはアティカスを脇に突き飛ばし、懐中電灯を点けてダイムラーの後部座席を見た。ノーブルはトランクを開けた。「なんだこれは?」彼が持ちあげたのは、包装紙でラッピングされた辞典サイズの四角い荷物だった。

「和解のしるしの贈り物さ」ケイレブは答えた。「ランカスターには、行方知れずになっていたハイラム・ウィンスロップのノートを持参すると、すでに伝えてある」

ノーブルは包装紙を破った。「これが和解のしるしか?」

「なにが入ってた?」バークが訊いた。ノーブルが手にした物を見せると、バークは笑いだした。「おまえ、よっぽど死にたいんだな?」彼はケイレブに訊ねた。

「たとえそうであっても」ケイレブが答えた。「手を下すのは君ではない」

「そのとおりだ」ノーブルが同意した。「ランカスター署長は、自分でやりたがるだろう」彼は肩をすくめた。「なんにせよ、明日はおまえの葬式だ。キーは車に残しておけ。ここからは歩いていく」

「車に傷をつけるんじゃないぞ」バークに向かってケイレブが釘をさした。

「それが遺言かよ」バークは言い返した。彼はトランクを閉めると、もう一度アティカスを突き飛ばすため助手席側に戻っていった。しかし、その気になれば簡単にバークを殴り倒せることがわかっているアティカスは、彼の挑発にのりたくなかったので、すでに自分からクラブハウスに向かい歩きはじめていた。

ケイレブとアティカス、ノーブルの三人がクラブハウスのなかに消えても、バークはダイムラーの横に立ったまま自分の顎を撫で、なにやら思案していた。

「刑事さん?」守衛が声をかけた。「もう終わったんでしょ?」

「いや」バークが答えた。「とてもそうは思えない」彼は顎でダイムラーを示した。「こいつを駐車場に入れたら署長に電話して、この正面ゲートにあと何人かまわしてもらってくれ。裏にも同じくらいの人数が必要だ。俺はこれから、敷地内を少し歩いてみる。あの野郎、絶対になにか企んでるぞ」

✣✣✣　✣✣✣　✣✣✣

月が西の地平線に沈んだのを確かめ、ヒッポリタは木立から歩み出てきた。カントリークラブのゴルフコースに接するこの森のなかを、彼女は二十分ほど歩きつづけていた。暗闇で何度かつまずいたものの、彼女の方向感覚が狂うことはなかった。いま森を出て南を見ると、雪化粧したフェアウェイの先にちゃんとクラブハウスがあり、そのずっと手前に彼女の目的地である小さな別棟《べつむね》があった。

ヒッポリタは、彼女と一緒に歩いてきた白人女性が森から出てくる足音を、背中で聞いた。ケイレブ・ブレイスホワイトの部下だというその女性は、ヒラリーと名のった。ヒッポリタとしては、レティーシャかルビーと一緒のほうがよかったのだが、レティーシャには別の役目が与えられており、ルビーは――詳しい内容は教えてくれなかったけれど――ケイレブに疑心をもたせないためには必ず引き受けねばならぬ用事で、シカゴ市内に残っていた。

コートのポケットに拳銃が入っているのを再確認してから、ヒッポリタはヒラリーを従え、フェアウェイを横切りはじめた。別棟に近づいていったふたりは、建物の名称が書かれている

銘板を確かめた。〈電気設備棟／立入禁止〉

ケイレブ・ブレイスホワイトによると、少なくとも二名の係員が、二階の制御室で勤務しているはずだった。クラブハウスへの直通電話だけでなく、たぶん無線機も備えているから、少しでも異状があればすぐに連絡するだろう。だからこそ、白人女性の存在が重要なのだ。

「ここなら話をしても大丈夫ね」建物の北側、二階の窓から死角になっているところで立ちどまり、ヒッポリタが言った。「ドアを開けさせる必要があるけど、あなた、なにか考えがあるの？」

「正面に立ってノックすれば、それだけで開けてくれると思う」ヒラリーは答えた。「だけど、もしなかにいるのが用心深い人たちだったら、わたしを外で待たせておいて、クラブハウスに確認を入れるでしょうね。そんな余裕を与えないためには……」ヒラリーがコートを脱いだ。

コートの下から現われたのは、森のなかの散歩よりもカクテルパーティーのほうが似合いそうな、ノースリーブのブラックドレスだった。彼女は腰をかがめてブーツも脱ぎ捨て、ストッキングのまま雪の上に立つと、両手でそのドレスを引き裂いた。

「なるほど」彼女の意図を察して、ヒッポリタが感心した。「それなら絶対うまくいくわ」

✣✣✣　✣✣✣　✣✣✣

ゲートの守衛は、ケイレブのダイムラーを駐車場に入れてパーキング・ブレーキを引いた。車を降りた彼がドアを乱暴に閉めて十秒後、カチっという小さな音とともに後部座席の背もたれが前方に倒れると、座席とトランクの隙間に細長い空間が出現し、横になって隠れていたレティーシャがむっくり起きあがった。

彼女は車から降りるとボディの陰にうずくまり、細長いベルベットの袋の口をゆるめた。袋から出てきたのは、長さ約三十センチの先が細くなっている黒檀の棒で、アダムの文字が刻まれていた。先端に銀製の小さなトンボがついており、棒を取り出す際レティーシャは、そのトンボに触れないよう細心の注意を払った。

彼女は姿勢を低くしたまま、詰所に戻ってゆく守衛のあとを追った。詰所に入った彼が閉めたドアに、彼女は急いで駆けより、強く叩いた。「バーク刑事、まだなにか?」と言いながらドアを開けた守衛の頰を、レティーシャは棒の先についた銀のトンボでさっと撫でた。触るか触らないかの軽さだったのに、守衛は一瞬で気を失い、そのまま床に倒れた。

「これは面白い」レティーシャはつぶやいた。

✣ ✣ ✣

ノーブル刑事がケイレブとアティカスを連れていったのは、クラブハウスの西端にある広いレセプション・ルームだった。その部屋で、ふたりは再び待たされた。ケイレブはバーから勝手にスコッチを出してグラスに注ぎ、そのあと、赤々と燃える暖炉の正面に置かれた二脚の椅子の片方に、ゆったりと座った。このクラブが白人専用であることを、言われるまでもなく知っていたアティカスは、床に立ったまま天井まで届く二本の大きな書架を眺めた。残念ながらここも、見栄えのよさで選ばれた本を図書館のように飾っただけの、俗な応接間のひとつにすぎなかった。

廊下側のドアが開き、葉巻の煙に包まれながらランカスターが入ってきた。

「急なお願いを聞いてくださり、ありがとうございます」ケイレブが言った。

「おまえらしくないな」ランカスターは眉をひそめた。「本当にそういう態度で、わたしと交渉したいのか?」ノーブルからスコッチのグラスを受け取った彼は、暖炉の前のもうひとつの椅子に腰をおろした。「もしそうであるなら」ランカスターがつづけた。「わたしに約束した手土産も、ちゃんと持ってきたんだろうな?」

ノーブル刑事が咳払いをした。彼は、バーカウンターにのせておいたケイレブの荷物を手に取り、ランカスターに渡した。ランカスターはグラスを肘掛けに置くと、葉巻を口にくわえて包装紙をはがし、問題の本——革装の古い大型本——を両手で持った。表紙に金のインクで書かれた書名を、彼は声に出して読んだ。「モーディカイ・カーシュバウム著、『ヘブライ語によるカバラ大百科事典』」

苦り切った顔で本をノーブルに返したランカスターは、くわえていた葉巻を手に持ちなおすと暖炉の火を見つめ、言葉を探すかのように顎を左右に動かした。「そうか」ようやく口を開いた。「わたしを怒らせることが、おまえの目的だったんだ。違うか?」

「ウィンスロップのノートは、持ってこられなかった」ケイレブが言った。「なぜなら、わたしもまだ入手していないからだ」

「そんな話、誰が信じるか。たとえ信じたとしても、ここまでなめたまねをされて、許せるわけがない。おまけにおまえは、こんな物まで仕込みやがった」彼はジャケットのポケットに手を入れた。出てきたのは、フクロウが彫られた小さな円盤状の骨で、彼はその骨を暖炉の上に放り投げた。

「それはおたがいさまだな」ケイレブが言った。「あんたもわたしのことを、ずっと見張っていた」

「おまえを監視したのは、信用できないことがわかっていたからだ」

「逆にあんたは、自分が信用してもらえると思っていたのか？」

ランカスターは天を仰いだ。「これは驚いた。おまえはわたしをコケにしたが、それもすべてわたしのせいなのか？……いいかよく聞け。わたしはおまえと、真っ当な取り引きをするつもりだった。だからおまえを、自分の街へ迎え入れてやった。おまえと一緒に、仕事をする気になっていたんだ」

「そうだろうな」ケイレブが冷たく言った。「わたしがおとなしく、あんたの言うことを聞いているかぎり」

「おまえはなにを期待していたんだ？　わたしの年齢の半分にも足らない、ただのガキのくせに。自分にちょっと才能があるからって、わたしがおまえの前にひざまずくと思っていたのか？　いったい何様のつもりだ？」

「あんたなんかより、ずっと優れた自然哲学者のつもりだけど」

ランカスターは笑った。「おまえ、自分の父親にもそんな口を叩いていたのか？　だとしたら、なぜ彼はおまえを殺さなかったんだろうな？　わたし自身はおまえの父親を知らないが、ビル・ワーウィック――先代のシカゴ支部長――は、おまえの父親とウィンスロップが一戦まじえたとき、ウィンスロップの弟子のひとりだった。わたしは彼から、サミュエル・ブレイスホワイトがどんなに鼻持ちならないクソ野郎だったか、いろいろ聞いているんだ。面白いものだな。おまえは父親を憎んでいたかもしれないが、結局、父親そっくりになったんだから」

ここまでアティカスは、できるだけ目立たないよう静かに立っていた。にもかかわらず、ランカスターの罵言《ばげん》に対するケイレブの反応を見て、つい口もとをゆるめてしまった。するとランカスターは、まるでアティカスが大声で笑ったかのように、すごい形相で彼を睨みつけた。

「これは失礼」アティカスは言った。「もしよければ、おふたりが大事な話をしているあいだ、廊下に出ていたいんだけど――」

「だめだ。おまえはそこから動くな」ランカスターはこう命じると、ケイレブに視線を戻した。

「おまえもだ」

✣✣✣　✣✣✣　✣✣✣

クラブハウスの裏ゲートを担当している守衛が、小用を足すため詰所のすぐ脇の茂みに入っていった。ズボンのジッパーを下げた彼の首筋に、銀のトンボがとまり、たちまち彼は地面にくずおれた。レティーシャは彼の前に立ち、敵を倒したボクサーのように両腕を高くあげた。

それから彼女は、裏ゲートを開けに行った。

道路の先で待機していたヴァンが前進してきて、ゲートを通過したところで停まった。〈シャドウブルック・ベイカリー〉と書かれたそのヴァンから、モントローズとジョージが降りてきた。ふたりは失神している守衛を持ちあげ、詰所のなかに運んだ。「この男、いつ目を覚ますんだ?」ジョージが訊いた。

「四、五時間は死んだも同然になっていると、ケイレブが言ってた」レティーシャは答えた。「そして意識が戻っても、今夜自分が見たり聞いたりしたことを、きれいに忘れているんですって」

✥✥✥　✥✥✥　✥✥✥

運転席のアブドラがヴァンの向きを変え、クラブハウスの搬入口へ向かってバックさせていった。彼がエンジンを切ると同時に、搬入口の脇のドアが開き、ダークスーツを着た白人の男が出てきた。

「まずいな」モントローズがつぶやいた。でもその男は、ヴァンに気づいて出てきたのではなかった。煙草を口にくわえた彼の目は、風を防ぐため両手で包み込んだライターの火だけを見ていた。

「大丈夫」レティーシャが黒檀の棒を小さく振った。「わたしにまかせて」

「ああ助けて!　助けてください!」ヒラリーの叫びを聞いた係員がドアを開き、彼女は気絶するふりをしてその係員の腕のなかに倒れ込んだ。彼は、よろめきながら数歩下がったものの、すぐに体勢を立て直し――だが、拳銃の銃口を顎の下にあてられ、動けなくなった。「お静かに」ヒラリーが言った。開いたドアからヒッポリタが建物のなかに滑り込み、階段の下に立った。

「ボビー?」二階から声が降ってきた。「なにがあった?」

それから三分もたたないうちに、ヒラリーはふたりの係員に手錠をかけ、一階にある発電機室のパイプにつないでいた。ふり返った彼女は、ヒッポリタが拳銃を自分に向けていることに気づき、驚いたような顔をした。「あなたもよ」三つめの手錠を差し出しながら、ヒッポリタが言った。

命じられてもいないのに、ヒラリーは自分の銃を発電機室の隅に向かって投げ捨てた。それから手錠を受け取ると、近くのパイプに自分の手をつなぎはじめた。係員のひとりが彼女に向かい、「だからニガーを信用しちゃいけないんだよ」と嘲《あざけ》るように言った。

「うるさい! 黙ってろ!」と一喝してから、ヒッポリタは目を丸くした。まったく同じ言葉を、ヒラリーが同じ調子で、同時に発していたからだ。

ヒッポリタのもの問いたげな顔に、ヒラリーは肩をすくめることで応えた。「わたしのことはいいから、早く二階に行って」自分に手錠をかけながら、ヒラリーが言った。「ジョージとモントローズが、そろそろ合図してくるころでしょ」

ヴァンの荷台から降りてきた海賊ジョーとアブドラ、そしてモーティマーの三人は、気を失っている警備員たちをまたぎながらクラブハウスのキッチンを抜けた。三人はいったん立ちどまると、肩にかついでいる大荷物――運搬用の保護毛布にくるまれた、大きな板状の物体――のバランスを整え、再び宴会場に向かって歩きはじめた。横の廊下から新たな警備員が姿を現わしたが、声ひとつ出さないまま、すっとうしろに立ったレティーシャに倒されてしまった。

宴会場に人影はなかった。かれらはテーブルのあいだをすり抜け、シャンデリアの下の広い空間を横切った。海賊ジョーとアブドラが保護毛布を外しているあいだに、モーティマーが小さく折られていた方眼紙を広げ、そこに描いてある図形を再確認した。レティーシャは、宴会場のいちばん奥の壁にまっすぐ向かった。前回このカントリークラブで集会があったとき、置かれていた展示ケースは片づけられていたけれど、シカゴ支部を設立した男の肖像画はまだ飾られており、その額縁の下に仕込まれた秘密のスイッチをレティーシャが押すと、額縁の片側が手前に開き、壁に埋め込まれた大きな金庫が姿を現わした。彼女はダイヤルを見つめながら、今から金庫破りをはじめるかのように、指をこすり合わせた。

でもダイヤルには触れず、彼女はふり向いて男たちにこう言った。「こっちは用意できた。わたしはほかに起きてるやつがいないか、外を見てくる。そっちはまだかかりそう?」

「いや、もうすぐ終わる」海賊ジョーがにやりと笑った。「あとは、やつらが騒ぎはじめるのを待つだけだ。気をつけていけよ」

✣✣✣　✣✣✣　✣✣✣

ランカスターは思案顔でウイスキーをすすった。「さて、どうしたものかな?」独り言のように彼は言った。「おまえだけ追い出し、こいつはもらっておこうか」彼は葉巻の先端をアティカスに向けた。

「やってみるがいい」ケイレブ・ブレイスホワイトが言った。

ランカスターがせせら笑った。「おまえをシカゴから追放することなど、わたしにはできないと思ってるのか? たしかに今おまえを失うのは、惜しい気がするよ。おまえが有能であることは、わたしも認める。口のうまさも相当なものだし、聖ヨハネの日には、さぞ役に立つだろう。しかしそれも、うしろから刺される心配なしに、おまえに背を向けることができればの話だ」

「できないだろうね」

「そのとおりだ。とはいえ、解決策がないわけじゃない。ひとつ教えてくれ。わたしがあの少年につけた刻印を、おまえはどう思った?」

「なかなかの技術だと感心した」ケイレブは率直に認めた。「あれは本当に、あんたの仕事なのか?」

「基本はビル・ワーウィックから学んだ」ランカスターが答えた「でも実用面で練りあげたの

は、このわたしだ」

「あれがあんたの言う解決策なのか？　玩具を使って、わたしを追いまわすことが？」

「まさか。おまえ用の特別な刻印を準備してあるのさ。昔ビルが研究していた刻印をね。彼が消えてしまったあと、残されたファイルのなかにあるのをわたしが見つけたんだ。ビルはそれを、獣の印と呼んでいた」

「ヨハネの黙示録に出てくる、獣の数字みたいなものか？」ケイレブが訊いた。「さもなければ、家畜に押す焼き印？」

「そのふたつに大きな違いはないだろ？　ビルはいつだって、誰を信用すればいいか頭を悩ませていた。ウィンスロップが博物館のなかにつくった秘密の宝物庫に、彼がひとりで行ってしまったのも、たぶんそれが原因だろう。気の毒な話だ……それはともかく、この獣の印は、自分に忠誠を尽くさせたい相手に刻みつけることで、効力を発揮する。というのも一度つけてしまえば、その相手のことを考えるだけで、今どこでなにをしているか、たちどころにわかるからだ。そしてもし、彼がよからぬことを企んでいたら、ちょっと強く念じれば彼は死んでしまう。なによりこの刻印が素晴らしいのは、免疫がある相手にもつけられる点でね」

「つまり、あんたの従順な下僕を殺せる人間は、あんたしかいないわけだ」ケイレブはこう言いながら、ノーブルをちらっと見た。「その刻印をつける方法は、わかっているのか？」

「消息を絶ったとき、ビルはまだ研究をつづけている途中だった」ランカスターが答えた。

「だからわたしが、最後の詰めを行なった。しかしまだ少し疑問が残っていたので、念のためそこを、ウィンスロップのノートで確認したかったわけだ。だからノートがなくても、今夜ここで実験するのに支障はない」

ケイレブは不敵な笑みを浮かべた。「その実験のため、わたしを椅子に押さえつけておくことが、あんたにできるかな?」

「わたしがやるんじゃない。わたしたちだ」ランカスターが言った。

ノーブルが廊下側のドアを開き、指にシルバーの認印《シグネット・リング》つき指輪をはめた白人の男たちが、ぞろぞろと入ってきた。そのなかのひとりが元市会議員であることに、アティカスは気づいた。彼以外にも、新聞で写真を見たような気のする顔がいくつかあった。

総勢十三名。かれらが二列に並ぶと、まるでひとり多すぎる陪審団のようだった。

「さてそれでは」ランカスターはケイレブを見て、それから視線をアティカスに移した。「先にやってもらいたいのはどっちだ?」

✥✥✥　✥✥✥　✥✥✥

モントローズとジョージは、キッチンの天井につけられた跳ね上げ扉をくぐり、屋根に上がった。彼らがめざす煙突は、建物のいちばん遠い端にあった。そこまでたどり着くには、切妻屋根の棟に沿ってつけられた幅六十センチの点検用通路を、歩かねばならなかった。真夏であればスリル満点のハイキングになったかもしれないが、今その通路は、雪と氷でみるからに滑りやすそうだった。

「まるで〈サンタの小さなお手伝いさん〉だな」緊張した声でジョージが言った。

「そういう冗談は家で言ってくれ」モントローズはこう言い返すと、先に立って歩きはじめた。ジョージがただちにあとを追い、兄弟の対抗意識もいくらか手伝ったのだろう、ふたりは少年のような俊敏さで通路を進んでいった。ほどなくしてかれらは、目的の煙突のすぐ上に立った。モントローズが点検用通路のフックにロープを結び、ふたりはそのロープをつたいながら、屋根の斜面を煙突のすぐ横まで下りた。ジョージはポケットから懐中電灯を取り出すと、いつでも電源を遮断できるようヒッポリタが準備を整えているはずの、電気設備棟を見やった。そのかたわらでモントローズは、首から下げていた頭陀袋をおろし、ミルクのような白い液体がいっぱいに入ったガラスの瓶を出した。

液体を調合したのはケイレブだったが、それを入れるガラス瓶は、モントローズがこれでなければいけないと特に選んだものだった。

✣✣✣　✣✣✣　✣✣✣

「ふたりとも遠慮してるのか?」ランカスターが言った。「ではしかたない。ブレイスホワイト、おまえからだ」

彼は空になったウイスキー・グラスを置き、葉巻を暖炉のなかに投げ捨てた。ノーブルは、バーにあったナイフをランカスターに手渡すと、歩哨のようにドアの前に立った。シカゴ支部の男たちの目が、ケイレブ・ブレイスホワイトに注がれた。レセプション・ルームのなかに緊張がみなぎった。いつでも行動を起こせるよう、アティカスも身がまえた。ケイレブだけは、あいかわらず椅子のなかでリラックスしていたのだが、彼は突然前のめりになると二本の指を口にくわえ、耳に突き刺さるほど鋭い音で口笛を吹いた。

口笛の音はすぐに消え、ランカスターは首をかしげなら、ナイフの刃で左手の掌を軽く叩いた。「今のはなんだ?」彼はケイレブに訊いた。「魔法の子馬でも呼んだのか?」

煙突を通って落ちてきたコカ・コーラの瓶が、暖炉のなかで割れた。炎があっという間に消え、白い煙が勢いよく暖炉から吹き出しはじめた。次の瞬間、クラブハウスの全電源が落ちた。ケイレブが口笛を吹くと同時に、アティカスは出口のほうに向きなおり、現況を頭に叩き込んでいた。だから室内が煙と闇に閉ざされてしまっても、どこを何歩走ればドアにたどり着けるか、完璧に把握していた。廊下に出てゆく彼を邪魔する者はひとりしかおらず、そのひとりは、免疫をもっていなかった。

✣✣✣　✣✣✣　✣✣✣

電気設備棟から外に出たとたん、ヒッポリタは息が止まるほどの衝撃を感じた。一瞬混乱した彼女は、大急ぎで階段を下りたせいかと思ったのだが、二発めのパンチを側頭部に喰らって襲われたことに気づいた。

雪の上に横向きに倒れながら、ポケットに入れた拳銃を抜こうとしたのだが、バーク刑事が彼女の腕をつかんでねじ上げ、拳銃を奪った。ヒッポリタの胸を蹴って仰向けにしたバークは、息を吸おうともがく彼女を見おろした。

「これはこれは、オリシア・ブルーさん」バークが言った。「こんなところで、なにをやってるんだ？」彼はブーツの先で、ヒッポリタの脇腹をつついた。「ほかに誰がいる？　ジョージはそのへんにいるんだろ？　ホレスは連れてこなかったのか？」息子の名前に反応した彼女を見て、バークはにやりと笑った。「そうか。ホレスは、ベビーシッターに預けてきたのか。でも心配することはない。ここが終わったら、俺が捕まえに行ってやるから」

　乾いた発砲音が二回聞こえた。ヒッポリタは、黒いコートを着た男たちに捕まった冬至の夜のウィスコンシンに、引き戻されたような気がした。薄ら笑いを浮かべていたバークが、困惑したような顔で管理棟のドアを見たときは、すでにヒラリーが開きっぱなしになっていたドアから躍り出て、三発めの銃弾を至近距離からバークに撃ち込んでいた。倒れたバークを見おろすヒラリーの裸の腕には、鳥肌が立っていた。

「怪我はない？」

　そう訊かれても、まだ息を切らしていたヒッポリタは、手錠をしていないヒラリーの手首をまじまじと見るだけだった。

「ああ、これ？」ヒラリーがうなずいた。「手錠の鍵のスペアを、もうひとつ持っていたの。たぶん必要になるんじゃないかと思って」

　ヒッポリタは起きあがり、殴られた顎を撫でた。今のヒラリーは、なぜかとてもよく知っている人のように思えてならなかった。

「あなた……いったい何者なの?」

「誰であろうと、あなたが心配する必要はないわ。でも、ひとつだけ頼まれてくれない? ケイレブ・ブレイスホワイトに会ったら伝えてほしいの。わたしはもう、辞めさせてもらうって」

ヒラリーはこう言うと、先ほどブーツとコートを置いてきた場所に向かって、ストッキングをはいただけの足で走っていった。

✣✣✣　✣✣✣　✣✣✣

アティカスに数秒遅れて、ケイレブ・ブレイスホワイトもレセプション・ルームを飛び出し、音高くドアを閉めたあと、そう簡単には開かなくなる細工を施した。廊下を駆けてゆくアティカスの背後から、開かないドアを激しく叩く音や、ドアノブをがちゃがちゃ回す音が聞こえてきた。

にぎやかな雑音が急に消えると、なにかが内側からドアに強烈な衝撃を与え、ドアは蝶番《ちょうつがい》からはずれた。煙を手で払いながら、ランカスターが廊下に出てきた。彼のうしろには、へし折られた鼻から血を流すノーブルがいた。最初はとまどっていたほかの支部員たちも、すぐに隊列を組みなおしてランカスターのあとにつづいた。

逃げるアティカスたちの足音を追いながら、かれらも真っ暗な廊下を走った。ふたりの足音が不意に聞こえなくなり、やや遅れてランカスターは、倒れている警備員のひとりにつまずいた。「ちょっと静かにしてくれ」ランカスターは小声で命じた。

前方のあまり遠くないところで、鍋や釜が派手な音をたてて崩れ落ちた。キッチンに向かおうとしたノーブルを、ランカスターは「待て」と制止し、宴会場の入り口に近づいてゆくと両開きのドアを勢いよく開けた。

入り口から最も遠い壁の前で、アティカスが火のついたライターを掲げて壁の金庫を照らしており、その下でケイレブがダイヤルを回していた。ふたりは頭《こうべ》をめぐらせ、入り口に立つランカスターを見た。

「やっぱりおまえは、辛抱することを知らない大バカ者だったんだな」ランカスターはカフスを外して袖をまくりあげながら、ふたりに向かって歩きはじめた。「おまえが『名付けの本』を手にすることは、もう絶対にない。わたしがおまえを助手にしてやる可能性も、当然なくなった。これからわたしはおまえの首を斬り落とし、それで終わりにする。そして聖ヨハネの日が過ぎ、すべての支部を手中に収めたわたしは、次になにをやると思う？　アーダムまで足を伸ばし、あのクソみたいな村を焼き払ってやるのさ」

ケイレブは立ちあがると、あたかもランカスターと宴会場の中央で対峙するかのように、歩きはじめた。けれどもその動きは、ランカスターたちに比べはるかに緩慢《かんまん》だった。両腕をだらんと下げ、しかし指先をさかんに動かしていた。指の柔軟運動をしているかのようだったが、見る角度を変えると、その動きは操り人形師のそれによく似ていた。

ランカスターがシャンデリアの下を通過した。彼の背後のテーブルのひとつで、テーブルクロスがわずかに揺れ、モーティマー・デュプリーがその下からそっと這い出してきた。モーティマーは、ケイレブに注意を奪われているシカゴ支部の面々に気づかれることなく、銀を混ぜた特製のチョークで、あらかじめ床に書いておいたアダムの文字に、線を一本だけ書き加えた。

ランカスターとノーブル、そしてかれらのあとにつづく全員が、まるで非常ブレーキを引かれた地下鉄に乗りあわせた乗客のように、がくんとつんのめって立ちどまった。倒れた者はいなかったけれど、かれらの足は床に張りつき、まったく動かなくなった。

「ブレイスホワイト！」ランカスターが怒鳴《どな》った。「これはいったいどういう――」

モーティマーがチョークでもう一本線を引いた。ランカスターは口を開閉するだけで、言葉を発することができなくなった。

さらに二枚のテーブルクロスがはね上げられた。出てきた海賊ジョーとアブドラが立ちあがり、電気ランタンのスイッチを入れると、床にチョークで描かれ、ランカスターたちを囲い込んでいる大きな円があらわになった。その円から右に向かって二本の平行線が引かれており、平行線の先に描かれた小さな円の中心に、アブドラたちがヴァンから運んできたドアが自立していた。ランカスターたちの左からは、先端と終端だけ直線で、途中はジグザグになっている線が一本引かれており、今はまだなにも置かれていない小さな円につながっていた。そしてシカゴ支部の全員を囲んでいる円の正面からは、ほとんど一本に見えるくらい間隔の狭い二本の平行線が延びていたのだが、この線は金庫がある壁のすぐ手前で途切れていた。

「ここでなにか気のきいたことを、言ってやるべきなんだろうが」ケイレブがにやりと笑った。

「どちらかといえばわたしは、言葉より行動を重視するタイプでね」彼はチョークを持って奥の壁まで戻り、金庫の前の床に半円を描いて、そこに二本の平行線を接続した。それから、まだなにも置かれていない小さな円に近づいてゆくと、円のかたわらに立っていたアティカスから、彼が手に持っている丸めた古い巻物とナイフを受け取ろうとした。しかしアティカスは、首を横に振った。

「これはぼくがやる」彼はこう言うと、小さな円のなかにみずから入り、ランカスターに冷たい視線を投げた。「あの男には、ホレスが世話になったからな」

ケイレブは不審そうな顔で彼を見た。「この儀式は、けっこう危険なんだぞ」

「今夜ぼくらがやることのなかに、危険でないものがあるか?」アティカスは言い返した。

「やらせてくれよ」

ケイレブ・ブレイスホワイトは躊躇《ちゅうちょ》した。しかし、悪意や策略の気配を特に感じなかった彼は、アティカスたちの予想に違わず、とうとう重大な判断ミスを犯した。

「いいだろう」ケイレブがうなずいた。「しかし万一の場合に備えて、君たちは外に出ていたほうがいい」海賊ジョーとアブドラ、そしてモーティマーの三人が廊下に避難した。アティカスは手にしたナイフで、自分の掌を小さく切った。ケイレブは床に片膝をつくと、チョークで二本の新たな線を加えることにより、アダムの言語を理解し音読できる能力をアティカスに与えた。

今回の呪文は、アーダムのときとは異なっていた。自立したドアから射し込んできたのは光ではなく、サバト・キングダムの森を徘徊していた怪物を彷彿とさせるような、不定形にうごめく無窮の闇だった。その闇はランカスターとノーブル、そしてシカゴ支部の全員を呑み込むと、真っ黒い触手をするすると伸ばし、壁の金庫の扉を一瞬で開いた。それから再びドアのなかへと消えてゆき、あとには一片の灰すら残さなかった。

「意外にあっけなく終わったな」賞品を受け取ろうとする男のように、両手をもみ合わせながらケイレブが言った。「これで聖ヨハネの日が、次の大きな節目になるわけだが……」

アティカスは、手にしていた血まみれの巻物を床に落とした。それから左の袖を大きくまくり、腕に書いておいたアダムの文字をむき出しにした。黒い肌の上に黒インクで書かれた文字を読むのは、決して容易ではなかったけれど、アティカスはあのレセプション・ルームの室内配置を暗記したときと同じ集中力で、その内容を頭に叩き込んだ。覚えた呪文を心のなかで何度も反復しながら、彼は円の外に足を踏み出した。

そのときケイレブは、金庫から『名付けの本』を出し、無傷であることを確認していた。「よし、いいだろう」彼はうなずいた。「ヒッポリタたちが来たら、すぐに全員ここから離れ――」と言いながらふり返ったケイレブは、すぐうしろにアティカスが立っていたのでぎょっとした。しかし、みずからがもつ免疫に絶対の自信があった彼は、アティカスが血だらけの右手を伸ばしてきても、避けようともしなかった。「おいおい、いったいなにをやりたいんだ？」

アティカスはアダムの言葉で返事に代えた。彼が呪文の冒頭を暗誦《あんしょう》すると、彼の右手がケイレブの胸にぴたりと張りついた。高温がケイレブのシャツを焼いた。ケイレブは『名付けの本』を床に落として悲鳴をあげ、アティカスを押しのけようとしたのだが、ふたりの掌と胸、皮膚と皮膚、血と刻印は溶け合ったかのように離れなかった。アティカスは呪文を暗誦しつづけ、ケイレブはアティカスの右腕をつかんだまま叫びつづけた。

アティカスが呪文を最後まで唱え終えた。熱と痛みが消えていった。彼の右手が離れても、ケイレブの胸にはカインの刻印がまだ残っていたのだが、すでにそれは、古い刻印の上に焼き込まれたまったく別のものだった。

「アティカス……なにをやった?」なんとか壁によりかかりながら、ケイレブが訊いた。しかし急に足の力が抜け、彼はずるずると床の上にへたり込んだ。

宴会場のドアが開いた。モントローズとジョージがレティーシャを伴って入ってきて、すぐに海賊ジョー、アブドラ、モーティマー、そしてヒッポリタがつづいた。かれらはアティカスの横に立ち、心臓発作を起こした男のようにがたがた震えているケイレブ・ブレイスホワイトを、無言で見おろした。「君たちは」ケイレブが苦しげに言葉を絞りだした。「君たちは……わたしを殺せないぞ」

「殺したりしない」アティカスは約束した。「追放するだけだ」

✣✣✣　✣✣✣　✣✣✣

撤収するまえの後始末を、かれらは忘れなかった。モーティマーが宴会場の床をモップがけし、海賊ジョーとアブドラは持参した大道具類を片づけた。残りの面々は、ヒッポリタに連れられ電気設備棟に向かった。手錠でパイプにつながれていたふたりの係員を、レティーシャが眠りと忘却の棒で撫でた。モントローズとジョージは、短い話し合いのあとバーク刑事の死体を保護毛布でくるみ、ケイレブのダイムラーのトランクに入れた。そして最後に、ケイレブ・ブレイスホワイトをヴァンの荷室に放り込んだ。

かれらはUS四一号線を南に向かった。キャルメット川を越えてしばらく走り、二枚の道路標識が横並びになっている地点を通過したのは、真夜中を過ぎたころだった。片方の標識には〈シカゴここまで〉、もう一方には〈インディアナへようこそ！〉と書いてあった。

かれらはそこで左折し、インディアナポリス・アヴェニューとペンシルヴェニア鉄道の線路のあいだに延びる、両側になにもない道に入った。そして州境のイリノイ側に、ヴァンを停めた。レティーシャは、運転してきたケイレブのダイムラーを州境の反対側に駐車すると、キーをイグニッションに挿したままドアを閉めた。アティカスとモントローズが、ケイレブ・ブレイスホワイトをヴァンから降ろし、ダイムラーのところまで歩かせて手荒く突き飛ばした。ケイレブは倒れたものの、シカゴ市内を離れたあたりから目に見えて元気を回復していたので、自力で立ちあがることができた。

ヴァンのグローブボックスから、ヒッポリタが一冊の道路地図を出してきた。アティカスはそれを受け取ると、ケイレブの前に戻った。「今夜ホレスは、お別れを言いに来られなかった」アティカスが彼に言った。「その代わり、あんたのために餞別《せんべつ》を用意してくれたぞ」

「今日以降」ジョージが説明した。「その地図で赤く塗られている地区は、避けたほうが身のためだ」

「そんなに難しいことじゃないでしょ」ヒッポリタが言い添えた。「あなたにとって、この国の大部分はまだ安全なんだもの。デトロイトやフィラデルフィア、あるいはハーレムに寄り道さえしなければ、無傷で家に帰れる」

ブレイスホワイトは首を振った。「このわたしに対し、君たちがそんなことをできるわけない」

「それができるし、やってしまったんだな」アティカスが答えた。「そういえばミスター・ウインスロップが、あんたによろしくと言ってた。あのノートを取り戻せたことで、あんたに感謝しているそうだ」

「ウィンスロップ?」ケイレブは顔をしかめた。「君たちにあれを教えたのは、ハイラム・ウインスロップだったのか?」

「そうだよ。だからあんたも、ここにいるぼくの仲間たちに対し、感謝の気持ちをもってほしいね。うちの親父はあんたに別の結末を用意していたし、実はぼくも、彼に同調しかけていたからだ」

「では感謝の言葉を聞かせてやろう」ケイレブはレティーシャに向きなおった。「君と君の店《たな》子《こ》たちは、新しい住まいを探さなければいけない。公衆電話のある場所まで戻ったら、わたしはすぐに解体業者と連絡をとり、ウィンスロップ・ハウスの取り壊しを依頼するからだ」

「それは無理じゃないかな」レティーシャが言い返した。「だってあの家の権利を、あなたはもう失っているんだもの」

「そのとおり」アティカスが補う。「実は今日の午後、ぼくがアーチボルドの不動産事務所に行って、所有権の移転に必要な残金を全額現金で納めてきた」

「その現金というのは」ケイレブはジョージを見た。「君たちの先祖の未払い分の給料として、わたしがくれてやった金じゃないのか？」

「いいや、違う」ジョージが答えた。「わたしたちの金だ」

ケイレブは怒りに駆られ、言葉を失った。顔面は紅潮し、道路地図を持つ手が震えた。ところが彼は、ただちにそんな自分を抑制した。「いいだろう。あの家は君たちのものだ。金も好きにしろ。しかしあの本は……」彼はアティカスを見た。「あの『名付けの本』はわたしによこせ」

「よこせと言われても」アティカスは首をかしげた。「アブドラはどう思う？」

「だめだ」アブドラは冷たく拒《こば》んだ。

「金は払うぞ」ケイレブが食いさがった。「金額を言え」

「いくら金を積まれても渡せない。あの本は燃やす」

「ということだ」アティカスが言った。「でもがっかりすることはない。実のところ、あんたがあの本を持っていたって、もう使いみちはないんだからな。新しい胸の刻印は見ただろ？あの刻印は、あんたに特定の場所への出入りを禁じるだけではない。あの秘密結社にも、あんたは二度と戻れなくなった」

「どういう意味だ？」

「つまりあんたは、もう魔法使いではないのさ。免疫はまだ残っているけれど——非常に限られたものだがね——それ以外の力がすべて消えていることは、すぐにわかるだろう。そしても し、失った力を取り戻そうとか、新しい秘術を学ぼうとかしたら、あんたはたいへんな苦しみを味わうことになる。なぜなら自然哲学にふれるだけで、あんたはアレルギーを起こすようになってしまったからだ」

アティカスの言葉をケイレブは信じようとせず、彼が体得している特殊な能力のいくつかを試そうとしたのだが、彼の顔に浮かんでいた否定と嘲りはすぐに消え、恐怖と絶望に取って代わられた。

「嘘だ」哀れな声だった。「嘘だろ、アティカス……ふざけるな！　君にこんなことが——」

「できるし、やったんだよ」アティカスが言った。彼は背を向けて歩きはじめようとした。ケイレブは彼の腕をつかんだものの、簡単に振りほどかれ、吐き気と無力感に襲われながら、ふらふらと後退した。「アティカス！」とうとう彼は叫んだ。「アティカス、頼む……君はまだ、わたしを必要としているんだぞ！　わかっているのか、アティカス！」

家族と友人たちの輪のなかに戻ったアティカスが、ふり返って片眉をあげた。

「ぼくがあんたを必要としている？　なあミスター・ブレイスホワイト、〈必要〉という言葉の意味を、いっぺん辞書で調べたほうがいいぞ」

「君は、ランカスターのシカゴ支部が壊滅したことで、すべて終わったと思っているんじゃないか?」ケイレブが訊いた。「それは大間違いだ。支部はアメリカ全土に散っている。そしてすべての支部が、今や君の存在を知っている。かれらは君を捕まえようとするだろうし、その際、わたしのように手加減はしない。かれらは君を、自分たちの同類どころか人間としても扱わないだろう。そして自分たちが求めているものを、君から奪い取るまで、君を解放しない。どこへ行こうと、君は安全ではないんだ。君は——」

いきなりアティカスが大声で笑いはじめたので、ケイレブは最後まで言い終えることができなかった。アティカスだけでなく、レティーシャとジョージ、ヒッポリタも笑っていたし——ケイレブを生かしておくことにずっと不満顔だったモントローズまでもが、笑っていた。八人の黒人たちは、腹を抱えて笑いつづけた。

「なぜ笑う?」狂人たちを見るような目でかれらを睨みながら、ケイレブが怒鳴った。「なにがそんなに可笑しいんだ?」でもかれらは返事をするどころか、いっそう激しく笑った。

「ああ、ミスター・ブレイスホワイト」ようやくアティカスが涙を拭いながら言った。「あんた、あの程度のことでぼくを脅せると、本気で思ったのか? この国がどんな国か、ぼくが知らないわけないだろ? ああ、よく知ってるよ。ぼくたち全員が、よく知ってる。生まれたときからずっと、思い知らされてきたからな。わかっていなかったのは、あんただけだ」

笑いがおさまらないまま、かれらはヴァンに乗り込み、走り去っていった。ヴァンのテールライトが見えなくなっても、ケイレブ・ブレイスホワイトは寒さのなかに立ち尽くしていた。三十分が過ぎ、インディアナ州警察のパトカーが停車したときも、彼は同じ場所に立ちつづけていた。暗闇のなか、ぼんやりと口を開き、どこで道を間違えたかわからず途方に暮れている旅行者のように、道路地図を握りしめながら。

エピローグ

一九五五年がはじまりました！　新しい年を迎えるにあたって、わたしたちは例年どおり、過去十二か月間の進捗に感謝を捧げたいと思います。最高裁判所は、ブラウン対教育委員会の裁判で正当な判決を下し（一九五四年五月、公立学校での教育を人種で分離した州法は違憲であると、最高裁が認めた）、アメリカ軍の内部における人種差別の撤廃も、遅まきながら達成されました（黒人のみで編成された部隊の最後のひとつが、五四年九月に廃止された）。このふたつのほかにも、大きく報じられることはなかったものの、重要な勝利がいくつかありました。わたしたちはこれからも、すべての旅行者が平等に扱われる日が遠からずくることを、待ちつづけるでしょう。そしてわたしたちは、その輝かしい日が到来するまで、前途にどんな困難があろうと、力強く歩みつづけるでしょう……

――『ニグロのための安全旅行ガイド』一九五五年春版

「もちろん訊くのは難しくないけど」レティーシャが言った。「なんの約束もできないわよ」

「わたしはただ、彼にこちらの善意をわかってもらいたいだけ」ヒッポリタが言った。三月初旬の朝で、ふたりはヒッポリタの家のキッチンにいた。彼女たちが向かい合って座るテーブルの上には、一枚の紙が広げられており、その紙にヒッポリタは、三ケタの数字が入る箱を横に八個、縦に八列書き込んでいた。一部の箱には鉛筆で薄く数字が記入されていたけれど、ほとんどは空のままだった。

レティーシャがその紙をつまんだ。「ここに入れる数字を、あなたは本当に知りたいの？その女、あなたを殺そうとしたんでしょ？」

「アイダは、自分の娘を守ろうとしただけよ」

「それならなおのこと、パールがどうなったか真相をあなたから聞かされて、あなたに感謝すると思う？」

「たぶんしないでしょうね」ヒッポリタは認めた。「でも彼女をあのまま放っておくのは、絶対に正しくない」

「それはそうだけど」レティーシャは、テーブルにのっているほかの書類に視線を移した。シカゴ大学に加えて、もっと遠くの二校が開講している天文学講座のパンフレットと、それぞれの受講申込書だった。「ひとつ教えて。あなたはその装置を、どれくらい本気で使ってみたいと思ってる？」

ヒッポリタがほほ笑んだ。「もしあれを、うるさい見張りども抜きでこの家に運び込むことができたなら……」ここで彼女は少し考え込んだ。赤く苛烈な異界の夜明けと、あの浜辺の化け物を思い出したからだ。「危険なことに変わりはないけれど、やっぱり少し探検してみたいな。でも、くり返し行きたいとは思わない。あと一度だけ行って、それで終わりにする」

似たような空約束を、ほかの人たちからさんざん聞かされてきたレティーシャは、本当だろうかと疑いながらもこう答えた。「よくわかった。別世界への入り口を開く数字の組み合わせを、ミスター・ウィンスロップが教えてくれるかどうかわからないけど、とにかく訊いてみる」

「ありがとう」ヒッポリタは礼を言った。「ジョージに内緒にしてくれたら、もっと感謝するわ」

「でしょうね。でも、その心配はしなくていい」

ヒッポリタは立ちあがると、自分のカップにコーヒーを注ぎ足した。「ところで、ルビーはどうしてる？」

「もしあなたが彼女を見かけたら、逆に教えてほしい」レティーシャが答えた。

「あまり会ってないの？」

「先週の日曜に教会で見かけたんだけど、礼拝が終わったら逃げるように帰ってしまい、結局なんの話もできなかった。彼女、わたしに腹を立ててるみたい」

「どうして？」

レティーシャは肩をすくめた。「自分を憐れんでいるんじゃないかな。ケイレブが追放されたせいで彼女は職を失ったし、それって、やるべきことをやったのに罰せられたのと同じだもの」

「彼女は罰せられ、あなたはウィンスロップ・ハウスを手に入れた。つまりそういうことね」

「わたし、ちゃんと誘ったのよ。一緒に住もうって」レティーシャは弁解した。「なのにルビーは、それを求めなかった。自分がなにを求めているか、わかってないことが彼女の問題なんでしょうね……だけどそれは、わたしのせいではない。人生には、時としてすごく不公平なことが起きてしまう。でもだからって、わたしたちになにができる？」

✥✥✥　✥✥✥　✥✥✥

赤毛の髪を、アメリア・イアハート風にカットしてきたばかりの彼女は、正午ちょうどにそのビルのなかで待ちかまえていた。今日のためにドレスと靴を新調し、ストッキングもちゃんとはいていた。ハンドバッグのなかには、ギャンブラーだった父の昔の仕事仲間に、大枚はたいて準備してもらった新しい身分証明書があった。

「ミス・ライトブリッジ？」エレベーターから出てきた女性に、彼女は声をかけた。

ジョアンナ・ライトブリッジは、古い友人のように微笑しているこの見知らぬ女を、うさんくさそうに見た。「ごめんなさい、どこかでお会いしたことがあったかしら？　ミス……」

「ハイドです。ヒラリー・ハイド。いえ、お目にかかるのは初めてです。こんなところで待っていて、本当に申しわけありません。通常の手順を踏んで、面会のお約束をいただくつもりだったんですが、受付の方から、まず助手の方に会わなければいけないと聞かされて、もちろん助手の方も、すごく優秀だとは思うんですけど、わたしがお話ししたいのは、やっぱりミス・ライトブリッジだったもので――」彼女はハンドバッグを開き、折りたたまれた新聞の切り抜きを出した。「わたし、先月の『シカゴ・トリビューン』に掲載された先生のこのインタビューを読んで、すごく勇気づけられたんです」

「わたしは逆に、がっかりしましたけどね」ライトブリッジはげんなりした表情をみせた。「あれをインタビューと呼んでいいのかも、よくわからないし」

「たしかにあの記者は、先生に対しすごく無礼でした。なぜ結婚しないのかとしつこく訊いたのは、わたしも不適切だったと思います。だけどそれに対する先生の答は、素晴らしかったし、おっしゃりたいことが、もっとあったのだろうとわたしは推察しました。実際、もっと語ってらしたのかもしれない。かれらが記事にしなかっただけで」

郵便物が積まれた台車を押しながら、郵便配達員が外の道路からロビーに入ってきた。ふたりの女性は、彼が通れるよう脇に寄ってやったのだが、おかげで両者の体はより接近することになった。

「ミス・ライトブリッジ、わたしは一年と少しまえに、母を亡くしました」ヒラリーがつづけた。「そのあと、身辺にいろいろ変化があったんですが、詳しく話してもご迷惑でしょうから結論だけ申しあげると、わたしはそれまで自分がやってきた仕事に、まったく満足していなかったことに気づいたのです。わたしも結婚していませんし、近いうちに家庭をもつ予定もありません。やりたくないことは明確なのに、ではなにをすればいいか、まったくわかってないのです。わたしは先生のインタビューを読んで、先生も人生のなかで、よく似た経験をなさってきたように感じました。ご多忙なのはよく存じあげています、だけど、もし可能であれば、わずかな時間でけっこうですから、わたしが進むべき正しい道と、わたしが本当に求めているものをどう探しはじめればいいか、ご教示いただけないでしょうか……」

ジョアンナ・ライトブリッジは、今や微笑を浮かべていた。「ミス・ハイドだったわね？」

「ではヒラリーと呼んでください」

「ヒラリー、あなた昼食はすませた？」

「いえ、まだです。もし先生に、昼食をご馳走させていただけるなら、こんな嬉しいことはありません」

「それはいいの。お昼はわたしがご馳走する」

❖❖❖

最初にジョージが考えたのは、大の男が数人がかりでやっと動かせるほどの大きさと重さをもつ、いかにも金庫らしい金庫だった。しかし、たとえ三センチの厚さがある鋼鉄の金庫であっても、押し入ってきた強盗にジョージ自身——または家族——が銃を突きつけられ、ダイヤルの番号を教えろと脅されたらなんの意味もないとモントローズに諭《さと》され、彼に金庫の調達をまかせることにした。モントローズは、ジョージの事務所からファイルキャビネットを一本借りるとそれを機械工場に持ち込み、改造を施した。上二段の抽き出しはもとのままだが（ウエストヴァージニアとウィスコンシン、それにワイオミングでの調査報告書が入っていた）、下二段は抽き出しの正面部分を模したダミーのパネルに交換されていた。蝶番《ちょうつがい》がついたそのパネルを開くと、約八十センチの高さをもち、床にがっちりボルトで固定された金庫が姿を現わすという仕組みである。

「それが本物の三十万ドル?」金庫のなかに積まれた札束を見て、ホレスが訊いた。

「今は少し減っているけどね」ジョージが答えた。「なんにせよこれが、エイダお祖母ちゃんの遺産だし、これでおまえの大学の学費だけでなく、オフィーリアの子供たちの学費も充分にまかなえる」

「こいつの学費もな」モントローズがアティカスを見た。

「お母さんの分も」ホレスが言い足した。

「そう、ヒッポリタの分も」うなずきながらジョージはつづけた。「どれだけ残るかわからないが、ホレス、もしおまえが大学を出たあと、まだコミックスの出版に興味をもっているようだったら、開業資金として組んだビジネスローンの上に、この金を加えてもいいだろう」

「ほんとに?」

「しかしそれは、おまえが大学を卒業してからの話だ。その時がくるまで、この金のことは絶対に人に話すなよ。わかったな?」

「わかった」

ジョージが金庫の扉とダミーのパネルを閉め、四人は事務所に戻った。『ニグロのための安全旅行ガイド』一九五五年春版の入った箱が、壁に沿って積み上げられていた。デスクに出ていた一冊を手に取ったジョージは、ぱらぱらとめくって真新しいインクの匂いを嗅ぎながら、いつもと同じことを考えた。こんな本を出す必要がなくなり、社名をただの『ベリー旅行代理店』に変更できるのは、いったいいつのことだろう。

あと数年後だ。たぶん。

「そうそう、今のうちに伝えておかなきゃ」彼はアティカスに向きなおった。「君に調査に行ってもらいたいところが、二か所ある」

「今回はどこ?」

「ひとつめはメンフィス。ふたつめはミシシッピ川を越えたアーカンソー州の民宿だ」

「わかった。この週末に行ってくる」

「ぼくも一緒に行っていい?」ホレスが訊ねた。

「おまえはだめだろう」ジョージが言った。「週末は、学校の宿題をやらなきゃいけないんじゃないか?」

「宿題は車のなかでやるよ」

「それに行く先は、ジム・クロウの国だ」

「わかってる」ホレスはうなずいた。

「ジム・クロウは遊園地のアトラクションじゃないぞ」ホレスの決然とした口調が気になり、モントローズが念を押した。

「それもよくわかってる。だけどぼくは、自分の目で確かめてみたいんだ」ホレスは父親を見た。「ぼくは来月で、十三歳になるだろ?」

ジョージとモントローズが顔を見合わせた。するとアティカスが、横から口を出した。「もしジョージがいいと言えば、ぼくは逆に彼を連れていきたいね。ついでに親父も」

「俺も?」モントローズがびっくりして訊き返した。

アティカスはうなずいた。「親父がいればホレスは、自分で見聞きしたことがなにを意味するか、正しく理解することができる。昔ぼくが、同じことをやってもらったように。それに親父が来てくれたら、ぼくも楽しめるし」

モントローズは派手に顔をしかめた。だが、言下に拒否することはなかった。

「おまえが行ってくれるのであれば、わたしも安心だ」ジョージが言った。「わたしが行ければいいんだけど、今は忙しすぎて時間がとれない」

「頼むよ、親父」

「しかたない、一緒に行ってやる」モントローズが折れた。「でも、運転は俺がするからな」

謝辞

本作が完成するまでには、ほかの作品に比べずっと長い時間がかかってしまった。アイデアの種が撒かれたのは三十年近くまえ、コーネル大学でジョゼフ・スキャントルベリーとジェイムズ・ターナー教授、そしてわたしの三人で語り合ったときだ。その後、それほど昔ではないが最近とも呼べないころ、わたしは、SFを愛読する黒人が直面する特有の困難について書かれたパム・ノールズの『Shame』というエッセイに、たまたま出遭った。そして社会学者ジエイムズ・W・ローウェンの『Sundown Towns』を読んだことで、ヴィクター・H・グリーンの『The Negro Motorist Green Book（黒人ドライバーのためのグリーン・ブック）』の存在を知り、ここでやっと本作がかたちを取りはじめたのである。

いつもどおり、妻のリーサ・ゴールドとわたしのエージェント、メラニー・ジャクスンにはいろいろと世話になった。加えてジョナサン・バーナム、マヤ・ジヴ、リディア・ウィーヴァー、ティム・ダガン、バリー・ハーボー、ジェニファー・ブレル、カレン・グラス、ケイトリン・フォイト、エイミー・ストロールズと国立芸術基金、アリックス・ウィルバーとリチャード・ヒューゴ・ハウス、ニール・スティーヴンスン、カレン・ロア、グレッグ・ベア、そしてピーター・ヨアヒムの各氏にも謝意を表したい。

解説

古山裕樹

題名に掲げられた「ラヴクラフト」の名前に惹かれてこの本を手にとった方に、まず伝えなくてはならないことがある。

作中では登場人物たちが「ショゴス」や「ネクロノミコン」といった語句を口にする場面があるけれど、本作はいわゆるクトゥルー神話に属するものではない。ラヴクラフトとその作品への言及はあるけれど、それが物語の展開に重要な役割を果たすわけではない。魔術や異形の怪物など、ラヴクラフト作品に見られる要素も描かれてはいるけれど、決して単なるオマージュを意図した小説ではない。

ハワード・フィリップス・ラヴクラフト。クトゥルー神話の礎《いしずえ》を築き、のちのホラーに大きな影響を与えたアメリカの作家である。これは彼の影響を受けて書かれた作品であることは間違いない。だが、その影響の形はいくぶん複雑だ。題名のラヴクラフトの名前は、決して単純な崇敬《すうけい》や憧憬《しょうけい》の表明ではない。

では、この小説にはいったいどんなことが書かれているのだろうか？

物語は八つの章とエピローグで構成されている。最初の章「ラヴクラフト・カントリー」では朝鮮戦争から帰還した黒人青年アティカスが、姿を消した父の行方を追って、伯父のジョージと幼馴染のレティーシャとともに、危険な冒険の旅に出る。

続く「魔が棲む家の夢」はレティーシャが主役の物語だ。さらに「アブドラの本」の物語はジョージを中心に展開し……といった形で、アティカスとその家族・親戚・友人たちがそれぞれの章で主役を務める。最初の章に登場したある人物が、すべての章に黒幕として登場し、その魔術的な企《たくら》みに基づいて、アティカスと周囲の人々を奇怪なできごとに巻き込んでいく。それぞれの章のエピソードはほぼ独立していて、黒幕の思惑という縦のつながりと、各章の主役どうしの人間関係という横のつながりによって緩やかに結びついている。

作中のところどころに、ラヴクラフトが好んで描きそうな小道具が配置されている――魔術によって召喚された怪物、秘密の知識を記した本、隠された儀式、遠い星へと至るドア。だが、物語に流れる空気はラヴクラフト作品のものとは異なっている。その差異こそが、本書の特徴を形作っている。

この作品の大きな特色は、主人公たちの置かれた状況にある。序盤から、ラヴクラフトが描いた超自然的なものとは性質の異なる恐怖が描かれる。

物語は一九五四年のアメリカで幕を開ける。公民権法が制定される一九六四年よりも前、これから公民権運動が燃え上がっていく時代である。当時の南部諸州では、公共施設などの黒人による利用を制限するさまざまな法律（ジム・クロウ法はそれらの通称）が施行され、南北戦争後の奴隷解放以降も、平等とは程遠い状態が続いていた。

アティカスたちは旅の途上で、白人ならば遭遇しないですむ困難に直面する。白人が営《いとな》む自動車修理工場ではタイヤ交換を拒否される。食事をしようと店に立ち寄ったら、バットを持った男たちに追い回される。警官や保安官に停車を命じられ、銃を向けられることも珍しくない。サンダウン・タウンと呼ばれる、日没後の黒人の外出を禁じている町もある。白人にとっては単なる長距離の移動が、黒人にとっては命がけの冒険になってしまうのだ。

アティカスの伯父ジョージが発行している、黒人が安全に利用できる施設の情報を載せた『ニグロのための安全旅行ガイド』には、実在のモデルが存在する。そんな需要が生じるくらいに、黒人にとって旅行は危険なものだった。

ここに描かれる恐怖の源泉は、クトゥルーやネクロノミコンといった人知を超えた存在や禁断の書物ではなく、社会、あるいは人間そのものだ。制度化された差別、白人からの蔑視《べっし》、敵意、暴力。それぞれの章にさまざまな超常現象が描かれるけれど、そんな怪異よりも敵意に満ちた白人のほうが危険なことも多い。

当時のアメリカ社会と、そこに暮らす黒人たちの境遇。それは単なる背景ではなく、各章のストーリーにも大きく関わっている。たとえば「ハイド・パークのジキル氏」では、黒人としてのアイデンティティのあり方を、皮肉な方法で描いてみせる。「ナロウの家」では、人種が分断され、差別と不信が暴力をもたらす様子が、オクラホマ州タルサでの暴動と虐殺という史実をもとにストレートな形で描かれる。本書のクライマックスで、アティカスたちはある恫喝《どうかつ》を受けるが、そんなものは恐ろしくないと笑い飛ばしてみせる。胸のすくようなシーンではあるけれど、彼らの強さは、恐怖と隣り合わせの過酷な境遇がもたらしたものなのだ。

黒人たちが排除される場面は現実だけではない。

アティカスたちはSFやホラーといったジャンル小説を好んでいるが、ただ単純に楽しんではいられない。アティカスの父モントローズはエドガー・ライス・バローズの『火星シリーズ』について、主人公のジョン・カーターが元南軍将校だったことを批判し、ラヴクラフトが黒人への偏見をあらわにした詩を書いていたことを見つけ出す。アティカスたちはただ物語を楽しみたいだけなのに、そうした棘《とげ》と無縁ではいられない。

本書の題名にある「ラヴクラフト」の文字は、アティカスたちが愛する小説を象徴するだけでなく、人種偏見を指し示すものでもある。モントローズの見つけた詩が示すように、ラヴクラフトにそうした偏見が強くあったことは否定できない。ニューヨークの移民街を舞台にした「レッド・フックの恐怖」で有色人種の移民たちを描く言葉は、彼が怪物を形容する語句と似通っている。代表作のひとつである「インスマウスの影」でも、異種族との混血を不気味なものとして描いている（厄介なことに、その嫌悪の意識がこの小説を忘れがたいものに仕上げている）。作者マット・ラフも自身のウェブサイトで「インスマウスの影」に言及し、人種差別的な世界観があると指摘している。本書に描かれる物語は、ラヴクラフトの作品世界と直接結びついているわけではない。だが、彼の抱いていたような偏見に登場人物が直面するという点では、「ラヴクラフト・カントリー」といっていいだろう。

ちなみに、本書の発表と同じ二〇一六年、ヴィクター・ラヴァルによる『ブラック・トムのバラード』（東宣出版）という小説が世に出た。ウガンダ出身の母を持つ作者が、「レッド・フックの恐怖」を黒人の視点を取り入れて語りなおした小説である。ラヴァルはラヴクラフトの作品に魅力を感じながらも、後に彼が抱いていた偏見を知って裏切られた思いをしたという。哀しみを帯びた語りが記憶に残る、ラヴクラフトに対する相反する思いを込めた作品だ。アティカスたちも、ラヴァルと同じような思いを味わってきたのかもしれない。

また、本書の謝辞には、白人である作者がこのような小説を書いたきっかけが記されている。その一つ、パム・ノールズのエッセイ〝Shame〟では、アーシュラ・K・ル＝グィンの言葉が繰り返し引用される（彼女は〈ゲド戦記〉の主人公たちを褐色の肌の持ち主として描いた）。ル＝グィンは、あるスピーチでこう語った（〝Shame〟にも引用されている）。

「わたしはこの国と英国の、肌の色の濃い少年少女から胸が切なくなる手紙を受け取りました。それらの手紙には、〈ゲド戦記〉のゲドをはじめとする多島海《アーキペラゴ》の人々が白人ではないと知って、自分も文学や映画のファンタジーの世界の一員だと初めて感じたと書かれていました」（『いまファンタジーにできること』河出文庫）

こうした疎外感は、アティカスたちの心情にも深くしみ込んでいる。

ところで、本書が刊行された二〇一〇年代は、黒人への暴力や構造的な差別をなくそうと訴えるブラック・ライヴズ・マター運動がアメリカで広がった時期でもある。そして、人種問題、あるいは黒人という存在をテーマにした映像作品も次々と登場した。

たとえば二〇一七年のジョーダン・ピール監督の映画『ゲット・アウト』は、主人公の黒人男性が恐怖と驚きに満ちた事態に遭遇するスリラーで、そのテーマは人種差別だ。二〇一八年には、マーベルの黒人スーパーヒーローが単独で主役を務める映画『ブラックパンサー』が公開された。二〇一九年のHBOドラマ『ウォッチメン』は、アラン・ムーアによる同タイトルの名作コミックをもとにしている。一九八〇年代に書かれた原作では東西冷戦が重要な位置を占めていたが、こちらは原作の三四年後を舞台とする後日談。黒人女性を主役に据えて、人種問題を大きく扱っている。

こうした潮流に乗るかのように、本作は二〇二〇年にHBOでドラマ化された（題名は本書と同じく『ラヴクラフト・カントリー』）。製作総指揮には『ゲット・アウト』のジョーダン・ピールも加わっている。内容を大胆に脚色し、史実や他のフィクションへの参照や言及を増やし、原作にはないエピソードも付け加えている。黒人の視点から掘り下げて解釈した映像作品として、本書を楽しんだ方におすすめしておきたい。

この潮流について付け加えておくと、二〇二一年にはコルソン・ホワイトヘッド『地下鉄道』（ハヤカワepi文庫）がドラマ化されている。奴隷解放前のアメリカ南部で、黒人奴隷を北部に脱出させた秘密組織〈地下鉄道〉。その史実にSF的な奇想を加えた物語だ。

最後に、本書の作者について。マット・ラフは一九六五年生まれ。本書を含めて八冊の小説を世に送り出しているが、過去に翻訳されたのは二〇〇七年刊の『バッド・モンキーズ』（文藝春秋）一作にとどまっている。悪と戦う秘密組織の一員を自称する人物が精神科医に語る、妄想なのか現実なのか判然としない奇妙な冒険活劇だ。『ラヴクラフト・カントリー』とはかなり趣向の異なる作品で、マット・ラフという小説家の幅の広さがうかがえる一冊である。

また、本書の前、二〇一二年に発表した *The Mirage* は歴史改変もの。アラブ圏が一つにまとまった大国として存在する世界で、キリスト教原理主義者たちが旅客機をハイジャックしてバグダッドのチグリス・ユーフラテス世界貿易タワーに突入するテロを起こす……という、キリスト教とイスラム教を入れ替えた物語だ。『ラヴクラフト・カントリー』とは違う形だが、ともに視点を変える発想に基づいた作品といっていい。

最新作は、二〇二三年二月に刊行されたばかりの *The Destroyer of Worlds*。一九五七年を舞台にした、『ラヴクラフト・カントリー』の続編である。マット・ラフが自身のウェブサイトで語るところによれば、このシリーズをもう一、二冊続けて、公民権法が制定される一九六四年までを描きたいとのことである。

アティカスたちの驚異に満ちた日々は、まだまだ終わらない。

検印
廃止

訳者紹介　翻訳家。主な訳書にウィルスン『時間封鎖』三部作、ウォルトン〈ファージング〉三部作、『図書室の魔法』『わたしの本当の子どもたち』、ケアリー『パンドラの少女』、マスカレナス『時間旅行者のキャンディボックス』、ウェンディグ『疫神記』など。

ラヴクラフト・カントリー

2023年3月17日　初版

著者　マット・ラフ

訳者　茂《も》木《ぎ》　健《たけし》

発行所　(株)東京創元社
代表者　渋谷健太郎

162-0814/東京都新宿区新小川町1-5
電話　03・3268・8231-営業部
　　　03・3268・8204-編集部
URL　http://www.tsogen.co.jp
DTP　萩原印刷
晩印刷・本間製本

ISBN978-4-488-57104-7　C0197